李之仪

周邦彦

贺铸

宋词三百首
译注评

中国传统文化经典读本系列

毕宝魁

著

中国出版集团　现代出版社

目 录

原

序

　　词学极盛于两宋，读宋人词当于体格、神致间求之，而体格尤重于神致。以浑成之一境为学人必赴之程境，更有进于浑成者，要非可躐而至，此关系学力者也。神致由性灵出，即体格之至美，积发而为清晖芳气而不可掩者也。近世以小慧侧艳为词，致斯道为之不尊；往往涂抹半生，未窥宋贤门径，何论堂奥！未闻有人焉，以神明与古会，而抉择其至精，为来学周行之示也。彊村先生尝选《宋词三百首》，为小阮逸馨诵习之资。大要求之体格、神致，以浑成为主旨。夫浑成未遽诣极也，能循途守辙于三百首之中，必能取精用闳于三百首之外，益神明变化于词外求之，则夫体格、神致间尤有无形之诉合，自然之妙造，即更进于浑成，要亦未为止境。夫无止境之学，可不有以端其始基乎？则彊村兹选，倚声者宜人置一编矣。

中元甲子燕九日，临桂况周颐

序
言

　　唐诗和宋词是我国诗歌发展史上两座巍峨的丰碑。一千余年以来，它们以博大精深的思想内容和丰富多彩的艺术形式成为后人宝贵的精神财富。它们既是中华民族传统文化中的精品，又是世界文化宝库中的瑰宝。

　　宋代是词的极盛时期，词成为当时最受欢迎、最具代表性的一种文体。两宋三百余年间，上自帝王将相、文人才士，下至庶民百姓、渔樵僧道、倡优乐工，无不喜爱这种文学形式，填词谱曲和歌唱欣赏，风气广为流行。题材内容不断扩大，艺术形式日臻完善，表现技巧多方提高。名家辈出，作品浩瀚。在唐圭璋《全宋词》中辑有词作两万余首，词人一千三百余家。洋洋大观，足见宋词之盛况。

　　但由于宋词数量过多，良莠并存，读者既难通览，又苦于选择。这就需要有选本。在众多的选本中，最受欢迎、流传最广的，莫过于上彊村民选编的《宋词三百首》。经唐圭璋先生笺注之后，此书更受青睐。但笺注评语过于简略，青年读者读来仍有一定困难。为此，毕宝魁同志应社会上的需求，编写了《宋词三百首译注评》一书，以飨读者。可以说是做了一项极为有益的工作。

　　我读过这本新著书稿，最突出的印象是作者既有学术功底，又有理论修养。他对每一首词都做了深入探讨，在把握总体意境的基础上，再去翻译、注释、评析。可以说译文优美流畅，注释简洁准确，评析深刻精当。尤为难得的是作者长于考证，悟性较强，故在行文之中，时有发挥，既见创新之功，又得纠谬之效，常给人以耳目一新之感。

宝魁同志是一位勤苦奋进、卓有成就的青年学者。当他取得硕士学位之后，立即执教于高校，边教书育人，边钻研学术，九易寒暑，成果斐然。他发表在《文艺研究》《文学遗产》等重要学术刊物上的几十篇论文，既有许多创见，又解决了一些重大难题，曾引起学术界的极大重视。尤其他先后出版了《中国古代文化史知识》《东北古代文学概览》等七本专著，在学术研究方面做出了突出贡献。此外，他还参加编写过《全唐诗广选新注集评》《历代赋辞典》等大型图书近二十部，著述之多，令人刮目。

作者在学术方面，专攻唐宋文学，不仅讲授诗词，而且又发表过上百篇诗词的赏析文章，故写此书，可谓是轻车熟路、得心应手；再加上严谨的治学态度和认真的钻研精神，更使此书在质量上得到了保证。我相信青年朋友读过此书之后，不仅会增加广博的知识，提高文学修养，而且将会在心灵上受到美的熏陶。信否？请君一读。

孟庆文　1996 年 2 月 16 日

　　本书是《唐诗三百首译注评》的姊妹篇。

　　词是中国古典诗歌发展的特殊产品，是《诗经》及汉魏乐府之蜕变和唐代近体诗不断发展的结果，是一种既能合乐而唱又讲求格律的新体诗。

　　宋代是词的成熟繁荣时期，是词创作的最高峰。如同唐代的诗歌一样，宋词也得到整个社会各个阶层人士的普遍认同和喜爱。从宫廷到民间、从贵族到市井，到处都有人在作词、唱词、听词、评词。词已深深根植于广大民众的文化沃土之中，得到空前的发展，无论在数量上还是在质量上，都达到了巅峰时期，成为一个历史时期文学样式的代表，与汉赋、唐诗、元曲交相辉映，在中华民族的文化长河中永远闪耀着奇光异彩。

　　《宋词三百首》是近人朱孝臧在前代众多选本基础上精心遴选的一个版本。问世以来，流传极广。与《唐诗三百首》同样，几乎是家喻户晓、妇孺皆知。自从唐圭璋先生笺注后，此本流传更广，言宋词者必曰"三百首"云云，已成为今人了解学习宋词的一种必备书。

　　《宋词三百首》录两宋词人八十五家。其中柳永十三首，晏幾道十五首，苏轼十一首，周邦彦二十二首，贺铸十一首，辛弃疾十二首，姜夔十七首，吴文英二十五首。这八家的作品，占全书将近一半，俨然推为宗主。对周邦彦、吴文英二家尤为偏爱。但从总体来看，选篇还是比较公允而具有代表性的。诚如唐圭璋先生自序所云："彊村先生兹选，量既较多，而内容主旨以浑成为归，亦较精辟。大抵宋词专家及其代表作品俱已入录，即次要作家如时彦、周紫芝、韩元吉、袁去华、黄孝迈等所制浑成之作，亦广泛采及，不弃遗珠。"

《宋词三百首》亦有不尽如人意之处，如所选长调居多，且有一些作品比较晦涩，非宋词精品；有些脍炙人口的名篇漏选；有些作品编次有误；个别作品因失考而署错作者姓名；等等。除署名有误的两篇作品，即李重元的《忆王孙》误为李甲，无名氏《青玉案》误为黄公绍所作径改外，其他问题或难以改动，或无关宏旨，故一仍其旧，以尽量保持原貌。

本书以唐圭璋先生笺注的疆村先生（朱孝臧）重辑本为底本，参考近年来出版的一些有关版本，尽可能地吸收各版本之长和最新研究成果，一些注释则择善而从，恕不一一说明。

本书以弘扬民族文化为宗旨，以具有中等文化程度的读者为对象，以提高人们的生活质量和文化品位，陶冶人的情操为目的，尽量把高雅含蓄甚至有些隐晦的词用浅显通俗、清新流畅的语言翻译评析出来，为读者能顺利地理解原作的思想意蕴及艺术特点架起一座桥梁。尽管这是十分艰苦的工作，很难收到预期的效果，但笔者还是竭心尽力去做，为达此目的而努力做到如下几点。

译文是本书的一大难点，古诗便很不好译，词比诗还难。把词翻译成白话不算太难，但要保持原作的韵味、意境则太难了，几乎是不可能的。然而，许多词作对于现代的大部分读者来说，已经相当艰涩深奥，如周邦彦、吴文英等人的一些长调，词意曲折隐晦，不细读详参难得个中情味，一旦参透，方觉味醇意永。理解是欣赏的前提，故将其译成现代语体韵文的形式则是其必要的环节。在翻译的过程中，笔者对每一首词均先细绎深悟其意脉与韵味，整体领悟之后方动笔翻译。翻译时尽量保持原作之意味，又要兼顾其通俗流畅性。此项工作极为艰难，笔者有时为几句词的翻译要花费许多心血，虽几易其稿尚难令自己满意。个中甘苦，读者也可想象得到。

注释是译文的补充，是使读者理解原作的必要手段。本书之注释以简洁明了为原则，力求用最简约的笔墨扫除阅读理解上的字面障碍。对一般性词语只注明在具体语境中的词义，而对一些有关全篇主要意脉的词语则不吝笔墨，尽量诠释清楚，如潘希白《大有》"戏马台前"一词，本书不但释出其典故的来源，而且用一两句话释出此处用典的含义，对把握理解全篇的意脉有执一驭万之效。姜夔《一萼红》词中有"朱户粘鸡，金盘簇燕"之语，题下小序注明"丙午人日"字样，为人日有感所作无疑。但"朱户粘鸡"为人日之习俗，而"金盘簇燕"则为立春之习俗，作者为何并记之，前此诸书均未注出。本书则根据资料注明此日正是立春，使词义更加晓畅。此类情况书中时有，读者自可体会。

评析是本书的另一重点。其写作目的主要是解析原作的意脉和评析其艺术的成功之处。为此，先简析该词的写作背景及内容层次，再因词而异，或做简单考证，或简析其意脉，或指出其艺术上的独到之处，力求评析精当明白，不求面面俱到。如刘辰翁的《宝鼎现》词，是一首三片慢词，篇幅较长而词意又较曲折隐晦，笔者抓住中片和下片开头两句的倒挽写法，指出上片内容为怀念北宋，中片内容为怀念南宋，下片则抚今伤昔，哀挽南宋的覆灭，悲叹盛世之难再，全词的意脉便很清楚了。再如张炎《解连环》一词，笔者只抓住结尾几句的含义，倒贯全篇进行串析，得出与诸本均不相同的解释，使全词意义豁然晓畅，与作者的思想倾向及全词的内容均相吻合。

总之，对待每一首词、每一句词，笔者都详参深悟，在总体把握的情况下，本着以今逆古、以己度人的原则进行翻译、注释和评析。近半年的时间里，除教学工作外，终日盘膝伏案，寒燠无间，罄尽心力，完成斯编。几乎是息交绝游，态度极为认真，可谓"尽心焉耳矣"。

本书之完成，首先要感谢辽宁古籍出版社社长兼主编徐彻先生、总编助理——本书的责任编辑高虹女士和主编朱炯远先生的信任和支持。在写作过程中，他们给予多方面的帮助和鼓励，令人感激。

书成之后，请我的恩师——硕士生导师孟庆文先生赐序，先生慨然应允。我在学术道路上的每一点微小的进步，都与先生的教诲和鼓励分不开。先生已近八十高龄，仍然治学不辍，令我们这些后学敬仰。先生之德山高水长。

唯愿本书能给广大读者带来愉快和补益。

毕宝魁

1996 年 2 月 11 日于沈阳

本书是新版《唐诗三百首经典读本》的姊妹篇，从体例、风格到字数都非常相近。

近日，将两本书推荐给现代出版社社长兼总编辑臧永清先生，他欣然接受，马上再版。并将书名改为《宋词三百首经典读本》，《唐诗三百首译注评》也改名《唐诗三百首经典读本》，还准备新写作一本《古文观止经典读本》，使盛传不衰的三个诗文选本更加普及，为普及传统文学中的精品尽一点绵薄之力。

十几年时间，由于学识的增长，生活经验的丰富以及对于人生体验的深刻，故本书之全面水平还是有所提升，读者诸君阅读时如稍加留心便可觉察出来。另外，本次改版，比原版本多出苏轼的《念奴娇·赤壁怀古》和秦观的《鹊桥仙·七夕》两首词，虽原版本未收，但考虑两首词实在精彩，且早已脍炙人口，故额外编入，想必读者诸君会欢迎的。其他篇目与顺序一仍其旧，绝无变动。

原版《宋词三百首译注评》出版后很受欢迎，其具体表现是不断再版，印数已过数万，且被中国台湾某出版社出版，并有两个版本：一是原书名称，另一是《宋词一本通》。内容就是《宋词三百首译注评》，连序言和前言都一样，价格比较昂贵。另外，中国台湾还有《宋词百首选粹》，作者署名也是鄙人，但鄙人实未撰写过此书，可能是从本书中精选而成。以上三本书均未与本人联系，本人毫不知情，不知何故。可见本书有一定的市场，侧面说明其颇受欢迎。

词乃诗歌之一体，是诗歌园地中别具一格的奇葩。宋词在一千多年后依然有旺盛的生命力，《宋词三百首》在同类选本中早已为读者所认可，是常销书。《宋词三百首译注评》则是对于美丽中之美丽的展示与鉴赏，出版后十多年中大受欢迎，在同类书籍中脱颖而出，虽无轰动效应，却颇耐咀嚼，能够经受时间之考验。本书是对于原书的全面提炼润色，在三个方面都有提高，但愿在以后的岁月中也同样受到青睐。三十年后，如果本书还受欢迎，则是笔者的莫大荣幸，笔者或许能够看到。一百年后，如果还有人阅读本书，欢迎本书，则尤为幸运。能否如此，不敢断定，姑且待之，笔者肯定不知，来人可见也。

继承古典诗词传统，创作出具有时代气息的新诗词是历史发展的必然要求。继承是创新的前提，但愿本书能够成为继承的桥梁，成为创新的启迪和样板。

2014 年 3 月 20 日毕宝魁写于三千斋

赵佶

1082—1135

即宋徽宗。公元 1100—1125 年在位。靖康二年（1127），被金人俘虏北去，死于五国城（今黑龙江依兰）。他政治上昏庸无能，生活上穷奢极侈，艺术上却多才多艺，书、画、词皆善。有曹元忠辑本《宋徽宗词》。

燕山亭①

北行见杏花

赵 佶

裁剪冰绡②，轻叠数重，淡着燕脂匀注③。新样靓妆④，艳溢香融，羞杀蕊珠⑤宫女。易得凋零，更多少、无情风雨。愁苦。闲院落凄凉，几番春暮？

凭寄离恨重重，这双燕，何曾会人言语。天遥地远，万水千山，知他故宫⑥何处。怎不思量，除梦里、有时曾去。无据⑦，和梦也、新来不做。

注释　①燕山亭：也作宴山亭。词牌名，双调九十九字。②冰绡：洁白透明的丝织品。③匀注：均匀地晕染。④靓妆：粉黛妆饰。⑤蕊珠：道家称天上宫阙之名。⑥故宫：指汴京中的宫殿。⑦无据：不知何故。

译文　仿佛是能工巧匠的杰作，用洁白透明的素丝裁剪而成。那轻盈的重重叠叠的花瓣，如同淡淡的胭脂色晕染均匀。新的式样，美的装束，艳色灼灼，香气融融。蕊珠宫中的仙女，见到她也会羞愧得无地自容。可是那娇艳的花朵最容易凋落飘零，又有那么多苦雨凄风，无意也无情。这情景实在令人愁苦，不知经过几番暮春，院落中只剩下一片凄清。　我被拘押着北行，凭谁来寄托这离恨重重？这双燕子，又怎能理解人的语言和心情？天遥地远，已走过了万水千山，又哪里知道故国宫殿此时的情形？怎么能不思量，但也只有在梦境中才能相逢。可又不知什么缘故，近几天来，竟连做梦也无法做成。

评析　　本词是徽宗皇帝被虏北行见杏花有感而作。上片借杏花的娇艳及被风雨摧残的衰败景象象征美好事物的逝去，寄托着对帝王生活的痛苦回忆。下片直接抒情，表现对故国河山的无比眷恋。

　　上片开头三句以人工之巧比喻杏花的天生丽质。"裁剪冰绡"状其质地；"轻叠数重"状其形状；"燕脂匀注"状其色彩，从不同角度描绘杏花的姿色。"新样靓妆"三句描状其艳香与神韵，把杏花拟人化，为全词抒情张本。紧接着写其受摧残而凋零的苦况。亦花亦人，暗转下片。下片直抒胸臆，用"这双燕，何曾会人言语"烘托极度的孤独忧伤。末尾几句写连在梦里见一见故国宫殿的慰藉也得不到，因为连梦也做不成。抒情上有递进关系，真挚深沉，比李后主的"梦里不知身是客，一晌贪欢"更凄楚动人。王国维在《人间词话》中云："尼采谓一切文学，余爱其血书者。后主之词，真所谓以血书者也；宋道君皇帝《燕山亭》词略似之。"这确是一篇用血和泪写成的词章，也正是其感人之处。

钱惟演/977—1034

　　字希圣，杭州临安（今浙江杭州市）人。吴越王钱俶之子。随父归宋，为右屯卫将军，累迁翰林学士、枢密使、同中书门下平章事。曾参编大型类书《册府元龟》，是西昆派代表诗人，与杨亿、刘筠等唱和，编成《西昆酬唱集》，风靡诗坛。《全宋词》录其词两首。

木兰花^①

钱惟演

城上风光莺语乱。城下烟波春拍岸。绿杨芳草几时休，泪眼愁肠先已断。情怀渐觉成衰晚，鸾镜^②朱颜惊暗换。昔年多病厌芳尊，今日芳尊惟恐浅。

注释 ① 木兰花：又名玉楼春。双调五十六字。② 鸾镜：镜子的美称。

译文 城墙上到处是莺声鸟语，城墙下浩渺的春水拍打岸堤。绿杨衬着芳草，这美景不知何时才能休止。因为景色越是美丽，我就越是愁肠百转，泪眼凄迷。 我也感觉到自己渐渐衰老而意志萎靡，对镜自照，更加吃惊，想不到容颜变化得竟如此迅疾。往年多病而厌烦饮酒，如今惆怅，却总怕空了酒杯。

评析 本词是作者晚年自伤身世之作。上片以芳春美景衬托哀情，抒韶光易逝之感。下片发人生易去青春难再之慨。绘景生动逼真，抒情深婉感人。黄升评曰："此公暮年之作，词极凄婉。"（《花庵词选》）

上片开头两句写春景之明媚可人，首句写高处莺语，为听觉形象；次句写低处水波，为视觉形象。两句词从高到低，形声兼备，描绘出整体的空间形象，很能显出作者的功力。三四句写惜春恋春之痛苦心境，暗寓痛惜自己青春已逝的感慨，为下片的抒情做好铺垫。过片处写自己已渐觉衰老，对镜自照更吃惊衰老之甚。后两句写无可奈何，只好借酒浇愁而已。情调虽低沉，却颇能引起读者的共鸣。年岁越长者其共鸣之感当越强烈。李攀龙说，"妙处具在末结语传神"（《草堂诗余隽》），评价很到位。

范仲淹／989—1052

字希文。其先邠（今陕西彬县）人，后徙苏州（今属江苏）。大中祥符八年（1015）进士。官至枢密副使、参知政事。仁宗朝曾守西北边境多年。政治上主张革新，主持庆历新政，是当时著名政治家。卒谥文正，诗文皆有名篇，词存五首，内容风格却丰富多样。著有《范文正公集》。

苏幕遮①

怀 旧

范仲淹

碧云天，黄叶地。秋色连波，波上寒烟翠。山映斜阳天接水，芳草无情，更在斜阳外。　　黯乡魂②，追旅思。夜夜除非，好梦留人睡。明月楼高休独倚。酒入愁肠，化作相思泪。

注释　　① 苏幕遮：唐教坊曲名，后用作词牌，双调六十二字。② 黯乡魂：因思念家乡而极度伤心。

译文　　蓝天白云，黄叶满地。秋色连着水波，水波上寒烟凄迷。斜阳映照着群山，蓝天与白水连在一起，色彩浑然如一。碧绿的春草无情无义，向远处延伸着，延伸着，直到斜阳之外的天际。　　思乡的情怀令我惨惨戚戚，旅居塞外更加深了我的愁思。日日夜夜都寂寞难耐，只有在美好的梦境中苦挨时日。明月映照之时，千万不要登上高楼凭栏独立，因为徒自望乡而又回归无计。烦闷的酒进入愁肠，全都化作了相思的眼泪。一个人孤苦伶仃，在那里暗自垂涕。这次第，怎能不令人心碎？

评析　　本词抒写怀乡思归之情。范仲淹曾驻守西北边陲，故有是作。黄升《花庵词选》题作"别恨"。上片以暮秋景色烘托离愁别绪，下片抒发游子殷切盼归的情愫。邹祗谟说："范希文《苏幕遮》一调，前段每入丽语，后段纯写柔情，遂成绝唱。"（《远志斋词衷》）

上片极力渲染暮秋景色，按空间顺序写来。由天而地，由近而远。"芳草无情，更在斜阳外"，因芳草连接远处的家乡而道出思乡之情，想象新奇，抒情婉曲，实为隽语。沈际飞在《草堂诗余正集》中说："'芳草更在斜阳外''行人更在春山外'两句，不厌百回读。"可见此句受推崇之程度。下片前四句抒写缠绵不断的思乡之情。"黯"字写"乡魂"之暗淡凄伤，又暗用《别赋》"黯然销魂者，唯别而已矣"的句意，感情容量很大。用"追"字写"旅思"之缠绵不休，难以排遣，足显炼字之功。"夜夜除非，好梦留人睡"则状其无聊之甚，尾句写深夜不寐，明月独倚楼的情景，意境如画，尤为精彩。

御街行①

秋日怀旧

范仲淹

纷纷坠叶飘香砌②。夜寂静、寒声碎③。真珠帘卷玉楼空，天淡银河垂地。年年今夜，月华如练④，长是人千里。　　愁肠已断无由醉。酒未到、先成泪。残灯明灭枕头欹，谙尽⑤孤眠滋味。都来⑥此事，眉间心上，无计相回避。

注释　　① 御街行：词牌名，又名孤雁儿。此调共六体，本词为正体，双调七十八字。② 香砌：香阶，形容台阶之华美，玉楼与此同义。③ 寒声碎：落叶坠街的声音细碎而令人心寒。④ 练：洁白的丝绸。⑤ 谙尽：尝尽。⑥ 都来：算来，看来。

译文　　夜深人静，四野寂寂。秋叶纷纷飘坠，落在台阶之上，那声音凄凉而又琐碎。珍珠的帘幕高高卷起，玉楼堂空杳无人迹。夜色清淡，烁烁闪光的银河直垂大地。年年月月都如今日的夜晚，月光如洁白的素练，而人却阻隔千里，受到相思的煎熬而满怀愁绪。　　　愁到深处，已无法靠喝酒来麻醉。酒尚未到嘴唇，已先化作伤心泪。一盏如豆的青灯忽明忽暗，独自斜倚在枕头上，尝尽这孤眠的滋味。这种苦苦相思的滋味，看来无论如何也无法回避，不是在心里隐隐作痛，就是把眉头紧紧皱起。

评析　　　本词是秋夜怀人之作。上片写深秋月夜中的所闻、所见、所感，情致细腻婉曲，空灵剔透。下片写愁情的难忘、难耐、难遣。"都来此事"之句用词精工，为李清照"才下眉头，却上心头"两句所本。

　　上片起三句写秋声，是耳之所闻。落叶之声尚可听到，可见夜寂静之程度，人无聊之甚，故神经才如此敏感。抒情极含蓄精微。"真珠"二句写目之所见，看到秋色之美，想到银河阻隔，牛郎织女不能相见，而自己正情同牛女也，孤栖独宿情何以堪。沈际飞《草堂诗余正集》云："'天淡'句空灵。"指的正是这一点。"年年今夜"三句写所感。遥望千里晴空，良辰美景属他人，就连牛郎织女每年还可以相聚一次，而自己却不能，更反衬自己之苦。过片处写本想以酒浇愁，却更增愁情。"酒未到、先成泪"，语言素朴，感情容量却大，末句写独倚孤枕，独对孤灯，孤极愁极之态，呼之欲出。

　　全词情景兼到，互为生发。情由景生，景为情取。意境清新完整。李攀龙《草堂诗余隽》中评曰："月光如昼，泪深于酒，情景两到。"

张先 / 990—1078

　　字子野，湖州乌程（今浙江吴兴）人。天圣八年（1030）进士。曾知吴江县（今属江苏），终尚书都官郎中。晚年退居乡里。词与柳永齐名，才力不及。因词中三处巧用"影"字，有"张三影"之称。有《张子野集》。

千秋岁①

张 先

数声鶗鴂②，又报芳菲歇。惜春更把残红折。雨轻风色暴，梅子青时节。永丰③柳，无人尽日飞花雪。　莫把幺弦④拨。怨极弦能说。天不老，情难绝。心似双丝网，中有千千结。夜过也，东窗未白凝残月。

注释　　①千秋岁：词牌名，又名千秋节，正体为双调七十二字。②鶗鴂：一作鹈鴂，鸟名。据说此鸟夏至始鸣，冬至则止。③永丰：唐长安有永丰坊。白居易《杨柳词》："永丰坊里东南角，尽日无人属阿谁。"④幺弦：琵琶第四弦。

译文　　鶗鴂鸟儿又开始唱歌，仿佛在告知人们，春天的美景已经消歇。我贪恋惋惜这旖旎的春光，在花丛中流连，挑选一枝落花来折。细雨霏霏，疾风阵阵，正是梅子初青的时节。如永丰坊中那棵柳树，尽管无人光顾，也终日飘飞着柳絮，似漫天大雪。　　不要把幺弦来弹拨，那种幽怨的曲调更令人愁肠百结。天因无情天不老，人缘有情情难绝。我的心似双丝结成的网络，其中有千结和万结。又是一个难熬的长夜，东窗未白，天色渐亮时才把那盏如豆的孤灯吹灭。这等难以名状的苦楚，更向何人诉说？

评析　　本词写痴情女子惜春怀人之情，表达对爱情的无比忠贞。芳春已过，情侣却不在身边，她白天在残花丛中流连徘徊，夜晚守着孤灯独坐发呆，相思盼归之情表现得淋漓尽致。

上片开头三句总写春残，由鶗鴂叫开篇，暗示季节，醒人耳目。接着用花残、梅雨、柳絮飘飞一组意象表现暮春景色，惜春恋春的孤寂之情无处不在。下片换头两句用不敢弹琵琶的细节表现其幽怨之深和愁情之重。接着又用"双丝网"以喻愁情的繁多和难解。"双丝"又是"双思"的谐音双关，意谓两个情人都在相互思念。如果倒文也可想象为"思双"，即思念成双，语义均在有无之间，更增加韵味。最后用一夜守灯独坐作结，写长夜之难熬，写盼归之心切，写"思双"情感之焦渴，表现力很强。

菩萨蛮①
张 先

哀筝一弄《湘江曲》，声声写尽湘波绿。纤指十三弦②，细将幽恨传。当筵秋水③慢，玉柱斜飞雁。④弹到断肠时，春山⑤眉黛低。

注释　①菩萨蛮：唐教坊曲名，后用为词牌名。此调三体，正体为双调四十四字。②十三弦：古筝十三弦，拟十二月加闰月。③秋水：意同秋波，形容女子眼睛之明媚。④"玉柱"句：谓筝柱斜行排列，似斜飞的群雁。⑤春山：当是一种眉式。晚唐五代至宋初流行眉式多与"山"字相关，如"小山""远山"等。

译文　用高雅的古筝演奏哀怨的《湘江曲》，在悠扬的声声音符中，似乎看到湘江春水的碧波。纤细的手指在十三根弦上随意弹拨，似乎将幽怨和怅恨尽情诉说。　面对酒宴，眼如秋水般明眸慢转，琵琶上的玉柱似一行斜飞的秋雁。当弹到情深意切的时候，怅惘之情慢慢爬上她那微蹙的黛眉之间，显得更加貌美和楚楚可怜。

评析　本词又见晏幾道《小山词》中。全词集中描写席间弹筝女子的风采神韵及幽怨愁苦之情。上片以声传情，侧重写弹筝时的神态和音乐效果。下片以情写声，侧重写弹筝女的美貌与神情。

上片开头两句由哀怨的曲调而想象到湘江之水的清澈，属于通感之法。《湘江曲》当是唐宋时期著名琴曲，当是与舜之二妃投湘水而死的典实有关的哀曲怨调。唐代诗人钱起《省试湘灵鼓瑟》诗有"曲终人不见，江上数峰清"的诗句，可为参考。"写""传"二字最为关键，写是表现景物的，传是传达感情的。由写到传，暗示出演奏的过程及兼顾客观主观的两个场面，笔法细密。下片侧重写情态，媚眼缓移，写其弹奏时凝神专注的神情。结尾两句写因演奏而更动真情，双眉微蹙，含情脉脉，以外在之神态传内在之深情，意态凄婉，精致蕴藉，沈际飞评曰："断肠二句俊极，与'一一春莺语'媲美。"（《草堂诗余正集》）

醉垂鞭[①]
张 先

双蝶绣罗裙。东池[②]宴。初相见。朱粉不深匀。闲花淡淡春。　　细看诸处好。人人道。柳腰[③]身。昨日乱山昏。来时衣上云[④]。

注释　①醉垂鞭：词牌名。双调四十二字。②东池：地名，具体未详。③柳腰：形容女子腰细。白居易有二妾，一名小蛮，一名樊素，诗句有"樱桃樊素口，杨柳小蛮腰"。一般形容女子体形好也常用"杨柳细腰"一词。④衣上云：指衣上的花纹图案。

译文　在东池的酒宴上，是我们初次相见。那时你穿着绣有一对蝴蝶的罗裙，容颜姣好秀色可餐。面庞上的红粉匀得淡淡，仿佛一朵色彩淡雅的鲜花，在春光中显得十分雍容消闲。　　仔细端详一番，才发觉你处处都是那么惹人爱怜，并非只是那柔细匀称的柳枝般的腰段。衣服上的图案更加美丽，仿佛是黄昏时的群山，朦朦胧胧，上面还缭绕着岚气和云烟。

评析　本词为宴席上赠妓所作。属古代文士的风流韵事。内容上无甚可取，但在艺术表现上却有精湛之处。上片写初见时的总体印象，由服饰写到妆饰。下片侧重描绘体态和衣裳，是舞后留下的深刻印象。

上片四句写宴上初见，由双蝶表现罗裙之特点，由淡妆表现面饰之特点，写出一位罗裙绣蝶淡妆素面、风度娴雅的女子形象，颇像一幅美女图肖像画。下片开头三句用倒装法，"人人道。柳腰身"是一垫，当是以前听说的印象。

"细看诸处好"则全面肯定，说明这位舞女各处都好，又受端详，越看越好看，仔细看样样都美。结尾两句写衣饰之美，当是跳舞时快速旋转身体时裙子飞舞的形象，舞罢离场前的印象，更衬托出这位女子的神韵仙姿。

一丛花①

张　先

伤高怀远几时穷？无物似情浓。离愁正引千丝乱，更东陌②、飞絮濛濛。嘶骑渐遥，征尘不断，何处认郎踪？　　双鸳池沼水溶溶。南北小桡③通。梯横画阁黄昏后，又还是、斜月帘栊④。沉恨细思，不如桃杏，犹解嫁东风。

注释　　①一丛花：词牌名，双调七十八字。②陌：田间小路，东西称陌。此语泛指道路。③桡：船桨，此代指船。④帘栊：带帘之窗。

译文　　登楼远眺，怀念远方的情人，思绪绵绵，难尽难穷。人世间没有什么能像相思之情这样又深又细、又长又浓。眼前的千条柳丝随风乱舞，引发我的无限恋情，更何况那东边的大路上，飞絮如雪，迷迷蒙蒙。情人坐骑的嘶鸣之声渐渐遥远，路上征尘不断，我又怎能辨认郎君的行踪？　　楼阁之下，一双鸳鸯正在嬉戏，池水溶溶。几条小船来来往往，南北相通。梯子横在画阁的一边，闲置不用，又到了黄昏时节，渐渐地，一轮明月映照着帘栊，孤独寂寥的情绪袭来，令人幽怨无穷。仔细想来，自己芳龄已过，当无法得到幸福的爱情，尚不如那些桃花杏蕊，还知道及时嫁给骀荡的东风，随着东风飘舞，任凭北南西东。

评析　　本词是伤春怀人之作。全篇紧扣"伤高怀远"布局谋篇，从登楼远望，为眼前之暮春景色所感伤，引出对情人远去的怅惘之情。下片转写近处的池沼，眼前的楼阁。结句写到自身的幽恨，由远及近，由彼及己，秩序井然，层次分明。

据杨湜引《古今词话》云："张先，字子野，曾与一尼私约。其老尼性严，每卧于池岛中一小阁，候夜深人静，其尼潜下桥，偕子野登阁相遇。临别，子野不胜惓惓，作《一丛花》词以道其怀。"词中有"池沼"及"梯横画阁"之句，此说似可信。

本词起笔突兀，用重笔直接抒慨，有统摄全篇之效。接下三句以景托情，写离愁别恨的深沉浓郁，用"千丝"谐音双关"千思"，表现愁思的千头万绪，再以蒙蒙飞絮映衬，情味弥足。结尾三句写人远唯闻马嘶，暗示送者不忍告别的深情。可以想象，在楼上眺望情人骑马远去时的情景，深情无限。下片承伤高怀远，续写登楼所见之近景，以双鸳自由嬉戏反衬抒情主人公的孤独。以小船通往南北反衬自己的无处认郎踪，看似闲笔，实有深味，须仔细体会。"梯横画阁"二句点明幽会地点及人尚未来之怅恨，"又"字点明这已经不是初次，又黄昏月上之时，情人能否再来尚不可知，盼望期待心情很深婉，于叙事写景中寓有深情，并引出结尾三句深深的怨恨。设想奇妙，抒情深婉细腻，又是本色语言，为时人所激赏，称其为"桃杏嫁东风郎中"，可见影响之大。

天仙子 [1]

张　先

时为嘉禾小倅 [2]，以病眠不赴府会。

水调 [3] 数声持酒听，午醉醒来愁未醒。送春春去几时回？临晚镜。伤流景 [4]。往事后期空记省。　　沙上并禽池上暝。云破月来花弄影。重重帘幕密遮灯，风不定。人初静。明日落红应满径。

注释　　① 天仙子：唐教坊曲名，后用作词牌。本词双调六十八字，属变体。② 嘉禾小倅：

嘉禾郡（今浙江嘉兴）的佐官。③水调：曲词的调名。古曲有《新水调》，词有《水调歌头》。④流景：流逝的光阴。

译文　　乐伎弹奏着《水调》的乐曲，我端着酒杯仔细品听。在乐曲声中，我因不胜酒力而昏昏欲睡，午睡醒来，愁却未醒，依然觉得烦闷满胸。年年都送春归去，而春天去后几时才有归程？傍晚独自临镜，更加感伤年华如流，留待以后回忆和反省。　　来到庭院之中，沙滩上，鸳鸯双栖交颈，水池上一片昏暝。忽来一阵轻风，吹破浮云，皎洁的明月露出笑容。花枝在微风中摇曳，仿佛在显示卖弄她的倩影风情。回到卧室之中，我放下帘幕，一层又一层，密密地遮住那盏小灯，人声初静，风声未定，明天清晨，一定有许多花瓣被风吹落，将会铺满院间的小径。

评析　　据词前小序可见，张先在嘉禾郡任判官时，因身体不适而未赴府台，在家昼眠，流连光景，有感而作。上片侧重写思想活动，是静态。下片写到庭院中所见的景象，情寓景中，是动态。静态有平淡之趣，动态有空灵之美。

　　上片开头两句写饮酒听曲，借酒浇愁，结果酒醉可醒而愁无法消除，表现哀愁的深与浓。以下四句是愁的思想内容，春去难再归，人老难再少，多少风流韵事，只能留待未来的回忆。过片开头两句写鸳鸯一类小禽，天一黑就双栖并宿，有如情人燕婉亲昵。而自己却形影相吊，索居独处，岂不可伤？此景暗合上片的"送春春去几时回"一句。可以理解，"春去"并非单指自然春天的过去，还蕴含对青春时期多少风流韵事的追忆和惋惜。"云破月来花弄影"是最受称誉的千古佳句，写瞬间的动态美景和惊喜的心理感受。情与景谐，自然浑成，妙不可言。沈际飞在《草堂诗余正集》中说："'云破月来'句，心与景会，落笔即是，着意即非，故当脍炙。"杨慎也说："'云破月来花弄影'，景物如画，画亦不能至此，绝倒绝倒。"（《词品》）一个人于黄昏月升之时观看鸳鸯并眠，月下花影，其孤独难耐之情亦可想见。结尾四句写听风声后的惜春、伤春之情。结句空灵蕴藉，与孟浩然的"花落知多少"异曲同工。

青门引 ①

春 恩

张 先

乍暖还轻冷，风雨晚来方定。庭轩②寂寞近清明，残花中酒③，又是去年病。　　楼头画角④风吹醒，入夜重门静。那堪更被明月，隔墙送过秋千影。

注释　　① 青门引：词牌名，此调仅此一体，双调五十二字。② 庭轩：庭院中的画廊。此代指庭院。③ 中酒：醉酒。④ 画角：由西域传入的管乐器。因外加彩绘，故称画角。

译文　　天气刚转暖，还有阵阵轻微的寒冷。一天里风雨交加，傍晚时才雨停风定。庭院中寂寞冷清，又到了清明。在残花中饮酒酩酊，与去年是一样的情景，一样的心病。　　楼头上画角嘶鸣，在风声中更令人心惊，我被这声音吹醒，这才发现已经夜深人静。层层大门紧紧关闭，庭院中更加寂静。心绪本来纷乱不宁，哪料想，又看见隔墙那面映过来的秋千的阴影，更引起我无尽的情思，那相思激动的心绪实在难以平静。

评析　　本词抒写春日的寂寞之心和怀旧之情。无名氏《草堂诗余》题作"怀旧"，与词之内容相合。上片写主人公暮春风雨之后，傍晚之时，借酒浇愁。下片写入夜之际，见景而生怀人之情。

　　起笔二句，写对春天气候的感觉，体会精微，描写细腻。气候变化不定，人心神不安。风雨令人生愁，寂寞令人难耐。又当清明花残时节，颇有美景不长之慨，于是一年一醉，以醉遣愁。这是无奈中的一种选择。下片换头二句，以悲凉的画角声衬托自己庭院重门深闭的阒寂。酒醒时已入夜，伤心人醒时自然更加痛苦。黑夜使人心情更加压抑暗淡。结尾两句抒情再进一层，正在怅惘之时，月光竟把隔墙秋千的影子送过来。"那堪"暗示出词人见这一影子而生的郁郁寡欢的情怀。或者作者所怀之人是位爱荡秋千的女子，故见秋千影而思爱荡秋千之人。但作者并未说破，大增幽渺之意味。黄蓼园云：

"末句那堪送影，真是描神之笔，极希微窅渺之致。"（《蓼园词选》）

晏　殊／991—1055

字同叔，抚州临川（今江西抚州）人。景德二年（1005）以神童召试，赐同进士出身。仁宗时，官至同中书门下平章事兼枢密使。政治上无甚建树，然喜奖掖后进，当时名臣范仲淹、富弼、韩琦、欧阳修等均出其门。卒谥元献，世称晏元献。词风娴雅宛丽，追求气象。有《珠玉词》。

浣溪沙①

晏　殊

　　一曲新词酒一杯，去年天气旧亭台，夕阳西下几时回？　　无可奈何花落去，似曾相识燕归来，小园香径②独徘徊。

注释　　①浣溪沙：词牌名，本词属正体，双调四十二字。②香径：充满花香的园间小路。

译文　　填一曲新词倩人演唱，斟一杯美酒仔细品尝，非常惬意而宠辱皆忘。时令气候依旧，亭台池榭依旧，都与去年一个模样。夕阳西下，几时才能回转再放光芒？　　无可奈何，百花再次残落；似曾相识，春燕又归画堂。美好的事物无法挽留，即使再出现时与先前也绝非一模一样，只不过似曾相识有些相仿，想到这些怎不令人感伤。我独自在充满花香的小径里徘徊彷徨，反复思量而又思量。

评析　　本词是一首脍炙人口的小令。意在抒发春光流逝、好景难再、人生易老的感伤。语言圆转流利，意蕴虚涵深广，并能给人一种哲理的启迪。

　　起句写对酒听歌的环境，感情轻松喜悦，意态潇洒安闲。次二句写天气亭台依旧，但见夕阳西下，时光流逝，好景难长。"几时回"于盼望中充满着怅惘迷茫。其中不仅有情感活动，而且也包含着深沉的哲理的思考。意蕴上与刘希夷的"年年岁岁花相似，岁岁年年人不同"相近。过片对起，由于对仗工巧浑成，流利含蓄，意蕴丰富深刻而成千古名句。在惋惜与欣慰的交织中，包含着这样的生活哲理：无法阻止美好事物的逝去，但在其逝去之后，还会有美好事物的出现。生活并不会因为美好事物的消逝而变得一片虚无、暗淡无光。只不过再现的事物已不再是原封不动的，只是"似曾相识"罢了。这确是人人都可领悟而又未能用艺术语言表达的一种充满思考的感受。杨慎评曰："'无可奈何'二语工丽，天然奇偶。"（《词品》）尾句的"独徘徊"增加了神韵。

浣溪沙
晏　殊

　　一向①年光有限身，等闲②离别易销魂，酒筵歌席莫辞频。　　满目山河空念远，落花风雨更伤春，不如怜取③眼前人。

注释　　①一向：一晌，一会儿，片刻。②等闲：平常，普遍。③怜取：怜爱。

译文　　片刻的时光，有限的人生，即使是平常的离别，也令人特别销魂。还是尽情地去欢歌宴饮吧，不要嫌这样的场合太多太频。　　面对着满目河山，空有怀人念远之心，花儿在风雨中飘零，更令人惜春与伤春。恋旧念远徒劳而无益，还不如去怜爱眼前这些如花似玉的美人。

　　本词写暮春时节的离愁别绪，在无可奈何的感伤中尚有旷达之怀，在表现豁达的胸襟中又有难以名状的惆怅，有富贵温婉气象。

　　细绎全词，当是应景而作。上片即景抒情，告诫即将离别之人，要珍惜这种情意，时光易逝而人生有限，切勿轻易离别，应不负人生共同欢爱的乐趣。下片既是劝慰他人也是自慰。不要哀旧念远，容易令人伤心憔悴。还是用旧意来怜新人吧！看似薄情寡义，细思词味，在薄情之后有一段难以忘怀的旧情，无法忘记的深情。章法结构上，本词也自有特色。上片三句一气呵成而又笔意曲折。俞陛云评曰："半首中无一平笔。"（《宋词选释》）下片承前，"满目山河"在景色上承接"离别"，"念远"在感情意念上照应"离别"，"空"字是无可奈何之意，恰恰表现无法割舍的思念，抒情深厚而委婉。"落花"句承"一向年光"，表现离别的时间长度，使全词构成一个统一的意境。

清平乐 ①
晏　殊

　　红笺小字，说尽平生意，鸿雁在云鱼在水，②惆怅此情难寄。　　斜阳独倚西楼，遥山恰对帘钩。人面不知何处，绿波依旧东流。

注释　　①清平乐：词牌名，此调共三体，本词属正体，双调四十六字。②"鸿雁"句：古代有鸿雁寄信、鲤鱼传书之说。

译文　　密密麻麻的深情小字，写满浅红色的信笺，我对你的一片痴情，全都寄托在字里行间。可是鸿雁在空中鱼在水里，这封情书却难以寄到你的面前，令我伤心而又茫然。　　面对斜阳我独倚西楼，遥远的山峰恰对着我身后的帘钩。满目空旷，意中人不知去向哪里，只有楼下的河水依旧汩汩东流。

评析　　本词抒写怀春念远之情。上片写情书已成无法寄出，空怀怅惘；下片写临高望远，不见情人行踪，更增感伤。

开头叙事兼抒情，红笺小字，可见信纸之精美与心里话之多，暗示出这是一封充满芳心绮意的情书，对方则是倾心相爱的知音。三四句转折，写无法寄出的苦闷。用常典而有新意，增加许多风情。过片似转实连，既然锦书难托，那么舍而求其次，干脆直接望归吧。故独倚西楼眺望远处的大路。一直到斜阳之时还在凭倚眺望，可见其盼归之情殷切。"遥山恰对帘钩"象征两情相对而遭受阻隔的意味，结果等到的是空虚。结尾二句用崔护《题都城南庄》的"人面不知何处去，桃花依旧笑春风"句意而略加变化，弥增风韵。

清平乐

晏　殊

金风①细细，叶叶梧桐坠。绿酒初尝人易醉，一枕小窗浓睡。　　紫薇朱槿花残，斜阳却照阑干。双燕欲归时节，银屏②昨夜微寒。

注释　　① 金风：秋风。五行中秋天属金，故秋风也称金风。② 银屏：银色或嵌银的屏风。

译文　　秋风徐徐，梧桐叶子在一片一片地飘坠。刚刚品尝漂浮绿沫的新酒，酒香味浓，饮了就醉，便经常在小窗下一场酣睡。　　紫色的蔷薇、朱红的木槿花儿都已凋残，斜阳映照着花圃的栏杆。正当这双燕欲归的时候，银色屏风遮挡的帷幕中，我已感受到了轻微的秋寒。

评析　　本词是悲秋怀人之作。风情旖旎，气象华贵，颇能体现晏殊词作的风格。
上片写酒醉之后的浓睡。起二句点明时令，渲染气氛。庭院中是西风落叶，画堂里是词人初尝新酒而醉眠。"初尝"本是小饮，为何便会酒醉而又浓睡，其中包含着词人的悲秋意识，也包含抒情主人公的孤独寂寞之感，在情感上暗启下片，也正是本词的含蓄之处。下片写薄暮酒醒，凭栏所见之景。

日斜是难堪之时，花谢为伤感之景。"双燕欲归"是指归去，再点秋意，又暗含羡慕之意。双燕可成对归去，燕婉相亲，而屏风里的人却只能单眠独宿，怎能不感到微寒呢？"寒"主要是心寒，表现心境之凄凉。这是人之常情，故也最能动人。"银屏昨夜微寒"是篇末点题，而且非常含蓄委婉。"寒"字是抒情主人公之主体感受，又与上片的白昼饮酒睡眠有关系，因为昨夜感觉孤单寒冷，失眠严重，因此才会在今日白天饮酒消愁，睡眠补觉，这些都是细微之处，需要仔细体会品味方会感觉出妙处。与温庭筠《菩萨蛮》（小山重叠金明灭）一词结构有相似处。温词前面只写贵族女子慵懒，最后点出"双双金鹧鸪"，反衬其孤独，意念上倒贯全篇。可见晏殊词深受花间词影响，有其精髓。

木兰花

晏 殊

　　燕鸿过后莺归去，细算浮生①千万绪。长于春梦②几多时，散似秋云无觅处。　　闻琴③解佩④神仙侣，挽断罗衣留不住。劝君莫作独醒人，烂醉花间应有数。

注释　　①浮生：谓人生漂浮不定。②春梦：喻好景不长。③闻琴：据《史记》载：卓文君新寡，司马相如以琴挑之，文君闻琴而知其心。夜奔相如，遂结为恩爱夫妻。④解佩：据刘向《列仙传》载：郑交甫行汉水之滨，遇二美女而悦之，二女便解下玉佩相赠。

译文　　鸿鹄和春燕已飞走，黄莺也很快归去。这些可爱的鸟儿，个个与我分离。仔细寻思起来，人生漂浮不定，真是千头万绪。莺歌燕舞的春景，像梦幻般没有几时，便像秋云那样散去，再也难以寻觅她的踪迹。　　像卓文君那样闻琴而知音，与司马相如勇敢私奔；像汉水游女那样温柔多情，遇到郑交甫即解佩相赠。这样神仙般的伴侣离我而去，即使挽断她们绫罗的衣裙，也留不住她们的倩影。举世昏醉，我又何必独自清醒？姑且也到花间去尽情狂饮，让酒精来麻醉我这颗受伤的心灵。在那沉醉的人群中，也应该有我的身影。

评析　　本词写美景不长，春去难归的无奈及人去难留，只好借酒浇愁。表面看很消极，骨子里却有深深的隐忧和炽热的感情，需仔细体会方可悟得。

　　晏殊一生富贵，当不会有"挽断罗衣留不住"的"神仙侣"，故此词当有比兴寄托。虽不敢具体指实，但根据词意也可体会个中消息。庆历初，晏殊为宰相，范仲淹、韩琦、富弼、欧阳修等人物均任朝官，人才济济。庆历新政失败，范、韩、富、欧阳等相继被贬，离开朝廷，晏殊也被罢相，使他忧心忡忡又无可奈何。上片燕、鸿、莺之比，当指这些人才。过片中的"神仙侣"当也是这些人物，自己尽力挽留也无济于事，最后还是被逐出朝廷，那是因为自己的力量不足。最后两句是愤激之情，实质是说唯我清醒而又无能为力，只好借醉遣愁吧！全词用比兴手法抒情达意，用典娴熟贴切，艺术风格与南宋的辛弃疾词有相近处。在晏殊词中实不多见。

木兰花

晏　殊

　　池塘水绿风微暖，记得玉真①初见面。重头②歌韵响铮琮，入破③舞腰红乱旋。　　玉钩阑下香阶畔，醉后不知斜日晚。当时共我赏花人，点检④如今无一半。

注释　　①玉真：谓仙人，这里指美人。②重头：双调词上下片起句句式字数相同叫"重头"。③破：乐曲之繁声。④点检：数点、盘算。

译文　　池塘的绿波荡荡漾漾，和煦的春风暖暖融融。记得正是在这样恼人的场景，我初次见到你的芳容。你的嗓音甜美而圆润，往复回环的翠玉般响亮的歌声荡人心魂，你的舞姿婀娜优美，节奏急促时，腰肢像旋风一样旋转，所见到的只是那飘舞的红裙。 白色玉石曲折栏杆围绕的花圃里，酒醉后我们欣赏鲜花陶醉其中，居然不知道红日西斜天已黄昏。当时与我共同赏花的朋友，仔细盘算起来，如今剩下的还不到一半人。

评析 本词追忆早年初见美人时的喜悦与欢欣及今日物是人非的惆怅，在对比中抒发好景不长的人生感慨。

上片前二句写初见美人时的印象。以良辰美景做背景，为正衬法。后二句描写美人歌声之悦耳及舞姿之飘逸，有声有形，给人造成强烈的印象。而这清亮的歌声和优美迷人的舞姿便都来自那位被称作玉真的美人。下片前二句很含蓄，既可理解为现景，又暗含着对往昔风流韵事的幸福追忆，值得品味。可以理解为与上片相连，也是与美人在一起的情景，在那个优美宜人的环境，非常幸福与陶醉。这样写自然为结尾两句的抒慨蓄势，然后抒发当时之人多已过世，人生苦短的慨叹。宇宙无穷，人生短暂，这是人类极为关注的问题，故有普遍意义。张宗橚评此词云："东坡诗：'尊前检点几人非'与此词结句同意。往事关心，人生如梦。每读一过，不禁惘然。"（《词林纪事》）

木兰花

晏　殊

绿杨芳草长亭①路，年少抛人容易去。楼头残梦五更钟，花底离愁三月雨。无情不似多情苦，一寸还成千万缕。天涯地角有穷时，只有相思无尽处。

注释 ① 长亭：古人送别之所。

译文 高高的绿杨，如茵的芳草，映衬着大路通往长亭。在长亭之上，那位少年轻易地离开我而远去，是那样的寡义薄情。从此后，我孤苦伶仃。深夜残梦时尚能够听到五更的钟声。在花前，暮春三月的阴雨正在飘洒，使我的离愁更深更浓。　　唉，无情人不像多情人这样痛苦，那一寸寸芳心恋情，仿佛千丝万缕一般难以理清。尽管远至天涯地角，也还会有到达的时候，可是我的相思渴盼却连绵不断，无边无际，无始无终。

评析　　本词写闺怨，表现思妇刻骨的相思之情。用轻盈的笔触刻画出一位对爱情忠贞不渝的女子形象。

　　上片首句写景，点明离别的时间、地点。时间是绿杨依依的春天。地点是长亭。次句叙事，写男子对离别的轻率态度。反衬出女子的多情。后二句用互文见义之法描写情人离去后的相思之苦。夜里失眠，刚入梦境又被"五更钟"惊破，连个好梦都做不成。本句诗化用李商隐《无题》"来是空言去绝踪，月斜楼上五更钟"的意境，但已经融入全词，没有生硬之感。白昼观花，又飘洒着蒙蒙细雨。以钟声惊梦况其神经衰弱，状其相思之深，以"三月雨"烘托心情之暗淡，离愁之深广，情境俱现。下片两用反语，前二句先以无情与多情做对比，埋怨对方的无情，反衬自己的多情。"一寸"句暗用李商隐"春心莫共花争发，一寸相思一寸灰"的句意而尤为精练凝重。"千万缕"说愁之多而无绪。后两句则是用具体比喻来证明愁之无有终结。两个比喻，一说愁多，另一说愁长，化抽象为具象，意蕴丰富而生动形象。

踏莎行

晏　殊

　　祖席[①]离歌，长亭别宴，香尘已隔犹回面。居人匹马映林嘶，行人去棹[②]依波转。　　书阁魂消，高楼目断，斜阳只送平波远。无穷无尽是离愁，天涯地角寻思遍。

注释　　① 祖席：古人送别时所设宴席。② 去棹：离去的船，指行人。

译文　　离别宴上，唱着令人销魂的离歌。长亭中，我和你依依惜别。路上的飞尘已把我们阻隔，但你还在不断回首，我更是难分难舍。留下的人骑着马，马也在林边嘶鸣留恋，离去的人乘着小舟，伴随着远去的绿波。　　登上画阁，我更是愁绪万千难以言说。朝你所去的方向眺望，只见万里云烟斜晖脉脉。离别的愁绪占据我的心田，无计消除，无法排遣，无处解脱。尽管你走到天涯地角，我的心也会紧紧跟随着你，永远陪伴你到处奔波。

评析　　本词写送别友人的深情及别后的思念。从"居人匹马"句看，是朋友间的离别而非女子送情郎，因古代女子多乘车而很少骑马。

　　上片开头三句渲染离别之悲剧气氛。长亭为送别之所，别宴为送行而设，"离歌"已充满愁情。"香尘已隔犹回面"写行人之多情，情境如画。而行人之多情恰反衬出送行者为重情之人，属于从反面着墨法。或云"回面"写谁未确，当写二人，更增缠绵缱绻之情意。此说不可取，"回面"者一定是行人，因送人只需前看不必回头。如果回头则已离开送别之所回家矣，与全词意境不合。末两句写行人已远，而送者尚不思归，从正面落笔。下片开头三句很含蓄，或谓当时送别之景。即在林边看不到，则再登楼上高处远望，为连续动作。虽显得拘谨，于理亦通，还是理解为别后登楼为好。末二句表现离愁之多，思念之广，抒写"春蚕至死丝方尽"的执着之情。全词深情纱绵，唐圭璋先生赞美其"足抵一篇《别赋》"（《唐宋词简释》），非溢美之词也。

踏莎行

晏　殊

小径红稀^①，芳郊绿遍，高台树色阴阴见。春风不解禁杨花，濛濛乱扑行人面。　　翠叶藏莺，朱帘隔燕，炉香静逐游丝^②转。一场愁梦酒醒时，斜阳却照深深院。

注释　　①红稀：花儿因凋落而稀少。②游丝：暮春时节，蜘蛛青虫之丝在晴空中飘荡，称游丝。

译文　　小路两旁，花儿稀疏，只有几点残红；郊外田野，芳草绿遍，沐浴着骀荡的春风。高台近处，树木环绕，绿色浓郁成荫。春风也不知道管理禁止一下柳絮，将其吹得漫天飘舞，乱扑人的脸，落满人的身。　翠叶掩映，看不见黄莺，只能听到婉转的歌声。珠帘低垂，隔开了燕子的身影。炉中的香烟袅袅上升，像追逐空中的游丝，盘绕升腾。实在无聊烦闷，我只好饮酒，渐渐进入梦境。当从梦境醒来时，斜阳照在静悄悄的院子里，西方一片残红。

评析　　本词借暮春之美景，抒发韶光易逝之闲愁。上片写出游时郊外之景，下片写归来后院落之景。恋春惜春之情充满字里行间，空灵而有韵致。

　　上片写郊外所见，三句词从近到远，视野开阔，很有空间感，属于移步换形之法，具有典型的时序特征。花儿凋谢殆尽，绿草遍布原野，树叶已很茂盛，林中的楼台隐约可见，正是初夏之景。杨花扑面，尤增暮春之特色。"濛濛乱扑"富有动态感，颇有情趣。埋怨春风，看似无理，似怨似嘲，也含有对春景的喜爱之情。下片转写到院中之景。"翠叶藏莺"，闻声而不见鸟，暗示树叶已繁密，空灵而有神韵。朱帘隔燕"暗示人已由院中回到室内，故燕子在外。室中的香烟描状风静人静至极，笔致细腻，情景如现。"游丝"本来指春夏季节晴朗无风之时，随着地面空气上升，有些昆虫所吐的极细的丝在空气中飘浮游动的样态，是极细微的物象。这里是形容香炉里冒出的香烟袅袅盘旋上升的情景，精致细微到极点，衬托人心之静，也有比喻意义，很精彩。末二句跳脱，写酒醒后已至黄昏，以景语作结，含蓄而有韵味，于惜时之中又有淡淡的忧伤。

蝶恋花 ①

晏 殊

六曲阑干偎碧树，杨柳风轻，展尽黄金缕②。谁把钿筝③移玉柱，穿帘海燕④双飞去。　　满眼游丝兼落絮，红杏开时，一霎清明雨。浓睡觉来莺乱语，惊残好梦无寻处。⑤

注释　　① 蝶恋花：唐教坊曲名，后用为词牌。本名鹊踏枝，晏殊始改今名。双调六十字。② 黄金缕：指嫩柳条。③ 钿筝：用罗钿装饰的筝。④ 海燕：燕子的别称。古人认为燕子生于南方，渡海而至，故称。⑤ "浓睡"两句：暗用金昌绪《春怨》诗意："打起黄莺儿，莫教枝上啼。啼时惊妾梦，不得到辽西。"

译文　　曲折的栏杆依靠着绿树，金黄色的柳丝轻轻飘拂在春风中。是谁在拨弄装饰着罗钿的筝柱，弹奏着伤心的乐曲！一对燕子穿过帘幕双双飞去。满天飘着游丝和柳絮，红杏正在开花，清明时又下起阵阵急雨。浓睡醒来，只听见黄莺乱啼，啼声惊破了我的美梦，那温馨的梦境再也无法寻觅。

评析　　本词抒写春日的闲愁。上片写迎春之情，下片抒送春之意。词意含蓄蕴藉，只表现主人公的一种情绪。

上片开头三句写初春之景，有富贵气象。后两句是主人公的活动，在意念上有倒装，他看到海燕双飞，而伤心自己的孤独，面对芳春美景而触动春愁，故弹筝以抒情。下片前三句写暮春之景，后两句化用金昌绪《春怨》诗的意境，抒发伤春的意绪。语言明丽，用意婉曲。晏殊说："余每吟咏富贵，不含金玉锦绣，而唯说其气象。"（《青箱杂记》）这种观点很重要，这里提出的"气象"已经含有意境的意思，注意追求整体意境是晏殊词的一大特点。而本词正体现了这一风格。本词一作冯延巳词，又作欧阳修词。

韩缜

韩缜/1019—1097

字玉汝，开封雍丘（今河南杞县）人。庆历二年（1042）进士。累官知枢密院事，尚书右仆射兼中书侍郎，出知颍昌府。以太子太保致仕。谥庄敏。存词一首。

凤箫吟[①]

韩 缜

锁离愁，连绵无际，来时陌上初熏[②]。绣帏人念远，暗垂珠泪，泣送征轮。长亭长在眼，更重重、远水孤云。但望极楼高，尽日目断王孙[③]。　　消魂，池塘别后，曾行处、绿妒轻裙。恁[④]时携素手，乱花飞絮里，缓步香茵。朱颜空自改，向年年、芳意长新。遍绿野、嬉游醉眠，莫负青春。

注释　　①凤箫吟：词牌名，又名凤楼吟、芳草。此调五体，本词属于正体，双调一百字。②初熏：青草刚散发清香之味。③王孙：古代贵族子弟的通称。④恁：那时。

译文　　芳草萋萋，似乎牵引锁住少女的春心。那碧色绵延无际，青草正散发着泥土的芬芳。那晶莹的露珠，如绣帏中的佳人眷恋着远方的游子，正在暗自垂泪，送着远行的车轮。青草触目尽是，无论行到哪里，都可看到她的绿茵。重重叠叠，到处绵延，哪怕是远水孤村。只能登上高楼，终日里极目眺望，那青草就一直伴随着远行的公子王孙。　　这情景，真是令人伤心。自从池塘分别之后，凡是经过的地方，那些绿草都忌妒你的绿色罗裙，因为草的绿色远远不如你的衣裙更美丽动人。那时我拉着你白皙的纤手，在繁花飞絮里，尽情地漫步游览散发清香的绿茵。如今，红润的面庞徒自改变，年年如此，但怜芳爱美的心情却不断变新。我爱在广袤的绿野上，尽情地嬉戏游览，切莫辜负这大好的青春。

评析　　这是一首充满爱情色彩的咏物词。作者在绿草形象中寄托了自己的爱情。将芳草拟人化，在笔力上虽稍逊苏东坡的咏杨花词，但在表现方法上颇有相似之处。上片写芳草的触目尽是与其所引起的离别之苦，下片想象闺中的人股切盼归之情，以寄托自己的愁思。

　　据叶梦得《石林诗话》载：元丰初年，西夏派人来与宋议定边界，朝廷派韩缜前去谈判。临行前与爱姬刘氏欢饮通夕，且作这首词留别。翌日，忽接宫中圣旨，特批步军司派人护卫，把刘氏追送到韩缜处。这段传说增加了本词的情趣，也为我们理解把握词意提供了线索。上片主要写春草，草中有人，亦草亦人，正是咏物之妙境。前三句写陌上一片芳草，已锁离愁，是路上告别时之情景。"初熏"写草清香之气，也暗寓情人馨香之品性，又暗用江淹《别赋》"陌上草熏"之语。"绣帏"三句写草之神。露珠如泪，泣送行人之车轮，又暗拟佳人之多情。"长亭"三句，写行人所历之处，皆有芳草相伴随。末二句又折回闺中人登楼张望之景，属别后想象之景。"目断王孙"既表现闺人眷恋之切，又暗用《楚辞》"王孙游兮不归，春草生兮萋萋"，切合"草"字，构思缜密。下片逆入，追思往昔之景，亦扣紧在芳草地中的恋情来写。"绿妒轻裙"间接表现出爱姬之美态，连那些令人心醉的芳草都要羡慕忌妒爱姬的绿色罗裙，可见爱姬之美丽妖媚。同时也使我们联想到牛希济"记得绿罗裙，处处怜芳草"的名句，这里是翻用，用词颇有新意。次三句回忆当时与爱姬同步绿荫时的幸福情景，反衬出现境的孤独之苦。结尾几句宕开，表面旷达，实质是更深的隐忧，含义颇为丰富。

宋祁／998—1061

安州安陆（今属湖北）人。后迁开封雍丘（今河南杞县）。天圣二年（1024）与兄宋庠同时举进士，排名第一。章献太后以为弟不可先兄，乃擢庠第一，而置祁第十，时号大、小宋，并称"二宋"。历官国子监直讲、太常博士、尚书工部员外郎、知制诰、史馆修撰、翰林学士承旨等。卒谥景文。曾与欧阳修同修《新唐书》。《全宋词》录其词六首。

木兰花

春 景

宋 祁

东城渐觉风光好，縠皱①波纹迎客棹。绿杨烟外晓寒轻，红杏枝头春意闹。浮生②长恨欢娱少，肯爱千金轻一笑？为君持酒劝斜阳，且向花间留晚照③。

注释　①縠皱：即绉纱，比喻细细的水波纹。②浮生：谓人生虚幻而漂泊不定。③晚照：晚日的余晖。

译文　来到城的东郊，景色越来越好。丝绸皱纹般的水波粼粼闪光，迎接着游客的船棹。嫩黄轻拂的春柳如烟雾笼罩，远处的轻云变幻莫测，虚幻缥缈。枝头上盛开的红杏鲜艳刺眼，春味弥足，仿佛在宣布春天已经来到，令游人的游兴更高。　　平常只恨欢娱太少，怎能吝啬金钱而轻视如此快乐的一笑？为此我端着酒杯规劝斜阳，请你慢些归去，且为在花丛间快乐的人们多逗留分分秒秒。

评析　本词一题"春景"。上片写春游所见景色之美，体物精微，笔触细腻。下片写春游之所感，情致婉曲。因其"红杏枝头春意闹"造语尖新而为时人激赏，宋祁并因之而被称为"红杏尚书"。

上片写春游所见之景。"东城"点明地点，指汴京城东郊。这一带园林甚多，是当时的主要风景游览区。据《东京梦华录》载，当时这里十分繁华热闹："次第春容满野，暖律喧晴，万花争出。粉墙细柳，斜笼绮陌。香轮暖辗，芳草如茵，骏骑骄嘶，杏花如绣。莺啼芳树，燕舞晴空，红妆按乐于宝榭层楼，白面行歌近画桥流水，举目则秋千巧笑，触处则蹴鞠疏狂。寻芳选胜，花絮如坠，金樽折翠簪红，蜂蝶暗随归骑，于是相近清明矣。""风光好"是景色气候及人心情皆好之意。"渐觉"暗启下几句所见景物的次第。"縠皱"以喻水之细波，给人以清澈灵动之感。"绿杨"即绿柳，绿柳如烟，状其泛青淡绿之时那种若有若无的绿色，如轻烟薄雾罩着一般，朦朦胧胧，给人以美的享受。再看那枝头上的红杏，如火如荼，颇为耀眼。行笔至此，盎然的春意，蓬勃的生机跃然纸上。"闹"字写出杏花争鲜斗艳之神，也表现出作者的欣喜之情。境界全出矣。下片前二句感慨人生愁多乐少，尤显出此时游乐赏景的可贵，故云不必因吝惜金钱而错过玩乐的机会。结尾二句进一步表现惜时恋时，及时行乐之意。看似消极，实则正表现出对生活的无比热爱。全词从"晓寒轻"到"留晚照"，时间线索颇为清晰。

欧阳修 / 1007—1072

字永叔，号醉翁，晚号六一居士。庐陵（今江西吉安）人。天圣八年进士（1030）进士，历仕知制诰、翰林学士、枢密副使，参知政事等职。卒谥文忠。诗、词、文成就均高，是北宋诗文革新运动领袖。有《新五代史》《欧阳文忠公集》《六一词》《六一诗话》。

采桑子

欧阳修

　　群芳过后西湖^① 好，狼藉^② 残红，飞絮濛濛，垂柳阑干尽日风。　　笙歌散尽游人去，始觉春空，垂下帘栊^③，双燕归来细雨中。

注释　　① 西湖：指颍州西湖，在今安徽阜阳县西北。② 狼藉：杂乱。③ 帘栊：带纱之窗。

译文　　暮春时节，群芳摇落凋零，但西湖的景致依然美丽怡情。残花飘落，轻轻盈盈，柳絮飞舞，迷迷蒙蒙。垂下的嫩柳条轻拂湖边的栏杆，尽日里都是温煦的春风。　　笙箫歌声渐渐停止，游人尽皆散去，这才感到心中有些虚空。回到居室里，放下纱窗，里里外外一片寂静。屋檐下的那对燕子已经归来，细雨依旧，洋洋洒洒，渐渐沥沥，朦朦胧胧。

评析　　欧阳修致仕后，隐居颍州西湖时作了一组《采桑子》词，本词是第四首。上片写冶游之感，在暮春美景中寄托闲适之情；下片言众人归去之静，以细雨双燕状寂寥之况，于落寞中尚有空虚之感，文字疏隽，感情含蓄。

　　上片写暮春之景。"群芳过后"本有衰残之味，常人对此或惋惜，或伤感，或留恋，而作者却赞美说"好"，并以这一感情线索贯穿全篇，人心情舒畅则观景物莫不美丽，心情忧伤则反之。这就是所谓的移情。一片风景就是一种心情，道理也正在于此。下片写"笙歌散尽游人去"，既是现实情景，也有很深的哲理。联想欧阳修一生在官场中沉浮，经历许多大是大非，有得意也有失意，到退休后，则一切都恍如梦境，对于人生也都没有太大的意义，但在领悟人生中还有对于往日繁华的淡淡留恋。谭献说"'笙歌散尽游人去'句，悟语是恋语"（谭评《词辨》），可谓一语中的。本句表现出环境之清幽，"始觉春空"，微传词人的惜春恋春之感。入室垂帘，双燕归来，表现游春之后的闲适自在。以蒙蒙细雨结局，暗应上片的"尽日风"。和风细雨，暗衬心情之平和怡然，景中见情。

诉衷情 ①
眉 意
欧阳修

清晨帘幕卷轻霜，呵手② 试梅妆 ③。都缘自有离恨，故画作远山长。思往事，惜流芳 ④，易成伤。拟歌先敛，欲笑还颦，最断人肠。

注释　　① 诉衷情：唐教坊曲名，后用作词牌。此调为变体，双调四十五字。② 呵手：用口中热气使手温暖。形容天冷。③ 梅妆：即梅花妆。据说南朝宋武帝女寿阳公主在人日卧于含章殿下，一朵梅花落在额头上，成五瓣花形，拂之不去。三天后，才洗去。宫女觉奇异，又认为很美，于是竞相仿效。④ 流芳：一作流光。义同，即流逝的年华。

译文　　清晨卷起帘幕，只见满地银色的清霜。你用热气呵着纤手，试着描画梅花的倩妆。因心灵深处自有离别的幽恨，故意把双眉画成远山的式样，浅淡而又细长。　　思念以往的情事，痛惜流逝的韶光，更容易令人感伤。想要唱歌却先收敛起笑容，想要微笑却又把眉头皱起。那楚楚可怜的模样，最令人寸断肝肠。

评析　　本词抒写女子的离愁别恨。虽有"拟歌"字样，未必定是"歌女"，可作一般闺怨词来理解。上片写今朝化妆之景而含远情，下片写远情而又归到今朝。章法开阖自然。

　　上片写女主人公晨起卷帘梳妆之生活细节，"轻霜""呵手"暗示天气转寒，时至秋季矣。眉画远山透露出山遥水远天各一方的离恨。短短四句便刻画出一位艳丽娇美、多愁善感的美女形象。下片刻画其心理活动。前三句直接揭示内在之情感，"拟歌"两句曲折含蓄，用想要做的表情与实际的外在表情相反矛盾的不和谐传达女子内心世界的淡淡忧伤，用外在表情神态刻画其内心世界，以外显内，暗应上片面妆的描写。美貌而多情的佳丽形象如在目前，呼之欲出。

踏莎行

欧阳修

候馆①梅残，溪桥柳细。草薰风暖摇征辔②。离愁渐远渐无穷，迢迢不断如春水。　寸寸柔肠，盈盈③粉泪④，楼高莫近危阑倚。平芜⑤尽处是春山，行人更在春山外。

注释　①候馆：迎宾候客之馆舍，即旅店。②征辔：行人坐骑的缰绳。辔，缰绳。③盈盈：泪水充溢貌。④粉泪：泪水流到脸上，与粉妆和在一起。⑤平芜：平坦开阔的草原。

译文　馆舍庭院里的梅花已经凋残，小溪桥头的柳树，新生的枝条迎风招展。春草散发着清香，春风和煦而又温暖。行人信马由缰，辔头轻轻摇晃，离家也渐渐遥远。我的愁绪越来越浓，如滔滔奔流的春水般无穷无尽，连绵不断。

柔肠寸寸，千绕百转；晶莹的泪珠流过粉妆的双脸。画楼太高，且不要凭倚高栏，因所见到的情景更令人难堪。在平坦开阔的草原的尽处，是充满春意的远山，而那位心上的人，还要在远山的那一边。

评析　本词抒写离愁别绪。黄升题作"相别"，基本切合题意。上片写行人忆家，下片写闺人忆外。首三句写郊外美景如画，风和日丽，柳细草香，信马徐行，倒也自在。"离愁"两句意转，为全词之眼，以不断之春水状无穷之离愁，化抽象为具象，比喻贴切。下片写闺人，因忆而登楼，因念而望远。才见到平芜已远，而春山更远，那位情侣又在春山之外，远之又远，只可想象而不可目见，思恋之情何禁？抒情极柔婉深厚。本词艺术手法值得借鉴，上片以美景衬愁情，正因良辰美景，才更思伉俪相偕之情，情致蕴藉。下片用推进一层之法，明说"楼高莫近危阑倚"，却偏要去登楼远眺，可见相思情感何其深切、何其浓烈。本词章法也值得借鉴，金圣叹云："前半是自叙，后半是代家里叙，章法极奇。……从一个人心里，想出两个人相思，幻绝，妙绝。"（《唱经堂批欧阳永叔词十二首》）

蝶恋花

欧阳修

　　庭院深深深几许。杨柳堆烟，帘幕无重数。玉勒雕鞍^①游冶处，楼高不见章台路^②。　　雨横风狂三月暮，门掩黄昏，无计留春住。泪眼问花花不语，乱红^③飞过秋千去。

注释　　① 玉勒雕鞍：嵌玉的马笼头和雕画的马鞍。形容马饰的华贵。② 章台路：原是汉代章台下的一条街，妓女多集聚于此，后世遂代称妓女集聚处。唐人小说中多以章台路、章台街为妓女聚居处，便出自此处。也称"章台街"。③ 乱红：落花纷乱。

译文　　庭院深深，层门紧闭，悄无人声。晓雾未散，轻烟笼罩杨柳，迷迷蒙蒙。帘幕低垂，一层又一层。我的心中无限空虚，顿生孤独怅惘之情。意中人骑着配有玉勒雕鞍的宝马，正在烟花柳巷中游乐遣兴。因离得太远，纵然登上高楼，也无法望到章台路的情景。那里便是娼妓歌女集中的地方，到处是红袖摇摇，软语娇声。　　一场暴雨，一阵狂风，气候变化不定。已到暮春三月，风雨更加无情。虚掩房门，没有办法留得住半寸光阴。这情景撕碎了我的心。无人可倾诉心曲，我只好含泪去问红花，可花也无情，不但不答应，反而随风而起，纷纷扬扬，飞过闲挂着的秋千，所看到的只是一片片飞着的残红。

评析　　本词描写闺中少妇的伤春之情。上片写深闺寂寞，阻隔重重，想见意中人而不得，下片写美人迟暮，盼意中人回归而不能，幽恨怨愤之情自现。

　　上片开头三句写"庭院深深"的境况，"深几许"于提问中含有怨艾之情，"堆烟"状院中之静，衬人之孤独寡欢，"帘幕无重数"，写闺阁之幽深封闭，是对大好青春的禁锢，是对美好生命的戕害。"玉勒"二句写意中人任性冶游而又无可奈何，女子怎能不怨？下片前三句用狂风暴雨比喻封建礼教的无情，以花被摧残喻自己青春被毁。"门掩黄昏"四句喻韶华空逝，人生易老之痛。结尾二句写女子的痴情与绝望，含蕴丰厚。毛先舒评此二句说："此可谓层深而浑成。何也？因花而有泪，此一层意也；因泪而问花，此一层意也；花竟不语，此一层意也；不但不语，且又乱落，飞过秋千，此一层意也。人愈伤心，花愈恼人，语愈浅而意愈入，又绝无刻画费力之迹，谓非层深而浑成耶！"（《古今词论》引）可谓妙悟之言。李清照激赏此词，以首句开篇，仿制数首，也可见本词艺术魅力之大。

蝶恋花
欧阳修

谁道闲情①抛弃久？每到春来，惆怅还依旧。日日花前常病酒②，不辞镜里朱颜瘦。　河畔青芜③堤上柳，为问新愁，何事年年有？独立小桥风满袖，平林新月人归后。

注释　①闲情：闲愁。②病酒：谓醉酒。③青芜：青草。

译文　总有一种莫名其妙的闲愁，总想把它抛弃，可它却总萦绕我的心头。每到新春来临之时，那种惆怅忧伤一如故旧。为了消除这种闲愁，我天天在花前月下痛饮美酒，宁可酩酊大醉，不惜身体日渐消瘦。　河边上青草萋萋，河堤上又绿新柳。见到如此美景，我痛苦地暗问自己，为何年年都有一段新愁？我思绪万端，独立在小桥的桥头。清风徐来，吹拂着衣袖。新月从东方升起，弯弯如钩，只有远处那一排排树木与我为伴，在暗淡的月光下影影绰绰。

评析　本词抒写一种莫名其妙的感伤和惆怅。前人多指为闺中思妇，似嫌拘谨。实质就是封建士大夫所产生的一种韶光易逝、人生苦短的喟叹。上片写春来依旧有"闲情"，以酒遣愁；下片写外出观景以遣闲愁，以景语收，情味深厚隽永。

上片起句突兀，劈头而问，表现对"闲情"无法抛弃的怨苦，尤显出闲愁的深浓，表现了在情感方面欲抛不能的一种盘旋郁结的痛苦，抒写主人公想要挣扎出来却不可能。以下各句所写均由此生发而出，故此句有笼罩全篇之效。接下来写春来闲愁依旧，宁可瘦也要用饮酒来打发闲愁。过片前后均是景语，中间两句是情语，使前后之景均为情增添色彩。见到青草绿柳，又增新愁，故独立小桥望月，任凭春风吹拂。唐圭璋云："末两句，只写一美境，而愁自寓焉。"（《唐宋词简释》）又，本词之情蕴与晏殊《浣溪沙》（一曲新词酒一杯）相近。参照阅读，再加以体会，自会有一番领悟。

蝶恋花
欧阳修

几日行云何处去。忘了归来，不道①春将暮。百草千花寒食②路，香车③系在谁家树？　泪眼倚楼频独语，双燕来时，陌上相逢否？撩乱春愁如柳絮，依依梦里无寻处。

注释　　①不道：不觉得，不理睬。②寒食：寒食节，在清明前一两天。③香车：香木所造之车，形容车之华贵。

译文　　那个负心的人像行云般飘浮不定，连续几日也不知道他的踪影。他似乎忘了回家，也不管又到暮春的时令。寒食节的路上百草千花，他乘坐的那辆小车，也不知拴在谁家门口的树径。　我满眼含泪，倚在高楼上自言自语，更显得孤苦伶仃。暗自问归来的双燕，在路上是否与他相逢？我的心里极乱，像满天飘飞的柳絮，纷乱迷蒙。也不知他究竟在何处，即便是在恍惚迷离的梦境里，也不知道去何处把他找寻。

评析　　这是一首闺情词，写一位痴情女子对冶游不归的男子既怨艾又思恋的复杂感情。上片写猜忌之心，侧重在怨字，下片写希冀盼归之情，侧重在思字。

本词一说为冯延巳所作。

　　上片起二句写荡子忘归，"行云"喻男子飘浮不定，既写其人，亦喻其心。春已将暮，芳景良辰没有几日，可荡子不归，孤身子处，情何以堪？"百草千花"承"春将暮"，"香车"句承"何处去"，写女子猜忌幽怨之心，此正是深情之委婉表现。下片转写思念之浓。"倚楼频独语"谓其满腹愁思无人倾诉，"双燕"句写其盼归盼信之切，意近痴而情转浓。"撩乱"句是取眼前景为喻，恰切生动。尾句语更深痛，现境中无法见到，竟连做梦也无寻处，悖理而入情。全篇以怨思贯穿终始，以寻、盼为抒情线索。开篇云"何处去"，中间云"香车系在谁家树"，结句云"无寻处"，前后呼应。思妇的感情始终在怨嗟与期待、苦闷与寻觅的交织中徘徊，很深厚悠远。

木兰花

欧阳修

　　别后不知君远近，触目凄凉多少闷！渐行渐远渐无书，水阔鱼沉[1]何处问？　　夜深风竹敲秋韵[2]，万叶千声皆是恨。故欹单枕梦中寻，梦又不成灯又烬[3]。

注释　　①鱼沉：古人有鱼雁传书之说。鱼沉，谓无人传信。②秋韵：即秋声。此谓风吹竹子发出之声。③烬：火烧剩余之物，此指灯花。

译文　　自从分别后，也不知你去了何方，终日里烦恼愁闷，满目所见到的都是凄凉。你愈走愈远却偏偏愈不来信，山高水长。鱼沉雁落，无法问讯你的近况，怎不令我惦念和恓惶？　　深夜里一片寂静，秋风吹动着秋竹，沙沙作响。一叶叶，一声声，都仿佛暗自传恨，不断增添我的感伤。我斜着身子独倚绣枕，想尽快入梦寻找情郎。可因神经衰弱，偏偏难以进入梦乡。而那盏油灯偏又结满灯花，如同青绿色的萤火虫一样幽暗无光。

　　本词是闺中怀人之作。两句一意，层次井然有序。上片一二句写分别是一恨；三四句写无信又是一恨。下片写独栖难眠，风吹竹声又惹起一番孤寂之愁，又是一恨；欲梦中相寻，而梦又不成，恨更深矣。从时间上看，由日间之秋色写到夜间之秋声，形声交错。其景愈转愈凄凉，其情愈转愈深沉。

　　本词之妙，在于对思妇心理刻画之细腻生动。从开篇始，字字沉稳，句句推进，如同剥笋，层层深入。起句写恨的缘故是"不知君远近"，所以才生出种种怨恨。既然分别又不知远近，无奈只好求其次，有封信也可借以宽慰，但信又无。无信而再求其次，在梦中寻找暂时的相亲相爱也可安慰一下受伤的心灵，但梦又做不成。而风竹之声灯烬之景，更增凄清气氛，烘托出女子为愁所困，神经已极端脆弱。"灯又烬"有双关意，既是现境，又借喻女子的希望非常渺茫，其命运也如同灯花般凄迷暗淡。哀婉幽怨之情俱在境中。

浪淘沙

欧阳修

　　把酒①祝东风，且共从容。垂杨紫陌②洛城东，总是当时携手处，游遍芳丛。　　聚散苦匆匆，此恨无穷。今年花胜去年红，可惜明年花更好，知与谁同？

　　① 把酒：端着酒杯。② 紫陌：泛指郊野的大路。

　　我端起酒杯，祈祷这骀荡可人的春风，请你也留下来，陪伴我优雅从容，和我共同享受这良辰美景。这里是繁华的洛城之东，在宽阔平坦大路的两旁，垂柳依依，春意融融。去年春天，也是在这里，我和友人携手并肩，游遍姹紫嫣红的花丛。　　聚合离散过于匆匆，这令人遗憾无穷。今年的花儿比去年的还红。可惜的是明年的花儿会更艳更红，但与我共同来观花的却不知会是何人？

评析　　欧阳修年轻时曾在洛阳为官。本词当作于斯时。写自己独游洛阳城东郊，饮酒观花时所产生的愿聚恐散的感情。上片由现境而忆已过之境，即由眼前美景而思去年同游之乐。下片再由现境而思未来之境，含遗憾之情于其中，尤表现出对友谊的珍惜。

上片叙事，从游赏中的宴饮写起。开头两句"把酒祝东风，且共从容"，是从司空图《酒泉子》"黄昏把酒祝东风，且从容"词句化来，去掉"黄昏"二字加一个"共"字而成，但完全融入自己词作的意境中，很高妙。东风即春风，在对春风的挽留中表现出对朋友的留恋。用笔委婉，意新语工。"垂杨"句点明地点，承上启下，贯穿全篇。去年游春观花是这里，今年又是在这里，明年我还想来，可同游者却不知是谁了。下片是抒情，开头两句在情感上贯穿全篇。"此恨无穷"的原因是"聚散苦匆匆"，聚而又散，世间没有不散的宴席，因此怨恨也就无穷。这正是词人情深意厚之处。本词以现境为筋脉，思前想后，反衬现境之寂寥寡欢，衬托出对友人的思念之情。俞陛云评曰："因惜花而怀友，前欢寂寂，后会悠悠，至情语以一气挥写，可谓深情如水，行气如虹矣。"（《宋词选释》）还应指出，"今年花胜去年红，可惜明年花更好"两句充满对生活的热爱之情，设想明年这里的花更好更红，给人以欣喜和愉悦，这样的词句本身就具有和平气象，给人美感。

青玉案 ①

欧阳修

一年春事都来② 几？早过了、三之二。绿暗红嫣浑可事③，绿杨庭院，暖风帘幕，有个人憔悴。　　买花载酒长安④ 市，又争似、家山见桃李？不枉⑤东风吹客泪，相思难表，梦魂无据，惟有归来是。

注释　　① 青玉案：词牌名。本词双调六十八字。② 都来：算来。③ 可事：小事，平常之事。

④ 长安：借指开封汴梁。⑤ 不枉：不要冤枉，不怪。

译文　　又一年春光已过去多少，算来三停已过两停。绿荫浓浓，红花重重，全都是寻常情景。庭院中飘拂垂柳，帘幕里荡漾漾暖风。有个人正在忧心忡忡、满面愁容。　　尽管在长安市里买花载酒，富贵优容，又怎比得上在故乡家中？看见家乡的桃李花开，绿叶衬着粉红，那又是怎样的一种心情？不必怪春风吹得客子落泪，因为思乡的感情太浓太浓。虽然梦魂可以归去，但醒来又觉无用，看来只有回到故山，才能了却这番痴情。

评析　　本词写在暮春之月，客居京师的游子思乡盼归的深情。可能是词人晚年所写。上片侧重写春愁，下片侧重写乡思。

　　开篇设问自答，叙述春天已过大半。抒情主人公为何如此关切"春事都来几"呢？这便是思乡之情所致。此情笼罩全篇，故劈头便问。"早过了、三之二"，以散句为词，时令上暗应下片的"家山见桃李"。后三句以美景反衬乡愁。景致并非不美，为何还会"憔悴"，引出下片的乡思。下片首句一垫，虽然在繁华的京师里过富贵生活，园林里也不乏人工精心培植的奇花异草，却不如亲眼看见家乡野外的桃李之花，在对比中突出乡思的深浓。结尾处又以梦归为铺垫，因为梦魂即使回去时感觉开心快乐，但醒后将是更深的乡愁。最后表示坚决回归之意。本词以思归之情贯穿全篇。开篇计算时日是嫌春归太速，己归太晚，次写美景而人憔悴，因未归之故也。再说梦归无据，"惟有归来是"，直抒胸臆。抒情脉络清晰，层次井然有序。

柳永

约字耆卿。初名三变，字景庄，崇安（今属福建）人。景祐元年（1034）进士。官至屯田员外郎。行七，世称柳七或柳屯田，善为乐章，长于慢词，以描写歌伎生活、城市风光及文人羁旅行役的生活等题材为主，善于铺叙，对北宋慢词的兴盛及发展做出重大贡献。有《乐章集》。

柳永／约987—约1053

曲玉管 ①

柳 永

陇首② 云飞，江边日晚，烟波满目凭阑久。立望关河萧索，千里清秋。忍凝眸。　杳杳神京③，盈盈仙子，别来锦字④ 终难偶⑤。断雁无凭，冉冉飞下汀洲，思悠悠。　暗想当初，有多少、幽欢佳会，岂知聚散难期，翻⑥成雨恨云愁。阻追游，每登山临水，惹起平生心事，一场消黯⑦，永日无言，却下层楼。

注释　① 曲玉管：唐教坊曲名。后用作词牌。宋词仅此篇。三叠一百零五字，前两段为双曳头。② 陇首：山头。陇，高丘、山岭。③ 神京：指北宋京城汴梁（今河南开封市）。④ 锦字：此处指情书。⑤ 难偶：难以相遇，即难得之意。⑥ 翻：反而。⑦ 消黯：黯然销魂，形容精神沮丧。

译文　山岭上暮云纷飞，江边处暮霭迷茫，满目烟波浩渺，我凭栏很久很久，凝神注视着远方。一眼望去，山河冷落萧条，清秋万里凄凉，真不忍心再望。　在那遥远的神京汴梁，有位美女，光彩照人如仙女一样。自从分手以来，再也无法得到她的音信，令我不胜忧伤。望断南飞的大雁，也毫无用处，只能逗引我的愁思更加悠长。　暗想当初之时，有多少幽会欢娱的美好时光，岂知聚散难以预想，当时的欢乐，反而酿成今日的无限怅惘。千里阻隔，我们无从相见，只有相互思量再思量。每当登山临水，都会惹起我对往事的回想，总是暗自销魂，神情沮丧。终日里郁闷无言，独自默默地走下楼廊。

评析　本词抒写离别之恨与羁旅之愁。作者以登高临远为线索，触景生情。上片写登高所见之景，中片写见景所生之情，下片是对往昔之欢情的回忆，最后又回到现实的无奈。情感往复交织，针线尤为细密。

　　三叠之词，以音律而论，前两叠是双曳头，所写往往是一意，后一叠另作一意，使声情相应。本词上片写秋景。景物由远而近，渐到抒情主人公身上。"凭阑久"为歇拍处的"忍凝眸"做铺垫，一切景物正是由此而见。中片先情后景，写出相思的对象，再写音信杳然，见面难期，自然难以忘怀。于是才"思悠悠"。"思悠悠"总结中片之意，遥应上片"忍凝眸"三字，开启下片具体之情思，可谓本词之眼。下片则是对"思悠悠"的铺叙。用白描手法，先写往日之无限欢情，正因往日之欢，才会有今日之思。"阻追游"三字一转，由追忆往事回到眼前实境，"每"字精当，意为相思并非只在今日，尤见情深意笃。最后以无言下楼结束，于无可奈何中寓有深味。"却下层楼"遥应开篇的"凭阑久"，从登楼远眺写起，到下楼终篇，线索清晰，情景与叙事线索分明，颇耐品味。刘熙载在《艺概》中说柳词"细密而妥溜，明白而家常，善于叙事，有过前人"，指的正是这些地方。

雨霖铃①

柳　永

　　寒蝉凄切，对长亭②晚，骤雨初歇。都门③帐饮④无绪，留恋处、兰舟催发。执手相看泪眼，竟无语凝噎⑤。念去去、千里烟波，暮霭⑥沉沉楚天⑦阔。　　多情自古伤离别，更那堪、冷落清秋节。今宵酒醒何处？杨柳岸、晓风残月。此去经年⑧，应是良辰好景虚设。便纵有千种风情⑨，更与何人说？

　　　①雨霖铃：唐教坊曲名，后作词牌。双调一百零三字。②长亭：古制，十里一长亭，五里一短亭，为驿道上休息和送别之所。③都门：即京都城门。④帐饮：设帐宴别。⑤凝噎：形容过于激动说不出话来。⑥暮霭：傍晚时的雾气。⑦楚天：长江中下游一带，古属楚国。此处借指南方。⑧经年：一年以上。⑨风情：男女间的爱恋之情。

译文　　　清秋时节，寒蝉的叫声哀婉凄切。正当傍晚时分，长亭外一场急雨刚刚停歇。在这都门送别的酒宴上，我没有情绪，因为对你实在恋恋不舍。正当此时，行船又鸣起响笛，催促我登舟出发。你我紧拉着手流泪对视，千言万语竟无话可说，只一个劲儿地气堵喉噎。想到这样一分别，我即将到千里之外，烟波浩渺，暮霭沉沉，楚天辽阔。　　　多情的人自古以来就怕离别，更那堪又是这冷落的清秋时节。今天晚上只须醉酒沉睡，待醒来时，一定是天将拂晓，晨风吹拂，河堤上的杨柳在微风中摇曳，远方的天空挂着一弯残月。我这一次离开你，起码也要一年多。在这一年多的时间里，无论什么样的良辰美景，都会形同虚设，因你我不在一起，纵然有千般风情万种蜜意，更向何人细细诉说？

评析　　　本词是柳永代表作之一，写其离开汴京与恋人的惜别之情。上片写别时之场景，情意缱绻，下片设想别后之凄凉，深情绵邈。

　　　开头三句叙事，点明时间、地点与气候特点，渲染气氛。时当初秋，满目萧瑟。又值傍晚，暮色阴沉，更兼急雨滂沱之后，继之以寒蝉悲鸣。所见所闻，无不凄凉。"都门"三句以传神之笔刻画典型环境中的特殊心境。正在难舍难分之时，船偏要出发。"执手"二句写难舍之情与激动之至，纯用白描手法，形象逼真生动，如在目前。结尾二句设想别后的征程。"千里"写其遥远，"暮霭沉沉"状其惨淡，"楚天阔"衬其孤单。境界开阔而情思悠远。换头用推进累加手法抒写别情之难堪，别离已令人伤怀，深秋时别离又推进一层。"今宵"三句是承上句，暗应上片"都门帐饮"句，意谓别后只有借酒昏睡。待醒来时所见只能是"杨柳岸、晓风残月"了。境界开阔清幽，游子落寞凄凉之情怀俱在画面之中，情与景会，遂成千古之名句。结尾四句，直抒胸臆，情感再起波澜。"良辰美景虚设"，更突出情人之地位。情人不在，则无良辰美景可言矣，因无人可诉衷曲。后四句或云为女方设想，虽亦通，但还是理解为合写双方为好，这样更能突出词人的多情。

蝶恋花

柳 永

伫倚①危楼风细细，望极春愁，黯黯生天际。草色烟光残照里，无言谁会凭阑意？ 拟把②疏狂③图一醉，对酒当歌，强乐④还无味。衣带渐宽终不悔，为伊消得⑤人憔悴。

注释 ①伫倚：长时间地倚栏站立。②拟把：打算。③疏狂：狂放不羁，不受约束。④强乐：勉强寻欢作乐。⑤消得：值得，能忍受得了。

译文 我独自在楼头上伫立，徐徐的春风温馨而轻细。我凝神远眺，空旷的原野一直延伸到遥远的天际。我油然而生春愁，那愁情真是千丝万缕。碧色的草地上，升腾着迷蒙的雾气，夕阳斜照里，那景致更是优美迷离。我久久地无言站立，谁能理解我此时的心意？ 本打算排遣这疏狂的情绪，所以才去狂饮而大醉。可是对着美酒歌舞，虽然勉强去寻欢求乐，却感到无滋也无味。唉！看来这人世之间，什么也不如真情更可贵。因为相思，我日益消瘦，衣带渐宽，可我毫不后悔。为了你，我宁可忍受一切折磨，不怕消瘦，不怕憔悴。

评析 本词为登楼思远之作。上片写倚楼远眺，借景写情，点出"愁"字而不说破愁之内容。下片先叙事，用醉酒、寻欢作乐皆无法消愁做铺垫，写愁情之深及无法排遣，尾句始揭破谜底，原来这一切都是"为伊"。以此倒贯全篇，构思甚妙。

开头写登楼远眺而引起春愁，其实是因愁才登楼的。此意自可领会得到。"风细细""草色烟光"皆为和谐之景，但只能更增愁绪，故歇拍处再云"无言谁会凭阑意"。此即以乐景写哀情，更增一倍悲哀之法，亦是佳人不在身边，"良辰美景虚设"之意，属反衬法。下片前三句用欲擒故纵之笔法，先以醉亦难消愁，乐也难消愁两垫，最后两句用凝重之笔揭示主旨，抒发对恋人刻骨铭心的思念之情，大有为情而死亦不悔的意蕴，成功地刻画出一位志诚男子的形象。结尾两句表现出执着坚定的态度，被王国维借用来比喻成大事者或成大学问者所必历之三境界中的第二境，使之流传更广，几乎家喻户晓，使其思想意义也得到很大扩展。

采莲令 ①

柳 永

月华收，云淡霜天曙。西征客、此时情苦。翠娥执手送临歧 ②，轧轧 ③ 开朱户。千娇面、盈盈伫立，无言有泪，断肠争忍回顾？ 　一叶兰舟，便恁急桨凌波去。贪行色、岂知离绪，万般方寸 ④，但饮恨，脉脉同谁语？更回首、重城 ⑤ 不见，寒江天外，隐隐两三烟树。

注释　　①采莲令：词牌名，此调仅此一体，双调九十一字。②临歧：来到岔路口。③轧轧：象声词，开门声。④方寸：指心。⑤重城：内城与外城。古代城墙多为两层，内为城，外为郭。

译文　　月光消逝，淡云飘拂。满地繁霜，东方欲曙。即将西行的客子，此刻的心情最忧伤最痛苦。随着吱扭吱扭的声音，一层层打开红色的门户。美人紧拉他的手，一直送到岔道口。她千娇百媚，难以自持，亭亭伫立在那里，没有语言，只有满脸泪流。那样态，那神情，令人肝肠寸断，又怎能忍心回头？

一叶扁舟，竟这样紧摇桨橹，凌波而去。别人只顾贪看旅途中的景色，岂知我此时的离情别绪，心如刀割，纷乱至极。只能暗自含恨，脉脉此情向谁倾诉？再回头望去，层层的城门早已不见，只有那充满寒意的江天之外，隐隐约约，可以看到三三两两模糊不清的树木。

评析　　本词写恋人间的别情。上片写凌晨送别时的情景，刻画出一位美貌而多情的佳人形象，下片写游子别后途中之孤独及绵绵不断的情思。

　　开头两句叙事兼写景，月落天晓写分别之时，云淡霜浓写伤秋之景。"西征客"点出即将分手及征人所去的方向，"情苦"为上片之眼，引起下文。"翠娥"两句是倒装，她打开层层朱门，一对恋人从充满温馨情意的绣帷中走出，由聚而分，每出一门别离则深一层，此一苦也；美人执手相送，手温而柔，不忍别离，此二苦也；分手后，犹泪眼相送，似有千言万语，欲说还休，那情景，令人不忍回头一顾，此三苦也。上片集中写美人之多情，而皆由游子眼中见出，正托出游子之多情。下片换头两句，"一叶兰舟"叹水路之空阔，"急桨凌波"怨船行之速，恨美人之渐远。"贪行色"，宕开一笔，以他人贪看美景谈笑风生反衬自己之郁郁寡欢，为离情所困苦。"岂知"以下几句正写烦恼孤寂之情。结尾处再宕开一笔，"重回首"不独美人已远，连重城也不可见，所见者唯隐隐三两烟树而已。景色萧条凄凉，烘托人心情之孤凄。一顾再顾，可见步步留恋之意。以景语作结，笔力千钧。

浪淘沙慢①

柳　永

　　梦觉、透窗风一线，寒灯吹息。那堪酒醒，又闻空阶，夜雨频滴。嗟因循②、久作天涯客。负佳人、几许盟言，便忍把、从前欢会，陡顿③翻成忧戚。　　愁极。再三追思，洞房深处，几度饮散歌阑，香暖鸳鸯被。岂暂时疏散，费伊心力。殢云尤雨④，有万般千种，相怜相惜。　　恰到如今、天长漏永⑤，无端自家疏隔。知何时、却拥秦云⑥态，愿低帏昵⑦枕，轻轻细说与，江乡夜夜，数寒更思忆。

注释　　①浪淘沙慢：词牌名。本词属正体，三叠一百三十三字。②因循：拘于世俗之见。此处有拖延之意。③陡顿：突然。④殢云尤雨：殢，困倦已极貌，"云雨"用巫山云雨之典，暗喻男女之情事。⑤漏永：漏壶的水滴不断，形容夜长。⑥秦云：秦楼云雨，喻妓院中男女之情爱。⑦昵：亲近。

译文　　从睡梦中醒来，微觉有些凉意。原来从窗纸透进来一线的风，那盏暗淡的油灯也被吹息。黑夜沉沉，孑身寂寂。乍醒来心情本已烦乱，又听到外面正在下雨，雨落空阶，点点滴滴。那滋味，更增添我的愁绪。叹自己因循俗子的生活，长期漂泊在天涯边地，辜负了当时对佳人的山盟海誓。又怎能忍心，把以前的欢情蜜意，陡然间变成此刻的忧忧戚戚？　　忧愁已极，再三追思，当时在幽邃华丽的洞房里，多少次畅饮酣歌之后，我们同床共枕，香气氤氲，充满鸳鸯锦被。又何曾有一时的别离，又何曾浪费你一点心力？巫山云雨，柔情蜜意，有万般温柔千种风情，真令人怜爱不已。　　可是到了现在，长夜漫漫，无休无止，漏壶在不停地滴。无缘无故，我们就这样两地相思，隔绝千里。也不知要到哪一天，我们能再到一起，共欢同爱，风情旖旎。但愿这一天早日来到，帷幕低垂，鸳枕亲昵，我与你喃喃软语，温存轻柔而又详细地告诉你：在这偏远的江村，在每一个黑暗的夜里，我都无法入寐，数着寒更把你思念，把你惦记，把你缅怀，把你追忆。

评析　　本调是柳永首创。唐五代之《浪淘沙》词，或单调二十八字，或双调五十四字，均为小令。柳永则将其扩展为一百三十三字的长篇慢词，共分三片，扩大了思想容量，使主人公的心理活动得到充分展现。上片写主人公夜中酒醒时的忧戚；中片追思往昔欢爱之风情；下片由眼下之相思设想将来见面之幸福情景。

　　上片开头几句写愁中醒来时的现境。窗风吹灯，夜雨漏阶，可知是夜半而醒，亦暗示出主人公之失眠。"寒灯""空阶""频滴"均有很强的感情色彩，传达出主人公孤苦凄凉之心境。"嗟因循"以下几句抒发久滞在外之苦，有自怨自艾之意，更有无可奈何、怨天尤人之情。正因如此，才与佳人分手，以前的欢爱忽然变成今日的苦苦相思，人生真是不可捉摸。中片紧承上片意脉。用"愁极"承上启下。"追思"而云"再三"，表现出对这一段幸福往事和甜情蜜意的无法割舍，"剪不断，理还乱，是离愁"。"几度"表明二人之欢爱已非一次，故情弥深而意弥笃，这段描写又是上片"从前欢会"的具体表现，前呼后应，针线绵密。下片再回到现境，又由现境设想将来相见时之景，用过去境与未来境衬托现境之苦，是柳永抒情常用之法。末尾几句设想将来见面时再谈现在，是人常生之情，故很感人。写法上，又是从李商隐《夜雨寄北》中"何当共剪西窗烛，却话巴山夜雨时"脱胎而来，也是多情人常有之心态，故更容易引起读者之共鸣。

定风波①

柳 永

自春来，惨绿愁红，芳心是事可可②。日上花梢，莺穿柳带，犹压香衾卧。暖酥③消、腻云亸④、终日厌厌⑤倦梳裹。无那⑥。恨薄情一去，音书无个。

早知恁⑦么。悔当初、不把雕鞍锁。向鸡窗⑧，只与蛮笺象管⑨，拘束教吟课。镇⑩相随、莫抛躲，针线闲拈伴伊坐。和我，免使年少光阴虚过。

注释　①定风波：词牌名，又名《定风波慢》，属慢词。另有同名为中调者。本词双调九十九字。②可可：无心绪。③暖酥：红润的脸。酥，形容女子脸色红润而皮肤细腻。④腻云亸：发腻的头发蓬松乱垂。⑤厌厌：通恹恹，精神不振貌。⑥无那：即无奈，无可奈何。⑦恁：如此这样。⑧鸡窗：书房之窗。古人讲闻鸡而起，窗前发奋，故云。⑨蛮笺象管：指纸和毛笔。⑩镇：常。

译文　自从入春以来，我一直闷闷不乐。即便那些红花绿叶，也令我凄惨愁绝。

太阳光线已上花梢，黄莺在柳树上穿飞跳挪。我依旧拥着薰香的棉被，终日里慵闲懒惰。云样的秀发蓬松散乱，红润的面容憔悴瘦削。终日百无聊赖，懒得梳洗打扮，搭搭抹抹，真是无可奈何。只恨那个薄情人，一去后踪影全无，连书信也不捎回一个半个。　　早知这样的结果，真后悔当初不把他的马鞍子紧紧上锁。把他留在家中，只让他坐在窗前，给他些纸张笔墨，终日苦读，温习功课。我常常陪伴在他的身边，也不用闪闪躲躲。手中虽然拿着针线活，但也不必做，只是陪着他闲坐。说些多情话，唠些温情嗑儿。我爱他，他也爱我，那种幸福真是难以诉说。免得像这样，孑身独处，让美好的青春白白度过。

评析　　本词写一位女子春日相思的情怀。描写大胆，抒情热烈奔放，是柳永俚词的代表作。上片写春日中倦怠慵懒之情态，以外在行为刻画内在心理；下片写后悔当初不该让意中人离开，更显现在的孤独苦闷，直抒胸臆。

　　上片开头三句情景事兼有，笼罩全篇。时为春天，本是一年中最好之季节，但因为意中人不在反而更增忧伤，因此看见红花绿草更感觉凄惨忧愁，"惨绿愁红"是也。一颗芳心也无处安放，空虚寂寞，百无聊赖，"芳心是事可可"是也。红绿本为常人喜爱之色，但伤心人别有怀抱。此处属移情法。"日上花梢"以下六句是对"是事可可"的具体描写。先说日高懒起，再说起后也无心打扮。即是一天前后之情形。"终日"又暗示出天天如此，遥应开篇"自春来"三字。"无那"三句揭示原因，原来是意中人一去无消息。全词抒情之恨便交代出来了。恨得深，正是爱得切之故。下片写后悔当初不该让郎君离开自己，并设想能够得到这样的幸福情景，他读书，我伴坐。在对爱情生活的憧憬中反衬出现境的孤独苦闷。心理描写入微，抒情大胆直白，与正统文士词作的温柔敦厚有别。正是这一点，柳永才会受到晏殊的委婉批评。据宋人张舜民《画墁录》记载：柳永在官场遇到挫折，曾经去拜访当时正任宰相的晏殊。晏殊问柳永"贤俊作曲子吗？"柳永回答说："只如相公亦作曲子。"晏殊马上回答道："殊虽作曲子，不曾道'彩线慵拈伴伊坐'。"柳永便告退了。

可见，柳永词与当时正统士大夫词在风格方面的不同。"慵"和"闲"字是版本不同。

少年游①

柳 永

长安古道马迟迟，高柳乱蝉嘶。夕阳岛②外，秋风原上，目断四天垂③。归云一去无踪迹，何处是前期？狎兴④生疏，酒徒萧索，不似去年时。

注释　①少年游：词牌名。又名《玉腊梅枝》《小阑干》。双调五十字。②岛：一作鸟。当以鸟字为上。③四天垂：天的四周夜幕降临。④狎兴：指访妓。

译文　行走在长安古道上，马行缓缓，我心迟迟。秋蝉在高高的柳树上鸣叫，声音纷乱哀凄。夕阳在飞鸟外的远方渐渐沉落，旷野荒原上秋风习习。极目四望，没有人烟，只有空旷辽远的天空如幕帐般向下四垂。　往事如同归去的浮云，一去后便再无踪迹，不知何时再有以前的时日。冶游狎妓的兴致已经衰减，那些酒友也渐渐散去，一切都如虚如幻，再也不像少年时那样狂放不羁、无所顾忌。

评析　本词抒写浪子羁旅在外的落寞与怅惘。上片侧重写景，寄悲慨于言外；下片以"归云"为喻象，写一切希望均已落空，结尾三句以悲叹自己一生之落拓无成结束。

　　上片写独自奔波在荒郊野外的凄凉景象，取景阔大，意境浑成，以天地空阔衬托游子之孤独渺小。"长安古道"有写实与托喻两层含义。柳永确实到过长安，故也有可能就是现实生活中之长安。或云代指汴京，未免武断。但"长安"是中国之古都，历代文人多借长安以比京师。"长安古道"也有势利之途的喻义。"马迟迟"也有对名利权势之争逐已心灰意懒的意蕴。蝉鸣高林而加一"乱"字，委婉地表现词人心情之缭乱纷纭。"夕阳"三句以景托情，极力表现天旷地远之感觉。天苍苍，野茫茫，极目四望而无可投宿栖止之处。飘零落拓，望断念绝，感慨颇深矣。下片起句以云为喻，引出对往事之回忆。"何处是前期"，于失望中尚有希望之意。结三句感今念昔，直接写今日之寂寥，既无兴致狎妓冶游，又无酒朋狂侣，年华已逝，所剩下的只是衰老和空虚而已。

柳永出身贵族，父辈兄弟行多是高官，他也有用世之志，但由于天性浪漫，生活放荡而被当政者所轻视，科举失意，便难以进入官场。年轻时还可以通过"浅斟低唱"的生活来排遣郁闷，还可以借酒浇愁，但中晚年后这种情趣也自然减少，随之而来的便是失志的悲哀。这种悲哀是他后期词作的主旋律之一，本词表现的便是这种情绪。

戚 氏

柳 永

晚秋天，一霎微雨洒庭轩①。槛菊②萧疏，井梧零乱惹残烟。凄然，望江关③，飞云黯淡夕阳间。当时宋玉悲秋④，向此临水与登山。远道迢递，行人凄楚，倦听陇水⑤潺湲。正蝉吟败叶，蛩响衰草，相应喧喧⑥。　孤馆度日如年，风露渐变，悄悄至更阑。长天净、绛河⑦清浅，皓月婵娟。思绵绵，夜永对景，那堪屈指，暗想从前。未名未禄，绮陌红楼⑧，往往经岁迁延⑨。

帝里风光好，当年少日，暮宴朝欢。况有狂朋怪侣，遇当歌、对酒竞留连。别来迅景如梭，旧游似梦，烟水程何限？念利名、憔悴长萦绊，追往事、空惨愁颜。漏箭⑩移，稍觉轻寒，渐呜咽、画角数声残。对闲窗畔，停灯向晓，抱影无眠。

注释　①庭轩：厅堂前屋檐下的平台。②槛菊：花圃里的菊花。花圃周围有栏杆维护，故称。③ 江关：即"关河"之义，江河山水之统称。江河指水，关指山。古代均依山而设置关隘，故称。④ 宋玉悲秋：宋玉是战国时楚国人，屈原弟子，所作《九辩》开头说："悲哉秋之为气也，萧瑟兮草木摇落而变衰"，是著名悲秋诗句，后世便有"宋玉悲秋"之典。⑤ 陇水：陇头流水之略语。乐府《鼓角横吹曲》有《陇头流水歌》，写征人行走险峻山岭时悲酸之生活与心情。⑥ 喧喧：形容声音嘈杂。⑦ 绛河：即银河。⑧ 绮陌红楼：指烟花柳巷、歌楼酒馆等消费场所。⑨ 迁延：淹留，逗留。⑩ 漏箭：古代计时器，壶中盛水，下有孔滴水，中有箭状杆，上有刻度。有沉水和浮水两种，用水位升降显示的刻度表示时间，装置较复杂。

译文　　晚秋之天，一阵微雨洒落在庭院。花园中的秋菊萧条疏落，院落中的梧桐落叶零乱，缭绕着晚炊的夕烟。满目凄然，眺望江面远山，乌云飞动，色彩暗淡，正是夕阳残照时间。当时宋玉也曾产生悲秋之感，正此时临水而又登山。向远处延伸的道路崎岖不平，在外的客子愁容满面。尽管涧水潺湲，听起来也厌倦心烦。何况正当此时，蝉在败叶中低吟，蟋蟀在衰草中悲鸣，仿佛在相应唱和，虫声喧喧。　　在孤独的驿馆中度日如年，风凉露冷季节暗换。静夜悄悄，直到更尽也难以入眠，只见长空清澈，银河清浅，一轮明月美如婵娟。在这漫漫长夜中，面对如此景象，令人思绪绵绵。屈指计算，暗自回想起从前的行踪，更令人伤心而又难堪。未成名，未得禄，只是在烟花柳巷中尽情冶游，作乐寻欢，一玩就是好几年。　　京师里繁华喧闹，当时正是青年，朝朝暮暮，宴饮寻欢。何况又有那疏狂怪诞的朋友和侣伴，碰到一起便对酒听歌，终日嬉戏欢乐流连。自别汴京以来，日月如梭，光阴似箭，从前的往事如梦如烟，在这烟水迷茫的天际，不知何日才是个期限。想起功名利禄，我便心情郁闷而焦烦，追念那些风流的往事，只能使愁颜更加凄惨。漏壶中浮箭的刻标在不断移换，时光在流转，稍稍感觉到有些轻寒。刚刚传来鸣咽的几声画角，在清夜中，那声音渐低渐残。对着窗户闲坐，百无聊赖满心幽怨。窗台上放着如豆青灯，灯光一闪一闪，若明若暗。我抱着双臂缩成一团，孤身只影，无法入睡，思绪联翩，难以成眠。

评析　　本词写羁旅之思。全词以时间为线索，从傍晚、入夜，写到翌日破晓，脉络清晰。上片写秋日傍晚时的凄清萧索，中片写长夜的幽思，下片归结到厌倦争名逐利之官场的主旨上，是对自己一生经历的痛苦回忆和深深的喟叹。

　　柳永年轻时放荡不羁，不为仁宗所喜欢，屡考不第，功名无成。中年后虽考中进士，但只是外任小官，心情郁闷。柳永之悲哀，有两方面的含义。他出身于显宦之家，故曾怀有用世之志，而本人天性之禀赋又爱浪漫之生活。早年落第失志后，尚可浅斟低唱，以生活之风流排遣仕途之失志。但到晚年，仕宦失意依旧，而浪漫风流之兴致也大为衰减。于是在志意落空后，又增加感情失去寄托之悲慨。双重的失落对他的打击可想而知。本词所写正是这种情怀。

　　上片开头描写微雨过后的薄暮景色。晚秋点时令，先写眼前驿馆内之衰残景色。"凄然"以下写出外登临所见之远景。"当时宋玉悲秋，向此临水与登山"暗示出作者也正在临水与登山。前后所写则是所见所闻。"倦听"以下写所闻，有声有色，渲染出悲秋之气氛。中片时间上紧承上片，由傍晚而入深夜，先景后情。"夜永对景"转入忆旧，虽无名禄，却有红粉知己，尚可在欢乐中度日。欣悦中似有悔意，感情很复杂。下片继续写狂放不羁的少年生活，与前片衔接细密，有陇断云连之妙。"别来迅景如梭"以下转写眼前实景，以往日之欢娱，衬今日之寂寞。引出"念利名、憔悴长萦绊"这一痛苦的根源，作者并未有明确的态度。结尾又以长夜不眠的景语结束，写尽孤苦伶仃之滋味，极为传神。《戚氏》一调为柳永所创，音律和谐，句法活泼，韵位错落有致。内容上悲恨幽怨交加，全词声情并茂，在当时流传甚广，乃至有"《离骚》寂寞千载后，《戚氏》凄凉一曲终"（转引自《碧鸡漫志》）的说法。蔡嵩云《柯亭词论》说："《戚氏》为屯田创调，'晚秋天'一首，写客馆秋怀，本无甚出奇，然用笔极有层次。初学慢词，细玩此章，可悟谋篇布局之法。第一篇，就庭轩所见，写到征夫前路。第二篇，写到追怀昔游。第三篇，接写昔游经历，仍落到天涯孤客，竟夜无眠情况，章法一丝不乱。"这对于我们分析理解本词，学习创作诗词都有启发。

夜半乐①

柳 永

　　冻云黯淡天气，扁舟一叶，乘兴离江渚。度万壑千岩，越溪②深处。怒涛渐息，樵风③乍起，更闻商旅相呼。片帆高举，泛画鹢④、翩翩过南浦⑤。

　　望中酒旆⑥闪闪，一簇烟村，数行霜树。残日下、渔人鸣榔⑦归去。败荷零落，衰杨掩映。岸边两两三三，浣纱游女，避行客、含羞笑相语。　　到此因念，绣阁轻抛，浪萍难驻。叹后约、丁宁竟何据？惨离怀、空恨岁晚归期阻。凝泪眼、杳杳神京路，断鸿声远长天暮。

注释　　① 夜半乐：唐教坊曲名，后用作词牌。本词属正调，三叠一百四十四字。② 越溪：即若耶溪，在今浙江绍兴市境内。春秋时越国美女西施曾在此地浣纱。③ 樵风：指顺风。据《嘉秦会稽志》载：汉朝郑弘少年时砍柴，捡到一箭。不一会儿，有人来找箭，问郑弘想要什么，郑弘知这是神仙，就说若耶溪用船运柴很难，只愿早晨刮南风，晚上刮北风。后来果然如此。世人称之为樵风。④ 画鹢：古时船家在船头上画鹢鸟，以求吉祥。因鹢鸟抗风善飞。后来船亦称画鹢。⑤ 南浦：南面的水滨。也泛指水边。⑥ 酒旆：即酒店挂的幌子。⑦ 鸣榔：即敲榔，长木棍。渔人用其敲击出声驱鱼入网，有时也用来击拍以唱歌，此处当指后者。

译文　　云彩像冻住般凝滞，天色暗淡。我驾着一叶扁舟，乘兴离开江边。一路上穿过万壑千岩，行进在古越地的山水之间。怒涛渐渐平缓，船已进入平原。又正刮起顺风，船只便高高挂起风帆。同船的商旅们相互召唤，喜笑开颜。那只画船，轻飘飘地靠向南边的水岸。　　远望中，只见酒家的幌子随风招展，有一个紧凑的水边乡村，有几行秋树在村外相环。夕阳之下，渔民们一面敲着鸣榔，一面划着返村的渔船。荷花已经枯萎凋残，衰柳掩映着岸边，有三三两两洗衣服的美女，避开游人们的视线，含羞地笑语交谈。　　看到此情此景，忽然勾起我的思念。如此轻抛绣阁中的佳人，像追逐波浪的浮萍一般，不知要漂泊到哪一年。叹息以后相会的盟约，相互间叮咛又叮咛的誓言，一切都成为虚幻。离别的情怀很是凄惨，空恨岁月将晚而无计归还。呆呆愣愣，泪水充溢双眼，眺望汴京的方向，神思渺渺，满目云烟。天色已近黄昏，那飞向远方的大雁，叫声也越来越远。

评析　　本词抒写羁旅之愁。许昂霄云："第一叠言道途所经，第二叠言目中所见，第三叠乃言去国离乡之感"（《词综偶评》），分析颇为精当。

上片开头点明时令、出发地点及气候特点。"乘兴"二字在意义上笼罩前两片，故格调很明朗。次写船行所经之美景，"万壑千岩"是船在越溪山区间航行之景。"怒涛渐息"以下几句写船出山峡而行入坦途时的情景。"翩翩过南浦"既写船行之轻快，也表现出词人心情之轻松，同时自然过渡到中片，出现村落。中片写南浦的具体美景，由远而近，有声有形。"酒旆"暗示出有食宿之处，夕阳人归，渔舟唱晚，均是日暮之实情，败荷衰柳均为初秋之实景，摹写生动。"浣纱游女"含羞相语的样态，如特写镜头，是词人视点之中心，并引出离愁别恨之叹喟。下片承前而急转，抒发"轻抛绣阁"的怅恨。后悔轻易离家，而今浪迹天涯，且后会无期。结尾二句以景收，家远而不可望，孤雁哀鸣象征自己的离家索居，故只有"凝泪眼"而已。意境浑成，笔力雄健。本词是词人浪迹浙东时所写，若耶溪以及浣纱女都与西施有关，而樵风也是发生在这里的典故，切合地域特点，很值得注意和借鉴。

玉蝴蝶①

柳　永

望处雨收云断，凭阑悄悄，目送秋光。晚景萧疏，堪动宋玉悲凉。水风轻、蘋花②渐老；月露冷、梧叶飘黄。遣情伤，故人何在？烟水茫茫。　　难忘，文期③酒会，几孤④风月，屡变星霜⑤。海阔山遥，未知何处是潇湘？念双燕、难凭远信，指暮天、空识归航。黯相望，断鸿声里，立尽斜阳。

注释　　　① 玉蝴蝶：词牌名。本词为正体，双调九十九字。② 蘋花：生于浅水的草本植物，夏秋间开小白花。③ 文期：古代文人不定期举行的作文赋诗的聚会。④ 孤：同辜。⑤ 星霜：代指一年。

译文　　　我凭栏眺望，心中暗自恓惶。雨收云散，我目送着秋光。傍晚的景色萧条疏旷，足令宋玉一类多愁善感的文士更感悲凉。水风轻吹，菊花渐渐枯萎，月光露气变冷，飘落的梧桐叶点点土黄。这情景更令人感伤。故朋旧侣们啊，你们都在哪里？为什么眼前所见的只是烟水茫茫。　　实在难忘，当年与朋友们在一起，或定期填词赋诗，或饮酒放狂。如今辜负了几度风月，虚度了大好时光。山路迢迢，海面宽广，不知何处才是潇湘？我的朋友也一定在那里彷徨。想到那双小燕，难以凭它传送远信，暮色苍茫，枉自辨认那些归来的桅樯。我默默伫立，黯然神伤，在孤雁的哀鸣声中，眼看着夕阳慢慢沉没，渐渐地收起它的余光。

评析　　　本词是秋日怀念故人之作。上片从景到情，从眼前现境凭栏写到忆旧游之过境，由实入虚；下片从情到景，由虚返实，从忆旧游之过境回到凭栏之现境。抒情回环往复，结构开阖，层次清楚。

　　　　上片以远处景象开篇，由景入情，因见景物凄凉萧疏而引发对故人的思念。下片用"难忘"换头，转入对往事的回忆。慨叹故人受山水阻隔而难以相见，天各一方，音信渺茫。因无信而盼归航，虽屡次"空识"，但依然"立尽斜阳"，表现出对故人的一片痴情。结尾处又回应开篇的"望"字，首尾相环，结构甚妙。关于本词怀念之人，是情人还是朋友，扑朔迷离，在两可之间。但从"文期酒会"一语来看，可能是友人。再从"归航"二字体会，本词当写于家乡，是盼望他人回归，与写于外地感伤自己不能返乡有所不同。

八声甘州 ①

柳 永

对潇潇暮雨洒江天，一番洗清秋。渐霜风凄紧，关河冷落，残照当楼。是处②红衰翠减③，苒苒④物华⑤休。惟有长江水，无语东流。　　不忍登高临远，望故乡渺邈⑥，归思难收。叹年来踪迹，何事苦淹留⑦？想佳人、妆楼颙望⑧，误几回、天际识归舟？争知我、倚阑干处，正恁⑨凝愁？

注释　　①八声甘州：唐教坊大曲名，又名甘州、潇潇雨、谯除池等。后用作词牌。正体双调九十七字。因共八韵，故称。②是处：处处、到处。③红衰翠减：花残叶枯。④苒苒：同"冉冉"，渐渐地。⑤物华：美好的景物。⑥渺邈：遥远。⑦淹留：滞留、久留。⑧颙望：抬头凝望。⑨恁：这样。

译文　　伫立在江边的楼头，面对着潇潇的暮雨，那暮雨仿佛在洗涤清冷的残秋。渐渐地雨散云收，秋风一阵紧似一阵，山河冷落，落日的余晖映照江楼。满目凄凉，到处是花残叶凋，那些美好的景色都已歇休。一切生命的活动仿佛都静止了，只有楼下的长江还在流动，但仿佛也在暗自伤心，默默地无语东流。　　实在不忍心登高远眺，望到故乡的方向云烟渺茫，归乡的思绪便难以排遣束收。唉，真令人伤心。这几年来四处奔波，究竟是为什么才苦苦地到处滞留？思念中的那位佳人，一定天天登上江边的画楼，盼念眺望着我的归舟。可是误认了一舟又一舟，仍不见我的身影，心里必然要充满责怪和怨尤。可你哪里知道我呀，在这里正倚楼眺望思乡，也是这么样的深深忧愁。

评析　　本词抒写羁旅行役之苦，是柳永的代表作。上片写登楼所见之秋景，凄清寥廓。下片写对家乡亲人的眷恋之情，深挚婉曲。

开篇单字领起，"对"字用得精当有神，振醒全篇。即全词均是作者的所见所感。暮雨是大背景，"霜风凄紧"三句由远及近，视野开阔，意境高远雄浑，苏东坡盛赞此三句，认为"唐人佳处，不过如此"。"是处"二句描状衰残之景以烘托人之离愁。"惟有长江水，无语东流"用拟人法衬游子之忧伤，又暗转下片。只见江水东流，而游子不能东归，只能眺望而已。下片抒写对佳人的思念之情。共有三个画面，游子登楼怅望，忧思百端。"不忍登高"却正在登高，表现思乡之情浓烈而无法排遣。"何事苦淹留"怨恨很深，潜台词是如果追求功名富贵也值得，而自己为什么如此滞留他乡，只是为了养家糊口而已，无限酸悲尽在此语。"想佳人"三句则是设想对方盼望自己之景，更显示词人思念对方之深切。结尾再回到自己一方来。这样，由此及彼，再由彼返此，回环往复，抑扬顿挫，抒情效果极佳。陈廷焯评此词云："情景皆到，骨韵俱高。无起伏之痕，有生动之趣。古今杰构，耆卿集中仅见之作。"(《词则·大雅集》)

迷神引[①]

柳 永

一叶扁舟轻帆卷，暂泊楚江南岸。孤城暮角[②]，引胡笳[③]怨。水茫茫，平沙雁，旋惊散。烟敛寒林簇，画屏展。天际遥山小，黛眉浅。　　旧赏轻抛，到此成游宦[④]。觉客程劳，年光晚。异乡风物，忍萧索，当愁眼。帝城赊，秦楼阻，旅魂乱。芳草连空阔，残照满，佳人无消息，断云远。

注释　　① 迷神引：词牌名，本词为正体，双调九十七字。② 暮角：黄昏时的画角声，多用于军事。③ 胡笳：古代北方民族的一种吹奏乐器。④ 游宦：即宦游，在外地为官。

译文　　一条如叶的行船靠向水边，船帆轻卷，暂时停泊在楚江的南岸。暮色苍茫，孤城里响起画角之声，伴有胡笳曲的哀怨。江水茫茫，平坦的沙滩上落着几只大雁，很快就被惊散。暮烟聚拢，色彩黯淡，略带寒意的树林一簇又一簇，仿佛是一幅画图正在铺展。远在天际的群山显得很小，颜色如黛眉般很浅很浅。　　以往所欣赏的风流韵事全都轻易地抛弃，如今却漂泊到这偏远的地区来做小官。总觉得旅途劳苦，年岁已晚。萧条索寞的异乡风物，正对着我的眼帘，使我愁上加愁，实在难堪。这里离京师十分遥远，更望不见秦楼楚馆。羁旅在外，令人心魂迷乱，思绪联翩。碧色的芳草绵延到天际，残阳映照，翠色满眼。可我的俏丽佳人却一点儿消息也没有，如同远去的断云，越飘越远，完全离开了我的视线。

评析　　柳永工于羁旅行役之词，本词尤能体现此点。全词表现漂泊旅途之苦况及对京师生活之留恋。上片写停船时所见之景象，下片抒怀念帝京佳人之情怀。

　　起三句写停船留宿。"暂泊"表示天晚暂且止宿，明天将继续赶水路。二字连前贯后，写出旅途之苦。词人运用"帆卷""暂泊"两词，况舟行乍歇之景，很生动精当，须有很丰富的生活体验方可写出。"孤城暮角"二句写所闻，音哀声怨，"水茫茫"三句用雁被惊散暗喻人之漂泊，在对雁的同情中也有自伤之情。既是眼前实景，亦有寓意在其中。以下几句写远景。上片写景由近及远，层次分明，声形色彩兼备。尾句的"眉黛浅"既是实景，也暗逗下片之情思。可见作者时刻也未忘怀那位佳人。见远山也约略是美人之眉眼。晚唐五代到宋代，女子画眉多有用山形容者，就眉式看，有小山眉、远山眉、春山眉等。此处将远处之山想象为"黛眉浅"，更增情韵。"旧赏轻抛，到此成游宦"两句，为上片之总括。"旧赏"即旧相识、旧相好之意，与结尾处的"佳人"同义。次五句写旅程劳苦，异乡风情之萧索，正衬自己的孤独凄苦。"帝城赊"三句再写愁绪的具体内容。末四句正面点出对"佳人"的思念之情，结题终篇。

竹马子①

柳永

登孤垒荒凉，危亭旷望②，静临烟渚③。对雌霓④挂雨，雄风⑤拂槛，微收残暑。渐觉一叶惊秋，残蝉噪晚，素商⑥时序。览景想前欢，指神京、非雾非烟深处。　　向此成追感，新愁易积，故人难聚。凭高尽日凝伫⑦，赢得⑧消魂无语。极目雾霭霏微，暝鸦零乱，萧索江城暮。南楼画角，又送残阳去。

注释　　①竹马子：词牌名，又名竹马儿。双调一百零三字。②旷望：视野开阔。③烟渚：雾气笼罩的水中小块陆地。④雌霓：虹霓双出，颜色浓者为雄，称虹；淡者为雌，称霓。⑤雄风：强风。⑥素商：秋季。按五行之说，五色中，白属秋，五音中，商属秋。白为素色，故曰素商。⑦凝伫：伫立凝望。⑧赢得：落得，剩得。

译文　　登上荒凉的孤垒，站在高亭上四处眺望，对面是烟雾笼罩的静静的洲渚。阵雨乍停，虹霓挂在天际，阵阵凉风吹来，轻轻地送走残暑。渐渐觉得一叶落而惊秋，残蝉在昏暮中鸣噪，又到了清秋时序。看到眼前景物，我想起以往的欢娱，只能望着京师的方向，就在那不是烟雾的遥远的深处。　　面对此情此景，引起我对往事的回忆，新愁不断堆积，旧的情人却难以相聚。高处凭栏远望，尽日里凝神伫立，也只落得个忧伤难禁，黯然无语。雨停后，远处的暮霭沉沉。几只昏鸦零乱翻飞，满目萧索，江城一片昏暗迷离。南城墙上响起画角之声，又一次把残阳送下山去。

评析　　本词亦属羁旅行役之词。上片侧重写登临所见之秋景，由景到情；下片侧重写怀远之情，由情归景。全篇景起景收，情置中间，结构很巧妙。

　　起三句写独自登亭的寂寞。"孤垒"状荒凉，"旷望"状无人，"静临"状无声，寂寥凄清之境界如在目前。"雌霓""雄风"意新语工，实为巧对。"渐觉"以下三句写秋之荒凉，"素商"二字稍嫌斧斫，但并不晦涩，暗转以下之情语。"览景想前欢"为过渡句，由景入情。"想前欢"则为全词的词眼，是抒情具体对象。"指神京"，点明"前欢"之所在。过片三句紧承上片意脉，"新愁易积，故人难聚"可谓警语。情感含义极为丰富，又是人生之常境，颇富艺术感染的力度。"凭高"二句是由情向景过渡之语，又遥应开头的"登孤垒"，前后贯通，结构绵密。最后以日暮黄昏的苍茫景色作结，意境高远雄浑，足显大家手笔。

王安石／1021—1086

字介甫，晚号半山。抚州临川（今属江西）人。庆历二年（1042）进士。神宗朝两度任相，实行变法。封舒国公，改封荆国公。晚居金陵半山园。卒谥文，世称王荆公、王文公。散文、诗、词均有很高成就。《全宋词》录其词二十九首。

桂枝香①

王安石

登临送目，正故国②晚秋，天气初肃③。千里澄江似练④，翠峰如簇⑤：归帆去棹残阳里，背西风、酒旗⑥斜矗。彩舟云淡，星河⑦鹭起，画图难足。

念往昔、繁华竞逐，叹门外楼头⑧，悲恨相续。千古凭高，对此谩嗟⑨荣辱。六朝⑩旧事随流水，但寒烟、衰草凝绿⑪。至今商女，时时犹唱，后庭遗曲⑫。

注释　①桂枝香：词牌名，又名疏帘淡月。此调九体，本词属正体，双调一百零一字。②故国：故都，指金陵（今江苏省南京市）。③初肃：开始出现肃杀之气。④练：白绸。⑤簇：聚集、簇拥。⑥酒旗：又称酒帘。酒店前挂的作为标志的布帘。⑦星河：银河、天河，此处借指长江。⑧门外楼头：用陈后主宠张丽华亡国之典。浓缩唐杜牧《台城曲》："门外韩擒虎，楼头张丽华"二句诗意。⑨谩嗟：徒然感叹。⑩六朝：指东吴、东晋、宋、齐、梁、陈六个朝代，因其均建都金陵，故常并称。⑪凝绿：暗绿色。⑫后庭遗曲：指陈后主作艳曲《玉树后庭花》。后人视之为亡国之音。

译文　登上高楼凝神远眺，正是故国晚秋的时候。天清气爽，一片肃穆。清澈的千里长江似一条白绢，萦绕婉曲；翠色的山峰仿佛向这里聚拢，累积攒簇。江面上归来的船只，远行的棹桨，都航行在残阳的余晖里。江岸上，酒店幌子尚未摘去，背着秋风而倾斜着高高挑起。淡淡的浮云中，画船往来，闪烁着粼粼波光的江面上，几只白鹭刚刚飞起，那种美的意蕴，用图画实在是无法表现描绘。　　追念这里的往日，该是多么繁华兴盛，曾是六个朝代的古都，但一切繁华都已成为过去。隋将韩擒虎已到门外，陈后主与张丽华还在结绮楼上欢乐淫靡。这实在令人叹息，可恨而又可悲。千古以来，多少志士仁人登高远眺，对此也只能空叹荣辱。六朝的往事如江水般逝去，剩下的只是寒烟凄迷，衰草暗绿。时至今日，那些卖唱的歌女，还常常演唱那首《玉树后庭花》的遗曲。

评析　　本词属登高怀古之作。据说当时同用此调写金陵怀古的有三十余家，唯独本词沉雄悲壮，寄慨尤深，被推为绝唱。在王安石词作中传诵最广。词的上片写景状物，下片怀古抒感，结构层次甚为分明。

　　上片开门见山，标明时间、地点，"故国"为地，"晚秋"为时，"初肃"点醒节令气候之特征。三句以大笔勾勒总体轮廓，给人以总的印象。"澄江似练"妙用谢朓"澄江静如练"的句意，描状长江远眺之景，"翠峰如簇"描状远山。以下几句刻画近处之景。"归帆去棹""酒旗斜矗"写物而藏人。"彩舟云淡，星河鹭起"二句点景兼色彩，然后以"画图难足"收束上片。既赞江山如画，又有"意态由来画不成"之慨。上片词意，步步紧逼，开头领起，然后写远景到近景，再点染色彩，画面层次分明，气韵生动。下片前四句因景生情，感叹六朝皆以荒乐而相继覆亡，只留下悲恨而已。"门外楼头"四字，凝缩杜牧诗句之义，简明凝练，用事典型，笔力千钧。中间五句进一步抒发沧海桑田的历史变迁。六朝繁华皆成往事，所见者只是秋草碧碧，寒烟笼罩的江面而已。结三句再用杜牧"商女不知亡国恨，隔江犹唱后庭花"句意收束全词。谓亡国之音，犹时时可闻，亡国之鉴，岂不可忧？点醒全篇，寓意含蓄警拔，有味之无穷之韵致。

千秋岁引①

秋 景

王安石

别馆寒砧，孤城画角。一派秋声入寥廓。东归燕从海上去，南来雁向沙头落。楚台风②，庾楼月③，宛如昨。　　无奈被些名利缚，无奈被他情担阁，可惜风流总闲却。当初谩留华表语④，而今误我秦楼⑤约。梦阑时，酒醒后，思量着。

注释　　①千秋岁引：词牌名，又名千秋岁令、千秋万岁等。本调属正体，双调八十二字。②楚台风：宋玉《风赋》说，楚王登兰台之宫，忽有风来，楚王敞怀而迎之，曰"快哉此风"。③庾楼月：《晋书·庾亮传》载，庾亮在武昌时，其下属殷浩等人共登南楼望月。俄而庾亮亦登此楼，众人起身要躲开。庾亮让众人不要动，与其一起赏月。④华表语：据《搜神后记》载，辽东人丁令威，到灵虚山学道，后化鹤归来，落在城门华表柱上。有少年不识，举弓欲射，遂在空中盘旋而歌曰："有鸟有鸟丁令威，去家千年今始归；城郭如故人民非，何不学仙冢累累。"歌毕飞入高空。⑤秦楼：指阁楼，美人所住之所。

译文　　在旅店中听到捣衣的砧声，孤城上画角悲鸣，寥廓的清秋季节里，这声音实在令游子心惊。东归的海燕向海上飞去，南来的鸿雁落下沙头的寒汀。令人爽快的楚台之风，赏心悦目的庾楼之月，宛如就是昨天的情景。　　无可奈何，被名利所束缚；无可奈何，被各种杂事所耽搁。可惜这种风流美景总是闲却，我却在名利场中枉自奔波。当初徒自像丁令威那样大彻大悟，徒自飞向华表，留下那首傲世的诗歌，而今又耽误了秦楼之约。梦尽之时，酒醒之后，我反复琢磨，细细地思量着，这些到底都是为什么。

评析　　本篇题为"秋景"，实乃秋日对景抒怀之作。上片描写秋色秋光，有声有色，如在目前；下片抒人生之深慨，是过来人的悟语，足以儆人。作者大半生在政治斗争的旋涡中生活，历经坎坷艰危，变法失败后，满含怨愤退隐金陵。本词当写于斯时，杨慎在《词品》中云："荆公此词，大有感慨，大有见道语。"

开头三句写秋声惹愁，用对句起，渲染秋日黄昏时的悲凉气氛。次二句描绘目之所见，燕子东飞，大雁南翔，各有归宿，衬托客子思归之情。"楚台风、庾楼月"两用典故，拓宽词境，丰富内容，暗寓清风明月依旧而人事已非之慨，暗转下片之抒情。换头三句直抒胸臆，叹息自己为名利所困而长期奔波于外，辜负了许多大好时光，委婉倾诉其政治上失意的愤慨。"当初"两句的学仙出尘之想均是牢骚愤激之语。意谓自己的新法虽然得以实行，但斗争依然很激烈，官场中也极其复杂，自己为之付出的心血太多，但依然不能完全被人所理解。早知如此，何必当初。悔恨、无奈、怨愤之情俱在其中。结尾三句用欲进先退之法抒情，更加凄婉。本想在梦境中、醉酒中忘却这些烦恼，可梦也有尽之时，醉也有醒之时，还要思量。情致何其深婉？前人评此词云："不着一愁语，而寂寂景色，隐隐在目，洵一幅秋光图，最堪把玩。"（《草堂诗余集》）

王安国／1030—1076

字平甫，安石之弟。熙宁元年（1068）赐进士出身。历官大理寺丞，集贤校理。王安石罢相后，被借故罢官，放归田里。有《王校理集》，不传。存词三首。

春 晚

王安国

留春不住，费尽莺儿语。满地残红宫锦①污，昨夜南园风雨。　　小怜②初上琵琶，晓来思绕天涯。不肯画堂朱户，春风自在杨花。

注释　　① 宫锦：宫中特制的锦缎。这里比喻落花点缀在草地上的景色。② 小怜：冯小怜，北齐后主高纬的宠妃。善琵琶歌舞。此处指善弹琵琶的歌女。

译文　　黄鹂鸟整日里殷勤地鸣叫，仿佛想要挽留住春天，但这一切都是枉然。残花依旧飘落，滴滴点点，洒落在绿草地上，色彩绚丽斑斓，如同宫中美丽的锦缎。可惜被一夜的风雨横加摧残，仿佛宫中的锦缎遭受污染。　　记得初见小怜，她刚刚学会琵琶的弹奏表演，幽怨的声音缠缠绵绵。拂晓以来，我思绪翩翩。那些漫天飞舞的柳絮，不肯飘向高贵的朱门大院，只在春风中随意悠闲。

评析　　本词是怀春伤感之作，表现出一种高洁的气节和品格。上片惜残红坠地，下片愿杨花任飞。

　　王安国是王安石之弟，为人正直，不依附其兄之势位而有独立见解。但当王安石罢相后，他也被罢归田里，一生很不得意。本词当写于此时。"残红""杨花"中都有词人自己的影子在内。开头使用倒戟拖入之法，引人入胜。黄莺鸣叫非为留春，是词人惜春之情借黄莺鸣叫表现出来，情致婉曲，用语也新颖。"满地"两句又用倒装，"宫锦"是对花落绿地的整体的描绘，许多本注曰"落花"似未确，而是落在草地上的花瓣。下片先从声入，由琵琶曲怨春写起。后两句以景收。两片交叉描写听觉和视觉，均先声后形。两片之间又暗用对比之法，情感上显抑扬顿挫之致。莺儿留春，琵琶怨春。风雨摧残春景，而杨花又得意于晚春，自在飘舞。感情丰富，构思巧妙。谭献在《谭评词辨》中评曰："满地二句，倒装见笔力；末二句见其品格之高。"

晏
幾
道
／
1038—1110

字叔原，号小山，抚州临川（今江西抚州）人。晏殊第七子。仕途坎坷，个性耿介，不肯依傍权贵，文章自立规模。工令词，风格婉丽，与其父齐名，号称"二晏"。有《小山词》。

临江仙①

晏幾道

梦后楼台高锁，酒醒帘幕低垂。去年春恨却②来时。落花人独立，微雨燕双飞。　记得小蘋③初见，两重心字罗衣。④琵琶弦上说相思。当时明月在，曾照彩云⑤归。

注释　　①临江仙: 唐教坊曲名，后用作词牌。双调五十八字，正调为六十字。②却: 正当，恰巧。③小蘋: 歌女名。④"两重"句: 衣领屈曲如双线心字。⑤彩云: 喻指小蘋。

译文　　梦醒之后，人去楼空，楼门都已上锁；酒醒之时，锦帐中冷冷清清，帘幕低垂。又是去年春天充满离恨的时候，落花纷纷，一个人独自伫立；细雨微微，一双燕子在雨中低飞。　记得初次见到小蘋之时，她穿着双重心字式的罗衣，尽情地演奏着琵琶，倾诉芳情怨思。当时的月光皎洁美好，曾照着她离去时的倩影，仿佛彩云般翩翩而归。

评析　　本词为怀念歌女小蘋所作。上片写别后的孤独和刻骨相思，写今日；下片追忆初见小蘋时的印象及小蘋归去时的情景，写去年。虚中有实，实中有虚，风情旖旎。

晏幾道是位痴情之人。他的痴情在这首词作中表现得亦极为充分。据《小山词跋》云："始时沈十二廉叔、陈十君宠家有莲、鸿、蘋、云，品清讴娱客，每得一解，即以草授诸儿，吾三人持酒听之，为一笑乐。已而君宠疾废卧家，廉叔下世，昔之狂篇醉句，遂与两家歌儿酒使俱流转人间。"《小山词》中写到这四位歌女的词就有十余首，涉及蘋、莲二人者尤多。这四人后来的命运是很悲惨的。本词即抒写对小蘋的思念之情。上片因念人而喝酒沉睡，醒后又到外面去独立，看燕双飞。第三句"去年春恨却来时"非常重要，暗示出前后动作的时间和原因。下片回忆与小蘋初见时的美好印象及分别时的情景，更增添今日的惆怅。风格曲折深婉，意境朦胧含蓄，深得吞吐腾挪之妙。陈廷焯评此词曰："既闲婉，又沉着，当时更无敌手。"（《白雨斋词话》）

蝶恋花
晏幾道

梦入江南烟水路，行尽江南，不与离人遇。睡里消魂无说处，觉来惆怅消魂误。　　欲尽此情书尺素①，浮雁沉鱼②，终了无凭据。却倚缓③弦歌别绪，断肠移破④秦筝柱。

注释　　①尺素：代指书信。②浮雁沉鱼：即雁高飞鱼深潜，无人为之传送书信。戴叔伦《相思曲》："鱼沉雁杳天涯路，始信人间别离苦。"③倚缓：低音。古筝有十三弦柱，可左右移动以调节音高，弦急则音高，缓则音低。④移破：谓尽情演奏，古筝柱已经移动到极点。

译文　　梦境中，我奔行在烟水迷茫的道路，但是找遍江南，也不能与心上的人相遇。睡梦里，那种渴望急切的心情无处倾诉，醒来觉得更加伤心，因为知道梦中的伤心真是枉然，醒后一切都变得踪影皆无。　　想要把这种真情写成一封情书，但雁飞鱼沉，最终还是无法寄出。只能凭悠扬的音乐之声来发泄一下离情别绪，只因为过于伤心，即使移遍秦筝的筝柱也无法把感情宣泄。

评析　　　本词属闺怨类，写思妇的怀人之情。上片写梦中寻人不遇和醒后的幽怨，下片写音书难托的苦闷及弹筝抒怨的情景。

　　　开头三句直接写梦境，"行尽江南"写思妇对意中人思念寻觅的急切，其意境由岑参《春梦》"洞房昨夜春风起，遥忆美人湘江水。枕上片时春梦中，行尽江南千万里"化出。"睡里"两句推进一层，抒情尤深婉，梦中因寻人不见而焦灼，醒来尚感到伤心和失望，细一思来，又被梦中的多情所误。表面看似洒脱，实质是更深的情感表现。下片先要写信，但不知伊人行踪，无处投寄，只好借弹筝以抒哀怨。"缓弦"似乎可以听到低沉舒缓的古筝之音，"移破"仿佛可以看到演奏者把筝柱深情反复移动之情景，用词精练，颇富表现力。

蝶恋花
晏幾道

　　醉别西楼醒不记，春梦秋云①，聚散真容易。斜月半窗还少睡，画屏闲展吴山翠。　　衣上酒痕诗里字，点点行行，总是凄凉意。红烛自怜无好计，夜寒空替人垂泪。

注释　　　① 春梦秋云：形容时间短暂而去后又毫无痕迹。

译文　　　在西楼分别时已喝得大醉，醒来时已把别时的情景完全忘记。人生真是怪异，就像春天的梦和秋天的云一样，聚合离散真是太容易。倾斜的月光映照半个窗棂，我很难入睡，彩绘的屏风闲立一旁，屏风上的吴山一片苍翠。

　　　衣上的酒痕，诗里的词字，斑斑点点，行行句句，总是表现些凄凉的意绪。那红色的蜡烛，仿佛也在自怜自爱而没有好计，在寒冷的夜中，徒自替它的主人暗暗垂泪。

评析　　　本词为忆旧怀人之作，所怀之人当是青楼女子。上片写别后的寂寞凄凉情怀，下片写靠饮酒填词来打发孤苦时光的情景。斜月无寐，寒窗烛泪，宛如图画，引人深味。

　　　　开头三句直抒"聚散真容易"的感慨，领起全篇。"西楼"为幽会之所，醉酒写暂时之欢娱。"春梦"惜相聚时间之短，"秋云"恨别后了无痕迹。"真容易"痛惜轻易离别，满含酸辛。"斜月"两句写深夜难寐，孤栖寂寞之苦。下片前三句与上片似断实连，"酒痕"遥应"醉别"，"诗里字"暗应"少睡"，因无眠而写诗填词以抒幽情。故没有睡意。"点点"为酒痕，"行行"为诗句。结尾句从杜牧《赠别二首·其二》："多情却似总无情，唯觉樽前笑不成。蜡烛有心还惜别，替人垂泪到天明"诗意化出，以红烛垂泪暗示人之垂泪，一片伤心凄楚景象。全词虚实相映，含而不露，极尽曲折之妙，引人遐思。

鹧鸪天 ①
晏幾道

彩袖殷勤捧玉钟②，当年拼却③醉颜红。舞低杨柳楼心月，歌尽桃花扇底风。　　从别后，忆相逢，几回魂梦与君同。今宵剩把④银釭⑤照，犹恐相逢是梦中。

注释　　　① 鹧鸪天：词牌名。双调五十五字。② 玉钟：珍贵的酒杯。③ 拼却：甘愿，不顾惜。④ 剩把：尽把。⑤ 银釭：银灯。

译文　　　捧着玉制的酒杯非常深情地劝酒，我宁可喝醉也要尽兴。酒宴中，我们狂饮狂欢，放荡纵情，轻歌曼舞，直到月下杨柳树；歌喉婉转，直到摇动的桃花扇缓缓而停。　　自从分别之后，总是盼望着相逢，几回在梦中与君重畅欢情。今天我们真的相聚在一起，我尽情地端着银灯，端详着你的面容，很怕这次真的相逢，也是在梦境之中。

评析　　　本词表现与一位红粉知己久别重逢的欣喜。上片写当年相聚的欢乐之况，下片写今日重逢的惊喜之情。

上片描绘当年初会时的欢情。歌女殷勤劝酒，词人拼命痛饮。在杨柳簇拥的楼中歌舞，不惜时光之流逝，设色绮丽。"彩袖""玉钟""醉颜红""杨柳楼""桃花扇"均是锦词丽语，状当年之欢娱。"杨柳"又暗喻女子之腰肢，"桃花"暗喻女子之面庞，此义均在有无之间，妙极。下片写今日相逢之惊喜。本已相逢，偏疑是在梦中，竟把灯来照，犹显风情之致。本词之艺术手法，全在虚实相映处。上片用绚丽之字面描摹当年欢聚之况，似实而虚，是过境，如电影镜头般倏归乌有。下片写不期而遇的重逢，似虚而实，是现境。两种境界互相补充配合，相互映衬，表现出词人的多情、钟情、痴情。陈匪石评曰："笔特夭矫，语特含蓄，其聪明处固非笨人所能梦见，其细腻处亦非粗人所能领会，其蕴藉处更非凡夫所能跂望。"（《宋词举》）

生查子 ①

晏幾道

关山魂梦长，塞雁音书少。两鬓可怜 ② 青，只为相思老。　　归傍碧纱窗，说与人人 ③ 道。真个别离难，不似相逢好。

注释　　　①生查子：唐教坊曲名，后用作词牌。双调四十字。②可怜：可惜。③人人：人儿，对所爱者的昵称。

译文　　　边塞寥廓而荒凉，思亲情浓而经常进入梦乡。真是太遥远和偏僻，家中的书信也难以送至身旁。两鬓本来很黑，只怕因为相思而白如繁霜。　　幽梦中忽然回到故乡，与心上人紧紧依偎在一起，靠着绿色的纱窗。我深情地向她倾诉着憋在心里的悄悄话："别离的滋味真的是难以忍耐，真不如与你厮守在一起欢度时光。"

评析　　本词写游子的思乡之苦。上片写盼信无望，下片写梦中返乡，以梦境中相逢的幸福反托离别的痛苦，情调很深沉。

　　开头二句以"关山""塞雁"点出游子所在之所，梦长写思亲之切，"书少"写家信之稀，更增思亲之情。"两鬓"两句写本是青春年少之韶年，偏受离别之苦的煎熬，恐怕要为相思而变老。下片托诸梦境，返乡而与情人软语谈心。于失望中尚有希望。而希望却只在梦中，更增加凄凉情味。全词语言朴素无华，雅中见俗，俗而不失其雅，游子的音容跃然纸上，很是生动。在小晏词中别具一格。

木兰花

晏幾道

东风又作无情计，艳粉娇红吹满地。碧楼帘影不遮愁，还似去年今日意。谁知错管春残事，到处登临曾费泪。此时金盏直须①深，看尽落花能几醉。

注释　　① 直须：就应该。

译文　　春风依旧那样无情无义，把粉红色的花瓣吹落大地。我不忍看到这种情景，放下画楼的珠帘进行遮蔽。可那落花的情景依稀可见，难以遮掩住我那纷乱的愁绪。今年此时的情怀，与去年完全相同，没有丝毫的差异。　　谁让我错管这春残花落之事。因这一切举动纯属多余。到处登临观景，只是浪费许多无用的眼泪。春光绝不为我流连，照样无情地归去。唉，在这种时候，只能满斟酒杯，喝个痛快淋漓，眼看着花儿就要落尽，再醉还能醉上几回？

　　　本词抒发春残花落，留春无计的感伤。上片写又见花落，难免惜春之意；下片写借酒浇愁，尽抒伤感之情。

　　开篇破空而来，笔力沉着。直怨"东风无情"，悖理而入情。"碧楼"句写想要不愁而无可奈何。愁本无形，帘影何能遮住？用这种拙劣的遮掩方式正好表现词人的痴情，造句立意新颖。"还似去年今日意"强调年年伤春而又无计留住春的无奈与感伤。这种情感在晏幾道词中多见。下片"错管春残""登临曾费泪"皆近痴人之语，恰恰表现出词人对春的痴情。最后以旷达收束，骨子里却是更深的感伤。貌似及时行乐之态，实则长歌当哭，深藏沉痛之情。与乃父晏殊词句"门外落花随水逝，相看莫惜樽前醉"（《蝶恋花》）的意蕴相近而更深沉悲慨。

木兰花

晏幾道

秋千院落重帘暮。彩笔①闲来题绣户。墙头丹杏雨余花，门外绿杨风后絮。朝云信断知何处。应作襄王春梦②去。紫骝认得旧游踪，嘶过画桥东畔路。

注释　　　① 彩笔：据史载，南朝梁江淹得到一支五色彩笔，故诗文中多有佳句。后来梦见郭璞向他索还彩笔，从此文思枯竭。人谓之"江郎才尽"。② 襄王春梦：指男女情事。据宋玉《高唐赋序》，楚襄王游高唐，梦神女荐枕席，临行有"旦为行云，暮为行雨"之语。"旦为行云"即早晨之云，即朝云也。

译文　　　秋千闲挂，庭院空空。帘幕一层又一层，分外宁静，又到黄昏。慵闲无事时，坐在花窗之前，拈起彩笔，吟咏性情。墙头处，一枝红杏独自开放，雨后的花儿更加艳红。房门外，飘舞着杨花柳絮，在微风中从从容容。

　　朝云不知去了何处，毫无音信和行踪。或许是应襄王之约去赴亚山春梦？紫骝宝马认得以前的路径，嘶鸣着走过画桥，沿着东边的路信步而行。

评析　　本词为暮春怀人之作。上片回忆以前情事，以实写虚；下片写情人已不可复见，怅然空归。抒情含蓄深婉，意境扑朔迷离。

　　开头两句见景生情，似实实虚。见到院落而忆往事，在院子里荡完秋千，尽情嬉笑后回到深闺之中，放下一层一层的帘幕，只有一对情人，成了二人世界。一直欢乐到日暮黄昏。闲情时，才子便在绮窗前题诗填词，美人笑着依偎怀中品评，该是何等风情。此二句虚写以前之境而映带环境。理解为词人即时之景亦可，即看到院落秋千空闲。词人面对绣户而作斯词。但还是理解为忆中之境为上。三四句转写现境，而今只见墙外有红杏花，那是雨过后的花儿；大门外飘着杨花柳絮。此二句写现境而含过去之境，理解为当时之景也未尝不可。而且，"雨余花"暗寓情人已非当初，"风后絮"暗寓情人如柳絮飘浮不定，意蕴极丰厚。下片用襄王梦遇巫山神女的典故，表达对情人的深切思念，又为全词罩上一层朦胧的色彩。结尾两句回到现实之中，既然人已不见，姑且返回去吧。马也认识旧路，嘶鸣着离开这里。细绎全词，只最后两句为现境，并倒贯全篇：即一日雨后，词人故地重游，结果人去院空，只能回首往事而已。全词的意脉较为分明。妙在虚实相映，亦幻亦真。黄蓼园分析得甚为精当："首二句别后，想其院宇深沉，门阑紧闭。接言墙内之人，如雨余之花；门外行踪，如风后之絮。后段起二句言此后杳无音信，末二句言重经其地，马尚有情，况于人乎？"（《蓼园词选》）

清平乐

晏幾道

　　留人不住，醉解兰舟去。一棹碧涛春水路，过尽晓莺啼处。　　渡头杨柳青青，枝枝叶叶离情。此后锦书①休寄，画楼云雨无凭。

注释　　①锦书：情书。前秦窦滔妻苏惠织锦为回文诗以寄其夫，后遂以锦书代指情书。

　　无论怎样挽留都无法留住，情郎哥还是带着醉意乘船而去。一只小舟航行在碧波荡漾的春水之中，所过之处，随时可听到拂晓时的莺啼鸟语。　　渡口空空荡荡，只剩下杨柳青青，那枝枝叶叶也仿佛充满了别意离情。你这次走就别再回来，也不必在情书里海誓山盟。因为画楼中的情侣本来就靠不住，我又何必如此自作多情？

评析　　本词写一女子挽留不住情人的怨恨，如一特写镜头，刻画出一位女子多愁善感的美好形象。

　　开头如特写镜头：一位女子在深情地挽留自己的情人，但那个男子还是乘着醉意解开船的缆绳摇桨而去。下二句是女子遥想男子路上的情景。"晓莺"二字暗示出这是清晨。那么，他为何要拂晓离去，这对男女之间又是何等关系，均值得玩味。下片前两句以景衬情，渡头空空，女子尚不忍归去。后两句写心理活动，尤为精彩，依稀可见一俏丽女子噘着樱桃小嘴，瞪着怨而不怒的一双大眼睛，用纤细的手指指着情人离去的方向一跺小脚，喃喃地倾吐着怨恨。表面看来是绝情之语，正是怨极爱极的嗔怪之态。一位多情而可爱的女子形象跃然纸上，妙甚。周济说得好："结语殊怨，然不忍割。"（《宋四家词选》）

阮郎归①

晏幾道

旧香残粉似当初，人情恨不如。一春犹有数行书，秋来书更疏②。　　衾凤③冷，枕鸳④孤，愁肠待酒舒。梦魂纵有也成虚，那堪和梦无。

注释　　① 阮郎归：词牌名。双调四十四字。② 书更疏：书信更少。③ 衾凤：绣有凤凰的被子。④ 枕鸳：绣有鸳鸯的枕头。

译文　　陈旧的香料，残存的脂粉，还像当初一个样，只恨人的心情变化无常。春天还寄回几封书信，秋天连书信也看不到几行。　　锦被的凤凰显得清冷，绣枕上的鸳鸯也觉孤独无双。我的心里实在不是滋味，只能靠饮酒来宽慰一下愁肠。尽管在梦境中相逢都是虚幻，但那还可以暂时欢乐一场。可叹近来连梦也做不成，岂不令我感伤复感伤，恓惶又恓惶？

评析　　本词抒写居人的离情别恨。至于居者为谁，看法不一，或云词人自己，或云是女子。当以女子为是，这既属常情，理解本词也最为顺畅。

　　上片起句写物是人非。"恨不如"有两重含义：一是自己的心情不如以前，无心打扮；二是游子的感情不如以前。"一春两句"进一步责备游子的负心，更显出居者的多情。下片开头三句进一步抒写居者的孤苦寂寞。见被上凤侣，枕上双鸳，更苦于无人相伴的冷清凄苦。只好借酒浇愁，但愁情依旧难遣。姑且靠做梦来缓解一下相思之情吧！明知梦境为虚，如同画饼充饥，但也可暂得慰藉。但连梦也做不成，怎不令人悲伤。词意层层推进，跌宕起伏，愈转愈悲凉。

阮郎归
晏幾道

天边金掌①露成霜，云随雁字长。绿杯红袖趁重阳，人情似故乡。
兰佩紫②，菊簪黄，殷勤理旧狂。欲将沉醉换悲凉，清歌莫断肠。

注释　　① 金掌：即仙人掌，汉武帝所建。在建章宫立铜柱，高二十丈，上有仙人承露盘。
② 兰佩紫：即佩紫兰。

译文　　高耸近天的金掌上的仙露，已经变成轻霜，排成字形的鸿雁正在远翔，那随着飘飞的云朵也显得在不断拉长。红袖的倩女捧着泛绿的酒浆，殷勤地劝我尽情狂饮，趁着这金色的重阳。这里的人情物色也仿佛是我的故乡。

　　佩上紫色的兰花，插上金色的菊黄，我尽情地重新恢复往日的轻狂。想要用沉醉来代替悲凉，请歌女们多唱些欢快的乐曲，不要再唱那些缠绵的歌让人断肠。

评析　　本词写重阳佳节时尽情清狂，看似旷达，实则倾注了人生失意之感。上片写时值重阳，又有佳人相陪，尽兴酣饮。下片写佩兰簪菊，以醉遣愁。

　　晏幾道出身贵族，早年生活放浪疏狂，性格孤傲耿介，故仕途坎坷，穷愁潦倒，尝尽世态炎凉。本篇所写正是这种悲凉心境。上片写重阳节霜寒云淡的冷清气候，"绿杯红袖"写美人陪伴饮酒欢度节日，勉强欢乐之味道。从"人情似故乡"句看，是词人在外地做官时在重阳佳节所作。下片开头三句承前写欢乐，欲抑先扬，"殷勤理旧狂"含义丰富，实际是在反思自己的人生。晏幾道是位性格耿直，不肯依附权贵之人，因此仕途坎坷。正因为反思整理思绪，才会产生要用醉酒来麻醉自己，从而解脱悲凉之感，是更加深沉的悲凉。意脉很清楚。结尾两句感情厚重而含蓄空灵。况周颐说："'清歌莫断肠'仍含不尽之意。此词沉着厚重，得此结句，便觉竟体空灵。"（《蕙风词话》）

六幺令 ①

晏幾道

　　绿阴春尽，飞絮绕香阁。晚来翠眉宫样，巧把远山学。一寸狂心未说，已向横波②觉。画帘遮匝③，新翻④曲妙，暗许闲人带偷掐。　　前度书多隐语，意浅⑤愁难答。昨夜诗有回文⑥，韵险⑦还慵押。都待笙歌散了，记取来时霎。不消⑧红蜡，闲云归后，月在庭花旧阑角。

注释　　①六幺令：词牌名，又名绿腰、录要等。双调九十四字。②横波：谓眼神多情。

③遮匝：遮围一圈。匝，环绕一周。④翻：演奏。⑤意浅：谓水平低，猜测得浅，有调侃意。⑥回文：一种诗体，常式为正读倒读皆可成诗。此用苏蕙之典，代指情诗，不必拘泥。⑦韵险：字数极少而难押的韵部。⑧不消：不必。

译文　　　春色渐尽，绿荫转浓，柳絮绕着香闺飘飞，轻轻盈盈。将近傍晚时，我精心地描画翠色的双眉，学那种流行宫中的远山式眉形。我的欢乐心情虽然没有明说，但那明澈的眼神已经露出芳情。画帘紧密遮住一圈，练习新学的美妙的乐音，也不在乎是否有人偷学偷听。　　上次你给我的信里许多语言晦涩难懂，我的水平太低，难以写信回应。昨天晚上又给我写来回文诗，用韵太险太窄，我也懒得唱和应景。你千万记着，等今晚散了舞会，停了歌声，还要来到老地方，在庭院花圃旧栏的角落处，我们再幽会相逢。那时暮云早已归尽，但你用不着端个红蜡，因为那时月光已经洒满院庭，那该是多么幸福温馨。

评析　　　本词写一位女子和情人的约会，题材的角度很新颖，心理描写细腻生动。上片写女子傍晚梳妆准备赴约前的喜悦心态，下片写她是在接到意中人情书以后再次赴约的。

　　　上片开头两句写时间地点。时已春尽絮飞，天气温暖，正是幽会的大好时光。小楼周围飞着柳絮，充满了迷离朦胧的色彩，增加了韵味。"晚来"四句写女子梳妆时的欣喜难以自禁的心态。"画帘"三句写演奏新曲，准备在晚夜歌舞会上大出风头以再挑情人的欢心。可以断定，这位幽会的情侣是都要参加当晚舞会的。而女子是表演者，男子可能是观赏者，或仅是参与跳舞的人而已。下片补写女子得到情书情诗的情景，写其幽会是两相情愿，也有女子对爱情生活的自我满足、自我陶醉之感。最后点明约会的具体时间与地点。时间是"笙歌散了"歌舞散场后，地点是"旧阑角"。"闲云"有双关意，即指自然界之云，也比喻那些参加歌舞之人。"不消红蜡"一语充满调侃意味，增加了词的幽默感。一位活泼多情而又调皮的美人形象跃然欲出。语言轻快自然，与表达的快乐愉悦之情相适应。

御街行

晏幾道

　　街南绿树春饶絮，雪满游春路。树头花艳杂娇云，树底人家朱户。北楼闲上，疏帘①高卷，直见街南树。　　阑干倚尽犹慵去，几度黄昏雨。晚春盘马②踏青苔，曾傍绿荫深驻。落花犹在，香屏空掩，人面知何处。

注释　　① 疏帘：帘有缝，故有疏密之分。② 盘马：骑马盘桓。

译文　　南街上，飘飘扬扬的飞絮绕着绿树，像雪花般落满游春的道路。树头处，盛开的桃花映着彩云，树底下，有一红色大门的人家居住。回到小楼，我懒洋洋地登上楼去，把那稀疏的帘幕高高卷起，对面正看见街南的那些绿树。

　　我十分惆怅酸楚，倚尽栏杆还不愿离去，不知经受过多少次黄昏的风雨。暮春季节，我曾骑着马在那家门口盘桓踟蹰，踏着青苔，依傍绿树，久久地凝神默伫。只见落花依旧，闺房中的屏风空掩，只是那位魂牵梦萦的佳人却不知去了何处。

评析　　本词写故地重游，风景依旧而伊人不见的感伤。上片写暮春时节访故人不见，回到住处登楼远望。下片借望中所见引出对访旧不见之情景的回忆，抒"人面不知何处去，桃花依旧笑春风"之怅触。

　　上片以景起，"街南"点明地点，"春饶絮""雪满游春路"先直接写出柳絮，下面再将其比喻成雪，轻盈有韵致，并点出暮春季节，其景色迷蒙优美，以景托情。"娇云"暗示出早晨之景致，"朱户"极写美人住所之幽雅而又醒目。"北楼闲上"三句写访情人不见空归时的心态。登楼又见"街南树"，转下片之抒情。下片再由情入景。"阑干倚尽犹慵去"，恋旧日情人，虽不见人，见其所住之地也好。"几度黄昏雨"，暗示出访旧登楼念旧已非一日矣！以下几句是回忆访旧时的情境，与开篇相呼应。"盘马"写留恋不忍去，"青苔"写人迹罕至，情人离去已久，最后点出花在人空，揭示自己忧伤的原因。意境上显然取自崔护《题都城南庄》"人面不知何处去，桃花依旧笑春风"的诗句，但改"桃花"为"落花"，感伤情味则更浓烈。

虞美人①

晏幾道

　　曲阑干②外天如水，昨夜还曾倚。初将明月比佳期，长向月圆时候、望人归。　　罗衣着破前香在，旧意谁教改。一春离恨懒调弦③，犹有两行闲泪、宝筝前。

注释　　①虞美人：唐教坊曲名，后用作词牌。正体为双调五十六字。②曲阑干：曲折回廊上的栏杆。阑干，同栏杆。③调弦：调试琴弦以定音调。

译文　　回廊上的栏杆曲曲弯弯，外面的天色像水一样清澈湛蓝。昨天晚上，我也曾在这里凭依栏杆。人们都把明月比作佳期，认为月满的时候人也会团圆。因此我每天都在这里倚栏眺望，盼望心上人早日回到身边。　　绫罗的衣服虽已穿坏，但以前的余情尚在，令我倾心缅怀留恋。可是不知旅行在外的游子，是谁让他把初衷改变。一春以来，因为离愁别恨而满怀愁怨，也懒得抚筝调弦。还有那两行因闲愁而伤心的眼泪，滴落在那宝筝的前面。

评析　　本词属闺怨，抒怀人怨别之情，上片写倚栏望月盼归，下片写整个春天都充满离恨别情。刻画女主人公的行动和心态颇为生动。

　　上片首句写景，"天如水"三字衬托女主人公的纯情，意境优美。"昨夜"暗示出望月已非一日。"初将"二句写长望月圆人归而空见一次一次的月圆，幽怨转深。下片"罗衣"句写自己不忘旧情，因罗衣上有情人之体香，故一直穿着在身。"旧意谁教改"责备对方已变初衷，于怀疑中更显痴情。结尾二句宕开，谓不仅今日盼，昨夜倚栏，而且整个春天都在离恨中熬煎，如今即使想要弹琴抒怨也没有心情，空流两行清泪而已。词意曲折深婉，心理活动细腻真实，虽无华词丽句，人物形象却鲜明生动。

留春令 ①

晏幾道

画屏天畔，梦回依约，十洲 ② 云水。手捻红笺寄人书，写无限、伤春事。别浦 ③ 高楼曾漫倚，对江南千里。楼下分流水声中，有当日、凭高泪。

注释　　① 留春令：词牌名。双调五十字。② 十洲：传说中海上的十座仙山，本神仙居住之所，此处指屏风上的画。③ 别浦：水边分手之处。

译文　　从梦中刚刚醒来，蒙蒙眬眬，隐约恍惚。床边新绘的屏风，仿佛远在天边，模模糊糊。上面画的十洲云水，宛如罩着迷雾。我坐起来铺开红色的信笺，给那位远人写封情书。把无限伤春的心情，向他倾诉。　　在我们分手处河边的高楼上，我曾多次去凭倚注目，面对江南的千里山水，我更加悲恻凄楚。楼下分流的水声之中，就有我当日凭栏时流下的泪珠。

评析　　本词写闺中女子伤别念远的深情。上片写梦中初醒时的心境及欲写情书之景，下片写别后倚楼伤心流泪之况，当也是情书中之内容。虚实相映成趣，意境优美。

上片前三句写春梦初醒时的情境，迷蒙隐约之态正由睡眼见出，有很深的生活体验。虚实相映，暗示出梦境中曾云游过的天涯海角处的十洲云水，醒来时都在床头的屏风上。将现实中屏风上的山水画与梦境中的虚幻不真的仙境山水相互重叠，造成亦幻亦真的效果。这是睡梦初醒，意识处在梦境与现实交汇时经常出现的感觉。这样既写了生活环境之美，又衬托人孤之苦。因此写情书以寄意。下片追忆登楼凭高远眺伤心之景，暗示出情人已在江南千里之外，凭高倚栏也是徒劳。应当注意，"别浦"是指分别之渡口，那里的高楼该是建设在渡口的画楼，是乘船旅客候船登船之处，也是迎送客人情人之所。主人公到那里登楼，不只是怀念当日惜别之情，更主要的是去接人。登楼而不见人归，怨情自在其中。水之"分流"暗寓人之别离。语意双关，情味隽永。

思远人 ①

晏幾道

红叶黄花②秋意晚，千里念行客。飞云过尽，归鸿③无信，何处寄书得？泪弹不尽临窗滴，就砚旋④研墨。渐写到别来，此情深处，红笺为无色。

注释　　①思远人：词牌名，双调五十二字。②黄花：菊花。③归鸿：南飞的大雁。④旋：随即。

译文　　　枫叶变红，黄菊开放，秋意日浓，天气转凉，这情景使我忧伤。惦念着千里外的游子，也不知他此时正流落何方。我望眼欲穿，眼看着飞云过尽，南飞的大雁一行又一行。可哪里有他的一点音信，令我焦烦而又彷徨。想要寄信也不知寄往什么地方。　　我转身回到闺房，流着眼泪来到南窗，挪过砚台开始研墨，写封情书倾诉衷肠。当写到分别相思的地方，我更加幽怨感伤，伤心的泪水滴湿了红色的信笺，使那鲜艳的信笺也暗淡无光。

评析　　　本词抒写闺人伤秋念远之情。上片写凭栏远望，见秋已深而游子未归，音书已断；下片写思妇回房中临窗写信寄意，泪湿红笺，足见其情深意浓。

　　　开头即景起兴，因见"红叶黄花"而感秋深，由此引出对远方亲人的思念。以下三句写盼归无望之情。"飞云过尽"写相望之久，"归鸿无信"写盼望落空，极写内心之寂寞愁苦。游子没有家书，便无法知道其在何处，寄信便没有地址，这更令人苦恼无奈。下片写女子从凭栏眺望后回到室内，临窗落泪，眼泪滴进砚台，随即用泪水研磨写信，墨水由泪研成，这本身就有无限情意。但写信写到分别后的情形时，泪水已见红色。"红笺无色"写泪落之多，形容伤心至极，也含有自己流的是血泪而使红笺失去原色的意思。全词语言质朴，不事涂饰，感情真挚深婉，是词之本色语。陈廷焯在《词则·闲情集》中评此词曰："就'泪''墨'二字渲染成词，何等姿态！"颇具法眼。

苏 轼 / 1037—1101

字子瞻，号东坡居士。眉州眉山（今属四川）人。苏洵之子。嘉祐二年（1057）进士。累除中书舍人、翰林学士、端明殿学士、礼部尚书。曾通判杭州，知密州、湖州、颍州等。元丰二年（1079）以谤新法罪入狱，贬黄州。绍圣初，又贬惠州、儋州。徽宗立，赦还，卒于常州。追谥文忠。博学多才，诗词文赋书画俱佳。词开豪放一派，婉约词也多有佳什。著有《东坡七集》《东坡词》。

水调歌头 ①

苏 轼

丙辰 ② 中秋，欢饮达旦，大醉。作此篇，兼怀子由。

明月几时有，把酒问青天。不知天上宫阙^③，今夕是何年。我欲乘风归去，惟恐琼楼玉宇，高处不胜寒。起舞弄清影，何似在人间。　　转朱阁，低绮户^④，照无眠。不应有恨，何事长向别时圆。人有悲欢离合，月有阴晴圆缺，此事古难全。但愿人长久，千里共婵娟^⑤。

注释　　① 水调歌头：词牌名，双调九十五字。② 丙辰：宋神宗熙宁九年（1076）。③ 天上宫阙：指神话传说中的月宫。④绮户：粉饰、雕花的门窗。⑤婵娟：美好貌。也指美女，此处代指月亮。

译文　　丙辰年中秋节，我独自欢乐饮酒，一直到天亮，酩酊大醉，创作这首词，兼抒发怀念弟弟苏辙的情愫。

天上的明月啊，你何时才把素辉洒向人间？我端起酒杯，深情地询问苍天。不知天上的宫阙，今天晚上是哪一年？我想乘风飞去，又怕那里是玉的世界，到处是晶莹的楼阁，洁白的栏杆。在那云霄的高处，难以忍受寂寞凄凉孤独和清寒，翩翩起舞只能对着自己的身影，又哪里能比得上人间。
明月高高升起，渐向西偏。皎洁的月光转过红色的楼阁，斜射花窗的窗帘，照着失眠人的脸面。明月啊，你也不应该有什么恨怨，为何偏在我离别的时候你才清圆。唉，想来这也是常情，不该把你埋怨。因为人间自有悲欢离合，月亮也有阴晴圆缺，此事自古以来就难求万全。这也没有什么遗憾，只愿我们两人都能健康平安，虽然遥隔千里，却能共同欣赏这美好的月光，共度这怡人的夜晚。

评析　　本词是中秋望月怀人之作，表达了对胞弟苏辙的无限怀念。立意高远，构思新颖，意境清新如画，情理俱佳，颇耐品味。胡仔云："中秋词，自东坡《水调歌头》一出，余词尽废。"（《苕溪渔隐丛话》）

全词以明月为线索，隐显明暗交错，处处咏月，同时也处处在抒发人的主观情感。起笔突兀，生发人生感慨，是对人生宇宙哲理的深深思索。

接着写欲脱离尘世而升仙境，但又恐"高处不胜寒"，表现出词人对人生的热恋。表面写仙凡之想，实质是作者出世入世思想矛盾的曲折表现。下片从月亮的转移变化，盈亏圆缺，联想到人生的悲欢离合，从而得出不应事事都求完美无缺的结论。全词贯穿着情感与理智的矛盾，波澜起伏，跌宕有致。最后以旷达情怀收束，是词人情怀的自然流露。情韵兼胜，境界壮美，熔抒情、写景、说理于一炉，具有很高的审美价值。

水龙吟①

次韵章质夫②杨花词

苏 轼

似花还似非花，也无人惜从教坠。抛家傍路，思量却是，无情有思③。萦损柔肠，困酣娇眼，欲开还闭。梦随风万里，寻郎去处，又还被、莺呼起。

不恨此花飞尽，恨西园、落红难缀。晓来雨过，遗踪何在，一池萍碎④。春色⑤三分，二分尘土，一分流水。细看来，不是杨花，点点是离人泪。

注释　①水龙吟：曲牌名，又名丰年瑞、鼓笛慢等。双调一百零二字。②章质夫：章楶，字质夫。蒲城人，为词人朋友。③无情有思：谓杨花看似无情，实则有思。韩愈《晚春》诗："杨花榆荚无才思，惟觉漫天作雪飞。"杜甫《白丝行》："落絮游丝亦有情，随风照日宜轻举。"本句化用其意。④一池萍碎：作者自注："杨花落水为浮萍。验之信然。"古人认为柳絮落水则化为浮萍。参见《群芳谱》。此说并不科学。⑤春色：此处指杨花。

译文　像花又不像是花，也没有人怜惜她，任凭她坠落飘零。她离开原来的枝头，依傍在路旁道边，想来也充满别思离情。仿佛是一位娇贵的夫人，柔肠萦绕，困意蒙眬，想要睁开美目而又闭上眼睛。只好似在梦中，随着春风，飘到万里之外，去寻找情郎的行踪。刚刚落地，又被那无情的黄莺唤起，懒洋洋地再度升空。　　　　不恨此花已经飞尽，只恨西园中又飘落片片残红。拂晓下过一场小雨，哪里还有杨花的身影？那杨花早已化作一池碎小的绿萍。有人说杨花是春色的象征，如果把这种春色分为三成，二成已变作尘土，一成化作了流水上的浮萍。仔细看来，那点点白絮绿萍，并不是杨花，而是由思妇的滴滴眼泪变化而成。

评析　　　本词虽为唱和之作，但不拘原作之意，另辟蹊径，自出新意，风神绵邈，情韵俱佳，洵为咏物妙什。全词用拟人化手法，亦物亦人，通过杨花随风飘转的情景，刻画出一位魂牵梦萦、幽怨绵绵的思妇形象。构思新颖，想象丰富。

　　起笔便不同凡响，用语精妙。"'似花还似非花'两句，咏杨花确切，不得咏他花。"（唐圭璋《唐宋词简析》）"抛家傍路"三句转入拟人手法，"无情有思"引出下面几句的内容。"萦损柔肠"三句写"思"的状态，描写杨花轻盈朦胧似美人之眼欲睁又闭，想象奇妙无比，神采飞动。"梦随风万里"三句写"思"的内容，是万里寻夫。刚停而又被莺呼起。写尽杨花轻盈飘动而无定所的神韵。下片则愈出愈奇。先以落红隐衬杨花，说"不恨"只是曲笔传情，实则"有恨"。"晓来雨过"问询杨花遗踪，所看到的是"一池萍碎"。词人认为这碎萍便是杨花化成，悖理而有情，更能显出对杨花的一往情深。接下去再深描一笔，点出杨花的归宿。那些漫天飞舞的杨花都到哪里去了呢？这就是有二成变成了尘土，一成变成绿萍。杨花已尽，春色已尽。煞拍再画龙点睛，"细看来，不是杨花，点点是离人泪"。以情收束全词，干净利落而余味无穷。紧扣开篇的"似花还是非花"一语，如千里来龙到此结穴，使全篇熠熠生辉。全篇之妙在于不即不离，写的既是杨花，又是思妇，而"也无人惜从教坠"也仿佛是那些遭人遗弃的思妇无人怜惜之意。一片惜春怜春，惜人怜人之情俱在其中。唐圭璋说："全篇皆从一'惜'字生发。"（《唐宋词简释》）可谓深中肯綮之语。

永遇乐 ①

苏 轼

彭城 ② 夜宿燕子楼 ③，梦盼盼，因作此词。

明月如霜，好风如水，清景无限。曲港跳鱼，圆荷泻露，寂寞无人见。
紞 ④ 如三鼓，铿然一叶 ⑤，黯黯梦云惊断。夜茫茫，重寻无处，觉来小园行遍。

天涯倦客，山中归路，望断故园心眼 ⑥。燕子楼空，佳人何在，空锁楼
中燕。古今如梦，何曾梦觉，但有旧欢新怨。异时对，黄楼 ⑦ 夜景，为余浩叹。

注释　　①永遇乐：词牌名。双调一百零四字。②彭城：今江苏省徐州市。③燕子楼：传
说在徐州官廨内，唐张建封守徐州时所建。盼盼姓关，是张建封爱妾，善歌舞。张死后，
盼盼念旧情而不嫁，居此楼十余年。唐时传为佳话。白居易创作《燕子楼》诗专咏此事。
④紞：击鼓声。⑤铿然一叶：铿然，本金石之声。此处形容夜静，落叶声也听得很清楚。
⑥故园心眼：怀念故园望眼欲穿的心情。⑦黄楼：徐州东门城楼，苏轼知徐州时所建。

译文　　在徐州时，我住在燕子楼过夜，梦中见到了传奇美女关盼盼，因此创作
了这首词。

明月如霜般洁白，好像泉水一样清凉，清新静谧的夜景令人神往。曲折
的水渠中，鱼儿跳出水面，圆形的荷叶土，露珠向下滚淌。但夜深人静，这
样好的美景却无人欣赏。清晰的三更鼓声响彻夜空，一片树叶飘然落到地上，
那细碎的声音惊断了我的梦乡。黑夜茫茫，再也寻找不到刚才梦境中的那种
景色，醒后我寻遍小园的所有地方。　　长期被贬谪外地的游子，眺望山中
的归路，望眼欲穿地思念着故园家邦。燕子楼空空荡荡，佳人又在哪里，空
锁着那双燕子在楼中的画堂。古今万事如同梦境，有几人能从梦境中醒来，
徒有些新怨旧欢牵惹愁肠。待过些年后，也会有人面对黄楼夜景，缅怀今日
之景而为我叹息怅惘。

评析　　本词是元丰元年（1078）十月，苏轼任徐州知州时所作。词人即景感怀，以"梦登燕子楼"及"盼盼"情事为契机，抒发对人生宇宙的思考与感慨，上片写初秋月色和梦断寻人，下片写燕子楼空及古今如梦的浩叹。

　　上片前六句写夜宿燕子楼所见及庭院景物。写景由大到小，由远到近，由静到动。鱼之上跳，露之下泻，呈现出一上一下的动态美。以动衬静，"鱼跳"暗点人静，"露泻"暗点夜深，更增静谧气氛。笔墨简洁空灵。"纵如"三句写鼓声惊梦，"夜茫茫"三句叙醒后小园寻梦。照应开头六句。将其置于虚实之间。既可理解为梦中所见，也可理解为现境所见。使夜景与梦境相互辉映，似真似幻，恍恍迷离。此正是词之妙境。下片换头三句抒发倦客怀乡之情，接下三句慨叹人去楼空，并由人去楼空悟得万物本体的瞬息生灭，然后以空灵超宕出之，直抒感慨：人生之梦未醒，故生出多少新愁旧怨，其感慨已超越了自我，推及人生与宇宙。结尾三句再把思路拓展开去，由今日思及未来。设想后人见自己主持建造的黄楼而叹息凭吊自己，也如自己今日凭吊燕子楼。扩展了词的时空感，加重了深沉的历史感。词人将景、情、理熔于一炉，围绕燕子楼情事而层层生发。景为燕子楼之景，情则是燕子楼惊梦后的缠绵情思，理则是由燕子楼关盼盼情事所生发的"人生如梦如幻"的关于人生哲理的思考。三者的相互交融，增强了本词的艺术感染力。郑文焯《手披东坡乐府》说："公以'燕子楼空'三句语淮海，殆以示咏古之超宕，贵神情不贵迹象也。"指出全词的总体风格超脱灵动，很深刻。

洞仙歌①

苏 轼

余七岁时，见眉州老尼，姓朱，忘其名，年九十余。自言尝随其师入蜀主孟昶②宫中。一日大热，蜀主与花蕊夫人③夜起避暑摩诃池④上，作一词。朱具能记之。今四十年，朱已死久矣，人无知此词者。但记其首两句，暇日寻味，岂《洞仙歌令》乎？乃为足之。

冰肌玉骨，自清凉无汗。水殿⑤风来暗香满。绣帘开、一点明月窥人，人未寝，欹枕钗横鬓乱。　起来携素手，庭户无声，时见疏星渡河汉⑥。试问夜如何？夜已三更，金波淡、玉绳⑦低转。但屈指、西风几时来，又不道⑧流年、暗中偷换。

注释　　①洞仙歌：唐教坊曲名，后用作词牌。有令词和慢词两种，体式较多，本词为令词，属于中调，双调八十三字。②孟昶：五代后蜀国主，后降宋。③花蕊夫人：孟昶宠妃，姓徐。一说姓费，别号花蕊夫人。④摩诃池：在后蜀宣华苑中。⑤水殿：指摩诃池中或附近临水的宫殿。⑥河汉：银河。⑦玉绳：两星宿名，在北斗第五星玉衡北面。⑧不道：不觉。

译文　　我七岁的时候，曾经见过眉州一位老尼姑，姓朱，我忘记了她的名字，年龄九十岁。自己说她曾经随师父进入后蜀君主孟昶宫中。有一天，蜀主孟昶和花蕊夫人夜间晚在摩诃池上乘凉，创作一首词，姓朱的老尼全都记住了。如今已经四十年，老尼已经死很久了，其他人没有知道这首词的。而我只记住其开头两句，闲暇时候寻思品味，难道是《洞仙歌令》吗？于是便将其补充完整吧！

天生的冰肌玉骨，自然满身清凉无汗。吹来一阵习习的轻风，淡波的香气充满这水中的阁殿。暑气太重，令人难堪，挂起彩色的帘幕，一线月光映进幕帘。人尚未能入睡，斜倚绣枕，金钗横斜鬓发纷乱。　实在太热难以成眠。二人起来，携着素手来到外面。庭院里悄然无声，但见星空灿烂。稀疏的星宿渡过河汉。娇声软语，试问：今夜到了什么时间？已经到了三更，月光显得暗淡，玉绳星已向低转。二人尚屈指盘算，尚须等待几时，秋风才能把暑热驱散。又没有觉察到，美好的人生时光却就这样逝去，时令在不知不觉中暗暗转换。

评析　　据小序可知，本词是作者为补足后蜀主孟昶夏夜纳凉词所作。只知开头两句，便全凭想象而写成如此情韵俱美的绝妙好词，实词家之圣手，文事之神工。本词虽咏宫中逸事，亦寓暗伤流年之感。上片写暑热难眠，渲染现境，下片写户外纳凉，风情旖旎，蜀主之温存，宠妃之娇态，俱在境中。

　　上片开头两句为孟昶原作，写其天生丽质，冰玉之体。"水殿"以下为东坡续作。"暗香满"，含蓄有韵致。是池中荷花之香，是室内之熏香，还是美人玉体之香，均未点破，或兼而有之。在凉爽的视觉中再加此味觉，更沁人心脾。沈祥龙《论词随笔》说："词韶丽处，不在涂脂抹粉也。诵东坡'冰肌玉骨，自清凉无汗。水殿风来暗香满'句，自觉口吻俱香。""绣帘开"几句主旨在渲染天太热，故开帘，因开帘而月光入，才见人未眠之态。为下片做铺垫。换头三句写携手到户外纳凉，时已深宵，寂无人声，唯见星空灿烂，时有流星一点，掠过河汉。极写夜之静谧，超妙入神。"试问"二句设想对话之词，一问一答间，道出夜已过三更，已该归宿，但暑气未退，故屈指盘算，盼望秋风早来，俱在情理之中。煞尾两句，系之以深慨，似代言，又似自语。人们就在温情脉脉中，在渴盼中，度过了许多流年。夏热则盼秋，冬寒而盼春，对自然节令如此，对人生际遇不也如此吗？人们常常是在现实缺陷中追求想象中的未来的美好境界。待理想实现后发现还有缺陷，永无止息，不停追求，而流光不待，人们便在追求中走完了人生旅途。这又是何等深邃的人生哲理的思考！

卜算子①

黄州定惠院寓居作

苏 轼

缺月挂疏桐，漏断②人初静。谁见幽人③独往来，缥缈孤鸿影。　　惊起却回头。有恨无人省④。拣尽寒枝不肯栖，寂寞沙洲⑤冷。

注释　　①卜算子：词牌名，双调四十四字。②漏断：滴漏声断断续续，写夜极静，一般多释夜深漏壶水断，不确。漏壶乃古代计时器，为夜间观测确定时间之必须，半夜决不会断。③幽人：幽居之人。④省：理解，体察。⑤沙洲：水中沙滩。

译文　　半轮月亮冉冉升空，刚刚超过枝叶稀疏的梧桐。滴漏声断断续续，喧嚣的俗世刚刚平静。谁能看见一位幽独的人独来独往，只有那缥缈单飞的孤鸿。

它被无端惊起，不断地回头观察动静。它有无限的怨恨，却无人理解同情。它拣尽寒枝而不肯栖息，又降落在那寂寞的沙滩上，尽管那里非常荒凉清冷。

评析　　本词写于黄州定惠院寓居时。是作者刚从乌台诗案解脱出来，只身到黄州时所写。抒写从政失意而寂寞孤独的情愫。上片以幽人引出孤鸿，下片以孤鸿暗比幽人。惊魂甫定，顾影自怜，不肯栖寒枝上的孤鸿形象，正是诗人的自我写照。

开头两句写景点时。"漏断"一词，许多书均注为夜太深而水尽。但与"人初静"不合。既然云"人初静"，当是人定之初，漏壶断无水尽之理，故释为"断断续续"之意为好，且能衬出夜静之氛围，于情于理均合。三四句写人与鸿。"独往来"写人之孤独与清高；"缥缈"写"孤鸿"的拔俗。下片表面写鸿，以鸿之形象托己之情怀。"惊起"写词人无故被陷害，险遭杀头之祸，"回头"句写惊魂未定，进行人生反思，无人理解其当时之凄苦心境。最后两句写宁守寂寞清冷也不肯攀高结贵的品格。咏物而不滞于物，主客体浑然一体，寄托遥深。深得比兴之妙。

青玉案

和贺方回韵送伯固 ① 归吴中故居

苏 轼

三年枕上吴中路，遣黄犬 ②、随君去。若到松江 ③ 呼小渡，莫惊鸳鹭，四桥 ④ 尽是，老子经行处。　《辋川 ⑤ 图》上看春暮，常记高人右丞句 ⑥。作个归期天已许，春衫犹是，小蛮 ⑦ 针线，曾湿西湖雨。

注释　①伯固：苏坚，字伯固，博学能诗，曾任杭州监税，为苏轼诗友。②黄犬：据《晋书·陆机传》载，陆机有犬名黄耳，能传书信。③松江：古吴淞江别称，又名苏州河，为太湖最大支流，经苏州、上海汇合黄浦江入海。④四桥：指姑苏（今苏州市）四桥。⑤辋川：此指唐诗人王维蓝田辋川别业。⑥右丞句：指王维的诗句。王维以山水田园诗著称。⑦小蛮：唐诗人白居易的宠妓，善歌舞。此处代指作者侍妾朝云。

译文　我们结交足有三年，却恍惚如同做梦一般。如今你要回归吴中故园，我有心打发黄狗随你身边，以便来来往往把音信传递。如果到松江渡口时招呼渡船，不要惊动那里的白鹭双鸳，因为它们都曾经和我相识流连。有名的四桥我曾经游遍，我的足迹遍布那里的水水山山。　如今我只能在《辋川图》上欣赏春天，常记王右丞的诗句而向往美丽的山间。暗自定个归隐的日期，只有天意相许，我立即穿上那件春天的衬衫。衬衫上尚有小蛮的针线，上面还曾经沾湿过西湖的雨点。

评析　本词与贺铸同调名"梅子黄时雨"一词原韵相同。内容上属送别，抒发厌倦天涯游宦生活的心绪。

起笔入题，言约意丰。"三年枕上"写三年相从甚密，时间飞逝，竟恍如一梦，而今偏要离别。"吴中路"点出友人欲去之所及点出分别之意。"遣黄犬"两句，用典抒情，盼望友人经常来信。"若到松江"四句既有羡慕友人将徜徉山水之意，也有自许自负之意，意谓吴中的风景名胜我也曾欣赏游历过。下片开头两句以"辋川"喻指吴中山水之胜，以右丞喻伯固诗句之高，又暗含对自然山水的向往之情。结尾四句写欲归之心。"归期"而"天许"，可见人不许，空怀归去之念。"小蛮针线"念及心上故人，盼望与之早日团圆，盼归之情转切。最后以"曾湿西湖雨"终篇，以喜穿春衫而暗示出对小蛮的思念之情，"春衫"上不仅有小蛮的针线，而且还曾经穿着这件衣服和小蛮共同游览西湖，含蓄而有深味，绝非一般手笔可道。况周颐道："'曾湿西湖雨'是清语，与上三句相连属，遂成奇艳，绝艳，令人爱不忍释。"(《蕙风词话》)

临江仙

苏 轼

夜饮东坡①醒复醉，归来仿佛三更。家童鼻息已雷鸣，敲门都不应，倚杖听江声。　　长恨此身非我有②，何时忘却营营③。夜阑风静縠纹④平，小舟从此逝，江海寄余生。

注释　　①东坡：在黄州营地。苏轼谪居黄州时开荒种植，筑雪堂于此。并以"东坡"做自己之别号。②此身非我有：语出《庄子·知北游》。此处用道家思想说明自己当时行动无自由的处境。③营营：为功名利禄而奔忙。④縠纹：形容水面微波。縠，有皱纹的纱。

译文　　夜间在东坡饮酒，稍微清醒点还接着喝，一直喝到酩酊大醉。归来时仿佛已到三更。家童酣然睡去，呼噜声好像雷鸣。怎么敲门也无人答应，只好拄着手杖来到江边，静听长江的奔流之声。　　我常常怨恨，自身并不归自己所有，什么时候才能忘却利禄功名，不再奔竞营营？夜色渐渐深浓，江风渐渐消停，江波渐渐缓平。我即将驾着小舟逝去，到远离烦恼的江海中度过余生。

评析　本词是词人被贬黄州时所作。上片叙事，写夜饮醉归，敲门不应，倚杖听江涛之声。情境毕现。下片抒情，发泄无端受贬而失去自由的怨愤，表达一种超脱旷达的情怀。

开篇点明夜饮的地点和醉酒的程度。"醒复醉"表现其愁情之重，"仿佛"二字传神地刻画出词人醉酒蒙眬的状态。接下三句写词人回到寓所的情形。敲门不应，泰然处之，姑且去听江声。表现出作者随缘自适，人生态度之达观。"家童"之鼾声，江水之流声更衬出夜之寂静。同时，家童之熟睡的鼾声也曲折表现出一种没有心理负担没有挂碍的生活境界，而这种生活也是一种幸福，与在官场中终日忐忑防备、战战兢兢、如履薄冰的心理状态形成鲜明对比，为下片的抒情做暗中铺垫。下片开头两句起笔突兀，是词人长期抑郁愤懑情怀的喷发，在激愤中尚有哲理的思考。"夜阑风静縠纹平"一句可看作实景，也暗示词人心情的渐渐平静，象征词人追求一种宁静安谧自由自在的生活情景，转出煞尾两句，表现要挣脱世俗羁绊，追求一种主体自由的精神生活。结尾飘逸而富有浪漫情调，表现出东坡磊落豁达的襟怀。也正因后两句虚写而似实，故还产生过误会。据叶梦得《避暑录话》载，苏东坡与客饮江上，夜归，而作此辞。第二天，街人传说，苏东坡已把冠服挂在江边，乘坐小船长啸而去。郡守徐君猷听说后，大惊而且非常害怕，认为本州丢失罪人，罪责不轻，忙派人去看。见苏东坡正在大睡，鼾声如雷。这则传说说明本词在当时就非常有名。

定风波 ①

苏　轼

三月七日，沙湖②道中遇雨。雨具先去，同行皆狼狈，余独不觉。已而遂晴，故作此词。

莫听穿林打叶声，何妨吟啸③且徐行。竹杖芒鞋④轻胜马，谁怕？一蓑烟雨任平生。　　料峭春风吹酒醒，微冷，山头斜照却相迎。回首向来萧瑟处⑤，归去，也无风雨也无晴。

注释　　①定风波：唐教坊曲名，又名定风流、定风波令等。双调六十二字。②沙湖：在黄冈东南三十里。③吟啸：吟咏，长啸，意态闲适貌。④芒鞋：草鞋。⑤萧瑟处：指先时淋风雨之地。

译文　　三月七日，在去沙湖的道中遇到一阵急雨，带雨具的人走在前边而不在随行人中。同行的人都很狼狈，我独自没有什么感觉。不一会儿就晴了。因此写了这首词。

　　不要听风穿树林，树叶也带来风雨之声，这又怎能妨碍我一边吟诗长啸，一边缓步徐行。穿着草鞋，拄着竹杖，一身轻松。胜过车马喧阗，闹闹哄哄。谁怕这么点风风雨雨，我毫不在意，任凭一阵烟雨迷蒙。　　料峭春风又把我吹醒，微微感到有些寒冷。前面罩上斜阳的山头却来相迎。回头望刚才来时淋雨的地方，归去时又一片平静，也没什么风雨，也无所谓晴明。

评析　　词人从黄州去沙湖途中偶遇小雨，本是司空见惯的日常小事，却写出如此清新隽永的佳篇。写眼前景，寓心中事，因自然现象，谈人生哲理，足显作者才思之敏捷，思维之活跃。

　　上片起二句写风雨来得突然而且还不小，竟"穿林打叶"。"莫听"二字已见性情，大有"泰山崩于前而岿然不动"之气概，不仅如此，尚能"吟啸""徐行"，是加倍手法，显出不为外物所动之心境。"竹杖"二句以实寓虚。"竹杖芒鞋"为步行旅游时所用，属于闲人；车马则是富贵宦达之象征，属于官员，均为行路所用。"轻胜马"表现出作者当时轻松的心态，即所谓"无官一身轻"之意。故转出结句"一蓑烟雨任平生"。"任凭风吹浪打，胜似闲庭信步。"下片换头三句是写实，春风虽微寒，但驱雨散去，山头夕照相迎，身上暖暖烘烘。一切都已过去，就像什么也没发生。回首望去，感触顿生："归去，也无风雨也无晴。"自然界中风雨阴晴变幻莫测，不要管他；社会生活，仕途之上，也是如此，也不必管他。如果不在乎风风雨雨，也就不必盼什么天晴。这便是"也无风雨也无晴"的深刻含义，也是本词思想意义的深刻性之所在。全词则表现出一种听任自然、不怕挫折、乐观旷达的大丈夫的胸怀。郑文焯评曰："此足证是翁坦荡之怀，任天而动。琢句亦瘦逸，能道眼前景，以曲笔直写胸臆，倚声能事尽之矣。"（《手批东坡乐府》）

江城子①

苏 轼

乙卯②正月二十日夜记梦。

十年生死两茫茫，不思量③，自难忘。千里孤坟，无处话凄凉。纵使相逢应不识，尘满面、鬓如霜。　　夜来幽梦忽还乡，小轩窗④，正梳妆。相顾无言，惟有泪千行。料得年年肠断处，明月夜、短松冈⑤。

注释　　① 江城子：词牌名。唐时原为单调。至宋，始作双调。本词双调七十字。② 乙卯：宋神宗熙宁八年（1075）。③ 思量：想念。④ 轩窗：小室之窗。⑤ 短松冈：种着小松树的山冈，此处代指亡妻坟地。

译文　　乙卯正月二十，记录做梦前后的情境。

十年了，你我一死一生，阻隔在阴阳两方。我们都迷迷茫茫，谁也不知道对方过得怎么样。尽管没有有意去想，却自然难以相忘。你在千里之外的一座孤坟里，没有人可以倾诉衷肠。因为没有了你，我也一样孤独彷徨，没有知心人可以诉说衷肠。即使我们真的相逢，大概你也不能再认出我，因为我已衰老，满面尘土，两鬓雪白如霜。　　夜里，在隐约迷蒙的梦境中，我飘飘忽忽回到家乡，又看到你当年的模样。正在花格小窗下临镜梳妆。我们相互对视竟无语凝噎，只是流下热泪千行。梦醒后我更加思量。预料得到，以后年年令我伤心的地方，就是那月色凄迷，长着矮松树的小山冈。

评析　　　本词是文学史上第一首悼亡词。苏轼妻子王弗于英宗治平二年（1065）病逝于京师汴梁，次年归葬四川故里。至此正是十年。作者在悼念亡妻的同时，也委婉地抒发了十年间仕途坎坷，命运多舛的慨叹。

　　　　全词以梦为线索分为三层。上片写梦前的思念，表现出对亡妻的一片深情。"纵使"二句包含着仕途失意的感伤。下片前五句写梦中相逢。用生活小细节抒发伉俪间的深情。"小轩窗，正梳妆"如特写镜头，这当是词人对于亡妻生前印象最深刻的瞬间形象，因为女子在梳妆时最楚楚可怜，故如同雕像般雕刻在心中。此句含蓄地写出亡妻的美貌与多情。"相顾无言，惟有泪千行"感情容量很大。这几句词恍惚迷离，似真实幻，哀婉凄绝。结尾三句写梦醒后的悲凉心情，进一步抒发对亡妻的无限怀念。全词语言质朴自然，感情诚挚深厚。

贺新郎①
苏　轼

　　乳燕②飞华屋。悄无人、桐阴转午，晚凉新浴。手弄生绡③白团扇④，扇手一时似玉。渐困倚、孤眠清熟，帘外谁来推绣户，枉教人、梦断瑶台⑤曲，又却是、风敲竹。　　石榴半吐红巾蹙⑥，待浮花、浪蕊⑦都尽，伴君幽独。秾艳一枝细看取，芳意千重似束。又恐被西风惊绿，若待得君来向此，花前对酒不忍触。共粉泪、两簌簌⑧。

注释　　　①贺新郎：词牌名，由苏轼首创。本词双调为一百一十五字。另有一体为一百一十六字。②乳燕：雏燕、小燕。③绡：生丝织成的薄绸。④团扇：圆形有柄的扇，因我国古代宫中常用，故称"宫扇"。⑤瑶台：传说中神仙的居处。⑥红巾蹙：形容半开的石榴花如有皱纹的红绸巾。⑦浮花、浪蕊：指颜色鲜艳花期短的花。⑧簌簌：纷纷下落貌。

译文　　一只小燕飞进华丽的堂屋。静寂无人，桐树荫渐渐转过正午。一位美人赶晚凉刚刚出浴。她手里摆弄着一柄生丝的白色团扇，纤手和团扇一样洁白如玉。她渐渐有些困倦，倚着孤枕悄然睡去。忽听外面似乎有人推门，枉自打断温馨的瑶台美梦，却原来又是轻风吹动了翠竹。　　石榴花半开半吐，好像是用红绸巾叠成的花簇。待那些轻浮浪荡的花蕊尽行凋落，只有石榴花陪伴美人的幽独。折来一枝鲜艳的花朵仔细鉴赏，芬芳的千重花心紧紧卷束。又恐怕被秋风吹走红花，只剩下一片残绿。如果等到那时，再来观看石榴花，那情景真是不忍目睹。面对凋零的花瓣遣愁饮酒，伤心的眼泪和残红一定同时飘坠，纷纷零乱，扑扑簌簌。

评析　　本词在《全宋词》中有"夏景"二字，对理解词义很有必要。全词所写均为夏日景物，是词人见景生情，以景托情之作。上片写美人孤寂失宠。下片写石榴花陪伴幽独之美人。

　　开头三句"乳燕飞华屋"点明季节，并把视线引入美人住所，由外入内，开篇甚妙。桐树移影写其整日宁静，至"晚凉新浴"，美人才开始羞答答出场，而且刚刚出浴，身体芳洁。手弄团扇，一写慵闲娇贵之容，二暗喻美人同团扇有共同的命运。因刚出浴，人易困乏，故倚枕熟睡，在情理之中，也写出美人无人陪伴之孤凄。"帘外"以下四句摹写生动。些许声响便从梦中惊醒，暗示美人睡得本不深，神经很敏感脆弱。"梦断瑶台"暗示美好理想落空。"又却是"表明如此被惊醒，希望而又失望已非一次。情致尤其深婉。整个上片主要写美人孤眠，"华屋""晚凉""弄扇"都是映衬和暗示美人的空虚和寂寞，种种情愫尽在不言之中。下片转写秾艳独芳的红石榴作为美人的衬托。"红巾蹙"比喻半开之石榴花，形、色、质兼肖，可谓妙喻。"浮花"两句用对比手法写石榴花品格的高尚。"秾艳"

四句以花托人，写内心之美，又恐韶光之空逝。末尾四句花人合写，亦花亦人，凄绝。黄蓼园评曰："是花是人，婉曲缠绵，耐人寻味不尽。"（《蓼园词选》）关于本词之意蕴，前人传说纷纭。或云为官妓秀兰所作，或云为昼寝歌者所写，或云为侍妾石榴花所填，均有牵强之嫌。胡仔在《苕溪渔隐丛话》中说："东坡此词，冠绝古今，托意高远，宁为一妓而发耶？"见解颇高。东坡一生追求君臣遇合之理想，受打击时又有超然物外之情怀。本词之美人洁身自好，孤独无知音，石榴花不与众卉争芳之品格，均有作者自己精神生活的影子在内。

念奴娇①

赤壁②怀古

苏 轼

大江东去，浪淘尽、千古风流人物③。故垒西边，人道是、三国周郎④赤壁。乱石穿空，惊涛拍岸，卷起千堆雪。江山如画，一时多少豪杰！　　遥想公瑾当年，小乔初嫁了，⑤雄姿英发⑥。羽扇纶巾⑦，谈笑间、樯橹灰飞烟灭⑧。故国神游⑨，多情应笑我，早生华发。⑩人生如梦，一樽还酹⑪江月。

注释　　①念奴娇：词牌名。双调一百字，故又名"百字令"，因其尾句而又名"酹江月"。②赤壁：此指赤鼻矶，在今湖北黄冈西。此处非三国时周瑜破曹操之赤壁，其确址乃在今湖北省赤壁市（原蒲圻县）。③风流人物：指杰出的历史名人。④周郎：周瑜，字公瑾，建安三年，孙策封其为"建威中郎将"，时年二十四岁，吴中皆呼为周郎。⑤"小乔"句：《三国志·吴志·周瑜传》载，周瑜从孙策攻皖，"时得桥公两女，皆国色也，策自纳大桥，瑜纳小桥"。乔，本作"桥"。赤壁之战时周瑜已结婚十年，言"初嫁"，系夸其少年得志。⑥雄姿英发：谓周瑜体貌非凡，言谈卓绝。⑦羽扇纶巾：儒将不披甲胄的便装打扮。羽扇：取白色鸟羽制成的扇。纶巾：以青丝制成的头巾。

⑧灰飞烟灭：这是描绘以火攻战败曹军的场景。⑨故国神游："神游故国"倒文。故国：指古战场赤壁。⑩"多情"二句："应笑我多情"的倒文。这是自我嘲讽。华发：白发。⑪酹：以酒洒地，表示祭奠。

译文　　大江向东方滚滚奔流，波浪淘滤出千古的英雄。在那古代营垒的西边非常荒凉，人们说是当年周瑜进行赤壁大战的地方。高峻零乱的石头上溅起云雾似的浪花，拍打江岸的波涛好像要将其撕裂一样。江面上卷起层层雪白的波浪，仿佛千堆雪花一般模样。江山如同美丽的图画，引得多少豪杰为之血战沙场。　　遥想当年的周瑜，娶得小乔那样的倾国之色，英气勃发而风流倜傥。戴着青布头巾，摇着羽毛大扇，运筹帷幄而胸有取胜的良谋。说说笑笑之间，强大的敌人便灰飞烟灭。我的精神去游览那往日的故国，应该嘲笑我情太浓太多，居然早早使头发花白。唉！人间仿佛是一场梦境，令人难以琢磨，还是端起酒杯，将酒洒向江面，来祭奠这清澈的江面上的明月。

评析　　此词作于神宗元丰五年（1082）。苏轼《与范子丰书》云："黄州少西，山麓斗入江中，石室如丹，传云曹公败所，所谓赤壁者；或曰非也。"可见苏轼对指赤鼻矶为赤壁，亦未确信，故云。

　　这首词是苏轼因"乌台诗案"贬谪黄州后所作。词的上片扣"赤壁"之题，写江山雄奇之景。首两句总写江山、人物，由景出人，接两句点明赤壁，"乱石"三句，正面描摹赤壁风景，为下片怀古抒情做环境气氛渲染。"江山如画"结上，"一时多少豪杰"启下。下片扣"怀古"之题，由江山到人物，由写景入抒情。先从各个角度刻画周瑜之年少有为，反衬自己老大未能有所作为。"故国"以下三句方自抒内心痛苦，借酒消愁。清代黄蓼园对本词分析比较精当："题是怀古，意谓自己消磨壮心殆尽也。开口'大江东去'二句，叹浪淘人物，是自己与周郎俱在内也。'故垒'句至次阙'灰飞烟灭'句，俱就赤壁写周郎之事，'故国'三句是就由周郎折射到自己，'人间如梦'二句总结以应起二句。总而言之，题是赤壁，心实为己而发，周郎是宾，自己是主，借宾定主，寓主于宾，是主是宾，离奇变幻，细思方得其主意处，不可但诵其词而不知其命意所在也。"（《蓼园词选》）揭示出了此词在艺术上"借宾定主"的写法。

本词气势磅礴、境界宏大、格调雄伟。是其豪放词的代表作。"东坡在玉堂，有幕士善讴，因问：'我词比柳词何如？'对曰：'柳郎中词，只合十七八女孩儿，执红牙拍板，唱"杨柳岸，晓风残月"，学士词须关西大汉，执铁板，唱"大江东去"。公为之绝倒。"

秦
观
／
1049—1100

字少游，一字太虚，号淮海居士。高邮（今属江苏）人。元丰八年（1085）进士及第。元祐初，除秘书省正字，兼国史院编修官。绍圣初，坐党籍削职，兼处州酒税。徙郴州、雷州。徽宗朝，赦还，至滕州卒。有《淮海集》《淮海居士长短句》。

望海潮①

秦 观

梅英疏淡，冰澌②溶泄，东风暗换年华。金谷③俊游，铜驼④巷陌，新晴细履平沙。长记误随车，正絮翻蝶舞，芳思交加。柳下桃蹊，乱分春色到人家。　西园⑤夜饮鸣笳，有华灯碍月，飞盖妨花。兰苑未空，行人渐老，重来是事⑥堪嗟。烟暝酒旗斜。但倚楼极目，时见栖鸦。无奈归心，暗随流水到天涯。

　　　①望海潮：词牌名。双调一百零七字。②冰澌：冰块。③金谷：金谷园，在洛阳城西北，晋石崇所建之豪华园林，常在其中宴饮宾客。④铜驼：铜铸的骆驼。古洛阳宫门前四会道口置铜驼，夹路相对，时称铜驼街。⑤西园：洛阳名园。汴京也有西园。此当借指汴京的名园。⑥是事：事事，凡事。

译文　　　梅花稀疏，色彩轻淡，河中的冰块正在消融。春风吹来，新的一年悄悄来临。金谷园里，摩肩接踵多才士，铜驼街上，车水马龙尽佳人。天气新晴，郊游更是温馨，缓步徐行，平沙上留下清晰的印痕。更难忘怀的是误跟了一辆小车，当时柳絮翻飞，彩蝶起舞，那情景真令人荡魄销魂。柳色青青，桃花粉红，似把春色随意地相送，分到各个人家的院门。　　　西园夜里宴饮，乐工们奏出悠扬的乐音。华丽的灯笼影响了赏月的雅兴，飞驰的车盖妨碍了观花的芳心。那美丽迷人的苑圃并未空空，只是行人变了面容。以前的那些风流韵事，仔细想来更令人伤魂。如今倚楼眺望，只见烟霭沉沉，酒旗斜挑，乌鸦在树上栖身。见此情景，油然而生归隐之心，没有办法加以禁止，我的神思已伴随着流水，回到故乡的园林。

评析　　　在解析本词前，必须明确一点，即本词所咏到底是洛阳还是汴京。汲古阁本《淮海词》有"洛阳怀古"四字，宋本《淮海居士长短句》无此四字。故有人说是借洛阳名园，回忆汴京旧游之事，当作于元祐年间词人被贬离京之时。但这种说法过于拘谨，恐不确。如果从"金谷""铜驼"等地名看，尤其是"重来是事堪嗟"句与前文相互咬合，更能证明其写于洛阳。上片写春日之游，追念往日之欢情，下片写春夜之游，追思往日之繁盛。末尾几句写眼前之衰景，并抒思归之心。在追怀往日欢情中，透露出失意思归之意和羁旅孤独之情。

　　　上片是追思往年春游之乐。"梅英"三句点明时令。"金谷"句点园林之游，"铜驼"句写街市之游，"新晴"句写郊外之游。可见从园林到街衢到郊外，无处不美，无时不乐。"长记"以下五句，集中笔墨写一小情节，如动态的镜头，尤增情味。至于"误随车"是有意的，还是无意的，车中之主人又是何等身份，均未言明，也不必拘滞强解。从"芳思交加"句看，车中定是一位丽人，故这一细节，给作者留下美好的终生难忘的印象。"柳下桃蹊，乱分春色到人家"两句造语新颖，写出春色无所不在。陈廷焯赞美道："少游词最深厚，最沉着，如'柳下桃蹊，乱分春色到人家'，思路幽绝，其妙令人不能思议。较'郴江幸自绕郴山，为谁流下潇湘去'之语，尤为入妙。"（《白雨斋词话》）下片换头句概括写西园夜宴的繁盛，"华灯碍月"夸饰夜宴灯火的豪华，"飞盖妨花"铺叙宾客之众与规模之大，可谓是场面描写的大手笔。"兰苑未空"四句暗转，写西园盛况如前，"行人渐老"感伤自己青春不再，那种欢乐繁盛已不再属于自己，暗寓政治失意于其中。故往事只能"堪嗟"。结尾五句以眼前凄凉之景衬托孤寂凄凉之心，感慨殊深。全词寓情于景，虚实相映，含思幽绝，语意婉约，韵味很醇厚。

八六子①

秦 观

倚危亭、恨如芳草，萋萋刬②尽还生。念柳外青骢③别后，水边红袂④分时，怆然暗惊。　　无端⑤天与娉婷⑥，夜月一帘幽梦，春风十里柔情。怎奈向⑦、欢娱渐随流水，素弦⑧声断，翠绡香减。那堪片片飞花弄晚，濛濛残雨笼晴。正销凝⑨，黄鹂又啼数声。

注释　①八六子：词牌名。又名感黄鹂。双调八十八字。②刬：本义是光着。骑马不备鞍辔叫"刬骑"。此处通"铲"。刬尽：全部铲除掉。③骢：毛色青白相间的马。④红袂：红色衣袖，代指女子。⑤无端：无缘无故，不知何故。⑥娉婷：美好貌。也指美人。⑦怎奈向：无可奈何之意。⑧素弦：指琴瑟类弦乐器。⑨销凝：销魂凝思，深思貌。

译文　我独自靠在高高的亭子上，怨恨之情油然而生。那怨情就像春天的小草，刚刚铲除干净，迷迷蒙蒙又已发青。一想到在柳树外骑马分别的场景，一想到在水边与红袖佳人分别的情形，我就怆然心惊。　　那位美丽的佳人啊，老天为何让你生得如此娉婷？迷得我落魄失魂？当年在夜月里我们共入幽迷的幸福的梦境，共同沐浴着骀荡的春风。真是无可奈何，往日的欢乐都伴随着流水浮萍，绿纱巾上的香味渐渐淡去，再也听不到你那悠扬的琴声。何况如今已到暮春时令，暮色中飞着片片残红，点点细雨乍晴，雾气岚气灰灰蒙蒙。我的愁思正浓，忽然又传来黄鹂鸟几声清脆的叫声。

评析　　本词抒写离别相思之情。上片由登亭眺望，见春日芳景而引起对与情人分别的无限遗憾。换头三句追思当时欢聚的乐事，写得风情摇荡，幽美凄清。"怎奈向"三句感叹梦断香消，好景已逝。结处融景入情，表达对情人的无限怀念。

　　开篇以景起，出笔突兀。"恨如芳草"两句，兼有写景与比喻两意，意象很美，思巧语也巧。"念柳外"两句色彩锦丽，"青骢"对"红袂"，暗示出当时心情的欢快明朗。过片"无端"三句运意尤妙，用语含蓄，意象朦胧，最值得深味。三句词暗用杜牧《赠别》诗的意境。杜诗云："娉娉袅袅十三余，豆蔻梢头二月初，春风十里扬州路，卷上珠帘总不如。"这里的"娉婷""春风十里"都透露出用杜牧诗意的信息。"怎奈向"几句意转，深叹好景不长之苦。结尾处的"正销凝"与开头三句遥相呼应，结构完整而巧妙。从章法来看，忽而写景，忽而写情，忽而写当前，忽而写过去，交叉错综，抒情盘旋婉曲，令人久读不厌。洪迈评此词云："'片片飞花弄晚，濛濛残雨笼晴。正销凝，黄鹂又啼数声。'语句清峭，为名流推激。"(《容斋随笔》卷十三)

满庭芳①

秦 观

　　山抹微云，天连衰草，画角声断谯门②。暂停征棹③，聊共引离尊。多少蓬莱旧事④，空回首、烟霭纷纷。斜阳外，寒鸦万点，流水绕孤村。　　消魂⑤，当此际，香囊暗解，罗带⑥轻分。谩赢得、青楼⑦薄幸名存。此去何时见也，襟袖上、空惹啼痕。伤情处，高城望断，灯火已黄昏。

注释　　① 满庭芳：词牌名。双调九十五字。② 谯门：城上望远的高楼。下为门，上为楼。③ 征棹：行船。棹为摇船用具，此代指船。④ 蓬莱旧事：指词人客居会稽时的一段爱情故事。蓬莱阁在今浙江绍兴卧龙山下，吴越王钱镠所建。⑤ 消魂：极度伤心貌。⑥ 罗带：丝带。古人用丝带打同心结，表男女真心相爱。⑦ 青楼：古诗词中有二解。一指贵族女子所居，一指妓院，此处指后者。

译文　　远山的山腰飘着浮云，如同是画家的彩笔晕染而成。枯黄的秋草绵延到天际，城楼上传来断续的画角之声。暂时停下行船，姑且共同端起告别的酒樽。多少令人缅怀的欢情旧事，也只能在回忆中重温，眼前见到的只是烟霭纷纷。斜阳之外，寒鸦万点，流水环绕着一个荒僻的小村。　　实在令人伤心，正当此际，你我又要离分，暗自解下香囊，轻轻分开罗带，相互送上一片心。枉自在青楼中觅得知音，博得个薄幸的名声。此次一去不知何时才能再见，衣襟衣袖上空自留下泪痕。正在特别感伤的时分，远处的高城再也看不见，亮起了点点灯火，已经过了黄昏。

评析　　本词是元丰二年（1079）岁暮，作者告别会稽情侣之作。据胡仔《苕溪渔隐丛话》引《艺苑雌黄》云："程公辟守会稽，少游客焉，馆之蓬莱阁。一日，席上有所悦，自尔眷眷不能忘情，因赋长短句。所谓'多少蓬莱旧事，空回首，烟霭纷纷'是也。"此段话可作本词之注脚。上片写临行饯别时的景物和场面，下片写彼此互赠情物及别后回首的情怀。

开篇三句写别时景况。"抹"字用得有神，以画意入词，表现山远而模糊。下句表旷远，又衬出双方心情的暗淡。"谯门"角声又增悲凉气氛，点明时间已晚。"暂停"二句写饯别时情景。"多少蓬莱旧事"是对二人往日恋情的美好回忆，但如今也无踪无影；"烟霭纷纷"有双关意，既是眼前实景，又暗示往事如烟。"斜阳"三句，由隋炀帝的诗句"寒鸦千万点，流水绕孤村"化用而来。写起程时郊外之景色，衬托离别之凄苦。下片前四句写依依惜别之情，二人皆伤心至极，默默地互赠礼品。"谩赢得"二句有自疚之感，也有不得于时的政治失意之慨，显然是化用杜牧"十年一觉扬州梦，赢得青楼薄幸名"的句意。"此去"二句写别后之痛苦，绾合双方。"惹啼痕"者不仅是作者自己，也包含那位佳人。结三句再用欧阳詹"高城已不见，况复城中人"的句意作结，无奈之情与相思之苦俱在其中，意味深婉。

本词在当时风行一时，到处传唱。据吴曾《能改斋漫录》引晁补之的话，记载这样一件事。杭州西湖有一小官偶然唱这首词的一句曰："画角声断斜阳。"旁边有位名叫操琴的歌伎在身旁纠正说："'山抹微云，天连衰草，画角声断谯门。'非'斜阳'也。"那位小官因而逗她说："你能改韵吗？"操琴即改作阳字韵云："山抹微云，天连衰草，画角声断斜阳。暂停征辔，聊共饮离觞。多少蓬莱旧侣，空回首，烟霭茫茫。孤村里，寒鸦万里，流水绕空墙。　　魂伤，当此际。轻分罗带，暗解香囊，谩赢得青楼，薄幸名存。此去何时见也，襟袖上，空有余香。伤情处，高城望断，灯火已昏黄。"可见，宋代对于词的普及程度确实太高了。

满庭芳

秦　观

晓色云开，春随人意，骤雨才过还晴。古台芳榭①，飞燕蹴②红英。

舞困榆钱③自落，秋千外、绿水桥平。东风里，朱门映柳，低按小秦筝④。　　多情，行乐处，珠钿翠盖⑤，玉辔红缨⑥。渐酒空金榼⑦，花困蓬瀛⑧。豆蔻梢头⑨旧恨，十年梦、屈指堪惊。凭阑久，疏烟淡日，寂寞下芜城⑩。

注释　　①古台芳榭：古代遗留下来的华美台榭。②蹴：踢。③榆钱：榆英，榆树荚。④秦筝：古弹拨类弦乐器。相传为秦人蒙恬改制，故名。⑤珠钿翠盖：形容车装饰华丽。⑥玉辔红缨：形容马饰精良。⑦金榼：饰金之酒器。⑧蓬瀛：蓬莱、瀛洲，传说中的海上仙山。⑨豆蔻梢头：比喻少年女子。杜牧《赠别》诗："娉娉袅袅十三余，豆蔻梢头二月初。春风十里扬州路，卷上珠帘总不如。"⑩芜城：指扬州。因南朝宋鲍照写《芜城赋》而得名。

译文　　拂晓时云开雾散，阵雨刚刚消停，天空便一片晴明，天时仿佛也理解人的心情。古香古色的台阁上，清香芬芳的楼榭中，任情飞舞的小燕，偶尔碰落花的残红。飘舞困倦的榆树钱，落向地面时从从容容。挂着秋千的墙外，河水正涨，几乎与小桥齐平。春风里，绿树掩映的红门小院中，一位妹丽佳人，正低头凝神地演奏着小小的秦筝。　　多么欢乐的时光，多么娱悦的心情。她坐的小车镶嵌着珠玉，用翠鸟的羽毛装饰车篷；我骑的宝马戴着玉辔，笼头前面飘着红缨。我们共同品尝美酒，共同奔赴瑶台春梦。那种情景，真如同是到了蓬莱瀛州的仙境。而到如今，只能空忆那位美貌多情的少女，所剩下的只是新愁旧恨，十年里的风流韵事如同一梦，屈指算来令人吃惊。凭倚高栏站得太久，轻烟笼罩下，那轮暗淡的晚日，悄悄地沉没，悄悄地隐没，慢慢地下了芜城。

评析　　这是一首追念旧游之作。从结句"寂寞下芜城"看，当作于扬州。或云词中所写之风流情事，是追念在会稽时的一位情人，与《满庭芳》（山抹微云）一词所怀念为一人，恐非是。从全词意境看，所写当是发生扬州之事，所追忆缅怀者当是扬州之情人。这样理解方能顺畅。全篇从开头到"花困蓬瀛"

追述当年的艳事，结尾五句写现境之凄凉及对往事的痛苦回忆。

上片从写景开篇，前三句写天气，"晓色"点明早晨，云开日出，雨过放晴，色调明朗，"春随人意"表心情舒畅。"古台芳榭"两句写园林景致之典雅，暮春景色之美好。"舞困"三句再度渲染闲适静谧的气氛，为人物的出现而设置悠闲宁静的环境。结三句才点出人物，"小秦筝"也有暗示她是位少女的意味。下片换头三句，与上片似断实连，继续追忆出游之乐。美人乘小车出游，词人骑良驹相伴。何其快乐。出游回归之后，则共同饮酒寻欢，尽情享受男欢女爱之乐。"渐酒空"两句写得含蓄空灵，自可意会。以下转写如今。前三句点明以上所叙均为前尘旧梦，回想起来令人无限伤心。最后三句以景收。用淡日落芜城之萧索与前文明媚的春光相对照，使人感受到一种人事全非的怅惘。全词用倒叙笔法，但层次分明，意脉清晰，结构上颇有特色。许昂霄《词综偶评》点评道："'晓色云开'三句，天气；'古台芳榭'四句，景物；'东风里'三句，渐说到人事；'珠钿翠盖'二句，会合；'渐酒空'四句，离别；'疏烟淡日'二句，与起处反照作收。"可供分析时参考。但"会合"与"离别"二说恐未确，实际是二人同行，非偶然会合，且没有写到分别，这些地方都要仔细揣摩分析。

减字木兰花 ①

秦 观

天涯旧恨，独自凄凉人不问。欲见回肠，断尽金炉小篆香 ②。 　　黛蛾 ③ 长敛，任是春风吹不展。困倚危楼，过尽飞鸿字字愁。

注释　　① 减字木兰花：词牌名。因用《木兰花》前后起句各减三字而成，故名。双调四十四字。② 篆香：即盘香。其形状圆环如篆，故称。香烟升起盘旋曲折貌似篆文，也可称篆香。此处当指后者。③ 黛蛾：指女子之眉。黛状其色，蛾状其形。

译文　　天涯阻隔，我充满新愁旧恨，独自孤苦伶仃，再凄凉也无人关心过问。若问我愁肠什么样，就像铜香炉里的盘旋纡曲的篆纹一般的香。　　黛色的蛾眉紧锁长敛，无论怎样温暖的春风，也无法将其吹展。因为愁情太深太浓，她的芳心如同油煎。她困倦慵懒，独自伫立高楼，眼看着一队队排成字形飞过长空的鸿雁，芳心更加忧愁焦烦。

评析　　本词写闺中女子的离愁别恨。上片前两句直抒怨悱；后两句相物寓意，揭示女子内心的愁苦，下片采用以外显内的手法，写女子愁眉不展倚楼盼归的情形，人物形象鲜明生动。

　　上片前两句直抒胸臆。三四句比喻巧妙，以"小篆香"之回环比喻愁情之纡结，"断尽"暗示独守空闺之寂寞无聊，揭示女子空虚惆怅的内心世界。过片从内心转到描写表情。春风可吹开含苞的花朵，展开细眉般的柳叶，但却不能吹展这位女子的蛾眉。"任是"二字着意强调、加强愁恨的分量，结拍两句点明女子独倚高楼的处境和引起愁恨的原因。她在盼望、在等待着心上人的归来，哪怕等来一封信也可。但事与愿违，飞鸿过尽，人不归，信也无。回应开篇两句，"天涯旧恨"依旧，还是"独自凄凉人不问"，首尾呼应，一意贯穿，抒情回环往复，缠绵悱恻。

浣溪沙
秦　观

漠漠①轻寒上小楼，晓阴无赖似穷秋②，淡烟流水③画屏幽。　　自在飞花轻似梦，无边丝雨细如愁，宝帘④闲挂小银钩。

注释　　①漠漠：弥漫，无边无际貌。②穷秋：晚秋。③淡烟流水：指画屏上的图景。④宝帘：精美的珠帘。

译文　　　无边无际的寒意悄悄地爬上小楼，拂晓时阴云惨淡，好像是荒凉的暮秋；彩色屏风上，画着淡烟笼罩流水，也是一片迷蒙隐幽。　　　悠闲自在的飘飞的杨花，好像梦境般虚幻飘悠，丝丝不断的细雨，如同我排遣不掉的忧愁。万般无奈，我把精美的帘幕挂起，倚在窗前独自凝眸。

评析　　　本词写闺中春愁。上片侧重渲染环境的凄凉寂寞，以景衬情；下片刻画女子淡淡的闲情。不用重笔刻画，人物形象却很鲜明，结句如特写镜头，把一个多愁善感的美女形象凸现出来。

　　　本词之妙，在于不正面刻画人物，主要通过环境和气氛的渲染，揭示人物愁闷凄苦的心态。"自在飞花"两句对仗工稳，谓飞花似梦，细雨如愁，联想巧妙，比喻新颖。再用"自在"表现梦的飘忽幽邈，用"无边"表现愁的纷繁无际，意境空灵而意蕴更加丰富，含蓄蕴藉，深得花间词之神髓，陈廷焯在《词则·大雅集》中说："宛转幽怨，温、韦嫡派"，指的就是这一点。

阮郎归

秦 观

湘天风雨破寒初，深沉庭院虚。丽谯①吹罢《小单于》②，迢迢清夜徂。乡梦断，旅魂孤，峥嵘③岁又除。衡阳犹有雁传书，郴阳和④雁无。

注释　　①丽谯：华丽的城门楼。②小单于：唐代乐曲名。③峥嵘：不寻常。④和：连。

译文　　　湘南的天气多风多雨，风雨正在送走寒气。深深的庭院寂寞空虚。在彩绘小楼上吹奏着《小单于》的乐曲，漫漫清冷的长夜，在寂寥中悄悄地退去。

　　　思乡的梦断断续续，在公馆中感到特别孤独，那种清凉寂寞的情怀实在无法描述。何况这正是人们欢乐团聚的除夕。衡阳还可以有鸿雁传书捎信。

这郴阳比衡阳还远，连鸿雁也只影皆无。

评析　　本词是秦观被贬郴州时所作，时值岁暮除夕，独在贬所，家中音书全无，苦况可知。上片叙述除夕之夜长夜难眠之苦，下片抒思亲怀乡之情。

　　在元祐绍圣党争中，秦观被列为旧党，在绍圣年间屡受贬抑。绍圣三年（1096），秦观被贬监处州酒税。他如惊弓之鸟，从不过问政治，常到法海寺修行忏悔。但还被人诬告，以谒告写佛书之罪，再次削秩徙郴州。本词即是到郴州之年除夕所作，故感伤味极浓。上片描述贬所的冷清寂寥，以及长夜难熬的心态。值得注意的是，词人所写的本是除夕之夜，正是人们最为喜庆欢乐的时候，人们凭自己的生活经验均可想象得到。而词人却是如此，其孤苦之况更深一层，这也是本词的含蓄之处，末尾两句用递进抒情式，鸿雁捎书本属虚无，但看到鸿雁尚可得到一点慰藉，"郴阳和雁无"，不更令人失望难堪吗？虽属常用之笔法，但因运用得娴熟，又切时切地切情，故依然很感人。还要提及一句，即古人认为大雁到衡阳后不再南飞，而郴州在衡阳之东南，比衡阳更远，按照衡阳雁的说法，郴州连大雁都不到。因此独自在郴州贬所过除夕的词人更加悲哀凄凉就可以理解了。

鹊桥仙①

秦　观

　　纤云弄巧，②飞星③传恨，银汉迢迢暗度。④金风玉露⑤一相逢，便胜却人间无数。　　柔情似水，佳期如梦，忍顾⑥鹊桥归路。两情若是久长时，又岂在朝朝暮暮⑦！

注释　　① 鹊桥仙：词牌名。双调五十六字。② "纤云"句：意谓缕缕云彩变幻出巧妙的花样。秋云多变幻，俗称"巧云"。以喻织女织出云锦的手艺精巧。旧俗，七夕为乞巧节，

"巧"字亦扣七夕。③飞星：指牛郎、织女二星。传恨：流露离别之恨。④"银汉"句：指牛郎、织女渡银河相会。银汉：银河。⑤金风玉露：秋风白露。旧说以四季分配五行，秋令属金，故秋风曰"金风"。唐李商隐《辛未七夕》诗："由来碧落银河畔，可要金风玉露时。"⑥忍顾：怎忍回头看。鹊桥：传说七夕织女渡银河，使鹊为桥。⑦朝朝暮暮：谓朝暮相守，时刻不分离。

译文　　　纤细轻柔的彩云仿佛在卖弄机巧，牛、女二星仿佛在传递他们的幽怨。在七夕的夜晚，他们正在暗暗渡过银河前去见面幽欢。神仙世界中的一次相逢和爱恋，便胜过凡夫俗子的无数次缠绵。　　温柔的爱情像水一样晶莹，短暂的幽会仿佛梦境一般朦胧。不忍心回头观望归去时的鹊桥，那实在令人忧心忡忡。两人的情意如果能够天长地久真心相爱，又何必追求日日夜夜都在一起而影形不分？

评析　　　牵牛、织女之名最早见于《诗经》的《大东》，而二星成为夫妇的故事则成于汉代，以这一神话题材写诗在汉魏时代便已出现。《古诗十九首》中的《迢迢牵牛星》便属此类。其后，由这一天象所引起的民间传说不断增添新的内容，并引出一些风俗。文人以此为题材的作品也不断出现。以宋词言，欧阳修、张先、柳永、苏轼等著名词人都有此类题材的词章。但秦观此词却能自出机杼，化故为新，一反相思离别的缠绵感伤，而歌颂牛、女的坚贞爱情，立意新颖，格调高雅清新，给人以启迪和安慰。

　　上片写牛、女相会。以两对句起头，既写七夕景色，又景中见情，第三句写双星渡河，四、五句表明了对这一神话故事爱情意义的认识。过片亦为对句，写双星的短暂相会，"忍顾"一句包含了深深的依恋和惆怅。接着转而为高昂，深化了双星故事的意义，且使人的感情拔俗而升华。古人忌以议论入词，此词中的写景、抒情则仅为辅弼，而以议论来点明题旨。并赋予这样的意义：如果夫妻感情纯真，两情相悦，那么即使短暂的分别又有什么关系？心灵的默契相通胜过肉体的长相厮守，这便为分别离居的夫妻找到了感情方面的一种寄托。歌颂和提倡高尚美好的爱情观，立意自然高拔脱俗，是本词思想价值所在，也是其备受重视和喜爱的根本原因。沈际飞说："七夕以双星会少别多为恨，独谓情长不在朝暮，化臭腐为神奇。"（《草堂诗余正集》）全词用象征手法，以天上牛、女双星暗喻人间之男女。句句写天上，句句喻人间；句句写双星，又句句喻男女。

晁元礼／1046—1113

一说名端礼，字次膺。其先澶州清丰（今属河南）人，家彭门（今江苏徐州）。熙宁六年（1073）进士。两为县令，忤上官，坐废。政和三年（1113）以承事郎为大晟府协律。今传《闲斋琴趣外篇》六卷。

绿头鸭①

咏 月

晁元礼

晚云收，淡天一片琉璃。烂银盘②、来从海底，皓色千里澄辉。莹无尘、素娥③淡伫④，静可数、丹桂参差。玉露⑤初零，金风⑥未凛，一年无似此佳时。露坐久、疏萤时度，乌鹊正南飞。瑶台冷，阑干凭暖，欲下迟迟。　念佳人、音尘别后，对此应解相思。最关情、漏声正永，暗断肠、花阴偷移。料得来宵，清光未减，阴晴天气又争知。共凝恋、如今别后，还是隔年期。人强健，清尊素影，长愿相随。

注释　①绿头鸭：词牌名，又名鸭头绿。双调一百三十九字。②烂银盘：形容中秋月圆而亮。③ 素娥：嫦娥别称。④ 淡伫：淡雅宁静。⑤ 玉露：白露，露珠。⑥ 金风：秋风。五行中秋属金，故称秋风为金风。

译文　　晚云渐渐收去，淡淡的天空清澈澄净，仿佛琉璃一般。一轮明亮的圆月如发光的银盘，从海底冉冉升起，洁白的月光洒向人间。千里澄澈，素辉灿烂。月宫中一尘不染，嫦娥素妆淡面，静静伫立俯视着人寰；丹桂树枝叶参差，可以数出枝条和树干。晶莹的露珠点点零落，秋风尚未凄寒。一年之间，再也没这样好的良辰美景，月光满天，不冷也不暖。露天坐在外面的时间太久，不时有几个萤火虫闪过，偶尔有一两只乌鸦喜鹊飞向正南。月光下的楼阁冷冷清清，但我凭依的栏杆已经温暖。我有心想要下楼，可就是迟迟不愿离开，依旧在那里踟蹰流连。　　想到那位佳人，自从分别之后，再也没有音信往还。面对此景，一定也在把我思念。最容易令人动心的是，滴漏的声音清晰可闻，月光下的花影暗暗斜偏。今夜的良宵就要过去，怎不令人忧愁伤感？估计来日的夜里，月亮的清光也许不能衰减，可又怎知道是晴天还是阴天？让我们共同凝思留恋今晚的明月，因为别后再遇还得一年。但愿我们二人都康泰强健，精神饱满，让这清酒的酒杯，明月下的素影，与我们相随相伴，直到永远。

评析　　本词题为"咏月"，并非单纯咏物，而是通过中秋赏月抒发怀人之情。在表意上与苏东坡的中秋词《水调歌头》相近。所不同者，苏词所怀为弟弟，本词所怀为友人或情人。但写得同样精湛绝伦，为咏中秋之妙章。

　　上片写赏月时所见之景，即写皓月升空时的美好景象，也暗示出时间的流程。开头两句写傍晚清明的空色，视野开阔，为下边的铺叙做好准备。"烂银盘"三句用比喻写月升，"莹无尘"四句写月明，用想象把眼前实景与神话传说的月宫景色结合起来进行渲染描绘，境界美妙无比。"玉露初零"三句写气候最为宜人，一年中最佳。至此，月圆月明，天气不冷不热，整个宇宙一片澄澈的景象完全表现出来。"露坐久"三句侧重写夜静人静，只有静，方可观察到飞动的流萤和南飞的乌鸦喜鹊这些细小景物。"瑶台冷"三句写凭栏久而不想离去之情。"冷"字一垫，"栏杆凭暖"就显示出凭栏时间很长，但还不想离去，又是一转，用笔曲折而空灵，刻画细微，并暗转下片之意脉。下片转向抒情。"念佳人"二句从对方写起，设想对方一定也在思念自己，抒情尤委婉。"最关情"四句明写自己，暗寓对方。"漏声正永"状夜静而漫长，"花阴偷移"状良时无法挽留，未免遗憾。"料得来宵"三句谓或许明晚月光也这么亮，但却不知阴晴，故今宵弥足珍贵。"共凝恋"是以明月为佳人，故云须一年方可再见，言外之意是没有佳人陪伴，则求其次，有明月相对也可稍得慰藉矣，意脉又暗接尾句。"人强健"依旧是关合双方的，"清尊素影，长愿相随"从李白"月下独酌"诗句化出。即"花间一壶酒，独酌无相亲，举杯邀明月，对影成三人"。虽无佳人，但有美酒可饮，有明月相照，对影也可成三人矣。自己如此，对方也是如此，表面作旷达语，骨子里却是无可奈何的哀伤。全词意脉贯通，意境幽雅，情韵兼胜。胡仔曰："中秋词自东坡《水调歌头》一出，余词尽废。然其后亦岂无佳词？如晁次膺《绿头鸭》一词，殊清婉。但樽俎间歌喉，以其篇长惮唱，故湮没无闻焉。"（《苕溪渔隐丛话》）

赵令畤／1051—1134

初字景贶，苏轼改为德麟，自号聊复翁。涿郡（今天津蓟州区）人。燕王赵德昭玄孙。元祐中签书颍州公事，坐与苏轼交通，入党籍，绍兴初，袭封安定郡王，迁同知行在大宗正事。著有《侯鲭录》《聊复集》。

蝶恋花

赵令畤

欲减罗衣寒未去，不卷珠帘，人在深深处。红杏枝头花几许？啼痕止恨清明雨。　　尽日沉烟香①一缕，宿酒②醒迟，恼破春情绪。飞燕又将归信误，小屏风上西江路。

注释　　① 沉烟香：即沉香，植物名。心材为著名熏香科，又名沉水香。② 宿酒：昨晚所饮的酒。

译文　　想要减掉罗衣，可是春寒尚未退去。珠帘也无心卷起，一个人默默地在深闺中闲居独处。红杏枝头的花不知还剩多少残花败蕊？美丽的面庞尚有啼痕，本来就已经非常忧伤怨恨，清明时节又有这么多无情的风风雨雨。　　终日无聊闷坐，呆呆地看着沉香的轻烟一缕又一缕。昨夜因为喝闷酒而大醉，今早醒来得太迟。惜春的情绪困扰着我的心，满心充满愁绪，飞回的燕子又耽误了带来回信，我泪眼凄迷，呆呆地望着小屏风，那上面画的就是遥远的西江水路。

评析　　本词写闺人的伤春怀远之情。上片侧重伤春，暗带怀人。下片侧重怀人，通过叙事刻画女主人公的形象。全词风格清丽淡雅，景淡情浓。

关于本词之意脉层次，唐圭璋先生说："此首写闺情，清超绝俗。起三句，画出绣阁姝丽，惆怅自怜之态，欲减罗衣，而又未减，盖以寒犹未去也，为恐极目生愁，故珠帘不卷。'红杏'两句，因雨惜花，帘虽未卷，然料想花枝经雨，必已零落殆尽，故惜花而又恨雨。换头三句，极写凄寂之况。'宿酒醒迟'，可见恨深酒多，一时难醒，而醒来空对一缕沉香，仍是无聊已极。'飞燕'两句，更深一层，叹人去无信，空对屏风怅望，因见屏风上之西江路，遂忆及人之去远，余韵殊胜。"（《唐宋词简释》）此段分析极为精当简明，毋庸多言。

蝶恋花

赵令畤

卷絮风头寒欲尽，坠粉飘香，日日红成阵。新酒又添残酒困，今春不减前春恨。　　蝶去莺飞无处问，隔水高楼，望断双鱼①信。恼乱横波②秋一寸，斜阳只与黄昏近。

注释　　① 双鱼：代指书信。② 横波：比喻女子的美目。

译文　　柳絮随风飘飞，春寒即将退尽。花在凋零，香气在飘散，眼看着每天的落红一阵又一阵。残酒尚未全醒，又饮新酒解闷，使我更加慵懒倦困。今年春天的怨恨，比起去年春天的更甚。　　蝴蝶翩翩舞蹈着离开，黄莺啾啾歌唱着飞去，她们都不肯搭理我，我已经无人可以问讯。只能注目楼前的流水，望眼欲穿也看不到你的书信。更加使我烦恼愁苦的是，眼看着太阳西斜，又一个黄昏即将临近。

评析　　本词写闺人伤春怀远之情。上片因见柳絮随风，落红成阵而引发韶光空逝的怅恨；下片叙述女子黄昏登楼望归，不但人不见而且书信也无，更加忧伤。词意曲折深婉。

上片前三句写残春景色，以景衬情。"新酒又添残酒困，今春不减前春恨"两句用递进方式抒情。旧酒未醒又喝新酒，可见其春愁之深。今春之恨不减前春，说明恨非今年才有，而是向来已久，且愈转愈深，可见恨之长。"酒""春"二字的重复使用增加了词的情趣。李攀龙说："妙在写情语，语不在多，而情更无穷。"（《草堂诗余隽》）下片重点写盼归之望的孤独。"蝶去莺飞"，连这些小生灵都不肯为自己做伴，"双鱼信"又无望，孤独已极，又逢黄昏，情何以堪。李攀龙说："恨春日又恨黄昏，黄昏滋味更觉难尝耳。"（《草堂诗余正集》）

清平乐

赵令畤

　　春风依旧，着意隋堤柳^①。搓得鹅儿黄^②欲就。天气清明时候。　　去年紫陌^③青门^④。今宵雨魄云魂^⑤。断送一生憔悴，只消几个黄昏。

注释　　①隋堤柳：隋炀帝大业元年（605）重浚汴河，开通济渠，沿着筑堤植柳。至宋代，近汴京一段多为送别之地。②鹅儿黄：即鹅黄，淡黄色，常用来形容柳树刚泛青叶的颜色。③紫陌：京师中的大街。④青门：汴京城东门名青门，此处泛指城门。⑤雨魄云魂：失魂落魄貌。

译文　　和煦的春风，依然特别亲近隋堤的杨柳。吹得它飘飘拂拂，鲜嫩的鹅黄色渐渐染就，节令正是清明的时候。　　依旧是去年的大路和青门，今天晚上却令我落魄伤神。如果想要折磨人，让他一生都憔悴伤心，落魄丢魂，也不需要别的场景，只用几个这样寂寞难耐的黄昏。

评析　　本词写暮春时节伤别念远之情。上片写春和景明的怡人，以乐景写哀情，更增几分凄婉。下片写盼归而至黄昏无望的无限感伤，用夸张笔法抒盼归之情切，颇为感人。

　　上片起句写春风着意柳树，有双关义，以柳谐"留"。古人有折柳送别之习俗，而却未能留住行人。同时暗示出去年即是在此时送别的，暗启下片。下片开头用对句，意义上有省略，可凭体会补出，即在去年的今晚，在紫陌青门之处与情人分手。故今日傍晚时触景生情，如丧魂落魄一般。"今宵"绾合今年与去年。最后两句夸张伤心的程度，意新语工又富于形象性，为时人所传诵。清明为春日之佳日，黄昏为一天最后之时，黄昏一过，意中人归来的希望便等于落空，因此盼归之情最苦，最令人肝肠寸断。故这两句成为名言警句而被后世激赏。

晁补之／1053—1110

字无咎，号归来子，济州巨野（今属山东）人。元丰二年（1079）进士。历仕秘书省正字、校书郎、礼部郎中及地方官职等，曾两度被贬。文章温润典缛，亦工诗词。著有《鸡肋集》《晁氏琴趣外编》。

水龙吟

次韵林圣予① 惜春

晁补之

问春何苦匆匆，带风伴雨如驰骤。幽葩细萼，小园低槛，壅培未就②。吹尽繁红，占春长久，不如垂柳。算春常不老，人愁春老，愁只是、人间有。

春恨十常八九，忍轻孤③、芳醪④经口。那知自是，桃花结子，不因春瘦。世上功名，老来风味，春归时候。最多情犹有，尊前青眼⑤，相逢依旧。

注释　　① 林圣予：作者好友。② 壅培未就：指培土栽植的工作还未完成。把土培植在植物根部以保护帮助其成活成长。③ 孤：同辜，即辜负。④ 芳醪：美酒。⑤ 青眼：看重，重视。晋阮籍能用青白眼看人。对敬重者用青眼，对轻视者用白眼。

译文　　我要质问春天，何苦来去如此匆忙，伴随着风风雨雨，快得如同骢马奔驰一样。我那些淡雅细嫩的小花草，小花园那低矮的栅栏墙，还未来得及培植成长，就已经没有了春光。春风吹落繁盛的红花，占有春色倒是垂柳更加久长。细思来春天永远也不会衰老，只是人愁才会产生这种感觉，只是人间才有忧愁和感伤。　　春恨最是经常，十年中就有八九年愁苦怅惘。又怎能辜负美酒的醇香？应该知道万物自然生长，桃花是要结果才枯萎凋落，并不因为春去而瘦殒枯黄。世俗间功名利禄的失意，人在衰老时候的惆怅，都是在春天归去时才最为恓惶。只有那些知己好友最为多情，相遇时便开怀畅饮，不拘形迹而任情放荡轻狂。

评析　　本词是一首次韵唱和之作。但原作今未见，内容不可知。据本词可推知是一首充满感伤情味的惜春之作。本词既为唱和所作，就要顾及原词及作者，故以旷达之情劝之。说理的成分较重。上片说春归本为自然之理，不值得愁。且春归春又回，春并不会老，人空愁而已。下片则以旷达情怀劝友人，与友人同饮而送春。表面豁达，内心则更加感伤。

　　上片前二句写暮春风雨匆匆送春归去，"何苦"也有留恋埋怨之意。"幽葩细萼"三句写春之无情，当是原作中的意韵。以下三句从垂柳经春益茂引发出一番道理："算春长不老。人愁春老，愁只是、人间有。"春去而复来，春不会老，此其一，春花易谢，春柳不凋，反而更绿，春是万物生长之季节，春也不会老，此其二。人因春去而愁，是人自作多情，春不任其咎，此其三。下片紧接"春长不老"的话题，而专言人间之愁。"春恨十常八九"是世间不如意十常八九的委婉说法，在劝慰友人中也抒发自己对世事的不平与愤懑。最后几句点出主旨，"世上功名，老来风味，春归时候"，即自然之春归并不可惜，而人生之"春归"才更令人叹惜、伤感而又无可奈何。以叹自然"春归"为实，而归结到人生之"春归"的无奈，意韵丰厚，余味无穷。又，结尾三句在《全宋词》中作："纵樽前痛饮，狂歌似旧，情难依旧。"在感情上则更沉痛深刻。词人在十多岁时以文章受知与苏东坡，为"苏门四学士"之一。元丰年间科举时在开封府试及礼部试均名列前茅，曾经怀有大志。但在元祐绍圣激烈的党争中，遭受打击而屡受贬谪。这些人生苦难都包含在"老来风味"中，感慨极其深沉。

忆少年 ①

别历下 ②

晁补之

无穷官柳 ③，无情画舸 ④，无根行客。南山尚相送，只高城人隔。　　黯
画 ⑤ 园林溪绀 ⑥ 碧，算重来、尽成陈迹。刘郎 ⑦ 鬓如此，况桃花颜色。

注释　　① 忆少年：词牌名，又名陇首山、十二时、桃花曲等。双调四十六字。② 历下：
山东历城县。③ 官柳：官府种植的柳树，后泛指路旁河堤上之柳树。④ 画舸：带有彩
绘的华丽船只。⑤ 黯画：画家称杂色画为黯画。⑥ 绀：本意为黑里透红之色，此处形
容色彩深浓。⑦ 刘郎：指刘晨。据《幽明录》载，阮肇与刘晨入天台山采药，遇仙女
而与之游。待归村时已过百年矣。

译文　　无穷无尽的官柳一望无边，无情的画船载着到处漂泊的游子，挂起远航
的征帆。南山尚有情分，似乎也来相送，只是高城处的佳人，却被阻隔了视
线。　　仿佛图画般色彩斑斓，园林溪水一片深碧，色彩明净澄鲜。就算能
重新再来，也已经物是人非，如同陈迹一般。到处漂泊，刘郎的鬓发已花白
如斑，何况是那些最易飘零的桃花，又怎能不凋残？

评析　　晁补之受知于苏轼，也卷入元祐绍圣党争之中，屡受贬谪打击。本词即
属政治失意之作。上片写今日离别之难堪，下片设想韶光易逝、物是人非之
感叹。

开篇三句连用三个"无"字，引人入胜，妙语连珠。画舸无所谓情，
全是由人怨恨所生。"无根"两字充满怨怼，又暗用《战国策》中土偶木
梗之对话，对屡受贬抑调动迁徙的漂泊生活深深怨恨，为全词抒情之根本，
也可谓之词眼。后两句以山衬人，抒佳人阻隔不见的忧伤。本句从欧阳詹
离别太原情人时所赋之诗《别太原妓》"高城已不见，何况城中人"两句
化出而别有新意，感情真挚深沉。下片设想即使重来，佳人也不复存在，

即使存在也不复年轻矣。故以"桃花颜色"状之，抒情极为凄婉。

洞仙歌
泗州 ① 中秋作
晁补之

青烟幂 ② 处，碧海飞金镜。永夜闲阶卧桂影。露凉时，零乱多少寒螿 ③ 。神京远，惟有蓝桥 ④ 路近。　　水晶帘不下，云母屏 ⑤ 开，冷浸佳人淡脂粉。待都将许多明，付与金尊，投晓共、流霞 ⑥ 倾尽。更携取、胡床 ⑦ 上南楼，看玉作人间，素秋千顷。

注释　　①泗州：宋时属淮南东路（今江苏泗洪东南）。②幂：遮盖、覆盖。③螿：蝉的一种，秋初始鸣。④蓝桥：在陕西蓝田东南蓝溪上，相传唐时裴航在此处遇仙女云英。⑤云母屏：云母为花岗岩，晶体透明，可作屏风。⑥流霞：神话传说中的仙酒名。⑦胡床：可以折叠的绳床，类似交椅。

译文　　在那青烟云气迷蒙的地方，如同深蓝色的大海飞起一面晶莹发光的金镜。长夜漫漫，空空的台阶上倒映着桂树斑驳的树影。露水渐渐转凉，又响起零乱的寒蝉的悲鸣。京师非常遥远，这里仿佛是临近蓝桥的仙境。　　挂起水晶的帘幕而不放下，揶开镶嵌云母的屏风，冰清玉洁般的佳人涂抹着淡淡的脂粉。我打算把这许多月亮的光明，都支付给这盛满佳酿的金樽，一直喝到明天的拂晓，连同那些绚丽的朝霞一并饮尽。我马上就要携带交椅登上南楼，去尽情欣赏那美玉造就的人间，去观赏那洁白无尘的仙境。

评析　　本词是词人在泗州官舍所作，时为徽宗大观四年（1110）中秋，为其绝笔之作。全词意境优美，刻画细腻，在对明月的精彩描绘中流露出淡淡的失意与感伤情味。结构上从月起，以月结，"如常山之蛇，善救首尾。"（胡仔

《苕溪渔隐丛话后集》)

开头两句写仰望明月东升的情景。"青烟幂处"写月升前之景，以衬月出之明。"碧海"写夜空之广阔与蔚蓝。"飞金镜"写月升腾之状，暗含人的惊喜之情。同李白《把酒问月》"皎如飞镜临丹阙，绿烟灭尽清辉发"两句意境相似。"永夜"句渲染月升时庭院闲适寂静的气氛。"卧桂影"虚实兼有，亦可理解月宫中桂树依稀可见，也可以是现境中桂树之影。后四句写夜深之景。"蓝桥路"以仙境比喻月亮离得近，扑朔迷离。下片由室外赏月转到室内宴饮赏月，文意紧密相连。水晶帘卷起，屏风移开，均是为了赏月，再有佳人相陪。其居处之华美，境如月宫，佳人之素雅，如同嫦娥。故作者才要尽情地赏月，尽兴地饮酒，准备彻夜不眠，将爱月之情表现得极为充分。全词从天上到人间，再从人间到天上，最后几句天上人间浑然如一，境界阔大，气势充沛。清人黄蓼园盛赞此词，评曰："前段从无月看到有月，后段从有月看到月满，层次井井，而词致奇杰。各段俱有新警语，自觉珠魂玉魄，气象万千，兴乃不浅。"(《蓼园词选》)

晁冲之／生卒年不详

字叔用。晁补之从弟。南宋藏书家晁公武之父。终生无功名。授承务郎。绍圣初，党争激烈，冲之亦坐党籍。隐居河南禹县具茨山下。著有《具茨集》。有《晁叔用词》一卷，不传。今有赵万里辑本。

临江仙

晁冲之

忆昔西池①池上饮，年年多少欢娱。别来不寄一行书，寻常相见了，犹道不如初。　　安稳锦衾今夜梦，月明好渡江湖。相思休问定何如？情知春去后，管得落花无。

注释　　① 西池：指北宋汴京金明池。当时为贵族游玩之所。

译文　　回忆当年在西池的宴饮，每天该有多少的快乐和幸福。可自从分手之后，相互问询也不再寄信捎书。即使在寻常日相见，相互间也冷冷淡淡，不可能再热情欢乐如同当初。　　安好枕头，铺好锦被，今夜要在梦中赶着月明而渡江过湖，去与那些隔绝的好友会晤。尽管相互相思也不要问近况如何，因为明明知道春天已经过去，哪里还顾得上关心花落与叶枯。

评析　　本词很别致，是特殊政治环境下的产物。故须知背景方可理解个中情味。上片由忆昔写到别后的孤独和相思，下片写只能在梦中与友人相见，而又不必互相问候，因双方的情况均在意料之中。出语冲淡，抒情却很浓郁。

晁冲之是晁补之的堂弟，因受知于苏轼，故在绍圣年间也受到所谓新党的迫害，隐逸而终。由于当时党锢甚严，对所谓元祐党人残酷打击，望风捕影，罗织罪名。作者也和那些好友一样，处在政敌的严密监视中，失去了政治上的自由。上片两句回忆当年与友人政治得意时痛饮西池的情景。这种得意应当宽泛理解，一是当时年轻气盛，仕途还算顺畅。二是当时政治环境宽松，没有很大的思想压力。应当说，在王安石主持变法期间，尽管斗争很激烈，但政治方面还比较宽松，没有严酷打击政见不同者的情况。神宗死后，斗争才逐步升级，愈演愈烈。到绍圣年间则有些恐怖了。这样来理解本词则很容易了。"别来"以下三句从两方面抒写幽怨。不寄书因为不敢，并非情薄。即使相见也不敢像以前那样随便谈笑风生，皆因政治气候使然。下片开头两句设想奇妙，是没有办法的办法，既然在现实中无法相见，便到梦中去相见吧。结尾三句更凄婉，言外之意是，梦中相见也不必问候什么，在这种情况下，谁又能活得很好呢？语含酸悲，极为沉痛。全词以淡笔写肃杀的政治气候中的特殊心境，从忆昔写到夜梦，由夜梦转到春尽，宣泄内心的不满与痛楚。一气贯注，曲折尽情，颇有深味。

舒亶／1041—1103

字信道，号懒堂，明州慈溪（今属浙江）人，治平二年（1065）进士。累官知制诰，试御史中丞，权直学士院。工小词，思致缜密。今有赵万里辑《舒学士词》一卷。

虞美人

舒 亶

芙蓉^①落尽天涵水，日暮沧波起。背飞^②双燕贴云寒，独向小楼东畔倚阑看。 浮生^③只合尊前老，雪满长安道。故人早晚上高台，寄我江南春色一枝梅。

注释 ① 芙蓉：有水、木两种。此处指水芙蓉，即荷花。② 背飞：背离而飞，喻分离。③ 浮生：短促的人生。

译文 荷花落尽，天水相连，日色已黄昏，绿色的水面又被风吹起波光粼粼。

相背而飞的双燕，带着寒意紧紧贴着秋云。我独自在小楼的东侧，凭倚着栏杆向远处眺望凝神。　　　浮生有无穷无尽的烦恼，只应在醉乡中苦苦煎熬闹心。时光过得真快，白雪又落满通往京师的道路乡村。在这早早晚晚之间，我的老朋友也会登高远眺，并会寄上一枝早梅，寄来江南的盎然新春。

评析　　本词是作者怀念江南友人的寄赠之作。上片写日暮登楼所见之景，由夏末写到秋日。下片抒发怀念故人之情，由冬日写到早春。全词所写大半年的时间，表现出对友人时时思念的深情。

上片前二句写夏末秋初之景，以凄凉之景衬托哀情。"背飞双燕"比喻自己与友人之分别，化用"东飞伯劳西飞燕"句意，即后世所谓"劳燕分飞"。"贴云寒"一是表现高度，也有高处不胜寒的意蕴，并将视线由平视转换成仰视，展示整体空间形象，境界开阔。下片直接抒情。"浮生"两句谓光阴荏苒，转眼已岁暮，雪满京城，寂寥寡欢，没有友人的陪伴，只有借酒浇愁而已。结尾两句化用陆凯折梅题诗赠范晔之故事，设想友人也一定在思念自己，会给自己寄来梅花的。从对方着笔，尤能显出念友情深，是推进一层的写法。

朱服／1048—?

字行中，湖州乌程（今浙江湖州）人。熙宁六年（1073）进士。累官国子司业、起居舍人、中书舍人、礼部侍郎。徽宗朝被贬兴国军，卒于贬所。

渔家傲 ①

朱　服

　　小雨纤纤风细细，万家杨柳青烟里。恋树湿花飞不起，愁无际，和春付与东流水。　　九十光阴能有几？金龟 ② 解尽留无计。寄语东阳 ③ 沽酒市，拼一醉，而今乐事他年泪。

注释　　① 渔家傲：词牌名，双调六十二字。② 金龟：唐代三品以上官员配金龟。贺知章曾解金龟换酒以招待李白。③ 东阳：今浙江金东区。

译文　　春雨绵绵，春风轻细，千家万户的杨柳，都笼罩在这和风细雨的烟霭里。淋湿的花朵依恋着树枝，不忍心离开飞起。这种情形令人惆怅不已，只能和这美好的春光一起，交付给一路东流的江水，任凭向东流去。　　九十天的春光能有几许？解尽金龟换酒，也无计挽留春意，使它不再归去。干脆告诉东城的酒肆，今天豁出去也要喝个大醉。现在令人赏心乐事的美酒，就会化成他年感伤的泪水。

评析　　本词是作者早年出知婺州（今浙江金华）时所写。采用常见的上景下情的结构模式，上片写雨中的春景，下片抒发年华易逝应当及时行乐的情怀。

　　词之上片主旨是惜春，情寓景中。前两句写春雨迷蒙的景象。"恋树湿花飞不起"是名句。因为雨中，故花湿。"恋"字最精彩，用拟人法赋花以深情，花尚不忍辞树而恋芳时，人的心情自然可以想知。春天将去，花有离树之愁，而人有惜春之愁。"愁无际"深含二者，不可分辨。既然如此，便将它连春天一同付给东流水吧！下片意脉承前，九十天的春光无多，挽留无计，不如痛饮美酒，及时行乐。于旷达之中隐寓着淡淡的人生好景难长的忧伤。因为这是最普遍的人生感受，故能够引起最广泛的共鸣。

毛滂/1064—?

字泽民，衢州江山（今属浙江）人。元祐初，为杭州法曹，受知于苏东坡。后出蔡卞之门。元符二年（1099）知武康县，就县舍改筑东堂，故以名集。词风潇洒明润，以清疏见长。有《东堂集》传世。

惜分飞①
富阳②僧舍作别语
毛 滂

泪湿阑干③花着露。愁到眉峰碧聚。此恨平分取。更无言语。空相觑④。
断雨残云无意绪。寂寞朝朝暮暮。今夜山深处。断魂分付。潮回去。

注释　①惜分飞：词牌名，又名惜双双、惜芳菲。双调五十字。②富阳：今浙江省富阳市。③阑干：纵横貌。④觑：仔细看。

译文　满面泪珠如同花朵沾满雨露，忧伤愁恨都集中到眉梢，黛绿色的双眉紧蹙如同双峰相聚。这种怨恨我与你平均分取，满含深情的两双泪眼相互对视，空气仿佛已经凝固，我们俩都默默无语。　　如今我所看到的只是些残云断雨，心情烦闷毫无意绪。朝朝暮暮的寂寞实在难以忍耐，任凭时光徒自逝去。今夜我住在深山里，把对你的思念之情给交付潮水，让潮水把深情带回到你的身边去。

评析　本词是口占临别赠妓之作。相传是作者罢杭州法曹，与妓女琼芳分别，至富阳而写此词。上片描写与琼芳分别时泪眼凄迷、无言相对的苦况。下片叙述自己寂寞愁苦、夜深不寐的情景。

上片起二句重点刻画琼芳的意态。化用白居易《长恨歌》"梨花一枝春带雨"的句意描写美人流泪之貌，于感伤中更增几分美丽。三四句则合写二人，语言朴实无华，感情容量很大。与苏轼"相顾无言，惟有泪千行"意境相近。下片前两句有双关义。"断雨残云"既是眼前之实景，也象征着美好爱情生活的破灭。宋玉《高唐赋》有"旦为朝云，暮为行雨，朝朝暮暮，阳台之下"之语，后来所谓神女生涯，巫山云雨皆指男女情事。故此二句暗寓词人与琼芳露水姻缘就此结束的无限感伤之意。最后两句设想奇妙，付断魂于潮水，尤见此恨绵绵无绝期也。据周辉《清波杂志》载，毛滂因为本词而受到苏东坡重视，可见其在当时就被广泛传诵了。

陈
克
/
1081—？

字子高，自号赤城居士，天台（今属浙江）人。绍兴中为敕令删定官。词格艳丽。有《天台集》，不传。今有辑本《赤城词》。

菩萨蛮

陈 克

赤阑桥尽香街①直，笼街细柳娇无力。金碧上青空，花晴帘影红。黄衫②飞白马，日日青楼下。醉眼不逢人，午香吹暗尘。

注释　①香街：指烟花柳巷，妓女集中之所在。因妓女都要熏香，故香味很突出。②黄衫：隋唐时贵族公子的华服。

译文　　桥上是精美的红色的栏杆，过桥便是笔直的大街，大街上有淡淡的香气在弥漫。大街两旁的柳树又高又密，细嫩的柳枝随风招展，遮蔽了大街的街面。街两旁金碧辉煌的楼阁高耸碧空，天空晴朗，红花的色彩映红了垂着的幕帘。　　那些娇贵的公子哥穿着黄衫，骑着白马在街上耀武扬威、飞驰翩翩。天天都到这些青楼妓院中艳冶醉眠。他们趾高气扬眯缝着醉眼，在大街上横冲直撞仿佛无人一般。在伴着尘土吹来的春风中，尚有淡淡的香气在扩散。时当晌午，一阵马蹄便扬起一阵尘烟。

评析　　本词是讥讽贵族公子冶游狎妓之生活的。主题较隐晦复杂，在讥讽中尚有羡慕之情。上片描写花街柳巷的绮艳景色，下片写少年哥访妓的得意神情。

　　上片开头两句写妓院的外部环境，如移动的彩色镜头。"赤栏"状桥之精美，街不但直，而且香，写妓院林立，脂粉及熏香之气外溢，环境典型。"细柳笼街"暗寓柳巷，又写出环境之清幽怡人，"娇无力"有双关义，既是春天嫩细的柳枝婀娜多姿娇软无力的形象描写，也象征美人娇柔献媚之态，很有风情。后两句描状居处之美，"花晴帘影红"最见功力，境界极美。因天晴，花儿红，红色映到帘上，帘上也有朦胧的红色，突出表现环境色的作用，是何等的美，而且也有一定的暗示作用。下片写贵公子冶游的狂态。黄衫点明人物身份，"飞白马"状其急行之貌，也表现出趾高气扬之神态，"日日"写其每日都来这里拈花惹草。"醉眼"句写其狂妄之态，把终日锦衣纨绔，饫甘餍肥，宿娼狎妓的浪荡公子的丑态凸现出来。结句"午香吹暗尘"暗示人来人往之多。全词表现了宋代都市生活的一个侧面。

菩萨蛮

陈　克

　　绿芜墙绕青苔院，中庭日淡芭蕉卷。蝴蝶上阶飞，烘帘自在垂。　　玉钩①双语燕，宝甃②杨花转。几处簸钱③声，绿窗春睡轻。

注释 ① 玉钩：嵌玉的帘钩。② 宝甃：精美的井台。甃，砖砌的井壁。③ 簸钱：唐宋时的一种游戏，多为女人所玩。

译文 　　绿树环绕着院墙，青苔生满了庭院。庭院中一片寂静，日光淡淡，芭蕉半卷。蝴蝶在台阶上飞舞，绣户下垂着挡风的香帘。　　玉钩上落着双燕，仿佛在细语交谈。装饰精美的井栏处，几团杨花在轻盈地飘转。不时地传来簸钱游戏的声音，绿窗中的美人仍在甜蜜的梦中，睡意正酣。

评析 　　本词写美人春日昼眠之景，刻画细致入微，环境烘托，气氛渲染都极为成功。前六句层层推进，最后两句轻轻一笔点题终篇。结构别致，很受推赏。

　　上片写景从外到内，层层渲染。首句是白居易《陵园妾》成句，给人以封闭幽静之感。墙上的绿芜，院里的青苔尤增静谧的气氛。次句写中庭已有日光，春日已高。"淡"字状春日不烈，很精当。卷着的芭蕉，也含有一种朦胧的睡态，也有芳心未展的意蕴。最后两句写门前窗下。以蝴蝶飞暗示阶上有已开的鲜花，"帘自在垂"暗示人未起，"烘"字表现帘上有日光，给人以温暖的感觉。下片前二句承前，小燕双双呢喃，井旁点点杨花，都表现院内极静，否则这些景象均不会存在。最后以附近几处有少女在掷钱游戏，仿佛怕惊醒室中的女主人公一般。结句轻轻一描点出人物。全词只描写环境，并未正面写人物，但美人春日昼眠的情景依稀可见，这正是本词之妙处。

李元膺／生平未详

东平人（今属山东），约与蔡京同时。词存《乐府雅词》中。

洞仙歌

李元膺

一年春物，惟梅柳间意味最深，至莺花烂漫时，则春已衰迟，使人无复新意。余作《洞仙歌》，使探春者歌之，无后时之悔。

雪云散尽，放晓晴池院。杨柳于人便青眼①。更风流多处，一点梅心相映远，约略颦轻笑浅。　　一年春好处，不在浓芳，小艳疏香最娇软。到清明时候，百紫千红花正乱，已失春风一半。早占取韶光②、共追游，但莫管春寒，醉红自暖。

注释　　① 青眼：正目而视，眼多青。表示对人的尊重，与白眼相对。此处喻指柳叶乍生时的形状。② 韶光：美好的时光，多指春光。

译文　　一年中春天的景物，唯有梅花和柳叶之间的意味最为深远，等到黄莺鸣叫百花盛开的时候，春光已开始衰退，没有新鲜的感觉了。我创作一首《洞仙歌》词，让探春的人歌唱，不要有以后的懊悔。

　　带雪的云气尽行飘散，拂晓时的晴日照临庭院。杨树柳树已生出细叶，仿佛向世人投来青眼。一点点梅花的花心色彩幽淡，在远处相映相衬，风流标致而情趣盎然，宛如美人在轻轻皱眉，露出浅笑的笑脸。　　一年春光最美丽的时候，不在于万紫千红百花争艳，而在于疏梅点点，那种淡淡的香气又娇又软。等到清明时节，姹紫嫣红百花烂漫，美好的春光已失去一半。早些去享受领略春光吧，让我们共同出去游览。不要担心什么春寒，等美酒喝得红了脸，自然便会感到全身温暖。

评析　本词赞美早春风光，提醒人们要及早游春赏春，不要辜负大好时光。上片写早春景物的旖旎可人，下片劝友人同游同赏同醉同乐。

序云："一年春物，惟梅柳间意味最深。"上片主要写的就是梅与柳。开头点明气候特征，雪云刚刚散尽，才放晓晴，杨柳已绽新芽。初生之柳叶，形如媚眼。既象形，又赋予柳以人的多情。以下几句写梅花，"一点梅心"与"青眼"相对，均有双关义，既是梅花之心，又比喻人之春心。"鬖轻笑浅"写梅花为早春到来而喜的样态，注入了词人的喜春之情。下片换头三句劝人及早游春。"春好"在于"小艳疏香"，表现出词人对春光的敏锐感受和独到见解。"到清明"以下四句进一步说明万紫千红春花盛开时，春已将近结束，则令人索然寡味矣。故要及早探春游春。全词表现对早春景色的喜爱和万事宜早不宜迟的见解。沈际飞评此词曰："'不在浓芳'，在疏芳小艳，独识春光之微；至'已失一半'句，谁不猛省？"（《草堂诗余正集》）

时彦 / ？—1107

字邦彦，开封（今属河南）人。元丰二年（1079）进士第一。官终吏部尚书。存词仅一首。

青门引 ①

时 彦

胡马嘶风，汉旗②翻雪，彤云又吐，一竿残照。古木连空，乱山无数，行尽暮沙衰草。星斗横幽馆③，夜无眠、灯花空老。雾浓香鸭④，冰凝泪烛，霜天难晓。 长记小妆⑤才了，一杯未尽，离怀多少。醉里秋波，梦中朝雨，都是醒时烦恼。料有牵情处，忍思量、耳边曾道。甚时跃马归来，认得迎门轻笑。

注释 ①青门引：词牌名。双调一百零六字。②汉旗：指宋朝旗帜。③幽馆：荒僻的客馆。④香鸭：鸭形香炉。⑤小妆：淡妆，略加梳妆。

译文 胡马在北风中嘶叫，宋朝旌旗在雪地中飘摇。红彤彤的晚霞开处，露出一轮斜阳，留下一竿残照。古木枯枝连着远空，纷乱的山峰使人头昏脑涨。黄昏的旅途上，到处是黄沙衰草。荒僻的客馆中幽独寂寞，外面星光闪耀。深夜里我无法睡着，眼睁睁地看着灯花空老。雾气使鸭形铜炉里的香气更浓，冷气使烛泪凝结成一条又一条。唉，这漫漫的长夜实在难熬，盼啊盼，也不见天色拂晓。 我总是记忆起你的音容笑貌。淡淡的梳妆刚刚完好，我们便饮酒告别，别离的滋味实在难以尽情摹描。如今，我只能在酒醉时，依稀看到你多情的明眸，在梦境中重温我们的快乐和欢笑。但这一切的一切，都只能给醒时带来无穷无尽的烦恼。你也应该预料得到，最能牵动我情思的地方，是我不敢再思量你对我的温柔的劝告。你曾在我的耳边轻声说道：什么时候你跨马归来，不要忘记那位旧日的相好。她正殷切地守候在门外，迎接你的是她那满脸幸福的微笑。

评析 本词是作者于哲宗绍圣年间使辽途中所写。上片前七句写旅途中所见之景，气象恢宏，生动如画。后五句状幽馆独宿，长夜无眠的心情，引出下片。

下片写宠人的美貌多情，结尾处以喜剧的场面结束，一反离别词的悲哀情调，独出心裁。

上片前七句写行进中的景象。前四句重点写北方寒冷、气候多变。马的鸣叫，旗帜的飘扬，有声有色。残照彤云则把视野扩展开，整个空间很寥廓。"古木连空"三句写边地之荒凉，为"幽馆"描画一个外部环境。"星斗横幽馆"以下五句转写抒情主人公长夜难眠的情思。"星斗横"必为人之所见，一衬人之孤独，二写人之无寐。"雾浓香鸭"为反托，闻香味更思香衾欢爱之情。"冰凝泪烛"为正衬，以烛泪衬人泪。"霜天难晓"是人的主体感受，所谓"寂寞嫌夜长"是也。下片用"长记"提起，直贯篇末，均为别时之情景。"小妆才老"便告别，当中定有许多缱绻缠绵之情，海誓山盟之语，但作者只用"离怀多少"轻轻带过，用笔省约。"醉里"二句写无法忘怀的苦恼。结尾处用一生活小细节表现宠人的多情，以充满期待和喜悦的心情终篇，使全词于哀婉中增加点明快的色调。

李之仪 / ？—1117

字端叔，晚号姑溪居士、姑溪老农。沧州无棣（今属山东）人。熙宁三年（1070）进士。苏轼知定州时，他做过幕僚。后官枢密院编修。官终朝议大夫。有《姑溪词》。

谢池春 [1]

李之仪

残寒销尽，疏雨过、清明后。花径敛余红，风沼萦新皱。乳燕穿庭户，飞絮沾襟袖。正佳时，仍晚昼，著人 [2] 滋味，真个浓如酒。 频移带眼 [3]，空只恁、厌厌 [4] 瘦。不见又思量，见了还依旧，为问频相见，何似长相守。天不老，人未偶，且将此恨，分付 [5] 庭前柳。

注释　① 谢池春：词牌名，双调九十字。② 著人：惹人喜爱。③ 带眼：皮带的眼孔。沈约与徐勉书："老病百日数旬，革带常应移孔。" ④ 厌厌：同"恹恹"，精神不振貌。⑤ 分付：交付。

译文　残留的寒意完全消尽，一阵疏雨刚刚消歇，又到了清明以后。花园小径中还有一些残花，风吹池塘，水面上轻细的波纹如同纱的褶皱。未褪黄嘴丫的乳燕穿过院门，轻盈飘飞的柳絮沾上了襟袖。这时恰恰是最好的光景，暮春黄昏时候。让人感受到的那种滋味，真如浓香的美酒。 连续地移动腰带的孔眼，凭空里为何总是这样瘦。不见面又想念，见了面还是依旧，还要痛苦地分手。这种情形令人更加难受。我要问你，频繁地相见，哪能抵得上长相厮守？天因无情永远不会衰老，人因多情青春会轻易逝去，却偏偏不能成双成偶。姑且把这种幽恨，交付给庭院前的杨柳，让它们也分担一些我的忧愁。

评析　这是一首抒写离别相思之作。上片写景，交代节令和时间，展示芳春傍晚的美景。下片直抒胸臆，发泄其不能与情人长相厮守的幽怨。情致宛曲缠绵，颇有柳永词风。

上片开头三句点出时令与气候，为全词的写景抒情张本。时当清明过后。刚下完雨。"花径"以下四句处在上片正中间，多方位立体地表现暮春景色。刻画精细，"敛余红"描摹落花轻轻飘下的景致，与下句的"萦新皱"都写出轻微的风，这种描写可见观察细致，是我们创作时应当注意的。这几句渲染宁静闲适的气氛，为抒情做好铺垫。"正佳时"以下几句点出人物。下片前三句表现为情所困的神态，与柳永"衣带渐宽终不悔，为伊消得人憔悴"意思相同。以下四句就相思之情层层推进。不见又想，属常情，"见了还依旧"，则须反面见义，即见面还依旧要别离，更惹相思之意。以下设问，当是向对方倾诉。频频相见也不如长相厮守。可见抒情主人公何等钟情。故四句词层层递进，不见则想，见了又要别，频频相见则频频分别，让人更难堪。逼出最后几句：天不老，因此天不怕青春逝去，而人则不行，时光如流水，青春太短暂，而如此短暂之人生中情人还不能成双，岂不太苦？大有指责苍天的味道，也含有对封建礼教抗议的情味。这层意思虽不强烈，但依稀可体会得到。最后以无可奈何之语作结，怨情转深矣。

卜算子

李之仪

我住长江头①，君住长江尾②。日日思君不见君，共饮长江水。　　此水几时休，此恨何时已？只愿君心似我心，定不负相思意。

注释　　① 长江头：指长江上游。② 长江尾：指长江下游。

译文　　我住在长江的上游，你住在长江的下游。我天天都在把你思念，可却没法见到你的颜面。尽管我们喝的是一江之水，却要承受相思的煎熬。　　此水什么时候不再奔流，我的相思什么时候才能止休？但愿你的心与我一样，定不会辜负对方的终日凝愁。

评析　　这是一首情意绵绵的恋歌。以长江之水起兴，抒写对情人的无限爱慕相思之情。构思新颖，比喻巧妙，明白如话，深得民歌神韵。

上片前两句叙事兼抒情，写出情人相隔之遥。三、四句写同住江边而不能相见的遗憾和苦苦相思的情怀。前两句以江水为喻，意谓只要江水长流，我的相思便不能断绝。化用汉乐府《上邪》："山无棱，江水为竭，冬雷震震，夏雨雪，天地合，乃敢与君绝！"的诗意。最后两句则是由顾敻《诉衷情》词："换我心，为你心，始知相忆深"的词意中化出，但更委婉含蓄，浑化无迹，洵为高手。

周邦彦／1056—1121

字美成，号清真居士，钱塘（今浙江杭州人）。神宗时为太学生，献《汴都赋》歌颂新法，被擢为太学正。居五年，出为庐州教授，知溧水区，还京为国子主簿。徽宗朝仕至徽猷阁待制，提举大晟府。出知顺昌府，徙处州，提举南京鸿庆宫，卒。邦彦精通音律，在大晟府审古乐，制新调，对词乐的提高和发展有一定贡献。词风典丽精工，形象丰满，格律严谨。今传《片玉集》，又名《清真集》。

瑞龙吟 ①

周邦彦

章台路②，还见褪粉梅梢，试花桃树。愔愔③坊陌人家，定巢燕子，归来旧处。　黯凝伫④，因念个人痴小，乍窥门户⑤。侵晨浅约宫黄⑥，障风映袖，盈盈笑语。　前度刘郎⑦重到，访邻寻里，同时歌舞，惟有旧家秋娘⑧，声价如故。吟笺赋笔，犹记燕台句。知谁伴，名园露饮，东城闲步？事与孤鸿去，探春尽是，伤离意绪。官柳低金缕，归骑晚、纤纤池塘飞雨。断肠院落，一帘风絮。

注释　　①瑞龙吟：词牌名。三叠一百三十三字。②章台路：原为汉代长安章台下的一条街。妓女多聚居于此，后遂代指妓院之所。③愔愔：寂静貌。④凝伫：沉思着站立不动。⑤乍窥门户：初在门内窥视。⑥浅约宫黄：薄施脂粉，淡涂额黄。⑦刘郎：用刘晨、阮肇入天台山采药遇仙女事，比喻自己当初的狎妓。⑧秋娘：杜秋娘，唐代金陵名妓。

译文　　我又一次来到章台路，见到的是景色依然。梅花开始褪粉，桃花开始吐艳。街坊人家寂静悄然。在此定居的燕子，依旧如期返还。　　我凝神伫立思忖，把当年的情景思念。那个玲珑小巧的女子，刚刚倚着门户向外偷看。晨妆的脂粉很浅，额黄淡淡。用彩袖轻掩粉面，盈盈笑语，楚楚可怜。　　前度成仙的刘郎重到这里，访问故里寻找旧缘。同时唱歌跳舞的姐妹们，只有旧家的秋娘声价如前。吟唱词曲，赋写诗篇，还能记住燕台诗句的只言片语。还有谁能把我陪伴，到名园去露天饮酒，到东城去漫步游览。一切往日的芳情都伴随孤鸿而去，如同逝去不返的云烟。此次探春，得到的尽是离情别恨和幽怨伤感。官路旁的柳树低拂着金丝，我骑马归来时天色已晚。池塘上细雨绵绵，漫天飘飞的柳絮，落满门帘和窗帘。那情景，真让人肝肠寸断。

评析　　本篇写故地重游的恋旧情怀，所怀之人是位初落风尘的红粉知己。上片写春日重游旧地的所见所感，中片写乍见美人时的情景，下片写物是人非的怅惘。

　　上片描写章台路的景色。梅花凋落桃花初放，正是孟春时节，以美景烘托愁情。"愔愔"描状此处已很萧条，为下文的抒情做铺垫。中片集中笔墨描写情人之美貌，如肖像画般逼真形象。"痴小"状其为少女，"乍窥门户"是初落风尘之态。后三句写其淡妆娇羞之情。下片续写重游故里访旧。"前度刘郎"侧重用刘晨遇仙女之典比喻自己遇到美人，许多版本认为是化用刘禹锡"前度刘郎今又来"句意，似不确。刘禹锡诗句侧重在政治层面的伟岸而非风尘场中的风流。以下写旧时相好均已不在。"知谁伴"三句以念旧之情再度回忆当初与佳人共同游玩娱乐的幸福情景，更衬今日的孤独。最后几句以景结篇，如特写镜头，对准第一次遇到仙人的那个门户。当初是美人倚门偷看自己，如今却是"一帘风絮"，在对比中抒发现实的失落空虚。余味悠长。全词章法谨严，布局周密，层次分明而错落有致。景起景收，中间今昔交错，虚实相映。融写景、叙事、怀人、抒情为一体，值得仔细品味。

风流子 ①

周邦彦

新绿小池塘，风帘动、碎影舞斜阳。羡金屋去来，旧时巢燕；土花 ② 缭绕，前度莓墙 ③。绣阁里、凤帏深几许，听得理丝簧 ④。欲说又休，虑乖芳信，未歌先噎，愁近清觞 ⑤。　　遥知新妆了，开朱户、应自待月西厢。最苦梦魂，今宵不到伊行 ⑥。问甚时说与，佳音密耗，寄将秦镜 ⑦，偷换韩香 ⑧？天便教人，霎时厮见何妨！

注释　　① 风流子：唐教坊曲名，后用作词牌。双调一百零九字。② 土花：苔藓。③ 莓墙：长满青苔的墙。④ 丝簧：泛指管弦乐器。⑤ 清觞：清洁的酒杯。⑥ 伊行：你那里。⑦ 秦镜：汉秦嘉在外做官，想念爱妻徐淑，曾赠明镜并写信曰："间得此镜，既明且好。形现文采，世所稀有。意甚爱之，故以相与。"（见《艺文类聚》卷三十二）⑧ 韩香：据《晋书·贾充传》载，贾充的女儿贾午曾偷其父的御赐西域异香送给情人韩寿，后二人结为夫妻，后来以此指男女暗中通情。

译文　　碧绿的春水涨满小小的池塘，风吹门帘微动，细碎的帘影好像在舞弄斜阳。我真是羡慕那些往日的燕子，能自由地在华屋中来去飞翔。也羡慕那些青苔，再次生长在以前的长满莓苔的院墙。院墙内的绣阁里，挂着不知几层的凤帏幕帐。层层阻隔，再也无法见到她的模样，只能听到她正在演奏优雅美妙的乐章。那琴声中仿佛有重重的心事，想要诉说又有些彷徨，好像是怕对方变了心肠。还没有开始歌唱先已哽咽，因为过于忧愁而端起了杯箸。　　我遥知你刚刚梳妆停当，打开朱红色的角门，像崔莺莺那样待月西厢，真使我痛苦难堪，今夜连梦魂也无法到达你的身旁。我真想问一问，什么时候能密约幽会互诉衷肠？我要送给你秦嘉赠他妻子那样宝贵的明镜，你也会像贾午赠韩寿那样偷偷地送给我异国进贡的奇香。老天爷呀老天爷，你就不能有点菩萨心肠，帮我们一个忙，马上就让我们相见厮守，成全我们一下，对您老人家又有何妨？

评析　　本词抒写对一女子的刻骨相思之情。据王明清《挥麈余话》引俞羲仲云："周美成为江宁府溧水令，主簿之室，有色而慧，美成每款洽于尊席之间。世所传《风流子》词，盖所寓意焉。（原词略）'新绿''待月'，皆簿厅亭轩之名也。"此说是否属实难以断言，但从词意看，确是一篇情致缠绵的风流艳词。

　　开篇三句描写春日黄昏时的美色，"碎影"句灵动而有神采。"羡金屋"以下四句，以燕子每年能回到美人身边，莓苔能时时围在美人身边，反衬自己不能亲近伊人的遗憾，抒情甚为婉曲。"绣阁里"以下想象美人想念自己的情状，形象生动，感情深沉。过片意脉承上，继续想象美人待月西厢的渴盼，而自己无法前去的痛苦。尾句因盼急恨极而呼天喊地，虽是痴情，尤显出真情深情。本词感情抒发层层深入，愈转愈烈，最后竟直呼苍天，已有些不含蓄蕴藉了，但因真情所促，并不觉浅薄寡味。况周颐在《蕙风词话》中说："此等话愈朴愈厚，愈厚愈雅，至真之情由性灵肺腑中流出，不妨说尽而愈无尽。"关于本词抒情脉络，陈洵有段评说甚为精当，引录以供参读，他说："池塘在莓墙外，莓墙在绣阁外，绣阁又在凤帏外，层层布景，总为'深几许'三字出力。既非巢燕可以任意去来。则相见亦良难矣。'所得''遥知'，只是不见。梦亦不到，见字绝望。甚时转出见字后路，千回百折，逼出结句。画龙点睛，破壁飞去矣。"（《海绡说词》）

兰陵王 ①

周邦彦

柳阴直，烟里丝丝弄碧。隋堤②上、曾见几番，拂水飘绵送行色。登临望故国，谁识京华倦客③。长亭路、年去岁来，应折柔条过千尺。　闲寻旧踪迹，又酒趁哀弦④，灯照离席，梨花榆火催寒食⑤。愁一箭风快，半篙波暖，回头迢递⑥便数驿。望人在天北。　凄恻、恨堆积。渐别浦⑦萦回，津堠⑧岑寂，斜阳冉冉春无极。念月榭携手，露桥闻笛，沉思前事，似梦里、泪暗滴。

注释　①兰陵王：唐教坊曲名，后用作词牌。三叠一百三十字。②隋堤：指汴京附近一带汴河的河堤，因建于隋朝，故称隋堤。③倦客：倦于宦游之人。④哀弦：哀怨的琴瑟之声。⑤寒食：节令名。清明前一或两天。相传为纪念被火烧死的介子推，晋文公禁火寒食。唐宋时朝廷在清明日取榆柳之火赐百官。⑥迢递：遥远貌。⑦别浦：原意指分别的河边码头。此处泛指河水岸边。⑧津堠：指渡口码头及码头上的守候住宿之所。

译文　柳树的树荫笔直笔直，轻雾笼罩中，条条柳丝在轻轻飘拂，仿佛在卖弄她的碧青。在笔直的隋堤上，曾见过多少次，拂着水面的柳丝，轻飘洁白的柳絮，都在为远游的客子送行。登临高处远望故乡，谁又能理解久在京师游宦的客子的心情？长亭路上，年来岁往，不知曾为多少友人送行，折下的柳丝也要千尺挂零。　心情稍得闲暇，便追寻往日的行踪，酒宴上奏着哀怨的乐曲，灯光照着我们离别的情形。梨花开放，干枯的榆柳生火，寒食节又将来临，我正在忧愁和伤心，风鼓船帆如离弦的快箭，竹篙进水才半篙多深。回头一看已行出很远，转眼间已过去几个驿亭。再眺望那位佳人，已在遥远的天北，路途茫茫一片烟云。　凄凉寂寞，我心里堆满怨恨。渐渐地，只见水崖曲折萦回，崖边的码头渡口岑寂无人。斜阳映照着青草，冉冉不断地向远处延伸。我思念起以前的情景。与美人在亭榭上携手观月，在露桥上欣赏笛音，那情味真是幸福温馨。以前的这些风流韵事，想起来好像梦境一样，只能令我更加忧伤，暗自流下的眼泪一行又一行。

评析　　本词一题作"柳"，实则是以柳起兴，抒写离情别意。关于本词之内容，历来说法不一。或云为留别李师师所作，或云为送别他人所作。细品全词，确是词人离别汴京时所写，至于是否为李师师所写，则不敢断言。根据宋人笔记所载，确有可能。总之，必为一红粉知己所作则无疑。全词分三片，每片自成一段，分别写别前、别时和别后，其中穿插一些对往事的回忆，寄寓寥落失意之感。全词虚实相映，情景相生，章法谨严，为周词代表作之一。

　　上片开头五句写隋堤柳之可爱，并点出此处为送别之所。"登临望故国"三句为一叠中之关节点，也是理解全词之关键。三句意谓，此处为送别之地，自己也不知为多少人送别返乡。而自己却倦游京师，不能回归家园。如今离京，非返故居，而是远谪外地，其情何堪。中片前四句是回忆往年与情人相聚欢乐的情景，有人说是别时之情景，非也。因后文有"斜阳"二字，故词人离汴时为上午或中午，不是夜晚。"愁一箭风快"四句状船行之速伊人已远之景，为下片的抒情张本。"凄恻"两句领起下片。"渐别浦"三句写船行时所见岸边之景色，视野开阔，景色苍茫。梁启超说："'斜阳'七字，绮丽中带悲壮，全首精神提起。"（《艺蘅馆词选》引）"念月榭携手，露桥闻笛"再插入以前之风情，衬托此时之孤寂。结尾三句以情收束，倒贯全篇。谪臣离京，仕途失意，远别佳人，情场失意。两种意绪俱在词中写出，"泪暗滴"，岂非正在情理之中乎？本词在南宋初期绍兴年间在京师临安（今浙江杭州）红极一时，而且歌唱时用的是大晟府中的原谱。毛开《樵隐笔录》记载很清楚："绍兴初，都下盛行周清真《兰陵王慢》，西楼南瓦皆歌之，谓之《渭城三叠》。以周词凡三换头，至末段声尤激越，唯教坊老笛师能倚之以节歌。其谱传自赵忠简家。忠简于建炎丁未九日渡江，泊舟仪真江口，遇宣和大晟乐府协律郎某，叩获九重故谱，因令家伎习之，遂流传于外。"这也是本词流传甚广的原因之一。

琐窗寒 ①

周邦彦

暗柳啼鸦，单衣伫立，小帘朱户。桐花半亩，静锁一庭愁雨。洒空阶、夜阑未休，故人剪烛②西窗语。似楚江暝宿，风灯零乱，少年羁旅。 迟暮，嬉游处。正店舍无烟，禁城百五③。旗亭④唤酒，付与高阳俦侣⑤。想东园、桃李自春，小唇秀靥⑥今在否？到归时、定有残英，待客携尊俎。

注释 ①琐窗寒：词牌名，又名锁窗寒。双调九十九字。②剪烛：李商隐《夜雨寄北》："何当共剪西窗烛，却话巴山夜雨时。"③百五：指寒食节，因从冬至起一百零五天为寒食节，故云。④旗亭：酒楼。⑤高阳俦侣：指酒徒。汉初郦食其是高阳人，以酒徒之名见刘邦。后世称其为"高阳酒徒"。⑥小唇秀靥：本指美貌女子，此借指桃李之花。

译文 昏暗的柳荫中传来声声鸦啼，我穿着单衣，木然地站在红门小帘里。半亩庭院中都是桐花，在默默地承受着凄风愁雨。那愁雨落到空阶之上，声音细碎点点滴滴。静夜深深，但我丝毫也没有睡意。想象着当初与故人共剪烛花，在西窗下亲切地交谈昵语。如今却像少年之时在楚江漂泊的情景，灯光在风中零乱摇曳，孤苦伶仃难以睡去。 如今已经年老垂暮，又正处在游春嬉笑欢乐的时候。独宿客馆又逢寒食，紫禁城里也没有烟火显得冷清孤寂。酒店里大呼唤酒的豪兴，都让给那些年轻的酒朋诗侣，我早已没有了这些意绪。我只是忆念东园中的桃李，如今又到了春天，那些美丽的花朵是否依旧。等到我归去的时日，肯定会有残存的花朵，等待我这位还乡的游子，携带着美酒，在花前观赏品味踟蹰。

评析 本词为作者晚年之作，抒写寒食节中的寂寞孤独之感，表现羁旅思乡的情怀。

上片描写旅思宦情的凄苦状况。前五句以抒情主人公独立小屋面对满天春雨的凄苦情景，烘托出主人公的落寞情怀。柳暗桐花开放，春雨潇潇，一个人单衣伫立，何等凄凉寂寞。深夜不寐，方可听到雨落空阶的细碎声音，都描状其孤独寂寥之情。"故人剪烛西窗语"一句甚为关键，是以昔日之欢情衬托今日之惆怅，这也是周邦彦惯用之手段，使虚实相映，苦乐相衬。"楚江"以下三句由今思昔，将少年旅况之凄楚与目前情景相勾连，拓展了时间性，显示出大半生都很凄凉的情怀。下片再写眼前之况，将他人的冶游豪饮与自己的百无聊赖相对比，并由此引出对故园春色的思念。"小唇秀靥"有人解释为是意中之美人，虽然也可讲通。但如果联系上下句理解，当是以美人状美花，这样情致更好。意谓设想家乡但愿东园里的桃花李花自然在春光中开放，等自己回去时，可能还不能完全凋零，一定还有残花，那时自己去花下饮酒，重点在表达思乡之情深。结局设想春末回乡独自携酒赏花之景，则把思乡之情表现得淋漓尽致。

六　丑①

蔷薇谢后作

周邦彦

　　正单衣试酒，怅客里、光阴虚掷。愿春暂留，春归如过翼②，一去无迹。为问家何在？夜来风雨，葬楚宫倾国③。钗钿④坠处遗香泽，乱点桃蹊，轻翻柳陌⑤。多情为谁追惜？但蜂媒蝶使，时叩窗槅⑥。　　东园岑寂，渐蒙笼⑦暗碧，静绕珍丛⑧底。成叹息，长条故惹行客，似牵衣待话，别情无极。残英小、强簪巾帻，终不似、一朵钗头颤袅⑨，向人欹侧⑩。漂流处、莫趁潮汐⑪，恐断红⑫、尚有相思字，何由见得？

注释　　①六丑：词牌名，周邦彦自创新调。双调一百四十字。②过翼：飞过去的鸟。③倾国：绝色美人。此处比喻蔷薇花。④钗钿：头钗及金片花等首饰。钿，用金片做成的花形装饰品。⑤桃蹊、柳陌：桃树、柳树下的小路。⑥窗槅：雕花的窗格，也叫窗棂。⑦蒙笼：草木茂密迷蒙貌。⑧珍丛：指蔷薇花丛。⑨颤袅：摇曳摆动貌。⑩攲侧：倾斜。⑪潮汐：早潮叫潮，晚潮叫汐。⑫断红：指落花。这两句用唐人红叶题诗的故事，见范摅《云溪友议》卷下。

译文　　换上单衣，把新酒品尝。我真怅恨，在客居中虚度这大好时光。我只愿春天暂作停留，它却如同飞鸟般匆匆忙忙，而且一去便没有踪影，令人无比恓惶。若问花儿的家在哪里，一夜的凄风苦雨，便无情地葬送了如同绝世佳人的蔷薇。仿佛是美人遗落的钗钿首饰，点点片片遗落满地，还在散发着淡淡的香气，花瓣零乱地落在桃花树下的小道，轻轻地飘过柳树荫下的径蹊。有谁多情地叹惜这些凋残的蔷薇，只有那些猖蜂狂蝶，不时地撞击叩碰着窗扉。　　东园萧条冷清沉寂，幽暗朦胧，一片暗绿。我绕着花丛的周际，不住地摇头叹息。那长长的花藤宛如有情有义，故意牵扯着客子的衣裾，仿佛有许多情话要畅谈依依，那种情意真是缠绵无极。忽见一朵小小的花，我勉强把它插在头巾之侧。但是她也太弱小，毕竟不像一朵盛开的鲜花在钗头上摇曳，颤颤巍巍倾斜着向美人取悦。在水上漂流的花瓣哟，不要趁着潮汐漂流而去。我恐怕在残落的红花上，还写有相思的文字，如果就这样随着水流漂去，我又怎样才能得知其中的甜情蜜意？

评析　　本词咏蔷薇落花，是周邦彦咏物名篇之一。词人托落花以抒发伤春惜花之情，兼写身世之感。上片写春归花落，一去无迹，感叹滞留他乡的漂泊之情；下片叙东园悼花，怜香惜玉，暗写自己的身世之痛。

　　上片头两句交代时令，"怅客里、光阴虚掷"为全篇之主旨，其惜春羁旅之情均在此语中道出。故此二句起得突兀，有笼罩全篇之效。"愿春暂留"三句三层转折，意义上层层推进。不敢愿春久留，而只求暂留，一层；春不但不暂留，而且去得快如飞鸟，二层；不但去得快，而且一点踪迹也不留，三层。一步紧似一步地反映出词人对春的留恋惋惜的深情。故周济评此三句曰："十三字千回百折，千锤百炼。""为问家何在"一句振起点醒，惜蔷薇花将被风雨摧残，也暗寓自己漂泊之叹。"夜来风雨"以下设想蔷薇花凋落飘零的凄惨景象。蔷薇花很柔美而脆弱，经受不住风雨的摧残，其凋零陨落是在所难免的。可悲是没有谁来怜惜爱护，只有蜜蜂和蝴蝶各自寻求自己的所需而忙乱着，偶尔碰到窗棂上。实际碰到窗棂的到底是什么词人也不清楚，完全是想象之词，是在为凋零的蔷薇花着想而已。比喻精美，想象丰富，描写精当。下片写深夜起来到东园察看落花的所见所感。开头三句，连用"岑寂""静"两个词语写出自然环境的凄凉和词人主体心境之凄凉的交织。"长条故惹行客"一句如神来之笔，契合物性，蔷薇藤蔓上有小刺，可挂住人的衣服，故可视为实写，但"故惹"与"似牵衣待话，别情无极"，则是赋花以人的情感了，表现词人的惜花之情。明明是人惜花，却感觉是花在向人告别，立意新颖别致。"残英小"以下又分两层意思：一层是以一朵残花插在头上表示喜爱倾慕之情，一层是痛惜随水漂流的落红。并引用红叶题诗之典，委婉表现对意中美人的思恋之情。周济注得好："不说人惜花，却说花恋人。不从无花惜春，却从有花惜春。不惜已簪之残英，偏惜欲去之断红。"（《宋四家诗选》）全词含蓄委婉，精深华妙，层层转折，韵味无穷。

夜飞鹊①

周邦彦

河桥送人处，凉夜何其②。斜月远、坠余辉，铜盘烛泪已流尽，霏霏凉露沾衣。相将散离会③，探风前津鼓④，树杪参旗⑤。花骢⑥会意，纵扬鞭、亦自行迟。　　迢递⑦路回清野，人语渐无闻，空带愁归。何意重经前地，遗钿⑧不见，斜径都迷。兔葵燕麦⑨，向斜阳、欲与人齐。但徘徊班草⑩，欷歔酹酒⑪，极望天西。

注释　　①夜飞鹊：词牌名。双调一百零六字。②夜何其：夜深到何时了。《诗·小雅·庭燎》："夜如何其？夜未央。"③离会：离别时的聚会。④津鼓：渡口报时的鼓声。古时为船将行前的信号。⑤参旗：即天旗星，初秋时于黎明前出现于天空。⑥花骢：毛色斑驳的马。⑦迢递：遥远貌。⑧遗钿：女子遗留的首饰。此处比喻女子的踪迹。⑨兔葵燕麦：指野生植物，形容景色凄凉。⑩班草：铺草，分开草而坐。⑪酹酒：洒酒于地表示祭奠或立誓，此处用为祷祀之意。

译文　　当初在河桥送别情人，清凉的夜晚也不知到了什么时辰。倾斜的月亮越来越远，余晖慢慢在天边消隐。铜盘中的烛泪早已流尽，凉露浓郁，雾气蒙蒙宛如要沾湿人的衣襟。我们的聚会即将结束，仔细倾听外面的晨风，辨别前面渡口是否传来客船将启航的鼓声。树梢上高挂着象征天晓的参星。天色已经黎明，我恋恋不舍地送你出门。那四大花马如解人意，即使扬鞭催促，它也只是缓缓地走得慢慢腾腾。　　回归的路途特别遥远凄清，已经听不到行人的告别之声，徒自带回了满腹愁情。为什么重经我们二人同行过的旧地，却看不见情人的遗踪，就连那曲折不平的小径，也都迷蒙不清。那些兔葵和燕麦，在夕阳映照下的投影，与我的身影一般齐平。我徘徊着久久不忍离去，用双手分开路旁的草丛，坐在那里叹息伤心。拿出酒来向地面洒倾，望着她西去的方向默默出神。祝愿她一路珍重，祝愿她一路顺风。

评析　　本词抒写送别情人的伤感。全词用倒叙笔法，起笔逆入，描写昨夜与情人聚首，通宵不寐及清晨送其登船的情景。下片写独自归来的空虚惆怅。层次井然而意致绵密，词采清丽，意味醇厚。

　　上片叙述分别时的情景。"河桥"为送别之地，可知词人住的当是设在渡口处的旅舍，是为乘早船的游客准备的住宿之处。"凉夜""斜月"点出离别之时。月收余晖，则天将明矣。暗示出这对情人彻夜未眠。"探风前津鼓"是探听开船时间，描写珍惜时光，尽量多留一会儿的心理，细微生动，亦为人之常情。"骢马"两句以马衬人的依恋之情，婉转而更富感染力。下片写送别返回时的情景，人愁见景皆愁。"何意重经前地"与结尾的"歊歔酹酒，极望天西"是理解全词意脉的关键。据此二语可知上片所写为昨夜之景象，开头两句逆入，是即将送别前缠绵缱绻之情形，看夜色，怕天明，烛泪衬托离情。然后出外送别，从"凉露沾衣"看，相送时是清晨。送了一程又一程，故即将黄昏尚未归去，最后以酹酒而祝行人，情意何其深厚。下片写景苍凉空旷，境界阔大。梁启超赞曰："'兔葵燕麦'二语，与柳屯田之'晓风残月'可称送别词中双绝，皆融情入景也。"（《艺蘅馆词选》）

满庭芳

夏日溧水^①无想山作

周邦彦

风老莺雏^②，雨肥梅子^③，午阴嘉树清圆。^④地卑山近，衣润费炉烟。人静乌鸢^⑤自乐，小桥外、新绿溅溅。凭阑久，黄芦苦竹^⑥，疑泛九江船。　　年年。如社燕^⑦，飘流瀚海，来寄修椽。且莫思身外^⑧，长近尊前。憔悴江南倦客，不堪听、急管繁弦。歌筵畔，先安枕簟^⑨，容我醉时眠。

注释　　①溧水：地名，即今江苏省溧水区。②风老莺雏：谓莺雏在春风中长成。③雨肥梅子：充足的雨水使梅子结得肥大。杜甫《陪郑广文游何将军山林》："绿垂风折笋，红绽雨肥梅。"④"午阴"句：中午时，树阴正而圆。刘禹锡《昼居池上亭独吟》："日午树阴正。"⑤乌鸢：即乌鸦。⑥黄芦苦竹：黄芦，芦苇。苦竹，竹子的一种。白居易《琵琶行》："住近湓江地低湿，黄芦苦竹绕宅生。"⑦社燕：燕子是候鸟，春社时来，秋社时去，故称。⑧身外：指功名利禄之事。杜甫《绝句漫兴九首》之四："莫思身外无穷事，且近生前有限杯。"⑨簟：竹席。

译文　　暖风习习，小黄莺渐渐长大，细雨霏霏，梅子长得又大又胖开始酸甜。中午时候太阳正在当空，树的影子清正浑圆。这里的地势低洼，附近环绕着山峦。空气潮湿，熏干衣服就费许多炉烟。人们相安无事，乌鸦也显得快乐轻闲。小桥的外面，新涨的绿波流声溅溅。我凭栏眺望很长时间，满目都是黄芦苦竹，竟疑心自己成了当年的白香山，被贬到偏僻的江州，在九江上寂寞地独自划船。　　一年又一年，就像春来秋去的社燕，漂泊在这荒凉空旷的僻野，客居寄寓在他人的房椽。不要再考虑什么身外之事了，姑且经常把眼前的酒杯斟满。面容憔悴的江南游子，又受不了宴会上急促激越的管弦。请在宴席的旁边，事先准备妥当，安排个枕席，容许我在喝醉时就地而眠。

评析　　哲宗元祐八年至绍圣三年（1093—1096）期间，周邦彦任溧水县令，本篇为此间所作。词中通过凭栏眺望，描绘初夏景色，抒发倦于宦游生活的政治失意之情。上片写景，观察细致，体物精微；下片以社燕自比，感叹身世飘零，行踪无定的生活。多处化用唐人诗句，浑然天成。是周邦彦羁旅行役之词中的名篇，颇受后人推重。

　　陈振孙《直录书斋解题》曰："清真词多用唐人诗语，隐括入律，浑然天成。长调尤善铺叙，富艳精工。"本词正体现了这一特点，先后化用杜甫、白居易、刘禹锡、杜牧等人的诗，结合眼前之实景，胸中之真情，运典入化，了无痕迹，丰富了词的内容含量，加强了表现力。全词另一特点是抒情自然，但顿挫曲折，显示出内在情感的丰富复杂性。用风华清丽的景物与孤寂凄凉的心情交错映衬，乐与哀相交融，欣慰与苦恼相衬托，构成一种转折顿挫的艺术风格。"风老莺雏"三句是初夏美景，可喜。"地卑山近"两句略点，稍见可忧。此一顿挫。"人静乌鸢自乐"三句又写美景，可喜。"凭阑久"三句再写可忧，二度顿挫。下片借社燕之喻抒身世之感，含蓄深婉。陈廷焯在《白雨斋词话》中评此词云："此中有多少说不出处，或是依人之苦，或有患失之心，但说得虽哀怨却不激烈，沉郁顿挫中别饶蕴藉。"

过秦楼 ①

周邦彦

水浴清蟾②，叶喧凉吹，巷陌马声初断。闲依露井③，笑扑流萤④，惹破画罗轻扇。人静夜久凭阑，愁不归眠，立残更箭⑤。叹年华一瞬，人今千里，梦沉书远。　　空见说、鬓怯琼梳，容消金镜⑥，渐懒趁时匀染⑦。梅风⑧地溽，虹雨苔滋，一架舞红⑨都变。谁信无聊，为伊才减江淹⑩，情伤荀倩⑪。但明河⑫影下，还看稀星数点。

注释　　① 过秦楼：词牌名。又名选冠子、选官子、惜余春慢等。双调一百一十一字。② 清蟾：代指月亮。传说中月亮中蟾蜍，故云。③ 露井：没有盖的井。④ 笑扑流萤：杜牧《秋夕》："银烛秋光冷画屏，轻罗小扇扑流萤。"⑤ 更箭：古代漏壶中立箭，箭上有刻度以标示时间。⑥ 金镜：古代以铜为镜，故曰"金镜"。⑦ 匀染：均匀地敷粉，即梳妆打扮。⑧ 梅风：初夏黄梅季节，风中有潮气。⑨ 舞红：风中舞动的红花。此处指蔷薇花。⑩ 江淹：据《南史·江淹传》载，江淹少年时曾梦见有人送给他一支彩色笔，故很有文才。后来梦见郭璞索还其笔，自此诗才锐减，人称"江郎才尽"。⑪ 荀倩：《世说新语·惑溺》载，荀奉倩（名粲）对妻子曹氏感情深笃。冬天，妻子病热，他故意到庭院中使自己体凉，再回屋用自己的身体为妻子降温。妻子死后，荀奉倩悲伤不已，不久也死，年仅二十九岁。⑫ 明河：指银河。

译文　　圆圆的月亮，在清澈的水波中荡漾。风吹秋树的残叶，沙沙作响，带来阵阵的清凉。大街之上，车马的声音渐渐消歇，一片寂静而没有声响。我和你悠闲地依偎在井栏旁，说着悄悄话，心情格外地愉悦欢畅。你笑着去扑飞动的萤火虫，弄坏彩画的轻罗小扇，当时那种又娇又嗔的俏模样，实在令我喜爱怀想。如今我孤独凄凉，在静夜中久久凭栏凝望，忧愁悲伤而不想回房，站立着听那滴漏的声响。感叹年华转眼就已经逝去，如今来到千里外的穷乡僻壤。就连书信都杳无踪影，梦境也都是虚幻渺茫。　　空自听说你神情憔悴，鬓发见稀而心中胆怯懒得照镜梳妆。也无心追赶时髦，把自己打扮得容光焕发。此时梅雨潮湿，到处是青苔苍苍。一架蔷薇花也零落枯黄。有谁能相信我是为了你才如此惆怅，是为了你而像江淹那样才华消减，是为了你而像荀倩那样极度悲伤？只见银河迷迷茫茫，稀疏的几个小星在闪闪发光。

评析　　本词抒写怀人之痛。上片通过今昔对比，表现环境的凄凉寂寞，追念当初的欢乐情景，虚实相映。下片前半设想情人为思念自己而无心打扮，后几句写自己的钟情，用典贴切生动。

　　周邦彦的词，最擅长用一二笔勾勒便化实为虚，使虚实相互映衬、转换。周济说："勾勒之妙，无如清真；他人一勾勒便薄，清真愈勾勒愈浑厚。"(《介存斋论词杂著》)本词前六句描写一个静谧温馨的夜晚，一对情人相互依偎调笑的生活细节，历历在目，如同眼前之境界。"人静夜久凭栏，愁不归眠，立残更箭"三句把前六句的写实变成忆旧，化实为虚，原来是词人夜间独自难寐，出外凭栏回忆，美人笑扑流萤之情景均是往事。下片转写两地相思。前四句设想对方思念自己之情，虚处实写。中间几句再插入眼前之哀景，用来烘托愁情。"梅风地溽"三句暗接上片"凭栏"之景，前后勾连，都是词人真正面对的现实环境，暮春时节，天地潮湿，蔷薇花凋残，一派衰败景象。江淹、荀倩两个典故运用得很妙，增加了词的抒情力度。尾句用明河侵晓星稀，暗示通宵未睡，抒情尤深婉沉痛。

花　犯①

周邦彦

粉墙低，梅花照眼②，依然旧风味。露痕轻缀，疑净洗铅华③，无限佳丽。去年胜赏曾孤倚，冰盘同燕喜④。更可惜、雪中高树，香箧⑤熏素被。　　今年对花最匆匆，相逢似有恨，依依愁悴⑥。吟望久，青苔上，旋看飞坠。相将见、翠丸⑦荐酒，人正在、空江烟浪里。但梦想、一枝潇洒，黄昏斜照水⑧。

注释　　①花犯：词牌名，为周邦彦首创。双调一百零二字。②照眼：映入眼帘，非常显眼。③净洗铅华：形容梅花淡雅素净，不同桃李之浓艳。④冰盘同燕喜：指用梅子荐酒。韩愈诗："冰盘夏荐碧脆实。"⑤香篝：即熏香之笼。⑥愁悴：即忧愁憔悴。⑦翠丸：又作"脆丸"，均可，指梅子。⑧黄昏斜照水：用林逋《山园小梅》诗"疏影横斜水清浅，暗香浮动月黄昏"句意。

译文　　一道低矮的白色粉墙，一树梅花非常耀人眼目，那种神情风韵依旧同往年一样。花面上的露水晶莹发光，仿佛是洗净脂粉的美人，天生的丽质靓妆。去年梅花开放的胜景，我也是一个人独自寂寞地观赏。也曾经在酒宴之上，喜滋滋地把玉盘中的青梅品尝，更令人叹息而又难忘，雪中那高高的梅花树上，宛如覆盖着洁白轻盈的素被，被里仿佛是遍体芬芳的美人，放出一缕缕隐幽淡雅的馨香。　　今年赏花最为匆忙，相逢宛如有无限的恼恨和忧伤。见面时，梅花已面容憔悴，我也无限恓惶，相互依依惜别，满腹愁肠。我对着梅花久久地怅望叹息，眼看着一片片花瓣飘坠在青苔上。很快就会看到弹丸似的青梅再来下酒，而我正在空阔的江面上迎风斗浪。只能在梦境中缅怀追想，一枝潇洒的梅花，照临着清澈的水面，日色已经黄昏。

评析　　本词借咏梅以抒发自己宦游无定，到处漂泊的寂寞感伤之情。上片由眼前之梅联想追忆到去年之梅，下片由今年眼前之梅联想到未来的梅子。在赏梅中融进自己游踪不定之憾。黄升评本词曰："此只咏梅花而纡徐反复，道尽三年间事。其词尤圆美流转如弹丸。"（《花庵词选》）

上片前六句写眼前"净洗铅华，无限佳丽"之梅花。"粉墙低"写梅花所在之院落，因为墙低才可看见梅花，又用白色粉墙衬托红色梅花，"照眼"写梅花的晶莹可爱，引人注目。"净洗铅华"则写出梅花的本色天香之质。后五句回忆去年独自雪中赏梅的情景。"香篝熏素被"描写雪中之梅的形与味，将雪想象为白色的被，状其轻软之形，将梅花写成"香篝"，既写出梅花的红色在雪的笼罩映衬下如同炉火般的艺术效果，而又将梅花特有的清香表现出来，想象出人意表，真是神来之想，极其精彩。下片五句又回到眼前，写赏梅匆匆，而梅已飘坠，最后四句跳到未来。想象江上以梅荐酒及梦中寻梅的情景。全篇处处写梅，而又结合自己的行踪，写出漂泊不定的生活。结构圆美流宕，浑化无迹。

大　酺①
周邦彦

对宿烟收，春禽静，飞雨时鸣高屋。墙头青玉旆②，洗铅霜都尽，嫩梢相触。润逼琴丝③，寒侵枕障，虫网吹粘帘竹。邮亭④无人处，听檐声不断，困眠初熟。奈愁极频惊，梦轻难记，自怜幽独。　　行人归意速，最先念、流潦⑤妨车毂。怎奈向、兰成⑥憔悴，卫玠⑦清羸，等闲时、易伤心目。未怪平阳客⑧，双泪落、笛中哀曲。况萧索、青芜国⑨，红糁⑩铺地，门外荆桃⑪如菽。夜游共谁秉烛⑫？

注释　　①大酺：唐教坊曲名，后用作词牌。双调一百三十三字。酺，聚会饮酒。②旆：古代旗帜末端如燕尾的垂饰，此处喻指竹枝竹叶。③润逼琴丝：空气湿润，琴弦松弛。王充《论衡》："天且雨，琴弦缓。"④邮亭：古时沿途所设供传达文书及旅客住宿的馆舍。⑤流潦：雨后地面上的积水。⑥兰成：庾信小字兰成。仕梁时出访北朝西魏，被留不得南归。为官异域，心怀故乡，创作大量词赋以遣悲怀。⑦卫玠：西晋卫玠，有"玉人"之称。为人清瘦多病，风神秀异。⑧平阳客：汉代马融，性好音乐，能鼓琴吹笛。卧居平阳（今属山西）时，闻客人吹笛甚悲，因作《长笛赋》。⑨青芜国：指杂草丛生之地。温庭筠《春江花月夜》："花庭忽作青芜国。"⑩红糁：红色米粒。此处喻指零落之花瓣。⑪荆桃：樱桃的别名。⑫夜游共谁秉烛：《古诗十九首·生年不满百》："昼短苦夜长，何不秉烛游？"

译文　　夜色将近拂晓天，沉沉夜幕渐渐散去，如同云烟。天地间一片寂静，听不到鸟声喧喧，只有一阵阵的急雨，在屋顶上响成一片。新生的嫩竹探出墙头，青碧的颜色如玉制的流苏一般。皮上的粉霜已被冲洗净尽，柔嫩的竹梢在风雨中摇曳，相互碰撞摩擦纠缠。雨气潮湿，松了琴弦。寒气阵阵，侵入枕头帏幛之间。风吹着落满尘灰的蛛网，一丝丝粘上竹帘。在寂寥的旅馆，听着房檐的水滴声连绵不断，昏昏沉沉、迷迷糊糊，我独自困倦小眠。怎奈心中太苦闷焦烦，梦境也连连被雨声惊断，梦境又是那么恍惚轻浅，醒后难以记住星星点点，幽独的我只有自伤自怜。　　我这远方的游子归心似箭，最担心的是满路泥淖把车轮粘连，使我无法把故乡返还。怎奈我现在的情愫，就像当年滞留北朝的庾信，苦苦地思念着故园；就像瘦弱的卫玠，多愁多病而易伤心肝。困顿清闲，更容易忧愁伤感。难怪客居平阳的马融，听见笛声中的幽怨，就悲伤得泣涕涟涟。更何况在这长满青苔的客馆，萧条冷落，已被凋残的点点红花铺满。门外的樱桃已经结成豆粒大的果实，却没有人来与我共同秉烛赏玩。

评析　　本词有的版本题作"春雨"，实则写由于春雨而被阻隔在驿馆中的百无聊赖的苦闷心情。本是一寻常生活小事，却被作者写成如此一篇风神摇曳的名作，实在令人钦佩。上片从暮春的雨景写到途中阻雨的愁苦，以"自怜幽独"作结；下片再从雨阻归程写到落红铺地，春事消歇，寄寓惜春惜时的感慨。

　　开头"对宿烟"六句，渲染春雨的触目尽是，从声写到形。再刻画雨中嫩竹的姿态声色，与风吹残红不同。"润逼琴丝"以下写室内环境及人的主体感受。因琴弦松而不能弹琴遣愁，因"寒侵枕障"而难以熟睡。弹琴不成，睡也不是，孤愁焦躁之情充分表现出来。而这一切均由"雨"字生发，歇拍处"自怜幽独"，归结上片主旨。下片意脉与上片似断实连，最妙。因幽独才思归若渴，而雨水使道路泥泞难行又无法启程。故作者如数家珍般抬出三个历史人物来表现自己的现实状况。庾信被滞留异地而思乡，卫玠因清瘦而多感伤，那位汉末大儒马融也因客居而愁闻笛声，用历史人物的故事渲染自己触景伤心的意绪。结尾再出现雨后衰景，落红满地，樱桃已如青豆，而无人同赏，归结到思家怀人的主旨上。全篇从雨声、雨色、雨思、雨愁各方面曲折铺叙，把旅况之凄凉孤独描写得淋漓尽致。从朝雨恼人写起，至黄昏时暮雨初歇终篇，写了一天的所见所感。结构前呼后应，李攀龙说："如常山蛇势，首尾自相击应。"（《草堂诗余隽》）

解语花 ①
上 元
周邦彦

风消绛蜡②，露浥③红莲，花市光相射。桂华④流瓦，纤云散，耿耿⑤素娥欲下。衣裳淡雅，看楚女、纤腰⑥一把。箫鼓喧，人影参差，满路飘香麝⑦。

因念都城放夜⑧，望千门如昼，嬉笑游冶。钿车⑨罗帕，相逢处，自有暗尘随马⑩。年光是也，惟只见、旧情衰谢。清漏移，飞盖⑪归来，从舞休歌罢。

注释　①解语花：词牌名，双调一百字。②绛蜡：红色的蜡烛。一本作"焰蜡"。③浥：沾湿。④桂华：指月光。⑤耿耿：光明貌。⑥楚女、纤腰：《韩非子·二柄》："楚灵王好细腰，而国中多饿人。"⑦香麝：即麝香。⑧放夜：开放夜禁。京城中平时禁止夜行，唯元宵节前后各一天金吾弛禁，谓之放夜。⑨钿车：用金为饰的华丽车乘。⑩暗尘随马：谓车后有人骑马跟随。苏味道《上元》诗："暗尘随马去，明月逐人来。"⑪飞盖：轻便车。盖，车篷，代指车。

译文　绛色蜡烛在微风中慢慢消减，芙蓉形的灯笼水色汪汪，宛如沾露的红莲。街市上花灯锦簇，灯光互相映射，辉煌耀眼。月光仿佛在屋瓦上流淌，淡淡的纤云悄悄消散。月宫中的嫦娥，好像在羡慕这繁盛的景象，也要奔向这热闹的人间。再看那些南国的佳人，个个衣裳素淡高雅，风情翩翩，细腰纤纤。箫鼓声一片喧闹，人影参差错乱，街衢上到处有香气弥漫。　　看到这繁盛的场面，我不由得想起京师上元夜的夜晚，任凭人们彻夜游玩，通宵也不戒严，所有的城门都敞开而彻夜不关。千门万户全部开放，如同白昼一般。美男少女们尽情嬉笑，金银装饰的豪华车辆奔驰往还。车中的美女手持罗帕，

周邦彦 | 153

仪态娟娟。碰着少年，便有暗尘飞起，骑着宝马跟随流连，节物风光年年如故，只是我年衰兴减。夜已深沉，我独自乘车慢吞吞归来，任凭人们欢歌狂舞直到明天。

评析　　本词当是作者晚年在外地任职时所写，是宋词中咏元宵的杰作。上片描写今日在外任时欢度元宵的盛况，下片追忆昔日汴京元宵放夜冶游的欢乐。在抚今追昔中也流露出仕途失意的抑郁情怀。

　　上片开头三句写灯，前两句状形色，"花市光相射"渲染整体气氛。"桂华流瓦"三句写月。地面的花灯与天上的明月交相辉映，形成一个五光十色而又素淡高雅的氛围。"素娥欲下"增加了浪漫色彩。写天由少云转为晴空万里，委婉传达出喜悦之情。以下五句写人之姿容，鼓乐之声及满路的香气，多角度全方位地把当地元夜的热烈气氛渲染出来。下片用"因念"转向对昔日京师元夜生活的忆念。其中"钿车罗帕"三句这一个小细节嵌入其中，值得注意。"钿车"写车之美，罗帕点明车中人物身份，"相逢处"点明是邂逅相逢，自有暗尘随马，暗示一位骑马之人偶遇车中美女便暗暗相随。这可能有作者自己的生活体验在内，同时也表现出当时的社会习俗。结尾以厌倦罢游归来作结，表现出淡淡的感伤。整个下片一气呵成。陈廷焯评此词云："后半阕念及禁城放夜时，纵笔挥洒，有水逝云卷风驰电掣之感。"（《词则·大雅集》）从全词看，上片从灯写到月光，写到欢乐的人群。下片开头回忆昔年京师元宵佳节的热闹繁盛，最后写自己的郁郁寡欢，以他人之乐反衬自己之寂寞，以往日之兴致反衬今日之无聊，层次井然。

蝶恋花

周邦彦

月皎① 惊乌栖不定，更漏② 将残，辘轳③ 牵金井。唤起两眸清炯炯④，泪花落枕红绵冷。　　执手霜风吹鬓影，去意徊徨⑤，别语愁难听。楼上阑干^⑥横斗柄，露寒人远鸡相应。

注释　　①月皎：月色洁白光明。《诗·陈风·月出》："月出皎兮。"②更漏：即刻漏，古代计时器。③辘轳：井上汲水辘轳的器具。④炯炯：明亮貌。⑤徊徨：徘徊、彷徨的意思。⑥阑干：横斜貌。

译文　　月光皎洁明亮，乌鸦噪动不安。更漏将残，摇动辘轳汲水的声音传到耳边。这声音使女子的神情更加焦烦，两只明亮的眼睛泪水涟涟。一夜来眼泪未断，湿透了枕中的红绵。　　　手拉着手来到庭院中，秋风吹着美人的鬓影。离别的双方恋恋不舍，告别的愁语让人不忍细听。楼上星光灿烂，斗柄横空。清露寒冷，伊人越走越远，偶尔传来晨鸡的报晓之声，与那远人的脚步声遥相呼应。

评析　　本词写一对情侣清晨依依惜别的深情。上片从室外之声写到室内之人。些许声响便惊觉离人，心理刻画细腻入微。下片从室内写到室外，言别时之苦，情景相生。全词通过时间的推移，景物的变化和生动的细节描写来渲染别情。首尾呼应，意脉清晰。

　　上片前三句写室外之景，重点写清晨的声音，而且都很细小，取材典型。"唤起两眸清炯炯"一句状写女子之情。或曰"唤起"是从梦中唤醒，非也。这里的"唤起"有惊起的意思。因女子本未睡，只是泪眼凄迷罢了。她最怕天亮，而居然有乌鸦噪动之声，尤其是有人起来汲水，天不就要亮了吗？故"两眸清炯炯"，试想从梦中惊醒，如何能"清炯炯"？下句"泪花落枕红绵冷"，更证明这一点。这句暗示泪水流得多，时间长，几乎全夜中都在不断流泪，故枕中的红绵才能冷。此乃细微之处，不可不察。下片写离别之景，最后两句意境颇佳，声情并茂。黄蓼园说："按首一阕言未行前闻乌惊漏残，辘轳响而惊醒泪落。次阕言别时情况凄楚，玉人远而惟鸡相应，更觉凄婉矣。"（《蓼园词选》）

解连环①

周邦彦

怨怀无托，嗟情人断绝，信音辽邈。纵妙手、能解连环②，似风散雨收，雾轻云薄。燕子楼空③，暗尘锁、一床④弦索。想移根换叶，尽是旧时，手种红药。　　汀洲渐生杜若⑤，料舟依岸曲，人在天角。谩记得、当日音书，把闲语闲言，待总烧却。水驿春回，望寄我、江南梅萼。拼⑥今生、对花对酒，为伊泪落。

注释　　①解连环：词牌名。又名杏染燕、玉连环。双调一百零六字。②解连环：战国时，秦王送给齐国一套玉连环，要求齐国有聪明人能解开。君臣无法可解，齐后用锤子将其击坏而解开。见《战国策·齐策》。③燕子楼空：指人去楼空。详见苏轼《永遇乐》"燕子楼"注。④床：指琴床，安放琴的器具。⑤杜若：芳草名。屈原《九歌·湘夫人》："搴汀洲兮杜若，将以遗兮下女。"⑥拼：不顾惜，舍弃。

译文　　满怀幽怨，无处排遣，情人竟义断恩绝，令我无比哀叹。书信杳杳，音容辽远。纵有妙手能解连环，也正像风停雨散，依旧是轻云连绵，雾气弥漫。燕子楼中空空荡荡，琴床上落满灰尘，封住了昔日演奏过的琴弦。红芍药花多么鲜艳，都是昔日我们共同培植浇灌，如今已经根移叶换。　　江边小洲上的杜若渐渐生长，我料想他的行舟该停靠在曲折的港湾，那里简直就是地角天边。徒自记得当初书信上的蜜语甜言，如今却都成了空话连篇，我真想烧了那些信件。如今水边驿站又是春天，盼望你能把江南的梅花寄到我的身边。豁上我这一辈子，对着春花而饮闷酒，永远都把你怀念。全是为了你，我宁愿天天落泪，宁愿把我的泪水滴干。

评析　　本词抒写居人念远之情，情致缠绵悱恻，十分感人。但关于居人是男是女，说法不一。李攀龙《草堂诗余隽》曰："形容闺妇哀情，有无限怀古伤今处。"也有人认为抒情主人公即词人自己，是个男性。二说皆可通，但若从作品内容情调来分析，当以后说为优。全词结构清晰。开头三句写怨恨产生的原因，结尾三句是最后的结论，中间交错变换地抒写失意者的情绪。

开头三句直抒怨愤，情人音信皆无。"纵妙手"四句用解连环比喻愁不能解，即使砸碎也算不得"解"，愁情依旧藕断丝连。接着再用关盼盼故事诉说人去物在，睹物思人之情。正是这几句话，暗示出居人当是位男子。而远人则是"盼盼"式的多情女子。但如换一角度思考，把居人理解为"盼盼"也未为不可，即情郎已远，楼中空空荡荡，也无心理琴，故落满灰尘。"想移根换叶"三句用倒装笔法略点昔日共栽之花也面目全非。下片开头三句写欲把杜若赠远人，却无地址可寄。"谩记得"四句是恨极怨极之语，正是爱极痴极之表现。烧掉书信是假，爱恋至极思念至极是真。"水驿春回"三句再转回前情，既然我无法给你寄杜若，而我的住址未变，你总该给我寄回一枝梅花吧。暗用南朝陆凯赠范晔诗之典故。最后三句则表斩钉截铁般的决心，即使你终身不归，我也要豁上今生今世守着花儿喝酒，宁可为你伤心落泪。这种情景该多么感人，意同《红楼梦》曲子中的歌词："想眼中能有多少泪珠儿，怎禁得秋流到冬，春流到夏！"

拜星月慢①

周邦彦

夜色催更，清尘收露，小曲幽坊月暗。竹槛灯窗，识秋娘②庭院。笑相遇，似觉琼枝玉树③，暖日明霞④光烂。水眄⑤兰情，总平生稀见。　　画图中、旧识春风面⑥，谁知道、自到瑶台⑦畔。眷恋雨润云温，苦惊风吹散。念荒寒、寄宿无人馆，重门闭、败壁秋虫叹。怎奈向、一缕相思，隔溪山不断。

注释　　①拜星月慢：唐教坊曲名，后用作词牌。双调一百零四字。②秋娘：杜秋娘的省称，泛指美人。③琼枝玉树：比喻人物姿容秀美，有风神。④暖日明霞：形容美人光彩照人。曹植《洛神赋》："皎若太阳升朝霞。"⑤ 水眄：比喻眼波清澈，流动如水。⑥ 春风面：指容貌美丽，杜甫《咏怀古迹》五首其三赞美王昭君："画图省识春风面。"⑦ 瑶台：原指仙境，此指美人住处。

译文　　夜色催促，眼看就到三更天。清清的露水沾湿地面，没有一点灰土和尘烟。月色美好幽淡，小巷僻坊里朦胧幽暗。我认识那竹子的栅栏，小窗里灯光闪闪，我悄悄来到她的庭院。她因我们能够幽会而高兴，笑得是那样甜。她光彩照人，我与她依偎并肩，如同靠近了琼枝玉树，如太阳一般温暖，如朝霞一般光彩明艳。深情的眼睛明如秋波，温柔清雅的性情宛若幽兰。如此可爱的美人，平生真是少见。　　从前，在画像中见过她的面，对那绝世姿容早已倾心艳羡，没想到自己竟真能来到她的身边。我们互相爱恋，情意缠绵缠绵。苦恨被惊风吹散，我心里实在难堪。如今我独自寄寓在荒寒的客馆，冷冷清清，重门紧关。只有秋虫在破墙中声声哀叹。真是无可奈何，我的相思之情，虽然隔着万水千山，却丝丝缕缕永不绝断。

评析　　本词写秋日客馆的怀人之思，有的版本题为"秋思"。上片写初见情人时的清幽环境及喜不自胜的情怀，描写细致生动。下片前半继续写往日的欢情，中间用"苦惊风吹散"轻轻一点，交代出前文均是忆中之情景，化实为虚。结尾几句写现境的凄苦和相思的难耐。结构甚为巧妙。周济云："全是追思，却纯用实写。但读前半阕，几疑是赋也。换头再为加倍跌宕之，他人万万无此力量。"（《宋四家词选》）

　　上片开头三句写寻访情人路上的情景，清幽朦胧的月色衬托出抒情主人公当时急于见到情人而又不知将是如何结果的迷茫的心境。"竹槛灯窗"二句写美人生活环境之幽雅，也暗示出其点灯窗前为标志，在暗中等待的情景，这是有约在先的。"笑相遇"以下几句写乍见美人时"惊艳"的感受，不用明眸皓齿类的直接描写，而从虚处传神，从自己的感受入笔，三句分写形态之美，肤色之明艳温暖，表情丰富深邃，尤为精彩，不落俗套。过片追溯未见美人时的倾慕，加倍写见到美人两情相依的难能可贵。"到瑶台"二句与上片关合，叙相见后的欢洽款曲及热恋的情景。再用"苦惊风"一笔勾转，折到现今独宿荒馆的苦况。煞尾以相思不断结篇，余韵悠悠。潘游龙云："前一晌留情，此一缕相思，无限伤感。"（《古今诗余醉》）

补充说明一点，从"画图中，旧识春风面"两句体会，可能是词人事先看见过该女子的画像，产生爱恋而求见。女子应允后才会有幽会缠绵之事。若此，则可看出宋代社会生活的一个侧面，即妓女歌女之闻名者，走红者也有画像，可能也很注意宣传。周邦彦是进士出身，又是著名文人，因此妓女或歌女也愿意接待这些人，见到画像而预约求见也是可能的。因此，宋代文人狎妓后写作的诗词往往充满脂粉气，周邦彦词中许多篇目与此种生活有关，故铺叙抒情很有特点，颇有真情实感，但因为这种生活毕竟有些空虚，也影响了其词的思想性。周邦彦和名妓李师师确实有过恋爱故事，本词或许就是怀念李师师的。

关河令 ①

周邦彦

秋阴时晴渐向暝，变一庭凄冷。伫听寒声②，云深无雁影。　　更深人去寂静，但照壁、孤灯相映。酒已都醒，如何消夜永？

注释　　① 关河令：词牌名，又名清商怨、伤情怨。双调四十三字。② 寒声：即秋声，指秋天的风声、落叶声、虫鸟哀鸣声等。

译文　　气候多变的秋天时阴时晴，傍晚时渐渐昏暗幽暝，满庭院一片寂寥冷清。我静静地凝神伫听，那带有寒意的秋声。云色深暗，看不见大雁的身影，只能听到声声的哀鸣。　　夜半深更，人们都已散去，天地间万籁寂静。屋子里，只有照着空壁的一盏青灯。我的酒意已经清醒，伴着这忽明忽暗的萤豆孤灯，真不知该怎样度过这漫漫的长夜熬到天明？

　　本词抒写行役羁旅之苦。上片写日间，侧重写景，以景托情，情寓景中。下片写夜间情景，取境典型，结句直接抒情。全词以时间为线索，章法缜密，感情步步推进，格调清峭。

　　上片开头两句描绘一个多阴少晴的秋景，而且已近昏暮。这情景与旅人苦闷迷茫的心境极为相似。景为情取，情借景现，主体心境与客观景物相契合，这便是常说的意境。下两句写独立听寒声，这寒声是否就是云深处的雁鸣，处于两可之间。但旅人百无聊赖的神情却表现得极为充分。下片开头说"人去"后的寂静。上片无人，下片忽而有人，有些突兀。此人是何人？情人、朋友，均不是，乃陌生旅客也。人独自在外投宿，最难耐的是寂寞，所以，尽管是陌生人，只要住在一起，便可相互搭话聊天，互相均可得到些许慰藉。但夜已深，那些人也离去，故更感到凄凉孤独。只有孤灯映照着空屋而已。情味淡永。本词线索清晰，没有时空变换，抒情一路而下，在周邦彦词中别具一格。

绮寮怨①

周邦彦

　　上马人扶残醉，晓风吹未醒。映水曲、翠瓦朱檐，垂杨里、乍见津亭。当时曾题败壁，蛛丝罩、淡墨苔晕青。念去来②、岁月如流，徘徊久、叹息愁思盈。　　去去③倦寻路程，江陵旧事，何曾再问杨琼④。旧曲凄清，敛愁黛、与谁听？尊前故人如在，想念我、最关情。何须《渭城》⑤，歌声未尽处，先泪零。

　　①绮寮怨：词牌名。双调一百零四字。②去来：过去和未来。佛家语有去来今，即指时间上的过去、未来和现在。③去去：有二义，一是走又走，越走越远；一是去了又去，厌其频繁。此处当是后者。④杨琼：唐代名妓名。此处代指意中人。⑤《渭城》：

即《渭城曲》，又名《阳关三叠》，本是王维的《送元二使安西》诗。后作为离别之歌。

译文　　　上马需要有人相扶，看来醉得确实不轻，尽管有凉爽的晨风轻轻拂面，依旧未能清醒。晃晃悠悠信马而行，忽然清醒睁开了眼睛。只见翠瓦朱檐的楼阁，在水湾处有清晰的倒影。垂杨掩映中，显露出一处渡口的驿亭。从前我曾来过这个驿亭，也曾经在这里的墙壁上题诗抒情。如今已经布满蜘蛛的蛛网，落满灰尘，墨色淡淡，苔痕青青。想到岁月如流去往来今，我徘徊叹息，心情久久难以平静，愁苦幽恨塞满胸襟。　　常常被贬离京，我也懒得寻找问询路程。江陵的风流韵事已成陈迹，也不愿意再去打听杨琼的情形。在别宴之上，美人双眉紧锁满脸愁情，演唱离别的旧曲，声调悲凉凄清，有谁忍心多听？如果故人就在眼前，一定会深深把我同情。何须再唱那令人伤心的《渭城》？一曲尚未唱完，已教人涕泣飘零。

评析　　　本词抒写别恨。当是作者被贬时途中所写。上片描写在残醉浓愁中走向渡口的情景。下片抒写对旧日欢爱生活与自己的仕途前程均感冷淡的颓唐心情。意境朦胧，情致婉曲。

　　　上片开头两句写离宴大醉，残醉未醒而走向码头的情景。"映水曲"四句点明已到码头驿馆。"当时"三句忆以往情景，暗示出在此登船离别已非一次，意念上暗启下片的"去去"二字。正因如此，词人才抒"岁月如流"之感慨。细思全词，词人在此驿馆曾经题诗，说明以前住过。而饮酒则非在驿馆，当是路过此处，或访友或被朋友邀请赴宴，从酒后写起。古代驿站都在城外，因此需要骑马走一段路程。"当时曾题败壁"以下是对往昔住在此处情景的回忆，引出下片的感慨。下片开头三句写别后难见，抒厌倦怨愤之情。"去去"与上片的"念去来，岁月如流"意脉相通，对官场政局动荡多变，自己屡被放外任表示强烈的不满，也显示出心灰意懒的颓唐情绪。"旧曲凄清"以下轻描眼下情景的冷清，即将远行却无人相送，更增几分凄楚。

尉迟杯 ①

周邦彦

隋堤路，渐日晚、密霭生烟树。阴阴淡月笼沙，还宿河桥深处。无情画舸②，都不管、烟波隔南浦。等行人、醉拥重衾，载将离恨归去。　　因思旧客京华，长偎傍疏林，小槛欢聚。冶叶倡条③俱相识，仍惯见、珠歌翠舞。如今向、渔村水驿，夜如岁、焚香独自语。有何人、念我无聊，梦魂凝想鸳侣。

注释　　①尉迟杯：词牌名。双调一百零五字。②画舸：画船。③冶叶倡条：指歌伎舞女。李商隐《燕台》："蜜房羽客类芳心，冶叶倡条遍相识。"

译文　　日色渐渐昏暮，长长的隋堤大路，暮霭沉沉笼罩着路旁的柳树。淡淡的月光，宛如给大地蒙上一层薄薄的帷幕。我再一次住在河桥的深处。无情的画船什么也不顾，也不管浩渺的烟波隔着前浦。只等行人喝得大醉，又盖着重重的被褥，它便载着离人开始启航，同时载走了离愁别绪。　　想到从前在京师里定居，经常到依傍疏林的亭台楼阁中欢聚。青楼中的那些名娼歌伎和我都非常熟悉。我也看惯了她们的珠光宝翠，赏遍她们的婀娜舞姿和百般娇媚，如今却独宿在这渔村水驿，漫漫长夜如同一岁，对着一缕烟香愁苦自语。有谁能想到我在此无聊受罪，只能企盼着在梦境中去与情人相会，寻得一点点心灵的欣慰。

评析　　本词有的版本题作"离恨"。抒写夜宿码头时的索寞情怀。上片描绘黄昏及月夜两岸的朦胧隐约的景色，以景托情。下片追念豪华欢乐往事，与现境之孤独凄凉作对比，造成强烈的印象。

上片开头三句写船将要停泊时的景色。"阴阴淡月"两句描绘宿处环境的幽暗朦胧。"无情画舸"以下几句化用郑仲贤《送别》诗的意境而没有痕迹。郑诗曰："亭亭画舸系春潭，只待行人酒半酣。不管烟波与风雨，载将离恨过江南！"人自别离，却怨画舸，悖理而入情。下片用往日在京华相聚的欢乐场面与孤馆独宿的情景构成对比。经过欢乐的人难耐冷清和寂寞，这是人之常情，故易为人们所理解。结尾三句，前人多有微词，认为写得拙直率意，太直白浅露。但仔细品味，前人之批评似值得商榷。其实，这个结尾也有滋味。"梦魂凝想鸳侣"是未然态，而非已然也。即凝想在梦中看见情人，至于能否做梦，梦中能否见到情人，都是未知的，表现出对情人思念的痴极之态。抒情极为凄恻深婉。

西 河①

金陵怀古

周邦彦

佳丽地②，南朝③盛事谁记？山围④故国绕清江，髻鬟⑤对起。怒涛寂寞打孤城，风樯遥度天际。　　断崖树，犹倒倚，莫愁⑥艇子曾系？空余旧迹郁苍苍，雾沉半垒。夜深月过女墙⑦来，伤心东望淮水⑧。　　酒旗戏鼓甚处市？想依稀、王谢⑨邻里。燕子不知何世，入寻常、巷陌人家，相对如说兴亡，斜阳里。

注释　　①西河：词牌名，又名西河慢、西湖等。三叠一百零五字。②佳丽地：指金陵（今江苏省南京市）。谢朓《入朝曲》："江南佳丽地，金陵帝王州。"③南朝：指偏安江左的三国东吴以及东晋、宋、齐、梁、陈六朝。④山围：出自刘禹锡《金陵五题·石头城》："山围故国周遭在，潮打空城寂寞回。淮水东边旧时月，夜深还过女墙来。"⑤髻鬟：女人发髻，此处喻山峦秀美。⑥莫愁：南朝一女子名。今南京市水西门外有莫愁湖。古乐府《莫愁乐》："莫愁在何处？莫愁石城西。艇子打两桨，催送莫愁来。"诗中之石城，在今湖北省钟祥市，但本词用来代指金陵石头城。⑦女墙：城墙上的齿状小墙，俗称城墙垛。⑧淮水：指秦淮河，横贯南京城中入江。是南朝时京都仕女冶游玩乐之所。⑨王谢：东晋时王导、谢安两个家族住在乌衣巷，后世遂以王谢代指南朝豪族。

刘禹锡《金陵五题·乌衣巷》："朱雀桥边野草花，乌衣巷口夕阳斜。旧时王谢堂前燕，飞入寻常百姓家。"

译文　　　好一处佳丽胜地，可南朝时的繁荣景象如今还有谁曾经记忆？青山依旧环绕着故都，江畔有美人发髻般的双峰对峙而立。怒涛拍打着寂寞的孤城，高高的船帆正在驶向遥远的天际。　　枯木老枝，还倒挂在悬崖峭壁。昔年莫愁女的游艇，如今还有谁往这里拴系？空留下许多遗迹，苍苍郁郁，半壁荒凉的古营垒沉睡在浓浓迷雾里。夜深时月光越过女墙，望着滔滔东流的淮水，令人感伤不已。　　当年热闹繁盛的酒楼戏馆，如今又在哪里开市？想象那些寥落的里巷，曾经是东晋王谢贵族的故居。燕子也不知什么时代，飞进寻常百姓的家里。它们在斜阳里呢喃细语，仿佛在叙说历史的兴衰更迭。

评析　　　本词如题，是怀古之作。主要隐括刘禹锡《金陵五题》中的《石头城》《乌衣巷》两诗的意境而成。故没什么新意，内容也单薄晦涩一些。有人认为本词是方腊起义，周邦彦避兵乱自杭州奔扬州途中所作，故感慨颇深。第一叠描写金陵的山川名胜，第二叠凭吊历史名城的遗迹，第三叠感叹历史的兴衰更迭。

　　　第一叠开篇以"佳丽地"领起，写金陵的美好。"盛事谁记"凭吊当年的繁华。"山围故国"几句由《石头城》诗境化出，表现金陵如今已荒凉萧条。尾句的"风樯遥度天际"的征帆远去的景象增加了凄凉的气氛。第二叠取景典型，插入"莫愁艇子"一语，追忆此处昔年曾有过热闹繁盛的景象，到处是莫愁式的美女和华丽游艇，用一"谁系"反诘，加强语气。以下则写现境之荒凉。第三叠起句写昔年街市的繁华，以下用《乌衣巷》诗境结尾，抒发沧海桑田的历史变迁之感。

瑞鹤仙 ①

周邦彦

　　悄郊原带郭，行路永、客去车尘漠漠。斜阳映山落，敛余红犹恋，孤城栏角。凌波 ② 步弱，过短亭、何用素约。有流莺 ③ 劝我，重解绣鞍，缓引春酌。

　　不记归时早暮，上马谁扶，醒眠朱阁。惊飙 ④ 动幕，扶残醉，绕红药 ⑤。叹西园已是，花深无地，东风何事又恶？任流光过却，犹喜洞天 ⑥ 自乐。

注释　　①瑞鹤仙：词牌名。又名一捻红。双调一百零二字。②凌波：女子行走步态轻盈貌。曹植《洛神赋》："凌波微步，罗袜生尘。"③流莺：有人说歌伎名，恐非是，可能是比喻。若联系前三句，或许是人。吾怀疑是指流动为客人服务的游动的歌伎，待考。④惊飙：狂风。⑤红药：红芍药花。⑥洞天：道教谓神仙所居之地。此处借指自己的生活环境。

译文　　城郭连着郊外的平原。长路漫漫，客人的车马越去越远，一片寂静冷落，只剩下一溜尘烟。斜阳向山下沉没，渐渐收拢它的光线。只有一抹余红，还在徘徊留恋，映照着孤城角上的栏杆。娇弱的佳人步履艰难，经过短亭时休息流连。意外地又遇到相好的美人，哪里用得着约会见面。美人的话语如同流莺一般娇软，劝我重解绣鞍，再斟春酒重新开宴。　　记不得回归时候的早晚，也不知是谁扶我上的马鞍。醒来时发现睡在红楼里，一切往事都如同梦幻。狂风吹动幕帘，我带着残醉来到庭院，围着红芍药花怅惘感叹。如今的西园也是落花满地，春风为何如此凶残？唉，任凭时光随意流去，可喜的是我心里自乐自闲，因为自己还有一个小小的福地洞天。

评析　　本词写送客归来时的惜春之情。上片写昨日郊外送别客人后，归途短亭中又遇相知而再饮。下片写红楼酒醒后的惜春恋春情怀。

　　上片开头三句写城外送客的情景。"悄"字为单字领起，直贯三句。"斜阳"三句以景托情，以余晖恋城衬人之留恋之情。"凌波"三句写之女子的娇柔，走路袅袅婷婷。这三句很值得推敲，或以为是陪伴词人前来送客者，但"何用素约"费解。且这位"凌波"者与后面之"流莺"是否同一人也值得考虑。如果是词人携带之女子，那么，"何用素约"指的便是这位女子与流莺之相遇，流莺再度留客劝酒，再行宴饮。下片写次日酒醒后的所见所感。全词的意脉大致为：傍晚时携一女子同时送客。归途中到短亭小憩，又遇熟人流莺，流莺相劝再次饮酒。其后大醉而归。次日醒来却不知何时归来，何人照顾归来，可见其醉得不轻。关于本词之结构方法，周济分析颇为精到，他说："只闲闲说起，又云'不扶残醉'，不见红药之系情，东风之作恶，因而追溯昨日送客后，薄暮入城，因所携之妓倦游，访伴小憩，复成酣饮。换头三句，反透出一'醒'字，惊飙句倒插'东风'，然后以'扶残醉'三字点睛，结构精奇，金针度尽。"（《宋四家词选》）

浪淘沙慢
周邦彦

　　昼阴重，霜凋岸草，雾隐城堞①。南陌脂车②待发，东门③帐饮④乍阕⑤。正拂面、垂杨堪揽结，掩红泪⑥、玉手亲折。念汉浦离鸿去何许，经时信音绝。　　情切，望中地远天阔，向露冷风清无人处，耿耿⑦寒漏咽。嗟万事难忘，惟是轻别。翠尊未竭，凭断云、留取西楼残月。　　罗带光消纹衾叠，连环解⑧、旧香⑨顿歇；怨歌永、琼壶敲尽缺⑩。恨春去、不与人期，弄夜色、空余满地梨花雪。

注释　　①堞：女墙。城上如齿形的矮墙。②脂车：车轴上涂油润滑以利远行。③东门：指京都汴京东门。④帐饮：在郊外设帐饯行。⑤乍阕：乍，刚刚结束。阕，一曲终了。⑥红泪：用晋王嘉《拾遗记》中薛灵芸的典故。魏文帝曹丕所爱美人薛灵芸被选入京，离别父母时流泪甚多，以玉唾壶承泪，泪皆变成红色，后凝如血。后世因称女子的眼泪为红泪或血泪。⑦耿耿：明亮貌，此处引申为清晰。⑧连环解：喻指爱情被拆散。⑨ 旧香：用贾午偷异香赠韩寿事。见周邦彦《风流子》注。⑩ 琼壶敲尽缺：东晋大将军王敦每次喝酒后便吟唱曹操诗句："老骥伏枥，志在千里。烈士暮年，壮心不已。"并用铁如意敲击唾壶为节拍，壶沿多是豁口。后遂以敲壶尽缺表示感情激烈。

译文　　拂晓时满天阴云，百草凋零，严霜凛凛。城墙若隐若现，雾气沉沉。南面大路上，上好脂油的车等着启动车轮；东面城门旁，饯别的酒宴刚刚放下酒樽。丝丝垂柳轻拂玉面，尚可折取送人。她悄悄地擦去泪痕，用纤纤玉手亲自折柳相送，那神情真令人感动断魂。想到我即将远赴汉水之滨，如一只离群的孤雁孤飞哀鸣，此一行不知要有多久，即将经年历岁与佳人断绝音信。

　　我的相思之情是那么殷切，遥望之中，所见到的也只是地远天阔。在这霜冷风清的地方，没人时所能听到的，只是寒夜中更漏的声声哽咽。叹惜万事之中最令人难以忘怀的，莫过于轻易地分手离别。翠玉杯中的美酒似乎还没有净尽，我期待着与她同饮共喝，我想借助那些断断续续的云朵，托住挽留西楼即将落下的残月。　　罗带上的光彩早已磨灭，带有螺纹的绣被也胡堆乱叠。一对玉连环已经开了结，她赠我的奇香芳馨早已消歇。我不住地吟唱悲歌，玉壶被敲击得尽是缺豁。深深怨恨春光无情地离去，事先也不与我商量预约。她只知道把夜色弄得凄冷清绝，徒自留下满地的梨花，点点片片，片片点点，如同一层白雪。

评析　　本词是怀人之作。上片追叙离京时玉人折柳相别的温柔多情，中片描写分别后的孤寂冷清与相思之苦。时间上仍为秋天，属过去时，下片写现境中的苦闷及惜春的情景，属现在时。时间跨度很大，感情却如同贯珠，一气旋走，顿宕多姿。

　　上片开头回忆离别时的情景，突出时间、地点和节令。阴暗的天气，草枯雾浓的景色把送别双方低沉怅惘的心情烘托出来。"南陌"两句写离别饯行的情景。"脂车待发"写行色匆匆且欲远行，与柳永《雨霖铃》中的"兰舟催发"异曲同工。"正拂面"三句状佳人之多情。"念汉浦"两句可理解为当时的思想活动，也可理解为离别人的怅恨。意脉上暗转中片。

中片所写仍为秋景，是别后的相思。"耿耿寒漏咽"状深夜不寐，静听点点滴滴的更漏之声，颇为有神。后几句是企盼之情，于失望中还燃烧着希望之火，抒情尤深婉。下片则用加码的笔法写怨恨之深，思情之烈。一开头连续列举五种遭到破坏的美好事物，或明或暗，或隐或显，用来象征美好爱情的被拆散及其因此所造成的无比憾恨。"恨春去"以下几句篇末点题，突出惜别怀人之情，意脉上倒贯全词。今日之恨，正因昔日之别引出。尾句以景结，留无尽之余韵。对于本词之笔法，陈廷焯分析至为精当："美成词操纵处有出人意表者。如'浪淘沙慢，一阕，上二叠写别离之苦，如'掩红泪、玉手亲折'等句，故作琐碎之笔，至末段蓄势在后，骤雨飘风，不可遏抑。歌至曲终，觉万汇哀鸣，天地变色，老杜所谓'意惬关飞动，篇终接混茫'也。"（《白雪斋词评》）

应天长①

周邦彦

条风②布暖，霏雾弄晴，池台遍满春色。正是夜堂无月，沉沉暗寒食。梁间燕，前社客，似笑我、闭门愁寂。乱花过、隔院芸香③，满地狼藉。　　长记那回时，邂逅④相逢，郊外驻油壁⑤。又见汉宫传烛⑥，飞烟五侯宅。青青草，迷路陌。强载酒、细寻前迹。市桥远、柳下人家，犹自相识。

注释　　① 应天长：词牌名，双调九十八字。② 条风：春风。《太平御览》卷九引《易纬》："立春条风至。"③ 芸香：香草名。此处泛指花香。④ 邂逅：不期而遇，偶然遇到。⑤ 油壁：油壁车。车厢用油漆彩画的小车，一般为女子所乘。⑥ 汉宫传烛：化用唐韩翃的《寒食》"日暮汉宫传蜡烛，轻烟散入五侯家"句意。

译文　　和煦的春风吹遍大地。薄雾散去，晴空中吐出一轮朝日。池台亭榭生机盎然，到处充满惊人的春意。我独自闷坐在堂屋里，夜色沉沉，没有月光，满怀愁绪，正是寒夜的节气。画梁间栖息的双燕，与我似曾相识。它们是这里的旧客，仿佛在嘲笑我，一个人闭门孤居，也太冷清孤寂。纷乱的残花飞过墙去，隔院飘来芸香花的香气。那里肯定是红衰翠减，满地落花堆积。　　我永远清晰地记着那一次，在郊游时我们偶然相遇。你乘坐着的小车是油彩画的车壁。难忘那份缱绻的温情，难忘那种顾盼的蜜意。如今又到寒食，宫廷中传送蜡烛，贵族的宅院中飞出烟气。白天我曾再到那次相遇的青草地，但却感到道路茫茫一片凄迷。我不死心，硬带着酒去仔细寻找往日的痕迹。在市桥远处浓密的柳荫里，那里的宅院我还能依稀认识。

评析　　　本词是寒食节怀念旧人之作。所怀者乃往年春游时偶然遇到的一位女子。全篇运用时间交错，将逆挽追思与现实感受相结合，章法极妙。须反复潜心体察，方可得其精微独诣。全词意脉是：起笔三句写寒食白天的美景，是追思中的实写，为全词张本。以下写夜景，是现境。换头前三句写当年寒食邂逅之情事，为全词抒情之关键。最后几句写今日重寻前迹的情景，是追思实写，呼应开头三句，暗示出其景象亦是白天寻访旧迹时所见。结构上大开大合。

　　　周邦彦的词情深入骨。回忆与追思实写，是他的绝大本领。本词便是例证。开头几句描绘出春日美景，为后文蓄势。接下突然转写无月黑夜的孤独，似难以理解。下片开头用"长记"二字领起遥远的回忆。"长记那回时，邂逅相逢，郊外驻油壁"三句为全词核心，是词人感情的出发点。词人心灵中的这一记忆，天长地久，永不磨灭，也正是现今烦恼的触发点。后文再写白天寻访旧路的情景。"强载酒，细寻前迹"既表现对往日的钟情，又暗应开头三句的景物描写，至此方使读者恍然大悟。开头所见之美景亦白天寻人之所见。而篇末所点"市桥远，柳下人家，犹自相识"。也大有深意，一是暗示出物是人非，昔日场景历历在目，而伊人已不可见矣。二是暗示当年的伊人或在此家，或二人风情雨意是在此地，均不点破。大有崔护诗中"人面不知何处去，桃花依旧笑春风"的意蕴。全词结构开合跌宕，意境惝恍迷离，非常感人。

夜游宫 ①

周邦彦

叶下 ② 斜阳照水，卷轻浪、沉沉千里。桥上酸风 ③ 射眸子，立多时，看黄昏，灯火市。　　古屋寒窗底，听几片、井桐飞坠。不恋单衾再三起，有谁知，为萧娘 ④，书一纸？

注释　　① 夜游宫：词牌名。又名念彩云、新念别。双调五十七字。② 叶下：叶落。③ 酸风：冷风。李贺《金铜仙人辞汉歌》："东关酸风射眸子。" ④ 萧娘：对所爱女子的泛称。杨臣源《崔娘》诗："风流才子多春思，肠断萧娘一纸书。"

译文　　落叶飘转，斜阳映照着水面。轻浪卷着残叶，静静地流向千里之远。我独立桥头，阵阵冷风吹得人两眼发酸。凝神伫立多时，似乎忘了疲倦。眼看着渐渐黄昏，街市上已经灯火点点。　　在古屋的寒窗里，我彻夜难眠。只听到庭院之中，几片梧桐叶飘落井畔。孤单单清冷的锦被，实在难以令人依恋。我辗转反侧唉声长叹。忽起忽睡，屡次三番。谁能理解我此时的心境，只是为了情人信中的语言，才如此心绪烦乱，焦躁不安。

评析　　本词是秋日怀人之作。上片写黄昏时独立桥头盼归，以暮秋的衰残景色烘托离情别恨。下片写夜里独宿难以成寐的苦况。全词所写便是"不恋单衾"的怨恨。

　　上片开头写暮秋黄昏的景色。斜阳照水，境界苍茫旷远，"沉沉千里"也暗喻愁情悠长。"桥上"一句写独立桥头的抒情主人公的形象，为上片之中心句，括上而启下。他宁忍"酸风射眸子"而"立多时"，难道只是为了"看黄昏"时的"灯火市"吗？词人未写明，但其中情味自不难体会。下片写盼人无望而归屋内情景。前三句极写夜之静，人之孤。梧桐叶落可以听到，足以显示出夜静人静心静，还有一层意蕴也应体会，即也含有听敲门声的思绪在内。明知情人今夜不归，但还是希望发生意外，盼人之情往往如此。此也是细微处，需仔细品味揣摩。最后点清主旨，"不恋单衾"即不耐孤宿单栖之意，所以连连起床，甚至魂不守舍的情形如在眼前。最后三句理解不一。或以为是接到情书后的喜悦难禁，或以为是要写情书的激动。二说皆可通。词按时间顺序写来，由黄昏到入夜，由入夜到夜深，感情也随着时间的推移而不断加深，篇末点题，提醒全词。周济说："此亦是层层加深写法。本只不恋单衾一句耳，加上前阕，方觉精力弥满。"（《宋四家词选》）

贺 铸／1052—1125

字方回，号庆湖遗老。卫州共城（今河南省辉县）。宋太祖孝惠皇后族孙。授右班殿直。元祐中，通判泗州，又倅太平州。晚居吴下，博学强记。长于度曲。词多刻画闺情离思，也有抒发怀才不遇之慨叹及纵酒狂放之作品。风格多样，情深语工。有《庆湖遗老集》《东山词》。

青玉案

贺 铸

凌波①不过横塘②路，但目送、芳尘③去。锦瑟华年④谁与度？月桥花院，琐窗⑤朱户，只有春知处。　　飞云冉冉蘅皋⑥暮，彩笔⑦新题断肠句。试问闲愁都⑧几许？一川烟草，满城风絮，梅子黄时雨⑨。

注释　　①凌波：形容女子走路步态轻盈婀娜。语出曹植《洛神赋》："凌波微步，罗袜生尘。"②横塘：在苏州南十里许。贺铸筑有别墅，常乘扁舟往来其间。见龚明之《中吴记闻》。③芳尘：指美人的行踪。④锦瑟华年：比喻美好的青春时期。李商隐《锦瑟》："锦瑟无端五十弦，一弦一柱思华年。"⑤琐窗：雕刻或彩绘有连环形花纹的窗子。⑥蘅皋：长着香草的水边高地。⑦彩笔：传说南朝作家江淹有五色笔，诗文多佳句。后来梦见郭璞向他索还彩笔，从此文思枯竭，写不出好的诗文，人谓"江郎才尽"。⑧都：统统，总共。⑨梅子黄时雨：四五月梅子黄熟，其间常阴雨连绵，俗称"黄梅雨"或"梅雨"。

译文　　你那轻盈的步履不肯跳进横塘，我依旧在伫立凝望，目送着你带走了芬芳。不知你现在与谁相伴，共同度过锦瑟般美好的时光？在那修着偃月桥的繁花锦簇的院子里，朱红色的小门映着花格的琐窗。但这些只能是我的想象，只有春风才能知道你生活的地方。　　满天碧云轻轻飘扬，长满杜衡的小洲已经暮色苍茫。佳人一去就不再复返，我用彩笔写下这伤心的诗行。如果要问我的伤心多深多长，就像这烟雨笼罩的一川青草，就像这满城随风飘转的柳絮纷纷扬扬，就像梅子黄时的雨水，无边无际，连连续续，迷迷茫茫。

评析　　本词是幽居怀人之作。抒写盼望美人前来而美人不至的惆怅幽怨的心情。结尾处"一川烟草，满城风絮，梅子黄时雨"，以江南景色比喻忧愁的深广，兴中有比，意味深长，被誉为绝唱，贺铸也因此而有"贺梅子"的雅号。

　　词上片前三句写视觉形象。一位婀娜多姿的美人，只见身影，却没有来到横塘路词人的住处，词人只好悻悻地望着她的倩影渐渐离去。有可能是美人曾经随词人到过附近而没有跟随他去别墅，他只好目送美人回去。这一形象是引起词人怅望想象的基因，也是理解本词的关键。"锦瑟华年"四句设想美人的生活环境和欲访无路的苦闷。此四句也是理解本词的要点，或云本词是悼亡之作，若从这几句来分析，此说未妥。下片开头两句写昏暮景色，暗示出抒情主人公等待盼望那位"凌波"仙子直到黄昏，仍不见踪影，故"闲愁"太多，逼出结尾的三句。三句均为江南景象，多方面比喻愁苦的深广和长久。"一川烟草"以面积广大喻愁之多，"满城风絮"以整个空间立体地比喻愁之深广与纷乱，"梅子黄时雨"以连绵不断比喻愁之时间长和难以断绝。连用三种凄美的意象比喻闲愁，含蓄不尽，巧妙绝伦，深得时人的激赏。黄庭坚曾赞曰："解作江南断肠句，只今惟有贺方回。"(《寄贺方回》)如细品全词之意，当是词人看到一位姿容神韵俱佳的女子，而又未得与之亲近，盼望相见而不得，内容上无非取意于《洛神赋》而已。但此情又为封建士大夫欣赏，而且写得精妙，故成为一时佳话。

感皇恩①

贺 铸

兰芷②满汀洲，游丝横路。罗袜尘生步迎顾，整鬟颦黛，脉脉③两情难语。细风吹柳絮、人南渡。　　回首旧游，山无重数。花底深、朱户何处？半黄梅子，向晚一帘疏雨。断魂分付与、春将去。

注释　　①感皇恩：唐教坊曲名，后用作词牌。又名人南渡。双调六十七字。②兰芷：香兰、白芷，均为香草。③脉脉：相视而含情不语貌。《古诗十九首·迢迢牵牛星》："盈盈一水间，脉脉不得语。"

译文　　香兰白芷长满汀洲，飘转的游丝在路上荡荡悠悠。她迈着轻盈的脚步，前来把我迎候。顾盼之间，她用纤手撩着秀发，并把那双美丽的蛾眉轻皱。我们相互对视，似有深情却无法倾诉。细风吹得柳絮漫天飞舞，她默默无语地乘船南去。　　回头再也望不到昔时的同游之处，只有山峦重重叠叠无重数。在那百花锦簇的地方，哪里才是她居住的金屋？梅子已经一半黄熟，傍晚时又下起蒙蒙疏雨。春天啊，你要走就走吧，并请把我的烦恼伤心也一并捎去。

评析　　本词在写法和意境上与《青玉案》(凌波不过)一词皆相近，所咏内容当为一事，只有前后之别。本词上片写相见而不得接语的遗憾，下片写别后思念的苦况。

上片开头两句写相见的地点和环境，境界优美而迷离。"罗袜"以下写美人等候顾盼和最后离去的情景，"整鬟颦黛"用细节动作表现人的顾盼多情，她整理自己的头发，微微皱眉，都是女子深情脉脉时容易出现的下意识动作，故很生动。与《青玉案》有所不同，这里是双方均有情意而不能互通款曲，并不是单相思。究竟为什么"两情难语"则不得而知，也无法考索。缺憾时的真情是文学创作灵感产生的重要契机，本词也可看出这一点。下片的意境与情趣与《青玉案》相近，只是结尾上略有不同。本词是借助景物委曲抒情，全词空灵清疏而淡远。

薄 幸①
贺 铸

淡妆多态，更的的②、频回眄睐③。便认得琴心④先许，欲绾⑤合欢双带⑥。记画堂、风月逢迎，轻颦浅笑娇无奈。向睡鸭炉边，翔鸳屏里，羞把香罗暗解。

自过了烧灯⑦后，都不见踏青⑧挑菜⑨。几回凭双燕，丁宁深意，往来却恨重帘碍。约何时再，正春浓酒困，人闲昼永无聊赖。厌厌睡起，犹有花梢日在。

注释　①薄幸：词牌名。双调一百零六字。②的的：多情且眼神明媚貌，与"娇滴滴"义同。③眄睐：顾盼。④琴心：指以琴声传达心意，表达爱情。⑤绾：盘缠成结。⑥合欢双带：合欢，植物名，一名马樱花，其叶夜间成对相合。人们仿造其形而以绣带结成双结，也称合欢结，象征男女欢爱。梁武帝《秋歌》："绣带合欢结，锦衣连理文。"⑦烧灯：燃灯，指元宵节放灯。⑧踏青：古代有春日踏青郊游的习俗。具体日期因地而异，一般指上巳节（三月初三日）。⑨挑菜：挑菜节，唐代风俗，农历二月初二日在曲江挑菜，士民游观其间，谓挑菜节。

译文　她素妆淡雅，风情多态。那双明如秋波般的眼神，又频频向我飞来。从她的琴声中我听出了个中情怀，知道她暗中以心相许，想要和我结上合欢的双带。记得那次来到画堂，和风明月幽静清凉。她深情地微皱蛾眉，浅露笑靥，那娇柔可人的模样，真让人喜断心肠。我们双双来到睡鸭形的香炉旁，屏风上画着双宿双飞的鸳鸯。在这温馨绮艳的帷幄里，她娇羞地偷偷解开罗裳。　　自从那度欢爱之后，我再也没见到她的身影。元宵灯节的人群里，挑菜踏青的仕女中，我苦苦寻觅，却找不到她的行踪。我多少次要请双燕传信，嘱咐它们送去我的一片深情。来来往往却屡受阻隔，因有帘幕一层又一层，令我的心潮起伏难平。不知何时能够再次密约欢会，重圆那甜蜜的高唐春梦。但如今是酒暖春浓，我一个人百无聊赖，只恨这天长昼永。于是只好喝点闷酒，无精打采地进入梦境。等到一觉醒来，只见那花梢上还有日影。

评析　　本词抒写男主人公对一位与自己曾经有过幽会欢爱情事之女深深怀念渴盼之情。上片写与女子一见钟情并终偕鸾凤的经过，在叙事中抒情。下片写自从那次欢爱后再也无法见到佳人的苦闷与忧伤，在抒情中叙事。上片追叙前欢，由目成、心许、逢迎，到鸾屏幽会，笔势也一气而下，忧伤失望之情也达到最高潮。由欢爱的巅峰跌落到相思失望的最低谷，在对比中突出怀人忧伤的主旨，抒情效果甚佳。

　　本词最本质的方面当然是抒情，但与其他词作不同的是，其他作品多以景抒情，情景交融。而本词则以叙事为主，上片中便有几个小情节。开头两句写美人眉目传情，这种情感传递只可意会不可言传，只能心领神会，接着再以琴声传情，二人通过琴声达到心灵上的默契与沟通。于是二人成约，在画堂中幽会，"风月"既有环境描写之功用，也暗示出女子很有风情。最后点明在优美的环境中寻欢做爱。感情发生的经过和步骤交代得都很清楚。那位佳人一旦钟情才子，便目挑、心许、幽会，乃自"把香罗暗解"，表现出追求爱情幸福的大胆与热烈。下片前两句包含内容较多，时间跨度也很大，须稍加解释。封建社会，尤其是唐宋以后，贵族女子轻易不能出门。只有一些节日中行动自由，其中尤以春天的三个节日为最，可以和男人们一样去逛街野游。这就是元宵节、挑菜、踏青。这三个节日的时间基本上是正月中、二月初、三月初。"自过了烧灯后"暗示出这对情人的幽会是在元宵节时。紧接着半个多月后就是挑菜，再过一个月就是踏青。相隔时间不算太长，但男子就难以忍耐了，连连去寻觅，也可表现出他的一往情深。寻觅不到，便托梁燕寄意，甚至于春浓、酒困、人闲、昼永等感受纷至沓来，进一步表现了他的痴情。这真是一对大胆而多情的恋人。全词"意致缠绵而笔势飞舞，方回善用虚字，其味甚永"。(陈廷焯《词则·闲情集》)

浣溪沙

贺　铸

不信芳春厌老人，老人几度送余春，惜春行乐莫辞频。　　巧笑①艳歌②皆我意，恼花颠酒拼君瞋③，物情惟有醉中真。

注释　　①巧笑：美好的笑貌。《诗·卫风·硕人》："巧笑倩兮，美目盼兮。"②艳歌：爱情歌曲。③瞋：怒，生气。

译文　　我不相信春天会讨厌老年人，老年人还能送走几个残春？尽情地惜春行乐吧，且不要嫌沉溺行乐太多太频。　　美丽妩媚的笑，艳冶激情的歌，都特别符合我的心。赏花饮酒是我的最爱，任凭你们责备嗔怪开心。因为物性人情，只有在酩酊大醉之中才最纯真。

评析　　本词抒写惜春恋春之情。上篇写惜春之意，寓有垂老之叹。下片写乐春之态，表面上看似乎甘心醉情于歌笑，沉溺于醉乡，但在其佯狂的腔调中，不难体会出内心有一股愤懑不平之气。

贺铸为人豪放直率，不惮权贵。《宋史》本传载："喜论当世事，可否不少假借，虽贵要权倾一时，小不中意，极口诋之无遗辞，人以为近侠。"

因此终生不得志，晚年则退居吴下，闲居而终。本词当是其晚年所作，于旷达中表现一种愤怒抗争之气，是封建知识分子的一种悲哀。其实人生就是如此，即使在今日亦如此，不如意事常八九，知心挚友无一二，只应当旷达淡泊对待之而已。

浣溪沙

贺　铸

楼角初消一缕霞，淡黄杨柳暗栖鸦，玉人①和月②摘梅花。　　笑捻粉香归洞户，更垂帘幕护窗纱，东风寒似夜来些③。

注释　　①玉人：美人。②和月：连月，乘着月色。③些：句末语气助词。

译文　　楼角处刚刚散去最后一缕晚霞。淡黄色的新生的杨柳叶片开始茂密，幽暗中栖息着归巢的乌鸦。在淡淡的月光下，美人正在摘取娴雅的梅花。　　她满面微笑捻着一枝新花，回到深邃的洞房里垂下帘幕护着窗纱。阵阵料峭的春风吹来，近来的夜里寒意好像在渐渐增加。

评析　　本词以轻淡的笔触描绘一位美人从傍晚到入夜时的生活片段。全词以写景为主，把美人和月下摘梅也作为月夜美景中一个不可或缺的组成部分，使整个画面充满生气，美丽迷人，体现出潇洒脱尘的风致。

开头写晚霞乍收的景象，点明时间，"淡黄杨柳暗栖鸦"写景入微而有神韵。"暗栖鸦"何以得知，很明显是听到了声音。写出刚刚黄昏，乌鸦方还巢而未安眠的情景，出神入化。"玉人和月摘梅花"仿佛是特写镜头，将柔和的月光、妩媚的佳人、淡雅的梅花组合在一个画面之中，确实很美。高明的画家将其画出来便是一幅美妙的图画，所谓诗画相通，就在此处。下片写美人手捻花枝回到闺房，放帘幕遮纱窗，扣紧早春气候来写。

最后的"东风寒似夜来些"一句也大有深意，须仔细体会方可悟出。春天气候一天比一天暖和，这是常识，此处之"寒"更主要的是内心感觉。为何会如此？乃女主人多情多感所致也。春景美，春气和，乃人最容易动情之季节，"春女思"便指此也。思什么？已婚者思夫，未婚者盼嫁。男人的一半是女人，女人的一大半是男人。一般来说，女人的最大幸福是找到最可心的男人终生厮守，否则便会有很大缺憾。此女是思夫还是盼嫁则未可知。全词意境清幽淡雅，朦胧优美，具有很高的美学价值。

石州慢^①

贺 铸

薄雨收寒，斜照弄晴，春意空阔。长亭柳色才黄，倚马何人先折？烟横水漫，映带几点归鸿，平沙^②消尽龙荒^③雪。犹记出关来，恰如今时节。　　将发，画楼芳酒，红泪清歌，便成轻别。回首经年，杳杳音尘都绝。欲知方寸^④，共有几许新愁？芭蕉不展丁香结。^⑤憔悴一天涯，两厌厌风月。

注释　　①石州慢：词牌名。又名石州引、柳色黄，双调一百零二字。②平沙：广漠的沙原。③龙荒：一作"龙沙"，指荒凉的塞外。④方寸：指心中。⑤"芭蕉"句：李商隐《代赠》："芭蕉不展丁香结，同向春风各自愁。"

译文　　一场小雨初停，寒气渐轻，斜阳普照，一番新晴。天地间到处是春意盈盈。长亭畔，柳树嫩黄，刚刚泛青，不知何人倚马，先折柳枝送人远行？春水漫漫，暮霭蒙蒙，映带着远天的几点归鸿。广阔平坦的荒塞上，春雪已完全消融。我还清楚地记得，我在出关时恰恰也是这样的情景。　　想当初我即将出发，你在画楼上备好酒宴为我饯行，你流着伤心的血泪，为我演唱一曲哀怨的离别歌曲，那声音真是幽咽凄清。从此我们便轻易分手，千里阻隔而书信难通。回首往事已经整整一年，音信杳杳更见不到你的芳容。你要知道我现在的心里，该有多少新的愁苦和怨情？就像那芭蕉叶紧紧卷曲着难以舒展，就像那丁香花，心里打的结千重万重。如今我们远隔天涯却一样伤心憔悴，两地都在苦苦相思，空自对着这风清月明。

评析　　本词是一首爱情词，是赠妓之作。据吴曾《能改斋漫录》卷十六载："方回眷一妹，别久，妹寄诗云：'独倚危阑泪满襟，小园春色懒追寻。深恩纵似丁香结，难展芭蕉一寸心。'贺得诗，初叙分别之景色，后用所寄诗成《石州引》。"上片前八句描绘当前景物，结二句一转，绾合今昔，引出下片。下片则追叙离别时的情景和如今两地相思的苦况，融合女子之诗入词以表达离愁别恨。

　　本词结构之妙，关键在上片结两句。"犹记出关来，恰如今时节。"便使以上所写的景色亦实亦虚，既是眼前的实景，又与出关时的景色一样，暗示出睹景生情的思想流动过程。"出关"又开启下片，有金针暗度之妙。同时也是造成千里阻隔两地相思的关键，可见其功用之妙。下片便直接写出关将别时的情景。唐圭璋先生分析本词结构层次简明而精当："此首，上片写景，'空阔'二字，统括全景。初点日晚，次点柳黄。'烟横'三句写远景空阔，音响尤佳。'犹记'十字，写别时所见之景相同也。下片抒情。换头承'出关'，回忆昔日别时情况。'回首'两句，转到如今。'欲知'二句，一问一答，极见愁深念切。'芭蕉'句，以景收，写出两地思念，视前更进一层。"（《唐宋词简释》）

蝶恋花
贺　铸

几许伤春春复暮，杨柳清阴，偏碍游丝度。天际小山桃叶①步，白蘋花满湔②裙处。　　竟日微吟长短句，帘影灯昏，心寄胡琴语。数点雨声风约住，朦胧淡月云来去。

注释　　　①桃叶：晋王献之妾名，此处借指恋人。②湔：洗。

译文　　　　无论怎么伤春，春天依然再度残暮。杨柳的清阴又浓又密，偏偏妨碍着游丝的飞度。在天边的那座小山上，美人当年曾在那里散步；在开满白蘋花的江边，美人曾在那里浣洗衣服。　　我终日低声吟咏着深情的词句，来抒发心中的无限愁苦。晚间的帘影映着孤灯，我凭借弹琴来寄托千言万语。忽然传来稀疏的雨点声，又被一阵风吹散远去。月光朦胧，几片浮云在天空飘来飘去。

评析　　　　本词抒写暮春怀人之情。上片用柳荫浓密而不能穿度游丝表现春色已尽，曲笔达情，语淡意浓。后两句写睹地怀人，不落俗套。下片写昼夜相思的情怀。结句的淡云托月暗示心情的迷茫，意象很美。

　　　　上片开头三句写景，点出春暮。"天际"两句分别写佳人曾经留下遗踪的两个地点，暗示当年的一些生活情景，仔细体会，是二人共同度过的幸福情景。他们在小山下牵手散步，美人还曾经在开满白蘋花的水边浣洗衣裙。"桃叶"暗用王献之爱妾之名表现对佳人的爱恋之情。下片开头两句写昼思夜想。以吟词弹琴来表现对情人的思念。结二句写气候多变，风起雨停，是听觉形象，月光朦胧，浮云来去，是视觉形象。既表现心境之迷茫，也暗示出词人夜深不寐。情味悠长。

天门谣①

登采石②蛾眉亭③

贺　铸

　　牛渚天门险，限南北、七雄豪占。清雾敛，与闲人登览。　　待月上潮平波滟滟④，塞管轻吹新阿滥。风满槛，历历数、西州更点。

注释　　①天门谣：词牌名。又名朝天子。双调四十五字。②采石：采石矶，又名牛渚矶，在今安徽省马鞍山市江东岸，为牛渚山突出长江而成。地势险要，古代为江防要地。③蛾眉亭：宋神宗熙宁间，太平州（今属安徽）知州张瑰在牛渚山上筑亭，名"蛾眉亭"。④滟滟：曲名，即《阿滥堆》。据王灼《碧鸡漫志》引《中朝故事》，骊山有鸟，名阿滥堆，唐玄宗以其声翻为曲，人竞鼓吹。

译文　　巍峨的牛渚天山，自古以来就是天险，隔断了大江北南。历代英雄豪杰们纷纷把它争占。如今只有清清的雾气凝聚弥漫，供给闲人们登临观览。　　等到明月升上青天，江潮平静，波光滟滟。可以听到悠扬的羌笛声，正在吹奏新翻的《阿滥堆》。清风吹满亭槛，可以清晰地听到西州的更鼓声敲了几点。

评析　　本词是别具一格的登临怀古之作。上片以概括洗练的笔触描绘天门山的险峻及历史上群雄的纷争，不直抒兴亡之慨，却说"与闲人登览"，语淡而味长。下片想象天门山月夜清景，尾句以夸张之笔写寂静之境界，清绝奇绝。

　　在牛渚山西南有两山夹江耸立，谓之天门，其上岚浮翠拂，状如美人的两道蛾眉。宋张瑰在牛渚山上筑亭以观天门山胜景，遂称"蛾眉亭"。前三句总写地势的险要雄峻。"七雄"即六朝再加上南唐，因这七个封建王朝均在金陵建都，以牛渚山为军事要塞。"清雾敛"两句言简意丰，语淡情浓。当年龙虎争斗，刀光剑影的古战场，如今都云开雾散，只供今人游览。"与"字下得妙，既有老天作美，知有人登临而故放天晴之意，也有古代百万雄师驻防之处，如今只剩山川形胜，往事如同云烟的意味。更深的意蕴则是天险挽救不了朝代覆亡的命运，守国守江山靠德而不靠天险，要靠政治的清明而不要凭借地势之险要。下片则全是想象之景。结尾三句"风满槛。历历数、西州更点"，纯属夸张。西州代指金陵，距离蛾眉亭一百多里，再顺风、再宁静也无法听到西州的更鼓之声，更谈不上"历历数"了。其深意可联系上片结句综合思考，即现在是一片和平景象，晨钟暮鼓依然，但不要忘记历史的教训，应以"七雄"的覆亡为鉴。此意虽未说出，但可品味得出，这正是本词的含蓄处。

天香①

贺 铸

烟络横林，山沉远照，迤逦②黄昏钟鼓。烛映帘栊，蛩③催机杼④，共苦清秋风露。不眠思妇，齐应和、几声砧杵⑤。惊动天涯倦宦，骎骎⑥岁华行暮。　　当年酒狂自负，谓东君⑦、以春相付。流浪征骖⑧北道，客樯南浦，幽恨无人晤语⑨。赖明月、曾知旧游处。好伴云来⑩，还将梦去。

注释　　① 天香：词牌名。双调九十六字。② 迤逦：曲折连绵。此处形容钟鼓声音高低不平，连续不断。③ 蛩：蟋蟀。④ 机杼：织布机。又可引申为纺织，制衣。⑤ 砧杵：捣衣具。砧，捣衣石，平整的方石，俗称捶棒石。杵，棒槌。⑥ 骎骎：马速行貌。此处喻指时间过得快。⑦ 东君：司春之神。⑧ 征骖：指马车。骖有二意：一指三匹马所拉之车，二指两边的马。此处泛指马车，不必拘泥。⑨ 晤语：面谈。⑩ 好伴云来：用行云比喻所爱女子。用宋玉《高唐赋序》中"朝为行云，暮为行雨"之意。

译文　　横在远方的树林笼罩着烟雾，远山的夕阳正在冉冉沉没，断断续续地传来黄昏的钟鼓。烛光映照着窗户，蟋蟀低声哀鸣，宛如在催促人们赶快制作衣服。我们都怨恨这清秋的风露。不眠的那些思妇，正在忙忙碌碌，在风声、虫声中，又送来一声声砧杵。这声音惊动了我这漂泊天涯的倦客，这才发现又已经到了岁暮。　　当年我曾经以酒狂自负，以为春神对我特别光顾，只是把三春的美景向我交付。想不到终年流浪四方，或乘马车奔波在北路，或乘征船离开南浦，满腔幽思也无人可以倾诉。只好仰赖请求明月，因为明月曾经知道我们交游相好的去处，可以陪伴着彩云来到这里，把我的梦魂再次带进美人的绣户。

评析　　本词抒写羁旅漂泊之恨。上片写暮秋黄昏时的寂寥冷清，有声有色，下片开头回忆年轻时的自负，后几句是对大半生坎坷经历的喟叹，进而抒发怀人之情，但不做小儿女喁喁之态，而颇有大丈夫气。故朱孝臧称此词"横空盘硬语"(《手批东山乐府》)。

　　贺铸年轻时颇为自负，慷慨有大志，崇尚气节，有侠肝义胆。但大半生在外任做官，到处漂泊，沉沦下僚，故有郁郁不平之气。本词所写正是这种情怀。上片开头三句描绘黄昏情景，视野开阔，形声兼备。"烛映"六句由外入内，写在室中所听到的声音。蛩声、机杼声再加捣衣声，都是暮秋时节最能触动游子旅情的典型声音。"惊动"两句写自己的主体感受。下片意脉承前，具体写自己的感慨。开头三句写当年的意气风发，一扬。"流浪"三句一抑，概括写大半生浪迹天涯的生活"幽恨无人晤语"是全词抒情之关键句，人最怕的是寂寞，是无人可以交流，有痛苦烦恼而无人倾诉才是最大的痛苦和烦恼，这便是抒情的深刻处。最后四句淡淡地抒发怀旧之感，设想奇妙，虽无实现之可能，却可聊慰渴望之忧心。怨而不怒，并无哀飒之感。

望湘人①

贺　铸

　　厌莺声到枕，花气动帘，醉魂愁梦相半。被惜余熏，带惊剩眼②，几许伤春春晚。泪竹痕鲜，佩兰③香老，湘天浓暖。记小江、风月佳时，屡约非烟④游伴。　　须信鸾弦⑤易断，奈云和⑥再鼓，曲中人远。认罗袜无踪，旧处弄波清浅。青翰⑦棹舻⑧，白蘋洲畔，尽目临皋⑨飞观。不解寄、一字相思，幸有归来双燕。

注释　　①望湘人：词牌名。双调一百零七字。②带惊剩眼：南朝梁沈约与徐勉书："百日数旬，革带常应移孔。"此处借指消瘦得快。③佩兰：屈原《离骚》："纫秋兰以为佩。"④非烟：唐武公业妾，姓步氏。事见皇甫枚《非烟传》。此处借指情人。⑤鸾弦：据《汉武外传》载：汉武帝弓弦断，西海献鸾胶，武帝以胶续之，粘上弦的两个断头。终日射也不再断，武帝大悦。后世称续娶为"续胶"或"续弦"。此处的鸾弦指爱情。

⑥云和：古时琴瑟之乐器的代称。《周礼·春官·大司乐》："云和之琴瑟。"⑦青翰：船名。因船上有鸟形刻饰，涂以青色。故名。⑧檥：同舣，船靠岸。⑨临皋：临水高地。

译文　　婉转的莺啼声传到我的枕畔，鲜花的香气轻轻飘进门帘。这美妙的声音，这淡淡的香气，却只能令我更加心烦。因为我不是在醉中苦热，就是在梦中纠缠。醉酒做梦各占去我一半时间。鸳被上还有她熏的余香，令我非常爱怜。又惊骇为了她我会瘦得太快，不断地移动皮带的孔眼。连续多少次伤春，今年的春天又已迟晚。斑竹上湘妃的泪痕似乎未干，屈子曾佩过的幽兰香消翠减，湘地的天气湿润而又温暖。记得在清风明月的良辰，多次相约非烟似的美人，作为游赏玩乐的侣伴。　　应该相信鸾弦易断，任凭我再三演奏琴弦，乐曲终了，美人依然不见。她的踪迹无处可寻，昔日共同游览的地方，如今只有微风吹拂江面，江波清而又浅。我登上岸边高高的楼观，终日里凝神眺看，有条画着青鸟的航船，停靠在白蘋洲的岸边。她竟不知寄给我一句相思的语言，幸亏有双双飞来的归燕，多少能安慰一下我的心田。

评析　　本词是伤春怀人之作，上片由景生情。起三句以乐景反衬愁情，愈见其愁之深，统摄全篇，以下写湘天春愁。下片由情入景，以燕子双归而情人尚远在天涯作结。末句虽强作自我宽解之辞，貌似旷达，实质不过是含泪的强笑，更令人心酸。

　　上片开头三句起笔突兀，由外而内，由景入情，恍惚迷离，开篇已有哀感艳情。以"厌"字领起，下接四言对句，描绘室外春意盎然之美景，极细腻柔媚，且声味兼到，使人有如临其境之感。第三句具体描写"厌"字之神理，或醉或梦，表现愁情之深浓。"被惜"三句写室内景色，景中含情，暗示出醉梦的缘由。以"惜"字写睹物思人，以"惊"字写朝思暮想，形销骨立之憔悴。"泪竹"三句再由内而外，写目之所望。以斑竹之泪痕暗喻情人分别时之泪多，以佩兰香语暗喻自己之钟情，以晴暖的天气渲染往日的温情。歇拍两句点出昔日与情人屡次聚首幽会的情景。此二句平平叙来，若不经意，但因有前面的铺垫，故给人以痛心疾首之感。过片前三句承上启下，直抒胸臆。"认罗袜"以下五句，又是望中所见之眼前实景，表现盼望情人能乘舟前来的急切心情，况且这些景物又是昔日二人双双携手弄波之所，如今却景是人非，见不到心上人的倩影。这几句为倒卷之笔，文势腾挪天矫，文心委婉曲折。结拍三句用加倍笔法，埋怨情人不通一点儿信息，"幸有"二字逆转，似有一点儿希望。"似曾相识"的双燕归来，似乎可以给人带点安慰，人有情，偏偏不解寄相思，燕无知，却依旧归来伴孤独。似自宽自解，仔细品味，却有无限凄凉和感伤。燕归而人远，燕双而人孤，愈显酸悲。感情上与起句的"厌"相呼应，针线甚为缜密。全词语言典雅华丽，结构动荡开合，十分严密。李攀龙评曰："词虽婉丽，意实展转不尽，诵之隐隐如奏清庙朱弦，一唱三叹。"（《草堂诗余隽》）

绿头鸭

贺　铸

玉人①家，画楼珠箔②临津。托微风、彩箫流怨，断肠马上曾闻。宴堂开、艳妆丛里，调琴思③、认歌颦。麝蜡烟浓，玉莲漏短，更衣不待酒初醺。绣屏掩、枕鸳④相就，香气渐暾暾⑤。回廊影、疏钟淡月，几许消魂？　　翠钗⑥分、银笺封泪，舞鞋从此生尘，任兰舟、载将离恨，转南浦、背西曛⑦。记取明年，蔷薇谢后，佳期应未误行云。凤城⑧远、楚梅⑨香嫩，先寄一枝春。青门⑩外，只凭芳草，寻访郎君。

注释　　①玉人：对钟爱女子的昵称。②珠箔：珠帘。③琴思：琴曲中的情思。④枕鸳：即鸳枕，绣有鸳鸯的枕头。⑤暾暾：本指日光温暖明亮，此处指香气浓。⑥翠钗：翠色的头钗，即碧玉钗。⑦曛：落日的余光。⑧凤城：即有凤阙之城，旧时京师的别称。⑨楚梅：楚地的梅花。用南朝陆凯赠范晔诗意。⑩青门：汉长安城东南门，本名霸城门，因门色青，时呼为青门。此处借指京师汴梁。

　　　　那位美人的家，临近渡口的江边，画楼上挂着珠帘。轻轻的风中，悠扬的箫声中含着哀怨。我骑在马上，曾经听到过这种声音，当时就很伤感。华堂中排起盛宴，在那众多的美人丛中，凭着琴声里的情感，凭着那微微皱眉的样态，我就认出了她的颜面。心有灵犀，她也在眉眼中暗把情传。我们来到华美的雅间，麝香味浓情意款款，只恨玉漏频滴黑夜太短。我们紧忙着更衣，等不及喝得酒酣。把绣花的屏风紧掩，鸳枕上我们情意缱绻缠绵，仿佛已经魂销魄散，屏风中香气氤氲，那气氛，真是香浓热烈温馨绵软。回廊中静悄悄，淡淡的月光里伴有稀疏的钟声回环。这样的时刻，真令人百般留恋。　　　自从她赠我碧玉钗分手之后，我们就再也无法见面。她寄给我的信笺，上面都是泪痕涟涟。信上说自从与我分别，她再也没心歌舞饮宴，任那双漂亮的舞鞋上灰尘落满。我则任凭那只小船，载着满怀的离愁别恨，驶向海角天边。我们都牢牢记着当时的话语，明年的蔷薇花凋谢之后，我们再重续前欢，谁也别误了这美好的时间。这里离京师非常遥远，楚国的梅花已经开始绽放，我先寄你一枝南国的春天。料想到在青门之外，你还会凭借青春的芳草，去寻访我们欢爱幽会的前缘。

　　　　本词当是绍圣年间作者离开汴京后，在江夏（今湖北武汉）宝泉监任上的怀旧之作。上片回忆与一女子相识相爱的经过，笔触细腻；下片写分别后的相思之情，情致深婉。

　　　　开头五句写美人住处的绮丽华美及其吹箫技艺的精湛，箫声是沟通二人心灵的媒介，暗示出作者对美人的理解和倾慕。"宴堂开"四句写作者在宴堂众多的美人中，由琴声独识往日倾心所爱之人。二人一见倾心。"麝蜡烟浓"以下写在屏风中幽会欢爱的甜情蜜意，风情旖旎，充满脂粉气，写得比较具体细腻。下片从男女双方抒写深挚的离情别绪。先写对方来信及信中的伤感，信纸上是泪痕，表示从此再也没有心情歌舞欢乐。接着写自己为宦情所羁的无奈，乘坐小船到处漂泊。并在信中预约再次相会的日期，自己先给对方寄去盎然的春意春情。最后设想情人一定在思念自己，并会届时到城门外前来迎接。从对方思念自己着笔来表现自己之思，亦抒情一妙法，而且设想巧妙，入情入理，很是精彩。

张元幹／1091—约1170

字仲宗。福州（今属福建）人。自号芦川居士、真隐山人。靖康元年（1126），曾任李纲行营属官，官至将作少监。绍兴元年（1131）因不满秦桧专权误国，弃官归隐。后因作词对李纲、胡铨表示同情，曾入狱，被削官籍。早年词风婉媚，南渡后，多写时事，感怀国事，词风豪放，为辛派词人之先驱。有《芦川词》《芦川归来集》。

石州慢

张元幹

寒水依痕①，春意渐回，沙际烟阔。溪梅晴照生香，冷蕊数枝争发。天涯旧恨，试看几许消魂？长亭门外山重叠，不尽眼中青，是愁来时节。　　情切，画楼深闭，想见东风，暗消肌雪。孤负②枕前云雨③，尊④前花月。心期切处，更有多少凄凉，殷勤留与归时说。到得再相逢，恰经年离别。

注释　　①寒水依痕：杜甫《冬深》诗："花叶惟天意，江溪共石根。早露随类影，寒水各依痕。"此处化用其意。②孤负：同辜负。③云雨：指男女欢爱。④尊：同"樽"。

译文　　寒冷的河水缓慢消退，岸边留下一线沙痕。春意渐渐回临，空阔的沙洲烟霭纷纷。晴日朗照，溪边新开放的梅花香气氤氲。数枝梅花争相吐蕊，装点新春。我独在天涯满腔怨恨，试想我现在是何等的悲怆伤神？长亭门外，群山重叠，望不断的远山遥岑。正是最令人忧伤的节令时分。　　遥想深闺中的你，一定也思绪纷纭，画楼的层门紧闭，春风暗暗使你的容颜瘦损。我真是对不起你呀，让你独守空闺独眠冷衾；辜负了多少尊前花月的美景，浪费了多少大好青春。你可知道，我也是归心似箭，恨不得一步就跨进闺门。更有多少酸甜苦辣，留着回去向你详说细陈。可要等到我们再度相逢，恐怕又要度过一年光阴。

评析　　本词别本题为"感旧"。抒写客子思乡念亲的情怀。上片前五句描绘初春时节水边沙际之景，点明时令，绘景清新如画。后五句移情入景，因见梅发而引起"天涯旧恨"。下片抒发相思之情，且从对方设想，是进一层的写法。词意含蓄深婉。

　　张元幹是南宋初爱国志士，政治立场极为坚定，坚决主张抗金，支持李纲，支持胡铨，反对秦桧，曾被下狱削除官籍。晚年寓居福州。因其有此经历，故黄蓼园认为本词是"因送友而除名，不得已而托于思家，意亦苦矣"。似有牵强附会之嫌。细品全词，还是抒客子思亲之情怀。开篇五句化用杜甫诗意却了无痕迹，写初春之景极为熨帖生动。"天涯旧恨"为上片之眼，也是全词感情的出发点。长亭望远更显思归之切。下片开头"情切"二字精彩，绾合双方，既说自己情切，也引出对方思念自己的情景。从"孤负枕前云雨"句看，所思者就是妻子。再从末尾两句看，似乎作者离家时间预计在一年。若此，便不是被贬谪时与朋友分手的作品，因为那是无法预算归期的。词风婉丽而不凄苦，可能是南渡前的作品。

兰陵王

张元幹

　　卷珠箔，朝雨轻阴乍阁①。阑干外、烟柳弄晴，芳草侵阶映红药②。东风妒花恶，吹落梢头嫩萼。屏山掩、沉水③倦熏，中酒心情怕杯勺。　　寻思旧京洛，正年少疏狂，歌笑迷着。障泥④油壁⑤催梳掠，曾驰道⑥同载，上林⑦携手，灯夜⑧初过早共约，又争信漂泊。　　寂寞，念行乐。甚粉淡衣襟，音断弦索，琼枝璧月⑨春如昨。怅别后华表⑩，那回双鹤。相思除是，向醉里，暂忘却。

注释　　①阁：通"搁"，停止。②红药：指红芍药花。③沉水：著名熏香料。又名沉香、奇南香、伽南香。④障泥：马鞍下的布垫，用以挡泥土。⑤油壁：油涂的彩色车厢，一般为女子所乘。⑥驰道：秦代专供帝王行驶马车的大路，此处泛指大街。⑦上林：上林苑，秦汉时著名皇家园林，此处泛指京都中的园林。⑧灯夜：指元宵节。⑨琼枝璧月：形容女子容貌美丽，体态苗条。语出陈后主《玉树后庭花》："璧月夜夜满，琼枝朝朝新。"⑩华表：用《搜神后记》中丁令威的典故。

译文　　卷起珠帘，朝雨轻阴初停。栏杆外，薄雾蒸腾，柳条随风轻拂，仿佛在欢喜新晴。芳草的碧色映绿台阶，新开的芍药花显得分外鲜红。可恶的东风嫉妒花朵，将梢头上嫩萼吹落空中。我把屏风紧紧掩上，沉水香也懒得再熏。因喝酒则醉，所以有心情也怕看见酒盅。　　回想从前在洛阳汴京，风华正茂满腔豪情。纵情欢乐狂放尽兴，也曾迷恋于歌舞明星。常常准备好华丽的车马，催促美人快些打扮起程。曾经同乘一辆车奔驰在宽广的大街上，也曾携手在上林苑里并肩而行。刚刚尽兴游玩过热闹的元宵佳节，又早早约定何日再度约会重逢。又怎能相信会有今日，到处漂泊宛如飞蓬？　　寂寞呀实在寂寞，更加思念当日共同行乐的情人。恐怕她衣上的香粉已经消淡，琴弦上也落满了灰尘。自从和她分别之后，至今没有音信，也不知她的月貌花容，是否还和以前一样出众超群。怅恨分别之后，一切都在变化，万事如过眼烟云，不知何时能化作仙鹤，飞回到日思夜想的故园。我的相思之情怎么也无法忘却，只能在酒醉的时候，才能暂时忘却秒秒分分。

评析　　本词别本题作"春恨"或"春游"，均为后人所加。全词分三片：上片描写春日酒后凭栏所见之春光；中片缅怀京洛旧事，抒发故国之思；下片用典表现时刻都盼望能回到故土的情思。全词所表现的是国家分裂，中原沦陷的巨大悲痛。在南宋初期的文士中这种情感具有普遍性。

　　宋翔凤《乐府余论》说："南宋词人系心旧京，凡言归路，言家山，言故国，皆恨中原隔绝。"可谓至确之论。本词所表现的正是这种情思，是作者南渡后感怀故国的"黍离"之悲。上片开头五句写朝晴日丽的美景。"东风"两句陡转，写伤心之景，引出伤心之情。歇拍三句则表现百无聊赖的愁思。中片追忆京洛盛时欢乐的少年情事，极力铺陈渲染，情调欢快，色彩绚丽，人物形象鲜明，以往日之欢乐衬今日之悲哀。"又争信"一句勾转，突然转向现实，看是陡然，实质正表现出作者恍若隔世的那种心境。从对往昔的梦境般的幸福追忆中清醒过来，转入下片，抒写凄凉索寞的心情与对故国故乡的极度思念。丁令威化鹤已是悲剧，而自己连鹤也不能化成，归乡之念已成绝望。明知绝望又要去想，除了醉能稍稍忘却，情深入骨。全词结构严密，从眼前的伤春到追忆往昔，再转入现实的相思。虚实相映，有铺排、有转折，环环相扣，层层深入。过片处注意意脉的转折连贯，情致深婉丰富，却一气贯注。

叶梦得 / 1077—1148

字少蕴，号石林居士，苏州（今属江苏）人，居乌程（今浙江湖州）。哲宗绍圣四年（1097）进士，累官中书舍人。翰林学士、吏部尚书、龙图阁直学士、帅杭州，曾沿江组织军民数万，坚决抗金。高宗朝，除尚书右丞。晚居吴兴卞山。能诗工词，长于议论，词风早年婉丽，中年学东坡，晚岁简洁而时出雄杰。著有《建康集》《石林词》《避暑录话》《石林燕语》等。存词一百多首。

贺新郎

叶梦得

睡起啼莺语，掩苍苔、房栊向晚，乱红无数。吹尽残花无人见，惟有垂杨自舞。渐暖霭、初回轻暑，宝扇重寻明月影①，暗尘侵、上有乘鸾女②。惊旧恨，遽如许。

江南梦断横江③渚，浪粘天、葡萄涨绿④，半空烟雨。无限楼前沧波意，谁采蘋花寄取？但怅望、兰舟容与⑤，万里云帆何时到？送孤鸿、目断千山阻。谁为我，唱金缕⑥。

注释 　　①明月影：指圆形的扇子。②乘鸾女：指扇上画有秦穆公女乘鸾仙去的故事，此处化用其意。一说乘鸾女本月中仙女。《龙城录》载："九月望日，明皇游月宫见素娥千余人，皆皓衣乘白鸾。"两说皆可通。此处代指意中之美人。③横江：即横江浦，在今安徽省和县东南。④葡萄涨绿：江水上涨，其色深绿如葡萄酒。李白《襄阳歌》："遥看汉水鸭头绿，恰似葡萄初泼醅。"⑤容与：安闲貌。⑥金缕："金缕曲"，即《贺新郎》的别名。又乐府《近代曲》中有《金缕衣》，传为唐李锜所作，其妻杜秋娘以善唱此曲著名。原诗是："劝君莫惜金缕衣，劝君惜取少年时。花开堪折直须折，莫待无花空折枝。"

译文　　午睡醒来，只听见流莺在鸣啼，天气渐渐向晚，房门外苍苔满地。凋零的红花无数，可惜并无人去关心怜惜，只有垂杨在风中自在飘舞依依。暮霭中渐渐有些暖意，似乎又要吹回初夏时的暖融融的气息。我重新寻找那把明月般的宝扇，只见已经落满灰尘，上面还画着骑凤的仙女。见物生情，触动我积聚在心头的旧恨，马上便怅恨懊恼不已。

　　江南美好的往事如同梦境般逝去，洲渚边空有小船横在那里。那葡萄酒般的碧绿水面，一望无边连着天际，水汽蒙蒙，就如半天空的烟雨。楼前也一片水色苍苍，引发我无穷无尽的愁绪。凭谁采摘蘋花寄给心上的你？只能徒自叹望，一条空空的兰舟在水边上晃荡容与。万里外的云帆何时才能到达这里？我望着孤飞的大雁远去，目断天涯，只见层层山峦无边无际。有谁能为我演唱这首《金缕衣》曲，倾泻一下我心中的无限愁绪？

评析　　本词属怀人之作。上片写主人公初夏午睡后醒来，因天气转暖而寻团扇，见扇上所画之美人而产生对意中人的深深思念。下片写遥望江上烟雨迷蒙，伊人归舟却渺无踪影的怅叹。

　　叶梦得此词，只以一团扇上之美人为抒情出发点，写得绮丽风华，极富人情味。午睡醒来，黄鹂歌唱，日向西偏，为一日气温最高之时，落红无数，暮春时节，夏日将近，天气转热，促使主人公要找出扇子以备使用。结果扇面上画有仙女，睹画思人，勾起对往事的回忆。于是望眼欲穿盼望伊人归来，但所见唯烟雨迷蒙而已。此处有一点需要提醒，即词中之抒情主人公就是词人自己。而其思念的佳人当在江南。"采蘋"赠或寄给意中人是女子的行为方式，而团扇上也是美女而非帅哥，故爱恋思念者必为男性。叶梦得对本词也很喜欢。据张侃《拙轩集》载："叶石林'睡起流莺语'词，平日得意之作也，名噪一时，虽游女亦知爱重。帅颍日，其侣乞词，石林书此词赠之。后人亦取'金缕'二字名词。虽然豪逸而迫近人情，纤丽而摇动闺思。二公（指苏轼与叶梦得）之名俱不朽，识者盍深考焉。"

虞美人

叶梦得

雨后同干誉、才卿①置酒来禽②花下作。

落花已作风前舞，又送黄昏雨。晓来庭院半残红，惟有游丝，千丈嫋晴空。殷勤花下同携手，更尽杯中酒。美人不用敛蛾眉，我亦多情，无奈酒阑③时。

注释　①干誉、才卿：皆叶梦得友人，生平事迹不详。②来禽：林檎之别名，南方称花红，北方称沙果。③酒阑：酒已喝干。

译文　雨后，我和干誉、才卿二人在来禽花树下摆设酒宴，即兴而写作了这首词。

落花已在风前飞舞，再一次送走黄昏时的风雨。清晨以来，庭院里半是残落的红花，只有悠悠荡荡的游丝，在晴空中荡来荡去。　我们曾在花前携手同游，尽情地饮干杯中的酒。美人不要因伤春惜别而敛眉愁苦，我同样多情，在这酒尽之时满怀都是愁绪。

评析　本词表现惜花伤春，流连光景及伤别的情怀。上片写春暮景色，意境清新高旷；下片切题，写留客惜时的感受；结尾三句抒发春尽、酒阑、人散的哀愁，寓意丰厚，情致深曲。

上片前两句以落花飞舞写芳春已逝，又兼之黄昏雨，一派萧飒景象。晓来天气放晴，庭院中半是残花。"半"暗示花落过半。内容很简单，却很有层次，无非是昨晚风狂雨骤，吹落许多残花。惜春惜时之情自在其中。"惟有游丝，千丈嫋晴空"一句为下片的花下饮酒渲染气氛。正是在这晴明的暮春时节，词人邀二位朋友在来禽花下饮酒。因花"半"落，树上还有残花，故曰"花下"，可见其构思用字均很缜密。最后两句最为曲折有情味。古代文人雅士饮酒，常有侍女或歌伎侑觞。这里的美人即属此类。美人敛蛾眉，一为伤春，二为惜别。于是作者劝慰说，你不必如此，我也多愁善感，"无奈酒阑时"，在酒喝完之时也难以忍受。因为酒阑即要分别。本已伤春，而又要与友人离别，情何以堪。故其感伤之重点还在离别上，切合题中置酒之事，使全词的抒情更深婉有味。故沈际飞评曰："下场头话，偏自生情生姿，颠播妙耳。"(《草堂诗余正集》卷二)

汪藻 / 1079—1154

字彦章，饶州德兴（今属江西）人。崇宁五年（1106）进士。高宗朝，累官中书舍人，兼直学士院，擢给事中，迁兵部侍郎，拜翰林学士。博览群书，工骈文。有《浮溪集》。词存四首。

点绛唇①

汪 藻

新月娟娟②，夜寒江静山衔斗。起来搔首③，梅影横窗瘦。　　好个霜天，闲却传杯手。君知否？乱鸦啼后，归兴浓于酒。

注释　①点绛唇：词牌名。又名点樱桃、十八香等。双调四十一字。②娟娟：明媚美好貌。③搔首：挠头，心绪烦乱焦急或思考时的动作。

译文　一弯新月多么美好，深夜之中天地静悄悄。江面澄静，北斗星衔在山腰。夜深难寐，我起来搔首，只见一枝横斜的梅花，在窗前瘦影绰约。　　好一个凄寒的霜天，昔日在酒宴上频频传杯的双手，如今却闲得寂寞无聊。你知道不？在一阵乱鸦啼叫之后，我归家隐居的情致比酒兴还要高。

评析　　本词抒写深夜不寐而生归隐之心的情怀。"归兴浓如酒"，明确地表示了对官场污浊和仕宦的厌倦之情。这种心态在封建知识分子中具有典型性。

　　关于本词的本事，有几种说法，张宗橚的《词林纪事》中所记比较可信。汪藻出守泉南，后为人谗毁而被移知宣城。他心中极其烦躁愤懑，便写作此词。他的好友时在泉南签幕，依韵作词曰："嫩绿娇红，砌成别恨千千斗。短亭回首，不是缘春瘦。一曲阳关，杯送纤纤手。还知否？凤池归后，无路陪尊酒。"根据这些记载，我们便比较容易理解本词的意蕴。上片写深夜不寐的情景。前两句写新月初升，星宿移动之景。"梅影横窗"则月已西斜，夜已深矣。抒情主人公深夜不寐之景如在目前。瘦的梅影中也有作者自己的影子，有其自悯自怜的寓意在内。下片写其孤寂无聊的情怀和思归的心绪。"乱鸦啼"当有所指，是对那些卑劣小人的不满。鸦声聒噪，素为人们所厌恶，故所比喻往往带有贬义。再加上乱字，厌恶之情更为明显。正因如此，词人才产生"归兴浓如酒"的意绪。末尾两句是全词主旨之所在，在意义上倒贯全篇，使全词的景语皆成情语。与马致远的《天净沙》（秋思）有异曲同工之妙。前人多从写景上分析其妙，似未得本词之要旨。

刘一止／1078—1161

　　字得简，湖州归安（今浙江湖州）人，宣和三年（1121）进士。绍兴初，累官中书舍人、给事中。直言敢谏。有《苕溪集》《苕溪词》。

喜迁莺 [1]

晓 行

刘一止

晓光催角，听宿鸟未惊，邻鸡先觉。迤逦烟村，马嘶人起，残月尚穿林薄 [2]。泪痕带霜微凝，酒力冲寒犹弱。叹倦客 [3]，悄 [4] 不禁重染，风尘京洛。

追念人别后，心事万重，难觅孤鸿托。翠幌娇深，曲屏香暖，争念岁寒漂泊。怨月恨花烦恼，不是不曾经着。者 [5] 情味，望一成 [6] 消减，新来还恶。

注释　① 喜迁莺：词牌名，有小令长调两种。长调起于宋代，双调一百零三字。② 林薄：草木丛生之所。③ 倦客：长期在外奔波而疲倦厌烦的客子。此三句化用陆凯《为顾彦先赠妇》：“京洛多风尘，素衣化为缁。”的诗意。④ 悄：宋人口语，犹浑、直，简直的意思。⑤ 者：犹“这”。⑥ 一成：宋人口语，犹言一点点地、渐渐地，指一段时间的推移。

译文　晨曦微微，似在催促凄凉的角声。栖息的鸟儿尚在安睡，邻家的雄鸡先自啼鸣。迷离朦胧的村落，渐渐听到马在嘶鸣，行人们也开始动身起程。残月穿过丛林，月亮尚有淡淡的光明，我的泪痕似乎带着微霜而凝。酒力也太薄弱，无法抵御这深秋清晨的凉风。可叹我这倦游的客子，再也难以忍受重染京师风尘的凄清。　追思自从与伊人分别之后，心情总是千头万绪，思念重重，又难以把情书送到她的闺中。她独自闲在华丽的绣帏里，曲折的画屏里有麝香的香味，那气氛真是暖暖融融，怎能想到在这岁暮时节，我正漂泊在异地他乡如同飞蓬。我怨恨月儿圆明花儿开放，因这只能引起我的感伤之情。在花前月下，我曾经历多少幸福与温馨。这种情思况味，只盼望渐渐淡化清减，可不知为什么，近日却越来越浓。

评析　此词抒写宦情和爱情的双重失意，是封建文人中较常见的现象，并无新意。但由于描写拂晓离别之景极为精彩，故为时人所激赏。陈振孙《直斋书录解题》卷二十一说，刘一止曾作“晓行”词，盛传京师，号“刘晓行”。可见本词在当时流行甚广。上片写清晨赶路之景，下片抒别后追思之情。

　　理解本词的关键是"晓行"二字。作者题目"晓行"而未说"晓别"，大概是怕人们误会。仔细缕析词脉，可知是作者离家别妻后，在旅途驿馆中起早赶路时怀念妻子，眷恋家室时所写，并非与妻子分别当时所作，故这样命题非常准确。上片开头三句点明起床赶路时的时间。画角已吹，但宿鸟未躁动，天尚未大亮。而雄鸡报晓，天已黎明。时间限定非常精确。"迤逦烟村"三句写骑马出城的景色，匆匆赶路者并非作者一人，故曰马嘶人起。"泪痕"两句写当时的辛酸心情。为宦情所迫，不得不日日清晨起早赶路，其心之苦可想而知，同时也暗示他为解闷御寒而饮过酒，为思念妻子而流过泪。两句词恰切地反映出客观之凄寒与主体心境之清冷。清人许昂霄评曰："'宿鸟'以下七句，字字真切，觉晓行情景宛在目前。"（《词综偶评》）"叹倦客"三句为全词之关键，正因曾长期漂泊异地，尤其是不愿再到京师，再到官场中去重履浊地。但为生计为前途又不得不离开温暖的家而再去，这正是其痛苦的根源。下片转写对妻子的思念。共分三个层次，前三句写自己的思念和音信无托。"翠幌"三句遥思妻子的孤寂冷清，最后四句再度抒发不堪倦游的情怀。刻画心理活动细致入微，层次分明，感情真挚。古代交通不便，能够骑马就是最好的了，但每天都要起早贪黑的，风尘仆仆，确实很辛苦。本词开头几句描状起早赶路时的情景非常生动逼真，凡有此生活经历者都会引起共鸣，故在当时产生如此广泛的社会影响。

韩 嫉

字子耕，号萧闲。有《萧闲词》一卷，不传。

高阳台

除 夜

韩 嫉

频听银签①，重燃绛蜡，年华衮衮②惊心。饯旧迎新。能消几刻光阴？老来可惯通宵饮？待不眠、还怕寒侵。掩清尊、多谢梅花，伴我微吟。　　邻娃已试春妆了，更蜂腰簇翠，燕股③横金。勾引东风，也知芳思④难禁。朱颜那有年年好，逞艳游、赢取如今。恣登临、残雪楼台，迟日园林。

注释　　①银签：指更漏中的标签，也称刻箭。②衮衮：连续不断地流动，也作"滚滚"。③蜂腰、燕股：均为发上饰物。孟元老《东京梦华录》卷六："市人卖玉梅、夜蛾、蚌儿、雪柳、菩提叶。"④芳思：犹言春情。

译文　　我频频倾听更漏之声，又重新点起红烛，满屋光明，年华滚滚宛如流水，令我黯然心惊。饯别旧岁，迎接新春，还能用得着几刻光阴，新的一年翩翩来临。年老体衰，怎能习惯通宵畅饮？想要守夜不睡，又怕寒气袭人衣襟。我轻轻地放下酒樽，感谢那初开的梅花，陪伴着我独自低吟。　　邻家的姑娘已试着穿上春衣，美丽的鬓发上首饰簇新。蜂腰形的翡翠晶莹润泽，燕股形的宝钗嵌有黄金。温和的春风引起人们的春情，也令人芳情难禁。朱颜哪能年年都好，应该尽情地游乐，趁着现在的大好光阴，恣意去眺望登临，观赏那些残雪未消的玉色楼台，游览那些斜阳辉映的美丽园林。

评析　　本词抒写除夕守岁时的感慨。上片由听更漏之声而引起光阴不断流逝，来日无多的深深概叹。下片因见邻家女孩化妆打扮迎春的举动而激起自己对生活的热爱，故去登临游冶，以抒郁闷情怀。

　　本词哀而不伤，尤其是结尾几句，表现出对人生规律的理解和达观的生活态度。每当辞旧迎新之际，老年人容易产生"一年不如一年"的衰飒感，本词作者能摆脱这种情绪，而要趁着腿脚灵便之时去尽情享受生活之美好，这是难能可贵的，语浅情深，却有一定的生活哲理。况周颐说："此等词语浅情深，妙在字句之表，便觉刻意求工，是无端多费气力。"(《蕙风词话》)

李邴／1085—1146

字汉老，号云龛居士。济州任城（今山东济宁）人，崇宁五年（1106）进士。官至参知政事。《全宋词》存词八首。

汉宫春

李　邴

　　潇洒江梅，向竹梢疏处，横两三枝。东君①也不爱惜，雪压霜欺。无情燕子，怕春寒、轻失花期。却是有、年年塞雁，归来曾见开时。　　清浅小溪如练，问玉堂②何似，茅舍疏离？伤心故人去后，冷落新诗。微雪淡月，对江天、分付他谁。空自忆、清香未减，风流不在人知。

注释　　　① 东君：司春之神。② 玉堂：指豪家的宅第。

译文　　　水边的梅花是多么潇洒，在竹梢稀疏的地方，横斜着挺出三两枝。春风也不知道深深爱惜，任凭雪压霜欺。燕子也是无情无义，只因怕冷，轻易地失去她开花的日期。唯有南归的鸿雁，年年归来时能看见她的芳姿。　　　清浅的小溪，如一条白白的丝练曲折逶迤。请问那些华丽的堂宇，又如何能赶得上这茅屋疏篱？最令人伤心的是自从知己朋友离去后，便很少再有吟唱梅花的清绝的诗词。只有淡淡的微云轻轻飘拂，淡淡的月光隐约迷离。面对此景此情，我的孤高芳洁又都是为谁？但那高洁的江梅，依旧倚风自笑，并未减淡她的一丝清香，因为风流高逸是她自身的品质，本来就不在乎别人知与不知。

评析　　　本词属咏物词，赞美梅花自甘淡泊、高洁芬芳的品格及其所受到的不公平待遇，也含有作者自况之意。写景清丽，抒情婉曲。许昂霄评曰："圆美流转，何减美成。"(《词综偶评》)

　　　本词一说为晁冲之作。陈振孙、胡仔认为是晁冲之作，曾慥、王明清认为是李汉老（即李邴）所作。而且写作背景说法也不一。此处不对此做详细考论，只就作品进行评析。上片前三句描写江梅生活的环境和高标逸韵，"潇洒"二字概尽全篇。"江梅"可知是野生之梅，再衬以修竹，其品更高。"东君"以下表面写梅受到的不公平待遇，春风不加扶持，反而要"雪压霜欺"，写其苦寒也；燕子也因怕冷而不来看梅花，待燕归时，梅花已落，故曰"轻失花期"，写其寂寞，是梅花双倍的遗憾。如从反面设想，则正是表现梅花耐寒冷、耐苦闷、耐寂寞、耐幽独的品格。"却是有"三句一转，仿佛自慰，其实也是一种遗憾。但笔法变化。几句词思路活泼而任笔挥洒，"燕、雁与梅不相关、故见笔力"(《独醒杂志》卷四)。下片前三句进一步描绘梅生活环境的清幽。唐代薛维翰《春女怨》诗云："白玉堂前一树梅，今朝忽见数花开。几家门户重重闭，春色因何入得来？"本词玉堂所用即此意，意谓梅在野外自在潇洒，不受拘束，比在白玉堂前面受人冷落强得多。亦自我安慰之词。"伤心故人去后，冷落新诗"五句写梅知己渐少的怨艾，为结尾几句蓄势，先提顿，结尾几句将梅拟人，自然芳香，并不求人知的孤芳自赏，高洁淡寞的品格。这正是中国古代许多文人志士宝贵品格的象征，将梅的神韵表现得极为充分。确是一篇值得品味玩索的咏梅佳什，可与林逋的《山园小梅》并美同辉。

陈与义 / 1090—1139

字去非，自号简斋，洛阳（今属河南）人。政和三年（1113）登上舍甲科。绍兴中，官至参知政事。南渡后，诗词均有感喟国事之作。有《简斋集》《无住词》。

临江仙

陈与义

　　高咏《楚辞》①酬午日②，天涯节序匆匆。榴花不似舞裙红，无人知此意，歌罢满帘风。　　万事一身伤老矣，戎葵③凝笑墙东。酒杯深浅去年同，试浇桥下水，今夕到湘中。

注释　　①《楚辞》：一种文学体裁，也是骚体类文章的总集，这里代指屈原的作品。②午日：端午节，阴历五月五日，传说为纪念屈原而设。③戎葵：蜀葵，花似木槿。

译文　　我放声吟诵起《楚辞》的诗句，来应酬度过这端午的节日。漂泊在偏僻的天涯海角，匆匆忙忙迎来这一时序。异乡的石榴花再红，也比不上京师里的舞裙艳丽。没有人能理解我此时的心意，慷慨悲歌之后，只有满帘风动习习。　　万种责任集于一身，如今一事无成却垂垂老矣。墙东的蜀葵，仿佛也在嘲笑我的呆痴。杯中之酒的深浅与往年相似，我将它浇到桥下的江水里，江水会带着我的无限思念和无边孤寂，今晚便可流到屈原所在的湘江去。

评析　　本词是南宋初期作者流亡两湖时所作，是在特定历史背景下产生的作品，具有鲜明的时代色彩。上片吊古伤今，抒发国破家亡及世无知己的悲慨。下片惜时伤老，对屈原的爱国精神表现高度的礼赞。

　　上片开头两句，点明节日，高咏《楚辞》并不仅仅为应酬节序，而是表现对屈原的钦敬，为尾句埋下伏笔。"榴花不似舞裙红"，表现其心绪不佳。"无人知此意，歌罢满帘风"是对南宋君臣一味逃跑、对许多时人对国事麻木不仁的强烈不满，与他的《雨中再赋海山楼诗》中的"慷慨赋诗还自恨，徘徊舒啸却生哀"两句用意相似，只是词意较为含蓄而已。下片开头两句并非徒自伤老，而是对政局的不满，也包含自己报国无门的愤慨。结尾二句凭吊怀念屈原，有千古一哭的知遇之情。全词风格沉郁峻健，感慨颇深。元好问评曰："含咀之久，不传之妙，隐然眉睫间，惟具眼者都能赏之。"（《自题乐府引》）

临江仙

夜登小阁乙洛中旧游

陈与义

　　忆昔午桥①桥上饮，坐中多是豪英。长沟②流月去无声，杏花疏影里，吹笛到天明。　　二十余年如一梦，此身虽在堪惊。闲登小阁看新晴，古今多少事，渔唱起三更。

注释　①午桥：即午桥庄，在洛阳南十里，中唐名相裴度的别墅，号"绿野堂"。②长沟：此句即杜甫《旅夜书怀》"月涌大江流"之意，谓时间如流水般逝去。

译文　回忆往昔，曾在午桥桥上豪饮，坐中多是杰出的英雄。月光随着长沟的水波静静奔涌。在杏花的疏影里，我们吹笛狂欢，直到天明。　二十多年如同梦境，此身虽还活在世上，但一想到当年的大乱便胆战心惊。如今我闲着无事登上小楼，瞭望雨后新晴的美景，感叹古今多少兴亡旧事，只能交付给那些渔翁，任凭他们在三更里歌唱吟咏。

评析　陈与义是由北宋入南宋的爱国志士，在诗词作品中慷慨悲歌，尽情地抒发自己壮志难酬报国无门的愤懑。本词即属此类。上片追忆以前在故乡洛阳豪饮欢乐的生活，逸兴遄飞；下片感慨二十多年的沧桑巨变与身世飘零，感慨殊深。

午桥是中唐名相裴度的别墅。裴度是维护朝廷集权、反对藩镇割据、坚决主张武力镇压淮西吴元济叛乱并取得成功的人物，属中兴名臣。上片开头写在午桥豪饮，尽是英杰，表现出当年是位血气方刚、立志报国的志士。"杏花疏影里，吹笛到天明"，是传诵之名句，情境俱现，风格俊朗。下片伤今。"二十余年"含意颇丰，北宋亡后，作者避乱江南，到处漂泊，历尽艰辛。这是痛定思痛的哀叹。"闲登小阁"句是感情的过渡，一为解闷，二也含有天道有常，不为尧存，不为桀亡的深慨，虽然国事日非，而照样有风和日丽之美景，又包含有对南宋小朝廷偏安苟存的不满。正因看新晴，才可听到渔歌。结尾二句化用张升《离亭燕》词"多少六朝兴废事，尽入渔樵闲话"之意。"三更"只是为了押韵，不必拘滞。结尾二句宕开，故作旷达语，尤觉叹惋之意袅袅不绝。全词在豪放中见深婉，情真意切，空灵超旷。胡仔评曰："清婉奇丽，简斋惟此词为最优。"（《苕溪渔隐丛话》）

蔡伸

1088—1156

字伸道，自号友古居士，莆田（今属福建）人。蔡襄之孙。政和五年（1115）进士。官至左中大夫。有《友古居士词》。

苏武慢①

蔡 伸

雁落平沙，烟笼寒水②，古垒鸣笳声断。青山隐隐，败叶萧萧，天际暝鸦零乱。楼上黄昏，片帆千里归程，年华将晚。望碧云空暮，佳人何处，梦魂俱远。　忆旧游、邃馆③朱扉，小园香径，尚想桃花人面④。书盈锦轴⑤，恨满金徽⑥，难写寸心幽怨。两地离愁，一尊芳酒凄凉，危阑倚遍。尽迟留，凭仗西风，吹干泪眼。

注释　①苏武慢：词牌名。又名选官子、惜余春慢等。双调一百一十一字。②烟笼寒水：杜牧《泊秦淮》："烟笼寒水月笼沙。"③邃馆：深邃的院落。④桃花人面：用唐诗人崔护诗"人面不知何处去，桃花依旧笑春风"句意。⑤书盈锦轴：用苏蕙织锦回文诗事。见柳永《曲玉管》注。⑥金徽：金饰的琴徽。徽，系弦之绳。此处代指琴。

译文　大雁落在空旷的沙岸，寒江上烟雾弥漫。古旧的营垒中，胡笳声时续时断。青山隐隐约约，落叶萧萧翩翩，暮色苍茫的天际，几点昏鸦零零乱乱。楼头之上暮霭弥漫，归京尚有千里途程，到京时年岁已晚。空垒上碧云全合，我的那位佳人啊，此时此刻你在哪边？我的梦魂距离你竟也如此遥远。　回忆往昔的欢乐，在那朱红色大门掩映的深邃楼馆，小园香径上百花争艳，我还清晰地记得你那桃花般的姣好的容颜。我深深地懂得，你也在把我苦苦思念。你在织锦上写满回文式的情书，怨恨时就拨弄琴弦，但也无法抒发内心的幽怨。

我们分处遥远的两地，却同时愁思绵绵。一杯芳酒并无法解除内心的伤感。我又独自来到楼上，把那高高的栏杆倚遍。尽管望眼欲穿，长时间徘徊流连，久久也不忍离去，任凭那凄苦的秋风，将我脸上的泪痕吹干。

评析　　本词抒写边地秋日的相思之情。从词之景色情调看，当写于南北宋之交。上片描绘出一幅声色凄厉的秋江望远图，在其思乡怀人情感的抒写中，可以隐约感受到时代的哀音。下片回首昔日的赏心乐事，在对比中抒发有家难归及对心上人深深的眷恋之情。

　　本词定写于边地路上。北宋末年，宋金双方联合灭辽收复燕京后，作者曾北游入燕，本词或写于此时。上片开头五句写望中所见，视野开阔，景象荒凉萧索，为全词奠定悲剧基调。"楼上黄昏"三句写到片帆，表现急于归宋的情绪，意念暗启下片，并贯穿全词。歇拍三句化用江淹诗"日暮碧云合，佳人殊未来"的意境，浑化无迹。下片转入忆旧。"邃馆朱扉""小园香径""桃花人面"是作者记忆最深的几个特写镜头。从庭院写到香径再写到美人，层层推进。其中洋溢着温馨的气氛。春光旖旎，桃花灼灼，美人佳冶，与眼前的秋风败叶、古垒哀笳的环境形成鲜明的对比。失去的更觉可贵，尤其是人在难时，这种感受最为强烈。"尚想桃花人面"一句呈现过渡状。"桃花人面"既是作者想念的宾，又是下面活动的主，有兼语的功能。以下三句设想桃花人面的活动，从对面着墨，写女子对自己的思念。"凭仗西风，吹干泪眼"，极端酸楚，任凭眼泪流淌，连擦拭的心思皆无，可见伤心到何等程度。虽是直抒胸臆，却不觉浅白直露，反而增强词的艺术感染力。这便是真情所至的缘故。

柳梢青[①]

蔡　伸

数声鶗鴂[②]，可怜又是，春归时节。满院东风，海棠铺绣，梨花飘雪。

丁香露泣残枝，算未比、愁肠寸结。自是休文③，多情多感，不干④风月⑤。

注释　① 柳梢青：词牌名。双调四十九字。② 鶗鴂：一作鹈鴂，又名博劳、伯赵，此鸟自夏至始鸣，冬则止。一说是子规、杜鹃，常以春分始鸣。③ 休文：即南朝梁诗人沈约，字休文。仕宋及齐，不得重用，郁郁成病，消瘦异常，后来到梁始受重用。此处是作者自况。④ 不干：不干涉、与之无关。⑤ 风月：清风与明月，也指爱情以及男女情事。

译文　听到数声鶗鴂，可叹又到了春归时节。满院春风轻拂，海棠花落满地面，如同铺着锦绣绫罗。梨花在空中飘舞，如同晶莹的白雪。　丁香花上布满清凉的露珠，仿佛在残枝上哭泣诉说，但也比不上我的愁肠百结。我本来就像当年的沈约，自作多情多愁善感，如此消瘦也怨不着清风和明月。

评析　本词抒发惜春伤春的情绪，也暗寓身世之慨。上片描绘暮春景象，辞采秀丽，境界很美。下片以丁香泣露起兴，写自己愁肠百结。再以沈约自比，大有深意。隐含着生不逢时，怀才不遇之慨。

　　本词绘景逼真，上片写海棠花落满地，本为哀景，却写成"铺绣"，给人以美感，此属地面。梨花飘雪，则写空中。既增强了立体感，又增加了动态感，是一幅精美的暮春落花图。下片开头用比兴手法，以丁香花结比自己的愁肠百结。但愁的内容是什么未说。接下用典，以沈约自比，并说自己本来多情多感，"不干风月"。沈约以瘦弱著名。而且其瘦弱的原因是宋齐两朝虽有文名而不被重用。若此，作者的"不干风月"便不是简单的故意宕开一笔，委婉抒情，而是大有深意。如再联系上片的景色描写，则可知道，作者对春景还是很欣赏的，只不过是有韶光空逝的感伤而已。而其感伤的真正内容重要的是怀抱利器而不受重视，故曰"不干风月"。一般来说，诗词中的"风月"往往指男女感情之事，此处明确说不为此，并非忸怩作态，而是真情抒发，宛转表达怀才不遇之愤懑。全词写景精妙，抒情怨而不怒，感情很深挚。

周紫芝／1082—?

字少隐，号竹坡居士。宣城（今属安徽）人。绍兴中进士及第，历官枢密院编修，知兴国军。后退居庐山，以诗著称。著有《太仓稊米集》及《竹坡诗话》。有《竹坡词》传世。

鹧鸪天

周紫芝

一点残釭^①欲尽时，乍凉秋气满屏帏^②。梧桐叶上三更雨，叶叶声声是别离。^③　调宝瑟，拨金猊^④，那时同唱《鹧鸪词》。如今风雨西楼夜，不听清歌也泪垂。

注释　①釭：灯。②屏帏：屏风和帏帐。③"梧桐"二句：温庭筠《更漏子》："梧桐树，三更雨，不道离情正苦。一叶叶，一声声，空阶滴到明。"此处化用其意。④金猊：猊形铜香炉。猊，狻猊，即狮子。

译文　忽明忽暗，将要燃尽的一点残灯。天气刚刚转凉，秋寒的意味充满帏帐和画屏。已经到了半夜三更，外面正在下雨，梧桐叶片落下的水滴非常凄清。一叶叶，一声声，更增加我伤别的愁情。　回忆起当时的情景，她调拨弹奏着宝瑟演奏乐音，我去拨弄金猊中的沉水香，那情味真是幸福温馨。我们又同声齐唱《鹧鸪词》的小调，欢欢乐乐缠绵情深。可是如今，独在西楼听着满夜的风雨，即便不听凄清的曲调也会落泪伤魂。

评析　本词为雨夜怀人之作。上片写现境中的孤寂凄苦，外面是梧桐雨滴声。室内是一盏忽明忽暗的残灯，以景托情。虽然是化用温庭筠词的意境，但也可想象词人深夜不眠的愁苦情态。下片插入当年与情人欢会的温馨情景，转换场景，由实入虚，并以往日的幸福欢乐反衬今日的孤独寂寞与愁苦，最后又归结到现境的孤独和相思的深切。在对比中抒情，更加感人。全词是现实、回忆、现实，三个层次，意脉分明。中间过境的欢乐是温暖和谐的情调，与前后的凄凉寂寥形成强烈的反差，属于相反相成的艺术手法，增加了抒情的效果。

踏莎行

周紫芝

情似游丝，人如飞絮，泪珠阁定①空相觑。一溪烟柳万丝垂，无因系得兰舟住。　　雁过斜阳，草迷烟渚，如今已是愁无数。明朝且做莫思量，如何过得今宵去！

注释　　①阁定：搁定，停住。阁通搁。含泪不流貌。

译文　　离情像游丝般飘忽不定，情人就像飞絮般难留行踪。两双含泪的大眼睛，呆呆地凝目对视，徒自满含深情。溪边的烟柳垂下万条丝绦，却不能把他的行船拴系留停。　　大雁在斜阳外飞行，轻烟笼罩着沙洲，芳草一片迷蒙。无穷的烦恼现在就填满了我的心胸。明天姑且不再思量，可又怎样才能熬过今宵，怎样才能挨到明日的黎明？

评析　　本词是一首精彩的送别词。起句直叙离情，并抓住别时的两种物象做比喻。以游丝喻送者的留思，又谐音双关下文的柳丝，以飞絮喻行者的难留，也暗示出这是暮春时节。境与情妙合，甚佳。下片写别后的留恋与相思，结尾三句用递进一层的笔法，感情层层转折，真挚深婉，值得借鉴。

　　本词之最精妙处则在于开头三句。用游丝、飞絮作比，在古代诗词中是常见的，并不新鲜。但本词一以喻情、一以喻人，使之构成一对内涵相关的意象，并含而不露地点出季节，交代送留之情事。笔墨省约，比喻新颖，言简意丰，令人叫绝。"泪珠阁定空相觑"写惜别之情，情真意真。"一溪"两句埋怨柳丝长不能拴住兰舟，悖理而入情，同时又巧妙地点出送别地点与行人所用的工具。一对恋人在绿柳垂丝、柳絮飞舞的春光中，在水边依依惜别的情境生动地凸现在读者的面前。下片也很精彩，妙在含蓄。既可理解为送者，也可理解为行者，故有绾合双方之妙，不必指实，反而觉得空灵剔透。

李甲／生卒年不详

字景元，华亭（今上海松江）人。元符中为武康令。工画，尝得米芾称许。词存《乐府雅词》中。

帝台春①

李 甲

芳草碧色，萋萋遍南陌。暖絮乱红，也知人、春愁无力。忆得盈盈拾翠②侣，共携赏、凤城寒食。到今来，海角逢春，天涯为客。　　愁旋释、还似织；泪暗拭，又偷滴。谩伫立、倚遍危阑，尽黄昏，也只是、暮云凝碧③。拼则而今已拼了，忘则怎生便忘得。又还问鳞鸿④，试重寻消息。

注释　　①帝台春：唐教坊曲名，后用作词牌。双调九十七字。②拾翠：曹植《洛神赋》："或采明珠，或拾翠羽。"指拾翠鸟羽毛以为首饰。后指妇女春日嬉游的景象。③暮云凝碧：谓傍晚时天边云彩凝聚。④鳞鸿：即鱼雁。古人认为鱼或雁可替人传递书信。

译文　　春草铺满了南面的大路，郁郁葱葱，欣欣向荣。暖风中花瓣乱舞，飞絮蒙蒙，也仿佛理解人的心情，满怀愁苦，倦怠慵容。回忆起那位可人的伴侣，娇娆美丽，笑靥盈盈。寒食节里我们曾携手共沐春风，来到京师的郊野，尽兴地游乐娱情，终日里笑语欢声。可是到了如今，我却来到这天涯海角，再次感受到和煦的春风，可偏偏却孤苦伶仃。　　愁情刚刚散去，一会儿又如密密层层的蛛网般罩住心胸。溢出的眼泪刚刚偷着擦去，却不知不觉再次溢涌。我十分焦躁不安，在高楼的栏杆上到处倚凭。过尽整个黄昏，所见到的也只是暮云合在一起，天边处一片昏暝。哪里有一点点儿她的踪影。为了她我今生宁可舍弃一切，如今已经下定决心拼命追求她的芳心；但要忘记她，这辈子却无论如何也不能。我还要痴情地询问鱼雁，试探着询问她的信息和行踪。

评析　　本词抒写天涯倦客的思乡念远之情。上片前半写海角逢春之景，后半转忆当年在京师与情人寒食节春游的美好情景。下片一气贯注，渲染强烈的相思之情。"拼则"两句似浅实深，深受后人的喜爱。

　　开篇描写美丽的春景，以景入情，属正衬。良辰美景依旧，只是伊人不在身边，故引出回忆。"忆得"三句简练精当，点时、点地、点人、点事。时则寒食，地则京师，人则拾翠侣，事则共携赏。拾翠侣本已很美，再用"盈盈"一修饰，则其娇羞柔媚之态如在目前矣。据《东京梦华录》卷七载：北宋时，每到寒食、清明节日，汴京城便"四野如市，往往就芳树下，或园囿之间，罗列杯盘，互相劝酬。都城之歌儿舞女，遍满园亭，抵暮而归"。可见，当时寒食节是男女寻欢作乐的最佳时机。词人所回忆的正是这种情景。下片专写愁状。"愁旋释"以下连用四个三字句，句句用韵。散则为四韵，合则为两组。虚实相映，描摹愁苦之状。"论情致则宛若游丝，论笔力则劲如屈铁。"（俞陛云语）以下几句描摹黄昏时六神无主、失魂落魄的情态，正是为情所困的精神状态。"拼则而今已拼了，忘则怎生便忘得"两句如同口语，极为浅白，但因是真情至情，故备觉感人。明代潘游龙说："'拼则'二句，词意极浅，正未许浅人解得。"（《古今诗余醉》）最后两句明知不可得信偏还要再问鱼雁，其情之痴已达到不能再痴的程度了，将相思相恋的情怀推到巅峰。

李重元／生卒年不详

生平事迹不详，《全宋词》收其《忆王孙》词四首。

忆王孙 ①

李重元

萋萋芳草忆王孙，柳外楼高空断魂，② 杜宇 ③ 声声不忍闻。欲黄昏，雨打梨花深闭门。

注释 ①忆王孙：词牌名，单调三十一字。②"萋萋"二句：淮南小山《招隐士》："王孙游兮不归，芳草生兮萋萋。"此处化用其意。③杜宇：即杜鹃。啼声凄切，相传是古蜀帝杜宇，号望帝，失国死后，魂魄化为杜鹃。

译文 遍布原野都是茂盛的芳草，仿佛也忆念着外地的王孙。我凭倚在高楼之上，望着柳外的远天徒自伤神。杜鹃的叫声凄厉悲哀，令人不忍再闻。天色渐渐逼近黄昏，无情的风雨吹落梨花，我感到绝望而无可奈何，只好紧紧关上深深的院门。

评析　　　本词是一首别具风格的小令。又入秦观、李甲集中，作者李重元共作有四首《忆王孙》，分别题作"春词""夏词""秋词""冬词"。此是第一篇，当为李重元所作。本词抒写春日盼归的意绪，并不刻画具体事件和感情波澜，只用主人公望中所见的一连串意象：萋萋芳草、楼外柳色、杜鹃哀鸣、雨打梨花，表达一种浓郁的感伤意味。尾句出现一种封闭的态势，令人感到窒息而苦闷。末句点题但很含蓄，是女主人公殷切盼望丈夫归来，直到黄昏也不见踪影，只好关上院门。前面的景都是女子眼中所见。黄蓼园注："末句比兴深远，言有尽而意无穷。"（《蓼园词选》）

万俟咏／生卒年不详

字雅言，自号词隐、大梁词隐。终生不第。能自度新声，崇宁中，充大晟府制撰。词学柳永。有《大声集》，不传。有今人辑本。

三台①

清明应制②

万俟咏

见梨花初带夜月，海棠半含朝雨。内苑③春、不禁过青门，御沟涨、潜通南浦。东风静，细柳垂金缕，望凤阙④非烟非雾。好时代、朝野多欢，遍九陌⑤、太平箫鼓。

乍莺儿百啭断续，燕子飞来飞去。近绿水、台榭映秋千，斗草⑥聚、双双游女。饧⑦香更、酒冷踏青路，会暗识、天桃朱户。⑧向晚骤、宝马雕鞍，醉襟惹、乱花飞絮。　　正轻寒轻暖漏永，半阴半晴云暮。禁火天、已是试新妆，岁华到、三分佳处。清明看、汉蜡传宫炬，散翠烟、飞入槐府。⑨敛兵卫、阊阖⑩门开，住传宣、又还休务⑪。

注释　　①三台：唐教坊曲名，后作为词牌。有小令长调两种。本词属长调，三叠一百七十一字。②清明应制：清明节应制而作。古人创作诗词，有应制、应令、应教诸名目。应皇帝旨意而作叫"应制"，应太子之命而作叫"应令"，应诸王之命而作叫"应教"。③内苑：宫内园庭，即禁苑。④凤阙：汉代宫阙名。此处代指皇宫。⑤九陌：汉代长安城中有八街九陌。后泛指都城大路。⑥斗草：古代一种游戏，一般为女性所玩，又称斗百草。⑦饧：饴糖类食物名，用麦芽或谷芽熬成。⑧天桃朱户：化用崔护诗典故。⑨"清明看"二句：韩翃《寒食》诗："春城无处不飞花，寒食东风御柳斜。日暮汉宫传蜡烛，轻烟散入五侯家。"槐府，贵人宅院，庭中植槐。⑩阊阖：宫中之正门。此处泛指宫城之门。⑪休务：休止公务，宋人语，犹言放假，停止办公。

译文　　梨花还带着夜月的蒙蒙轻雾，海棠半含着清晨的雨露。皇宫内苑的禁门关不住美丽的春光，御沟里涨满了新水，暗暗通向南浦。东风和煦闲静，轻轻吹拂着垂柳的丝丝金缕。凤阁龙楼金碧辉煌，实实在在并不像仙境那样隐于烟雾。太平兴盛的时代，朝野到处一片欢娱，京师里的条条大路，到处喧响着太平的笙笛箫鼓。

黄莺婉转的叫声断断续续，轻巧的燕子飞来飞去。清清的池水中，倒映着岸边的台阁亭榭。还有那些飞荡秋千的贵妇，斗百草的一对一对的靓女。踏青路上到处弥漫着麦芽糖的香气。携酒游乐的人群来来去去，大多都暗识人面桃花的红色门户。傍晚时，跨着雕鞍宝马的公子哥都往这里相聚。一个个醉意醺醺，衣襟上沾惹着片片落红，点点飞絮。　　正是轻寒轻暖天长的时日，又到了半阴半晴的日暮。在这禁止烟火的节气，青年男士们已开始试穿新式的春衣，季节恰恰到了三分佳处。清明时朝廷中传出蜡烛，翠烟缕缕，散入庭院植槐的贵人宅府。兵卫们尽行撤除，宫城敞开了千门万户。不再听到禁苑中传出诏旨，已经停止朝野官衙的一切公务。

评析　　本词属应制词，当是徽宗时万俟咏任大晟府乐官时所作。全词用赋的笔法极力铺叙京城清明时的节序风光，如同一幅生动逼真的社会生活风景画。

　　上片写官苑中的春景，由内及外，层层渲染。带春露的海棠、梨花，下垂的嫩柳条都表现出盎然的春意，满城繁华街道都是欢歌乐舞，属于大的场景描写；中片写郊外之游，在莺歌燕舞的衬托下，公园里以及郊野芳草地上到处是春游的男男女女，玩和吃成为主要内容，青年男女的幽会调情也是当时社会活动的主要内容，这是个市民的狂欢节；下片写贵族宅院中的喜庆景象，全民休假，官府停止办公，一切巡逻的逻卒都不再到处游走，大门开放，任凭人们自由往来，真是个令人欢乐的时日。全词具有粉饰太平的倾向，但在客观上反映了北宋末期汴京清明时的繁盛热闹景象。绘景逼真，刻画生动，与张择端的名画《清明上河图》用不同的形式表现了北宋末期的虚假繁荣和风俗民情。全词平正和雅，工整自然，辞采清新熨帖，并没有庸俗的颂圣之辞，在应制词中不失为佳作。

徐 伸

徐 伸／生卒年不详

字干臣，三衢（今浙江衢州）人。政和初，以知音律为太常典乐，出知常州。有《青山乐府》，不传。

二郎神①

徐 伸

闷来弹鹊②，又搅碎、一帘花影。谩③试着春衫，还思纤手，熏彻金猊烬冷。动是愁端如何向，但怪得、新来多病。嗟旧日沈腰④，如今潘鬓⑤，怎堪临镜。

重省，别时泪滴，罗衣犹凝。料为我厌厌，日高慵起，长托春醒⑥未醒。雁足⑦不来，马蹄难驻，门掩一庭芳景，空伫立，尽日阑干倚遍，昼长人静。

注释　① 二郎神：唐教坊曲名，后用作词牌。双调一百零五字。② 弹鹊：用弹击走喜鹊。③ 谩：随意，漫不经心。④ 沈腰：南朝梁沈约以瘦弱著名。为文人习用之典。⑤ 潘鬓：潘岳《秋兴赋》序"余春秋三十有二，始见二毛"。后因以潘鬓作为中年鬓发初白的代称。⑥ 醒：病酒。⑦ 雁足：《汉书·苏武传》："天子射上林中得雁，足有系帛书，言武等在某泽中。"后代指送信者。

译文　一群喜鹊叽叽喳喳，却徒自增加我的愁情。心情烦闷用弹打走喜鹊，反而搅碎了一帘花影。我漫不经意地穿上春天的衣衫，却又想起那是她亲手所缝，那双又白又嫩的纤手仿佛在我的眼前晃动。她曾点燃熏过香的香炉，如今早已是香烬灰冷。动不动就引起忧愁，却又不知道怎样排遣才行。只是奇怪近来多病，叹息本来就很瘦弱如同沈约的我，如今像潘岳一样又添白发，两个鬓角点点星星。怎能不临镜而心惊。　　我又重新想起当日的情形，临别时她的眼泪洒满衣襟，罗衣上至今恐怕还有泪痕。我能预料得到，她一定正在为我而销魂伤心。终日慵困懒散，太阳升起老高也懒得起身。长向人推托，说是春酒太醉人而难以清醒。只怪鸿雁不能捎来书信，又怪门外没有车马车轮的声音。庭院里到处是一派春日的芳景，她却把门户关得非常紧。终日里倚遍栏杆，空自凝神伫立伤情。只是觉得白昼太长，庭院内外太也寂静冷清。

评析　　传说本词是为怀念一位不容于妻室而被逐的宠妾所写。上片写词人在宠妾被逐之后触景生情，睹物思人，因相思而多病憔悴的情形。下片设想对方也在为自己终日凝愁，空自伫望。抒情婉曲，笔法细腻。

　　据张侃《拙轩集》载："徐干臣侍儿既去，作转调二郎神，悉用平日侍人所道底言语。史志道与干臣善，一见此调，踪迹其所在而归之。"王明清《挥麈余话》所叙尤详，可见此词确有此本事。开篇"闷来弹鹊"，起笔突兀。表现出抒情主人公有一种无名之火，竟拿喜鹊出气。喜鹊本是报喜事的灵鹊，而妾被逐为忧事，喜鹊偏来，岂非有意嘲弄，故弹鹊。以下情感均与此相似。因弹鹊而花乱，更填烦恼。试穿衣亦想人，见香炉亦想人，无时不想，无处不想。"动是愁端"五句极写自己因思而病，因病而精神更憔悴的苦况。下片设想对方也在苦苦思念自己，"料为我厌厌"到末尾均是想象之词，具体而传神，慵懒无聊，饮酒遣愁，盼信盼人，终日凭倚栏杆的情景均是女子思念意中人常有之情，与上片遥相呼应，女子也是无时不想、无处不想。正是这种双方的相互思念与爱恋才使爱情的表达更加凄美、更加感人。全词写得委婉动人，韵致颇佳。黄升说："青山词多杂调，惟《二郎神》一曲，天下称之。"（《花庵词选》）

田 为／生卒年不详

字不伐，善琵琶，通音乐。政和末，充大晟府典乐。宣和元年（1119）罢典乐，为乐令。有赵万里辑本《芊呕集》。

江神子慢

田 为

玉台^①挂秋月，铅素^②浅、梅花^③傅^④香雪。冰姿洁，金莲^⑤衬、小小凌波罗袜。雨初歇，楼外孤鸿声渐远，远山外、行人音信绝。此恨对语犹难，那堪更寄书说。　　教人红销翠减，觉衣宽金缕^⑥，都为轻别。太情切，销魂处、画角黄昏时节。声呜咽。落尽庭花春去也，银蟾^⑦迥、无情圆又缺。恨伊不似余香，惹鸳鸯结。

注释　　① 玉台：精美的梳妆台。或释为精美的楼阁，不确，与词意不符。② 铅素：铅华。③ 梅花：一种女子妆式，指梅花妆。④ 傅：通"附"，附着。⑤ 金莲：《南史·齐东昏侯纪》："又凿金为莲花以贴地，令潘妃行其上，曰：'此步步生莲花也。'"后人因以金莲专指女子纤足。⑥ 金缕：金缕衣。饰以金线的罗衣。⑦ 银蟾：明月。传说月宫中有蟾蜍，故称。

译文　　嵌玉的梳妆台上，明镜如同秋月。临镜梳妆，薄施粉素，如同梅花上附着一层香雪。芳姿如冰雪般淡雅高洁，金莲般的玉足上，衬着小小的凌波仙子式的罗袜。骤雨初歇，楼外孤雁哀鸣的声音渐渐远去，远方的行人音断信绝。这种幽思怨恨，面对面都难以尽情诉说，何况是一封书信，又怎能将如此深情寄托？　　真让人红颜消瘦丰韵减削，只觉得金缕衣衣带渐宽，都是因为与他轻易分别。相思的情意太深太切，最令人伤心的时候，是在黄昏时节，画角的声音呜呜咽咽。庭花已经尽落，春天的芳景已经消歇。月亮离这里非常遥远，无情无义圆了又缺。恨她不如熏炉里的袅袅余香，还能暂时留在我的身上，形成一个鸳鸯结。

评析　　本词属闺怨，写一女子春日闺中怀人的情愫。上片前半写临镜梳妆自怜自艾。"雨初歇"以下几句写黄昏伫立楼头盼归。下片抒写绵绵的相思之情，以黄昏画角、花落春归衬托离情。末尾两句以痴语显深情。全篇风格婉丽、情致缠绵。

　　起句"玉台挂秋月"各本多解释为楼台外挂着明月，指为实景。似不确。实质是比喻，"秋月"是镜面圆形而又明亮之意，以下几句是对镜梳妆的描写，"玉台"指梳妆台洁白而精美。这样理解与下面几句紧密联系，形成一体。再有，本词所写为春季无疑，而"秋月"便肯定为比喻了，否则便无法自圆其说。前六句是美人对镜梳妆，从脸面化妆抹粉到穿着衣服，最后到鞋袜。"凌波罗袜"有穿针引线之作用，结束前面的化妆，引出下面的动作，暗示美人出外观景。"雨初歇"以下四句由孤鸿之声将视野由室内引向外面，并将思绪引向远山，自然生发出"行人音信绝"的忧伤，成为全词抒情的出发点。歇拍"此恨对语犹难，那堪更寄书说"两句用递进手法表达相思之情的浓烈、深沉、难以言表，开启下片。下片紧承前文，描写相思的苦况，红颜消瘦，衣带渐宽。"落尽庭花春去也"进一步点明季节，暮春之黄昏，最令独守空闺之女人伤感，本词所写正如此也。由黄昏到月出，女子还在望月深思，可见是位多情痴情的女子。全篇的意脉是暮春时节闺中女子清晨临镜梳妆，黄昏时倚楼望归，入夜时望着缕缕香烟而生痴想。层次清晰，人物形象鲜明。

曹组 / 生卒年不详

字元宠。颍昌（今河南许昌）人。宣和三年（1121）进士及第。官至阁门宣赞舍人，睿思殿应制。有《箕颍集》，令不传。《全宋词》录其词三十六首。

蓦山溪 ①

梅

曹 组

洗妆真态，不作铅华御。竹外一枝斜，② 想佳人 ③ 天寒日暮。黄昏院落，无处着清香，风细细，雪垂垂，何况江头路。 月边疏影，梦到销魂处。结子欲黄时，又须作、廉纤 ④ 细雨。孤芳一世，供断有情愁，消瘦损，东阳 ⑤ 也，试问花知否？

注释 ① 蓦山溪：词牌名，又名上阳春，弄珠英等。双调八十二字。② "竹外"句：苏轼《和秦太虚梅花》诗："江头千树春欲暗，竹外一枝斜更好。"③ 佳人：化用杜甫《佳人》诗"天寒翠袖薄，日暮倚修竹"句意。④ 廉纤：细微、纤细。⑤ 东阳：南朝梁沈约曾任东阳（今属浙江）守。此处是作者自指。

译文 仿佛洗去铅粉的美人，天生一副纯真的娇美之姿，无须再用铅粉类的化妆品进行修饰。在竹丛外横斜一枝，宛如一个天生丽质的美女，在天寒日暮时自矜自持。即使黄昏时的院落里，散发出清清的幽香尚无人赏识。何况在村外江边的路上，更只有寒风徐徐，飞雪细细，一片凄迷。 月光下疏影婆娑，犹如多情的美人在幸福的梦境里。当梅花将要结籽时，又是连绵不断的满天烟雨。梅花一世里孤苦自恃，只供人产生无穷的忧愁和情思。我满含深情地询问梅花，你可知道，我全都是为了你，已经像梁朝的沈约一样，身体瘦弱，精神萎靡。

评析　　这是一首咏梅词，在咏物中寄托了作者高洁的自我人格。上片写野外之梅的天姿国色和幽独高雅的神韵，下片由月下疏影的清丽景象联想到日后花落梅黄、阴雨连绵的情景，情思悠长。

　　上片开头两句写梅花天生的丽质神韵而不要任何外在的修饰，这既是对梅之幽独高洁品格的礼赞，也是对志士仁人高尚品质的歌颂。"洗妆真态"写出梅花天生丽质，清新自然而不造作的神韵。"竹外"两句化用杜甫、苏轼两诗的意境，浑化无迹。灵活运用苏东坡的诗句，喜欢清静疏朗的竹外一枝斜出的梅花表现其高洁的外在姿态，再用杜甫笔下的佳人形象赋予梅花的内在精神，很贴切精微。接下几句写梅花境遇的冷清寂寞，即使在庭院里都无人理睬，何况在江头路边？写尽其孤芳无人赏之苦境，为全词的词眼"孤芳一世"铺垫气氛。下片进一步写梅花零落结出梅子，而且梅子欲黄时又要遭受梅子雨的蹂躏，写尽梅花的不幸命运。最后用沈约消瘦比喻自己为梅销魂憔悴，含蓄有韵致。李攀龙说："白玉为骨冰为魂，耿耿独步参黄昏。其国色天香，方之佳人，幽趣如何？"（《草堂诗余隽》）

李　玉／生平不详

《全宋词》录其词一首。

贺新郎

李 玉

篆缕^①销金鼎^②，醉沉沉、庭阴转午，画堂人静。芳草王孙知何处？惟有杨花糁^③径。渐玉枕、腾腾^④春醒，帘外残红春已透，镇^⑤无聊、殢酒^⑥厌厌病。云鬟乱，未忺^⑦整。　　江南旧事休重省，遍天涯、寻消问息，断鸿难倩^⑧。月满西楼凭阑久，依旧归期未定。又只恐、瓶沉金井^⑨，嘶骑不来银烛暗，枉教人、立尽梧桐影。谁伴我，对鸾镜。

注释　　①篆缕：香烟升起如线而盘旋环绕，如篆字形，故云。②金鼎：铜的鼎形香炉。③糁：泛指散粒状的东西，此处形容柳絮。④腾腾：懒散，随便。⑤镇：整、整日。⑥殢酒：病酒。因饮酒过量而不舒服。⑦忺：高兴、适意。⑧倩：请、央求。⑨瓶沉金井：白居易《井底引银瓶》诗："井底引银瓶，银瓶欲上丝绳绝。"此处暗用其意。

译文　　铜炉中如篆字形的香烟盘旋上升，我的酒气沉沉，庭中的树影已转向偏东，画堂里寂静冷清。芳草萋萋，碧绿而茂盛，也不知心上人此时的行踪，唯有飘落的杨花，如点点白雪粒布满了小径。独卧玉枕上困倦疲软，懒洋洋慢腾腾春睡才醒。帘外已经开始飘落残红，春天将尽，终日百无聊赖也没有个好心情，像喝多了酒一样恹恹成病。头发凌乱蓬松，也没有心思去梳理规整。　　江南旧事不堪重新反省，即使遍天下去寻访消息，能寄书信的鸿雁也难以依凭。月光洒满西楼，我长时间凭倚栏杆，目聚神凝。可是他的归期依旧没有一定。只怕如同银瓶沉入金井，再也没有希望重圆破镜。等得太久太久，我独自面对昏暗的残烛，怎么也听不到他骑坐宝马的嘶鸣。徒自让我久久地伫立，直到梧桐树已经没有了阴影。如今又到了夜间，有谁能够陪伴着我，共同照那明亮的鸾镜？

评析　　本词别本题作"春情"，是一首思妇词。上片以景托情，描写女主人公暮春时空虚寂寞的情怀。下片写盼归无望，时疑时惊，且思且怨的复杂心情。

词旨温柔深婉。

上片开头四句渲染春日白昼深闺中静谧的气氛，正因为静，人才能注意到篆形的香烟，才能注意到庭阴的“转午”。“画堂人静”是对前三句的总括。“芳草”两句由景转情，点出思人念远之意。“渐玉枕”以下以外显内，从女子的外在行动显示其内心的空虚和孤独。过片只轻点一句“江南旧事休重省”，江南旧事的具体内容只字不提，给人留下丰富的想象空间，以下则转写凭栏伫立望归的情景。“瓶沉金井”化用白居易《井底引银瓶》的诗意表现出一种近乎绝望的心情，语意沉痛。结尾几句描写其明知不归而还要久久伫立的痴情。真是个多情的女子。陈廷焯评曰：“此词绮丽风华，情韵并盛，允推名作。”(《白雨斋词话》)

廖世美／生平不详

《全宋词》录其词二首。

烛影摇红 ①
题安陆 ② 浮云楼
廖世美

霭霭 ③ 春空，画楼森竦凌云渚。紫薇 ④ 登览最关情，绝妙夸能赋。惆怅相思迟暮，记当日、朱阑共语。塞鸿难问，岸柳何穷，别愁纷絮。　催促年光，旧来流水知何处？断肠何必更残阳，极目伤平楚 ⑤。晚霁波声带雨，悄无人、舟横野渡。⑥数峰江上，芳草天涯，参差烟树。

注释　　①烛影摇红：词牌名，又名忆故人、归去曲等。双调九十六字。②安陆：今湖北省安陆市。浮云楼，即浮云寺楼。③霭霭：云层密集貌。④紫薇：唐代中书省曾称紫薇省，故在中书省任官者可称紫薇郎。此处指杜牧，杜牧曾任中书舍人，故称。⑤平楚：登高望远，大树林处树梢齐平，称平楚。也可代指平坦的原野。谢朓《郡内登望》："寒城一以眺，平楚正苍然。"⑥"晚霁"二句：韦应物《滁州西涧》诗："春潮带雨晚来急，野渡无人舟自横。"

译文　　春天的空中薄雾蒙蒙，洲渚上的画楼飞甍高耸入云。昔年的紫薇郎曾将此楼登临。面对眼前的景物他感慨万千，写下绝妙的诗篇一直传诵至今。日暮时令人相思惆怅，记得当日我在这里和佳人倚栏共语的情景该是多么快乐欢欣！伊人一去便没有了消息，望断鸿雁也难以问清他的音信。只有岸边的柳树无尽无穷，惹起我的离愁仿佛飞絮，纷纷乱乱，头绪纷纭。　　时令节序在催促着年光流程，往日楼下的河水，如今不知流向哪里才会消停？不一定要等日暮斜阳时才令人伤魂，看见宽阔的原野莽莽苍苍，同样让人特别伤心。晓来天气初晴，水波声中似乎还带着雨声。静悄悄的没有一点儿声息，只有一叶小舟在野外的渡口处斜横。江边矗立着几座青青的山峰，碧绿的芳草向天边延伸，在迷茫的烟雾暮霭里，几棵高矮不齐的树木模糊不清，朦朦胧胧。

评析　　廖世美喜爱杜牧的诗，仅存的两首均融杜牧诗意或成句，此词便是化用杜牧诗意写成。可见作者在此方面颇有功力。杜牧有《题安州浮云寺楼寄湖州张郎中》诗："去夏疏雨余，同倚朱阑语。当时楼下水，今日到何处？恨如春草多，事与孤鸿去。楚岸柳何穷，别愁纷若絮。"本词抒写作者的登高怀古念远之情。赞美杜牧中也有自诩之意。

上片开头描绘眼前之景，笔力峻健，"惆怅"以下均完全化用杜牧诗意。借他人之诗境著自己之词，传自己之意，也需要很高的才情。"断肠"

以下几句，精彩地描绘出暮春时节黄昏极目远望的凄迷景色，衬托无限惆怅的心情。运用前人诗句熨帖自然，灭尽痕迹。况周颐赞此词曰："真能不愧'绝妙'二字，如世美之作，殊不多觏。"（《蕙风词话》卷二）本词在化入他人之诗为己境方面显现出很高的才能，但也使作品本身减少了新意。

吕滨老／生平不详

一作渭老。字圣求，嘉兴（今属浙江）人。宣和间以诗名。词风婉媚深沉。有《圣求词》。

薄 幸

吕滨老

青楼①春晚，昼寂寂、梳匀又懒。午听得、鸦啼莺哢②，惹起新愁无限。记年时、偷掷春心，花前隔雾遥相见。便角枕③题诗，宝钗赊酒④，共醉青苔深院。　　怎忘得、回廊下，携手处、花明月满。如今但暮雨，蜂愁蝶恨，小窗闲对芭蕉展。却谁⑤拘管？尽无言、闲品秦筝，泪满参差雁⑥。腰肢渐小，心与杨花共远。

注释　　①青楼：古诗文中有二意：一指妓女居所，一泛指女性所居之楼。此指后者。②哢：鸟叫。③角枕：一般解释为用兽角做装饰的枕头。有些匪夷所思，我怀疑指方形枕头。因方形有角，故云。④赊酒：赊酒。赊，赊欠，此处指换酒或当酒。⑤谁：怎样，什么。

⑥ 参差雁: 指筝柱斜列如飞雁。

译文　　我居在高楼的深闺中, 春光已经迟晚。长日里百无聊赖, 连梳头匀面也很慵懒。忽然听到外面鸦啼莺哗, 立刻引起我的新愁无限。记得那一年, 我和他花前隔雾遥遥相见, 一见倾心而把情意暗传。他更是情意绵绵, 在我的角枕上题写诗篇, 我拔下金钗去换回美酒, 我们对斟对饮, 寻乐追欢, 陶醉在这长满青苔的深深庭院。　　怎么能忘记那个时候, 我们两情缱绻, 双双携手在回廊里漫步流连。那时百花争艳, 月亮明亮而又团圆。如今只见暮雨连绵, 蜜蜂都感到忧愁, 蝴蝶也感到怨恨。芭蕉对着我的小窗, 蕉心正在悠闲地慢慢伸展。却又有谁来拘管? 我久久地沉默无言, 无聊地摆弄着筝弦, 弦柱斜行排列如同飞行的大雁, 都被我的泪水湿遍。我的腰肢一天天瘦削细小, 我的心随同那些柳絮, 飘飘悠悠飞向很远很远。

评析　　本词属闺怨类, 写一女子暮春时怀人的情思。上片由景入情, 写往日与情人一见钟情, 幽会欢爱的幸福, 下片写今日独对芳景的苦闷。全词层次分明, 景清情苦, 洵为佳什。

　　上片开头三句写女子的空虚与慵懒, 连梳头匀面这样的化妆都懒得做, 暗示出心情不好。有伊人不在, 为谁而容的意味。"鸦啼莺哗"的声音使她从沉思中惊醒, 惹起无限新愁。"记年时"以下六句描写往日自由恋爱的欢心。"记"字属一字逗, 领起下文的六句。这几句词层次分明, 连珠而下, 气脉一贯, 通过刻画形象, 剪裁画面, 回忆其初恋到热恋的全过程。似乎可以觉察到少女在恋爱过程中紧张、愉快的心情节奏。下片换头处前四句紧承上片意脉, 为美好的回忆作结。紧接着转写如今的处境, 画面凄凉。"小窗闲对芭蕉展"一句用衬托之法, 谓芭蕉之心可以悠闲自由地伸展, 而少女的心却不得伸展, 故云"却谁拘管"。古诗文中多以芭蕉、丁香打结喻愁情郁结状, 本词反其意而用之。尾句借杨花飘逝以写少女愁绪之悠远与渺茫, 情深句秀, 深得词家结句之法。杨花亦为晚春之典型物象, 与开头的"春晚"照应, 使全词结构甚为严谨。赵师秀说:"圣求词婉媚深窈,视美成、耆卿伯仲。"将其与柳永、周邦彦并提，并非虚美。杨慎《词品》也说："圣求在宋，不甚著名，而词甚工。"

鲁逸仲／生卒年不详

即孔夷，字方平，汝州龙兴（今属河南）人。孔旼之子，元祐中隐居滍阳，与刘攽、韩维友善。自号滍皋渔父，隐名为鲁逸仲。《全宋词》录其词三首。

南 浦①

旅 怀

鲁逸仲

　　风悲画角，听《单于》②、三弄落谯门。投宿骎骎③征骑，飞雪满孤村。酒市渐阑灯火，正敲窗、乱叶舞纷纷。送数声惊雁，乍离烟水，嘹唳④度寒云。

　　好在半胧淡月，到如今、无处不销魂。故国梅花归梦，愁损绿罗裙⑤。为问暗香闲艳，也相思、万点付啼痕。算翠屏应是，两眉余恨倚黄昏。

注释　　①南浦：唐《教坊记》有《南浦子》一曲，宋词借其旧名另倚新声，作为词牌。双调一百零二字，仄韵者为多。②《单于》：曲调名。唐代《大角曲》中有《大单于》《小单于》等曲。③骎骎：马行快速貌。④嘹唳：形容声音响亮凄清。⑤绿罗裙：五代牛希济《生查子》词："记得绿罗裙，处处怜芳草。"此处代指意中美人。

译文　　　画角在寒风中悲鸣，《单于》曲调一声声落在谯门，我们的马车匆匆赶路投宿，来到这飘扬着飞雪的小孤村。酒市里的灯火渐渐稀少，只有随风飘落的枯叶乱纷纷，敲打着窗户和房门。空中传来孤雁惊恐的哀鸣，从那凄厉的叫声中，可以想象它们刚刚离开迷蒙的水面，正在迅疾地穿过寒云。　　依旧是半暗半明的淡月，到如今，这一切景象却令我落魄伤魂。梦想着返回故园，那里的梅花该多么美丽艳明。那位穿着绿色罗裙的佳人，恐怕早已为了我而容颜瘦损。试问那一树树暗香疏影，是否也在相思，万点红花是否都变作了泪痕。料想那位美人一定紧锁双眉，满腔幽怨悲恨，独倚画屏寂寞地苦挨着黄昏。

评析　　　本词写旅夜乡思。上片从听觉、视觉、远景、近景各个角度描写旅途及住宿之处的凄凉冷清，景色如画。下片写景物依旧，抒写河山之异的凄楚之感，对佳人的深切怀念，情意婉曲。黄蓼园说："细玩词意，似亦经靖康乱后作也。第词旨含蓄，耐人寻味。"(《蓼园词选》)

　　　上片描状旅途苦况极为精彩。通过听觉和视觉构成四幅各具特色的画面，即"画角谯门""飞雪孤村""冷落酒市"和"寒夜惊雁"，共同渲染凄凉冷落的气氛。开头两句写声音，画角从悲风中传来，在渲染气氛中点明日色已晚。"投宿"两句非常生动，写急于投宿的情状及宿处的荒僻。"酒市"两句具体写小村之荒凉及气候之恶劣，也点出季节特征。再以惊雁之声衬情。种种意象织成一幅雪夜、荒村、孤旅的凄凉图景，表现出沉重的伤感情调。层次分明，色彩浓重，立体感极强，在写旅途苦况中堪称佳构。下片则由景入情，由雪夜闻雁转为月夜思乡，委婉地铺写相思情意。抒发对故园芳景及意中之人的深深眷恋之情。最后以佳人黄昏倚屏思念盼归作结，是进一层的写法，意味尤深婉凄苦。陈廷焯云："遣词琢句，工绝警绝。"(《白雨斋词话》)

岳 飞

岳 飞/1103—1141

字鹏举，相州汤阴（今属河南）人。抗金名将，官至枢密副使，封武昌郡开国公。以不附和议，被秦桧害死。孝宗时复官，谥武穆。宁宗时追封鄂王，理宗时改谥忠武。有《岳武穆集》。《全宋词》录其词三首。

满江红①

岳 飞

怒发冲冠②，凭阑处、潇潇③雨歇。抬望眼、仰天长啸，壮怀激烈。三十功名尘与土，八千里路云和月。莫等闲、白了少年头，空悲切。　　靖康耻④，犹未雪；臣子恨，何时灭。驾长车踏破、贺兰山⑤缺。壮志饥餐胡虏肉，笑谈渴饮匈奴⑥血。待从头、收拾旧山河，朝天阙⑦。

注释　　①满江红：唐教坊曲名，后用作词牌。双调九十三字。②怒发冲冠：愤怒时头发直竖，上冲帽子。《史记·刺客列传》："士皆瞋目，发尽上指冠。"③潇潇：风雨之声。④靖康耻：指靖康二年（1127），金兵攻陷汴京，掠走徽、钦二帝及皇后嫔妃，中原沦丧的奇耻大辱。⑤贺兰山：亦名阿拉善山，在今宁夏和内蒙古交界处。此处泛指金兵占领区。⑥胡虏、匈奴：泛指敌人。此处指金兵。⑦天阙：天子宫殿前的楼观。朝天阙即朝见皇帝。

译文　　我愤怒得头发冲冠，独自登高凭栏，阵阵风雨刚刚停歇。抬头远眺，天高空阔。我禁不住热血沸腾，仰天长啸，壮怀激烈。三十多年的功名如同尘土，转战八千余里，经过多少风云和淡月，熬过多少个日日夜夜。人生啊，也太短暂，光阴啊，也太紧迫！有志的男儿，要抓紧时间建功立业，不要随随便便把时光消磨，等两鬓苍苍时徒自悲切。　　靖康年间的奇耻大辱，至今也不能洗雪。作为国家臣子的愤恨，何时才能泯灭！我要驾上战车，指挥千军万马横扫残胡，踏破贺兰山缺。我满怀壮志，饥饿时要吃敌人之肉，谈笑时若是口渴，也要喝敌人的鲜血。待我重新收复旧日的山河，再带着捷报去朝拜京城的宫阙，向皇帝奏报光复中原的喜悦。

评析　　这是一首气壮山河、传诵千古的名篇。表现了作者大无畏的英雄气概，洋溢着爱国主义激情。上片通过凭栏眺望，抒发为国杀敌立功的豪情，下片表达雪耻复仇，重整乾坤的壮志。

开篇几句出语不凡，立意高远，抒写出登高临远，俯仰天地时不可抑制的悲愤之情，以及誓死抗敌的决心，气冲斗牛，令人振奋。"三十"两句，自伤神州未复，劝人及时奋起，可为千古箴铭。下片直抒胸臆，表白国耻未雪，誓将扫平入侵之敌，重整山河以报效国家的耿耿忠心，有穿云裂石之声。全篇洋溢着一位爱国志士蔑视敌人，誓与之血战到底的英雄气概。且本词又出自一位名将之手，具有震天撼地的力量。沈际飞评曰："胆量、意见、文章悉无今古。"(《草堂诗余正集》)；陈廷焯评曰："何等气概，何等志向！千载下读之，凛凛有生气焉。"(《白雨斋词话》) 本词将以其爱国的正气及催人奋进的精神永远为后世所传诵，将与天地同在，与日月争辉。壮哉斯词，伟哉岳飞。

张抡／生卒年不详

开封（今属河南）人。绍兴间，知阁门事。淳熙五年（1178）曾为宁武军承宣使。自号莲社居士。今传《莲社词》一卷。

烛影摇红

上元有怀

张抡

双阙①中天，凤楼②十二春寒浅。去年元夜奉宸游③，曾侍瑶池④宴。玉殿珠帘尽卷。拥群仙、蓬壶⑤阆苑⑥。五云⑦深处，万烛光中，揭天丝管。

驰隙⑧流年，恍如一瞬星霜换。今宵谁念泣孤臣，回首长安远。可是尘缘未断，谩惆怅、华胥⑨梦短。满怀幽恨，数点寒灯，几声归雁。

注释　①双阙：天子宫门有双阙。②凤楼：指宫内楼阁。南朝宋鲍照《陈思王京洛篇》："凤楼十二重，四户八绮窗。"③宸游：帝王的游乐。④瑶池：神话传说中的神仙居处。此处指皇宫。⑤蓬壶：古代传说中海中三神山之一，亦作蓬莱。⑥阆苑：阆风之苑，传说中仙人居处。此处代指宫中。⑦五云：五色祥云。此处形容上元夜晚彩灯光中云气色彩纷呈貌。⑧驰隙：即白驹过隙。比喻光阴迅疾。⑨华胥：《列子·黄帝》："（黄帝）昼寝，而梦游于华胥氏之国。"后用作梦境的代称。

译文　宫城的双阙插入云天，禁院中楼阁宫殿的春寒轻而又浅。去年的上元夜我曾经陪伴君王游乐，参与豪华的盛宴。玉殿里的珠帘都高高卷起，宫娥彩女舞姿翩跹，仿佛身在仙家的池苑。五色祥云的深处，灿烂辉煌的万烛光中，丝弦箫管的声音直上九天。　　如白驹过隙般飞逝流年，恍惚在一瞬之间年度已换。有谁顾念我这位孤臣，今宵里伤心得泣涕涟涟。回首京师，千里遥远。可惜我的世俗之心未能割断，空自惆怅故国时的荣华富贵，就像春梦一样十分短暂。如今却只能满怀幽恨，深情地远观那几点闪闪寒灯，听几声哀鸣的归雁。

评析　　本词系上元节日感怀之作，通过今昔对比在感伤个人身世遭际中抒发了故国之思，是刚刚南渡后的作品，有较普遍的社会历史意义。

上片描绘往日宫中元宵节的热闹繁盛。先写宫中建筑的辉煌，再写自己侍宴同游的赏心乐事。在歌颂北宋王朝汴京之繁荣景象的同时，也包含着作者备受荣宠的自得之态。下片抚今追昔，有隔世之感，表现了深深的故国之思。李攀龙说："上述往事，下叹来年，神情一呼一吸。"又说："此抚景写情，俱见其荣光易度，梦醒无几，真画出风前烛影，红光在目。"（《草堂诗余隽》）均是知言。本词风神摇曳，上片辞采华赡，境与情谐，下片语含悲酸，情致凄婉。在南宋词咏叹上元的作品中也算得上一篇佳作。

程　垓／生卒年不详

字正伯，眉山（今属四川）人。苏轼中表程正辅之孙。淳熙间常到临安，光宗时尚未宦达。工诗文，词风凄婉锦丽。有《书舟词》。

水龙吟

程 垓

夜来风雨匆匆，故园定是花无几。愁多怨极，等闲孤负①，一年芳意。柳困桃慵，杏青梅小，对人容易。算好春长在，好花长见，原只是、人憔悴。

回首池南②旧事，恨星星③、不堪重记。如今但有，看花老眼，伤时清泪。不怕逢花瘦，只愁怕、老来风味。待繁红乱处，留云借月④，也须拼醉。

注释　　①孤负：同"辜负"。②池南：当指作者故园某地。③星星：鬓发花白貌。左思《白发赋》："星星白发，生于鬓垂。"④留云借月：意谓要挽留住大好时光。

译文　　一夜里风骤雨急，故园里的鲜花一定所剩无几。我愁苦怨恨已极，就这样轻易地辜负了大好的春日。倦怠的桃花，懒洋洋的柳絮，杏子青又青，梅子小而绿，春光就这样随便地飞逝。就算美好的春天年年重来，盛开的鲜花年年芬芳艳丽，只是人的心情已经衰老憔悴。　　可恨两鬓已经斑白，池南欢乐的旧事，更是不堪回首重忆。如今只有一双观花的老眼，感时伤世而常常流下清泪。我如今并不怕花儿瘦损，只发愁自己的身心衰老困惫。趁着这繁花烂漫时，我算豁了出去，留下彩云和月光相伴陪，我要尽情地狂饮，一定要喝个酩酊大醉。

评析　　本词的内容可用"看花老眼，伤时清泪"八字来概括，前者嗟叹年老，后者忧伤时事。上片由故园之思写到怨春之情，下片由追忆往事写到伤老之感。全词表现感时伤事而又嗟叹年老漂泊的感受，在南宋年间颇有典型意义。

作者是四川眉山人，生活年代在辛弃疾前后。具体生平难考，根据其他作品可以考知他曾流寓到江浙一带。本词所写正是羁旅思乡之情。上片写风雨无情，春又归去。与辛弃疾《摸鱼儿》（更能消几番风雨）上片的意境情感相似。惜春惜时之情十分深沉，而春风还是无情地逝去，空有无可奈何之叹。下片换头只轻轻一点"回首池南旧事"，并不具体写旧事的内容，含蓄空灵，但其池南旧事是为美好温馨之情景则无疑。吴曾在《能改斋漫录》中云："眉山程正伯，号虚舟，与锦江某妓眷恋甚殊，别时作《酷相思》。"旧事或许指此。"恨星星"以下铺写如今伤老伤孤的意绪，尾句故作旷达，骨子里是无可奈何的深愁。抒情深沉委婉，内涵极为丰厚，有很强的人情味。

张孝祥／1132—1169

字安国，号于湖居士，历阳乌江（今安徽和县乌江镇）人。绍兴二十四年（1154）状元。孝宗朝，累迁中书舍人，直学院士，领建康留守，因赞助张浚北伐罢职。后知荆南府，兼荆湖北路安抚使，有政绩。因病退居，卒于芜湖。善诗文，工词。词风豪放。著有《于湖居士文集》《于湖词》。

六州歌头①

桃 花

张孝祥

长淮②望断③，关塞④莽然⑤平。征尘暗，霜风劲，悄边声，黯消凝⑥。追想当年事⑦，殆天数，非人力，洙泗⑧上，弦歌⑨地，亦膻腥。隔水毡乡⑩，落日牛羊下，区脱纵横。看名王⑪宵猎⑫，骑火⑬一川明，笳鼓悲鸣，遣人惊。

念腰间箭，匣中剑，空埃蠹⑭，竟何成！时易失，心徒壮，岁将零⑮，渺神京⑯。干羽⑰方怀远⑱，静烽燧⑲，且休兵。冠盖使⑳，纷驰骛，若为情㉑。闻道中原遗老，常南望、翠葆霓旌㉒。使行人到此，忠愤气填膺㉓，有泪如倾。

注释　　① 六州歌头: 词牌名。双调一百四十三字。此调多为慷慨悲壮之作。② 长淮: 淮河。当时为宋金东部分界线。③ 望断: 极目远望。④ 关塞: 边防上的险关要塞。⑤ 莽然: 草木丛生貌。⑥ 黯消凝: 暗自销魂凝思, 形容因感伤而沉思貌。⑦ 当年事: 指靖康间金兵南侵灭北宋事。⑧ 洙泗: 古代鲁国的两条河——洙水和泗水, 流经曲阜。此处代指中原文化发达地区。⑨ 弦歌: 弹琴唱歌, 此指礼乐教化。⑩ 毡乡: 古代北方少数民族大多住毡帐, 故称其居所为毡乡。⑪ 名王: 古代少数民族对贵族头领的称呼。⑫ 宵猎: 夜间打猎。此处指夜间军事演习。⑬ 骑火: 骑兵打着的火把。⑭ 空埃蠹: 白白积满尘埃, 被虫蛀蚀, 此指闲置不用。⑮ 岁将零: 一年将尽。⑯ 神京: 此指南宋京师临安 (今浙江杭州)。⑰ 干羽: 盾牌和雉羽。古代两种舞具。《尚书·虞书·大禹谟》: "帝乃诞敷文德, 舞干羽于两阶。七旬, 有苗格。"⑱ 怀远: 以文德怀柔远人。此处谓朝廷对敌妥协。⑲ 烽燧: 战争烟火。古代边防有警, 则在高台上点烟火以告警。夜间举火为烽, 白天燃烟为燧。⑳ 冠盖使: 穿官服乘马车的使臣。此处指去金求和之使臣。㉑ 若为情: 何以为情。㉒ 翠葆霓旌: 指皇帝的车驾。翠葆, 用翠羽装饰的车盖。霓旌, 绘有云霓的彩旗。㉓ 填膺: 塞满胸怀。

译文　　远望宽阔的淮河对岸, 只见草木丛生与关塞齐平。战火的飞尘已经暗淡, 霜风凄紧, 边境上悄然寂静。我不由得暗自伤神。追想当年的形势, 大概只是天数, 难道不是人事所造成? 可叹洙水泗水一带, 自古以来礼乐兴盛, 文化繁荣, 如今到处弥漫着牛羊的膻腥。江对岸便是敌人的帐篷, 一群群牛羊在日暮时归来, 戍边的堡垒土房到处纵横。敌人的将领在夜间习武, 骑兵的火把映得满河通明, 胡笳战鼓阵阵悲鸣, 真令人魄动魂惊。　　可叹我腰中的弓箭, 匣里的宝剑, 空自受着虫蛀尘封, 究竟能有什么用? 时光最易消逝, 空怀壮志豪情, 年岁将要迟暮飘零, 而京师距离我又是那么遥远迷蒙。朝廷正重用怀远主和的大臣, 停止一切边备和战争, 即将全面休息军兵。衣冠楚楚乘坐豪华车辆的求和大使, 纷纷然来往奔行, 真叫人百感交集难以为情。听说中原的父老弟兄, 年年盼望王师北征, 经常向南眺望皇帝的车驾和旌旗。就连过路的人听到此情, 也都满腔忠义义愤填膺, 热泪涌流犹如雨倾。

评析　　这是一首慷慨悲壮之作。宋孝宗隆兴元年（1163），张浚奉命出师北伐。由于投降派阻挠及前线将帅不和，致使符离之败，北伐受挫。投降派得势，下令撤毁边备，决定与金"议和"。时张孝祥在建康（今江苏南京）任留守。相传此词是一次宴会上所作，张浚听后为之"罢席而入"（《朝野遗记》）。上片写登高眺望所见到的边备松弛，金人气焰嚣张的景象，令人气馁。下片抒发报国无门，壮志难酬的悲愤。强烈地谴责了统治者苟且偷安、误国误民的罪行。

　　上片开头五句描绘宋朝守备松弛边境荒凉的气象。"追想当年事"六句寓意较深刻。表面说当年战败大概是天意，那么今日之败又是什么呢？作者并非为当年开脱，主要是衬今。实质上当年亦非天意，而是取决于人事的。"隔水毡乡"以下到歇拍，写淮河对岸敌占区的红红火火。牛羊下山乃至百姓生活的安定祥和，名王宵猎，说明金兵大规模演习。这与宋朝边境的死气沉沉、萧条冷落形成鲜明的对比。表现出深深的忧虑、无奈而又痛心疾首的感情，令千古英雄吞声。下片前八句抒发报国无门，壮志难成，人生易老的悲慨，语句短促，情绪激昂，令人击案。"干羽方怀远"以下六句写求和使臣纷纷奔驰的丑态，讽刺统治者急于投降畏敌如虎的可鄙行径。语含讥讽。结尾六句写中原遗老渴望王师北伐恢复中原的殷切心情。全词将写景、议论、叙事、抒情紧密地结合起来，纵横开阖，笔力峻健，痛快淋漓，骏发踔厉，激越感人。陈廷焯评曰："淋漓痛快，笔饱墨酣，读之令人起舞。"（《白雨斋词话》）

念奴娇

张孝祥

洞庭青草 ①，近中秋，更无一点风色。玉界琼田三万顷，着我扁舟一叶。素月分辉，明河共影，表里俱澄澈。悠然心会，妙处难与君说。　　应念岭海^②经年^③，孤光^④自照，肝胆皆冰雪。短发萧骚^⑤襟袖冷，稳泛沧浪空阔。尽挹^⑥西江，细斟北斗^⑦，万象为宾客。扣舷^⑧独啸，不知今夕何夕^⑨！

注释　　① 洞庭青草：湖名。二湖相连，在湖南岳阳市西南，总称为洞庭湖。② 岭海：一作岭表。即岭南，两广之地。北有五岭，南有南海，故称岭海。③ 经年：年复一年，几年。④ 孤光：指月亮。陆龟蒙《月成弦》诗："孤光照还没。"⑤ 萧骚：萧条稀少貌。⑥ 尽挹：舀尽。⑦ 北斗：北斗七星，排列形似长勺。屈原《九歌·东君》："援北斗兮酌桂浆。"⑧ 扣舷：拍打船边。⑨ 今夕何夕：《诗经·唐风·绸缪》："今夕何夕，见此良人。"后世用为赞叹良夜的常用语。

译文　　洞庭湖和青草湖连在一起，临近中秋没有一点儿风色。三万顷的湖面宽广寥廓，就像美玉铺成的田野，就像洁白的玉的世界。上面只有一条小舟，仿佛一片小小的树叶。明月的光辉分给湖面，银河的影像在碧波中轻轻摇曳。水面天光，人心物象，整个宇宙都空明澄澈。心中悠然而领悟到一种境界，那种美妙细微的感受，实在难以用语言向您诉说。　　想起在岭南这几年，皎洁的月光照见了我，我的忠肝义胆高洁晶莹犹如冰雪。如今我的短发萧条稀少，风满襟袖微有寒冷的感觉，但我毫不在意，心坚似铁，稳坐着小船，泛舟在这沧浪空阔。我要尽舀西江的江水当作美酒，用北斗当酒杓自斟自酌，请世间的万物来做宾客。我要尽兴狂饮，拍打船边引吭高歌。我高兴得忘记了一切，真不知今夜是哪一天的月夜。

评析　　此词别本题作"过洞庭"。张孝祥于乾道二年（1166）在桂林因遭受谗言而落职，由桂林北归途经洞庭湖时创作本词。上片描写广阔清静、上下澄明的湖光水色，表现作者光明磊落、胸无点尘的高尚人格。下片抒发豪爽坦荡的志士胸怀，表现了大无畏的英雄气概，充满了浪漫主义色彩。在词人将自己之全部身心都融入完全净化的美的世界中的同时，也可隐约体悟他心灵深处的孤独和高傲，反衬出现实社会生活的污浊与黑暗。

　　上片描绘中秋前夕洞庭湖风平浪静，水月交辉，上下澄明，清奇壮美的景色，与词人的主体人格相一致，达到一种宠辱皆忘、物我浑然不分的境界，情景交融。歇拍两句由景入情，暗转下片。下片抒发自己襟怀坦荡，无愧人生的高洁人格。"肝胆皆冰雪"可谓是一切志士仁人的共同品性，是人类最为宝贵的品格。结尾几句以吸江酌斗、宾客万象的奇思妙想和伟大气魄，表现他淋漓的兴致和凌云的气度。有人说本词相当于苏轼的《前赤壁赋》，可谓真知灼见。在政治上遭受挫折之后，尚能泰然自若，游于物外的处世态度，表现出对宇宙奥秘、人生哲理的深刻领悟，达到一种超越时空的极高的精神境界。王闿运极力推崇此词说："飘飘有凌云之气，觉东坡《水调》犹有尘心。"（《湘绮楼词选》）

韩元吉／1118—1187

字无咎，号南涧，许昌（今属河南）人。南渡后寓居上饶（今属江西），韩维四世孙。官至吏部尚书，有政绩。曾与张元幹、张孝祥、范成大、陆游、辛弃疾等以词唱和。著有《南涧甲乙稿》《南涧诗余》。

六州歌头

韩元吉

东风着意，先上小桃枝。红粉腻，娇如醉，倚朱扉。记年时，隐映新妆面，临水岸，春将半，云日暖，斜桥转，夹城西。草软沙平，跋马①垂杨渡，玉勒争嘶。认蛾眉凝笑，脸薄拂燕脂，绣户曾窥，恨依依。 共携手处，香如雾，红随步，怨春迟。消瘦损，凭谁问？只花知。泪空垂。旧日堂前燕，和烟雨，又双飞。② 人自老，春长好，梦佳期，前度刘郎③，几许风流地，花也应悲。但茫茫暮霭，目断武陵溪④，往事难追。

注释 ①跋马：勒马回转。②"旧日"三句：晏几道《临江仙》词："落花人独立，微雨燕双飞。"此处化用其意。③前度刘郎：化用刘禹锡、刘晨事，此处是作者自指。④武陵溪：指陶渊明《桃花源记》的故事，也暗借刘晨、阮肇事。

译文 春风特别注重情意，先把春光送给小桃花的花枝。红粉的花朵非常细腻，如同娇羞的美人，倚着朱红色的门扉。记得当年时，隐隐约约看见她新妆的粉面与黛眉。那里是临水的岸边，春光已经过半，天气格外温暖，转过斜桥，便是夹城的西畔。如茵的芳草十分柔软，我勒马走向垂柳纷披的渡口，马在春风中嘶鸣流连。我认得她那双美丽的秀眉，记得她那搽着薄粉的盈盈巧笑的脸蛋。我悄悄地去寻访她的家园，暗中偷偷看过她的绣帘，留下无限的怅恨和依恋。 当我们携手共游的时候，花香浓郁似雾非雾，落花随着我们的脚步，我暗自怨恨春光逐渐迟暮。如今空自消瘦，凭谁再去问伊人的消息？只有花儿自知，眼泪徒自暗垂。旧日堂前的小燕，在蒙蒙小雨中双双翻飞。人自然而然就要衰老，年年的春光却依旧美丽，只有在梦境中才能重温往日的欢会佳期。前度多情的刘郎，来到曾有几度欢乐的旧地，桃花也应为我而伤悲。只见迷迷茫茫的暮霭，再也寻不到武陵的桃花溪，以往的风流韵事，实在是难以追寻到一点点踪迹。

评析 本词别本题作"桃花"，当为咏桃花之作。但在对桃花的精致描绘中，插入一段自己香艳而哀怨的风流情事，将咏花与怀人结合起来。上片由桃花写到人面，下片再由人面写到桃花及花是人非的怅恨，情致缠绵婉曲。

开头描写春风骀荡，红桃初绽的景象，扣紧题面。"红粉腻"三句用拟人的手法，亦花亦人作为过渡。"记年时"属单字领起，引出以下对往事的回忆。"记"字直贯到下片的"怨春迟"。这段艳遇尚有一些曲折,"隐映新妆面"以下几句写邂逅美人时的情景,亦即在桃花盛开处与美人初见,"人面桃花相映红"。但只见面而未通情。男子便去寻访意中人,也只是"绣户曾窥,恨依依"而已。下片开头直接写两情款洽的情景,情节上有跳跃,可由读者去想象填充。"消瘦损"以下则写"人面不知何处去,桃花依旧笑春风"的感受。全词是咏物与咏怀结合体,是借物抒情,借物怀人。处处与桃花关合,处处借桃花生发,将咏物、叙事、抒情有机地结合起来,情致婉曲缠绵,语言妩媚秀丽。

好事近①
汴京赐宴闻教坊乐有感
韩元吉

凝碧②旧池头,一听管弦凄切。多少梨园声在,总不堪华发。 杏花无处避春愁,也傍野烟发。惟有御沟③声断,似知人呜咽。

注释 ① 好事近:词牌名,又名依秋千、钓船笛、翠园枝。双调四十五字。② 凝碧:用王维诗意。安史之乱中,王维被拘于菩提寺。安禄山在洛阳凝碧池大宴,令梨园弟子演奏乐曲。王维闻此,有诗曰:"万户伤心生野烟,百官何日再朝天?秋槐叶落空宫里,凝碧池头奏管弦。"此处以凝碧池借指汴京故宫。③ 御沟:通过皇宫的河道。

译文 想起旧日宫廷中的池苑,一听到弹奏起昔年宫中的管弦,我立刻感到无限的凄楚和哀怨。有多少当年梨园的曲调在里面,一声声、一段段,令我这白发老人实在难以忍受心灵的震颤。 山河破碎,中原沦陷,杏花也无处去躲避灾难,只有依傍着荒野独自开放,没有人欣赏,更没有人爱怜。只有御沟中的水断续呜咽,好像明白人心的焦躁烦乱。

评析　　本词是特殊背景下的产物。别本题作"汴京赐宴，闻教坊乐，有感。"据史载，韩元吉在1173年曾出使金国祝贺万寿节，即给金世宗完颜雍过生日。此词是闻乐后所作，寄寓着黍离之悲，抒发了故国之思与亡国之痛，感情深沉而复杂。

上片暗用王维菩提寺诗之意，委婉地表达故都被金人侵占的伤痛。用典极为贴切，内容含量很大，感慨殊深。下片借景抒情，以"杏花"点明时令，花木无情，似亦有恨，皆由人生。末二句描写故宫御沟之水尚"知人呜咽"，反衬出对最高统治者苟且偷安不思收复中原的极端怨恨。作者也是一爱国志士，主张恢复中原，与陆游、辛弃疾等爱国人士交往较密，词风接近辛弃疾，本词可见一斑。他写完这首小令后，曾寄给陆游，陆游写《得韩无咎书寄房时宴东都驿中所作小阕》一诗，对了解本词颇有帮助，录下以备参考。"大梁二月杏花开，锦衣公子乘传来。桐阴满第归不得，金辔玲珑上源驿。上源驿中捶画鼓，汉使作客胡做主。舞女不记宣和妆，庐儿尽能女真语。书来寄我宴时词，归鬓知添几缕丝。有志未须深感慨，筑城会据拂云祠。"两位爱国志士心灵相通。

袁去华／生卒年不详

字宣卿，奉新（今属江西）人。绍兴十五年（1145）进士。曾任善化、石首知县。著有《适斋类稿》《袁宣卿词》。

瑞鹤仙

袁去华

郊原初过雨，见败叶零乱，风定犹舞。斜阳挂深树，映浓愁浅黛。遥山眉妩。来时旧路，尚岩花①、娇黄半吐。到而今，惟有溪边流水，见人如故。

无语，邮亭②深静，下马还寻，旧曾题处。无聊倦旅，伤离恨，最愁苦。纵收香藏镜③，他年重到，人面桃花④在否？念沉沉、小阁幽窗，有时梦去。

注释　　①岩花：岩畔、水岸上生长的花。②邮亭：古时设在沿途供公差和旅客休息的馆舍。③收香藏镜：用韩寿、秦嘉事，见周邦彦《风流子》注。④人面桃花：用唐代诗人崔护诗，见晏殊《清平乐》注。

译文　　郊野上秋雨初晴，只见几片零乱的落叶，风住了还在动荡不停。斜阳挂在远树之上，映照着远山或暗或明，宛如美人微颦。来时曾经走过的旧路，当时尚有黄色的岩花开放争荣。如今只有溪边的流水，依旧来见故人。　　我默默无语，客舍中寂静冷清。我下马开始找寻，从前在何处题诗抒情。奔波旅途的人本来无聊，感伤离别更令人愁苦不宁。纵然我保存着她的香料和明镜，可如今又有何用？等待他年重到那里，人面桃花是否依旧笑春风，实在难以肯定。我思绪联翩，眷恋着那小楼幽窗中的美人，也只能有时在梦里去寻找她的踪影。

评析　　本词抒写羁愁别恨。全词用赋的笔法，描绘了旅途的苦况，对往昔情事的美好回忆及对意中人的思念。

上片开头三句以写景入手，描写雨后郊原的情状，"败叶"的形象很生动逼真却含着凄凉的意蕴，奠定全篇的基调。这一切均由作者眼中看出，也可表现出其心绪的纷乱哀伤。"斜阳"三句属移情手法。"来时旧路"至歇拍，仍写郊原旅途风光，虚实相映，忆旧为虚，现境为实。在生机蓬勃与萧条冷寂的对比中抒发感慨。过片刻画住宿处的凄清。"伤离恨，最愁

苦"为全篇之主旨，点明自己愁苦的根源。尽管伊人一往情深，曾赠自己
爱物以为表记，但何时能再逢实在难以预料。末二句设想在梦中去与伊人
相见，情深意浓，是没有办法的一种自我安慰。

剑器近 ①
袁去华

　　夜来雨，赖倩得、东风吹住。海棠正妖娆处，且留取。　　悄庭户，试
细听、莺啼燕语，分明共人愁绪，怕春去。　　佳树，翠阴初转午。重帘未卷，
乍睡起、寂寞看风絮。偷弹清泪寄烟波，见江头故人，② 为言憔悴如许。彩
笺无数，去却寒暄③，到了浑无定据。断肠落日千山暮。

注释　　① 剑器近：词牌名。源于唐代舞曲《剑器》。双曳头，三片九十六字。②"偷弹"
二句：孟浩然《宿桐庐江寄广陵旧游》诗："还将两行泪，遥寄海西头。"此处化用其意。
③ 寒暄：问候起居寒暖的客套话。

译文　　多么有情的春风，吹断夜间的绵绵丝雨。那带雨的海棠花分外妖娆美丽。
愿这样的美景长留不去。　　庭院中悄然静寂。仔细聆听，小燕呢喃软语，
黄莺啼唱呖呖，分明与人一样满怀愁绪，生怕春天匆匆归去。　　枝条美丽
的绿树，树荫刚刚转过正午。我刚刚睡起，睡眼惺忪，尚垂着层层帘幕，寂
寞地观看随风飘转的柳絮。我偷偷弹掉伤心的眼泪，寄予那轻烟迷蒙的江水。
待江水流到江头的故人那里，好诉说我如今是怎样的憔悴。唉，你寄来的情
书不计其数，除去那些问寒问暖的客套话语，最关键的归期却毫无定据，也
没有说明何日才是归期。夕阳中我呆呆地凝神伫立，所见到的只是暮色苍茫，
千山暗淡凄迷。

评析　　本词抒写闺中的春愁。笔触细腻柔和。前面两片是双曳头，虽都是写景，

但各有侧重，一片写视觉所见，二片写听觉所闻，构成一幅意境鲜明的春日清晨图，且能以怀人之情融入景中。第三片写闺中女子的慵懒与伤离念远的深情。

第一片写清晨风停雨歇，海棠盛开的景象，意境清新，色彩明快。第二片写莺啼燕语，"分明共人愁绪"已入情于景，为下片抒情做铺垫。第三片开头"翠阴初转午"标明时间，为诗词常见笔法。"重帘未卷，乍睡起"值得玩味，早晨看到风雨后的晴朗天气，也听到莺啼燕语的美妙声音，说明女子已经醒来。但此处说"乍睡起"很明显是白天又睡。这么好的天气景色，可女子却闭门放下窗帘睡觉，岂不反常？这正是本词抒情的深婉处。刚醒的女子更加孤独无聊，寂寞空虚，便观看风中的柳絮飞舞，以外显内，感情很空虚寂寞。"偷弹清泪"三句是怨极之词，可见闺中人之多情。"彩笺无数"三句叙事抒情，点出远人并未忘情，曾来许多信，只是没有写准归期。尾句以景收，余味无穷。"落日千山暮"境界开阔，又一个美好的春天就这样随着千山暮色而悄然离去，给人以遐思。全词情景兼胜，一气舒卷，语淡情深。

安公子 [①]
袁去华

弱柳千丝缕，嫩黄匀遍鸦啼处。寒入罗衣春尚浅，过一番风雨。问燕子来时，绿水桥边路，曾画楼、见个人人 [②] 否？料静掩云窗，尘满哀弦危柱 [③]。

庾信愁 [④] 如许，为谁都着眉端聚。独立东风弹泪眼，寄烟波东去。念永昼春闲，人倦如何度？闲傍枕，百啭黄鹂语。唤觉来厌厌，残照依然花坞 [⑤]。

注释　　① 安公子：唐教坊曲名，后作词牌名，双调一百零六字。② 人人：对亲爱者的昵称，宋时口语。③ 危柱：高的弦柱。④ 庾信愁：庾信为梁陈间著名的诗人，出使北国被羁留。官位很高却始终思乡念国，诗赋多愁苦之情。并著有《愁赋》，今不传。

⑤花坞：花圃。

译文　　　柔弱的柳条千丝万缕，到处都是鹅黄嫩绿，鸦雀争相鸣啼。还是早春的天气，轻寒侵入罗衣，刚刚又过去一阵风雨。我深情地询问刚飞回的燕子：在来时路过的绿水桥边，有一座画楼耸立，可曾看到那位美人正在屋里？我料想她静掩云窗，毫无意绪，任凭琴瑟的弦柱上落满尘泥。　　　我的忧愁像庾信那样多，不知为谁而双眉攒聚？独立在春风中弹下点点清泪，寄予这雾气迷蒙的江水向东流去。想到这昼长春闲的时日，困倦慵懒怎生挨得过去？闲靠孤枕睡意沉沉，听到那黄鹂的婉声柔语。唤醒后更觉无聊，只见斜阳依然照在花圃里。

评析　　　本词为初春怀人之作，构思别致，章法新颖。上片由景到人，问燕之语出人意表，想象女方为思恋而愁苦。下片由人到景，诉说自己的深切相思。景起景收，章法浑然。

　　　本词之妙，主要在章法。开篇四句写初春美景。"寒入"句包含词人的主体感受，有笼罩全篇之效。"问燕子"四句特有韵味，设想极妙。一有燕归人未来的憾恨，二是燕子从南方来，而情人亦在南方，故问是否见到。"绿水桥边路"这样的环境既增加画面的美感，也为下片寄泪埋下伏笔。如果美人住在山腰处，下片的"寄泪"便属败笔了。下片转写自己一方，用"庾信"之典暗示羁旅之恨。"为谁"句故作设问，含有对意中人的埋怨情调，情致尤深。临风弹泪寄烟波之举动暗应上片的"绿水桥边"，笔触细致缜密。后几句写因闲愁而睡，又被黄鹂声唤醒。因睡得浅，因思人过度而神经衰弱矣。待醒来，却见斜阳照在花坞上，景致何其美也；而伊人不在，岂不令人更加感伤。此乃以美景衬哀情也。全词意脉清晰，结构甚巧。设想奇妙而人情，"问燕"与"寄泪"的举动为全词增加许多色彩。

陆淞
1109—1182

字子逸，号云溪，山阴（今浙江绍兴）人。陆游长兄。曾知辰州。晚以疾废，卜筑于秀野，放傲世间。《全宋词》录其词二首。

瑞鹤仙

陆 淞

脸霞红印枕，睡觉①来、冠儿还是不整。屏间麝煤②冷，但眉峰压翠，泪珠弹粉。堂深昼永，燕交飞、风帘露井。恨无人，说与相思，近日带围宽尽。

重省，残灯朱幌，淡月纱窗，那时风景。阳台路迥。云雨梦，便无准。待归来，先指花梢教看，欲把心期③细问。问因循④、过了青春，怎生意稳？

注释　①睡觉：睡醒。②麝煤：当指麝香已熄灭，故显得冷清。一说作墨的原料，为墨的代称，此处代指水墨画。与词意不合。③心期：犹心意，心愿。④因循：延误，拖沓。

译文　红霞般的脸庞印着枕痕，显然是睡觉醒来，花冠还不规整。彩屏间的水墨画一片清冷。黛色的双眉堆峰叠翠，流下的泪珠还带着脂粉。画堂空寂，白天太长太永。双燕来回飞舞，嬉戏在风帘露井。只恨没有人可倾诉相思之情，近日来渐渐消瘦，腰带越来越宽松。　　我又回忆起以前的往事，红色帷幔中一盏残灯，淡淡的月光映着窗棂，那种温馨迷人的情景。如今通向阳台的道路该多么遥远迷蒙，就连想要做做巫山云雨的美梦，也没有一个定准。等你归来后，我一定要先指着花梢，让你看一看花儿已经飘零，再把你的心意细细盘问。我想要问一问你，为什么如此拖沓因循，耽误了多少大好的青春，又如何能够意稳心平？

评析　　这首词有本事。据陈鹄《耆旧续闻》卷十载："南渡初，南班宗子寓居会稽，为近属，士子最盛，园亭甲于浙东。一时座客皆骚人墨士，陆子逸尝与焉。士有侍姬盼盼者，色艺殊绝，公每属意焉。一日宴客，偶睡，不预捧觞之列。陆因问之，士即呼至，其枕痕犹在脸。公为赋《瑞鹤仙》有'脸霞红印枕'之句，一时盛传，逮今为雅唱。后盼盼亦归陆氏。"全词即为盼盼而作。上片描写她睡起后慵懒、孤寂的情态。下片揭示其对爱情的回忆悔恨和期待的心理，刻画出一位多情痴情的少女形象。

　　开头三句直接用赋的笔法描绘一位睡眼惺忪姗姗来迟的美人形象。"脸霞红印枕"很有风情。"屏间"三句是想象美人来晚的原因以及幽恨的情态。香冷无心添，皱眉流泪，心事重重。"堂深昼永"三句由内到外，继续描绘女子生活的环境。"深"从空间，"永"从时间两方面表现孤独寂寞，百无聊赖的情绪。"恨无人"三句进一步揭示女子伤心慵懒的原因是相思之情无人诉说。下片用"重省"二字转入回忆，在对往日欢情的追忆后盼望意中人归来鸳梦重温，感情真挚。

　　关于此词的本事，有怀疑者。认为这是一首以美人相思而寄寓自己怀才不遇的带有比兴意义的作品。但从首句"脸霞红印枕"及"其枕痕犹在脸"的说法看，可能确有此事。宋代文人多有狎妓冶游之习，并以此为风流韵事。如比兴之词恐难以想象得如此细致生动。

陆游 / 1125—1210

字务观。自号放翁，山阴（今浙江绍兴）人。绍兴中，应礼部试，被秦桧所黜。孝宗时，赐进士出身。孝宗朝曾任川陕宣抚使王炎幕府干办公事兼检法官，积极筹划恢复中原。曾任镇江、隆兴、夔州通判。一生主张抗金，曾投身军旅生活。官至寓章阁待制，晚年隐居山阴。是著名诗人，亦工词。著有《剑南诗稿》《渭南文集》《南唐书》《老学庵笔记》《放翁词》。

卜算子

咏 梅

陆 游

驿①外断桥边，寂寞开无主。已是黄昏独自愁，更着②风和雨。　　无意苦争春，一任③群芳④妒。零落成泥碾⑤作尘，只有香如故。

注释　①驿：驿站。②更着：又加上。③一任：任凭，不在乎。④群芳：普通的花卉。此处喻指政界中的群小。⑤碾：轧碎。

译文　驿馆外面断桥的旁边，有一株开放的梅花寂寞而孤独，既无人欣赏也无人保护。已到黄昏日暮，它仿佛在独自感伤愁苦，更何况又有凄风苦雨。　　它也没有心思苦苦争占春光，任凭那些凡花俗卉去中伤嫉妒。高洁芳芬是它天生的禀赋，对那些林林总总的庸俗行为自然不屑一顾。纵然片片零落被碾成泥土，那淡淡的清香却依然如故。那气质、那精神，将同天地长存，将同日月永驻。

评析　这是一首千古传诵的托物咏怀的名篇。作者借物言志，显示出高贵的品格。上片写梅花之孤独和险恶的生活环境，下片写其高洁自持的气节和自身的美好清香。通过对梅花的高度礼赞，表达了作者的高尚人格。花人合一，是一首精妙的咏物词。

陆游特别喜欢梅花，《剑南诗稿》中咏梅的诗很多，笔者未做精确的统计，凭印象也在百首以上。故他对梅的精神气质有深刻的理解。本词以貌取神，并未对梅花做正面的描绘，只写了她的一种神韵、一种品格。上片写环境之恶。地点是"驿外断桥边"，古代之驿站本来是客子居所，一般都在城镇之郊区而不在繁华市区里，本来已经很冷清，而梅花又在驿外，见其荒野偏僻。"开无主"是无人欣赏之意，这是枝无人保护、无人赏识的野梅。时间则"黄昏"，为人最难堪之时，气候则风雨，为人所愁苦之物象。上片极力渲染梅花所处的严酷的现实环境，正是当时主和派掌权，作者备受压抑的社会环境的艺术写照，也为下片扬起蓄势。看，可敬的梅花无意去争占什么春光，任凭群芳忌妒排挤。美的高洁的东西却不为社会所承认，而伪诈低劣却凭种种包装炫耀着自己。但美的就是美的，内在的真实的价值是永远不灭的。故梅花虽然零落而被碾成尘土，其清淡的香气却依然如故。这不也正是作者虽饱受打击、家居近二十年，但依然高洁自持，绝不与琐屑群小为伍的一种自我表白吗？同时也显示出一种伟岸高傲的大丈夫气节。作者在《梅花绝句》中说："闻道梅花坼晓风，雪堆遍满四山中，何方可化身千亿，一树梅花一放翁。"这里，词人便与梅化为一体，在精神气质上完全相同了。正因本词的气格高妙，故备受后人青睐。

陈亮

字同甫，号龙川，婺州咏康（今属浙江）人。绍熙四年（1193）进士。授签书建康府判官厅公事，未赴而卒。陈亮力主抗金，反对和议，曾遭忌被诬入狱。词风豪迈，与辛弃疾唱和较多。有《龙川文集》《龙川词》。

陈亮／1143—1194

水龙吟

陈 亮

闹花①深处层楼，画帘半卷东风软。春归翠陌，平莎②草嫩，垂杨金浅③。迟日④催花，淡云阁雨⑤，轻寒轻暖。恨芳菲世界，游人未赏，都付与莺和燕。

寂寞凭高念远，向南楼、一声归雁。金钗斗草，青丝勒马，风流云散。罗绶⑥分香，翠绡封泪，几多幽怨？正销魂又是，疏烟淡月，子规声断。

注释　①闹花：繁花。②平莎：平原上的莎草。此处泛指青草。③金浅：浅黄色。④迟日：春天昼长、太阳移得慢，故云。《诗·豳风·七月》："春日迟迟。"⑤阁雨：雨停。阁同"搁"。⑥罗绶：罗带。

译文　高楼掩映在繁花深处，春风温和而柔软，画帘半挂半卷。春风染绿了道路，平野上嫩嫩的青草一望无边，下垂的柳条黄色轻浅。迟迟的丽日催促着花儿开放，淡淡的云彩留住春雨的雨点，天气温和宜人，轻轻寒或轻轻暖。只恨如此美好芬芳的景色，游人却没有尽情欣赏，全都交给黄莺和飞燕。　　寂寞时凭栏念远，听南楼传来一声声归雁。不禁忆念起欢乐的从前，你拔下金钗去斗百草，我牵着青丝缰绳的宝马，笑着欣赏观看，但这一切风流美好的生活都已烟消云散。赠予熏香的罗带权作留念，翠色的丝巾上还有你的泪痕，那里包含着你多少幽怨。正当我极度伤心的时候，又传来几声子规的悲啼，满目尽是淡月疏烟。

　　本词别本题作"春恨"。刘熙载《艺概》说："同甫《水龙吟》云：'恨芳菲世界，游人未赏，都付与莺与燕'，言近旨远，直有宗留守大呼渡河之意。"认为本词有政治寄托，非一般春怨闺思，不为无见。上片恨今日的美景，无人真赏，付与莺燕，下片恨昔年欢乐情事如烟消云散。

　　上片前半部分着力渲染春光之明媚与气候之宜人，歇拍几句一转，以如此旖旎可人的"芳菲世界"竟无人游赏，都付与流莺飞燕为憾，点出题意。实际含有深意，大好河山沦陷多年而不思收复，让金人长期占据中原。对朝廷苟安投降的国策表示强烈的不满。自然风光都是美好的，以此反衬社会的污浊。言在此而意在彼。下片托闺怨以抒寂寞凄凉的身世之感，昔日的欢乐生活早已"风流云散"，自己坚决抗金的主张根本无人理睬，少年的雄心壮志也衰退消磨殆尽，空怀报国之志却无用武之地，流露出深沉的怨悱愤激之情。结尾处意境与辛弃疾《摸鱼儿》"斜阳正在，烟柳断肠处"近似，所表达的感情也很相近，二人同是爱国志士，心性相通，文学作品也可看出这一点。全词意境凄婉，柔丽中蕴含着一种刚劲之气。

范成大／**1126—1193**

　　字致能，号石湖居士，苏州（今属江苏）人。绍兴二十四年（1154）进士。历知处州、静江府兼广南西路安抚使，参知政事等职。曾使金，不辱君命。诗多关心时政民生之作。词风清逸淡远。著有《石湖居士诗集》《石湖词》等。

忆秦娥①

范成大

楼阴缺，阑干影卧东厢月。东厢月，一天风露，杏花如雪。　　隔烟催漏金虬②咽，罗帏黯淡灯花结。灯花结，片时春梦，江南天阔。③

注释　　①忆秦娥：词牌名。又名秦楼月、蓬莱阁、双荷叶等。双调四十六字。②金虬：铜制的龙头，装在漏壶上，是漏壶的零件之一。③"片时"二句：岑参《春梦》诗："枕上片时春梦中，行尽江南数千里。"此处化用其意。

译文　　遮楼的树荫露出一个豁缺，初升的明月映照着东厢，栏杆的影子隐隐约约。月光明亮皎洁，满天春风清露，盛开的杏花洁白如雪。　　外面雾气蒙蒙，只听见夜漏鸣咽。帷幔中灯光暗淡，灯花已打成了结。灯花已经打成结，我只在片刻的春梦之中，便行遍了江南的山高水阔。

评析　　范成大集中有五首此调词，抒写闺怨，似为组词，此篇为第四首，最精彩。全词无一语直接抒情，完全用画面表现情致，如影视中的空镜头，极含蓄空灵，却又写出时间的流程，暗示出抒情主人公的孤独寂寞，甚妙。

上片开头两句是一幅清静而又明暗分明的图画，并点出时间为月初升。正因月初升，故树影可遮楼。如月在当空，则不会出现"楼阴缺"之景象。正因初升，才照东厢，如将落则照西厢。此皆细微处，不可不察。"风露"和"杏花"为所见所感，暗示出抒情主人公在楼外凭栏。她望什么、想什么，均未说，但似可意会，这正是含蓄处。下片转写室内景象。听漏声鸣咽，写静极孤极愁极，才能听到这种细小的声音，也暗含着光阴虚掷的怅恨。灯花结既象征人之愁苦郁结不开，又点出夜已深矣，而人尚未睡，为什么？结尾两句化用岑参诗句之意，委婉地交代出原因。原来她是因相思而如此，故在梦中去江南寻找意中人。而梦境中究竟能否见到尚未可知，所见到的只是"江南天阔"而已。梦已虚幻，虚幻中之境界还是渺茫的，双重虚幻更加重了凄婉情味，是双倍的写法。

眼儿媚 ①
范成大

萍乡道中，乍晴，卧舆中，困甚，小憩柳塘。

酣酣 ② 日脚紫烟浮，妍暖破 ③ 轻裘。困人天色，醉人花气，午梦扶头 ④。春慵恰似春塘水，一片縠纹愁。溶溶曳曳 ⑤，东风无力，欲皱还休。

注释　①眼儿媚：词牌名。又名东风寒、小阑干、秋波媚。双调四十八字。②酣酣：艳盛貌，多形容花草。此处形容日光明亮。③破：此处指打开、敞开之意。④扶头：扶头酒的省称。指易醉人之酒。⑤溶溶曳曳：水荡漾貌。

译文　行走在萍乡的道路中，天气忽然晴朗，我躺在车中非常困倦，于是在柳塘休息一小会儿。

明艳刺眼的太阳光，照得地面上烟雾般的暖气蒸蒸腾腾如烟似云。天气太温暖舒适，我不由自主地敞开了衣襟。这正是令人困倦的天气，阵阵的花香沁人心脾，我迷迷糊糊进入梦境里。　这困倦慵懒的春思，略带丝丝愁意，就像满塘的春水，被微风轻轻吹起，像轻纱的皱纹般泛着细细涟漪。微风溶溶荡漾，春风软弱无力。时而微波略起，时而平稳静谧。

评析　这是一首即兴之作。只写路中疲乏春困的瞬间感受，却写得风情摇曳、生动传神。上片写春日融融，花香袭人，使作者如饮美酒般陶醉。下片写淡淡的春愁。用微风轻泛涟漪的春水形容时而凝聚、时而飘忽，只可意会难以言传的微妙感受，十分熨帖自然。全词意境空灵美妙，深得花间词之神韵。沈际飞评曰："字字软温，着其气息即醉。"（《草堂诗余别集》）王闿运赞云：

"自然移情，不可言说，绮语中仙语也。"（《湘绮楼词选》）范成大也是位有志节而主战的士人，并有过出使不辱君命的光荣经历，但他对于现实有着比较清醒的认识，因此词中表现的愁也有报国无门的感伤，不是一般的闲情逸致。

霜天晓角 [①]
范成大

晚晴风歇，一夜春威 [②] 折。脉脉花疏天淡，云来去，数枝雪。　　胜绝，愁亦绝，此情谁共说。惟有两行低雁，知人倚、画楼月。

注释　　① 霜天晓角：词牌名。又名月当窗、踏月、长桥夜。双调四十三字。② 春威：初春的寒威。俗谓"倒春寒"。

译文　　一夜春寒凛冽，如今寒气已渐渐消削，傍晚时候天晴雨歇。稀疏的寒梅温情脉脉，浮云在天上来来去去，数枝梅花洁白如雪。　　这景致美到极点，人的愁情也到了极限。空对这良辰美景，我寂寞孤单，向谁去倾诉心中的焦烦？只有那两行低飞的鸿雁，知道我独倚画楼，日日夜夜都把你思念、把你渴盼。

评析　　本词别本题作"梅"。细绎词意，并非咏梅之作，而是以梅点时令衬人物。上片写寒梅初开时的胜景，下片写美人月夜倚楼相思之多情。

　　上片以疏淡的笔墨绘春日黄昏的美景。"一夜春威折"属倒叙句，暗示梅花经受住一夜风寒之考验，突出其耐寒的品性。"脉脉"二字赋予梅花以人之生命情感，表现出喜梅爱梅之意。"数枝雪"写梅之形色，再用淡天浮云来衬托，景致极清绝，令人神往。梅花之神韵贵疏不贵密，也表现其清高的品性。下片承上赞叹美景。"胜绝"二字总上而启下。末二句借飞鸿诉说孤寂念远和音信难托之情。词调清婉含蓄。

辛弃疾/1140—1207

字幼安，号稼轩，历城（今山东济南）人。二十一岁起义抗金，不久归宋，历任江阴通判、建康通判等职。四十二岁遭谗落职，退居江西信州。他才兼文武，力主抗金，但终生未得重用，幽愤而终。词风慷慨悲壮，境界阔大，成就很高。有《稼轩长短句》。

贺新郎
别茂嘉①十二弟
辛弃疾

绿树听鹈鴂②，更那堪、鹧鸪③声住，杜鹃④声切。啼到春归无啼处，苦恨芳菲都歇。算未抵、人间离别，马上琵琶关塞黑，⑤更长门、翠辇辞金阙，⑥看燕燕，送归妾。⑦

将军百战身名裂，⑧向河梁、回头万里，⑨故人长绝。易水萧萧西风冷，⑩满座衣冠似雪。正壮士、悲歌未彻。啼鸟还知如许恨，料不啼、清泪长啼血，谁共我，醉明月？

注释　　①茂嘉：辛弃疾族弟，亦是爱国志士，时因事贬官桂林（今广西桂林）。②鹈鴂：鸟名，也作鶗鴂。与杜鹃鸟有别。③鹧鸪：鸟名，叫声凄切，如曰"行不得也哥哥"。④杜鹃：鸟名。又名壮宇、子规、布谷鸟。啼声凄厉，如曰"不如归去"。相传为古蜀帝杜宇精魂所化。⑤"马上"句：用王昭君出塞事。昭君名嫱，汉元帝宫女，后和亲出嫁匈奴呼韩邪单于为阏氏（王后）。石崇《王明君辞序》："昔公主嫁乌孙，令琵琶马上作乐。以慰其道路之思，其送昭君亦必尔也。"⑥"更长门"二句：用陈皇后失宠事。汉武帝皇后陈阿娇，受宠。后因妒而被废幽居长门宫。司马相如曾为之作《长门赋》。⑦"看燕燕"二句：《诗·邶风·燕燕》："燕燕于飞，差池其羽。之子于归，远送于野。瞻望弗及，泣涕如雨。"毛传："卫庄姜送归妾也。"卫庄公妻庄姜美而无子，以庄公妾戴妫之子完为子。后继立为君。州吁作乱，完被杀，戴妫被送回娘家陈国。庄姜为其送别时作此诗。⑧ "将军"句：用李陵事。汉武帝时，李陵多次与匈奴作战。后被围困，兵败投降。汉武帝杀其母亲、妻子，李氏名败。⑨ "向河梁"二句：用李陵别苏武事。河梁：桥。李陵《别苏武诗》："携手上河梁，游子暮何之？" ⑩ "易水"句：用荆轲事。据《史记·刺客列传》载，燕太子丹派荆轲出使秦国，行刺秦王。临行时，太子及同谋者送荆轲到易水。送行者白衣白冠。高渐离击筑，荆轲和而歌。唱到"风萧萧兮易水寒，壮士一去兮不复还！"慷慨高亢，士皆垂涕。荆轲毅然登车而去，再也没有回头。

译文　　　鹈鴂鸟开始在绿树间啼叫，声声哀切。更哪堪鹧鸪的叫声刚停，便听到杜鹃的鸣叫声声凄咽。如今又要听鹈鴂。一直把春天啼走而无处寻觅，啼得百花凋谢，啼得令人惆怅悱恻。但这种悲愁，远远比不上人间的离别。当初王昭君在马上弹着琵琶的怨曲，日暮边关，茫茫黑夜。她惨惨凄凄地离开中原故国。还有那位失宠的陈皇后，乘坐翠羽装饰的车子离开宫阙。出居在长门宫里，一切荣华富贵与美好爱情都烟消云灭。庄姜曾写下《燕燕》诗，忧伤地送走可怜的归妾。

　　　李陵将军出生入死身经百战，投降匈奴而身败名裂，在河的桥梁上与志士苏武告别，回望故国相隔万里，从此亲友音信断绝。易水萧萧秋风凛冽，满座为英雄送行的壮士都身穿素服，白衣白冠皎洁似雪。壮士们引吭悲歌，一曲悲歌尚未唱完，壮士登车毅然诀别。鸣鸟仿佛也知道人间的种种离恨，不啼清泪而声声啼的都是血。你走之后，还有谁来陪伴我，举起酒杯共同对着这皎洁的明月？

评析　　　这是一首别具一格的送别词。全词以鸟鸣开篇，以鸟鸣结束，中间连用五个典故，并打破上下片的界限，章法浑成而又别致。借送弟伤别抒发满腔抑郁不平之气，笔力纵横。有不可一世之概。

　　　开头连续写三种鸟的叫声。词题下有小注曰："鹈鴂、杜鹃实两种，见《离骚补注》。"以本词看，确是如此。而且三个鸟鸣叫的前后顺序也应如词中所写。即鹧鸪先鸣而杜鹃次之，鹈鴂为最晚。本词首句云"绿树听鹈鸠”，是鹧鸪开始在树荫中鸣叫，而鹈鸠已经停止叫声，杜鹃的叫声也将近尾声了。如果不仔细体会，容易理解为鹧鸪在前，鹈鸠次之而杜鹃最后。按《离骚》“恐鹈鸠之先鸣兮，使夫百草为之不芳”之意，鹈鸠之鸣在立夏之后。鹧鸪的鸣声如云“行不得也哥哥”，既有留恋族弟之意，也有抗金之志难以实行之恨。杜鹃声如“不如归去”，则愤慨中稍有安慰，意谓如此政局，如此当权者，出仕真不如归隐，落职未必不是好事。鹧鸪之叫，暗示春天已经过去，即“匆匆春又归去”也，无奈、悲伤、愤慨均在其中。主调仍是壮志难酬之憾恨。三种鸟鸣一是时间有先后，一直把春天啼走方罢休。二是表达作者对时局的愤慨，抗金时机已去，百草不芳，抗金之主张行不得也，不如归去。可见开头四句的感情何等丰富而又复杂。同时也为送别渲染气氛，点明时令。中间连用王昭君、陈皇后、戴妫、李陵、荆轲五个典故，运用历史上美人英雄辞家去国，铸成千古莫赎的恨事来抒写离恨，代为茂嘉弟的遭谗落职抱不平，也为自己抒发英雄末路，壮志难酬的极度感怆。陈廷焯极力推崇此词，在《白雨斋词话》中评云：“稼轩词自以《贺新郎》一篇为冠，沉郁苍凉，跳跃动荡，古今无此笔力。”王国维也赞此词曰：“章法绝妙，且语语有境界，此能品而几于神者。然非有意为之，故后人不能学也。”(《人间词话》)

念奴娇

书东流①村壁

辛弃疾

　　野塘花落，又匆匆过了清明时节。划地②东风欺客梦，一枕云屏寒怯。曲岸持觞，垂杨系马，此地曾经别。楼空人去，旧游飞燕能说。③　　闻道绮陌④东头，行人曾见，帘底纤纤月⑤。旧恨春江流不尽，新恨云山千叠。料得明朝，尊前重见，镜里花难折。也应惊问，近来多少华发？

注释　①东流：旧县名，故址在今安徽东至。②划地：无端，平白无故。③"楼空"二句：苏轼《永遇乐》词："燕子楼空，佳人何在？空锁楼中燕。"此处化用其意。④绮陌：繁华的街道。宋人多用以指花街柳巷。⑤纤纤月：形容美人足纤细。刘过《沁园春》(咏美人足)："知何似，似一钩新月，浅碧笼云。"

译文　野塘边的花儿纷纷飘落，匆匆又过了清明时节。东风无端地欺凌行客，竟把我的短梦惊觉。凉气侵袭着孤枕云屏，我感到阵阵寒怯。在那弯曲的河岸边，我曾与佳人举杯同酌。垂柳下拴过我的马匹，却又就在此处轻易离别。如今人去楼空，萧条冷落。往日的燕子还栖息在这里，那时的欢乐，它都能够诉详细说。　听说在繁华街道的东面，行人曾在帘下见过她的美足纤如弯月。旧的憾恨如东流的春江无穷无尽，新的遗憾又像云山般千重万叠。假如有那么一天，我们在酒宴上再相遇合，她将会像镜里的鲜花，令我无法再度采摘。她也会惊讶地问我，头发近来为什么白了这么多？

评析　辛弃疾很少写自己的爱情经历，偶一为之，也迥异别家，带有一种击节高歌的悲凉气息。此词便是例证。上片点明时间，描述旅途苦况，"曲岸"以下三句回首往日之幸福艳遇，歇拍两句翻用苏轼《永遇乐》句子而别出新意。下片前三句表明对方已为青楼女子，想象她的美貌及寻觅不见的怅恨。词人融自己身世与其间，虽为爱情词，却有郁勃之气。尤其是"旧恨"三句，更是"矫首高歌，淋漓悲壮。"(《陈廷焯《白雨斋词话》)

据邓广铭《稼轩词编年笺注》，作者于淳熙五年（1178）自江西召为大理少卿，观其词意，当是作者年轻时到过池州东流县，结识一位女子，两情相洽，十分款曲。此次途经这里，重访不遇，有感而作。若此，本词之意脉便可寻绎了。开头三句点时点地。"野塘"别本有作"野棠"者，今人多从后者。笔者认为，二者皆可通，而以前者为优。"野塘"与后面的"曲岸"有联系。前三句暗示作者已去过野塘边的曲岸，见那里的花已凋落。而这里的花是野棠花儿也未尝不可，这样理解似更好。"划地"二句以春寒寓心寒。"曲岸"三句为二人分别之地，或许也是二人相遇之所，故作者有如此深刻的印象。下片前三句续写佳人以后的行踪，很含蓄。有人断定此女为风尘女子，似过于拘滞。当是稼轩对情人命运的关注和推测之词。故在最后才有"尊前重见，镜里花难折"的遗憾。此女子不在，无非两种可能：一种是沦落风尘，另一种是嫁人。无论是哪一种，都很难再成为自己的伴侣了。故即使见面也难遂旧愿矣。词至此，抒情已一波三折，令人叹惋，但他又翻进一层，使这结尾出人意表，既然女子已属他人，但依旧关心着词人，问道："你怎么这么多白头发了？"表面看是普通人的应酬语，实际写出对方的深挚之情与身世之感。尤显示当初二人感情之深切。为全词增色不少。全词虽写柔情，却没有"犹抱琵琶半遮面"委婉的风致，而是挥洒自如，慷慨悲歌。谭献云："大踏步走来，与眉山同工异曲。然东坡是衣冠伟人，稼轩则弓刀游侠。"(《谭评词辨》)

汉宫春

立 春

辛弃疾

春已归来，看美人头上，袅袅春幡①。无端风雨，未肯收尽余寒。年时燕子，料今宵梦到西园②。浑未辨、黄柑荐酒，更传青韭堆盘。③　　却笑东风，从此便熏梅染柳，更没些闲。闲时又来镜里，转变朱颜。清愁不断，问何人会解连环④。生怕见花开花落。朝来塞雁先还。

注释　　① 春幡：宋时风俗，立春日女人用彩纸、金箔或布帛等剪成各种花鸟图形戴头上。《苕溪渔隐丛话》引《荆楚岁时记》云："立春日悉剪彩为燕子以戴之。"② 西园：汉上林苑的别称。北宋汴京也有西园。此借指京师园林。③ "黄柑"二句：《遵生八笺》："立春日作五辛盘，以黄柑酿酒，谓之洞庭春色。故苏诗云：'辛盘得王韭，腊酒是黄柑。'"④ 解连环：解开难题。此借指解决抗金收复中原的大业。详见周邦彦《解连环》注。

译文　　春天再度回到人间，看那些美人的头上，颤巍巍地摇曳着美丽的春幡。平白无故又来风雨，也不肯收尽残留的轻寒。去年的燕子，料想今宵梦里会飞到京都故园。我没有心情去置办黄梅新酒，也没有准备青韭新盘。　　暗自嘲笑这些春风，从此就开始忙着吹开梅花，再把杨柳进行熏染，再也没有一点空闲。刚刚抽出一点时间，又跑来改变镜中人青春的容颜。我心中的愁思绵绵不断，请问有谁能解开连环？我生怕看见花开花又凋残。早晨，看见飞往北方的大雁已先于自己而还。

评析　　此词主旨如题，为"立春"而作。但词人并不停留在惜春恋春方面，而是借以渲染自己饱受压抑，壮志难酬，年华虚度的满腔幽愤，嬉笑怒骂皆成文章，深得比兴之意。

　　开头三句扣紧题面，写立春日人情风俗。使本词移不到其他时日去。"无端"风雨切当时自然气候，也含有政治气候的感受在内。"年时燕子"两句以燕可到西园，暗寓故国之思。"浑未辨"写自己的心情不佳。下片"却笑东风"五句有嘲讽口吻，一是对春光之归去无可奈何，对年华虚掷无可奈何。二是以春光比喻那些掌权得势的小人只知利用手中的权力吃喝玩乐奢侈腐化。这层意思虽不明显，但也可微略感觉出来。"清愁不断，问何人会解连环"是本词思想表达之关键句。"问何人会解连环"有对当政者无力扭转时局的冷嘲热讽，也有自己怀满利器却被投闲置散的激愤。最后两句遥应上片的"年时燕子"两句，再度倾诉回归故国无望的隐忧与深愁。全词把丰富复杂的爱国、忧国之情，借委婉纡曲的形式表达出来，感人至深。章法上起承转舍自然圆转。

贺新郎

赋琵琶

辛弃疾

凤尾①龙香拔，自开元②、《霓裳曲》③罢，几番风月。最苦浔阳江头客，④画舸亭亭待发。记出塞⑤、黄云堆雪。马上离愁三万里，望昭阳、宫殿孤鸿没。弦解语，恨难说。　　辽阳⑥驿使音尘绝，琐窗⑦寒、轻拢慢捻⑧，泪珠盈睫。推手⑨含情还却手，一抹《梁州》⑩哀彻。千古事、云飞烟灭。贺老⑪定场⑫无消息，想沉香亭⑬北繁华歇，弹到此，为呜咽。

注释　　①凤尾：《明皇杂录》载，杨贵妃琵琶；以龙香柏为拔，以逻逤檀为槽，有金缕红纹，蹙成双尾。②开元：唐玄宗年号（713—741），为唐朝盛世。③《霓裳曲》：唐代宫廷乐曲。盛行于开元天宝年间。④"最苦"句：用白居易《琵琶行》之事。⑤记出塞：用王昭君出塞事，见辛弃疾《贺新郎》（绿树听鹈鴂）注。⑥辽阳：今辽宁省辽阳市。此处代指金人占领的中国北部。⑦琐窗：雕花或花格的窗户。⑧轻拢慢捻：演奏琵琶的指法与动作。⑨推手：《释名》："琵琶本于胡中马上所鼓也。推手前曰琵，引手却曰琶，故以为名。"欧阳修《明妃曲》诗："推手为琵却为琶，胡人共听亦咨嗟。"⑩梁州：即凉州。《梁州》为唐代凉州一带的乐曲。⑪贺老：指贺怀智，唐开元天宝年间善弹琵琶者。⑫定场：即压场，犹言"压轴戏"。元稹《连昌宫词》："夜半月高弦索鸣，贺老琵琶定场屋。"⑬沉香亭：唐代皇宫中的亭子，在兴庆池畔，相传唐玄宗和杨贵妃常在此游乐。

译文　　这把琵琶是多么名贵精绝，檀木槽板刻着凤凰尾，龙香柏木制成弹拔。盛唐开元年间霓裳羽衣的乐曲红红火火。但那美妙的乐曲一旦消歇，以后又曾有过几番那样的岁月？最痛苦的是浔阳江头的作诗客，画船就要出发，忽听琵琶声幽幽咽咽。记得王昭君出塞之时，边塞上黄云弥漫，起伏的山脉如同堆积的白雪。骑在马上离开故国三千余里，琵琶曲中倾诉的哀怨丝丝不绝。再回头眺望昭阳的宫殿，只能看见孤雁在天边出没。琵琶弦上纵然能倾诉人的心情，但这千古幽恨实在难以尽情诉说。　　征人去辽阳已经多年，如今却音断信绝。花格的窗前冷清寂寞，闺中人怀里抱着琵琶。轻拨慢捻倾诉着心中的郁结，盈盈泪珠沾湿了那美丽的长睫。她含情脉脉，一会儿用推手的技巧，一会儿用却手弹拨，将《梁州》曲演奏得悲凉激越。千古以来的盛衰荣辱，一去不返如同云飞烟灭。贺老的压场绝活儿再也没有消息，沉香亭北的繁华至今都绝。当琵琶乐曲弹到这种地步的时候，真让人肝胆俱裂，为之哭泣呜咽。

评析　　本篇题为"赋琵琶"，实借琵琶以写怨思。上片用三个典故，抒写盛唐以来世道渐衰的感慨，下片前半用赋的笔法写征妇怨，借思妇弹奏琵琶思念辽阳征人的形象，抒发对中原故国的思念之情。结尾几句再用盛唐及杨玉环的两个典故，回应篇首，写出盛唐难再之深慨，"此篇用事最多，然圆转流丽，不为事所使，的是妙手"。（陈霆《渚山堂词话》）

　　本词有两点需注意，一是结构别致，与另一首《贺新郎》（绿树听鹈鴂）章法基本相同。开头以杨玉环所用之琵琶写起，结尾以杨玉环游乐之沉香亭终。前后呼应，形成一种回环往复的抒情效果。二是内容上寄托遥深，除词人自己的身世之感外，"记出塞"几句也有对徽钦二帝蒙尘不返的悲慨。将国难家仇与身世之感结合起来，内容更丰富深沉。姜夔《疏影》词中云："昭君不惯胡沙远，但暗忆江南江北。"陈文焯评此二句曰："伤二帝蒙尘，诸后妃相从北辕，沦落胡地，故以昭君托喻。"此为深中肯綮之言，亦可佐证上言之不虚也。

水龙吟

登建康赏心亭 [①]

辛弃疾

　　楚天千里清秋，水随天去秋无际。遥岑远目，献愁供恨，玉簪螺髻 [②]。落日楼头，断鸿声里，江南游子，把吴钩 [③] 看了，阑干拍遍，无人会、登临意。

休说鲈鱼堪脍，尽西风、季鹰归未？④ 求田问舍，怕应羞见，刘郎才气。⑤ 可惜流年，忧愁风雨，树犹如此⑥。倩何人，唤取红巾翠袖⑦，揾⑧英雄泪？

注释 ①赏心亭：《景定建康志》卷二十二："赏心亭在下水门之城上，下临秦淮，尽观览之胜。丁晋公渭建。" ②玉簪螺髻：玉制的头簪，团形的发髻。这里比喻尖形、团形的各种山峦。 ③吴钩：一种弯形的刀。盛产于吴国而弯形，故称。 ④"休说"三句：用张翰典。《晋书·张翰传》："翰（字季鹰）因见秋风起，乃思吴中菰菜、莼羹、鲈鱼脍，曰：'人生贵得适志，何能羁宦数千里以要名爵乎？'遂命驾而归。"此翻用其意。 ⑤"求田"三句：据《三国志·魏志·陈登传》载：许汜与刘备同在荆州刘表处，三人共同评论天下之人。许汜说陈登有豪气，并说自己到陈登家做客，陈登很怠慢，他住大床上床，而让客人住下床。刘备听后，说：当今天下大乱，你却求田问舍，令陈登失望。陈登那样做还算给你面子，"如小人，欲卧百尺楼上，卧君于地，何但上下床之间耶？"刘郎，指刘备。 ⑥树犹如此：《世说新语·言语》："桓公北伐，经金城，见前为琅琊时种树已皆十围，慨然曰：'木犹如此，人何以堪！'攀枝执条，泫然流泪。"庾信《枯树赋》作"树犹如此。" ⑦红巾翠袖：古代女子装束，此处指歌女。 ⑧揾：擦、揩拭。

译文 楚地到处一派清秋，水光连接着天边，秋色无边无际。我眺望远方的群山，峭立挺拔得宛如美人的碧玉簪，平缓团圆的如同美人的螺髻。都攒蹙累积，仿佛在向我倾诉着怨恨忧郁。面对着落日，我独立楼头，听着南飞鸿雁的哀啼。我这个江南的游子呀，把手中的宝刀看了又看，拍打着楼上的栏杆徘徊不已，可又有谁能理解我现在的心意？ 不要说鲈鱼脍的味道鲜美，秋风已起，我却不能像张季鹰那样潇洒地归去。我更不愿像许汜那样求田问舍，只知自私自利而不顾国家大计，怕被刘备那样的英雄人物轻视鄙夷。可惜岁月飞逝，大好年华在风雨中白白抛弃，就连那些没有知觉的树木，也会随着时光而老去，想到这里，我不禁悲愤交加，暗自垂涕，也不知求谁去请那些多情的美人，用她们的红巾绿袖，把我这英雄的眼泪轻轻揩拭。

评析 本词是作者于淳熙元年（1174）在建康任江东安抚司参议官时所写。上片借景抒情，写登高远望时的复杂悲怆之情。下片以古喻今，对四位历史人物进行褒贬，抒发壮志未酬的抑郁情怀。慷慨悲歌，令人回肠荡气。辛弃疾满怀报国热情南归，志在恢复中原。但南宋统治者对他百般猜忌，始终不敢重用，使其长期沉沦下僚，基本处在投闲置散的位置上。他感到极其压抑、愤懑，在登高望远之际，见景生情，抒发多年积郁在胸的满腔怨气、怒气。开篇两句写秋日之大背景，视野极为开阔。"遥岑"三句用倒装笔法和移情手法写自己对大好河山沦陷的痛心。"落日楼头"至上片歇拍，如特写镜头，把作者焦虑、幽怨、悲愤又无可奈何的复杂情绪表现出来。"看吴钩""拍栏干"均是细节刻画，凸现出词人忧心如焚的精神状态。从写景角度看，由大到小，由远及近，层次分明。下片连用三个典故，正反两面见意，用张翰之典，既有故乡难归之慨叹，也有不忍置国事不顾而隐居的责任感，这正是作者性格的两个重要方面。许汜之典，对那些只知购田买房自私自利的官员表示极大的鄙夷之情。结尾六句抒发举世皆浊我独醒，世无知己之深慨，与上片"无人会、登临意"遥相呼应，章法谨严。本词写尽英雄失路之感，如垓下悲歌，动人心魄。

摸鱼儿 ①

辛弃疾

淳熙己亥②，自湖北漕③移湖南，同官王正之置酒小山亭④，为赋。

更能消、几番风雨，匆匆春又归去。惜春长怕花开早，何况落红无数。春且住！见说道、天涯芳草无归路。怨春不语，算只有殷勤，画檐⑤蛛网，尽日惹⑥飞絮。　　长门事⑦，准拟佳期又误，蛾眉曾有人妒。千金纵买相如赋，脉脉此情谁诉？君莫舞！君不见、玉环⑧飞燕⑨皆尘土。闲愁最苦，休去倚危阑，斜阳正在，烟柳断肠处。

注释　　①摸鱼儿：唐教坊曲名，后用作词牌。又名摸鱼子、安庆摸等。双调一百一十六字。

② 淳熙己亥: 宋孝宗淳熙六年（1179）。③ 漕: 漕司（转运使）的简称。④ 山亭: 在湖北漕司官衙内。⑤ 画檐: 画有图案或彩色的屋檐。⑥ 惹: 粘住。⑦ 长门事: 据司马相如《长门赋序》,汉武帝时陈皇后失宠,幽居长门宫。她曾以百金为酬请司马相如代写《长门赋》,武帝读后感动,后复为宠。此事史籍中无载。⑧ 玉环: 唐玄宗宠妃杨玉环,宠极一时,后在马嵬驿被赐死。⑨ 飞燕: 汉成帝皇后赵飞燕,宠冠后宫,后被迫自杀。

译文　　淳熙己亥这年,我从湖北主管财政的转运使调任到湖南担任同样的官职,同僚王正之在官府衙门内的小山亭摆设酒宴招待我,为此写作了这首词。

　　还能经受得住几番风风雨雨,匆匆忙忙,春天又要归去。我珍惜春光长怕花儿开得太早,何况如今已经落红无数?春天啊,请停住你的脚步。你没听说吗,芳草遍布天涯海角,你已经没有归路。我真怨恨,春光对我的痴情根本不屑一顾,依旧又默默地归去。看起来,对春天有真情实意的,只有那些画檐上的蜘蛛网,终日里尽量沾惹些点点飘飞的柳絮,使人们看到后可以依稀感受到春光的余绪。　　当年陈皇后的长门之事,预定好的日期又误,美人一定被人谗毁嫉妒。即使花费千金购买司马相如的长门赋,君王不肯见我,我的无限深情又向谁倾诉?那些得宠的美人们,你们也不要欢歌曼舞。你们没看到吗,当年的杨玉环和赵飞燕,比你们不知要受宠多少倍,可她们都死得那么可悲而又痛苦,如今早已成了尘土。被边缘化的闲愁最令人痛苦,不要去凭倚高高的栏杆远望,一轮将要沉落的斜阳,正在那烟柳迷茫的令人断肠的去处。

评析　　本词是在调动职务临行时所赋,感慨殊深,兴寄深婉,全用比兴手法抒情达意。表面写美女伤春,蛾眉遭妒的怨恨,实际上寄托作者怀才不遇、壮志难酬的愤慨及对国家前途命运的深切关注。上片通过惜春、留春、怨春三层意象抒发对春光的无限留恋和珍惜之情;下片用美女遭妒比喻爱国志士受谗遭贬,谴责投降派误国误民的罪行。外柔婉而内激越,表达了深沉的爱国忧时之情。

　　开头两句起势突兀，有酸风苦雨之感，抒发珍惜春天而春天又匆匆归去的痛苦。"惜春长怕花开早，何况落红无数"两句很费解，怕花开早，但似乎花还没开，怎么就落红无数了呢？这就要搞清楚春天比喻什么。实际全词设置的春天背景是暗喻主战势力和抗金局面。在辛弃疾创作本词前几年，朝廷重用主战派大臣虞允文为相，虞允文起用一批志在恢复中原的官员积极备战，川陕宣抚使王炎以及坚定的主战派诗人陆游都很兴奋。但不久朝廷就改变大政方针，主战派下台，被边缘化。主和派掌握大权，恢复那种"山外青山楼外楼，西湖歌舞几时休？暖风熏得游人醉，直把杭州作汴州"的醉生梦死的生活。于是，刚刚出现的抗金局面立刻烟消云散。辛弃疾对于金国形势非常了解，对于抗金一直采取坚决而谨慎的态度，主张准备充分才能开始，这便是"惜春长怕花开早"的意蕴。但可惜还没有开始抗金自己便将其取消，所以才说"何况落红无数"。"春且住"三句用春天没有归路比喻南宋政权不抗金就没有出路，就会衰弱萎缩而颓丧。"怨春不语"三句对朝廷当政者根本不理睬自己的抗金主张表示极大的愤慨。此前，辛弃疾曾先后上《美芹十论》和《九议》详细陈述收复中原的计划和策略，孝宗皇帝曾经为之心动，有意召见他，后来不知什么原因取消了召见的计划。而收复中原的大计就这样搁浅。下片前五句用陈皇后自比，委婉陈述皇帝取消召见自己之计划一定是有卑鄙小人对自己进行馋毁的缘故，正因为皇帝不肯召见，使自己不能直接向皇帝陈述抗金救国的大计和报效国家的一片赤心。用典极其贴切。因为郁闷愤怒已极，才会发出如此近似诅咒的词句"君莫舞！君不见、玉环飞燕皆尘土"，直接斥责那些得志的小人，诅咒他们也像杨玉环和赵飞燕那样不会有好结果。最后，用斜阳欲下的惨淡景象象征南宋衰微的国势。景衰情悲，令人感觉惨淡而没有出路。

　　辛弃疾率领义军南归，本欲为朝廷效力以收复中原。但当政者对他百般猜忌，不敢委以重任。他多年任闲职，而且又频繁调动，使他无法干成任何事业。本词正是又调动他职务时所作，岂能不感慨万千？全词借助凄美的意象，以哀婉的情调抒发激烈的政治幽愤和沉痛的爱国感情，寄托遥深。梁启超评曰："回肠荡气，至于此极。前无古人，后无来者。"（《艺蘅馆词选》引）

永遇乐
京口^① 北固亭^② 怀古
辛弃疾

千古江山，英雄无觅、孙仲谋^③ 处。舞榭歌台，风流总被，雨打风吹去。斜阳草树，寻常巷陌，人道寄奴^④ 曾住。想当年，金戈铁马^⑤，气吞万里如虎。

元嘉^⑥ 草草，封狼居胥^⑦，赢得仓皇北顾^⑧。四十三年^⑨，望中犹记，烽火扬州路。可堪回首，佛狸祠^⑩ 下，一片神鸦^⑪ 社鼓^⑫。凭谁问，廉颇^⑬ 老矣，尚能饭否？

注释　①京口：今江苏省镇江市。②北固亭：在镇江东北北固山上，又名北顾亭。面临长江。晋人蔡谟为储军备而建。③孙仲谋：孙权字仲谋，三国时吴帝。曾一度建都京口。④寄奴：南朝宋武帝刘裕的小名。刘裕生于京口，曾北伐，并收复过长安、洛阳。⑤金戈铁马：形容兵强马壮。⑥元嘉：南朝宋文帝刘义隆（刘裕之子）的年号（422—453）。⑦封狼居胥：汉武帝时，骠骑将军霍去病曾追击匈奴至狼居山，在山上筑坛祭神而还。狼居胥，一名狼山，在今内蒙古西北部。⑧仓皇北顾：荒乱败退中回望追敌。⑨四十三年：辛弃疾于绍兴三十二年（1162）渡江南归，至写此词时正四十三年。⑩佛狸祠：北魏拓跋焘的祠庙。在今江苏省六合区东南。拓跋焘小名佛狸，当年兴兵南侵，进驻瓜步山，在山上建行宫，后改为佛狸祠。⑪神鸦：祭祀时飞来觅食的乌鸦。⑫社鼓：社日祭神的鼓声。⑬廉颇：战国时赵国名将。晚年遭谗被黜逃往魏国。后来秦攻赵，赵王想再起用廉颇，派使臣去探望。使者受廉颇仇人之贿，说廉颇饭量依然很大，但"顷之，三遗矢（屎）矣"。于是，廉颇未被起用。

译文　　千古江山依旧，但像孙仲谋那样识人重贤的英雄，却再也无处寻觅。那些繁华的舞榭歌台，英雄们的风流韵事，都被无情的风雨吹打而去。那普普通通的街巷，所看到的只是斜阳映照着荒草枯树，人们说寄奴曾经在这里居住。遥想当年，他指挥千军万马挥师北伐，气吞骄房如同下山的猛虎。　　元嘉年间又是多么轻率，想勒铭狼居胥山建立奇功，结果只落得大败溃逃，不断地回头北望敌兵的追逐。如今已经过去四十三年，在望中我还清楚地记得，当年曾与金兵激战过的扬州路。真是不堪回顾，金人的统治竟如此牢固。在那佛狸祠堂的前面，神鸦的叫声杂和着喧闹的社鼓。有谁还能来问一问：廉颇将军果真衰老了吗，他的饭量是否依然如故？

评析　　本词作于宁宗开禧元年（1205），作者时任镇江知府，已六十六岁。当时宰相韩侂胄准备北伐，作者一方面坚决主张抗金，另一方面又担心主事者轻敌冒进而致败，对当权者不能真正理解、重用他表示愤慨。上片即景生情，由眼前之景联想到两位著名的历史人物，即孙权与刘裕，对他们的英雄业绩表示无限的向往和怀念。下片用刘义隆草率北伐失败的史实告诫当政者。接下宕开，回忆四十三年前率兵南归时如火如荼的战斗场面。结尾用廉颇自喻，抒发有志报国而不被重用的忧伤与苦闷。

　　上片开头连用两个典故，皆由眼前景物引出，自然而贴切。这两个人物的共性是决不妥协，或坚决抗击来犯之敌，或毅然率兵北伐。同时，孙权又有用人之明，先用周瑜，后用陆逊，均表现出非凡的胆识。这正是南宋统治者所缺少的。作者的感慨也可想而知了。下片开头以刘义隆贪功名而草率北伐的悲惨结局向当权者提示和警告，不要贪不世之功名而草率出兵，《摸鱼儿》中的"惜春长怕花开早"就是这种意蕴，可谓石破天惊之语。"四十三年"战斗场景的插入，也有深意，当年自己满腔爱国热血，在极艰危的情况下血战南归。结果四十三年过去，一切依旧，佛狸祠照样在金人统治之下，而且一派和平景象。四十三年的时间却一事无成。最后再用廉颇之典，将遭谗受贬、小人当政等诸多感受都委婉地抒发出来，慷慨悲歌，千古后读来仍令人回肠荡气，扼腕啮齿。全篇苍劲沉郁，豪壮中有悲凉。杨慎在《词品》中评曰："辛词当以'京口北固亭怀古'《永遇乐》为第一。"

木兰花慢①
滁州送范倅②
辛弃疾

老来情味减，对别酒、怯流年。况屈指中秋，十分好月，不照人圆。无情水都不管，共西风、只管送归船。秋晚莼鲈江上，夜深儿女③灯前。　　征衫，便好去朝天，玉殿④正思贤。想夜半承明⑤，留教视草⑥，却遣筹边。长安故人问我，道愁肠殢⑦酒只依然。目断秋霄落雁，醉来时响空弦。⑧

注释　　①木兰花慢：词牌名。是"木兰花"增字改韵之慢体。双调一百零一字。②范倅：姓范的副职。范倅名昂。③儿女：有二意：一指相爱的青年男女，一指儿子和女儿。此处当指前者。④玉殿：皇宫宝殿。⑤承明：汉有承明庐，为朝官值宿之处。⑥视草：为皇帝起草制诏。⑦殢：困扰，纠缠不清。⑧"目断"二句：《战国策·楚策》："更赢与魏王处京台之下，仰见飞鸟，更赢谓魏王曰：'臣为君引弓虚发而射鸟。'……有间，雁以东方来，更赢以虚发而下之。"

译文　　老来生活情味渐渐消减，对着这离别的酒宴，深深惋惜飞逝的流年。何况屈指一算，中秋节已经临近，十分美好的明月却不照我们的团圆。无情的江水也不管人们的伤心，和秋风一起，只管送走归京的航船。秋日的傍晚，你将在江上享受莼菜和鲈鱼的美餐。深夜的帷幄里，你将和妻子在灯前叙别寻欢。　　穿上征程的衣衫，正好去京师把天子觐见，朝廷中正在任能思贤。料想你一定会被留在承明庐，在夜间草拟修改诏书的稿件。又会派你筹备军事而到边关。长安故人若问起我的情况，就说我依然非常忧愁焦烦，依然愿在故乡中流连。我时常仰望空中高飞远去的鸿雁，酒醉中有时竟情不自禁地拉响空弦。

评析　　本词是送别之作，却表现了作者有志难伸的感怆。上片写惜别之情，下片写报国之志。结尾处抒发报国无门之痛楚。

　　辛弃疾从乾道六年（1170）至乾道八年秋任滁州通判，本词作于此时。上片只就送别叙写。前六句写年老又逢离别，并点出送别时间在中秋节前夕。"无情"三句怨江水与秋风无情，反衬人之多情，用笔委婉。"秋晚"两句设想友人在水路上及到家后的幸福情景，也有自己归乡无望的怅恨。两句词便是两个生动的画面，想象丰富。下片转写对友人的美好祝愿，设想他回到朝廷受到重用。"却遣筹边"一句表现出作者对边防军事的关切，这也正是作者终生追求的目标，即训练一支精兵以抗金复国。然而这只是理想而已，朝廷里投降派掌权，是不会让辛弃疾这样的抗金志士抬头的。故结尾三句写出英雄跃跃欲试而又没有用武之地的可悲现状，令人感叹唏嘘。起伏跌宕，沉郁顿挫之至。

祝英台近①

辛弃疾

　　宝钗分②，桃叶渡③，烟柳暗南浦。怕上层楼，十日九风雨。断肠片片飞红，都无人管，更谁劝啼莺声住？　　鬓边觑，应把花卜④归期，才簪又重数。罗帐灯昏，哽咽梦中语。是他春带愁来，春归何处？却不解带将愁去。

注释　　① 祝英台近：词牌名。又名祝英台、英台近、宝钗分等。双调七十七字。② 宝钗分：古代女子与情人分离时，常将首饰宝钗两股分开，各留一股以为纪念。③ 桃叶渡：在今江苏南京秦淮河与青溪合流处。晋王献之曾于此地送爱妾（名桃叶）渡江，因名桃叶渡。《隋书·五行志》："陈时，江南盛歌王献之桃叶（妾名）之词曰：'桃叶复桃叶，渡江不用楫。但渡无所苦，我自迎接汝。'"此处泛指分别之地。④卜：占卜，古人常用花瓣来占卜。

译文 　　在桃叶渡口，我与他告别，宝钗也分成两股。河岸边杨柳树一片迷蒙，水面上朦朦胧胧是茫茫水雾。我真怕上高楼凭栏远眺，十天中有九天是凄风苦雨。一片片的飞红令我十分悲伤，却全然无人搭理。更没有人去劝一劝黄莺，让它止住悲啼，不要再一声声催促着春天早早归去。　　斜眼对着金镜细看鬓边的花朵，细数花瓣占卜他的归期。刚刚插在头上，又摘下来重新再数再理。罗纹的帷帐中灯光昏暗模糊，我在梦境中自言自语：是春天把忧愁带来，可是春天却又归向哪里？春天啊，你为什么不懂得把忧愁也一起带回去？

评析 　　本词抒写闺中思妇伤春念远的哀怨。通过临歧分钗告别，怕上层楼，花卜归期及梦中呓语这些细节描写，生动地刻画出一位多愁善感的思妇形象。笔触细腻温婉，情致悱恻缠绵，表现出词人豪放悲壮外的另一种风格。有人认为本词有寄托，很难确定，还是理解为闺怨词为好。

　　小词写得轻盈温婉、层次分明。前三句写别时之情景，"烟柳暗南浦"，色彩暗淡凄迷，情景相生。"怕上层楼"五句写别后的思念及惜春的情愫。下片承前，用花卜归期，二句刻画极为细腻，将人在极度渴盼中，寄希望于某种征兆的心理表现得淋漓尽致。尾句用梦中语言也极生动，入情入理。写出女子无人可诉心曲的苦闷烦恼，只好去说梦话了。把少妇伤春伤别、柔媚深情、娇嗔天真的形象刻画得声情毕肖，出神入化。沈谦评曰："稼轩词以激扬奋厉为工。至'宝钗分，桃叶渡'一曲，昵狎温柔，魂销意尽，词人伎俩，真不可测。"（《填词杂说》）

青玉案

元 夕

辛弃疾

东风夜放花千树，更吹落、星如雨。宝马雕车①香满路，凤箫②声动，玉壶③光转，一夜鱼龙④舞。　蛾儿雪柳黄金缕⑤，笑语盈盈⑥暗香去。众里寻他千百度，蓦然回首，那人却在，灯火阑珊⑦处。

注释　　①宝马雕车：装饰华丽的马车。②凤箫：即排箫。形状参差不齐如凤翅，故云。③玉壶：比喻月亮。朱华《海上生明月》诗："影开金镜满，轮抱玉壶清。"一说指精美可转动的灯，亦通。④鱼龙：指鱼灯、龙灯。⑤"蛾儿"句：皆是当时元宵节时女子的饰物。《武林旧事·元夕》："元夕节物，妇人皆戴珠翠、闹蛾、玉梅、雪柳、菩提叶。"⑥盈盈：形容女子仪态美好。⑦阑珊：零落，冷清。

译文　　夜晚的东风，仿佛吹开了盛开鲜花的千万棵树木，又吹落空中的繁星如雨。华丽的车马熙熙攘攘，脂粉和香气弥漫着大街小路。随处可以听到悦耳的音乐之声，明月如同悬在空中的玉壶，闪着素光在空中缓缓移动，鱼龙形的彩灯整夜都在翻腾飞舞。　美人的头上都戴着时髦的饰物，那是鲜亮的闹蛾雪柳和黄金缕。一个个喜笑颜开，带着淡淡的香气从我面前轻盈过去。我在众多的美人里寻找她千次百次，却无法找到她的踪迹。不料，猛然间一回头却发现了她，原来她正微笑着站在灯火冷清的去处。

评析　　本词描绘元宵佳节通宵灯火的热闹场景，梁启超谓"自怜幽独，伤心人别有怀抱"（《艺蘅馆词选》引），认为本词有寄托，可谓知音。上片写元夕之夜灯火辉煌，游人如云的热闹场面；下片写不慕荣华，甘守寂寞的一位美人形象。美人形象便是寄寓着作者理想人格的化身。

　　上片状景，动态静态相结合，极力渲染元宵佳节中灯火辉煌，尽情狂欢的景象，为结尾处美人的出场做铺垫。下片"蛾儿""笑语"两句，用特写镜头刻画一群妇女们结伴上街逛花灯，寻欢作乐的场面，为美人的出场做社会生活背景的铺垫。经过这两种铺垫，最后四句，美人才出场，大有千呼万唤始出来的情味。而那位美人，不在灯火通明之所，也不在盈盈众女之中，却在灯火零落的暗淡之处，自甘寂寞孤独。一种超凡出尘、不同流俗、高洁自持的奇女子形象立刻凸现在我们的面前，仿佛一尊雕像般鲜明生动。这是极崇高的一种精神境界，是迥异于常人的一种精神境界。王国维把这种境界称为成大事业者、大学问者的第三种境界，确是大学问者的真知灼见，吾然之矣。

鹧鸪天

鹅湖归病起作

辛弃疾

枕簟^①溪堂冷欲秋，断云依水晚来收。红莲相倚浑如醉，白鸟^②无言定自愁。　　书咄咄^③，且休休^④，一丘一壑^⑤也风流。不知筋力衰多少，但觉新来懒上楼。

注释　　①簟：竹席。②白鸟：指鸥鹭一类白色水鸟。③书咄咄：《晋书·殷浩传》载，殷浩被贬官，口无怨言，表面上若无其事，"但终日书空，作'咄咄怪事'四字面已"。书空，用手指在空中写字。④且休休：用司空图事。《旧唐书·司空图传》载，司空图退休后，隐居中条山，筑"休休亭"，表示对仕途失望，甘心退隐。⑤一丘一壑：一条小山、一条山沟，代指居士所居之地。《世说新语·品藻》："明帝问谢鲲'君自谓何如庾亮？'答曰：'端委庙堂，使百官准则，臣不如亮；一丘一壑，自谓过之。'"

译文　　在水边的堂屋里，我躺卧在竹席上临时小憩，清凉的感觉如临清秋。飘浮在水面上的那些云气，傍晚时也渐渐敛收，水面一片僻静清幽。池塘里的红色荷花无精打采地相互依偎，简直就像喝醉了酒。岸边的那些白鸟默默无言，也一定是在默默发愁。　何必像殷浩那样心胸狭隘，整天向空中把"咄咄怪事"空书。姑且像司空图那样超旷潇洒，在中条山中隐居栖休。一丘一壑都显得美妙风流。我也不知病后身体衰弱多少，只是觉得近日来特别懒得上楼。

评析　　本词是作者病后所作，借景抒情，调子很低沉。上片绘景状物，渲染气氛，突出"愁"字，花鸟也如有情。下片剖诉心曲，通过两个典故委婉抒发对统治集团迫害爱国志士的罪行以及自己对仕途已经失望的无可奈何的心态。有沉哀茹痛之语，无剑拔弩张之势。

　　本词上片后两句清新警绝，非常有情味，是典型的移情笔法。花也能醉，鸟也知愁，皆由人而生，而且生动如画，花鸟也都有此种情态。又切合作者当时愁病如醉、愤懑白头的情态。意象清丽，色彩鲜明，含义隽永，精妙至极。下片引用殷浩无故遭贬、司空图无奈退隐两个典故，貌似旷达而实含怨愤，感慨颇深。陈廷焯评此词云："信笔写去，格调自苍劲，意味自沉厚，不必剑拔弩张，洞穿已过七扎，斯为绝技。"（《白雨斋词话》）

菩萨蛮
书江西造口①壁
辛弃疾

郁孤台②下清江③水，中间多少行人泪。西北望长安④，可怜无数山。青山遮不住，毕竟东流去。江晚正愁予⑤，山深闻鹧鸪⑥。

注释　　①造口：即皂口，镇名，在今江西省万安县西南六十里处。②郁孤台：在今江西省赣州西北田螺岭上。③清江：赣江与袁江合流处旧称清江。④长安：今陕西省西安市。为汉唐故都。此处代指京师。⑤愁予：使我发愁。⑥鹧鸪：鸟名。传说其叫声如云"行不得也哥哥"，啼声凄苦。

译文　　郁孤台下的清江水，中间不知有多少逃难者的眼泪。我翘首向西北眺望长安，可惜无数的山峰遮住了我的视线。　　但青山毕竟遮不住奔流的江水，江水依旧向东流去。黄昏中我独立江边正在忧郁，深山里又传来鹧鸪鸟的哀啼。

评析　　本词是淳熙三年（1176）作者在赣州任江西提点刑狱时所作。上片寓情于景，写登台远眺时产生的种种复杂的感情。前两句以虚笔写山河破碎的憾恨，后两句写对故国的无限思念。下片以江水为喻，抒写抗金复国的决心和壮志难酬的苦闷。

　　关于本词之发端，罗大经在《鹤林玉露》中有几句话非常重要，他说："盖南渡之初，虏人追隆祐太后御舟至造口，不及而还。幼安自此起兴。"上片便以此开端。四十多年前金兵追当时政治中心人物隆祐太后至造口，这是国耻，易引起人们对这段往事的痛苦回忆和对敌人的深仇大恨。人们行至此则易伤心落泪，所云"中间多少行人泪"，正谓此也。"西北"二句叹息北望故国山川阻隔，暗喻恢复无望以及自己被小人阻绝而难得皇帝信任的双重忧愁，言简意赅，语意痛切。下片"青山遮不住，毕竟东流去"两句写出客观规律不可抗拒，历史毕竟要发展这一深邃的哲理而成千古名句，有鼓舞人心的作用。最后则再闻鹧鸪之声暗寓自己的抗金主张"行不得也"。满腔悲愤之气，郁闷孤独之怀尽可体会得出，又暗应开头"郁孤台"的字面，妙极。全词从抒情结构上呈现出抑、扬、抑、扬、抑的格局，大开大合，起伏顿挫，章法亦妙极。梁启超评曰：《菩萨蛮》如此大声镗鞳，未曾有也。"（《艺蘅馆词选》引）

姜 夔／约1155—约1221

字尧章，号白石道人，鄱阳（今江西波阳）人。少随父宦游汉阳，父死，流寓湘、鄂间。诗人萧德藻以兄女妻之，移居湖州，往来于苏、杭一带。与张镃、范成大交往甚密。终生不第，卒于杭州。工诗，尤以词称，精通音律，曾著《琴瑟考古图》。词集中多自度曲，并存有工尺旁谱十七首。有《白石道人诗集》《白石诗说》《白石道人歌曲》等。

点绛唇

姜 夔

丁未①冬，过吴松②作。

燕雁无心，太湖西畔随云去。数峰清苦，商略③黄昏雨。　　第四桥④边，拟共天随⑤住。今何许⑥？凭阑怀古，残柳参差舞。

注释　　①丁未：宋孝宗淳熙十四年（1187）。②吴松：地名，属江苏省。③商略：商量、酝酿。④第四桥：即吴松城外的甘泉桥。⑤天随：唐代陆龟蒙，自号天随子。⑥何许：何处，何时。

译文　　丁未年冬天，我经过吴松时作了这首词。

春燕和鸿雁都无忧无虑，好像也没有什么意绪，在太湖的西畔伴随着云彩飞去。湖边的山峦清寂愁苦，缭绕着浓云重雾。仿佛在低声细语，商量着黄昏时能不能下点雨。　　我真想在第四桥边找个去处，和那位潇洒的天随子结邻而住。试问现在是什么世道？我倚栏远目，伤今怀古，不由得满心愁苦。只见衰败不齐的残柳，在西风中寂寞地飘拂。

评析　　淳熙十四年（1187）冬，作者由杨万里介绍，到苏州拜访范成大，途中创作此词。小词清新蕴藉，寓情于景，即兴抒感，表达了怀念古人和伤时忧世的情怀，也寄寓着自己的身世之感。

姜夔一生倾慕晚唐诗人陆龟蒙，陆对当时的黑暗深恶痛绝，不赴朝廷征召，曾在松江隐居，这是本词抒情的出发点。开头以燕雁自况，且翻进一层。燕雁到处飘零，但它们不知愁苦。自己知愁苦却偏偏情同燕雁，这是本句的深沉处，细索可得深味。"数峰"二句是写景名句，用拟人化手法描绘山雨欲来的群山为云雾所遮仿佛背人私语的情状，化静为动，极有韵致。下片开头两句点地点事，表现自己的志节。结片三句抒发历史变迁、人事沧桑之慨，极含蓄清空。陈廷焯赞云："感时伤事，只用'今何许'三字提倡，'凭阑怀古'下，仅以'残柳'五字咏叹了之，无穷哀感，都在虚处，令读者吊古伤今，不能自止，洵推绝调。"（《白雨斋词话》）

鹧鸪天
元夕有所梦
姜　夔

肥水[1]东流无尽期，当初不合种相思[2]。梦中未比丹青[3]见，暗里忽惊山鸟啼。　　春未绿，鬓先丝，人间别久不成悲。谁教岁岁红莲夜[4]，两处沉吟各自知。

注释　　①肥水：源出安徽合肥紫蓬山，东南流经将军岭，至施口入巢湖。②种相思：留下相思之情。谓当初不应该动情，动情后尤不该分别。③丹青：泛指图画，此处指画像。④红莲夜：指元夕。红莲，指花灯。欧阳修《蓦山夕》（元夕）："纤手染香罗，剪红莲、满城开遍。"

译文　　肥水滔滔向东流去，永远也无尽期。当初真不该种下相思的种子而令今日相思。梦里的相见总是模模糊糊，还不如看画像更加清晰，而就连这样恍惚的梦也做不稳，偏偏又被山鸟的叫声惊起。　　春草尚未发绿，我的两鬓已成银丝。人间离别如果时间太久，悲哀往往会渐渐忘却。可不知是谁让我如此相思，年年岁岁的元夕之夜，我们都在两地沉吟暗自悲啼。这种情味，只有我和你各自心领神知。

评析　　本词是宋宁宗庆元三年（1197）元夕为怀念合肥恋人所作。上片写梦醒前后的感受，下片则写梦后的思念。情致深婉空灵，与苏轼的《江城子》（十年生死两茫茫）有些相似。

　　开头两句以自怨自悔的语气抒无限相思之情。肥水为当时与情人游玩寻欢之地，肥水东流不回又比喻相思之愁无尽无休与不可挽回，寓意丰富。"梦中"二句抒情尤妙，梦中的情人容貌不清楚，还比不上画像，这已令人遗憾。尽管不清，梦境中毕竟还可依稀看到，可山鸟又把梦惊醒，岂不更难堪。下片"春未绿，鬓先丝"六字有千钧之力，表现刻骨铭心的相思给他造成的精神痛苦。"人间别久不成悲"是人间一般的道理，但最后两句感情再度扬起，则写出对情人"不思量，自难忘"的深深的思念。可见这种感情正是不一般的。上句的铺垫作用于此便可体会出来。但苏轼的思念属于悼亡，当然知道是无法再度相见厮守，而词人思念的对象是在世的情人，虽然见面的机会渺茫无期，但毕竟不是绝望，因此更撕心裂肺，更深沉。

踏莎行

姜　夔

自沔东①来。丁未②元日，至金陵江上，感梦而作。

燕燕轻盈，莺莺娇软，③分明又向华胥④见。夜长争得薄情知，春初早被相思染。　　别后书辞，别时针线。离魂暗逐郎行远。淮南皓月冷千山，冥冥归去无人管。

注释　① 沔东：唐宋时州名，今湖北汉阳（属武汉市）。② 丁未：孝宗淳熙十四年（1187）。③ "燕燕"二句：燕燕、莺莺均代指情人。④ 华胥：传说中的古国名。《列子·黄帝》："昼寝，而梦游于华胥之国。"后遂代指梦境。

译文　我从离开沔州，一路向东。丁未元日抵达金陵时，梦见了远别的恋人，作此词。

像燕子一样灵巧轻盈，像黄莺一样娇软的声音。我看得非常真切分明，在梦境中又一次见到你的音容。你嗔怪我太薄幸，不理解你在漫漫长夜中相思的深情。也不理解你在初春时便被相思所折磨的内心深深的苦痛。　　分别后你给我的情书尚在，我依旧穿着你分别时亲手缝制的衣衫。你的魂魄暗暗跟随着我，来到这海角天边。淮南清冷的月光，笼罩着万水千山，一片迷茫凄寒。你只一个人孤苦伶仃地归去，也没有人陪伴和照管，真令我无比惦念，肝肠寸断。

评析　本词是为怀念恋人而作。上片写梦中相见，迷离恍惚。下片写梦后相思，情深入骨。

姜夔年轻时往来于江淮间，曾热恋一位擅弹琵琶的歌女，二十年后仍不能忘情，词集中为此女所作将近二十篇，可见其情之深笃。上片记梦中。前两句以燕喻其体态轻盈姣好，以莺喻其声音之温柔中听，第三句点明是梦境。"夜长"两句较含蓄，理解为梦中之景亦可，即梦中恋人对他的埋怨和嗔怪。下片写梦后，前两句睹物思人。结尾三句最奇妙精绝，不是自己做梦，而是恋人像《离魂记》的女子一样，魂魄跟随自己而来。自己梦醒，魂魄自然要归去，而归去的路上却"无人管"。梦境醒来多数在半夜或黎明，天地迷蒙寂静，人之精神也处在模糊不清而且比较脆弱之时，故其感情丰富而脆弱，同情心恐惧心最甚，故对情人的怜悯惦念就显得非常真实深切而且又很可信。由于意境极为凄黯，感情极为深厚，这两句已经成为传世名句，王国维说："白石之词，余所最爱者，亦仅二语：'淮南皓月冷千山，冥冥归去无人管。'"（《人间词话》）

庆宫春①

姜 夔

绍熙辛亥②除夕，余别石湖③归吴兴，雪后夜过垂虹，尝赋诗云："笠泽茫茫雁影微，玉峰重叠护云衣；长桥寂寞春寒夜，只有诗人一舸归。"后五年④冬，复与俞商卿⑤、张平甫⑥、铦朴翁⑦自封禺⑧同载，诣梁溪⑨。道经吴松，山寒天迥，云浪四合，中夕相呼步垂虹，星斗下垂，错杂渔火，朔吹凛凛，厄酒不能支。朴翁以衾自缠，犹相与行吟，因赋此阕，盖过旬，涂稿乃定。朴翁咎余无益，然意所耽，不能自已也。平甫、商卿、朴翁皆工于诗，所出奇诡，余亦强追逐之，此行既归，各得五十余解。

双桨莼波，一蓑松雨，暮愁渐满空阔。呼我盟鸥，翩翩欲下，背人还过木末。那回归去，荡云雪、孤舟夜发。伤心重见，依约眉山，黛痕低压。　　采香径⑩里春寒，老子婆娑，自歌谁答？垂虹西望，飘然引去，此兴平生难遏。酒醒波远，正凝想明珰素袜⑪。如今安在？惟有阑干，伴人一霎。

注释　　①庆宫春：词牌名。一名庆春宫。双调一百零二字。②绍熙辛亥：光宗绍熙二年（1191）。③石湖：范成大号石湖居士，别墅在石湖。④后五年：宁宗庆元二年（1196）。⑤俞商卿：俞灏，字商卿。⑥张平甫：张盛，字平甫。⑦铦朴翁：葛天民，曾为僧，名义铦。其后还俗。⑧封禺：二山名，在今浙江省德清县西南。⑨梁溪：古地名，今江苏省无锡市。⑩采香径：《苏州府志》引《范志》："采香径在香山之旁，小溪也。吴王种香于香山，使美人泛舟于溪水采香。今自灵岩山望之，一水直如矢，故俗名箭径。"⑪明珰素袜：代指美人。

译文　　绍熙辛亥年除夕，我告别隐居在苏州石湖的范成大返回吴兴。雪后的夜晚经过垂虹桥，曾写诗曰："笠泽茫茫雁影微，玉峰重叠护云衣。长桥寂寞春寒夜，只有诗人一舸归。"五年后的冬天，我又和俞商卿、张平甫、铦朴翁从封山、禺山一道乘船去无锡。途中经过吴松，时正山风寒冷，天野空旷，云浪四合。半夜时我们相互吆喝着走过垂虹桥。点点下垂的星光与湖上渔火错杂辉映，北风劲吹，寒气凛凛，喝几杯酒也无法抵挡寒冷。朴翁把被子裹在身上，还一边走一边吟诗唱和。我因此写下这首词，大约过了十天，才涂改定稿。朴翁怪我如此费心没什么用处，然而我热衷于此，无法自己放弃。平甫、商卿、朴翁都擅长作诗，所创作的诗篇都奇丽诡异，我也勉强追赶学习他们。这次旅行回去，每人各创作五十多首作品。

　　在莼菜飘香的湖面，我们荡着双桨。稀稀落落的雨点，落在岸边的松树上。暮霭渐渐笼罩，天高水阔令人惆怅。我呼唤着盟友沙鸥，它们仿佛就要飞近我的身旁。忽然又背我飞去，掠过岸边的垂杨。记得那年归去，荡着云层般的雪浪，我们共同乘坐一只小船独自启航。我似乎又看到了当年的景色，青黛色的远山依稀隐约，宛如寿眉低垂而含有泪痕的模样。　　采香径里春寒袭人，我久久地流连彷徨。也不管是否有人应和，竟独自放声吟唱。西望正是垂虹桥，我们的轻舟飘飘然向远处漂荡。那种兴致平生再也难以遇上。等我从酒醉中醒来，船已驶出很远，烟波茫茫。我还在呆呆地痴想，她纤足上的那双白袜，她耳轮上的那对明珰。如今这一切都在哪里呀，只有桥上的栏杆依旧，可以陪伴我一时半晌。

评析　　本词是重经旧地怀人之作。词之小序把写作背景、时间、地点、缘由交代得较清楚。但尚须做一些补充说明，此词方可读懂，并理解其意蕴。绍熙二年（1191）除夕，作者从范成大苏州石湖别墅乘船回家时，范成大赠给作者一名侍女小红。作者兴高采烈地带着新人雪夜泛舟而归。过垂虹桥时作《除夜自石湖归苕溪》十绝句。小序中是其中的一首，还有一首专咏小红的《过垂虹》诗云："自作新词韵最娇，小红低唱我吹箫。曲终过尽松陵路，回首烟波十四桥。"

此次与几位友人再经垂虹桥，作者睹景生愁，忆念起当年与小红偕伴而行的幸福情景。上片写傍晚时的迷蒙景象与悲凉气氛；下片写往时的欢欣快乐，反衬今日之孤寂愁苦。

上片从景起，开头三句的"莼波""松雨""暮愁"，或意新语工，或情景交融。日暮小雨，江面漂浮着莼菜，一叶小舟，显得极其渺小孤独。"渐满"写时间之推移，"空阔"展示空间之广阔，为全篇定下清旷高远的基调。"呼我"两句写水鸟都不肯亲近我，暗示心理之孤寂。如有小红在身旁，也就没有心去搭理鸥鸟了。如今小红不在，鸟也不肯亲近我。"那回"即指五年前与小红同归之事。暗转对往事的回忆。下片开头几句遥想当年在采香径中的赏心乐事。"酒醒波远"又回到现实。最后三句以现境的凄凉收束。"惟有阑干，伴人一霎"两句饱含酸悲，可以断定，"伴人一霎"的栏杆一定是词人当初和小红相亲相爱、温柔软语时倚凭的地方。如今只有栏杆陪伴我了。岂不令人凄怆？空灵蕴藉，情味也极深厚隽永。

文学作品还有一重要功能，即记录人之生活经历与感情经历，由于某种事件触发作者感情的闸门，使之发泄而为诗词文赋。一旦作品产生后便可记录瞬间的事件和情感，而这种记录与一般叙事不同，因为有强烈的感情的浸入，故有艺术感染力，如果没有这首词，我们今天焉能了解八百多年前词人与友人在除夕晚上的聚会与快乐情景，这也是文学记忆功能的具体表现。

齐天乐 [①]

姜 夔

丙辰 [②] 岁与张功甫 [③] 会饮张达可之堂，闻屋壁间蟋蟀有声，功甫约余同赋，以授歌者。功甫先成，词甚美；余徘徊末利花间，仰见秋月，顿起幽思，寻亦得此。蟋蟀，中都 [④] 呼为促织，善斗；好事者或以三二十万钱致一枚，镂⑤象齿⑥为楼观以贮之。

庚郎⑦先自吟《愁赋》，凄凄更闻私语。露湿铜铺⑧，苔侵石井，都是曾听伊⑨处。哀音似诉，正思妇无眠，起寻机杼⑩。曲曲屏山⑪，夜凉独自甚情绪？　西窗又吹暗雨，为谁频断续，相和砧杵⑫？候馆⑬迎秋，离宫⑭吊月，别有伤心无数。《豳》诗⑮漫与，笑篱落呼灯，世间儿女。写入琴丝⑯，一声声更苦。

注释　　①齐天乐：词牌名。又名台城路，五福降中天等。双调一百零二字。②丙辰：指宁宗庆元二年。③张功甫：名镃，字功甫，词人好友。宋初名将张俊之曾孙。宋末大词家张炎之先人。④中都：指北宋都城汴京。⑤镂：雕刻。⑥象齿：象牙。⑦庚郎：指庚信，曾著《愁赋》以抒怀。⑧铜铺：铜制的铺首。旧时门上用以衔住门环之铜器，多为兽面之形，故称铺首。⑨伊：指蟋蟀。⑩杼：织布机之梭子。⑪屏山：绘有山水画之屏风。⑫砧杵：捣衣石和捶衣棒。⑬候馆：旅舍。⑭离宫：帝王在京师外之行宫。⑮《豳》诗：指《诗·豳风·七月》中写蟋蟀之句："七月在野，八月在宇，九月在户，十月蟋蟀入我床下。"⑯琴丝：琴弦。此句谓将蟋蟀写成词曲供人演唱。

译文　　庆元二年，我同张功甫在张达可的厅堂一同宴饮，听到屋壁间有蟋蟀的叫声。功甫约我一同就此作词，以交给歌女演唱。功甫先写成，文辞甚美。我在茉莉花间徘徊，抬头忽见秋月，顿时生出无限幽思遐想，不一会儿也写成这首蟋蟀词。京师中称蟋蟀为促织，善于争斗。爱好此道的人有的花上二三十万钱买一只，用象牙雕成楼台形的笼子来养它。

张君先自吟成美妙的词章，像庚信的《愁赋》般哀婉凄凉。又听墙壁中窃窃私语，原来是蟋蟀在哀鸣吟唱。露水沾湿的铜铺首外，长满苔藓的石井台旁，都是蟋蟀鸣叫的地方。哀怨的声音如泣如诉，促使思妇辗转彷徨，无法入睡就起来寻找机杼，借纺织来消磨这难熬的时光。曲折的屏风上山峦重叠，秋夜正凉，独自一人该是怎样的凄伤？　仿佛又有风吹夜雨敲打西窗。

也不知蟋蟀为谁在鸣叫，断断续续地伴着捣衣的声响。旅馆里的蟋蟀悲吟暮秋，离宫中的蟋蟀哀悼暗淡的月亮，更增加了人的无限感伤。《豳风·七月》中随便把蟋蟀写进诗章，世间的小孩们不知愁苦，相互招呼着，提着灯笼寻遍篱下院墙。有人把蟋蟀的吟声谱成琴曲，一声声弹奏出永久的忧伤。

评析　　本词是作者咏物名篇。词中通过各种人对蟋蟀声的感受，抒发作者寂寞凄凉之苦。上片写听蟋蟀哀鸣时所生之感受，下片写听后之感想。想象丰富，构思巧妙，虚实相映，章法浑成。

　　本词之妙有二：一是章法巧妙。首句以作词起，尾句以作词终，但均未明说。庾信吟愁赋，暗指张镃先写成一首咏蟋蟀之作。尾句的"写入琴丝"暗指自己的作品亦成，可供人传唱矣。中间换头处也甚妙，岭断云连，被后人奉为楷模。所谓岭断，即指空间和人事更换，由室内而转室外，由织妇而变为捣衣女。所谓云连，即意脉相关，二者均因听蟋蟀声而起怅惘。二是反衬运用甚妙，这便是"笑篱落呼灯，世间儿女"一句小插曲。如不假思索，则觉得与全词境界不协调，细品方知深味。一是以小孩儿捕捉蟋蟀时的无忧无虑反衬成年人的极度忧患；二是对自己孩提时期天真活泼生活情趣的美好回忆，以此来反衬现在的孤独愁苦。故陈廷焯云："以无知儿女之乐，反衬出有心人之苦，最为入妙。"（《白雨斋词评》）还有一点也应提及，即人们艺术创作的灵感往往是受自然界或社会生活中某一现象的触发而突然出现。换言之，艺术灵感的产生往往需要一定的触发点。姜夔开始时怎么也写不出来，后来到外面去，当听到蟋蟀的叫声时，才突发灵感，便以其叫声而引起的各种人物的感情活动结构本篇。刘勰说："人禀七情，应物斯感。"信然！

琵琶仙①

姜 夔

《吴都赋》②云："户藏烟浦，家具画船。"惟吴兴③为然，春游之盛，西湖未能过也。己酉岁④，余与萧时父⑤载酒南郭，感遇成歌。

双桨来时，有人似旧曲⑥桃根桃叶⑦。歌扇轻约飞花，蛾眉正奇绝。春渐远，汀洲自绿，更添了几声啼鴂。十里扬州，三生⑧杜牧，前事休说。

又还是宫烛分烟⑨，奈愁里匆匆换时节。都把一襟芳思，与空阶榆荚⑩。千万缕、藏鸦细柳，为玉尊、起舞回雪。想见西出阳关⑪，故人初别。

注释　　①琵琶仙：词牌名。姜夔自创曲，仅此一首。双调一百字。②《吴都赋》：应为《西都赋》，唐李庾作。作者误记。"户藏烟浦，家具画船"，原文作"户闭烟浦，家藏画舟"。③吴兴：今浙江湖州。④己酉岁：孝宗淳熙十六年（1189）。⑤萧时父：萧德藻之侄，作者内弟。⑥旧曲：旧日坊曲，常代指歌伎集聚之地。⑦桃根桃叶：相传为晋王献之的两位爱妾。姐名桃叶，妹名桃根。⑧三生：即"三世"。本佛教用语，指前生、今生、来生。黄庭坚《广陵早春》诗："春风十里珠帘卷，仿佛三生杜牧之。"⑨宫烛分烟：韩翃诗："日暮汉宫传蜡烛，轻烟散入五侯家。"⑩榆荚：即榆钱。韩愈《晚春》诗："杨花榆钱无才思，惟解漫天作雪飞。"此处化用其意。⑪西出阳关：王维《进元二使安西》诗："劝君更进一杯酒，西出阳关无故人。"

译文　　《吴都赋》说："户藏烟浦，家具画船。"只有吴兴才有这种景致。吴兴春游的盛况，西湖也不能超过。己酉这一年，我和萧时父在城南载酒泛舟，有所感遇而写下此词。

江面上荡着双桨划来一只小船，我忽然发现，船上的人好像是旧日恋人的脸面。她正在用团扇轻轻地接着飘飞的杨花，那双眉眼，真是清秀而又可怜。春光渐渐去远，沙洲自然变绿，又添几声鹈鴂的鸣唤。遥想当年，在繁华如锦的扬州路，如杜牧一样艳冶寻欢。往事早已烟消云散，也就不要再去缅怀思念。　　又一次到了寒食时节，宫廷中又在忙着分烟。无奈在我满怀愁绪的时候，季节已匆匆忙忙暗中更换。只能把满腔的芳情，都交付给榆树钱，委落在空荡荡的石阶前。千丝万缕的细柳已能躲藏乌鸦，轻软的柳絮为酒客们起舞回旋。我又重新忆起当年西出阳关，与伊人在分别时的缱绻缠绵。

评析　　本词描写春游时偶遇与昔日恋人相似之女子，而勾起对往日情致的美好回忆。上片写奇遇时的感受和怅惘，下片写芳景虚逝的怨恨。词中的"桃根桃叶"代指词人在合肥所眷恋的琵琶伎姊妹之人。

　　起笔突兀，如劈空飞来。仿佛一个特写镜头由远渐近。人在极度的相思渴盼中易生出幻觉，误将相像的人认成自己的相思对象。本词的开篇即是如此。"旧曲桃根桃叶"点出对面船上的人像往时曲坊中的恋人。"歌扇"两句描写轻盈，用轻扇去沾接飞絮的情景太美了，而这一动作又把用来遮面的团扇移开，才使词人得以看到她的"蛾眉正奇绝"。既有生活体验在内，也可看出作者捕捉瞬间美景及表现瞬间感受的高超能力。"春渐远"以下顿宕转折，借眼前景写出往事不堪回首的无限感伤。下片抒写时序更易，流光匆匆，景是人非的怨悱与无奈，"千万缕"几句描绘眼前美景，为结尾两句蓄势，最后两句点出当年与恋人分别时就是如此杨柳依依的美景。陈匪石在《宋词举》中评曰："本篇以跌宕之笔写绵邈之情，往复回环，情文兼至。结拍想到'初别'，即行收住，尤觉余味曲包，非徒以清刚胜也。"

八　归[①]

湘中送胡德华[②]

姜　夔

芳莲坠粉，疏桐吹绿，庭院暗雨乍歇。无端抱影销魂处，还见筱[③]墙萤暗，藓阶蛩[④]切。送客重寻西去路，问水面、琵琶谁拨？[⑤]最可惜、一片江山，总付与啼鴂。　　长恨相逢未款，而今何事，又对西风离别？渚寒烟淡，棹移人远，飘渺行舟如叶。想文君⑥望久，倚竹愁生步罗袜。⑦归来后、翠尊双饮，下了珠帘，玲珑闲看月。

注释　　① 八归：词牌名，姜夔自度曲。双调一百一十五字。② 胡德华：作者友人，生平未详。③ 筱：小竹。④ 蛩：蟋蟀。⑤"问水面"二句：化用白居易《琵琶行》诗意，意谓送客时没有旁人，只有鸟鸣声。⑥ 文君：汉司马相如妻卓文君，宋人多借指妻子。此处借指胡德华妻。⑦"倚竹"句：杜甫《佳人》诗："天寒翠袖薄，日暮倚修竹。"李白《玉阶怨》诗："玉阶生白露，夜久侵罗袜。"

译文　　芬芳的荷花瓣轻轻飘落，稀疏的梧桐开始坠下绿叶。幽暗的庭院里，一场秋雨刚刚停歇。我无缘无故地独自伤心失落。又看见竹篱边的萤火虫忽明忽灭，苔阶旁的蟋蟀叫声悲哀凄切。送别客人重寻西去的水路，请问水面上是否有人把琵琶演拨？最可惜的是把一片江山美景，却都交给了啼叫的鹈鴂。　　常常遗憾我们相处时间太短，而今在这秋风萧瑟的季节，为何又要如此匆忙地离别？清冷的洲渚烟罩雾遮，船儿起程，友人渐远，行舟缥缈如一片轻叶。料想美人盼归已久，忧愁地倚着翠竹，任凭罗袜上有清露滴落。等到客子归来后，夫妻二人无比地欢爱娱悦。举起翠绿的玉杯又双双对饮，放下窗帘，安闲地共同欣赏那圆圆的明月。

评析　　这首词抒写送别友人前后的情怀。上片渲染静夜送客时的所见所闻，清旷凄凉。下片写友人去后的孤独及悬想友人归家与亲人团圆后的幸福情景，反衬出自己的孤寂和思亲。章法浑成，情感真挚。

　　上片分两个层次，前六句以清丽细密的笔触描绘莲花坠红、疏桐飘绿、暗雨初歇、流萤闪烁、蟋蟀悲鸣的秋声秋色，营造了强烈的感伤氛围，烘托送别友人的黯然销魂的心情。送客几句写别时景况，不仅描状出当时凄凉寂寞的境界，而且暗寓着家国之恨。下片前几句叙惜别之意，写出江边迷离之景及友人远去尚不忍返归的深情。"想文君"以下六句设想友人归家后夫妇相聚之乐，化凄伤为疏朗，暗寓羡欣之意。全词舒卷自如，意到笔随，意脉甚为明晰。陈廷焯对此词评价甚高，他说："声情激越，笔力精健，而意味仍是和婉，哀而不伤，真词圣也。"（《白雨斋词话》）

念奴娇

姜 夔

余客武陵①，湖北宪治②在焉；古城野水，乔木参天。余与二三友，日荡舟其间，薄③荷花而饮，意象幽闲，不类人境。秋水且涸，荷叶出地寻丈④，因列坐其下，上不见日，清风徐来，绿云自动；间于疏处，窥见游人画船，亦一乐也。揭来⑤吴兴，数得相羊⑥荷花中，又夜泛西湖，光景奇绝，故以此句写之。

闹红一舸⑦，记来时、尝与鸳鸯为侣。三十六陂⑧人未到，水佩风裳无数。翠叶吹凉，玉容⑨消酒，更洒菰蒲⑩雨。嫣然摇动，冷香飞上诗句。　　日暮，青盖亭亭，情人不见，争忍凌波⑪去？只恐舞衣寒易落，愁入西风南浦。高柳垂阴，老鱼吹浪，留我花间住。田田⑫多少，几回沙际归路。

注释　　①武陵：今湖南省常德市。②宪治：宋代提点刑狱的官署。③薄：迫近。④寻丈：一丈左右。寻，八尺。⑤揭来：来到。⑥相羊：同"徜徉"。⑦舸：大船，也泛指船。⑧陂：池塘。⑨玉容：本指少女的容貌。此处指荷花。⑩菰蒲：两种水生植物。⑪凌波：形容女子步态轻盈。⑫田田：荷叶相连貌。汉乐府《江南》："江南可采莲，莲叶何田田。"

译文　　我客居武陵时，湖北路的官署正在这里。古城外环绕着绿水，高大的乔木上参云天。我和两三个好友，天天在水中荡舟赏玩，靠近荷花饮酒，意境幽雅清闲，简直不像是在尘世之间。秋水将要干涸的时候，荷花叶高出水面一丈左右，我们大家依次列坐荷叶下，仰头看不见天日。清风徐徐吹来，荷叶如绿云般微微浮动。偶尔在荷叶的缝隙间，看见游人的画船，也是一种快乐。来到吴兴，多次在荷花间徜徉流连。又曾于夜晚在西湖泛舟，风景绮丽至极，因而写下这首词。

　　在繁丽的荷花丛中荡着一条小船，一路上，一双双鸳鸯与我为伴。众多的水塘寂静无人，均被水佩风裳的荷花布满。翠叶中吹来阵阵凉风，荷花如醉酒般玉容消减。更兼菰蒲里又有细雨绵绵。嫣然一笑的荷花轻摇着美丽的身体，淡淡的香气飞入我的诗篇。　　一个个荷叶宛如青色的伞盖，在暮色中亭亭玉立，仿佛一位位多情的美女，却没见到情人的形迹，所以不忍凌波而去。只恐怕天气一冷，容易脱落那翠色的舞衣，被秋风吹入南浦里。高高的柳树垂下浓荫，老鱼吹起细细的涟漪，殷勤地挽留我停留在这里。我更是难以割舍那些茂盛的荷叶，多少次徘徊在沙边的归路而不忍离去。

评析　　本词咏荷花。作者用清丽细致的笔墨描绘了泛舟荷池的景象，表现出对荷花的真挚而深沉的爱，其中也包含词人自己"出淤泥而不染"的高洁品格。

　　本词意境极美，上片描绘的荷塘景色清绝、丽绝、幽绝，将人引入一个美妙的梦幻般的境界。以"水佩风裳"喻荷叶，以略带醉意、含情微笑的美女喻荷花，神韵绝佳。下片把荷花形容成顾影自怜等待情人而不愿离去的少女，表现出词人对荷花的极度喜爱、赞美的深情。"只恐"两句化用李璟词意，以荷花将谢比喻美人迟暮，也暗喻自伤身世之意。咏荷而不留滞于物，舍貌取神，重点表现其非凡心韵致的流品。还应指出，从小序可知词人是在武陵和吴兴两次游览荷花之景的感受，加上平时对于荷花的观察、喜爱以及在盛长荷花的湖面游玩时的感受提炼出来，写就了这篇咏荷绝唱。"幽韵冷香，令人挹之无尽。"（刘熙载《艺概》）

扬州慢^①

姜 夔

淳熙丙申^②至日，余过维扬^③。夜雪初霁^④，荠麦弥望^⑤。入其城则四顾萧条，寒水自碧，暮色渐起，戍角悲吟；余怀怆然，感慨今昔，因自度此曲^⑥。千岩老人^⑦以为有《黍离》之悲也。

淮左名都，竹西^⑧佳处，解鞍少驻初程。过春风十里^⑨，尽荠麦青青。自胡马窥江^⑩去后，废池乔木，犹厌言兵。渐黄昏，清角吹寒，都在空城。

杜郎^⑪俊赏，算而今、重到须惊。纵豆蔻词^⑫工，青楼梦好^⑬，难赋深情。二十四桥^⑭仍在，波心荡、冷月无声。念桥边红药^⑮，年年知为谁生。

注释　①扬州慢：词牌名，姜夔自度曲，双调九十八字。②淳熙丙申：宋孝宗淳熙三年（1176）。③维扬：今江苏省扬州市之别称。④初霁：雨雪初晴。⑤弥望：满眼。⑥自度此曲：自己创制这个曲调。⑦千岩老人：萧德藻，字东夫，当时文化界名人，号千岩老人，福建闽清人。⑧竹西：扬州城北门有竹西亭。⑨春风十里：杜牧《赠别》诗："娉娉婷婷十三余，豆蔻梢头二月初。春风十里扬州路，卷上珠帘总不如。"⑩胡马窥江：指金兵南侵。⑪杜郎：指唐诗人杜牧。⑫豆蔻词：即前注所引之《赠别》诗。⑬青楼梦好：杜牧《遣怀》诗："十年一觉扬州梦，赢得青楼薄幸名。"青楼：指妓女所居之地。⑭二十四桥：相传唐代扬州城内有桥二十四座，至宋代尚存七座。⑮红药：红色芍药花。

译文　淳熙三年冬至，我路过扬州。夜雪初停，青青的野麦一望无边。进城之后，又见到处一片萧条，寒水自然清碧，暮色渐渐笼来，戍楼中号角悲鸣。我的心情悲怆感伤，感慨今昔盛衰变化之速，因此自创这首词曲。千岩老人认为有《黍离》之悲。

扬州是淮左著名的都会，这里有风景清幽的竹西亭。我解下马鞍，稍微停止一下行程。昔日歌舞繁华的扬州，如今看到的只是野麦青青。自从金兵南侵退去，就连这废弃的城池和古老的树木，都讨厌提起战事和军兵。渐渐到了黄昏，凄清的号角吹响，空城中回荡着凄寒的声音。　　曾在这里观赏游冶的杜牧，假如今天重来此城，也会触目惊心。纵然那豆蔻词写得极工，青楼梦的词句再好，恐怕也难以表述沉痛的心情。二十四桥还在，波心中荡漾着冷月的光影，却一点儿也没有音声。可叹桥边艳丽的红色芍药，年年是为谁开花而献上一片艳红？

评析　　金兵南侵以来，繁华的扬州屡遭兵燹，成为一座空城。淳熙三年（1176），年轻的词人初到扬州时触景生情，感伤时事，写下此词。上片以所见所闻的衰景哀音写名城之萧条，下片借杜牧描写扬州繁华的艳诗婉抒词人伤时感世之哀情。

　　上片前三句叙事，交代写作背景。早听说过扬州是名城，此次初来。"过春风"以下六句写乍到城中的印象，满目荒凉。"废池乔木，犹厌言兵"八字，抒发对金兵南侵的深恶痛绝之情，概括力极强，想象丰富，令人惊心动魄。而且这种情绪是南宋初年朝野人们最普遍的思想情绪，是全社会集体无意识的共同感受，因此引起最广泛的共鸣，也是本词在当时流传甚广，取得很高社会认同的原因。"渐黄昏"三句由视觉转向听觉，把空城荒寒之景象描绘得有声有色，状物绘景本领实高。下片设想当年在扬州有过许多风流韵事的杜牧，假如所面对的是这样的情景，绝对写不出那么多脍炙人口的艳情诗来，委婉地表现出对扬州遭到战争破坏的无限惋惜和感伤。全词结构严密、意脉清晰，从解鞍入城，黄昏听角到月夜问花，按时间顺序写来。从抒情看，先写所见，次写所闻，再写心中所思，逐层写来。从感情容量来看，如同一篇浓缩了的《芜城赋》。因其既表现出金兵入侵造成的灾难，又抒发了时人对战争恐惧与厌恶的心理，故为当时传诵，有深广的社会历史意义。

长亭怨慢 ①

姜 夔

余颇喜自制曲。初率意为长短句，然后协以律，故前后阕多不同。桓大司马 ② 云："昔年种柳，依依汉南；今看摇落，凄怆江潭；树犹如此，人何以堪？"此语余深爱之。

渐吹尽，枝头香絮 ③，是处人家，绿深门户。远浦 ④ 萦回，暮帆零乱，向何许？阅人多矣，谁得似、长亭树？树若有情时，不会得、青青如此！　　日暮，望高城不见，⑤ 只见乱山无数。韦郎 ⑥ 去也，怎忘得、玉环分付。第一是、早早归来，怕红萼 ⑦ 无人为主。算空有并刀 ⑧，难剪离愁千缕。

注释　　① 长亭怨慢：词牌名。姜夔自度曲，双调九十七字。② 桓大司马：东晋大臣桓温，官至大司马。序中所曰六句出自庾信《枯树赋》，非桓温语。但桓温说过类似的话，庾信隐括而成。③ 香絮：指柳絮。④ 远浦：远处的水滨。⑤ "高城"句：唐欧阳詹《赠太原妓》："高城已不见，况复城中人。"此处化用其意。⑥ 韦郎：指唐诗人韦皋。据《云溪友议》载，韦皋与玉箫女相恋，分别时留玉指环，约定五至七年来聚，后八年未至，玉箫绝食而死。⑦ 红萼：红花，此处为女子自指。⑧ 并刀：并州（今山西太原）出产的剪刀，以锋利著称。

译文　　我非常喜欢自己作曲，开始时随意写下长短句，然后再协调韵律，配以乐曲，所以前后片大多不同。桓温大司马曾说："昔年种柳，依依汉南。今看摇落，凄怆江潭；树犹如此，人何以堪？"这几句话我特别喜爱。

无情的春风渐渐吹尽枝头上的柳絮，家家户户的庭院，掩映在绿荫深处。远处的江岸迂回曲折，昏暮时，船帆零落，也不知都到哪里去？观看人们的离愁别恨，没有谁能比得上长亭边的柳树。柳树若是有情，它一定不会总是青青如此。　　天色渐渐昏暮，高高的城楼已隐约模糊，眼前只是纵横连绵的乱山无数。我像韦郎一样离你而去，但又怎能忘记，我把玉环留下送给你，你在分别时也一再吩咐。让我第一要早早归来，免得红花没人爱护做主。唉，即使有并州产的锋利的剪刀，也无法剪断我心头那千丝万缕的愁绪。

评析　　姜夔年轻时在合肥曾有一段恋爱经历。此词是再到合肥，离别恋人之作。上片托物起兴，借长亭垂柳抒写离情别绪。下片追忆临别时恋人的殷切嘱托及自己被迫远别的无限幽怨。

　　姜夔记合肥情事多借柳抒怀，因合肥多柳，柳又谐音为留，且古人有临别赠柳之习惯。本词亦如此。上片先写合肥柳色浓郁、柳絮飘飞殆尽的暮春景色，渲染愁情的纷乱无绪。"谁得似长亭柳"几句化用李贺"天若有情天亦老"的诗意，笔力峻健。陈廷焯评这几句曰："白石诸词，惟此数语最沉痛迫烈。"（《白雨斋词话》）下片开头写船离恋人已远的景色。以下化用韦皋故事，写对恋人的一片深情。"第一是早早归来，怕红萼无人为主"两句语意含蓄。多解为恋人临行时的嘱托，即女子的话。余以为也可理解为词人自己的心理活动，或两者兼有，既为女子所嘱也是词人之所思。全词音律谐婉，意境鲜明，情韵兼胜。

淡黄柳 ①

姜　夔

　　客居合肥南城赤栏桥之西，巷陌凄凉，与江左异，惟柳色夹道，依依可怜。因度此曲，以纾 ② 客怀。

　　空城晓角，吹入垂杨陌。马上单衣寒恻恻 ③。看尽鹅黄 ④ 嫩绿，都是江南旧相识。　　正岑寂，明朝又寒食。强携酒、小桥宅 ⑤，怕梨花、落尽成秋色。⑥ 燕燕飞来，问春何在？惟有池塘自碧。

注释　　①淡黄柳：词牌名。姜夔自度曲，双调六十五字。②纾：使宽舒。③恻恻：通

"侧侧"，轻寒貌。韩偓《寒食夜》诗："小梅飘雪杏方红，侧侧轻寒剪剪风。"④鹅黄：淡黄色。幼鹅毛色黄嫩。形容新柳之色。⑤小桥宅：指恋人的住宅。小桥或用"大乔""小乔"之典，或情人之宅在小桥附近。郑文焯认为是"赤阑桥"之桥，与词意未合。⑥"怕梨花"二句：李贺《三月》诗："曲水飘香去不归，梨花落尽成秋苑。"

译文　　我居住在合肥南城赤栏桥之西，街巷凄凉，与江左不同。只有大街两旁的柳树枝条轻轻飘拂，引人喜爱。因此创作此词，来抒发客子的情怀。

　　清晨拂晓，空荡荡的城中响起凄凉的画角。那声音传到种满垂柳的巷街。我独自骑在马上，只感到衣裳单薄，有阵阵寒气逼迫。看遍路旁垂柳的《鹅黄色，都如同江南旧日的相识。　　正在凄楚寂寞，明天偏偏又是寒食节。我硬撑着带上一壶酒，来到小桥近处恋人的院舍。生怕梨花落尽而成秋色。燕子飞来，询问春光可在哪里，只有池塘中荡漾着的碧绿的水波。

评析　　本词抒写羁旅行役之愁。在对暮春景色的依恋中，隐喻着词人的身世之感。上片描写城中凄凉萧条的景色，下片抒写韶光空逝的悲哀。
　　上片写清晨独自行走在垂杨巷西的凄凉感受，主要是以景传情。前两句写所闻，是听觉。中间一句写所感是肤觉，最后两句写所见，是视觉。仅五句词，作者便从听觉、触觉、视觉三个层次写出合肥城的荒凉萧条以及自己的"岑寂"之感。过片处以"正岑寂"三字收束上片，包笼下片。当此环境冷清，心情寂寞之时，又适逢约侣偕伴踏青春游的寒食节。所以词人才勉强带酒去"小桥宅"与恋人同乐。姜夔在合肥的相好是姐妹二人。他在《解连环》词中云："为大乔能拨春风，小乔妙移筝，雁啼秋木。""乔"字也作"桥"。故小桥宅定指恋人处所无疑。郑文焯说"小桥宅"即赤栏桥西作者客居之所，然而自己大清早携酒到自己的住宅，意实扞格。如果说是当年居所并与琵琶女姊妹发生恋情之处，尚可通。或许是琵琶女姊妹所居住过的地方。结拍三句虚写自己的心情及与恋人赏春时所见之景色。姜夔之词，在自伤中带有强烈的时代色彩。陈廷焯说："南渡之后，国势日非。白石目击心伤，多于词中寄慨。……特感慨全在虚处，无迹可寻，人自不察耳。"（《白雨斋词话》）此为知言。合肥本长江腹地之名城，南宋时却已成边境城市，满目疮痍。作者之伤感，即为此而发。与《扬州慢》(淮左名都)的黍离之悲有相似之处。

暗 香①
姜 夔

辛亥②之冬，余载雪诣③石湖④。止既月⑤，授简索句，且征新声⑥，作此两曲，石湖把玩不已，使二妓隶习之，音节谐婉，乃名之曰《暗香》《疏影》。

旧时月色，算几番照我，梅边吹笛？唤起玉人，不管清寒与攀摘。何逊⑦而今渐老，都忘却、春风词笔。但怪得、竹外疏花⑧，香冷入瑶席⑨。　　江国，正寂寂，叹寄与路遥⑩，夜雪初积。翠尊⑪易泣，红萼⑫无言耿相忆。长记曾携手处，千树压、西湖寒碧。又片片吹尽也，几时见得？

注释　　①暗香：词牌名。姜夔自度曲。与《疏影》同时创作。调名取自林逋《山园小梅》："疏影横斜水清浅，暗香浮动月黄昏。"又名红情。双调九十七字。②辛亥：宋光宗绍熙二年（1191）。③诣：到达。④石湖：在苏州西南，诗人范成大晚年居此，自号石湖居士。⑤止既月：停留一个多月。⑥征新声：征求新词调。⑦何逊：南朝梁诗人，有《咏早梅》诗。⑧竹外疏花：竹林外稀疏的梅花。苏轼《和秦太虚梅花》："江头千树春欲暗，竹外一枝斜更好。"⑨瑶席：华美丰盛的宴席。⑩叹寄与路遥：感叹路程太远，音书不通。暗用陆凯寄范晔诗句"折梅逢驿使，寄与陇头人"之意。⑪翠尊：翠绿色酒杯。⑫红萼：指红梅。

译文　　辛亥年冬天，我冒雪去拜访石湖居士。居住一个多月，居士给我纸张向我索要词作，并要求我创作新曲，于是我创作了这两首词曲。石湖居士吟赏不已，教乐工歌伎练习演唱，音调节律和谐婉转。于是将其命名为《暗香》《疏影》。

回忆起旧时的月色，曾多少次照耀我在梅边吹笛。那幽怨的笛声感染了美貌的你。你竟完全不顾夜间的寒气，踏着月光去攀折梅枝。如今我像何逊般渐渐老去，早已失却当年的风情，荒废了昔日的诗笔。只是惊叹那竹外的疏梅斜倚，清幽的香气慢慢荡入宴席。　　江南的冬夜是多么深寂，想要折梅寄给远方的友人，可惜路途也太遥远迷离，何况白茫茫夜雪初积。面对着翡翠杯我暗自饮泣，红梅也默默无语，我深情地把你追忆。我永远会深深牢记，当初和你携手赏梅。那千树万树盛开的红梅，照映着西湖的寒碧。如今梅花又被片片吹落，真不知我们几时能再度相遇？

评析　　本篇和《疏影》是咏梅词中的精品。本篇在咏梅同时抒发了怀念故人的情怀。但"玉人"究竟是情人还是友人，或另有所指，则众说纷纭。本词之艺术魅力也正在于意象朦胧，虚幻空灵。

上片起笔从怀旧说起，在时间上宕开去。玉人折梅的境界甚美，美人和梅花交相辉映。从此句看，作者所怀者还是恋人。"何逊"二句为作者自谦之词，并含有无限今昔之慨。歇拍三句点出梅花的幽香，扣合题目。下片用驿寄梅花之典，传达相思之情。"长记"以下再折入对往事的回忆，并点出西湖，拓展空间，遥应开头的几句。"千树"二句描写千树红梅开放映入碧水中的景象，壮观绮丽，是写景名句。结尾两句叹梅已落尽，旧欢难寻，表现迷惘惆怅之情。以问句收，尤显深婉。全词意境优美，笔调空灵。超越时空，放得开收得拢。从梅之开写到梅之落，从石湖之梅写到西湖之梅。开阔纵横，笔力遒劲。

疏　影^①
姜　夔

　　苔枝^②缀玉，有翠禽^③小小，枝上同宿。客里相逢，篱角黄昏，无言自倚修竹。^④昭君^⑤不惯胡沙远，但暗忆、江南江北。想佩环^⑥月夜归来，化作此花幽独。　　犹记深宫旧事^⑦，那人正睡里，飞近蛾绿^⑧：莫似春风，不管盈盈，早与安排金屋^⑨。还教一片随波去，又却怨、玉龙哀曲^⑩。等恁时、重觅幽香，已入小窗横幅。

注释　　①疏影：词牌名。姜夔自度曲。又名绿意，双调一百一十字。②苔枝：枝有苔藓的梅枝。③翠禽：翠色羽毛的小鸟。据《龙城录》载，隋代赵师雄在罗浮松林中遇一女子，同到酒店对饮，有一绿衣童子歌舞助兴，赵酒醉卧于林间。次日酒醒起视，身在大梅花树下。树上有翠鸟欢鸣。才悟出女子乃梅花所化，绿衣童子即树上之翠鸟也。④"无言"句：杜甫《佳人》诗："天寒翠袖薄，日暮倚修竹。"⑤昭君：王昭君，名王嫱。西汉元帝时远嫁匈奴和亲。⑥佩环：即环佩，玉饰。此处代指王昭君。杜甫《咏怀古迹》五首之三："画图省识春风面，环佩空归夜月魂。"⑦深宫旧事：《太平御览》："宋武帝女寿阳公主人日卧于含章殿檐下。梅花落公主额上，成五出花，拂之不去。……宫女奇其异，竞效之。今梅花妆是也。"⑧蛾绿：指女子的眉毛。⑨金屋：据《汉武故事》载，武帝小时对姑母说："若得阿娇作妇，当作金屋贮之。"⑩玉龙哀曲：玉笛吹奏的《梅花落》曲。

译文　　苔梅结满枝头，宛如点点美玉。一对小小的翠鸟在枝头上栖息。客居他乡时，我和梅花相遇。黄昏时她默默无语，在篱边的角落，把高高的翠竹凭倚。王昭君远嫁到荒沙弥漫的边地，她过不惯那里的生活，思念着故国山川的秀丽。想必是她的魂魄在月夜归来，化成梅花，才如此高洁幽独，芳香凄迷。　　还记得寿阳宫中的旧事，寿阳公主正在春梦里，飞下的一朵梅花正落在她的眉际。不要像无情的春风，不管梅花如此美丽清香，依旧将她风吹雨打去。应该早早给她安排金屋，让她有个好的归宿。但这只是白费心意，她还是一片片地随波流去。又要埋怨玉笛吹奏出哀怨的乐曲。等那时，想要再去寻找梅的幽香，所见到的只能是在小窗上的画幅里，一枝梅花稀疏美丽。

评析　　本篇描写黄昏赏梅以及由此引发的种种联想和感慨。上片以梅喻昭君，叹其高洁芬芳却不为时人欣赏而幽怨孤独的神韵。下片因见落梅而生惜花之情，由此引出有关梅花的美好典故。结拍三句写只能看到画中之梅，抒发对梅花落尽的无限感伤。

　　本词与《暗香》同时所写，均咏梅花，是姊妹篇。两词意境朦胧，在咏梅时寄寓了很深的感慨。但究竟寄托之意为何，却难指实。《暗香》亦如题面，侧重写梅的幽香冷艳，寄寓怀人之情，怀者当是恋人。《疏影》侧重写梅花的稀疏，感伤其凋零，寄寓时事及身世之感。有盛世美好事物一去难返之叹。全词用五个与梅花相关的典故来表现对于梅花喜爱怜惜的感情。开头用"有翠禽小小"的字面暗示出梅花是罗浮山梅花女神精魂所化，树上的翠鸟乃侍奉梅花女神的绿衣童子，立即给人以神秘的美感和梅花具有灵性的感觉。"客里相逢"三句化用杜甫《佳人》诗中的美人形象，将其写成梅花的精魂，表现孤高自赏的情景。这是第二个典故。"昭君不惯胡沙远"三句也出自杜甫《咏怀古迹》中咏叹王昭君一诗的意境而成。诗云："群山万壑赴荆门，生长明妃尚有村。一去紫台连朔漠，独留青冢向黄昏。画图省识春风面，环珮空归月夜魂。千岁琵琶作胡语，分明怨恨曲中论。"王昭君虽然埋葬在塞外，但其魂魄在月夜归来，化作梅花之精魂，幽怨孤独。下片再用南朝宋武帝寿阳公主午睡，有梅花落其额头，拂之不去，后来形成梅花妆之典故；接着再用汉武帝金屋藏娇之典，或正用或侧用，反复渲染与梅花相关的风流韵事，使本来就美丽高洁而很有神韵的梅花更具有许多迷离虚幻的传奇色彩。最后用随着"玉龙哀曲"而凋谢随波流去来抒发惋惜留恋之情。抒情极其婉曲深沉。

　　有人认为为徽、钦二帝被掳死在北国而作，并按照字句进行分析比附，很难贯通。也有人认为这是为那些被掳北去的诸位后妃而作。或有一定的道理，但只是有一些意味而已，如果按照字句去对照比附，难免有穿凿附会之嫌。读者尽可作见仁见智的理解。总之，这两首词确实很美，圆融锦丽，很值得玩索。张炎在《词源》中赞曰："前无古人，后无来者。自立新意，真为绝唱。"

翠楼吟①

姜　夔

淳熙丙午②冬，武昌安远楼③成，与刘去非④诸友落之，度曲见志。余去武昌十年，故人有泊舟鹦鹉洲⑤者，闻小姬歌此词，问之，颇能道其事。还吴，为余言之，兴怀昔游，且伤今之离索也。

月冷龙沙⑥，尘清虎落⑦，今年汉酺⑧初赐。新翻胡部曲⑨，听毡幕、元戎⑩歌吹。层楼高峙，看槛曲萦红，檐牙飞翠。人姝丽，粉香吹下，夜寒风细。

此地宜有词仙，拥素云黄鹤，与君游戏。玉梯凝望久，但芳草萋萋⑪千里。天涯情味，仗酒祓⑫清愁，花消英气。西山外，晚来还卷，一帘秋霁。

注释　　①翠楼吟：词牌名。姜夔自度曲。双调一百零一字。②淳熙丙午：宋孝宗淳熙十三年（1186）。③安远楼：在武昌西南黄鹤山顶。④刘去非：词人之友，与刘过有交往，生平事迹未详。⑤鹦鹉洲：在今湖北汉阳西北长江中。汉末大文士祢衡为黄祖所杀，葬此。祢衡以《鹦鹉赋》最著名，故名。一说黄祖长子大宴宾客，有人献鹦鹉，祢衡作《白鹦鹉赋》，因而得名。⑥龙沙：泛指边塞之地。⑦虎落：遮护城堡或营寨的竹篱。⑧汉酺：汉律三人以上无故不得聚饮，违者罚金四两。朝廷有喜庆事，特许军民聚饮，称赐酺。⑨胡部曲：唐时西凉地少数民族的乐曲。⑩元戎：主将，军事长官。⑪萋萋：草盛貌。崔颢《黄鹤楼》诗："晴川历历汉阳树，芳草萋萋鹦鹉洲。"⑫祓：原指古时为除灾去邪而举行仪式的习俗。此处指消除。

译文　　　　淳熙丙午年冬天，武昌安远楼建成。我和刘去非等几位朋友去参加落成典礼。创作词曲以抒情见志。我离开武昌十年，老朋友有在鹦鹉洲泊舟住宿的，听到年轻的歌女演唱这首词，询问她，她还能详细地讲述当时的本事。友人回到吴地，向我讲述了这件事。我不仅怀念起昔日之游及同游的好友，而且也感伤今日的离群索居。

　　　　空旷寂寞的边塞月光冷清，护城的竹篱静静立在那里，没有一点儿战尘。朝廷今年正逢喜庆，军民受到赏赐可以集体宴饮的隆恩。大堂中演奏着新改编的胡曲，军营中到处可以听到喧闹欢腾的歌吹之声。安远楼高高耸立，红的绿的栏杆曲折回萦，斜飞的角檐刺向天空。清夜里吹着细细寒风，舞筵歌席上脂粉的香气暖暖融融，美人个个都是沉鱼落雁之容。　　这样的名胜之地，应该有擅长词章的仙人。骑着黄鹤乘着白云，来此地与大家共同享乐宴饮。我登上玉石的阶梯久久凝望，萋萋的青草一望无垠。客居天涯边塞寂寞无聊的况味，不断地袭击着我的心。全仗着醇酒来消解愁苦，依靠赏花来消减一点英气豪情。到了傍晚时分，高高卷起珠帘，看一看秋日里清爽的新晴。

评析　　　　据小序可知，本词是作者于淳熙十三年（1186）冬参加武昌安远楼落成典礼时所作。上片就"安远"二字铺叙，描绘边庭和平安定的景况，语带微讽。下片抒写人才之难得，以及自己怀才不遇的感伤。

　　　　上片前五句扣题，写安远楼周围的环境及新楼落成时的喜庆气氛。这一年正月庚辰日，是宋高宗八十大寿，犒赐内外诸军共一百六十万缗。所以才有"汉酺初赐"以下三句。"层楼高峙"三句正面描写安远楼的壮观宏伟。歇拍三句写楼中人物之美。上片三个层次，由大到小、由远及内，从外面环境写到楼，再写楼中之人。下片则写主体感受，切合崔颢《黄鹤楼》诗的意境。"宜有词仙"既有自负之意，也有叹息之情。"玉梯"以下则抒发不为时重的满腔怨愤之情。许昂霄评曰："'月冷龙沙'五句，题前一层，即为题后铺叙，手法最高。'玉梯凝望久'五句，凄婉悲壮，何减王粲《登楼赋》。"（《词综偶评》）许昂霄是深得白石之心的。

杏花天 ①

姜　夔

丙午②之冬，发沔口③。丁未④正月二日，道金陵，北望淮、楚，风日清淑，小舟挂席，容与⑤波上。

绿丝低拂鸳鸯浦，想桃叶⑥，当时唤渡。又将愁眼与春风，待去，倚兰桡更少驻。　　金陵路，莺吟燕舞。算潮水知人最苦。满汀芳草不成归，日暮，更移舟、向甚处？

注释　　①杏花天：词牌名。又名杏花风，此首亦名杏花天影。《词谱》（卷十）载有双调五十四、五十五、五十六字三体。本词双调五十八字，应视为变体。②丙午：宋孝宗淳熙十三年（1186）。③沔口：沔水为汉水上游，汉水入江处也称沔口，即今湖北之汉口。④丁未：宋孝宗淳熙十四年（1187）。⑤容与：迟缓不前貌。此处指缓行。⑥桃叶：晋王献之爱妾名。王献之曾在秦淮河送之渡江，并作诗。后世称此渡口为桃叶渡。

译文　　丙午年的冬天，我从沔口出发。丁未年正月二日，途经金陵，向北望是淮、楚之地，风光清丽淡雅。小船张起风帆，在江上缓缓而行。

鸳鸯鸟双宿的河边，绿色的柳丝轻轻地飘拂。想当年美丽多情的桃叶，当时曾在这里呼船摆渡。我只能用脉脉含愁的双眼，迷惘地注视着美丽的春光风物。行舟渐渐离去，我独倚双桨再三地踟蹰眷顾。　　这金陵自古就是繁华的大都，到处都是莺歌燕舞。看起来只有这滔滔江水，最能理解我的愁苦。整个汀洲都是翠绿的芳草，我却不能返回她的住处。如今已经是黄昏日暮，要行船到哪里去？

评析　　本词与《踏莎行》（燕燕轻盈）作于同时，可看作姊妹篇，一为感梦而作，一为舟中触景感怀而作，所怀者都是一人。上片写水行途经金陵桃叶渡时，因桃叶而思合肥恋人，故北望淮楚而发幽思，下片写芳草时节而不得归的怅惘。

上片前三句以景出情。绿丝即柳，点明季节，"鸳鸯浦"点地，同时"鸳鸯"双宿又反衬词人单行之苦。"想桃叶"既怀古又思恋人。"鸳鸯浦""桃叶渡"既实写眼前风物，使用本地典故，又暗示作者对过去爱情生活和离别情景的美好回忆，辞采华丽，切地切景切情，妙！"又将愁眼"以下三句写不忍心离开桃叶渡的心情，在对桃叶往事的回忆中寄寓着词人对合肥情人姊妹的思念。他几次将自己的情人说成是桃根桃叶，因此看见桃叶渡而思情人，也是自然之理。下片前三句以对比法抒写自心的痛苦，他人之乐最易引发孤独者的愁肠，此为人之常情。结拍三句本是内心独白，却以自问句式出之，于幽怨中又含有无可奈何之感，这也是人类生活中常有的生活体验，更显得委婉深沉。

一萼红①

姜　夔

丙午②人日③，余客长沙别驾④之观政堂，堂下曲沼，沼西负古垣，有卢橘⑤幽篁，一径深曲。穿径而南，官梅数十株，如椒如菽，或红破白露，枝影扶疏。着屐苍苔细石间，野兴横生，亟命驾登定王台⑥，乱湘流⑦入麓山；湘云低昂，湘波容与，兴尽悲来，醉吟成调。

古城阴，有官梅几许，红萼未宜簪。池面冰胶，墙腰雪老，云意还又沉沉。翠藤共、闲穿径竹，渐笑语、惊起卧沙禽。野老⑧林泉，故王台榭，呼唤登临。

南去北来何事，荡湘云楚水，目极伤心。朱户粘鸡⑨，金盘⑩簇燕，空叹时序侵寻。记曾共、西楼雅集⑪，想垂柳、还袅万丝金。待得归鞍到时，只怕春深。

① 一萼红：词牌名。双调一百零八字。② 丙午：宋孝宗淳熙十五年（1188）。③ 人日：农历正月初七为人日。④ 别驾：州刺史的佐吏。⑤ 卢橘：金橘。⑥ 定王台：在长沙城东，汉长沙定王所筑。⑦ 乱湘流：横渡湘江。水本顺流。因渡而水流被乱，故云。⑧ 野老：乡野老人，作者自称。⑨ 粘鸡：《荆楚岁时记》："人日贴画鸡于户，悬苇索其上。插符于旁，百鬼畏之。" ⑩ 金盘：即春盘。古俗于立春日取生菜、果品、饼、糖等放置盘中为食，名春盘，取迎新春之意。周密《武林旧事》载，立春日，朝廷分赐贵戚大臣春盘，"翠缕红丝，金鸡玉燕，备值精巧。每盘值万钱"。此年人日正是立春（见张培瑜《三千五百年日历天象》），故词人并言之。⑪ 雅集：美好的聚会。

译文　　丙午年的人日，我客居在长沙别驾（萧德藻）的观政堂。堂下有一个曲形的池沼，池沼西是古墙。生长着卢橘和青竹，一条小径曲折幽深。穿过小径南行，有官府种的几十株梅花正含苞欲放。有的花蕾像花椒，有的花蕾像豆粒；有的稍露浅红，有的微显白色，枝影疏朗美丽。穿着登山鞋走在长满苍苔的小石间，感到野趣盎然，游兴大发，于是立即动身登上古老的定王台，又横渡湘江，登上岳麓山，俯瞰湘江上空云气迷蒙，起伏飘忽不定，湘江的水波缓缓流淌。不禁兴尽悲来，乘着酒醉吟成此词。

　　几十棵官府的梅树，倚傍着古老的城墙。花苞刚刚绽开，尚无法摘下插在鬓旁。池塘上的冰凝固不化，仿佛被胶粘住一样，墙腰的积雪落满尘土，如同老者颏鬓苍苍。天空中轻云浮荡，仿佛又要把新雪酝酿。我们共同拄着翠竹的手杖，悠闲地穿过竹间小道，一路上笑声朗朗，惊起了睡在沙滩上的鸥鹭鸳鸯。我们这些流连于林泉的野老，相互招呼着登上故王的台榭回廊。　　我究竟为什么要南来北往，就像眼前的湘云楚水，不住地飘游流荡？极目远望烟水迷茫，令我黯然神伤。红色的大门贴上金鸡的图样，春盘中把应节的玉燕盛上，人们都阖家团圆，节日的气氛浓郁芬芳。可我却漂泊在外，只能为韶光空逝而叹息彷徨。我还清楚地记得，当初与恋人在西楼欢爱幽会的幸福时光。可以想象到那里的垂柳，如今又已万丝飘扬，一派新鲜的嫩黄。可等我骑马返回的时候，只怕春天已经过去，所见到的只是漫天的柳絮飘飘扬扬。

评析　据夏承焘《姜白石系年》，这是姜夔词中最早的怀念合肥女子之作，时年三十二岁，正客居于长沙。本词和小序相表里，可参照阅读理解。上片写登临之所见，绘景清新如画，下片写客居羁旅思乡之苦况，以他人人日之欢乐衬自己之孤独，抒情凄婉。

上片前三句写红梅含苞欲放的娇美情态。"池面冰胶，墙腰雪老"二句对仗极工。以胶状水，以老状雪，写出凝冰难化，积雪不融之景，字面生新斗硬，状物极工，是姜夔词用语的一种特色。"翠藤共"以下几句写当时游赏的兴致，也反衬出客中孤独寻芳消遣的情怀。下片开头三句以云水为喻，抒发自己到处漂泊，出仕无望的苦况，"朱户粘鸡，金盘簇燕"两句一切人日，一切立春，用这双重节日的习俗及他人的团圆幸福温馨反衬自己之漂泊无依。"记曾共"几句轻轻一点，插入对往日欢乐生活的回忆，揭出全篇之主旨，最后以归期恨晚收束。抒情极婉曲深沉。

霓裳中序第一①

姜　夔

丙午岁，留长沙，登祝融②，因得其祠神之曲曰《黄帝盐》③《苏合香》。又于乐工故书中得商调《霓裳曲》十八阕，皆虚谱无辞。按沈氏乐律《霓裳》道调，此乃商调，乐天诗云散序六阕④，此特两阕，未知孰是。然音节闲雅，不类今曲。余不暇尽作，作《中序》一阕传于世。余方羁游，感此古音，不自知其辞之怨抑也。

亭皋⑤正望极，乱落江莲归未得。多病却无气力，况纨扇⑥渐疏，罗衣⑦初索⑧。流光过隙，叹杏梁、双燕如客。人何在，一帘淡月，仿佛照颜色。⑨

幽寂，乱蛩吟壁，动庾信⑩、清愁似织。沉思年少浪迹，笛里关山，柳下坊陌。坠红无信息，漫暗水、涓涓溜碧。飘零久、而今何意，醉卧酒垆⑪侧。

注释　① 霓裳中序第一：词牌名。始见于姜夔词，注有工尺旁谱。双调一百零一字。② 祝融：祝融峰。衡山最高峰。③《黄帝盐》：洪迈《容斋续笔》七云："今南岳献神乐曲有黄帝盐，而俗传为黄帝炎。"④ 散序六阕：《霓裳》曲分三大段：一、散序，六遍；二、中序，遍数不详；三、破，十二遍。白居易《和元微之霓裳羽衣歌》诗："散序六奏来动表，阳台宿云慵不飞。"⑤ 亭皋：指水边平地。⑥ 纨扇：细绢制的团扇。⑦ 罗衣：薄绢缝制的夏季单衣。⑧ 初索：开始闲置。⑨ "人何在"三句：化用杜甫《梦李白》诗意："落月满屋梁，犹疑照颜色。"⑩ 庾信：南北朝后期著名文士，梁时出使西魏，被留。诗文多思故园之哀怨。⑪ 醉卧酒垆：刘义庆《世说新语·任诞》："阮公（籍）邻家妇有美色，当垆沽酒。阮……常从妇饮酒，阮醉，便卧眠其妇侧。夫始殊疑之，伺察，终无他意。"酒垆，安置酒瓮的土台子。

译文　丙午这一年，我滞留在长沙。一次登上衡山祝融峰，因而得到当地祭祀山神的曲谱，叫《黄帝盐》《苏合香》。又在乐工的旧书中得到商调《霓裳曲》十八阕，都只有曲谱而没有歌词。按沈括《梦溪笔谈·乐律》《霓裳》为道调，而这次得的却是商调。白乐天诗云："散序六阕"，这里只有两阕，不知哪一个对。然而音韵节律闲适优雅，不像如今的曲调。我来不及全部配上歌词，只作《中序》一阕传于后世。我正处在羁旅漂游之时，有深感于古乐曲的幽怨清越，不由自主地写下这首悲抑哀怨的词章。

　　我在岸边的亭台上极目远眺，久久伫立，只见红莲飘零，我却回归无计。多愁多病，只觉得全身疲乏无力。何况夏天即将过去，白绢的团扇将要抛弃，又要抛掉单薄的夏衣。时光匆匆如白驹过隙，可叹文杏梁上的双燕，也像我一样在这里客居。可我的恋人又在哪里？满屋都是淡淡的月光，我仿佛在梦境里见到她的容颜，却是那样的恍惚迷离。　　我好可怜，是多么幽独孤寂，壁间蟋蟀的哀鸣断断续续。引动我像当年的庾信一样，心中的无限愁绪如编如织。沉思少年时就到处漂泊羁旅。在《关山月》的笛声中踏遍关山，在垂柳下的坊曲中与她相遇。而今莲花纷纷坠落却没有她的消息，只见那河水空流，碧波荡漾缓缓流去，而今我长年漂泊无依，再也没有当年的那种心绪，

像阮籍那样在酒垆旁醉倒斜倚。

　　据小序可知，本词是作者为他在乐工故书中得的《霓裳曲》中序一阕的曲谱填的词。他又在词旁注上工尺谱。可知此曲乃源于唐，如唐谱失传，则此谱确有间接记载留传之大功。词之内容是抒发对合肥恋人的极度思念之情。上片借景抒情，歇拍处极为凄婉。下片直接抒写离情，结拍的典故十分熨帖，提高了全词的审美境界，表现了爱情的纯真。

　　姜夔一生爱情的悲剧性，正在于其爱情始终无法如愿以偿，而他又始终忠贞不渝地追求。他在词中多次表现这种高峰式的情感体验。本词也是如此。开篇写水边眺望之景。"乱落江莲"景色衰飒，又点出夏末秋初之季节。多病无力写出心力交瘁之情形，正是为情所困之故。"纨扇"两句只叙写时序之变迁，用典意味不大。"叹杏梁，双燕如客"则是加倍写法。燕子为候鸟，客居于此，与词人相同，此也不幸。但燕虽客居，尚能成双，词人客居，却孑然孤身，远不如燕。故更思恋人，逼出"人何在"三句近似绝望的灵魂的呼喊，是抒情的第一高潮。下片先层层渲染初秋的凄凉景色烘托心境的凄苦。"坠红无信息"三句呼应开头的"乱落江莲"，章法严谨。末二句用阮籍之典抒写其对恋人感情的纯洁真挚和不可移易，是抒情的第二高潮。用典极为精当妥帖，既拓宽了词境，又加重了抒情的力度。

章良能 / ? —1214

　　字达之，丽水（今属浙江）人。淳熙五年（1178）进士。累官至同知枢密院事、参知政事。有《嘉林集》百卷。今不传。《全宋词》录其词一首。

小重山①

章良能

柳暗花明②春事深，小阑红芍药，已抽簪③。雨余风软碎鸣禽，迟迟日④，犹带一分阴。　　往事莫沉吟，身闲时序好，且登临。旧游无处不堪寻，无寻处，惟有少年心。

注释　　① 小重山：词牌名。又名小冲山、小重山令等。双调五十八字。② 柳暗花明：暮春景色，柳荫浓，花色明。③ 抽簪：形容花蕾状如玉簪。④ 迟迟日：形容春天昼长。《诗经·豳风·七月》："春日迟迟。"

译文　　柳色浓郁深暗，春花明丽清新，春意已深深。小花栏里的红芍药，尖尖的花苞宛如美人的头簪。新雨后的春风温柔轻软，到处响着各种鸟雀婉转的歌唱之音。太阳迟迟不动，晴空中尚有一点儿轻阴。　　以往的事情，不必总去思索沉吟。趁着身闲景美，赶快去登山临水赏心悦目。旧日游玩过的印迹，如今处处都可找寻。但没有办法寻到的，就是少年时那纯真而又无忧无虑的心。

评析　　本词以清新的笔调描写春深雨后的美景及趁时登临的豪兴，轻灵和婉，节律明快。虽有人生无再少的惆怅，但总的情调并不哀伤。

本词之做法与意脉层次，唐圭璋分析简练准确，他说："此首上景下情，做法明晰，意致清婉。起言春深花发，次言雨后鸟鸣。'风软碎鸣禽'用杜荀鹤'风暖鸟声碎'诗。换头，抒及时行乐之意。'旧游'两句，以转笔作收，备觉沉痛。"（《唐宋词简释》）"旧游"三句虽然转折，有些惆怅感伤，但并不沉痛。其实这是最普遍的人生体验和感受，富有哲理韵味。生命历程就是一个时间流动的过程，既没有办法挽留，也没有办法逆转，因此这种感受很普遍也很正常，是所有人都会产生的心理，所以也最容易引起广泛的共鸣。

刘 过／1154—1206

字改之，号龙洲道人，吉州太和（今江西泰和）人。一说庐陵（今江西吉安）人。生平以功业自诩，屡试不第。数次上书陈述政见。流落江湖间，与陆游、辛弃疾、陈亮等交往。词风豪放激越。有《龙洲集》《龙洲词》。

唐多令 ①

刘 过

安远楼②小集，侑觞歌板之姬，黄其姓者，乞词于龙洲道人，为赋此。同柳阜之、刘去非、石民瞻、周嘉仲、陈孟参、孟容，时八月五日也。

芦叶满汀洲。寒沙带浅流。二十年、重过南楼。柳下系船犹未稳，能几日、又中秋。　黄鹤断矶头③，故人今在否。旧江山、浑是新愁。欲买桂花同载酒，终不似、少年游。

注释 ①唐多令：词牌名。又名南楼令、箜篌曲等。双调六十字。②安远楼：又名南楼。在武昌黄鹤山上。规模宏伟，为登览胜地。③黄鹤断矶头：位于今湖北武昌。黄鹤楼在其上。矶，水边之山石。

译文 我同柳阜之、刘去非、石民瞻、周嘉仲、陈孟参、陈孟容在安远楼聚会，酒席上一位姓黄的歌女请我赋词，我便即兴为之制作此篇。时为八月五日。

芦苇的枯叶落满沙洲，浅浅的寒水在沙滩上静流。二十年转瞬即逝，我又重新登上南楼。柳树下的小舟尚未系稳，我就匆匆忙忙旧地重游。因为过不了几日就是中秋。　残破的黄鹤矶头，我的故友可曾来过？满目是萧条的旧江山，满腔郁结着无限的新愁。想要买上桂花，带着美酒一同去泛舟遨游。但毕竟没有少年时那种豪迈激昂的兴头。

评析　　本词别本题为"重过武昌"，是应歌伎之乞而作。重上名楼，同时与友人小集，又有名妓侑酒，遂生无限感慨。上片写登高所见之景，满目凄凉；下片抒忆旧之愁，一腔悲愤。于眼前之景中寄寓了深深的忧时伤乱的感慨及自身的不平遭际。

　　开篇两句写登楼之所见，残叶萧萧，寒水溅溅，满目悲凉，景为情摄，为全词铺上一层灰暗的底色。不只气象萧瑟，而且写出居高临下之感觉。"二十年"一句宕开，交代此次登临的时间及此乃旧游，为下文的忆旧铺垫。"柳下"三句一波三折，笔势迅急，写出急于登楼的迫切心情。过片两句，以景寓情，对当年同游武昌之故人未来表示遗憾。"旧江山"以下接触正题，表现出对国家民族命运殊感忧虑的心情。"浑是新愁"四字分量极重，本有旧愁，又添新愁，而新愁又极多。生动地表现出词人登楼所得到的不过是无边怅触和一腔忧愤罢了。末尾两句以本想再多游一游，但已不像少年时的心情作结，暗示出兴味萧然，又暗应"二十年前"一句，确有蛇灰蚓线之妙。

严仁／生卒年不详

　　严仁，字次山，号樵溪，邵武（今属福建）人，与严羽、严参同称"邵武三严"。有《清江欸乃集》，不传。词存《花庵词选》中。

木兰花

严 仁

春风只在园西畔，荠菜花繁蝴蝶乱。冰池晴绿照还空，香径落红吹已断。意长翻恨游丝短，尽日相思罗带缓①。宝奁如月不欺人，明日归来君试看。

注释 ① 罗带缓：因体瘦而衣带松。

译文 　　春光只在庭园的西畔，荠菜花开得正繁，蝴蝶也飞舞忙乱。晴日照着池塘，碧绿澄鲜。香径上的花儿已经落尽，就连落在小路上的花瓣也被风吹得老远。　　我的相思太深太长，反而恨那些游丝太短。整天里害着相思病，衣带渐渐松缓。梳妆匣里的明镜不会骗人，等明日归来，你再试着亲自看一看我憔悴的容颜。

评析 　　这是一首闺怨词，笔致轻松流丽。上片写暮春之景，下片写相思之情。刻画出一位伤春伤别、多愁善感的女性形象。

　　上片特别选取"荠菜花繁蝴蝶乱"这一有声有色颇饶趣味的镜头，显示出盎然的春意。而荠菜开花，蝴蝶纷乱飞舞时已经是暮春时节，下两句池水空碧，小径落花净尽都是典型的暮春景色。"春风只在"四字别有意蕴，蝴蝶争飞忙乱反衬出闺中的寂寞无聊。下片前两句婉抒相思情深，一般都说游丝长，而此处因为思念的情绪长而怨恨游丝短，是加倍的写法，更突出忧愁的绵长纷乱。结尾两句设想新奇，构思别出心裁，精当地表现出闺中女子自怨自艾而仿佛向对方倾诉衷肠的娇嗔之态。小词意境鲜明，抒情婉曲而不晦涩，颇耐品味。陈廷焯云："深情委婉，读之不厌百回。"（《白雨斋词话》）

俞国宝／生卒年不详

临川（今江西抚州）人。淳熙太学生。有《醒庵遗珠集》，不传。《全宋词》录其词五首。

风入松①

俞国宝

一春长费买花钱。日日醉湖边。玉骢②惯识西湖路，骄嘶过、沽酒楼前。红杏香中箫鼓，绿杨影里秋千。　　暖风十里丽人天，花压鬓云偏。画船载取春归去，余情付、湖水湖烟。明日重扶残醉，来寻陌上花钿③。

注释　　① 风入松：乐府古琴曲名，后用作词牌。双调七十六字。② 玉骢：白马。③ 花钿：以金翠珠宝等制成的花朵形的首饰。

译文　　一春中常常花费买花的钱，天天都陶醉在西湖的湖边。白马也熟识了逛西湖的路径，嘶鸣着走过酒楼之前。在红杏花的芳香中，箫鼓歌吹声音喧阗。绿杨飘拂的树影里，有正在荡着的秋千。　　十里长堤上春风扑面，这里是美男倩女游冶的福地洞天。五光十色的花朵，把游女的鬓发压偏。暮色中小船载着春光归去，未尽的情致都留给湖面上的雾气岚烟。明天我还要带着残存的醉意，到湖滨堤上来寻找遗落的花钿。

评析　　本词描写春日游乐西湖的情景，生动地反映出西子湖畔迷人的风光及仕女如云的繁华景象，从侧面反映出上层社会苟且偷安、不图恢复的腐朽荒奢的生活图景。

据周密《武林旧事》载，淳熙间，已当太上皇的高宗赵构乘船出游，经断桥时，桥旁有小酒馆，很清洁素雅，屏风上写着一首《风入松》词，高宗欣赏一番，问是何人所作。人告是太学生俞国宝醉中所写。高宗笑着说："此词甚好，但末句未免儒酸。"顺便改定为"明日重扶残醉"（原作是"明日再携残酒"），词意及境界有很大差别。当日即传旨授给俞国宝官职。可知俞国宝因为这一首词偶然为赵构发现、欣赏便做了官，改变了生活地位，运气确实不错。本词生动地描写了西湖春游时的繁华景象，有歌舞升平的意味，统治者当然高兴。这正是高宗欣赏此词的主要原因。上片写整个春季天天去游西湖，"长费买花钱""买花"给谁戴？下片则云"花压鬓云偏"，前呼后应，又含而不露，情自在其中。马能识路，进一步表现天天都去。"红杏"两句以声音动态描绘欢乐喜庆的场面。下片先写堤上，再写湖中。游到傍晚，尚未尽兴，还要观赏湖水湖烟。高宗改定之句，确比原作好得多。"明日再携残酒"，只说明天再带酒重喝，直白无余味。"明日重扶残醉"则意味着今日太尽兴，明日还有余兴，而且残醉之醉也可释为陶醉之醉，或醉于酒，或醉于人，或醉于春光。比"携残酒"含蓄有味多了。仔细体味，两者的区别自现，可见高宗确有些文才。

张镃／1153—约1221

字功甫，一字时可，号约斋，先世成纪（今甘肃天水）人，徙居临安（今浙江杭州）。宋将张俊之曾孙。官至司农少卿，嘉定四年（1211）坐罪除名，象州编管，卒。曾卜筑南湖，有园林之胜。与姜夔有交往。有《南湖集》《南湖诗余》。

满庭芳

促织儿

张 镃

　　月洗高梧，露泫①幽草，宝钗楼外秋深。土花②沿翠，萤火坠墙阴。静听寒声断续，微韵转、凄咽悲沉。争求侣、殷勤劝织，促破晓机心。　　儿时曾记得，呼灯灌穴，敛步③随音。任满身花影，独自追寻。携向华堂④戏斗，亭台小、笼巧妆金⑤。今休说，从渠床下，凉夜伴孤吟。

注释　　①泫：露浓貌。②土花：苔藓。③敛步：脚步很轻。敛，收缩、约束。④华堂：精美的厅堂。⑤笼巧妆金：谓笼子小巧而涂金色。

译文　　月光清澈如水，沐浴着高高的梧桐林。夜露沾湿幽暗的秋草，宝钗楼外秋意正深。苔藓沿着墙根伸展，一只萤火虫飞下墙阴。静静地听着蟋蟀的鸣叫之音。寒苦之声断断续续，渐渐地又转向幽咽悲沉。它并不是为了寻求伴侣，而是殷勤地督促妇女织布做衣，为此而费尽苦心。　　记得儿童时，大家相互招呼着，提着灯笼四处搜寻。用水灌进蟋蟀的洞穴，又蹑手蹑脚地仔细辨听，辨听逃跑蟋蟀的声音，一步一步地按照细微的声音悄悄跟踪搜寻。任凭满天都是月光花影，独自一个人也要紧紧追寻。兴致勃勃地提着捉到的蟋蟀来到华屋，要与他人的蟋蟀决一雌雄，亭台式的金笼小巧玲珑。如今这一切都不必再度提起，因为全都成为过眼烟云，再也没有那种雅兴，任凭蟋蟀就在我的床下，陪伴着我哀叹悲吟。

评析　　本词与姜夔的《齐天乐》(庾郎先自吟愁赋)同时而作，并先于姜夔而成，同样是咏物佳什，未可轩轾。本词上片写蟋蟀生活的环境及听其叫声时的感受，下片追忆儿时捉蟋蟀、斗蟋蟀的情趣，反衬今日的孤独苦闷，有淡淡的感伤情怀。"几时曾记得"几句刻画极细腻生动，细如发丝，使全词生色，令人回味无穷。

上片开头五句写蟋蟀声发出的地方。月明露清，是总的色调，优美而宁静。"土花沿翠，萤火坠墙阴"两句写蟋蟀生活的具体环境，精致入微。土花伸展处为人迹罕至之所，也正是蟋蟀喜居之地。萤火所下的墙阴，进一步更具体地暗示出蟋蟀发声之所。萤火之光极细微，释此词者多未指出这一物象之妙处，多以闲笔、衬笔论之，未搔到痛处。余以为这一意象甚妙，一是暗示出蟋蟀所在之具体地点，二是衬出夜之阴暗宁静，三是传神地刻画出人的主体感受。人本在仔细辨听蟋蟀在何处叫，辨听的同时也在注目审视，检验一下自己的判断是否正确，故往墙阴处观瞧。正因如此，才能看到一只小小的萤火虫飞坠墙根之景。如果不是这种精神状态，人们怎么注意到萤火这一小小的光点呢？这正是细微处。笔者童年时也曾有过捉蟋蟀（我们地方俗语叫蛐蛐）的生活经历，故对这几句词心领神会，颇知其精妙细微处。"静听"以下写听蟋蟀鸣叫之声后的主体感受，扣紧"促织儿"这一词题的题面。下片开头几句追忆儿童时捉蟋蟀、斗蟋蟀的情景，"呼灯灌穴""敛步随音""满身花影"将儿童生活的天真烂漫刻画得栩栩如生。末尾一句也有深味，儿童时到外面墙根去找寻，呼灯灌穴。而如今蟋蟀就在自己的床下，却无心去理，足见其毫无兴致。抒情极为细微婉曲。贺裳极推崇本词，他说："不惟曼声胜其高调，兼形容处，心细如丝发，皆姜词之所未发。"（《皱水轩词鉴》）

宴山亭

张 镃

幽梦初回，重阴未开，晓色催成疏雨。竹槛气寒，蕙畹①声摇，新绿暗通南浦。未有人行，才半启、回廊朱户。无绪。空望极霄旌②，锦书难据。　　苔径追忆曾游，念谁伴、秋千彩绳芳柱。犀奁黛卷，凤枕云孤，应也几番凝伫。怎得伊来，花雾绕、小堂深处。留住。直到老、不教归去。

注释　　①蕙畹：种香花兰草的园圃。蕙，香草名。畹，面积单位，或云十二亩，或云三十亩为一畹。此处有畦之意。②霓旌：原意是皇帝出行时的一种仪仗。此处指云。

译文　　我刚从幽渺迷蒙的梦境中醒来，只见层层的阴云并未散开，拂晓的天气变成细雨涟涟。竹栏中气温微寒，兰花香草在轻风中摇动颤抖，新涨起的绿色池水暗通南面的河畔。院子里还没有人走动，曲折回廊处的红色角门刚刚打开半边。我的心情纷乱焦烦，徒自望断长空远方的云彩，却不见有鸿雁的踪影来把锦书递传。　　我在长满苔痕的小径上徘徊流连，追忆着往昔与情人同游时的温馨缠绵。如今有谁陪伴你去荡秋千，在芳柱彩绳旁欣赏你的倩影翩翩。如今的你肯定默默地待在屋里，放下那镶嵌犀角的青色珠帘，斜倚着凤凰枕而凄苦孤单。一定也多少次来到高楼独自凭栏，凝神眺望而把我企盼。你在想怎样才能让我回到你的身边，到那时，氤氲的香气如花似雾一般，把这小屋充满，如同温暖明媚的春天。如果这样，你便坚决要把我留在家里，决不能让我再离开一天，直到迟暮的老年，直到永远永远。

评析　　本词为怀人之作，抒情主人公是男子，即作者自己，可看作羁旅思亲之词。有释为闺中怀人者，不妥。上片写拂晓梦醒时的情景，以暗淡的环境氛围烘托相思之情；下片追忆旧游之乐，心理刻画细致生动，末几句痴想恋人到后的幸福情景，感情炽烈。全词铺叙委婉，词采清雅。

　　开头三句是环境描写，梦中醒来时轻阴小雨，天气微微寒冷。竹子围成的兰花圃中兰花轻轻摇曳，观花有惜时之情。门半开而没有人走动，暗示人都未起床。"无绪"三句由景入情，并转入下片的回忆和揣测。"苔径"当是现境，即词人站在长满苔藓的小径上回忆思念远方的情人，"念谁伴秋千"两句是"曾游"之内容，美人荡秋千，词人观看欣赏，何其幸福温馨。"犀帘黛卷"三句设想情人现在的情景，一个人独守空闺，也应该在凝神思念自己。最后几句也是揣想情人的心理活动，盼望自己早日归去，并永远不放自己出门了。实际这是作者自己的想法，即再度团圆后永远不再分开。而借对方写来，更觉委婉深沉。如果理解为闺中女子思念在外之意中人，"应也几番凝伫"

一句实在难以解释。故这样理解，即上片是现境，是抒情主人公所在处，为实景；下片是思念之对方生活心理之情景，是虚景，更顺畅。

史达祖／生卒年不详

史达祖，字邦卿，号梅溪，汴州（今河南开封）人。尝为韩侂胄堂吏，韩败，坐受黥刑。其词以咏物逼真著称，亦有感慨国事之作，有《梅溪词》传世。

绮罗香①

咏春雨

史达祖

做冷欺花，将烟困柳，千里偷催春暮。尽日冥迷，愁里欲飞还住。惊粉重、蝶宿西园②，喜泥润、燕归南浦。最妨他、佳约风流，钿车③不到杜陵④路。

沉沉江上望极，还被春潮晚急⑤，难寻官渡。隐约遥峰，和泪谢娘眉妩。临断岸、新绿生时，是落红、带愁流处。记当日、门掩梨花⑥，剪灯深夜语。⑦

注释　①绮罗香：词牌名，双调一百零四字。②西园：泛指园林。③钿车：用珠宝装饰的车，古时为贵族妇女所乘。④杜陵：汉宣帝陵墓。在今西安市东南，此泛指游乐之地。⑤春潮晚急：韦应物《滁州西涧》诗："春潮带雨晚来急，野渡无人舟自横。"此二句化用其意。⑥门掩梨花：李重元《忆王孙》词："欲黄昏，雨打梨花深闭门。"⑦剪灯深夜语：李商隐《夜雨寄北》诗："何当共剪西窗烛，却话巴山夜雨时。"此处化用其意。

译文　　你带来微微的清冷，把初放的花欺凌。你带来烟雾蒙蒙，笼罩得春柳困眼蒙眬。你弥漫千里随处可见，悄悄催促着春光，令他脚步匆匆。你使整个天地昏暗迷蒙，令人春愁不断，你却时下时停。因沾了你，令蝴蝶吃惊自己的翅膀太重，宿在西园不敢飞行，因为你把春泥润湿融融，喜得春燕飞往水边，一口口衔回来。更要紧的是你使道路泥泞，妨碍了那些相约的风流男女，使他们华丽的小车不能到达杜陵，耽误了多少幸福的约会相逢。　　极目眺望，江面上烟雾沉沉。再加上春潮正在迅急，令人难把官家的渡口找寻。远山全都隐隐约约，宛如美人那含泪多情的眼睛和眉峰。临近残断的河岸，可见你使绿绿的水波涨起，使水面上漂着片片落红，带着忧愁漂流向东。记得当日，正是因为有你，我怕梨花被吹打才掩院门。正是因为有你，我才和那位佳人在西窗下剪灯谈心。

评析　　本词是咏春雨的杰作。全篇没有一个"雨"字，而春雨的意象贯穿始终，处处可感。上片写春雨中的各种物象，使人清晰地看到绵绵丝雨编织成的凄迷之境，刻画出神。下片写作者傍晚时眺望雨中江上的景色。最后三句化用诗词名句中的意境渐渐由外到内，先说闭门，再说室内，微露感伤怀人之情。

　　史达祖最长于咏物，本篇写得出神入化，风情旖旎，极为精彩。上片先用拟人手法，写春雨的寒气摧残百花，困住娇柳，催送春光。"惊粉重"四句用蝴蝶和春燕的反应和表现描写春雨对于这些小生灵的直接影响，很准确传神，接着再写青年恋人对春雨的感受，体物入微，想象极为丰富。这样，通过从植物到动物一直到人类在春雨中的表现和感受把春雨写得很有神采。下片侧重写春雨中无限怅惘的思绪和惜花伤春的意绪，情寓景中，充满了诗情画意。前人多有赞此词者，而先著所评最为精当："无一字不与题相依，而结尾始出雨字，中边皆有。前后两段七字句，于正面尤著到。如意宝珠，玩弄难于释手。"（《词洁》）

双双燕①

史达祖

　　过春社②了，度帘幕中间，去年尘冷。差池③欲住，试入旧巢相并④。还相雕梁⑤藻井⑥，又软语⑦、商量不定。飘然快拂花梢，翠尾分开红影。　　芳径，芹泥⑧雨润，爱贴地争飞，竞夸轻俊。红楼归晚，看足柳昏花暝。应自栖香正稳，便忘了、天涯芳信⑨。愁损翠黛双蛾，日日画阑独凭。

注释　　① 双双燕：词牌名。史达祖自度曲，因咏双飞燕，故以为名，双调九十八字。② 春社：立春后第五个戊日，在春分前后。农村在此日祭祀社神以祈求丰收，故称"春社"。相传燕子春社时来，秋社时去。③ 差池：燕子飞时尾翼舒张貌。④ 相并：相互依偎并栖。⑤ 雕梁：雕刻或绘有图案的屋梁。⑥ 藻井：画有图案的天花板，因用方木架成，形似井栏，故称藻井。⑦ 软语：燕子轻声呢喃貌。⑧ 芹泥：长有水芹之处的泥土。⑨ 芳信：情书。

译文　　春社已经过去，一双小燕子飞过帘幕的中间，只觉得去年生活过的地方，冷冷清清，灰尘落满。漂亮的燕尾轻轻扇动，要停未停，试验着要进入旧巢并宿双眠。马上又飞去相看房顶上的雕梁藻井，要选一个新的筑巢地点。她们在温柔亲切地商量，叽叽喳喳软语呢喃。飘飘然轻快地飞掠花梢，剪刀式的翠尾倏然把花影分向两边。　　小径间芳香弥漫，春雨滋润的芹泥又柔又软。小燕愿意贴地争飞，显示自身的灵巧轻便。回归红楼时天色已晚，已把柳暗花明的美景尽情赏玩。回到新巢中，相依相偎睡得又香又甜，便忘了把天涯游子的芳信递传。使那位佳人终日里愁眉不展，天天独自凭着栏杆。

评析　　本词是宋人咏物词名篇之一。在咏燕中融入闺怨之情，上片正面描绘燕子春社回归，重返旧居的欢愉情状；下片以双双燕的快乐团圆反衬闺妇的孤独寂寞。

　　本词之妙有三：一是观察细致，摹写精妙。"飘然快拂花梢，翠尾分开红影"两句写燕子在飞行中捕捉昆虫，从花木枝头一掠而过的景象。许多昆虫在花蕊处或花间，故燕捕昆虫要掠过花梢。"掠"字写出其速度之快和轻便的情态。"翠尾分开红影"，暗示出燕子双尾叉形，极精妙入微，不能移到他物上。"爱贴地争飞"是燕子特有的一种飞翔姿势，天阴欲雨时，燕子飞得很低很低。帘幕、雕梁藻井、芳径、芹泥等都与燕子的生活环境和习性有关，是其生活的背景。二是神形兼备。咏物最难处是传神。本词中的双燕则有神采，有感情。"还相雕梁藻井，又软语、商量不定"，把一双情燕温柔多情商量住旧巢还是垒新巢的情景刻画得出神入化。多像一对相亲相爱、和谐幸福的青年夫妇。其他动作中也无不渗透着喜悦欢快的情感，这是最成功之处。三是前后呼应，咏燕中流露出惜春伤春的意绪，这层意思又是通过思妇的眼中写出的。上片"度帘幕中间，去年尘冷"二句为伏笔，须细思详参。这对春归的小燕，飞过帘幕，暗示出这是闺房。"去年尘冷"指去秋离开到今春回归这段时间里，这里冷冷清清，连梁上的灰尘也无人打扫。为何如此呢？作者未写，但读者自可体会。结拍处才出现"愁损翠黛双蛾，日日画阑独凭"的形象，遥应"去年尘冷"，而燕子的这一切举动神态又完全出自这位思妇的眼睛。她埋怨燕子只顾自己快活，在外面风光一天，把柳昏花明的春景看个够，可就是不把自己的情书带回来。情书尚未来，情人又在何方？她又怎能不思念、不感伤？全词至此戛然而止，余味无穷。全词在抒情方面含蓄深婉，有几个层次，表层写燕之形神，深层婉抒思妇之怨，再深层则发自己韶光之虚度的感伤。第三层意蕴非常含蓄，但仔细体味，尚依稀可感。一首咏物词写得如此生动而有思致，实在难得。王士禛在《花草蒙拾》中说："仆每读史邦卿'咏燕'词，以为咏物至此，人巧极天工矣。"确是如此，在咏燕词中，本篇当为古今第一。

东风第一枝①

春 雪

史达祖

巧沁兰心，偷粘草甲②，东风欲障新暖。谩疑碧瓦难留，信知③暮寒犹浅。行天入镜④，做弄出、轻松纤软。料故园、不卷重帘，误了乍来双燕。　　青未了、柳回白眼。红欲断、杏开素面。旧游忆著山阴，⑤后盟遂妨上苑。⑥熏炉重熨，便放慢、春衫针线。怕凤靴、挑菜⑦归来，万一灞桥相见⑧。

注释　　① 东风第一枝：词牌名。双调一百字。② 草甲：草的外皮。③ 信知：确知。④ 行天入镜：韩愈《春雪》诗："入镜鸾窥沼，行天马渡桥。"此处化用其意。谓春雪后池水清澈明净，池面如镜子一般。马行桥上，如行走在白云之上。状春雪洁白轻软。⑤ "旧游"句：晋王子猷雪夜乘兴访戴安道，至门不见而返。见《世说新语·任诞》。⑥ "后盟"句：用司马相如雪天赴梁王兔苑之宴迟到之事。⑦ 挑菜：唐宋风俗以二月二日为挑菜节。⑧ 灞桥相见：用郑綮事。孙光宪《北梦琐言》七载，丞相郑綮善诗，有人问他近日是否有新作，他回答说："诗思在灞桥风雪中驴背上，此处何以得之？"此处活用此典，隐指灞桥风雪。

译文　　你巧妙地向兰花的花心里钻，悄悄地往春草的草芽上粘。仿佛挡住了春风的来临，妨碍了春日回归的温暖。我疑心碧瓦上难以把你留停，知道昏暮时的寒冷还很轻浅。地面上轻雪绵软，如同白云浮天。湖面澄净如明镜一般，你把万物打扮得轻柔细软。遥思故国家园很远很远，那里的层层帘幕四垂未卷，耽误了刚刚飞来的双燕。　　杨柳刚刚染上青色，初生的柳叶都变成千万只白眼，初放的杏花也由红脸变成粉妆素面。当年的王徽之雪夜间去访旧友，到门口却又不见而返，因他根本不在乎见与不见。雪路难行，司马相如迟赴兔园的高宴。深闺中又把熏炉点燃，赶制春衫的针线也开始放慢。只怕那穿凤纹绣鞋的佳人挑菜归来时，在灞上再与你相见。

评析　　本词咏春雪，与《绮罗香》咏春雨同样巧妙清丽。全篇不见一雪字，却又句句写雪，构思极妙。上篇写春雪无所不在。描写其飘落在草木、平地、湖面后的轻盈、洁白、细软的形态。再写因雪落增寒，重帘不卷，引出思乡之情。下片前四句以柳叶变白，杏花变素表现春雪，切合时令，立意新巧、不落俗套。中间两句用文人雅士之典增添了诗情和生活趣味。"熏炉"二句与上片呼应，轻点雪带寒意，意脉暗连。结拍处妙用灞桥风雪典故，拓展了内容，极有韵致。宋末大词家张炎激赏本词，赞其"全章精粹，所咏了然在目，且不留滞于物"。(《词源》)

　　全篇描绘春雪形态及雪中的各种物态，尚较易明白。只是结尾句的典实有些晦涩。我们读来有些费解。但当时的大词人姜夔特别欣赏这两句。黄升说："结句尤为姜尧章拈出。"(《花庵词选》)这令我们深思，姜夔与史达祖生活年代相近，又精通词章，对史达祖的本意自然最易了解，也为我们进一步理解本词的意蕴提供了参考。尾联所用之典如注释所云，是唐人郑綮之典。郑綮本晚唐时人，进士出身，直言敢谏，曾以礼部侍郎同平章事，即入相位。苦心为诗，曾说："诗思在灞桥风雪中驴子上。"时人传为美谈。这一典故的含义是，人在艰难困厄时才会作出名诗佳句。"风雪"为恶劣之气候，"驴子"为贫穷士子之坐骑，"灞桥"为士子奔波仕途必经之所，故此话描绘出当时寒士奔波求仕时的艰危困厄的生活图景。极典型，语言也极凝练生动，道出许多寒士的心声。而且，"灞桥"为长安近处典型地名，又暗有长安之意，也可象征北宋故都汴京。再联系史达祖之生平，便可体味其苦涩之味。史达祖祖籍北宋汴京，但他本人是南宋生人，从未回到过原籍。中国人的恋乡恋祖情结在文士中尤其，这不能不成为他人生的一大遗憾。在他的诗词作品中多次流露过这种情怀。本词在尾句用此典，一是不离所咏之雪，二是婉抒怀念故国之情，三是曲述自己仕途偃蹇之怨愤。后两层意思非常隐晦，不易察觉。姜夔深知其心，故特拈此二句。这种现象也可说明艺术上的一个道理：最美的意象往往是朦胧的、含蓄的。

喜迁莺

史达祖

月波疑滴，望玉壶①天近，了无尘隔。翠眼圈花②，冰丝织练，黄道③宝光相直。自怜诗酒瘦，难应接、许多春色。最无赖，是随香趁烛，曾伴狂客。

踪迹。谩记忆，老了杜郎④，忍听东风笛。柳院灯疏，梅厅雪在，谁与细倾春碧⑤。旧情拘未定，犹自学、当年游历。怕万一，误玉人、夜寒帘隙。

注释　①玉壶：比喻月亮。②翠眼圈花：指各式花灯。具体形制难以确考。③黄道：此处指月光。《汉书·天文志》："日有中道，月有九行。中道者，黄道，一曰光道。"④杜郎：指杜牧。此处是作者自指。⑤春碧：指春日新酒。新酒呈绿色。

译文　清澈的月光如细细的水流静静涓涓，天空中没有一点儿云气，玉壶般的明月宛如就在人的近前。到处是五光十色的各式彩灯，有的如冰丝织成的光环。月光和灯光变相辉映，令人眼花缭乱。可怜我因嗜诗嗜酒而消瘦，难以应付这些灯红酒绿的热闹场面。最令我难忘的是，以前曾在三五夜随着香气花烛，陪伴过那些文人墨客冶游狂欢。　依稀记得当年的形迹，如今转眼已到了老年。怎能再忍听笛中的幽怨？杨柳院里灯火稀疏，种梅的厅堂中白雪皤然。谁能和我一起把着酒杯斟满，仔细品尝谈论这多味的人间？旧日的风情秉性难以拘管，还去学少年时的狂放兴酣。很怕辜负那位玉人冒着夜寒，独自斜倚着栊帘，在殷切地把我渴盼。

评析　本词描写上元夜灯月交辉的景象，抒发了孤独寂寞的感伤情怀。

开头三句写月光明亮皎洁，意境清新。"翠眼圈花，冰丝织练"两句写花灯之繁多晶莹，定是当时各种具体形制的灯无疑。"自怜"以下抒发孤独垂老之叹，追忆当年游历的豪兴，与眼前的凄凉怀抱相对照。"最无赖"三句追忆当年曾经陪伴轻狂的友人打着灯笼，跟随着美人参加到观赏花灯的队伍中。而这一场景是今天倍感凄凉无聊的关键原因。史达祖年轻时曾经受到韩侂胄的信任，成为其堂吏，处理一些文职工作。后来韩侂胄失败，史达祖下狱，遭受黥刑，受尽人生侮辱，郁闷而死。"曾伴狂客"之人很可能是跟随韩侂胄那段经历。下片前半承前，续写今日之苦况，年老孤独寂寞，无人相陪伴。末尾几句以怕辜负玉人对己的思念而故作轻狂之态，实质上是更深沉的伤痛。

三姝媚①

史达祖

烟光摇缥瓦②。望晴檐多风，柳花如洒。锦瑟横床，想泪痕尘影，凤弦③常下。倦出犀帷，频梦见、王孙骄马。讳道相思，偷理绡裙，自惊腰衩。　　惆怅南楼遥夜。记翠箔张灯，枕肩歌罢。又入铜驼④，遍旧家门巷，首询声价。可惜东风，将恨与闲花俱谢。记取崔徽⑤模样，归来暗写。

注释　　① 三姝媚：词牌名。双调九十九字。② 缥瓦：琉璃瓦。③ 凤弦：即琴弦。④ 铜驼：洛阳街道名，这里代指临安。⑤ 崔徽：唐代的一位歌伎。元稹《崔徽歌并序》载，崔徽与裴敬中相恋。即别，徽请画家丘夏画自像寄裴敬中，不久相思抱病而死。

译文　　精美的琉璃瓦上笼罩着雾色烟光，房檐历历在目，天气晴朗。柳絮满天飘飞，飘飘扬扬。我急急来到她的闺房，不料人去楼空，只有锦瑟横放在琴床。我不禁黯然神伤，料想她在我离去后的苦况。一定是日日伤心流泪，常常抚琴弹瑟以寄托九曲愁肠。终日懒得迈出闺门，只能在梦境中见到我的模样。遇人又不敢公开说是害了相思，当偷偷整理丝裙时，才惊讶自己渐渐瘦削身长。　　我更加惆怅，清楚地记得当日在南楼时欢爱的幸福时光，在翡翠的珠帘里，彩灯非常明亮。她亲昵地依偎在我的肩头，温柔深情地把情歌哼唱。如今我又到旧日街巷，遍访旧日邻居询问她的情况。可惜那无情的春风，吹落了鲜花，吹走了芬芳，并带着无限的感伤。我悲痛欲绝，她也没有给我留下画像。我还清楚地记得她的容貌，回来后仔细描画那深情娇羞的模样。

评析　　　本词是忆旧兼悼亡，凄艳悲凉。作者早年在临安与一歌女相恋，多年后重返旧地再寻恋人时，知道恋人为思念自己而死。于是写下此词。上片叙述重访恋人的见闻，下片抒写对恋人的深切悼念。

开头三句从光影、声色、姿态各个角度描绘摇曳又带有凄凉意味的春光，以衬托作者在重访旧地时恋人生死未卜，对她一无所知情况下的恍惚不定的心境，意新语工。"锦瑟"以下推想恋人思念自己的悲哀情状。将恋人把深深的悲痛、强烈的相思深埋在心头的一片痴情和顾影自怜的情态，刻画得出神入化，语言精练，情味深婉。下片开头追忆往日的欢乐，用笔极简约，韵味神情俱足，以"枕肩歌罢"表现与恋人的亲昵、恩爱，情浓意蜜而不涉淫亵。"又入"以下进一步写作者到左邻右舍去打听，得知恋人已如同落花带恨凋谢。"可惜东风"两句有三层意蕴。怜惜美人无主，沦落风尘，此是一层；年纪轻轻便香消玉殒，寂寞死去，此是二层；春风无情，依旧洒满人间，更增人之忧伤，此是三层。玉人已去，而且连张肖像也未能留下来，因此词人只能凭记忆画其肖像来纪念，以聊慰孤寂。一表恋情之深，二表对恋人的印象之深，情感真挚沉痛。全词结构奇特，跳跃性很大，但意脉却很清晰。

秋　霁[①]

史达祖

江水苍苍，望倦柳愁荷，共感秋色。废阁先凉，古帘空幕，雁程最嫌风力。故园信息，爱渠入眼南山碧。念上国[②]，谁是脍鲈[③]江汉未归客。　　还又岁晚、瘦骨临风，夜闻秋声，吹动岑寂。露蛩悲、青灯冷屋，翻书愁上鬓毛白。年少俊游浑断得、但可怜处，无奈苒苒魂惊，采香南浦，剪梅[④]烟驿。

注释　　①秋霁：词牌名。又名春霁。双调一百零五字。②上国：指南宋京城临安。③脍鲈：晋人张翰在洛阳为官，见秋风起而思家乡吴中的鲈鱼脍等美味，辞官归乡。后遂以鲈脍作为思乡的典故。④剪梅：即折梅，用陆凯赠范晔诗之事。

译文　　江面上烟波茫茫，忧愁感伤的残荷，衰微残败的垂柳，共同面对着萧瑟的秋风，显示出无限的哀伤。废旧的楼阁，先透进丝丝秋凉。破旧不堪的帘幕，在暮色中空空荡荡，更显得格外凄凉。逆着秋风的阻力，鸿雁难以快速飞翔。故园的信息当然没什么指望。我最爱我的故乡，尤其是那望中的南山，总是翠色欲滴，郁郁苍苍。感叹在那繁华的京师中，有谁像我这样憔悴困顿，流落江汉而困苦凄惶。　　眼看着又到岁晚，本来我就瘦骨嶙峋，如何耐得住秋风的凄凉？夜里又听到一片秋声，更牵动我的满腹愁肠。蟋蟀在寒露中悲吟，清冷的屋里闪动着孤灯的萤豆青光；我只能翻检旧书，两鬓渐渐染上繁霜。少年时豪爽俊逸的气概怎能断然变样。只可怜如今已成惊弓之鸟，怕听空弦的声响。怎能在南边的渡口处采摘花香，怎能在烟水迷茫的驿站剪折梅影寄给亲友，寄往故乡。

评析　　本词是词人在开禧北伐失败后，被流放江汉时期所作。通过描绘苍凉萧瑟的秋景，表达内心深深的忧伤与悲凉。上片侧重写日间见秋景所起之归思，下片侧重写夜闻秋声所生之悲慨。情景交融，寄寓着贬谪生涯中的无限凄苦。

　　南宋开禧三年（1207），北伐失败，韩侂胄在史弥远发动的政变中被杀害。主战派全受迫害。史达祖受牵连入狱，家产也被抄没，后被黥面，即在脸上额颊部位刺墨字以防逃跑，便于监视。写此词时被贬已有几年光景，其心境自可体会。开头描绘苍茫的江景，"望倦柳愁荷，共感秋色"，用拟人法，使景物有情，渲染主体的悲秋情绪。"废阁""古帘"用典型物件写现实的生活环境，极其生动、逼真。下片抒写静夜闻秋声产生流落异乡、惊魂未定的惶恐及无可名状的孤寂之苦。"无奈苒苒魂惊"一语极其凄怆感伤，满是血泪。比苏东坡"惊起却回头，有恨无人省"更令人动情。个人没有过错，成为政治斗争牺牲品的人是最无辜无奈又无可诉说的，因此其悲恸更入木三分，简直是一种绝望。故感情极其深厚丰富。结句宕开一笔，以思亲念友之情作结。笔力清峭劲健，风格沉郁苍凉。

夜合花 ①

史达祖

柳锁莺魂，花翻蝶梦②，自知愁染潘郎③。轻衫未揽，犹将泪点偷藏。念前事，怯流光，早春窥、酥雨池塘。向消凝里，梅开半面，情满徐妆④。　　风丝一寸柔肠，曾在歌边惹恨，烛底萦香。芳机瑞锦，如何未织鸳鸯。人扶醉，月依墙。是当初、谁敢疏狂。把闲言语，花房夜久，各自思量。

注释　　① 夜合花：词牌名。又名合欢。双调一百字。② 蝶梦：庄子曾梦自己变为蝴蝶，醒后有些迷惘，不知是庄周梦变蝴蝶，还是蝴蝶梦变为庄周。后世也称做梦为蝶梦。此处与"柳锁莺魂"对出，释为实景为好。③ 潘郎：西晋诗人潘岳，三十二岁头发开始花白。后遂作为中年白发的典故。此处是作者自指。④ 徐妆：《南史·梁元帝徐妃传》："妃（徐昭佩）以帝眇一目，每知帝将至，必为半面妆以俟。"

译文　　柳荫浓密，遮住了黄鹂的倩影，也听不到它的歌唱；鲜花上蝴蝶翻飞，究竟是庄周还是蝴蝶也令人迷惘。我也知道自己的两鬓开始变白，就像当年的潘郎。我没有用罗衫遮掩面庞，却依然把眼泪偷偷掩藏。回忆往事，我真害怕这如飞的时光。早春再度回到人间，我偷偷地看一看那落着细雨的池塘，不由得暗自神伤，只见有朵梅花正绽开一半，含情脉脉，宛如徐妃的半面粉妆。　　嫩柳条在强风中轻扬，如同你那温柔的心肠。你曾为我曼声歌唱，更牵惹我的惆怅。我们曾在烛光下点燃熏香，共同享受陶醉那美好的时光。如今你的织布机上，为什么不肯织成对的鸳鸯？我独自酒醉头昏，月光映照着空空的白墙。想当初，是谁使我那样的放荡轻狂？如今只能在这漫漫的长夜中，各自守着空房，而把当时的深情蜜意、甜言蜜语细细思量。

评析　　本词是怀人之作。所怀之人或许就是临安城中的恋人。上片借暮春景色抒发人生易老年华虚度的感慨，下片恨有情人天各一方，叹良辰美景之不返。

　　上片前三句写暮春景色，点出自己的春愁。"念前事"四句属倒插笔，前两句指以前情事。"早春窥"指今春，意谓从早春开始伤心落泪直至今日，表现整个春季都在思念恋人。"梅开"两句以徐妃半面妆比拟尚未全开的梅花，意象奇特新鲜，颇有韵致，也写出梅花半开的生动神韵。下片前半回忆当初与恋人缠绵欢爱的美好情景。"芳机"两句设想对方思念自己，而因为独守空闺而不忍心织鸳鸯之图案。"人扶醉"四句写自己思念对方，最后三句双方合写。"闲言语"指当初的海誓山盟如今却成空话，是幽恨之语，并无埋怨之意。全词意脉较清晰，上片主要写自己的春恨。下片先合写，中间分写彼此，最后再合写。抒情回环往复，有吞吐腾挪之妙。

玉蝴蝶
史达祖

　　晚雨未摧宫树①，可怜闲叶，犹抱凉蝉。②短景③归秋，吟思又接愁边。漏初长、梦魂难禁，人渐老、风月俱寒。想幽欢、土花④庭甃⑤，虫网阑干。

　　无端啼蛄搅夜，恨随团扇⑥，苦近秋莲。一笛当楼，谢娘悬泪立风前。故园晚、强留诗酒，新雁远、不致寒暄。隔苍烟、楚香罗袖，谁伴婵娟⑦。

注释　　①宫树：本指宫廷之树，此处泛指环绕屋宇之树。宫，广义为屋室。②"可怜"二句：王安石《题葛溪驿》："鸣蝉更乱行人耳，犹抱疏桐叶半黄。"③短景：景指日光。秋日渐短，故云。④土花：苔藓。⑤甃：井壁。⑥恨随团扇：相传汉班婕妤失宠，求供养太后于长信宫，作《团扇歌》以自伤。⑦婵娟：形容仪态美好，此处借指美人。

译文　　晚来的风雨并未把宫树折断，可怜那未落的枯叶上，蜷缩着小小的寒蝉。白昼渐渐缩短，又一度来到秋天，我的诗情连接着无限的愁怨。夜晚越来越长，我总是恍恍惚惚魂牵梦萦。人已日益衰老，秋风明月更感到非常清寒。料想从前幽会欢爱的地方，青苔会长满井台庭院，虫网罩着曲折的栏杆。　　无故也无端，蟋蟀偏偏鸣叫起来，忧得她终夜不安，恨自己像团扇一样被疏远，心中凄苦如同被冷落的秋莲。高楼之上听着笛曲中的幽怨，她流着清泪伫立在风前。故园岁晚，我勉强在诗酒中流连，新雁已经飞远，无法捎书带去我的寒暄。我们之间隔着茫茫苍烟，有谁能够把美人陪伴，安慰她的寂寞孤单？

评析　　本词是伤秋怀人之作。上片借秋天萧疏的晚景寄托凄凉情怀。下片推想对方长夜不寐，含泪凭高凝想的情景，情深惆苦。

　　开篇写蝉抱疏叶，属即景状物，观察细腻，描写精微，亦含自喻身世凋零之状。"短景"以下六句描写自己的悲秋意绪，充满凄凉感伤情怀。"想幽欢"二句设想旧日欢爱之所如今已满目荒凉，长满苔藓，布满蛛网，一片狼藉，并暗转下片。下片前三句写意中人因相思而难眠，一点细微声响便可使其惊起，精神很脆弱。下面推想对方长夜不寐、含泪凭高凝想的情景，再用夜笛哀怨加以烘托渲染，境界全出。"故园晚"四句插入自己一方，如同转换镜头，说自己没有办法问候对方，最后三句再回到对方，设想其无人怜爱的寂寞痛苦，使情感更加曲折深婉，凄楚酸悲。从其心境凄苦情况来看，当写于依韩侂胄而韩败之前夕，蝉抱闲叶的比喻更显示出这一点，深味可知。

八 归

史达祖

秋江带雨，寒沙萦水，人瞰[1] 画阁愁独。烟蓑散响惊诗思，还被乱鸥飞去，秀句难续。冷眼尽归图画上，认隔岸、微茫云屋。想半属、渔市樵村，欲暮竟然竹[2]。

须信风流未老，凭持尊酒，慰此凄凉心目。一鞭南陌，几篙官渡，赖有歌眉[3] 舒绿[4]。只匆匆眺远，早觉闲愁挂乔木。应难奈、故人天际，望彻淮山，相思无雁足。

注释　　①瞰：俯视。②然竹：烧竹。然，同"燃"。柳宗元《渔翁》诗："渔翁夜傍西岩宿，晓汲清湘然楚竹。"③歌眉：歌女之眉。代指歌女。④舒绿：眉目舒展。古代女子以黛绿画眉，故云。

译文　　秋江夹带秋雨，荒寒的沙滩萦绕在水际。我独自在画阁上凭倚，俯视这荒凉的景象而满怀愁绪。渔夫们在烟雨中披着蓑衣归去。清亮的渔歌打断了我的诗思，白鸥也乱纷纷飞起，吟成的秀句难以赓续。我冷眼环顾，美好的江山如在画里。隐隐约约中，认出对面岸上的房屋竹篱，朦朦胧胧烟雾凄迷。想必大半是樵村渔市。昏暮时家家燃起翠竹，炊烟袅袅升起。

我相信自己的风情尚在，未曾老去。全仗着持杯饮酒，让凄凉的心境得到一点慰藉。在南边的大路上乘车奔走，在官家的渡口乘舟行旅。幸亏有歌女舒展蛾眉，为我消释一些愁绪。可惜残阳匆匆欲暮，我的满怀忧虑，早已随着它挂在乔木，余晖处飘浮着岚气。我实在难以忍受故人远在天际，望断淮北的江山，也看不见一只鸿雁，可把我的相思之情进行传递。

评析　　本词抒写词人秋日傍晚江边对景感怀的愁苦之情，感慨颇深。上片描绘雨中登画阁所见之景物，下片抚今思昔，以酒浇愁以自慰，表达对远方故人之思念。

细品全词意境，当是词人晚期作品。上片绘景清新淡远，生活气息很浓。景物很有层次，最近处为愁倚高阁之词人，中景有披蓑归舟之渔翁和惊起之群鸥，远景有隔岸迷茫不清的樵村渔市。如一幅层次分明的秋江晚景图画。下片笔锋宕开，抒写其漂泊天涯的凄苦。"一鞭南陌，几篙官渡"八字从陆路和水路两方面概括自己到处奔波漂泊的情景，语凝意练。"赖有歌眉舒绿"聊作自我宽慰，造语尖新。结拍几句以景收，抒无尽凄伤与怀人之情。全篇情景相生，寄慨遥深。陈廷焯很欣赏本词，赞曰："笔力直是白石，不但貌似，骨律神理亦无不似，后半一起一落，宕往低回，极有韵味。"（《白雨斋词话》）

刘克庄／1187—1269

字潜夫，号后村居士，莆田（今属福建）人。以荫入仕，淳祐六年（1246）赐进士出身。官至工部尚书兼侍读。诗词多感慨时事之作，是南宋江湖诗人和辛派词人的重要作家。词风粗豪放肆、慷慨激越。著有《后村先生大全集》《后村别调》。

生查子①
元夕戏陈敬叟②
刘克庄

繁灯夺霁华③，戏鼓侵明发④。物色旧时同，情味中年别。　　浅画镜中眉，⑤深拜楼中月。人散市声收，渐入愁时节。

注释

①生查子：唐教坊曲名，后用作词牌。双调四十字。②陈敬叟：作者友人，字以庄，号月溪。③霁华：指晴日的月光。④明发：天刚发亮。《诗·小雅·小宛》："明发不寐，有怀二人。"⑤"浅画"句：用张敞画眉事，表现夫妻恩爱。《汉书·张敞传》："又为妇画眉，长安中传张京兆眉怃。"

译文

繁多明亮的灯光，遮蔽了暗淡的月光，笙箫戏鼓直到拂晓还在喧响。节物风情与旧时没什么两样，只是人到中年，情味有些凄凉。　像汉朝的张敞，对着明镜为佳人描画新的眉样，共同在楼心深情地礼拜月亮。祈祷爱深情长。欢乐的人们渐渐散去，市街上恢复寂静一如往常，我的心情却渐渐感到有些忧伤凄凉。

评析

通过题目可知，本词是元夕戏友之作。上片写元夕夜晚的繁盛景象，衬托自己的孤独。下片以友人夫妻恩爱共度良宵反衬自己的寂寞，结尾两句有感伤情味。

上片开头两句概括描写元夕的繁盛，首句写灯光之多与明亮，次句写人们彻夜欢乐，嬉戏游玩一直延续到天亮，夜间的高潮可想而知。形声兼备，概括力极强。"物色旧时同，情味中年别"写出真实而深切的人生体验，意蕴较深，为结拍两句的抒情做一铺垫。下片前两句用典调侃友人夫妻恩爱，也暗喻着羡慕之情，为后两句再做一铺垫。最后两句含蓄点出主旨。即当人们在欢乐时尚可暂时忘却忧伤。当欢乐过后孤寂之感便开始笼罩心头。层次分明，意脉清晰。

贺新郎

端 午

刘克庄

深院榴花吐。画帘开、绤衣①纨扇，午风清暑。儿女纷纷夸结束，新样钗符②艾虎③。早已有、游人观渡④。老大逢场慵作戏⑤，任陌头、年少争旗鼓。溪雨急，浪花舞。　　灵均⑥标致高如许。忆生平、既纫兰佩⑦，更怀椒糈⑧。谁信骚魂⑨千载后，波底垂涎角黍，又说是、蛟馋龙怒。⑩把似⑪而今醒到了，料当年、醉死差无苦。聊一笑，吊千古。

注释　　①绤衣：粗布衣服。绤，粗丝织成的布。②钗符：即钗头符。端午节头饰。陈元靓《当时广记·钗头符》："《岁时杂记》：端五剪缯彩作小符儿，争逞精巧，掺于鬟髻之上。都城亦多扑卖，名钗头符。"③艾虎：端午节用艾作虎，或剪彩为虎，粘艾叶，用以避邪。④观渡：即观看龙舟比赛。《荆楚岁时记》："五月五日竞渡，俗为屈原投汨罗日，人伤其死，故命舟楫拯之。"⑤逢场慵作戏：原指艺人遇到合适的场所就开场表演。亦指随事应景，应付场面。⑥灵均：屈原的字。《离骚》："名余曰正则兮，字余曰灵均。"⑦纫兰佩：喻指清高的道德修养。《离骚》："扈江离与辟芷兮，纫秋兰以为佩。"⑧椒糈：用椒实浸制过的美酒。本用以祭神，此处取其清醇。⑨骚魂：指屈原的魂魄。屈原的代表作是《离骚》，故称骚人。后世也泛指诗人。⑩"波底"三句：据《续齐谐记》载，屈原五月五日投汨罗江，楚人哀悼他。到这天，用竹筒装米，投入水里来祭祀。汉建武年间，长沙人区曲，忽见一位士人，自云是三闾大夫，对区曲说："听说你要祭祀我，非常好。常年祭米为蛟龙窃去。今年如再施恩祭我，应当用粽叶塞在上面，用彩丝缠上，这两样东西是蛟龙所害怕的。"区曲按他的话办了。此后，五月五日做粽子，并用粽叶五彩丝，均是那时的遗风。⑪把似：与其。

译文　　深深的庭院，石榴花鲜红吐艳。我拉开画帘，穿着粗布衣服，摇着细绢的小扇。在中午的暑气中出游，显得格外清闲。青年男女们个个风度翩翩，纷纷炫耀自己的节日打扮。头上戴着新式的钗符艾虎，争先恐后前来观看比赛龙船。渡口处早被人群挤得满满的。我年岁老大，也懒得逢场作戏，不愿再去跟着拥挤，只是站在远处默默观看。任随弄潮儿们手摇彩旗擂鼓呐喊，任凭江面上浪花飞舞，溅起的水滴如急雨一般。　　屈原的精神高标千古，屈原的风致万世流传。他平生佩戴着芳草芝兰，胸襟怀抱如椒实浸制的美酒清醇甘甜。谁能想到在千载之后，他在波底的灵魂还会把粽子垂涎。又说什么是怕蛟龙愤怒，才把粽子扔进水波给蛟龙解馋。唉，这些传说该是多么荒诞。假如他一直清醒活到今天，倒不如与世皆醉死在当年，反而省去许多苦恼怨烦。想到这里姑且创作此词作为笑谈，凭吊一下那位千古含冤的屈原。

评析　　本词咏端午节的风俗人情，词人托屈原之事，抒自己的怨愤之情。上片描绘端午节时当地的事物风光，如一幅生活气息浓烈的民情风俗画，清新鲜明。下片用嬉笑怒骂的笔调嘲弄往江中投粽子以飨屈原的神话和历史遗习。针砭世情，也有举世皆醉我独醒之深慨。

　　上片开头写石榴花开，色彩鲜明，点明季节。接下写自己的轻闲自在，意在笔外。实质也含有"闲愁最苦"的意味，要从反面见意。故下文说"逢场慵作戏"，可见其心情不好。"儿女"两句用他人之欢乐反衬自己之无聊。"钗符艾虎"四字再次写实景点节令，使本词移不到别处，就是咏端午的。"任陌头"几句描绘水面上小青年们争先恐后比赛龙舟的场面，动态感很强。下片开头高度礼赞屈原的爱国主义精神，是正笔。"谁信"三句须从反面见意。意即往水里扔几个粽子无济于事，那些神话传说荒诞不经。倒不如学一学屈原精忠为国、高洁不污的品格，比搞这些表面文章强得多。"把似"两句忧愤尤深，意谓屈原若在今世，还会幽愤满腔再度投江的。与其清醒而苦恼，还不如"醉死差无苦"，是说屈原，还是说自己，自可体会出来。作者是辛弃疾一派的词人，是个热血男儿，但在当时文恬武嬉，统治者苟且偷安而不思振作的世风中，又能做什么？只好长歌当哭而已。"聊一笑"之笑，也苦中作笑。黄蓼园深深理解词人的意思，他说："非为灵均雪耻，实为无识者下一针砭。思理超超，意在笔墨之外。"（《蓼园词选》）此乃深中肯綮之言，可谓先获我心。

贺新郎
九　日
刘克庄

　　湛湛①长空黑。更那堪、斜风细雨，乱愁如织。老眼平生空四海，赖有高楼百尺。看浩荡、千崖秋色。白发书生神州泪，尽凄凉、不向牛山滴②。追往事，去无迹。　　少年自负凌云笔③，到而今、春华落尽，满怀萧瑟。常恨世人新意少，爱说南朝狂客④。把破帽、年年拈出。若对黄花孤负酒，怕黄花、也笑人岑寂。鸿去北，日西匿。

注释　　①湛湛：深远貌。②牛山滴：《晏子春秋·内篇谏上》："（齐）景公游于牛山，北临其国城而流涕曰：'若何滂滂去此而死乎？'"后世遂以"牛山泪"为恋生惧死的典故。牛山，在今山东淄南。③凌云笔：大手笔。《史记·司马相如传》："相如既奏《大人》之颂，天子大说，飘飘有凌云之气，似游天地之间意。"④南朝狂客：指孟嘉。《晋书·孟嘉传》："九月九日（桓）温宴龙山，僚佐毕集。时佐吏并着戎服。有风至，吹嘉帽堕地，嘉不之觉。温使左右勿言，欲观其举止。嘉良久如厕。温令取还之，命孙盛作文嘲嘉，著嘉坐处。嘉还见，即答之，其文甚美，四座嗟叹。"此为后世熟典"破帽"的出处。

译文　　寥廓的长空一片昏黑，又交织着斜风细雨。实在令人难堪，我的心中纷乱如麻，万缕愁思如织。我平生就喜欢登高临远眺望四海，幸亏如今所站的高楼足有百尺。放眼望去，千山万壑尽在秋色里，我胸襟浩大满怀意绪。虽只是白发书生，流洒的热泪却总是为着神州大地，绝不像登临牛山的古人，为自己的生命短暂而悲泣流泪。追念以往的盛衰兴废，一切都杳无踪迹。　　少年时我气冲斗牛，自负有凌云健笔。如今才华已经耗尽，只剩满怀萧条寂寞的心绪。常恨世人新意太少，只爱说南朝文人的疏狂旧事。每当重阳吟咏诗句，动不动就把盂嘉落帽的趣事提起，让人感到有些厌腻。如果对着菊花而不饮酒，恐怕菊花也要嘲笑人过于孤寂。只见鸿雁向北飞去，昏黄的斜阳向西方隐匿。

评析　　本篇是重阳抒怀。重阳节本应登高，因风雨不能登山，故登楼望远。上片通过昏黑风雨交加的描写，表达出词人忧虑国事，痛心神州陆沉的悲愤之情。下片批评当时许多文人只知搬弄典故的浮泛文风，表达出自己对国事和民生的极端关注。全篇意气风发，苍劲沉着，是一首英雄失路的慷慨悲歌，读来令人感愤叹惋。

　　首句如奇峰突起，造成一种气氛，有笼罩全篇之效。"长空黑"已给人以压抑之感，再加上"湛湛"两字，更加凄惨愁苦。从下文看，当时只是阴雨稍暗而已，否则怎能看到"千崖秋色"，尾句又有"日西匿"，说明只是阵雨。故首句的长空昏黑，主要是主体的，是一种对时代的认识。"白发"两句极为动人，表现出作者不计较个人生死得失，而首先关注的是国家之命运，浩然正气令人感佩，今日读来仍令人亢奋。下片在抒发自己壮志难酬的深慨时，批评当时的许多文人只知流连光景，写些不痛不痒的陈词滥调，显示出他对时政的深切关注和在文艺方面的真知灼见。"昔时"两句写对菊饮酒，扣合"九日"之题面。全篇的主旋律是英雄失路的慷慨悲歌，与辛弃疾词的精神实质有相通之处。陈廷焯评此词云："悲而壮。南宋有此将才、如此官方、如此士气，而卒不能恢复者，谁之过耶？"（《词则·放歌集》）也是从本词的英雄气概着眼赞佩的。

木兰花

戏林推①

刘克庄

年年跃马长安②市，客舍似家家似寄。青钱③换酒日无何，红烛呼卢④

宵不寐。　　易挑锦妇机中字⑤，难得玉人⑥心下事。男儿西北有神州，莫滴水西桥⑦畔泪。

注释　　①林推：别本题作"戏呈林节推乡兄"。节推，节度推官的省称，宋代州郡的佐理官。②长安：此处指南宋京城临安。③青钱：古时钱币因成色不同，有青钱和黄钱两种。④呼卢：古代一种赌博。又叫樗蒲。以五个木子为具，一子两面，一面涂黑画牛犊，一面涂白画雉。五子都黑叫卢，得头彩。赌者在掷子时大呼"卢"，后世遂以"呼卢"代指赌博。⑤机中字：用苏蕙事。《晋书·窦滔妻苏氏传》："滔，苻坚时为秦州刺史，被徙流沙，苏氏思之，织锦为回文旋图以赠。宛转循环以读之，词甚凄婉。"⑥玉人：美人。此指妓女。⑦水西桥：此处指妓女居所。

译文　　年年骑着马在京城里冶游放荡，竟把客舍当成了家，家倒好像成了寄宿的地方。天天拿着青铜大钱买酒狂饮，终日里吊儿郎儿当，夜夜点起红烛呼卢狂赌，常常彻夜不睡一直赌博到天亮。　　你也应该知道，妻子的真情容易得到，妓女的心思却难以猜想。而且西北还有没收复的神州大地，男子汉应有收复故土的大志，且不要为红粉知己而终日把泪水流淌。

评析　　这是一首以戏为劝的小词，在劝友人立志报国的同时，表现词人恢复神州的宏大抱负。上片描述林推的侠少生活和日夜狂饮纵博的豪情，下片劝林推不要在风月场中消磨了大好年华，要担起救国兴邦的重任。规谏之意十分明确，语意却很和婉。

林推并非人名，是姓林的节度推官，从词意来看也是位热血少年，与作者是同乡，可能是不为当权者重用，故狂放不羁，大有杜牧"十年一觉扬州梦"的味道。刘克庄与此人关系不错，便以长者的身份写作本词进行劝说。语重心长，于国于家、于公于私都有利，可谓至理名言。"跃马长安市"写林推之豪俊侠义。"客舍似家家似寄"的客舍并非一般的旅馆，而是指歌楼妓院之类，暗写其嫖妓，为尾句做铺垫。"青钱"句写狂饮，"红烛"句写其纵博。浪嫖、纵饮、狂赌，恶习种种。古人或以此为风流，许多文人侠士不得意时莫不如此。林推即属于年轻有志而不得志之类，否则刘克庄也不会劝他的。下片前两句从私人生活方面来劝，娼妓多为钱，不如妻子更可靠，就大体来说，可谓经验之谈。后两句从国事来劝，是词之最高潮，"男儿西北有神州，莫滴水西桥畔泪。"掷地有声，令人亢奋。全词格调明快，含义深永，语重情长，有儆世之意义。况周颐说："后村《玉楼春》云：'男儿西北有神州，莫滴水西桥畔泪。'杨升庵谓其壮语足以立懦，此类是已。"（《蕙风词话》）

卢祖皋／生卒年不详

字申之，又号次夔，号蒲江，永嘉（今浙江省温州市）人。庆元五年（1199）进士。官至权直学士院，词风婉秀淡雅。有《蒲江词稿》。

江城子

卢祖皋

画楼帘幕卷新晴，掩银屏、晓寒轻。坠粉飘香，日日唤愁生。暗数十年湖上路，能几度、著娉婷①。　　年华空自感飘零，拥春醒②，对谁醒？天阔云闲，无处觅箫声。载酒买花年少事，浑不似、旧心情。

注释　　①娉婷：姿态美好貌。此处借指美人。②醒：指饮酒过量而不舒服。

译文　　画楼上卷起幕帘，只见天气新晴，拂晓的寒意很轻，我掩紧银色的屏风。

坠落的繁花飘来淡淡的清香，天天都在招惹人产生愁情。暗想十年来在湖上迁延，有几次能与佳人幽欢尽兴。　　我陡然感到年华凋零，终日在春酒中流连光景。举世浑浊而没有人可以知心交谈，又有谁可以去倾心诉说清醒？天阔云闲，无处再去寻找那悠扬欢乐的箫声。纵使也像年轻时那样买花携酒，却完全没有了当时的那种心情。

评析　　本词抒写感伤时序更迭，年华易逝而旧梦难寻的落寞心情。上片抚今追昔，惜十年前艳遇之事已成过去，下片叹今日之衰老寂寥。

　　开头四句描绘春景，环境很美，但主人公却"日日唤愁生"，有些反常。接下三句揭示生愁的原因，"著娉婷"不能单纯理解为幽会美人佳丽的风流韵事，其中包含着仕途失意的感慨，否则下片的感情抒发便缺乏根据。下片重点抒发年华空逝的惆怅，"拥春醒，对谁醒"是全词感情的关键点，须仔细体味，大有"举世皆醉我独醒"的味道，这与词人生活年代有关。卢祖皋生活在南宋中叶，考中进士后为官时期，正是韩侂胄当政，积极北伐，而朝廷中斗争激烈，政治很糟糕，国家前途黯淡，因此当时士人普遍感觉压抑郁闷。本词所表现的正是这种情绪。结尾三句很有韵味。况周颐说："后段与龙洲（刘过）'欲买桂花同载酒，终不似、少年游。'可谓异曲同工。"（《蕙风词话》）

宴清都 ①

卢祖皋

　　春讯飞琼管②，风日薄，度墙啼鸟声乱。江城次第，笙歌翠合，绮罗香暖。溶溶涧渌冰泮③，醉梦里，年华暗换。料黛眉④、重锁隋堤，芳心还动梁苑⑤。　　新来雁阔云音，鸾分鉴影⑥，无计重见。春啼细雨，笼愁淡月，恁时庭院。离肠未语先断，算犹有、凭高望眼。更那堪、衰草连天，飞梅弄晚。

注释　　①宴清都：词牌名，双调一百零二字。②琼管：律管。古代以葭莩灰实律管，节候至则灰飞管通。葭即芦。③泮：溶解，分离。④黛眉：此处比喻初生的柳叶。⑤梁苑：汴京的园囿名。此处为泛指。⑥鸾分鉴影：范泰《鸾鸟诗序》载，从前罽宾王获一鸾鸟，非常喜欢，想听其鸣叫，但鸾鸟不鸣。饰金喂珍馐，更悲哀而不鸣，三年也未鸣一声。夫人说，听说鸟见其类而鸣。于是用镜子来照。鸾见镜子里自己的形体而悲鸣，哀响凄厉，一奋而死。后便以此比喻爱人分离或失去伴侣。

译文　　春天的信息来自装有芦灰的玉管，春风徐吹，日益和缓，墙外的鸟声婉转零乱。江城的节令日日都在改变，笙歌在绿树丛中飘转，穿着绮罗的美人香气融融而温暖。山涧里的层冰渐渐融化，新涨的渌冰充满河床直到岸畔。就在我醉生梦死迷迷糊糊当中，年华已暗暗转换。料想柳堤上的杨柳，黛眉式的柳叶尚未舒展，园林里的鲜花，已偷偷要把芳心显现。　　近来看不到云中的鸿雁，自然无法把音信传递。我就像照镜的孤鸾，只能伶俜独立顾影自怜，我们却没有任何办法能够再见。想起当时，那寂寞空虚的庭院，春雨潇潇仿佛天在轻泣，终日里都丝丝绵绵，淡淡的月光朦朦胧胧，清愁无限。我还不曾开口说要远离，塞满离恨的柔肠先自裂断。如今就算还有一双登高远眺的双眼，又怎能忍受眼前的景观：无边无垠的衰草连着远天，在黄昏中飘坠的梅花一片接着一片。

评析　　本词抒写春日的闲愁，隐含着怀人之思。上片描写初春景色，感叹年华虚度。下片抒写相思离别之情，移情于物，借以表现抒情主人公的惨淡心情。尾句以景结情，余味隽永。

　　上片从各个角度描写初春风光。"春讯飞琼管"为全词总领句，春气动春天来临是抒情出发点。"风日薄，度墙啼鸟声乱"两句写触觉与听觉，春意很浓。"江城"三句写他人游春踏青之欢乐，"笙歌翠合，绮罗香暖"八字之中，听觉、视觉、触觉、味觉都写到，故很生动，精微细致，需要体会到，并以此来衬托自己之寂寞。"料黛眉"三句形容柳叶生长百花萌发欲放之景象，用语新丽精巧。或云是写女人，与全词意境不合，未妥。

下片转写离愁别恨。"新来"三句写分别之苦，"无计重见"是全词抒情之根，情景皆由此四字生发。"春啼细雨，笼愁淡月"，情景相生，意境迷蒙，可谓佳句。最后四句追忆当年离别时的苦况，分别后登高远眺，所见之暮春景色更令人感伤销魂。以景收尾，余味无穷。

潘牥／1205—1246

字庭坚，号紫岩，初名公筠，福州富沙（今属福建）人。端平二年（1235）进士。历仕太学正，通判潭州。著有《紫岩集》。《全宋词》录其词五首。

南乡子①
题南剑州②妓馆
潘　牥

生怕倚栏干，阁下溪声阁外山。惟有旧时山共水，依然，暮雨朝云③去不还。　　应是蹑飞鸾，月下时时整佩环。月又渐低霜又下，更阑，折得梅花独自看。④

注释　　① 南乡子：唐教坊曲名。后用作词牌，又名好离乡、蕉叶怨。有单调、双调两种。本词属双调五十六字。② 南剑州：今福建南平。③ 暮雨朝云：宋玉《高唐赋序》载，楚王游高唐，梦见神女相陪睡觉，临行说她是巫山神女，"旦为行云，暮为行雨"。④ "折得梅花"句：化用姜夔《疏影》词："想佩环月夜归来，化作此花幽独。"

译文　　　　我生怕独自凭倚栏杆，因为阁下是潺潺的溪水，阁外是碧绿的青山。唯有这旧日的山水面目依然，她却像暮雨朝云般一去而不再回还。　　她应该化作仙女骑着飞鸾，在明月下时时整理衣衫佩环。露冷霜降，月儿渐渐低转，夜寂更阑，我折下一枝梅花，独自仔细欣赏观看。

评析　　　　本词为怀人之作。上片叙述倚栏眺望，见山水依旧而恋人却像暮雨轻云杳无踪迹，去而不返。下片幻想恋人化为仙女，乘鸾凤飞升，盼望她月夜归来畅叙别情，重续旧欢，夜将尽不见人归，故折梅观看，姑且当作恋人魂魄所化吧。情真意切，词清调苦。

　　　　关于本词所怀之人，《中兴以来绝妙词选》题作"南剑州妓馆"，《后村诗话》题为"镡津怀旧"。两说均可。宋代妓女尤其是歌伎中有许多文化素质很高的知识女性，确有与文士真心热恋两情缱绻者。本词意境鲜明，情感真挚而婉转，毫不晦涩。下片想象恋人已成仙跨鸾凤，可见出词人的钟情和美好的祝愿。直到"更阑"，还在企盼，见其痴情。"折得梅花独自看"句意极含蓄隐晦，须点明。此句抒情最妙，一是化用姜夔《疏影》词中王昭君精魂月夜归来化作梅花的意境，折一枝梅花姑且当作恋人精魂所化以慰藉一下自己相思若渴的心。另外还有一层意思，即化用陆凯折梅寄友的典故，想折梅寄给恋人而又不知恋人何在。从词意看当以前层意思为主。故韵味极深远。况周颐评曰："潘紫岩词，余最喜《南乡子》一阕，小令中能转折，便有尺幅千里之势。……歇拍尤意境幽瑟。"（《蕙风词话续编》卷一）

陆睿 / ?—1266

字景思，号西云，会稽（今浙江绍兴）人。绍定五年（1232）进士。官至集英殿修撰，江南东路计度转运副使兼淮西总领。《全宋词》录其词三首。

瑞鹤仙

陆 睿

　　湿云粘雁影，望征路，愁迷离绪难整。千金买光景，但疏钟催晓，乱鸦啼暝。花惊①暗省，许多情，相逢梦境。便行云、都不归来，也合寄将音信。　　孤迥②，盟鸾心在，跨鹤③程高，后期无准。情丝待剪，翻惹得旧时恨。④怕天教何处，参差双燕，还染残朱剩粉。对菱花⑤、与说相思，看谁瘦损？

注释　　①惊：欢乐。②孤迥：孤独清高。③跨鹤：指成仙飞升。④"情丝"二句：李煜《乌夜啼》词："剪不断，理还乱，是离愁，别是一番滋味在心头。"此处化用其意。⑤菱花：镜子形制。此处代指镜子。

译文　　湿漉漉的阴云粘着灰色的雁影，征途遥远迷蒙，令人心灰意懒。纵花千金也买不到时间芳景，只听到疏落的钟声催促清晨拂晓，乱鸦噪啼带来昏暝。花丛中的欢乐只能暗自记忆，多少幸福的温情，相逢也只能是在梦境。佳人即使化成行云不再归来，也应该给我寄来音信。　　我孤独而志意高远，当初恋爱的盟约刻骨铭心。只是难以跨鹤凌云，后会的佳期没法定准。想要剪断情丝，反而惹出旧日的怨恨。真不知会在什么地方，看见双燕上带着她残花的红粉。她或许正在照镜自怜，对着镜子诉说相思情深，看一看谁更加憔悴瘦损？

评析　　本词别本题作"梅"。细玩词意，似与咏梅无关，或为后人妄加。全词抒写羁旅之苦和相思之恨。甚至连季节也不分明，只能从"残朱剩粉"中约略感觉是暮春时节。

本词起笔很妙。"湿云粘雁影"描写沉沉欲雨的天空，因气压低、空气湿度大故鸿雁难以迅飞，灰色的云与灰色的雁浑然一体，故有粘的感觉，表现出迷离滞重之情境，颇有情味。"千金买光景"三句，描写拂晓从美好梦境中醒来时的恼恨。"便行云"两句埋怨对方不但不能归来，连音信也没有，表现浓厚的相思情怀。下片开头四句承前抒写孤独寂寞，聚会无期的憾恨。"情丝待剪"两句说本来想割断愁情思恋反而更加思念。最后五句用燕子成双而人子了独立，美人临镜顾影自怜的镜头收束，表现愁绪依旧，暗示出双方都处在苦苦的相思之中，情致婉曲。

吴文英／约1212—1272

字君特，号梦窗，晚号觉翁，本姓翁氏，入继吴氏。四明（今浙江鄞州区）人。绍定中入苏州仓幕。曾任吴潜浙东安抚使幕僚，出入苏杭一带权贵之门。知音律，能自度曲，词名极重。有《梦窗甲乙丙丁稿》传世。

渡江云①

西湖清明

吴文英

羞红②鬓浅③恨，晚风未落，片绣点重茵④。旧堤⑤分燕尾，桂棹⑥轻鸥，宝勒⑦倚残云。千丝怨碧，渐路入仙坞迷津。肠漫回，隔花时见、背面楚腰⑧身。　　逡巡⑨，题门⑩惆怅，堕履⑪牵萦。数幽期难准，还始觉留情缘眼，宽带⑫因春。明朝事与孤烟冷，做满湖风雨愁人。山黛暝，尘波⑬淡绿无痕。

注释　　①渡江云：词牌名。双调一百字。②羞红：形容红花如含羞美人之容颜。③鬓浅：形容绿叶如女子鬓发。④重茵：双层席，厚席。此处比喻芳草。⑤旧堤：杭州西湖苏堤与白堤交叉，形如燕尾。⑥桂棹：桂木船桨，代指精美之船。⑦宝勒：精美嵌有珠宝的马勒。代指良马。⑧楚腰：美人细腰。楚谚："楚王爱细腰，宫中多饿死。"⑨逡巡：迟疑不决，欲进不进貌。⑩题门：用吕安题嵇康门事。《世说新语·简傲》："嵇康与吕安善，每一相思，千里命驾。安后来，值康不在，喜（嵇康兄）出户，延之不入，题门上作'凤'字而去。"此处用字面意，谓恋人不在家。与原典故没有联系。⑪堕履：用张良事。张良在圯上遇一老人，为之下桥捡坠下的鞋，后得授兵书，此处用字面意，即脱鞋以留宿。⑫宽带：身体消瘦而衣带宽。⑬尘波：化用曹植《洛神赋》"凌波微步，罗袜生尘"句意，谓美人不可见。

译文　　娇红的花朵如美人含羞的笑脸，嫩绿的叶片点缀在她美丽的双鬓边。我恨晚风不把花儿全都吹落，仿佛绿茵般的草地上只点缀着几个花瓣。旧堤交叉的地方像燕尾一般。桂舟宛若鸥鸟轻快行驶在水面上，我骑着宝马好像倚在云端。绿柳丝轻轻飘拂令人伤神，水中的轻舟渐渐进入仙岛美好的港湾。我在岸上紧紧跟随着那只画船，为她的美貌风情而销魂动心。隔着鲜艳的花朵和碧绿的柳条，我不时地看见她那苗条婀娜的腰身。　　我迟疑逡巡，好容易才寻找到你的家门，可适逢你偏偏不在，满心惆怅也只好留言题写房门。后来终于遂了心愿，我脱下双履进入你的闺中，那种欢爱快乐的情景真是醉人。以后我时刻计算着下次幽会的日期，有时也没有一个定准。不久我渐渐发现，情思缭绕全是因为你那多情的眼神，衣带渐宽并不是因为伤春。到明天早晨，往事和孤烟一样清冷，满湖的凄风苦雨实在愁人。山色更加幽暗昏暝，水波淡淡，凌波仙子完全没有踪影，望穿双眼也是杳然无痕。

评析 　　据夏承焘《吴梦窗系年》考证，吴文英在杭州纳一妾，不久亡故，二人感情深笃，其词集中，凡是怀念杭州情人之作，均为怀念这位亡妾而作。本词题为"西湖清明"，也是如此。上片写西湖今日之景及追忆当初始见爱妾时的情景，风情旖旎。下片先写追求爱妾成功并幽会寻欢的温情，后写西湖现境之凄迷。景起景收，深情绵邈。

　　本词意脉比较清晰，但目之所及，分析简明精当者却未见。虽有译文，仍须将意脉绎清，方可真正理解其内容与结构之妙。前三句写旧地重游时的感伤，用移情法表现美景只能增加惆怅。"旧堤分燕尾"以下直到上片末均写邂逅美人的经过，画面生动而有一定的情节性。"桂棹"两句写女子在水中乘舟，词人在岸上骑马紧随。"倚残云"表现不得亲近的憾恨，只是感觉而已，其实马上之作者与舟中之美人相距并不远，否则以下的事便无法发生。"千丝怨碧"两句写女子之船被柳条所阻而朦胧不清。"肠漫回"三句写词人隔花而看见女子苗条的体态。下片承前，写词人去女子住处求爱的经过，曾有过空门无人之时，最后终于求爱成功，而留宿其处。"数幽期"两句写爱妾亡后的相思。最后以清明景物收，扣紧题面。从全词结构看，以眼前之景物起笔和收结，中间则描绘从遇到美人，到追求及恋爱成功的过程，打破上下片之界限，章法颇为浑成。

夜合花

吴文英

白鹤江①入京，泊葑门②，有感。

柳暝河桥，莺清台苑，短策颇惹春香。当时夜泊，温柔便入深乡。词韵窄，酒杯长，剪蜡花、壶箭③催忙。共追游处，凌波翠陌，连棹横塘。　　十年一梦凄凉，似西湖燕去，吴馆巢荒。重来万感，依前唤酒银罂④。溪雨急，岸花狂，趁残鸦飞过苍茫。故人楼上，凭谁指与，芳草斜阳？

注释　　①白鹤江：即白鹤溪，在苏州西部。②葑门：苏州古城东门。③壶箭：古代计时器，由漏壶和刻箭构成。④罂：口小腹大的盛酒器。

译文　　我自白鹤溪坐船去南宋都城临安，途中停经苏州东城的葑门。重经故地，唤起无限旧情，故作此词。

浓密的柳荫把河桥遮藏，亭苑中黄鹂的叫声格外清亮。短短的马鞭时时牵惹春花的清香。当时和那位美人也曾在这里夜泊，我们相依相偎共入温柔之乡。我的词才显得笨拙，只好尽情地痛饮美酒佳酿。我们共同剪着蜡烛结成的灯花，只嫌漏壶的滴声太快太忙。更难忘，我们终日在一起嬉戏游玩，在绿树成荫的大路上散步谈心，在横塘的水面上泛舟逐浪。　　十年恍如一梦，我感到无限凄凉。仿佛是西湖的旅燕远远飞翔，吴国馆娃宫里的旧巢也空空荡荡。重游故地时我感慨万千，和往常一样，呼人连连把美酒斟上。山雨迅急而来，岸上的落花很轻狂，伴随着几只归巢的乌鸦，飞向那暮霭沉沉的一片苍茫。如果再登到与故人同宿过的楼上，还有谁能与我共同凭栏，指点欣赏评说着芳草与斜阳？

评析　　本词是故地重游的怀人之作。吴文英在苏州时曾娶一妾，后因故离异。上片前三句写泊舟葑门，登岸策马寻访旧地。"当时"以下追忆当年与爱妾温柔幸福的生活。下片写现境，十年后重过吴门，燕去楼空，不胜慨叹。

本词在结构和写法上均与《渡江云》（羞红鬓浅恨）相似。开头三句写舍舟登岸寻访旧游的景象。以美景衬哀情。"当时"以下从饮酒作词，夜间白昼，陆上水中各个方面和角度描述当时与爱妾共同度过的欢乐时光。下片转写今日的凄凉。"西湖燕去"暗示西湖之妾已死，"吴馆巢荒"暗示苏州之妾离己而去。"溪雨急"三句以凄迷萧条的景色烘托眼前之愁情，情景妙合。结尾处再忆当初与爱妾共度黄昏的情景，表现现境之凄凉，情致颇为深婉。昔则有恋人共赏，芳草斜阳则为美景；今则自己独处，一切尽为荒凉。这是抒情之极细微处。从词之意境与感情分析，苏州之妾与吴文英感情很深笃，不像是因为感情不和而分手的。那么离异便可能是被迫的，一定有很凄艳的故事，可惜现在难以考证。

霜叶飞①
重 九
吴文英

断烟离绪关心事，斜阳红隐霜树。半壶秋水荐黄花，香噀西风雨。纵玉勒、轻飞迅羽，凄凉谁吊荒台古。记醉踏南屏②，彩扇咽、寒蝉倦梦，不知蛮素③。

聊对旧节传杯，尘笺蠹管，断阕经岁慵赋。小蟾④斜影转东篱，夜冷残蛩语。早白发、缘愁万缕。惊飙从卷乌纱去，⑤漫细将、茱萸⑥看，但约明年，翠微高处。

注释　　①霜叶飞：词牌名。又名斗婵娟。双调一百一十一字。②南屏：山名，"南屏晚景"为西湖十景之一。③蛮素：白居易有二姬，一名樊素，一名小蛮。白有诗赞曰："樱桃樊素口，杨柳小蛮腰。"此处借指爱妾。④小蟾：未圆之月。⑤"惊飙"句：用孟嘉事，见刘克庄《贺新郎》注。⑥茱萸：植物名，生于川谷，其味香烈。古俗重阳节佩之以祛邪避灾。

译文　　断断续续的炊烟宛如离情别绪，更令人伤心的景象，是昏暝的斜阳向绛红的霜叶树后悄悄隐去。我舀来半壶秋水，插一束菊花将她默默奠祭。在凄楚的秋风秋雨中，菊花依旧散发着香气。在这种时候，谁又能纵马扬鞭，如小鸟般飞速迅疾，去凭吊那些凄凉的荒台古迹？记得我们共同去游览南屏，当时我昏醉沉迷。　　如今只有寒蝉在低声呜咽，她的彩扇又在哪里？我的爱妾又去了何地？如今又是重阳节，虽应景传杯却毫无意绪。任凭素笺落满尘埃，随便蠹虫蛀坏毛笔，未完成的词章经年也懒得再续。半轮素月的斜辉洒满东篱。

清冷的寒夜，蟋蟀在哀声低语。我已是满头白发，只因愁思万缕，任随狂风把帽子吹去。我徒自把茱萸仔细观看，只能预定明年再登那山峰的高处。

评析　　本词是重九日为怀念杭州亡妾而作。上片写重九之日凄风苦雨之愁人，烘托思念亡妾的凄苦心境。下片写爱妾亡后的百无聊赖和凄怆。抒情极凄婉。

　　开头"断烟离绪"四字属于情景双起，断烟为景，离绪为情，有笼罩全篇之效。接着，词人用残阳、霜树、风雨和黄菊等萧索物象，编织出一幅色彩暗淡迷蒙的重九风雨图，渲染了悲剧气氛。"记醉踏南屏"由眼前之实景转换为回忆中的虚境，当年的携手同游导致如今的伤心悲痛。下片极力抒写亡妾死后百无聊赖的情状，叙事生动，心理刻画细致，作为一个词人，竟然"尘笺蠹管，断阕经岁慵赋"，可见其心如死灰，表现出极度的思念。"惊飙从卷乌纱去"活用孟嘉之典，不是表现豁达大度而是描状自己的无所顾忌和无心无绪。吴文英词结构绵密，非常注意前后呼应，陈匪石《宋词举》中分析本词之结构很细致："'霜树''黄花'，就'传杯'前所见言之，'蟾影''蛩语'就'传杯'后所遇言之；皆用实写，而各是一境。'斜阳''雨''蛮素''翠微'，则均游刃于虚，极虚实相间之妙。'断阕'与前之'咽寒蝉'，后之'残蛩语'，'旧节'与前之'记醉踏'，后之'明年'，线索分明，尤见细针密缕。"将这段文字对照原词仔细揣摩，对理解这种慢词和创作都会有很大启发。

宴清都

连理海棠

吴文英

绣幄①鸳鸯柱②，红情密、腻云低护秦树③。芳根兼倚，花梢钿合④，锦屏人妒。东风睡足⑤交枝，正梦枕瑶钗燕股⑥。障滟蜡⑦、满照欢丛，嫠蟾⑧冷落羞度。　　人间万感幽单，华清⑨惯浴，春盎风露。连鬟⑩并暖，同心共结，向承恩处。凭谁为歌《长恨》⑪？暗殿锁、秋灯夜语。⑫叙旧期、不负春盟，红朝翠暮。

注释　　①绣幄：原指锦绣的帷帐，此处形容树冠花团锦簇。②鸳鸯柱：连理海棠的树干。③秦树：据《阅耕录》载，秦中有双株海棠，树高十丈。此处既指所咏海棠，又暗喻玄宗贵妃事，因其事发生在长安。④钿合：金饰之台，有上下两扇。⑤东风睡足：用杨贵妃事。据《太真外传》载，一次玄宗登沉香亭，召杨妃。杨妃酒醉未醒，高力士从侍儿扶之而至，玄宗笑曰："岂是妃子醉耶？海棠睡未足也。"⑥燕股：钗有两股如燕尾。⑦障滟蜡：遮挡流烛泪的蜡烛。苏轼《海棠》诗："只恐夜深花睡去，故烧高烛照红妆。"⑧嫠蟾：指孤居的嫦娥。嫠，寡妇。⑨华清：华清池温泉，在今陕西临潼骊山华清宫内。⑩连鬟：本指女子所梳双髻，此处指连理海棠，暗喻玄宗与贵妃。⑪《长恨》：指白居易所作《长恨歌》。⑫"暗殿锁"二句：指安史之乱后，玄宗被软禁幽居在西苑内之事。

译文　　一双连理的树干如同相依相亲的鸳鸯，支撑出锦绣的篷帐。红花浓密繁茂，情意绵长，绿叶如碧云低垂，护卫着连理的海棠。美丽的树根交相倚护，柔嫩的花梢如钿台相互依傍，惹得锦屏中的美人忌妒感伤。和煦的春风中，海棠花如美人熟睡，双双倚卧在相交的花枝上。如同情人进入甜蜜的梦境，玉簪金钗遗落枕旁。多情的人高举红烛，用手把风遮挡，遍照秾丽高雅的海棠，尽情地细心观赏。月宫中的嫦娥见此情景，也不由得更加幽怨哀伤。　　人世间千千万万的人都感到孤单凄凉，有几人能像杨贵妃那样赐浴华清池，尽情地享受皇帝的雨露风光。他们在温暖的芙蓉帐里，同心共结，鬟发相傍。指天为誓，愿世世代代成伴成双。可为什么生离死别两茫茫，凭谁创作长恨歌，把绵绵此恨永久传唱？幽暗的宫门紧关紧锁，秋夜孤凄何其漫长。对着一盏青灯，只能独自凄伤。盼望着伊人归来，把旧日的盟约实践补偿。双双化作这连理的海棠，朝朝暮暮，花叶相依相傍，永远成对成双。

评析　　本词如题，咏连理海棠。作者据唐明皇曾称杨玉环为"海棠睡未足"及

《长恨歌》中"在地愿为连理枝"的诗句。将连理海棠与李、杨的爱情悲剧联系起来。上片咏花，处处关合李杨，下片叙李、杨情事，又处处照应题面的连理海棠。

开头五句写连理海棠花的总体印象，双干并立，花红叶绿。"东风睡足交枝"二句化用玄宗称贵妃为"海棠睡未足"之典故，写海棠花娇艳妩媚，含羞矜持之态。"障滟蜡"三句写极赏之情态。下片转写人间之幽单，陪衬烘托连理之幸福。"华清惯浴"五句描写李、杨恩爱之情事。"凭谁"三句陡转，写唐玄宗被软禁西苑，凄凉孤独，隐括《长恨歌》中"夕殿萤飞思悄然，孤灯挑尽未成眠。迟迟钟鼓初长夜，耿耿星河欲曙天"四句意境而成，描写其爱情的悲剧结局。结尾三句与连理海棠相约，明年春天我再来欣赏你的美姿。全词以花起，以花收，句句咏物而又不滞于物，中间穿插着李、杨的爱情故事，赞美其倾心相爱，以惜其悲惨结局。但从全词看，雕绘太过，辞藻太密，意境不鲜明，意脉也不易把握，给人以太隔的感觉。

齐天乐

吴文英

烟波桃叶①西陵②路，十年断魂潮尾。古柳重攀，轻鸥聚别，陈迹危亭独倚。凉飔③乍起，渺烟碛④飞帆，暮山横翠。但有江花，共临秋镜照憔悴。

华堂烛暗送客，眼波回盼处，芳艳流水。素骨凝冰⑤，柔葱蘸雪⑥，犹忆分瓜⑦深意。清尊未洗，梦不湿行云，漫沾残泪。可惜秋宵，乱蛩疏雨里。

注释　　①桃叶：桃叶渡。晋王献之送爱妾处。此处泛指渡口。②西陵：桥名，亦作"西泠"，在杭州西湖孤山下，桥边有南朝名妓苏小小墓。③飔：冷风。④烟碛：烟雾弥漫的沙岸。⑤素骨凝冰：用《庄子·逍遥游》句意，见苏轼《洞仙歌》注。⑥柔葱蘸雪：形容美人手指细长而白嫩。⑦分瓜：有双关意。一指切瓜分吃，二指十六岁的芳情。瓜字六朝俗体割开为二八字，亦称破瓜。

译文　　眼前一片烟波迷茫，我又来到宛如桃叶渡的西陵路上，十年来我总是黯然神伤，就像潮汐般天天涌涨。重新攀折话别的古柳，追想当时如鸥鸟一样，骤然轻易分别而天各一方。我独自倚靠在这高高的亭子上，把往年的旧事细细回想。秋风乍起，吹来阵阵凄凉，轻烟笼罩在沙滩上，隐约可见几点船帆在风中急速驶航。暮山苍苍，暮水茫茫，只有江岸上的几朵残花，陪伴着憔悴的我，共同倒映在水面上。　　想起当年，晚宴后你送走别的宾客，单独把我留在玉堂。半熄灯烛，明澈的眼波水水汪汪，顾盼之间情深意长。肌肤润泽白皙如冰似雪，白嫩而又纤细的手指宛如嫩葱着了雪霜。还记得你亲自为我分瓜，待我是那样温柔体贴周详。我们共同用过的酒杯，我不忍再洗，你从来也不肯来到我的梦乡，尽管我在梦中曾多次把清泪流淌。可叹现在这寂寞的秋夜里，只有蟋蟀在潇潇秋雨中哀吟悲唱。

评析　　据陈洵《海绡说词》考证，"此与《莺啼序》盖同一年作，彼云十载，此云十年也"。若此，本词则是为怀念杭州亡妾而作。上片写故地重游，独自倚亭的相思，下片写夜间独处时的怀念。抚今追昔，无限感伤。

　　开头两句，化用王献之《桃叶歌》之意，写十年后重新来到与情人分手的渡口，不胜感伤。叙事中点地点事，"断魂潮尾"绾合今昔，为下片的相见留下伏笔。"古柳"以下六句写眼前之凄凉景色。"但有"二句，以残花衬哀人，突出作者的感伤之深与思念之苦。用语新警，境界全出。下片追忆当年与情人欢会的情景。"华堂烛暗送客"，化用淳于髡之事。《史记·滑稽列传》："堂上烛灭，主人留髡而送客。"此处指美人送走他人而留自己栖宿。"眼波"两句写美人美目之多情，"素骨"三句写美人体态肤色之美及分瓜之深意。分瓜即破瓜，也暗示女子初次以身相许，故曰"深意"。由此可见，亡妾当年是主动以身相许，对吴文英充满真情实意。"清尊"三句写别后之深深的眷恋。末二句以景结情，照应开头。凄凉的景色与凄凉的心境融合为一，增强了艺术感染力。

花 犯
郭希道①送水仙索赋
吴文英

小娉婷②，清铅素靥③，蜂黄④暗偷晕，翠翘⑤欹鬓。昨夜冷中庭，月下相认，睡浓更苦凄风紧。惊回心未稳，送晓色、一壶葱茜⑥，才知花梦准。

湘娥⑦化作此幽芳，凌波路，古岸云沙遗恨。临砌影，寒香乱、冻梅藏韵。熏炉畔、旋移傍枕，还又见、玉人垂绀鬓。料唤赏、清华⑧池馆，台杯须满引。

注释　　①郭希道：作者友人，生平未详。②娉婷：姿态美好貌，多形容女子。③清铅素靥：形容水仙花的素雅妩媚。铅、素均为白色。靥，酒窝。④蜂黄：唐时以"蝶粉蜂黄"称宫妆。又以之比喻贞节。罗大经《鹤林玉露》引《道藏经》："蝶交则粉退，蜂交则黄退。"⑤翠翘：翡翠头饰。此处形容水仙花绿叶。⑥葱茜：青翠色。⑦湘娥：用湘妃事。传说舜南巡，舜之二妃娥皇、女英追到湘江，闻舜已死，便投湘水而死。后成为湘江女神。⑧清华：郭希道的馆舍名。

译文　　如同娇小秀美的仙女，雪白的花瓣带着浅浅的笑纹。蜂黄色的花蕊暗自含羞而微带红晕。碧叶如翡翠的头饰斜在两鬓。昨夜的空庭中寒风凄紧，在朦胧的月光下忽然把你相认。北风凄紧，一阵凉意把我从睡梦中惊醒，我的心头久久不能平静。刚刚送走拂晓的晨风，友人便送来一盆碧绿的水仙，这才惊诧花梦的确准。　　是湘水水神化成此花的淡香鲜新，似乎凌波走过很远的水路，尚带有古岸荒云的遗恨。在台阶前如果出现你的身影，淡淡的香气芬芳氤氲。连那经冬耐寒的冬梅，也要悄悄收藏她的神韵。把你放置在熏炉的旁边，忽儿又移放靠着精美的绣枕，以便我可以时刻欣赏美人的丝丝鬟鬓。料想友人也和我一样，对你格外喜爱关心，在清华池馆畔里与你朝夕相守，为了你而把清酒连连满斟。

评析　　　　据小序可知，友人郭希道送作者一盆水仙花，并索词作。可知本词是即兴咏物之作。上片写梦花，友人送花。下片写恋花、赏花。全词用拟人手法，把水仙花视为绝色知己，并融入神话传说，把水仙花写得形神兼备，风情摇曳。

　　　　本词结构甚妙，开头六句均为梦中所见，虚境实写。描绘水仙花的色、形、姿与神韵，颇有情趣。"睡浓更苦凄风紧"已轻点梦回，"惊回心未稳"再点，"才知花梦准"重点写明前面所见的水仙花本为梦境。下片前半段为水仙写神，前三句用古传说表现水仙花的高洁，又扣紧"水仙"之名，把其比喻为凌波仙子、湘娥，用典颇为贴切。"临砌影"三句写其清香可超梅花。"熏炉畔"写自己对水仙花的喜不自胜，先放在熏炉旁边，然后马上移到枕边。末三句设想友人也在赏花，对花饮酒。词中不仅表现出作者自己对水仙花的无比喜爱和欣赏，又用侧笔表现友人高雅、清幽的生活情趣。陈洵分析本词结构较精当，录下可备详参："自起句至'相认'，全是梦境。'昨夜'逆入，'惊回'反跌，极力为'送晓色'一句追逼。复以'花梦准'三句，钩转作结。后片是梦非梦，纯是写神。'还又见'应上'相认'，'料唤赏'应上'送晓色'，眉目清醒，度人金针。"（《海绡说词》）

浣溪沙

吴文英

　　　　门隔花深旧梦游，夕阳无语燕归愁，玉纤①香动小帘钩。　　　　落絮无声春堕泪，行云有影月含羞，东风临夜冷于秋。

注释　　　　① 玉纤：形容美人的手指白而纤细。

译文　　　　梦境中我又来到当年的庭院，繁花锦簇把院门遮掩。斜阳默默挂在西边，归来的双燕也沉默无言。她带有香味的双手白皙修纤，轻轻地拉开了幕帘。

悠悠的柳絮无声坠落，那是老天为人离别而滴下的泪点。浮云轻轻地把月光遮掩，那是因为含羞而挡住了泪眼。料峭的春风吹拂脸面，凄凉清冷的势头简直就像秋天。

评析　这是感梦怀人之词，所怀何人难以确考。全借梦境抒写怀人之思，而梦境又仿佛是当初离别之情景，构思极妙，情趣深婉。

首句点明是梦境，"门隔花深"便有迷蒙朦胧之感，笼罩全篇。"夕阳"句以自然环境的惨淡烘托人的别情。"玉纤"句暗示将要离别，因情人已拉开了帘幕，人即将分开离去。下片前两句是传诵的名句，确实精彩。两句兼用比兴手法，不说人落泪，而说飘落的柳絮是春天在落泪，人之落泪自在不言之中。"月含羞"实拟人之含羞，将女性初次幽欢，又激动又高兴又羞涩的情态表现出来。这样，把人的感情完全移入自然界，造成人化的自然。自然的"堕泪""含羞"正表现了人的离别悲伤的深度。把人之离愁幻化成情天恨海，形成深广而迷离的至高至美的艺术境界，确是神来之笔。尾句借自然景色抒写内心感受、情味弥深。

浣溪沙
吴文英

波面铜花[1]冷不收，玉人垂钓理纤钩[2]，月明池阁夜来秋。　　江燕话归成晓别，水花红减似春休，[3]西风梧井叶先愁。

注释　①铜花：铜镜。古代铜镜刻有花纹，故称铜花。②纤钩：弯细的月影。黄庭坚《浣溪沙》："惊鱼错认月沉钩。"③"水花"句：柳永《八声甘州》词："是处红衰翠减，冉冉物华休。"此处化用其意。

译文　　清澈明净的水面宛如一面铜镜，天气虽冷也无人来收。好像是美人呆坐在水池旁边，仿佛在垂钓整理倒映水中的纤纤弯钩。明月映照寂寥的池阁，夜里已感到阵阵的凉秋。　　　　江燕呢喃着双双南归，我和恋人却在清晨中依依分手。江边的红花黯淡褪色，春天的美景似乎已经停止退休。秋风吹着井边的梧桐树，声声叶片仿佛都在深深幽愁。

评析　　本词抒写秋夜怀人之情。上片绘出秋夜清冷寂寥之景，"玉人"句形容倒映水间的一弯新月，奇幻幽美。下片回首当初与情人别时情景，只轻笔一点即止，而侧重以"水花红减"抒发美好事物难以永驻的怅叹。末句以秋风吹梧叶的萧瑟景象表现悲秋怀人的哀思。全词意境朦胧而清奇。

　　开头便用比喻，将水面比喻为镜子，"玉人垂钓理纤钩"一句处在上片中间，要瞻前顾后方可理解，关键是"玉人"并非实指一个美人，而是将整个美丽的月景比喻为"玉人"，那么前三句便没有人物出现，仿佛影视作品中的空镜头一般。即月光笼罩在一个池塘中的楼阁上，静静的水中倒映着弯弯的月牙，月牙如同一个纤小的鱼钩。细味全词，上片所写乃当时幽会欢乐之环境，也是分手离别之处所。下片则用"江燕话归成晓别"点出离别之季节，即暮春时节拂晓之时，最后两句再回到现实，用景物之冷清传达人之寂寞愁苦，景起景收。

点绛唇

试灯① 夜初晴

吴文英

卷尽愁云，素娥临夜新梳洗。暗尘不起，酥润②凌波地。　　辇路重来，仿佛灯前事。情如水，小楼熏被，春梦笙歌里。

注释　　① 试灯：古代元宵节为灯节，唐宋时最盛，通宵达旦。正式灯节一般为三日，即

十四、十五、十六。"试灯"即预演之义。据《百城烟水》载："吴俗十三日为试灯日。"合情合理。②酥润：形容小雨停后，路面酥软润泽而不起尘土。韩愈《早春呈水部张十八员外》诗："天街小雨润如酥。"此处化用其意。

译文　　漫天的愁云被晚风卷去，月容明净姣好，就像嫦娥临夜刚刚沐浴梳洗。尽管人来车往，却没有半点尘埃扬起。润泽酥软的街面，来往着体态轻盈的美女。　　我如今重来京华旧地，当年赏灯的欢乐仿佛就在昨日。我的情思如同流水般难以止息。我郁郁寡欢地回到小楼，熏一熏被子便独自睡去。外面的笙歌欢天动地，我依稀进入温馨的春梦里。

评析　　本词抒写试灯日的感怀。以良辰美景及他人的欢乐衬托自己的寂寞悲怆情怀。笔触细腻，抒情极委婉。

　　上片以精美飘逸的诗笔描绘试灯夜初晴的景色，构思极巧妙，意象极美。"暗尘"二句不用一个雨字，却把雨后人们游赏观灯的境界表现出来。下片前两句钩转，由眼前之景折回到对欢乐往事的回忆。"情如水"句括前启后，再一转折。结尾两句用轻笔点染，如此明月、如此良夜，而作者却独自回屋睡觉去了，其寂寥伤感之情自在言外了。这正是含蓄之处，也最有深味，使全词的情味倍增。谭献评此词云："起稍平，换头见拗怒，'情如水'三句，足当咳唾珠玉四字。"（《谭评词辨》）

祝英台近

春日客龟溪①游废园

吴文英

采幽香，巡古苑，竹冷翠微路。斗草溪根，沙印小莲步②。自怜两鬓清霜，一年寒食，又身在、云山深处。　　昼闲度，因甚天地也悭春，轻阴便成雨？绿暗长亭，归梦趁风絮。有情花影阑干，莺声门径，解留我、霎时凝伫。

① 龟溪：水名，在今浙江德清县。《德清县志》："龟溪古名孔愉泽，即余不溪之上流。昔孔愉见渔者得白龟于溪上，买而放之。" ② 莲步：指女子脚印。

译文　　我采摘幽香的花朵，漫步在古园小径。浓密的青竹使我感到有些清冷。少女们曾在溪头斗草踏青，那里的沙土地上还留有清晰的小脚芳踪。我忽然感到自己有些可怜，如今已经是苍苍两鬓，又是一度寒食来临，我却孤零零一个人，在这云山深处辗转飘零。　　白天无聊我出外漫步闲行。不知为何老天爷也这样吝啬春天的芳景，方才只是轻阴，不久就变成细雨蒙蒙。阴暗的天色中，只见浓郁的绿荫遮掩着长亭。我思乡的梦魂随着那些柳絮翻飞迷蒙。栏杆上摇曳着多情的花影，门口又传来婉转动听的莺声。它们仿佛理解我此时的心情，在安慰我劝我做片刻的留停。于是我又伫立在那里，全神贯注仔细聆听。

评析　　本词是作者客居龟溪村，寒食节游览一废园时所作。上片抒写因巡视古苑之所见而引发的身世之感；下片写游园遇雨，独立花影下而生有家难归之慨叹。

　　起笔三句叙事，写自己游园之行。"斗草"二句见景生情，因而产生欢乐尽属他人，青春不再之感慨，自然转折到自伤身世上。下片之关键是"绿暗长亭，归梦趁风絮"二句，委婉地抒发其思乡而欲归不得的怅惘。唐圭璋在《唐宋词简释》中对本词之意脉分析极其精辟简练："此首游园之感，文字极疏隽，而沉痛异常。起记游园，次记园中所见。'自怜'三句，抒游园之感。三句三层：人老一层，时速一层，处境一层，打并一起，百端交集矣。换头，闲度长昼，无聊之甚，因当时遇雨，故有天不做美之叹。'绿暗'两句，言归期无定，絮轻梦轻，故曰'归梦趁风絮'，'趁'字幽梦缥缈。予谓此句与晏同叔之'炉香静逐游丝转'，皆可会词中消息。'有情'三句，收合'游'字，化无情为有情，语挚情浓。"

祝英台近

除夜立春

吴文英

剪红情，裁绿意，^①花信^②上钗股。残日东风，不放岁华去。有人添烛西窗，不眠侵晓，笑声转、新年莺语。　　旧尊俎^③，玉纤曾擘黄柑，柔香系幽素。归梦湖边，还迷镜中路^④。可怜千点吴霜，寒消不尽，又相对、落梅如雨。

注释　　①"剪红情"二句：剪彩为红花绿叶，即春幡。立春日女子多以此为头饰。②花信：花信风的简称，犹言花期。③俎：砧板。④镜中路：湖上路。

译文　　剪一朵红花，裁一片绿叶。这精美的花儿和叶，带着融融春意，在美人头钗上颤斜。斜阳迟迟下落，春风骀荡温和，宛如要留下最后的时刻。西窗下有人添上新膏油，点亮守岁的灯火。人们彻夜不眠，在笑语欢声中，迎来新春的佳节。　　在旧日的砧板上，美人白皙的纤手曾亲自把黄柑切割。温馨的芳香中带着甜甜的蜜意，至今在我的心中萦绕。我渴望在梦境中回到湖边，在平波如镜的路上竟迷蒙而不知所措。可叹点点繁霜染白我的双鬓，更那堪料峭的寒气又不肯消歇，凋零的梅花又如雨点般纷纷飘落。

评析　　除夕而又逢立春，是双重的节日。作者又客居在外，不能不起思乡之情。本词所写就是这种情怀。上片描写节日气氛和他人的欢乐，反衬自己之凄苦。下片回忆旧日的温情，正面衬托今日的孤独寂寞。

开头三句写女人们正在忙碌制作春幡，是立春的习俗。而立春与除夕同在一天，更增加了节日气氛。"添烛西窗，不眠侵晓"是写守岁之习俗。这样，上片便把人们欢喜庆贺两个节日的情景表现出来，如同风俗画般鲜明，与词题相吻合。下片"旧尊俎"将镜头转换成过去之情景，同样在除夕，美人殷切为自己掰开时鲜水果，深情无限。从"归梦湖边"看，当是怀念杭州之爱妾，最起码有这层意思在其中。全词以眼前欢乐之景，回忆往日之幸福突出现境的孤凄感伤，对比鲜明。此种况味许多人均有体验，故最能引起共鸣。查吴文英生平后期，只宋宝祐四年（1256）正月初一为立春之日。"除夜立春"相合，故本词当系于是年。

澡兰香①
淮安② 重午③
吴文英

盘丝④系腕，巧篆⑤垂簪，玉隐绀纱睡觉。银瓶⑥露井⑦，彩箑⑧云窗，往事少年依约。为当时、曾写榴裙⑨，伤心红绡褪萼。黍梦⑩光阴，渐老汀洲烟箬⑪。　莫唱江南古调⑫，怨抑难招，楚江沉魄⑬。熏风燕乳⑭，晴雨梅黄，午镜⑮澡兰⑯帘幕。念秦楼、也拟人归，应剪菖蒲自酌⑰。但怅望、一缕新蟾，随人天角。

注释　①澡兰香：词牌名。吴文英自度曲。双调一百零四字。②淮安：今江苏淮安。③重午：即端午，五月初五。④盘丝：民俗，端午节用五色丝系在腕上以驱鬼祛邪。又名长命缕，续命缕，辟兵缯。东北地区今称五色线。⑤巧篆：民俗，端午节书符篆装饰发簪以避刀兵灾祸。⑥银瓶：此处指酒器。⑦露井：无盖之井。古诗《鸡鸣高树颠》："桃生露井上，李树生桃旁。"后泛指花下。⑧彩箑：彩扇。《方言》："扇自关而东谓之箑。"⑨写榴裙：《宋书·羊欣传》载：王献之往羊欣家，羊正着新绢裙午睡，献之在裙上题字而去。榴裙，石榴裙，大红色罗裙。⑩黍梦：即炊黍梦，黄粱梦。唐沈既济《枕中记》载：卢生赴举途中在邯郸客店中遇道者吕翁。生自叹穷困。吕翁给他一枕。他枕之而梦。梦中享尽荣华富贵。及醒，主人炊黄粱饭尚未熟。⑪箬：香蒲之嫩者。⑫江南古调：古人认为楚辞《招魂》乃宋玉为招屈原之魂而作，此处指楚地民间所歌之招魂曲。⑬楚江沉魄：指屈原，因其自沉汨罗江，地在古楚国

境，故云。⑭燕乳：燕生新雏。⑮午镜：端午节午时所铸镜子，民俗以为能避邪，称
"百炼镜"。⑯澡兰：古代民俗。端午节要用兰汤洗澡。《大戴札·夏小正》："五月……
煮梅为豆实也，蓄兰为沐浴也。"唐宋时称端午节为浴兰节。⑰"应剪"句：古代民俗，
端午节用菖蒲浸酒，以为可祛病。

译文　　　　五色丝绳系在她的玉腕，篆字的避邪符挂上她的头簪。在朦胧如烟的青
色帐幕中，她睡得格外香甜。在庭院花树下摆好酒宴，在绮窗前轻摇彩扇，
欢歌对饮，往日幸福温馨的美景如在目前。当时曾在她的石榴裙上题写词篇，
如今窗外的石榴已经凋残。往年端午节的欢乐已成旧梦，光阴快如流箭，沙
洲上柔嫩的蒲草在风中摇曳，迷迷茫茫如一片清烟。　　　请不要再唱江南的
古曲，那幽怨悲抑的哀调，怎能安慰湘水中屈子的沉冤？春风和煦中飞燕已
生雏崽，连绵阴雨中梅子已渐渐黄圆。正午的骄阳如明镜高悬，我心中的美
人是否也在幕帘中沐浴香兰？遥想她一定回转绣楼，剪下菖蒲浸酒而自饮自
怜。怅望中我仰望苍穹，看那一弯新月冉冉升起在东天，那清淡的月光伴随
着我，也来到这海角天边。

评析　　　　本词是端午客居怀人之作。上片从追怀昔日端午节的情事落笔，词丽境
新，颇有风情。下片描绘当地端午节的种种热闹景象与自然风光，末二句以
一弯新月照两地相思之人结束全篇，余韵悠悠。

　　　　本篇辞藻丽密，意境有些朦胧，时空变换较频繁，须仔细索解。从开
头到"往事少年依约"六句回忆往年端午节与佳人一起欢度的幸福情景。
"为当时"句转折，见眼前石榴而思当年题写榴裙之风流韵事。题写石榴
裙是借用典故，王献之所题之人是羊欣，也是男士。魏晋时期男人穿裙，
裙与后代之裙概念、形制都有区别。前者题写之举动是潇洒，是展示文人
风度。词人题写之石榴裙是为美人，是风流，是表示士人之风情。因此更
觉怀念。石榴花为联系今昔的物象。以下几句转写今日之哀景。下片先写
当地祭奠招魂之古风，暗喻自己之伤怀。"熏风"三句又暗转，由眼前之
景折思自己之恋人。"午镜澡兰帘幕"亦此亦彼，恍惚迷离。最后以怀念

远人作结。全篇处处将端午节的民俗风情、节令物候与怀人结合起来，怀人不离端午之景，写端午之景处处有怀人之情思。

风入松
吴文英

听风听雨过清明，愁草①瘗花铭②。楼前绿暗分携路，一丝柳、一寸柔情。料峭③春寒中酒，交加晓梦啼莺。　　西园日日扫林亭，依旧赏新晴。黄蜂频扑秋千索，有当时、纤手香凝。惆怅双鸳④不到，幽阶一夜苔生。

注释　①草：草写，初创。②瘗花铭：葬花词。瘗，埋葬。③料峭：形容春天的微寒。④双鸳：鞋上绣有鸳鸯，指女子鞋。此处代指女子。

译文　听着凄风苦雨之声，我独自寂寞地过着清明。掩埋好遍地的落花，我满怀忧愁地起草葬花之铭。楼前依依惜别的地方，如今已是一片浓密的绿荫。每一缕柳丝，都寄托着一分柔情。料峭的春寒中，我独自喝着闷酒，想借梦境去与佳人重逢。不料又被啼莺唤醒。　　西园的亭台和树林，每天我都派人去打扫干净，依旧到这里来欣赏新晴的美景。蜜蜂频频扑向你荡过的秋千，绳索上还有你纤手握过而留下的芳馨。我是多么惆怅伤心，盼望你的倩影总是没有信息和回音。幽静寂寥的空阶上，一夜间长出的苔藓便已青青。

评析　本词为清明怀人之作。上片将伤春念远之情融合起来，浑然无间；下片抒发痴绝之情，表现对意中人的无限思恋与盼望。情韵兼胜，风格婉曲。

关于本词的写作背景，陈洵分析得比较有道理，他说："思去姬也。此意集中屡见。《渡江云》题曰'西湖清明'，是邂逅之始，此则别后第一个清明也。'楼前绿暗分携路'，此时觉翁当仍寓西湖。风雨新晴，非一日间事。除了风雨，即是新晴，盖云我只如此度日。扫林亭，犹望其还赏，则无聊消遣。见秋千而思纤手，因蜂扑而念香凝，纯是痴望神理。'双鸳不到'，犹望其到；'一夜苔生'，踪迹全无，则惟日日惆怅而已。"(《海绡说词》) 这段话对理解本词甚有帮助，可信。正因是别后第一个清明，故思念之情刻骨铭心，且还幻想情人能再来，故思极念极。期望值越高，失望的打击也越大，精神也越痛苦。故本词以情真境新语雅而为人激赏。陈廷焯说："情深而语极纯雅，语中高境也。"(《白雨斋词话》) 还应提醒，陈洵所说"去妾"是指已故之妾，不是离去的意思。这样，过清明后，"愁草瘗花铭"就特别值得注意了，词人在送别春光的同时，在创作"葬花词"，很明显名为葬花，实际是怀念爱妾，埋葬美好，明确使用"瘗花铭"三个字，令我们联想到《红楼梦》中的黛玉葬花以及《葬花词》，都是用眼泪书写的文字，故感染力强而流传广。

莺啼序 [①]

春晚感怀

吴文英

残寒正欺病酒 [②]，掩沉香 [③] 绣户。燕来晚、飞入西城，似说春事迟暮。画船载、清明过却，晴烟冉冉吴宫 [④] 树。念羁情、游荡随风，化为轻絮。

十载西湖，傍柳系马，趁娇尘软雾。溯红渐招入仙溪，[⑤] 锦儿 [⑥] 偷寄幽素。倚银屏、春宽梦窄，断红湿、歌纨 [⑦] 金缕 [⑧]。暝堤空，轻把斜阳，总还鸥鹭。

幽兰旋老，杜若还生，水乡尚寄旅。别后访、六桥 [⑨] 无信，事往花委 [⑩]，瘗玉埋香 [⑪]，几番风雨。长波妒盼，遥山羞黛，渔灯分影春江宿。记当时、短楫桃根渡 [⑫]，青楼仿佛。临分败壁题诗，泪墨惨淡尘土。　　危亭望极，草色天涯，叹鬓侵半苎 [⑬]。暗点检、离痕欢唾，尚染鲛绡 [⑭]。輑 [⑮] 凤迷归，破鸾 [⑯] 慵舞。殷勤待写，书中长恨，蓝霞 [⑰] 辽海 [⑱] 沉过雁。漫相思、弹入哀筝柱。伤心千里江南，[⑲] 怨曲重招，断魂在否？

① 莺啼序: 词牌名。一名丰乐楼。四片二百四十字。② 病酒: 饮酒过量而不适。③ 沉香: 沉香木。著名香科。④ 吴宫: 泛指南宋宫苑。临安旧属吴地, 故云。⑤ "溯红"句: 用刘义庆《幽明录》所载刘晨, 阮肇入天台山遇仙事。⑥ 锦儿: 钱塘名妓杨爱爱的侍女。见洪遂《侍儿小名录》。此处泛指侍女。⑦ 歌纨: 歌唱时所执的纨扇。⑧ 金缕: 金缕衣。用金线刺绣的舞衣。⑨ 六桥: 杭州西湖外湖有六桥: 映波、镇澜、望山、压堤、东浦、跨虹。为苏轼所建。⑩ 花委: 花谢。委, 通"萎"。⑪ 瘗玉埋香: 指美人已逝。瘗, 埋。玉、香, 喻指美人。⑫ 桃根渡: 指离别之地。桃根是桃叶之妹, 均是王献之爱妾。⑬ 苎: 白色的苎麻。比喻白发。⑭ 鲛绡: 薄丝手帕, 传为鲛人所织丝。后泛指丝巾丝帕。⑮ 鬖: 下垂貌。⑯ 破鸾: 孤鸾。用罽宾王鸾镜事, 见卢祖皋《宴清都》注。⑰ 蓝霞: 蓝色云霞, 指天空。⑱ 辽海: 辽阔的海面, 泛指大海。⑲ "伤心"句: 《楚辞·招魂》: "目极千里兮伤春心, 魂兮归来哀江南。"此处化用其意, 悼念死者。

译文 轻微的春寒, 仿佛在欺我喝多了酒, 浑身发冷而难受, 我燃起沉香炉, 紧紧关下彩绘的门户。迟来的燕子飞进西城, 宛如在诉说春天已经迟暮。画船载酒游玩西湖, 清明就这样过去, 暗烟缭绕着吴国宫殿中的树木。我心中有千万缕羁思旅情, 随风而化作轻飞的柳絮。   我曾有十年生活在西湖, 把我的马匹拴系在岸边的柳树, 我曾经追随着芳尘香雾。沿着红花烂漫的堤岸, 我渐渐进入仙境般的去处。你叫侍儿偷偷送来情书, 把一怀芳情暗暗倾诉。在温馨幽密的银屏深处, 我们有过多少快乐和欢娱。可惜的是春长梦短, 欢乐的时光何其短促。你掺着红粉的眼泪, 沾湿了歌扇和金线刺绣的衣服。西湖的湖堤昏暝空寂, 夕阳中的西湖美景, 全都让给了那些鸥鹭。   幽兰转眼间就已老去, 新生的杜若散发着香气。我在这异地的水乡漂泊羁旅。分别后我也曾重访过六桥故地, 却再也得不到佳人的信息。往事如烟, 春花枯萎, 无情的风风雨雨, 埋葬了多少香花和美玉。你生得是那样美丽, 即使那清澈透明的水波, 也要把你的明眸妒忌; 即使那苍翠葱茏的远山, 见到你那弯弯的秀眉也要含羞躲避。江面上倒映着点点渔灯, 我与你在画船中双栖双宿。当年渡口送别的情景, 我还记得清清楚楚。你住过的妆楼依然如故, 分手时我曾在败壁题写诗句，和着泪水的墨痕已蒙上尘土，字迹惨淡而又模模糊糊。　　登上高亭我凝神骋目，只见芳草一直蔓延到天边的远处，叹息自己的一半鬓发已雪白如苎。我默默地翻检旧物。你留下的丝帕上，还带着离别时的泪痕和香唾，那是往日悲欢离合的记录。我就像垂下翅膀的孤凤迷了归路，又像失去伴侣的孤鸾懒得飞舞。我要把满心悲恨写成长长的情书，但在蓝天大海上没有鸿雁的身影，有谁来为我传达相思的情愫。只能把相思之苦寄托在哀筝的弦柱，徒自弹出满心的愁苦。千里江南处处令我伤心，你的灵魂是否就在近处，你可曾听见我这哀怨的词章，撕心裂肺，无限痛楚，如泣如诉？

评析　　本词共四片二百四十字，是最长的词调。本词抒写春晚感怀，融伤春、怀旧、悼亡于一体，情感真挚深婉。第一片以写景起兴，引出羁旅之感和忆旧怀人之情。第二片叙当年游西湖艳遇的欢乐。第三片写重游湖上而物是人非，昔游已成陈迹。第四片伤春叹老，抒发对死者的无限怀念。

　　本词伤春伤别而含悼亡之意。所悼者当是杭州之爱妾。第一片以景入，绘景如画，暗寓伤春怨别之情。歇拍处"念羁情"三句束上启下，暗转第二片对往事的回忆。第二片追溯别前情事，写初遇时的情景。极力描绘当年与恋人一见钟情，幽会欢爱的风情。"暝堤空，轻把斜阳，总还鸥鹭"三句极含蓄温婉，具有很强的暗示性。锦儿传书，恋人相约留宿。词人在寻香暖玉，当然没有心思去观赏斜阳映照的美景了。故曰"总还鸥鹭"，情景交融，可谓妙笔生花。第三片描述别后种种情事，流光飞逝，物是人非，自身羁旅，伊人已逝，空见壁间题诗，睹物感怆。侧重于悼亡。第四片总述全篇，极写相思之苦与悼亡之情。全篇情深意挚，字凝语练，结构缜密大开大阖。层次分明，是吴文英的代表作之一。陈廷焯赞本词曰："全章精粹，空绝千古。"(《白雨斋词话》)

惜黄花慢 ①

吴文英

次吴江，小泊，夜饮僧窗惜别。邦人赵簿②携小妓侑尊，连歌数阕，皆清真词。酒尽已四鼓，赋此词饯尹梅津③。

送客吴皋，正试霜④夜冷，枫落长桥。望天不尽，背城渐杳，离亭黯黯，恨水迢迢⑤。翠香零落红衣老，暮愁锁，残柳眉梢。念瘦腰、沈郎⑥旧日，曾系兰桡⑦。　　仙人风咽琼箫，⑧恨断魂送远，《九辩》⑨难招。醉鬟⑩留盼，小窗剪烛，歌云载恨，飞上银霄。素秋不解随船去，败红趁、一叶寒涛。梦翠翘⑪，怨鸿料过南谯。

注释　　① 惜黄花慢：词牌名。双调一百零八字。② 赵簿：姓赵的主簿。名未详。③ 尹梅津：名焕，字惟晓，山阴人。作者好友。④ 试霜：霜初降如试。⑤ 恨水迢迢：欧阳修《踏莎行》词："离愁渐远渐无穷，迢迢不断如春水。"此处化用其意。⑥ 沈郎：指南朝著名文士沈约。才高运蹇，形体消瘦。"沈腰"与"潘鬓"同样成为后世熟典。详见李之仪《谢池春》注。⑦ 兰桡：兰木造的船桨。此处代指精美的船。⑧ "仙人"句：用箫史，弄玉吹箫引凤典，形容歌女吹奏、演唱技艺均佳。⑨《九辩》：宋玉的代表作，此处代指哀怨的词章。⑩ 醉鬟：指歌女微醉。⑪ 翠翘：女子的一种首饰。此处代指女子。

译文　　行船到吴江，做短暂停留，夜间在寺院僧人寮舍窗前饯别。同乡人赵主簿带来一位小歌女唱歌劝酒，连唱几曲，都是周邦彦的词。喝完已到四更天，便创作此词为尹梅津送行。

我送客来到吴江的岸边，正当白霜初结寒夜萧萧，几片枯叶飘落在长桥。长空寥廓望不到天际，城头渐渐隐约缥缈。送别的长亭模模糊糊，江水如同离恨一般浩浩渺渺。翠叶枯萎红花渐渐凋谢，残败的柳叶紧锁眉梢。在苍茫的暮色中隐隐约约。别看我如今憔悴衰老，当年也曾经风流年少，在江畔拴系过兰木的船桡。　　歌女吹奏着哀怨的玉箫，怅恨纵有宋玉的才气，送友伤别的情怀也难以尽描，那种怨恨将随着友人奔赴千里迢迢。歌女深情地饮下饯行的离酒，媚眼顾盼之间情意深沉绵邈。小窗里频剪烛花，带着幽怨的高亢歌声直上云霄。无情的寒秋不知随着你的行船远去，却总是在我的心头萦绕。只有那一片衰残的红叶，在寒江中追随着船行带起的波涛。梦幻中依稀又见到那位美人，你的行船估计已过了南面的楼谯。

评析　　这是首送别词，上片写吴江送别，下片写僧舍夜宴，均采取由实入虚，因景生情之法。结构灵活荡漾，颇有特色。

　　上片前三句以写眼前实景开头，点出送客为秋天霜夜枫落之时，写送别时的凄迷景色。"望天不尽"四句用对偶形式描写船行水面离开城市越来越远的凄迷景色，有动态感，色彩黯淡，情致绵邈。歇拍五句写途中所见岸上之景物，进一步烘托离情。"念瘦腰。沈郎旧日，曾系兰桡。"三句由眼前景突然想到自己往昔的别离。转折较陡，但在情理之中。由自己的离别之苦想象友人途中的离愁，推己及人，很有人情味。下片前半追叙夜间离宴上的情景。"素秋"三句托物寄情，构思极别致，那一片寒涛中的败叶带着自己的别情随着友人的船只而去。"梦翠翘"两句再次突转，想到自己远方的情侣，我的这颗心也会随着过南楼的鸿雁而去吧！尾句化用赵嘏"乡心正无限，一雁过南楼"的诗意，但浑化无迹，巧写自己的相思。本词在上下片结尾处均由眼前送别而突然联想到自己的爱情生活或在远方的恋人，把对昔日美好的情事及对恋人思念的情怀与眼前送别的情景结合起来，既合情合理，又加深了凄婉的情调。艺术手法颇为高妙。

高阳台

落　梅

吴文英

宫粉雕痕 ①，仙云堕影，无人野水荒湾。古石埋香 ②，金沙锁骨连环 ③。

南楼不恨吹横笛④，恨晓风、千里关山。半飘零、庭上黄昏，月冷阑干。

寿阳⑤空理愁鸾，问谁调玉髓，暗补香瘢？⑥细雨归鸿，孤山⑦无限春寒。离魂难倩招清些，梦缟衣⑧、解佩⑨溪边。最愁人、啼鸟晴明，叶底清圆。

注释　　①宫粉雕痕：喻指梅花色彩将白。②古石埋香：原指美人死去。此处喻指落梅。③锁骨连环：李复言《续玄怪录·延州妇人》载，延州有妇人死而入土，西域来位胡僧说此妇女即是锁骨菩萨。众人开棺检看，见全身之骨皆连环锁状。此处借喻梅花精魂之高贵。④吹横笛：古笛曲中有《梅花落》。李白《与李郎中饮听黄鹤楼上吹笛》诗："黄鹤楼中吹玉笛，江城五月落梅花。"⑤寿阳：化用寿阳公主梅花妆事。详见欧阳修《诉衷情》注。⑥"问谁"二句：段成式《酉阳杂俎》前集卷八载："靥钿之名，盖自吴孙和邓夫人也。和宠夫人，尝醉舞如意，误伤邓颊，血流，娇婉弥苦，命太医和药，医言'得白獭髓，杂玉与琥珀屑当灭痕'。和以百金购得白獭，乃合膏。琥珀太多，及差，痕不灭，左颊有赤点如痣，视之，更益甚妍也。"此处活用该典，谓梅花落尽，无法补瘢矣。⑦孤山：在杭州西湖之滨，北宋初林逋隐居于此，遍种梅花。⑧缟衣：白衣。⑨解佩：郑交甫在江汉之滨遇二仙女，仙女解佩而赠之。见刘向《列仙传上》。

译文　　宛如宫女脂粉的残留，仿佛仙山云霓坠下的影环。一树新梅，开放在野水荒湾。古石下埋藏你芳香的遗骨，金沙滩有你的锁骨连环。南楼吹奏起《梅花落》的笛曲，声声幽咽哀怨。但我恨的是晨风吹遍了万水千山，梅花被吹得飘零片片。香气在黄昏的庭院中扩散，月光下梅花的疏影摇曳翩翩。　　寿阳公主空对宝镜愁眉不展，琥珀般的梅花已难寻见，还用什么来调和玉髓弥补脸上的痕瘢，以妆饰姣好的容颜？蒙蒙细雨中归鸿声音不断，无边无际的微微暮寒，还笼罩着种满梅花的孤山。远去的幽魂请谁出面才能招还，只能在梦境中与你在溪边相见。你穿着洁白的衣裙，解下玉佩赠给我作为留念。更令人忧愁的是，当梅雨过去而变成晴天，小鸟鸣唱在梅树间，浓密的叶片下，点点梅子已经又清又圆。

　　本词别本题作"落梅"。论者多认为有怀念去姬亡妾之意，可谓知言。上片抒写梅花飘落野水荒湾而引起的哀婉之情，下片化用寿阳公主等典故对落梅之幽香圣洁给予极高的礼赞，同时寄寓着悼念惋惜的深意。其中也寄托了伤逝怀远的感情。

　　本词历来褒贬不一，但总体来看，还不失为一首托物咏怀的好词。全篇写景用事有些晦涩，不太容易把握总的意境和脉络。这不能不说是个缺点。但若详参细思，还是可以读明白的。联系全词脉络的是感情的潜流。开头三句直接描写落梅的颜色和气质，用笔空灵。"无人"句补出背景，那仙姿绰约幽韵冷香的梅花竟飘落在阒寂无人的野水荒湾，境界清旷凄寒。"古石"两句由落写到埋，并用锁骨菩萨之典来显示梅的高贵。"南楼"以下六句续写各处梅花均飘零的情景。并用黄昏月夜的凄迷景色表现梅花飘零时的凄凉萧瑟气氛，情调低沉。下片用三个与梅花相关的典实暗喻梅花飘落瘗埋而无处寻觅，为落梅和亡妾唱出凄哀的招魂曲。结尾用梅花落尽而结出青梅这个自然现象，来表现天地终究无情而人自多感的叹惋。有很深的哲理。

高阳台

丰乐楼①分韵②得"如"字

吴文英

　　修竹凝妆，垂杨驻马，凭阑浅画成图。山色谁题？楼前有雁斜书。东风紧送斜阳下，弄旧寒、晚酒醒余。自消凝，能几花前，顿老相如③？　　伤春不在高楼上，在灯前欹枕，雨外熏炉。怕舣④游船，临流可奈清臒⑤？飞红若到西湖底，搅翠澜、总是愁鱼。莫重来、吹尽香绵⑥，泪满平芜。

　　①丰乐楼：在临安丰豫门外，原名众乐亭，后改为耸翠楼，徽宗政和年间改名丰

乐楼。理宗淳祐九年（1249）重建，扩大规模，为西湖诸楼之冠。吴文英曾在壁上大书其词《莺啼序》，一时为人所传诵。② 分韵：一种和诗、和词的方式，数人共赋一题，选定某些字为韵，用抓阄儿或指定的办法分每人韵字，然后依韵而作。③ 相如：西汉文学家司马相如。此处是作者自指。④ 舣：停船靠岸。⑤ 清臞：即清癯，清瘦。⑥ 香绵：指柳絮。

译文　　　一丛丛修长的青竹，宛如盛装的少女凝神久伫。我穿过竹林来到楼前，把马匹拴在楼前的柳树。登上高楼凭栏远眺，清丽的湖水仿佛画图。这浓墨淡彩不知出自哪家的手笔，楼前斜行飞翔的大雁，如同画面上题款的楷书。东风凄紧催送夕阳西下，阵阵晚凉将我们的酒意消除。我独自伤心感叹，在花前观赏流连还能有几度，想不到我衰老得竟是这样迅速。　　　更令我伤心的时候，并不是在高楼上登临送目，而是在灯前斜倚绣枕，旁边放着熏炉，独听窗外的雨声籁籁。我害怕泊舟堤岸，怕在清波中看见自己清瘦的面目。落花若是飞到西湖的波底，就连水中的鱼儿也会忧伤愁苦。千万不要再来这里，因为那时无情的春风会把柳絮吹得满天飘舞，像人伤心的眼泪一样落满平芜。

评析　　　本词是作者晚年旧地重游之作。上片写景，由远而近，登楼后再用大笔写意，层次井然而意境高远。下片抒发伤春感怀之情，词情极为沉咽凄楚。

　　　上片开头三句可参照译文来理解，即楼外翠竹环绕，穿过竹林，系马垂杨然后登楼，观赏楼外的湖山景色。"山色"两句，构思很别致新颖。将自然山水想象为水墨山水画，本身就很有创意，再将空中飞行的大雁想象为画面上的题款，很有诗意，也表现出大雁很远，是横向排列，好像大幅画面题写的工整的小楷，远处看不清是什么字。想象很奇妙。"东风"以下陡转，是欢宴后的景象，由欢转哀，词境凄苦。下片则越转越苦。"伤春不在高楼上"一句暗示出弦外之音是别有寄托，实质是借伤春之意透露作者内心深处无所不在的忧时伤乱的末世之感。刘永济在《微睇室说词》中析此词云："此词写登高眺远，感今伤昔，满腔悲慨。作者触景而生之情，绝非专为一己，盖有身世之感焉。以身言，则美人迟暮也；以世言，则国势日危也。大有'举目有河山之异'之叹。"末世的悲哀是深沉严酷的，时代的悲哀个人是无能为力的，尤其是文人更是无能为力。因此末世文学、遗民文学的血泪情是可以理解的。

三姝媚

过都城旧居有感

吴文英

湖山经醉惯，渍①春衫，啼痕酒痕无限。又客长安，叹断襟零袂，涴②尘谁浣。紫曲③门荒，沿败井、风摇青蔓。对语东邻，犹是曾巢，谢堂双燕④。

春梦人间须断，但怪得当年，梦缘能短⑤。绣屋秦筝，傍海棠偏爱，夜深开宴。舞歇歌沉，花未减、红颜先变。伫久河桥欲去，斜阳泪满。

注释 ①渍：沾染。②涴：为泥土所污。③紫曲：指妓女所居的坊曲。④谢堂双燕：刘禹锡《乌衣巷》诗："旧日王谢堂前燕，飞入寻常百姓家。"此处化用其意。⑤能短：这么短。能，同"恁"。

译文 那湖光山色似乎也看惯了我的醉脸，满身都是啼痕酒迹，污渍了我的春衫。我再一次客居京都临安，伤心残破污浊的衣服，再也无人缝补洗洗涮涮。热闹的街巷门径已经一片荒芜，我沿着残破的败井残垣，看到的是微风吹拂着荒草野蔓。东邻的屋里传来燕语呢喃，那是一对曾在朱门大院居住过的双燕。　　我知道人世间的欢乐非常短暂，仿佛一场短短的春梦很快就断。只怪当年，美好的梦缘竟是那样短暂。在锦绣的帷幄中弹奏秦筝，依傍着海棠花缠绵缱绻，在深夜里歌舞饮宴。如今那欢乐的歌舞早已消歇，花儿的颜色依旧未减，而人的红颜却早已改变。我伫立在河桥上不忍离去，斜阳下我辛酸的泪水已经满脸。

评析　　本词为重过旧居时的悼亡之作，是悼念其杭州亡妾的。上片描写今日重游旧地之所见，下片追忆往昔生活之欢乐幸福。在对比中突出感伤失落的情怀。

　　吴文英一生曾几度寓居临安，有爱姬，两情深笃，不幸爱姬早逝。本词便为悼念此女所写。开头三句从分别时写起，联系今昔。别时的酒痕啼痕依稀还在，正是当年悲欢离合种种情事的形象记录。"又客长安"三句语极沉痛深婉，委婉地表现出昔日爱姬对作者的体贴温存，以及词人对亡者深切的怀念。当年有人给自己缝补衣裳，有人给自己浣洗鞋袜，如今阴阳阻隔，谁还来照顾自己？因有具体生活细节便更生动感人。"紫曲"以下写重访旧居的经过和深慨。既写出物是人非之感，也婉转地写出时代之衰乱，尾句用双燕反衬词人之孤独，又引出下片对往昔双宿双飞幸福生活之回忆。"绣屋"三句一写室内欣赏音乐，一写花前携手同赏，一写夜晚宴饮交杯，无时不欢乐，无地不欢乐。最后几句折到眼前。以景写情。作者带着满襟泪痕，满眼泪花，满心酸楚在夕阳中告别故居，踟蹰彷徨，依依不舍，情境俱现，余味悠长。

八声甘州

灵岩^① 陪庾幕^② 诸公游

吴文英

　　渺空烟四远，是何年、青天坠长星。幻苍崖云树，名娃金屋^③，残霸^④宫城。箭径^⑤酸风射眼，腻水^⑥染花腥。时靸^⑦双鸳^⑧响，廊^⑨叶秋声。　　宫里吴王沉醉，倩五湖倦客^⑩，独钓醒醒。问苍波无语，华发奈山青。水涵空、阑干高处，送乱鸦、斜日落渔汀。连呼酒，上琴台^⑪去，秋与云平。

注释　　①灵岩：山名，在江苏省苏州市西南的木渎镇西北，上面有春秋时吴国遗迹。山顶有灵岩寺，相传为吴王夫差所建馆娃宫遗址。②庾幕：指提举常平仓官衙中的幕僚。
③名娃金屋：名娃：指西施。指吴王夫差为西施筑馆娃宫事。④残霸：指夫差先后曾
破越败齐，争霸中原。后为越国所败，身死国灭，霸业未终，故曰残霸。⑤箭径：即
采香径。范成大《吴郡卷》卷八古迹条："采香径在香山之旁，小溪也。吴王种香于香
山，使美人泛舟于溪以采香。今自灵岩望之，一水直如矢，故俗又名箭径。"⑥腻水：
语出杜牧《阿房宫赋》："滑流涨腻，弃脂水也。"《古今词话》："吴宫香水溪，俗云西施
浴处，人呼为脂粉塘。吴王宫人灌妆于此。"⑦靸：无跟拖鞋。⑧双鸳：鸳鸯履，指女鞋。
⑨廊：指响屧廊。《吴郡志》卷八古迹条："响屧廊在灵岩山寺。相传吴王令西施辈步屧，
廊虚而响，故名。"⑩五湖倦客：指越国谋臣范蠡。相传他协助越王勾践灭吴后，带着
西施游于五湖。⑪琴台：春秋时吴国遗迹，在灵岩山西北绝顶。

译文　　　纵目眺望四方，长空万里，云烟渺茫迷蒙。不知是何年何月，青天坠下
长星。幻化出苍崖古树，幻化出美人宫廷，幻化出气壮山河的霸业英雄。灵
岩山前的采香径笔直如箭，凄冷的秋风刺人眼睛。流水中漂流着化妆的脂粉，
沾染得岸上的花果都有香腥。耳边仿佛传来阵阵清脆的声响，不知是美人穿
着木屧走在响廊的余音，还是风吹秋叶发出的凄凉之声。　　　深宫中吴王沉
醉于酒色，以亡国亡身的悲剧留下话柄。只有头脑清醒的范蠡，悠然在太湖
上垂下钓丝，他把天下大事和人生看得分外清明，他才真正做到了身退功成。
我想询问苍茫的水波，到底是什么力量主宰着历史的衰亡盛兴。苍波似乎也
不知道如何回答，静静流淌而默默无声。我愁苦无奈而满头白发，连绵的群
山没有情意，依旧苍翠青青。江水浩瀚包涵着无垠的长空。我凭倚高栏鸟瞰
远景，只见纷乱的几只乌鸦，在夕阳的斜晖中落下凄凉的洲汀。我连声呼唤
把酒取来，快快登上琴台，去观赏秋光与云霄齐平的美景。

评析　　　本词是作者在苏州游灵岩山时所作。通过吴王荒淫误国的古事，抒发历
史兴亡之慨，寄寓着对时政的深深忧虑。意境高远雄浑，结构纵横开阖，格
调高雅清丽，是咏怀古迹的佳什。

　　　起句不凡，直接写登高所见之苍茫景色。为全词定下基调。"是何年"

两句扣合灵岩传说来写，切题。"幻苍崖云树"三句奇绝妙绝。"幻"属单字领起，直接统以下三句，间接笼盖全篇。三句中又包含自然景物和社会历史两层。由此而引出对吴国兴衰的缅怀与追忆。"箭径"以下四句扣合吴王当年史事来写，虚实相映，真幻相生。下片承前点人，"宫里吴王沉醉"语率意深。沉醉者，不仅女色，而且包含着对整个时局和形势的愚昧无知，完全被表面繁荣强大的假象所蒙蔽，本来已内忧外患重重，却偏要洋洋陶醉于歌舞升平之中。春秋时期的吴王在沉醉，如今的当政者又如何呢？弦外之音，读者自可体会。"倩五湖倦客，独钓醒醒"有以范蠡自喻之义。"问苍波"六句自抒老大无成，回天乏力之叹，寓情于景。与开篇几句相呼应。末尾三句以景结情，感情激越而貌似平和，极深婉有情韵。从全篇看，借吴王沉醉失国暗示北宋失国之痛，且对当时当政者不思振作而照旧歌舞湖山的昏聩腐朽行为深恶痛绝。作者身为一位文人，对时政相当清醒，而清醒的结果只能是极大的愤慨和无可奈何的灵魂深处的巨大悲痛而已。长歌当哭，悲哉，吴文英；哀哉，中国古代文人。

踏莎行

吴文英

润玉笼绡，檀樱①倚扇，绣圈②犹带脂香浅。榴心空叠舞裙红，艾枝③应压愁鬟乱。　午梦千山，窗阴一箭，香瘢新褪红丝腕。隔江人在雨声中，晚风菰④叶生秋怨。

注释　①檀樱：浅红色的樱桃小口。檀，浅红色。②绣圈：绣花圈饰。③艾枝：端午节用艾叶做成虎形，或剪彩绢为小虎，粘艾叶以戴。见《荆楚岁时记》。④菰：水生植物，茎一称茭白，可做菜，籽实可食。

译文　　　肌肤柔润如同白玉，罩着薄薄透明的纱衣。浅红的樱桃小口，用罗绢团扇轻轻遮蔽。丝绣的花环还带着淡淡的脂粉香气。大红色的舞裙上，石榴花的花纹重重叠起，斜插着的艾枝轻压舞乱的发髻。　　午梦迷离，醒来时梦中的景象已隔千山万里，只见窗前的月影不断东移，光阴像箭一样迅速飞逝。手腕上红丝线勒出的印痕刚刚褪去。江面上雨声渐沥，却无法望到思念中的你。只有萧萧的晚风吹着菰叶，那况味简直就像已经到了秋季。

评析　　　本篇是作者端午节感梦之作。上片写梦中所见舞女舞后睡态的娇美，下片写梦醒后所感到的孤独凄凉。

　　　上片虚景实写，本是梦中所见，但对美人容颜的娇美，扣紧端午风俗节候写其装束、丰姿、神态，刻画得十分生动逼真，使人觉得所赋仿佛就是眼前实景。"换头点睛，却只一梦，惟有雨声菰叶，伴人凄凉耳。"（陈洵《海绡说词》）下片之妙，在于结尾两句，把醒后所闻所见只是风声雨声的情境表现出来。"生秋怨"三字为主体感受，写其凄凉冷寂的心境，与上片梦境中的美人温馨形成鲜明的对比，有力地突出了孤独索寞的凄苦心境。抒情效果极佳。

瑞鹤仙

吴文英

晴丝①牵绪乱，对苍江斜日，花飞人远。垂杨暗吴苑②，正旗亭③烟冷，河桥风暖。兰情蕙盼④，惹相思、春根酒畔。又争知、吟骨萦消，渐把旧衫重剪。

凄断流红千浪，缺月孤楼，总难留燕。歌尘凝扇，待凭信，拼⑤分钿。试挑灯欲写，还依不忍，笺幅偷和泪卷。寄残云剩雨蓬莱⑥，也应梦见。

注释　　　①晴丝：春夏乖节，天晴无风时在空中飘荡的一些昆虫吐的丝，谐音双关为"情思"。②吴苑：指春秋时吴王阖闾所建宫苑，在苏州。③旗亭：酒楼。④兰情蕙盼：

形容伊人仪态清幽，眼波传情。周邦彦《拜星月慢》词："水盼兰情，总平生稀见。"
⑤拼：甘愿，不惜。分钿，即分钗，表示男女分别。⑥蓬莱：传说中的海上三仙山之一，此处指恋人住所。

译文　　袅袅晴丝在空中轻盈飘转，牵引招惹我的思绪纷乱。更何况对着沧江日晚，伊人就像片片落红一般，随着春风飘得非常遥远。垂杨浓荫幽暗，遮掩着古老的吴国宫苑。记得是那一年的寒食节，酒楼里也没有了炊烟，河桥上春风和暖。你那美丽的秀目秋波流转，情意无限。在暮春时节里摆起酒宴，那种温馨幸福的情景，惹得我相思不断。你怎能知道爱吟诗篇的我，如今瘦得如此可怜，以至把旧日的春衫，一次一次地往瘦里重新裁剪。　　我凄然魂断，眼看着千重水波把落花流卷。缺月挂在楼外，我无法留住一定要飞走的小燕。只有她曾经用过的小扇，任凭时光流逝，尘土盖满，依旧珍藏在我的身边。我想要写上一封书信，和她永远分手断绝情缘。多少次把灯光挑亮提起笔管，可怎么也不忍心把信写完。又含着眼泪把信笺暗暗收卷。但愿我的魂魄，能够飞到蓬莱仙山，在幽渺的梦境中去与她相见。

评析　　本词为怀念苏州去妾而作。妾为何离他而去，不得而知。但从本词及相关各词来看，是妾主动离开作者的。上片由景入情，抒写对伊人的思恋，以往日之温馨幸福衬托今日的憔悴凄苦。下片意脉承上，倾诉爱妾离自己而去，想要与之断绝情爱而又割舍不得的复杂心态，心理刻画极细腻生动。

　　开篇以景起，以晴丝之乱喻愁绪之乱。"沧江斜日"点地点时。"花飞人远"点事，统摄全篇。其情正是为暮春怀人而发。"垂杨"三句继续写景，关合今昔。"兰情"三句写当年与爱妾在一起的幸福情景。"又争知"三句折回到现实。"渐把旧衫重剪"与腰带渐宽同义，但换种说法，既有生活实感，又感觉造语新奇清丽。下片开头"凄断"二字括上启下，此调一般均用此法。"流红"三句暗示性极强，带有叙事性，"流红"写暮春，暗承"花飞"，"缺月孤楼"喻爱妾已去，月不成圆，楼中不成双。"总难留燕"，暗示妾离自己而去，无法挽留，像燕子欲归而无法留一样，意念上暗承"人远"，申足前意。"歌尘凝扇"写睹物思人，"待凭信"以下五句写自己的复杂心态，想通过写信与之断绝关系，但矛盾重重，终究下不了决心，最后还是信纸卷起来。描状生活细节如在目前，极为生动逼真，情真词切，甚妙。最后则托之梦境，表现其一往情深。全篇写景疏淡，抒情婉转真挚，颇为感人。

鹧鸪天

化度寺^①作

吴文英

池上红衣伴倚栏，栖鸦常带夕阳还。殷云度雨疏桐落，明月生凉宝扇闲。乡梦窄，水天宽，小窗愁黛淡秋山。吴鸿好为传归信，杨柳阊门^②屋数间。

注释 ①化度寺：寺院名。《杭州府志》："化度寺在仁和县北江涨桥，原名'水云'，宋治平二年（1065）改。"②阊门：苏州城西门。

译文 水池上的朵朵红莲，好像陪伴我独倚栏杆。在附近栖息的乌鸦，都披着夕阳从远处飞还。刚刚过去一阵阴云小雨，萧疏的梧桐又飘落了几个叶片。明月已露出秋天的凉意，用来驱暑的宝扇开始放置一边。　　归乡的梦境总是短得可怜，碧水蓝天却宽阔无边，我凭倚着小窗极目远眺，远处淡淡的秋山，也如同美人皱眉一样含着幽怨。飞往吴地的大雁啊，请你给我传达一下思归的心愿。阊门外杨柳荫下的几间小屋，惹得我魂牵梦萦，每时每刻都在深深思念。

评析 本词是羁旅思乡之词。上片描绘夏秋之交的景物变化，暗寓孤独思归之情。下片以情带景，情景相生。结拍直抒盼归之情，神飞词外。小词清婉绵邈，充满了诗情画意。

起句写独自倚栏，红莲相伴。以美景衬孤情。"栖鸦常带夕阳还"是见乌鸦傍晚则归巢栖息，而自己有乡而不得返。其思乡之情于此可见。释此词者多引王昌龄《长信秋词》"玉颜不及寒鸦色，犹带昭阳日影来"解释疏证，实嫌拘滞附会。这里的栖鸦夕阳与王诗实在没什么关系。"殷云"两句用"风雨落疏桐，凉月生微寒"的凄清景象衬自己心境之凉，也含有秋之将至而思归不得之惆怅。同时，由夕阳而至月升，暗示出时间的流程，点明其伫立凝望之久。下片"小窗愁黛淡秋山"一句很含蓄有韵致，引人遐思。暗含着所思念的美人黛眉因愁而不描，比秋山还淡之意。晚唐五代词描写女子之眉式多用山字，如"小山眉""远山眉""春山眉"，却从未见"秋山"，故本句词形神兼备，空灵疏隽。尾句对故园的白描具体点出所思之地。画面生动，尤其表现出思念之情深。

夜游宫

吴文英

人去西楼雁杳，叙别梦、扬州一觉①。云淡星疏楚山晓，听啼乌，立河桥，话未了。　　雨外蛩声早，细织就、霜丝②多少？说与萧娘③未知道，向长安，对秋灯，几人老④？

注释　　① 扬州一觉：杜牧《遣怀》诗："十年一觉扬州梦，赢得青楼薄幸名。"此处只用其字面。② 霜丝：指白发。③ 萧娘：所爱女子之泛称。见周邦彦《夜游宫》注。④ 几人老："人几老"的倒装。

译文　　人去后西楼空空，鸿雁远翔也没有了踪影。畅叙别情的情景进入虚幻的梦境，我和你站立在河桥上，倾诉着离别后的相思深情。我们的悄悄话还没有说完，却被乌啼声惊醒。只见外面云淡星稀，天色刚刚拂晓，楚山也迷蒙不清。　　窗外的秋雨潇潇不停，夹杂着蟋蟀的哀鸣，仿佛是织布机梭来往穿行，织出我满头白发如同繁星。这种凄苦的境况，即使告诉我的情人，恐怕她也难以体会我现在的心情。我凝神遥望京师，独对着一盏萤豆青灯，怎能不百愁俱生，那丝丝白发，怎能不再添上几茎？

评析　　本词是记梦怀人之作。上片写梦中所见，虚处实写，颇有情致。下片写梦后的相思，词清调苦。

上片开头三句所写是梦境，并点出梦中叙别，因此可以理解为是过去情景的再现，虚实相映。"云淡星疏"四句，结构上有倒装。"听啼乌"三字本来应在最后，实际是二人站立河桥上依依话别时，话还未说完，便被乌鸦的叫声惊醒。但作者将其放在中间，不仅仅是用韵的需要，而且可以加重埋怨、遗憾的语气，也使句法变化生动，词意曲折，增加了趣味性。而"云淡星疏楚山晓"的景色也是梦境中的背景，也可以理解为梦刚醒未醒透时的恍惚迷离的精神状态，但肯定不是实景。下片所写为现境，有雨则无星，且蟋蟀鸣叫，面对秋灯都是深夜之情境而非黎明拂晓时应有之境界。吴文英之词确实有些晦涩，影响了传播和艺术成就。

贺新郎

陪履斋[①]先生沧浪[②]看梅

吴文英

乔木生云气，访中兴、英雄陈迹，暗追前事。战舰[③]东风悭借便，梦断神州故里。旋小筑、吴宫闲地，华表[④]月明归夜鹤，叹当时、花竹今如此，枝上露，溅清泪。　　遨头[⑤]小簇行春队，步苍苔、寻幽别墅，问梅开未？重唱梅边新度曲，催发寒梢冻蕊。此心与东君[⑥]同意，后不如今今非昔，两无言、相对沧浪水，怀此恨，寄残醉。

注释　　① 履斋：吴潜，字毅夫，号履斋，淳祐中为相，封庆国公。吴文英曾为其幕僚。

② 沧浪: 亭名, 在今苏州市南。南宋时曾为韩世忠别墅。③ 战舰: 化用杜牧《赤壁》诗: "东风不与周郎便, 铜雀春深锁二乔" 句意。韩世忠于高宗建炎四年(1130)率八千兵士, 驾海船在镇江截住后退的金兵, 取得黄天荡大捷。但后来被投降派压抑, 抗金大业无成。④ 华表: 用辽东东人丁令威化鹤归乡之事, 详见王安石《千秋岁引》注。⑤ 邀头: 指太守。《成都记》载, 宋时成都正月至四月浣花, 太守出游, 士女纵观, 称太守为 "邀头"。吴潜此时知平江府, 故称。⑥ 东君: 本义指司春之神, 此处兼指吴潜。

译文　　高大的树木吞吐着云气, 为了瞻仰中兴英雄的业绩, 追思前朝的旧事, 我们共同来到这里。当年的东风该是多么吝惜, 不肯让将军的战舰借一点儿力。致使抗金大业功亏一篑, 将军收复中原的大志, 也如同梦境般虚幻迷离。只好含恨退栖故里, 在吴宫旧址起休闲的台池。如果他能化成仙鹤飞归这里, 一定会深深叹息, 从前繁茂的花竹, 如今却如此萧条冷寂。枝头花梢上清露点点, 仿佛凝固着无数的泪滴。　　吴太守领着游春的队伍, 沿着长满青苔的小径石梯, 去寻找将军旧日别墅的遗迹, 看一看那里的梅花开未? 在梅树边我们重唱新度的词曲, 要用歌声把沉睡的梅蕊唤起, 再把美丽的春光带回大地。我此时的心情, 与春风和使君相同无异。如今的情景不如往昔, 以后的岁月恐怕连今天也不及。对着沧浪亭下的流水, 我们俩默默无语, 只能满怀悲恨和忧悒, 把酒杯频频举起。

评析　　本篇属咏怀古迹之作, 抒发了作者感时伤世的深慨。全词主题是怀念抗金名将韩世忠并感及时事。上片从走访英雄沧浪亭别墅写起, 赞其英雄伟绩, 惜其功业无成, 重在怀古。下片从看梅写起, 隐含希望当政者奋发有为而不得, 只好借酒浇愁的幽愤。全词悲慨低沉, 是其忧国忧时的名作。从结构看, "前阕沧浪起, 看梅结; 后阕看梅起, 沧浪结, 章法一丝不走"。(陈洵《海绡说词》)

　　吴文英是婉约词人, 内容多绮罗香泽, 语言多镂金刻翠。但本篇却写得疏隽而有豪气, 慷慨悲歌, 低回幽咽, 充满了爱国忧时之情。况周颐《香海棠馆词话》说吴文英 "与东坡、稼轩诸公, 实殊流而同源", 所指即属这类作品。本词起笔突兀，有一种郁勃之气，对往日的英雄有赞美之意，对社会现状则有怨愤之情，感情很复杂。"战舰"二句为上片词眼。周瑜借助东风之力火烧赤壁大败曹操，奠定江东基业。此处的"东风"不只是孔明借来的自然界的东风，而更深的含义则是人事的东风、社会的东风，即得到当政者的倾心支持。试想，若非孙权敢于起用年轻的周瑜委以重任，坚信不疑，一百个周瑜也将无所事事矣。而韩世忠缺少的正是这样的社会环境。宋高宗昏庸软弱，畏敌如虎，秦桧里通外国，一味投降，害死岳飞，迫使韩世忠归隐乡间，而使其收复中原的宏志化为泡影，使其无法回到陕北故乡，只能郁郁而终。这样的名将却这样被投闲置散而死，悲夫！中国封建专制制度乃扼杀贤能之罪恶的渊薮，悲夫！"华表"以下写景，以景托情。下片折回现实，写寻梅看梅。"催发寒梢冻蕊"有双关意，既指自然界之梅花，又隐含希望当权者再度振作奋发，创造一个好一点儿的社会环境，创造一个社会生活的春天。"此心"句主要指吴潜与自己的心情完全相同。"后不如今今非昔"充满了感伤甚至绝望的情味，使全词凄绝低沉，没有辛弃疾词中的悲壮。但吴文英生活年代又晚于稼轩，国势衰颓，故其哀婉绝望的情绪也可以理解。

唐多令

吴文英

何处合成愁？离人心上秋[1]，纵芭蕉、不雨也飕飕[2]。都道晚凉天气好，有明月、怕登楼。　　年事梦中休，花空烟水流，燕辞归、客尚淹留。[3]垂柳不萦裙带住，漫长是、系行舟。

注释　　①心上秋：合起来正是"愁"字，属于拆字法。②飕飕：风雨声。此处指风吹蕉叶之声。③"燕辞归"句：曹丕《燕歌行》："群燕辞归鹄南翔，念君客游多思肠。慊慊思归恋故乡，君何淹留寄他方。"此处化用其意。客，作者自指。

译文　　怎样合成一个"愁"，是离人的心上加个秋。纵然是秋雨停歇之后，风吹芭蕉的叶片，也是冷气飕飕。都说是晚凉时的天气最好，可我就是害怕登上高楼，那明月光下的冷清景色，更会令我产生忧愁。　　往年的情事如梦境一般一去悠悠，就像是花飞花谢，就像是烟波滚滚东流。群燕已飞回南方的故乡，只有我这客子还在异地淹留。丝丝垂柳不能系住她的裙带，却牢牢地拴住了我的行舟。

评析　　本词别本题作"惜别"。是秋季怀人之作，所怀者是位女性无疑。全词以明快的语言抒写游子悲秋之感和离情别绪，不用丽词奥典，不涂浓墨重彩，接近民歌风格。

　　上片开头两句用拆字法，婉抒离别后的秋怀。有人批评其近文字游戏，似过于苛刻。"心上秋"前加"离人"二字，准确地表现出离人的心怕到秋天，遇秋则成愁的意韵。偶一为之，未尝不可。且与情境妙合，应予肯定。"纵芭蕉"以下至歇拍以天好而不忍登楼的违反常规的行为暗示内心的愁苦。下片开头两句承前，抒韶光空逝之慨。"燕辞归"两句以燕可还乡而自己不能，侧重写思乡。"垂柳"二句写恋人别己而去而自己不能离开，侧重写怀人。在异地客居，又没恋人在身旁，是双重的忧伤。全词意脉清晰，语言明快，在梦窗词中别具一格。

黄孝迈／生平不详

字德夫，号雪舟。有《雪舟长短句》。

湘春夜月①

黄孝迈

近清明，翠禽枝上消魂。可惜一片清歌，都付与黄昏。欲共柳花低诉，怕柳花轻薄，不解伤春。念楚乡旅宿，柔情别绪，谁与温存？　　空尊夜泣，青山不语，残照当门。翠玉楼前，惟是有、一陂湘水，摇荡湘云。天长梦短，问甚时、重见桃根②？者次第③，算人间、没个并刀，剪断心上愁痕。

注释　　① 湘春夜月：词牌名。黄孝迈自度曲。双调一百零二字。② 桃根：王献之爱妾名，桃叶之妹。此处代指情人。③ 者次第：这情形。者，通"这"。

译文　　临近清明时分，枝头上翠鸟的叫声凄婉动人。可惜这一片清音，都付与寂寞的黄昏。想要对柳花低述衷曲，又怕柳花轻薄，不懂得人的伤春之心。我独自漂泊在南国楚乡，满怀都是柔情别恨，有谁能给我一点点儿温存？　　空空的酒杯仿佛在为我哭泣，青山无语宛如也是在为我默默伤心，一缕残阳斜照着院门。在华丽的楼前，只有那一池悠悠的湘水，倒映着悠悠轻荡的湘云。无聊的白日是那样漫长，梦境却短得可怜。请问苍天，到底什么时候我才能见到恋人？这情景真令人揪心。就算找遍整个人间，也没有任何一个并州的刀剪，可以剪断我心中的千丝万缕的、无端无绪的幽怨与愁恨。

评析　　本词抒写伤春怀人之情，寄寓着国事日非，无人可以告语之叹。上片写客居他乡而逢清明，感到寂寞孤独。下片用移情、以景托情、直接抒情等手段抒发对恋人的极度相思之情。清词丽句如珍珠成串，令人赏心悦目。

上片以景起，有声有形，扣合清明节令。"欲共"三句构思奇巧，极力渲染无人可语的孤寂情怀，意境鲜明。歇拍三句则直抒胸臆，申足前意。下片开头三句用移情手法，"空尊夜泣，青山不语"，皆由人的感觉而生。感情很强烈真挚。"翠玉楼前，惟是有、一陂湘水，摇荡湘云"几句以清静溟漾的云光水影烘托自己恍惚的心境，清妙绝伦，传为佳句。以下则再次直抒胸臆，但并不直白浅露，反而觉得含蓄多味。"者次第，算人间、没个并刀，剪断心上愁痕"翻用李煜"剪不断，理还乱"之意，但很巧妙地融入自己词境之中。全篇词清调苦，确是一篇好词。万树论此词云："此调他无作者，想雪舟自度。风度婉秀，真佳词也。"（《词律》）

潘希白／生卒年不详

字怀古，号渔庄，永嘉（今属浙江）人。理宗宝祐元年（1253）进士，干办临安府节制司公事。《全宋词》录其词一首。

大 有①

九 日

潘希白

戏马台②前，采花篱下，③问岁华④、还是重九。恰归来、南山翠色依旧。帘栊昨夜听风雨，都不似、登临时候。一片宋玉⑤情怀，十分卫郎⑥清瘦。

红萸⑦佩，空对酒。砧杵动微寒，暗欺罗袖。秋已无多，早是败荷衰柳。强整帽檐欹侧，曾经向、天涯搔首。几回忆、故国莼鲈⑧，霜前雁后。

注释　①大有：词牌名。双调九十九字。②戏马台：即项羽掠马台，当年项羽在此处阅兵。在江苏省徐州市南。南朝宋武帝刘裕曾于重阳节在此大会宾僚，并赋诗。此处借用非实指。③"采花"句：陶渊明《饮酒》其五："采菊东篱下，悠然见南山。"④岁华：犹言岁时，季节。⑤宋玉：战国后期楚国文士，传说是屈原学生。代表作《九辩》，以悲秋著称。⑥卫郎：指晋人卫玠。其貌神异，很有风度，有璧人之称。患有羸疾，二十七岁时病死。⑦红萸：即茱萸。⑧故国莼鲈：用张翰事，见辛弃疾《水龙吟》注。

译文　　　古老的戏马台前，当年重九，北伐名将刘裕曾在那里举行盛宴，犒赏在北伐中建立军功的兵官。那位弃官归隐的陶潜，当年的重九就在东篱下采菊遥望南山，神态潇洒闲适而悠然。我伤心地询问到了什么季节，才知又是重阳佳节这一天。归来时，南山一片苍翠的晚霞，那色彩也很美丽绚烂。昨夜在窗下听着风雨交加，却不像登临时候的风景如画。我像宋玉一样因为悲秋而愁苦郁闷，又像卫玠一般为忧时而清瘦潇洒。　　我独自佩戴着茱萸，无聊地空对着一杯清酒。捣衣的砧杵声带着丝丝寒意，暗自觉得寒气在侵逼衣袖。秋天已没有多少时候，早已是满目的残荷衰柳。我勉强整理一下倾斜的帽檐，向着远方连连搔首。我多少次忆念起故乡的风物，莼菜和鲈鱼的味道最美，那是在霜冻之前，鸿雁归后。

评析　　　本词抒写重阳节时伤秋思归的意绪。满篇衰飒之气，有悯时伤世之慨。上片写悲秋之情，下片抒思乡之感。

　　上片前六句连用两个与重阳节相关的典故，婉抒内心之怅触。将两典释清，全词之意脉便可理顺。"戏马台前"用南朝宋武帝北伐事。东晋末年，刘裕曾统率大军北伐，一度破南燕，占领华北大部分地区，也曾收复过洛阳和长安。南宋时期，基本上是投降派占上风，主战派受压。虽然也有过短时的战局，但都是雷声大、雨点小，或所用非人，或遇挫则退。一次大的胜仗也未打过。所以，坚决主张北伐并取得过辉煌战绩的刘裕便成了南宋爱国文人心向往之的楷模。辛弃疾便不止一次在词中歌颂过此人。"采花篱下"用陶渊明毅然归隐而在重阳日采菊之事。前一典故志在提倡北伐，振兴国威，收复中原，重整河山。后一典故则因不得志而归隐。一入世、一退隐，看似矛盾，实则正是南宋时期许多文人矛盾心态的真实反映。把握住这一点，便可顺利理解此词了。"帘栊昨夜听风雨，都不似、登临时候"，两句有弦外之音，有衰世难以挽回之意。下片开头两句切合重九来写，"空对酒"，写其心情极度的忧郁感伤。"秋已无多，早是败荷衰柳"与上片"都不似、登临时候"相呼应，写出国势每况愈下的深愁。与辛弃疾《摸鱼儿》中的诗句"斜阳正在，烟柳断肠处"意境相仿。全词情调凄绝，透露出一种末世的哀伤情怀。

黄公绍／生卒年不详

字直翁，邵武（今属福建）人，咸淳元年（1265）进士。隐居樵溪，有《在轩集》，存词三十首。

青玉案

黄公绍

　　年年社日停针线[①]，怎忍见、双飞燕？今日江城春已半，一身犹在，乱山深处，寂寞溪桥畔。　　春衫着破谁针线？点点行行泪痕满。落日解鞍芳草岸，花无人戴，酒无人劝，醉也无人管。

注释　　① 停针线：张邦基《墨庄漫录》云："今人家闺房，遇春秋社日，不用针线，谓之忌作。"

译文　　年年的社日，妇女们就停止针线。我孤孤单单，不忍心看成双成对飞回的春燕。如今,江城的春天已过去一半,我依旧孑然一身,独宿在这乱山深处,徘徊在这寂寞的桥畔。　有谁来为我缝补穿破的春衫?那上面点点行行,已被伤心的泪水沾满。在落日的余晖中我解下马鞍,歇息在芳草萋萋的岸边。真是可悲又可怜,鲜艳的花儿无人来赏,喝酒也无人相陪相劝,喝醉了更是没人来照管。

评析　　本词抒写游子春日的思亲之情。上片写社日羁旅的孤单,下片抒写强烈的思乡思亲情怀。意境鲜明,词语婉丽,结尾四句妙语连珠,洵为警策。

　　开篇三句点时令并抒情,统摄全篇。"年年社日停针线"并为后文伏笔。时则社日,情则思亲。"今日江城"四句描写自己独自在外地漂泊的苦况。下片开头两句只用生活小事来抒写思亲之切,并与开头"年年社日停针线"遥相呼应,加强孤苦境况的渲染,需要体会方知。开篇即说"停针线",如果没有过片首句勾连,则意义不大,就是表现民俗而已,如果与下片联系在一起,则意蕴很深。"停针线"是节日习俗,而"春衫着破谁针线"的意思是说即使不停针线,也没有人给我缝补一下穿破的春衫,因此才会"泪痕满"。换言之,衣衫破无人补才是悲哀流泪之关键。结尾四句一气呵成,语极浅而情极浓,是抒情名句。贺裳在《皱水轩词筌》中评这几句云:"语淡而情浓,事浅而言深,真得词家三昧,非鄙俚朴陋者可冒。"

朱嗣发／**1234—1304**

字士荣,号雪崖,乌程(今浙江湖州)人。宋亡前,居家奉亲。宋亡不仕。

摸鱼儿

朱嗣发

对西风、鬟摇烟碧，参差前事流水。紫丝罗带鸳鸯结①，的的②镜盟③钗誓④。浑不记，漫手织回文⑤，几度欲心碎。安花着叶，奈雨覆云翻，情宽分窄，石上玉簪脆。⑥　朱楼外，愁压空云欲坠，月痕犹照无寐。阴晴也只随天意，枉了玉消香碎。君且醉，君不见、长门⑦青草春风泪。一时左计，悔不早荆钗⑧，暮天修竹⑨，头白倚寒翠。

注释　①鸳鸯结：即同心结，古代用罗带编织成菱形连环回文结，表示恩爱。②的的：明白，清清楚楚。③镜盟：用乐昌公主事。孟棨《本事诗·情感》载，南朝陈太子舍人徐德言娶陈后主妹乐昌公主为妻。陈衰，德言谓妻曰："君之才容，国亡必入权豪之家。"便破镜各执其半，相约在他年正月十五卖于都市以通信息。陈国灭亡，公主被杨素所得。徐德言依期至京，在市上见有老仆卖半镜，正是乐昌公主之物，便拿出自己的半镜与之相合，并题《破镜诗》一首。公主见诗，悲泣不食。杨素知此事，召来徐德言，还其妻室，使破镜重圆。④钗誓：陈鸿《长恨歌传》载，唐玄宗与杨贵妃定情之夕，赠金钗钿合为信物，愿世世为夫妻。⑤回文：用苏惠织绵回文诗事，见柳永《曲玉管》注。⑥"石上"句：白居易《井底引银瓶》诗："井底引银瓶，银瓶欲上丝绳绝。石上磨玉簪，玉簪欲成中央折。瓶沉簪折知奈何？似妾今朝与君别。"⑦长门：即长门宫。汉武帝陈皇后失宠后所居之冷宫。⑧荆钗：以荆木枝为头钗，指贫寡妇人之装饰。⑨暮天修竹：杜甫《佳人》诗："天寒翠袖薄，日暮倚修竹。"

译文　西风吹拂着云雾般的发鬟，思量着往昔的情事，如同流水般一去不还。当初我们曾经用紫丝的罗带打成鸳鸯结，那些海誓山盟还清清楚楚地刻印在我的心间。但他完全不记得这些温情缱绻，我枉自花费心血织成璇玑回文图，再也无法使他回心转意。不知有多少次，我的心都仿佛碎了一般。在花蒂上安插枯萎的花朵真是枉然。怎奈雨覆云翻，我对他的感情太深而缘分太浅，宛如在石上打磨碧玉簪，无论怎样小心也最容易折断。　红色的楼阁之外，忧愁压着低空的云沉沉昏暗，月光淡淡，好像偏偏照我深夜无眠。无论是阴晴聚散，只能随顺上天的安排和意愿。枉自为相思而憔悴消瘦，如此忧愁又是为了哪般？姑且在醉酒中暂时把忧愁消遣，你难道没有看见，长门宫中青草蔓延，春风中陈皇后泣涕涟涟？一时糊涂而贻误了半生，后悔不如早戴荆钗把夫君陪伴。如今只能在暮色中独倚修竹，直到满头白发的晚年。

评析　　这是一首弃妇诗。显然受到白居易《井底引银瓶》诗很大影响。白诗重在叙事，本词重在抒情。上片叙述女子对往事的怀恋，对情人的变心微露责备之意。下片描绘被弃后凄凉孤寂的生活情景，并引陈皇后以自解，末几句抒写悔恨之情。这是个逆来顺受、比较软弱的女性。或云本词有所寄托，似有此情味。但因对作者生平缺乏较详细的了解，故不敢妄言。但词中有作者自身遭际及主体性格存在，则是不当怀疑的。

　　开头三句写女主人公对着萧瑟秋风满面愁容，风吹发乱不整的形象。"紫丝"以下几句写她的心理活动，她回忆着如流水般逝去的美好的往事，吞食着爱情幻灭的苦果。"安花着叶"的比喻很贴切奇妙，已经脱落的花朵是无法再安上去的，已经破灭的爱情是无法恢复原样的，即便勉强凑合也没有真正的幸福。下片开头两句遥应上片首三句，为女子凭栏之所见，以景托情。"月痕"句暗示深夜无眠，表现女子相思情重。末尾三句词意有些晦涩。多解释为后悔相爱而成弃妇，不如不嫁而为贞女。从"悔不早荆钗"句看，当是后悔不如早些嫁一个平民百姓，尚可相伴白发。如今攀高结贵，反倒被人所弃，只好独守其身了，贵家的弃妇，被废的皇后远不如平民的妻子幸福，从"长门"之典的引用似乎也可体会出这层意味。所以李商隐才说："如何四纪为天子，不及卢家有莫愁。"（《马嵬》）另外，如果从陈皇后典故的引用以及"一时左计"一语来看，可能这位弃妇被抛弃自己也有一定的责任，但具体情况如何难以考证，故无法指实。

刘辰翁 / **1230—1297**

字会孟，号须溪，吉州庐陵（今江西吉安）人。少登陆九渊门，补太学生。景定二年（1262）廷试对策忤贾似道，置丙第。入元不仕。词近稼轩。有《须溪集》《须溪词》。

兰陵王

丙子送春

刘辰翁

送春去，春去人间无路，秋千外、芳草连天，谁遣风沙暗南浦。依依甚意绪？漫忆海门飞絮①。乱鸦过、斗转城荒，②不见来时试灯③处。　春去谁最苦？但箭雁沉边④，梁燕无主，杜鹃声里长门⑤暮。想玉树凋土⑥，泪盘如露⑦。咸阳送客⑧屡回顾，斜日未能度。　春去尚来否？江令恨别⑨，庾信愁赋⑩，苏堤尽日风和雨。叹神游故国，花记前度⑪。人生流落，顾孺子⑫，共夜语。

注释　①海门飞絮：喻指逃至海上的南宋君臣。②"斗转"句：暗指时代变换。③试灯：元夕节前一天试挂彩灯，游花灯。见吴文英《点绛唇》注。④箭雁沉边：喻指流离失所的南宋士大夫。⑤长门：汉宫名。此处借指南宋故宫。⑥玉树凋土：《晋书·庾亮》："亮将葬，何充叹曰：'埋玉树于土中，使人情何能已。'"此处指那些为国捐躯的志士。⑦泪盘如露：汉武帝在建章宫前造神明台，有铜人承露盘。魏明帝派人把铜人拆卸时铜人眼中流出清泪。⑧咸阳送客：李贺《金铜仙人辞汉歌》："衰兰送客咸阳道，天若有情天亦老。"此处借指被俘北行之人的悲痛心情。⑨江令恨别：江淹曾任建安吴兴令，著有《别赋》。⑩庾信愁赋：梁朝庾信出使北周，被留不得南归。著有《愁赋》。以上二句有原注云："二人皆北去。"⑪花记前度：化用刘禹锡《再游玄都观》诗："百亩庭中半是苔，桃花净尽菜花开。种桃道士归何处，前度刘郎今又来。"这句是说流落在外的人，如果重回临安，定会感伤不已。⑫孺子：指作者的儿子刘将孙。

译文　　欲送春天归去，可是整个人间却没有春的归路。空挂着的秋千之外，芳草连着天空的远处。不知从哪里刮来的风沙，一片昏暗笼罩着南浦。一心纷乱如麻，说不清是怎样的痛苦。徒自忆念着流落天涯海角的那些人们，如同无着无落四处飘飞的柳絮。一阵乱鸦过后，斗转星移，时移事去，帝城中荒凉凄寂。再也看不见初次来时试灯的热闹繁丽。　　春已归去，谁最忧愁痛苦，那些受伤的鸿雁，沉落在荒僻的边土。住在梁间的燕子也没有了故主，在杜鹃悲切的啼叫声里，荒宫废苑迎来一个个昏暮。那珍贵的玉树长埋泥土，那金铜仙人的承露盘中，盛满如泪的清露。在他被迁走离开咸阳时，不忍远离而频频回顾。那种令人哀伤的黄昏时分，怎样才能挨得过去！　　春天啊，你此次归去，是否还能回到这里。我像江淹一样怨恨离别，像庾信一样写下愁赋的语句。苏堤上天天都是凄风苦雨。叹惜故国的美好风光，只能在梦境中再去游历。那美好的花朵，也只能把他以前的芳姿倩影记住。人生居然落魄流离到这种地步，只能在深夜里，与自己的儿子相对话语。

评析　　本篇名为"送春"，实是为覆亡的南宋王朝所唱的一曲挽歌。字字血，句句泪，不堪卒读，是典型的遗民文学。宋恭帝德祐二年（1176）春正月，元兵围攻南宋首都临安。太皇太后谢道清上表投降。三月，元兵掳帝后及臣僚数千人北去。本篇所写正是此年春天，内容便很容易把握了。

　　全篇采用象征和托物寄意的表现手法。三片均以"春去"开头，暗寓时移世变的无限伤感。"春"无疑是比喻南宋政权。应当说南宋政权的覆灭，对于传统的汉族知识分子来说，是巨大的心灵创伤，与以前的改朝换代不同。开头一片写都城陷落，幼帝北掳，繁华已去。"春去人间无路"是绝望之语，凄怆至极。"不见来时试灯处"的"来时"是指作者初次进临安时的和平繁荣景象。虽然当时南宋已经处于衰世，但京师中还是比较热闹繁华的。二片写君臣被俘，朝廷覆亡，臣民无主。在首句设问后，"但箭雁沉边"三句写百姓亡国无家，无所归依；"想玉树"两句写为保卫国家而战死的忠烈之士；"咸阳送客"两句则写被掳往北国的皇帝后妃以及一大批士人眷恋故国的情景，很有层次感。三片写复国无望，自伤飘零。全篇凄婉幽咽，撕人心肺。陈廷焯说："题是'送春'，词是悲宋，曲折说来，有多少眼泪。"（《白雨斋词话》）

宝鼎现①

刘辰翁

红妆春骑②，踏月影、竿旗穿市。望不尽、楼台歌舞，习习香尘莲步③底。箫声断、约彩鸾④归去，未怕金吾呵醉。甚辇路⑤、喧阗且止，听得念奴⑥歌起。

父老犹记宣和⑦事，抱铜仙、清泪如水。还转盼、沙河⑧多丽。滉漾明光连邸第，⑨帘影冻、散红光成绮。月浸葡萄十里，看往来、神仙才子，肯把菱花扑碎⑩。　　肠断竹马儿童，空见说、三千乐指⑪。等多时春不归来，到春时欲睡。又说向、灯前拥髻，暗滴鲛珠⑫坠。便当日、亲见《霓裳》，天上人间⑬梦里。

注释　　①宝鼎现：词牌名。三片一百五十七字。②红妆春骑：指游春男女。③莲步：指美人之足。④彩鸾：仙女名。此处借指游女。林坤《诚斋杂记》："钟陵西山有游帷观，每至中秋，车马喧阗。……有书生文箫往观，睹一姝（吴彩鸾）甚妙。生意其神仙，植足不去，姝亦相盼。……乃与生下山，归钟陵结为夫妇。"⑤辇路：皇帝车骑经行之路，此处泛指大街。⑥念奴：唐代天宝年间名妓。此处泛指著名歌伎。⑦宣和：宋徽宗年号，此处指承平时期。⑧沙河：沙河塘，在杭州南五里，为繁华地区。此处代指临安。⑨"滉漾"句：周密《武林旧事·元夕》："邸第好事者，如清河张府、蒋御药家，闲设雅戏灯火，花边水际，灯烛灿然。"⑩菱花扑碎：南朝陈时衰乱，太子舍人徐德言与妻乐昌公主，知国家将乱，难以相保，乃打破花菱镜，夫妻各执一半，留作后世相见复合之证。⑪三千乐指：指三百人的大乐队。《宋史·乐志》载，宋高宗绍兴年间恢复教坊，"凡乐二百六十人"。招待北使，"旧例用乐工三百"。⑫ 鲛珠：指眼。晋张华《博物卷》："南海中有鲛人，水居如鱼，不废织绩，其艰能泣珠。"⑬ 天上人间：李煜《浪淘沙令》："流水落花春去也，天上人间。"此处用其意。

译文　　一群群盛装的妇女，一拨拨骑马的男子，踏着月影去观赏游览热闹的灯市。军兵官员们穿过大街小巷，举着各种各样的旗帜。望不尽的楼台歌舞，听不完的美妙乐曲。那些花枝招展的美人，走过的地方都弥散着淡淡香气。等到鼓乐箫管渐渐沉寂，美少年约俏佳人一同归去，也不怕执金吾前来干预。通衢大街上的喧嚣声为何忽然静止，原来是著名歌女唱起了流行的歌曲。　　父老们还都记得宣和遗事，当年像被拆往洛阳的金铜仙人，上路时还频频顾念旧里，流出了滴滴清泪。不断地回头顾盼，故国的风光该是多么精彩秀丽。耀眼的湖光水色连着豪华的甲第。静静的帘幕映着点点灯火，红光四散美如花绮。月光映照碧水，宛如新酿的葡萄美酒绵延到十里。来来往往的少男少女，尽是些才子佳人，风流无比。有谁能有先期的预见，肯把菱花镜子破碎？　　真是令人伤心痛悔，那些骑着竹马的儿童，只能从前辈口中，听说过皇家乐队演奏时的盛况无比。我期待了多少时日，却盼不到以前春光的形迹。到了这无聊的春天里，我便终日昏昏欲睡。女人们在灯下谈起往事，也都暗自垂涕，流下凄楚心酸的眼泪。故国歌舞升平的景象，便是当日亲眼见到的《霓裳》舞曲，如今只能相见在梦境里。今日和往昔，就仿佛天上人间一样相差万里。

评析　　本词别本题作"春月"，《历代诗余》引张孟浩云："刘辰翁作《宝鼎现》词，时为大德（元成宗年号）元年，自题'丁酉元夕'，亦义熙旧人只书甲子之意。"表示其不承认新朝。这一年距南宋亡国整整二十年，复国已完全绝望，又适值元宵佳节，作者无限感伤而作斯词，并在本年间去世，全词共三片，上片、中片用多彩的画笔多角度地渲染往昔元宵的热闹繁盛，流露出对故国的无限思恋。下片写今日之冷清凄凉，在对比中实现哀挽旧朝的主题。张孟浩评此词云："反反复复，字字悲咽，真孤竹、彭泽之流。"

上片开头六句写当年元夕之夜的热闹繁华，充满了动态感和色彩感，是精妙的场面描写。"箫声断"三句是特写镜头，男女自由相爱，一见钟情两相情愿便可幽会寻欢，巡逻的禁兵也不干涉。这在当时是很真实的情景。歇拍三句又一个小镜头，具体表现人们娱乐的情景，著名歌女，在盛大节日中表演而大出风头。中片开头以"父老犹记宣和事"倒挽，束上启下。有人以"宣和事'三字认为一片所写乃北宋汴京之事。刘辰翁生于南宋中叶，他的父老一定留恋北宋故国之事，或曾多次给他讲过也未可知。从刘辰翁生平思想看，无法认定是南宋之事。"抱铜仙、清泪如水"二句绾合北宋亡国和南宋亡国二次历史性悲剧。"还转盼、沙河多丽"两句点明南宋失国之事。以下则专写南宋临安之繁华热闹，"看往来"三句委婉批评南宋末期文恬武嬉，沉迷于荒奢之中而不知国家将亡的麻木与昏聩。下片转写今日元夕之凄清冷落。三片之间层层递进，结构上也有金针暗度之妙。上片直接描绘一个灯火辉煌、歌舞喧阗的美妙境界。中片首句倒挽，"父老犹记宣和事"，即第一片所写，乃作者之父讲述当年宣和年间的情景。下片第一句则云："肠断竹马儿童，空见说、三千乐指"又倒挽中片，即中片之内容正是已经成为老人的作者给儿童们讲述的内容。自己儿童时，听老人讲北宋盛事，自己憾恨未已，故终生以抗金恢复中原为己任。可不但于事无补，连半壁江山也保不住，眼看着南宋亡国。如今连南宋的局面也没有了。南宋不及北宋，如今不如南宋，一代不如一代。而复国已经绝望，只能徒发黍离之悲而已。陈廷焯云："通篇炼金错采，绚烂极矣；而一二今昔之感处，尤觉韵味深长。"（《白雨斋词话》）

永遇乐

刘辰翁

余自乙亥^①上元，诵李易安《永遇乐》，为之涕下。今三年矣，每闻此词，辄不自堪，遂依其声，又托之易安自喻，虽辞情不及，而悲苦过之。

璧月②初晴，黛云③远淡，春事谁主？禁苑④娇寒，湖堤倦暖，前度遽如许。香尘暗陌，华灯明昼，长是懒携手去。谁知道、断烟禁夜，满城似愁风雨。　　宣和旧日，临安南渡，芳景犹自如故。缃帙⑤流离，风鬟三五⑥，能赋词最苦。江南无路。鄜州⑦今夜，此苦又谁知否？空相对、残釭无寐，满村社鼓⑧。

注释　　①乙亥：宋恭帝德祐元年（1275）。②璧月：圆月。璧，圆形玉。③黛云：青色云。④禁苑：皇家园林。因禁止百姓入内，故称。⑤缃帙：浅黄色书套。此处代指书籍。⑥风鬟三五：李清照《永遇乐》词："中州盛日，闺门多暇，记得偏重三五。……如今憔悴，怕见夜间出去。"风鬟，形容发髻散乱。三五，十五，此处指元宵节。⑦鄜州：杜甫被安史叛军俘获，困于长安，作《月夜》诗："今夜鄜州月，闺中只独看。"⑧社鼓：祭神的鼓声。

译文　　自从乙亥上元日，我诵读李易安《永遇乐》一词，为之感动而泣下。如今三年了，每次听这首词，便情不自禁。于是便按照此词的声韵，用李易安自喻，虽然文藻才情比不上她，但悲戚愁苦之情却超过了她。

暮雨初晴，如同璧玉的明月冉冉东升。云色如黛，淡淡地飘荡在远处的天空。这美好的春景，如今不知到底属于何人？故宫禁苑中一片微寒，西湖的堤岸也困倦懒慵，没有精神。前度刘郎如今又来到这里，想不到却变得如此冷清。　　我记得从前的元夜，车水马龙攘攘纷纷，大路上时常扬起阵阵香尘。五光十色的花灯，把黑暗的夜晚照得到处通明。我总是没有什么好心情，不愿和人们携手去观赏灯景。谁知道，如今人烟稀少，上元夜里居然也会禁止宵行。到处都是寂寥冷清，只有凄风苦雨笼罩着全城。　　我还清楚地记得宣和旧日的繁华胜景，南渡后在临安又建立京城，上元夜依旧非常热闹繁盛。可是我辛苦收藏的金石书画，几乎散失尽净，元宵佳节也没有什么好心情，根本无心打扮，任凭鬓发纷乱如云。写下那首感时伤乱的词章，最令人荡魄销魂。如今即使江南也无路可走，我到处漂泊流浪而无处寄身。于是想起被叛军困在长安的杜甫，月夜里深情思念鄜州的亲人，这种凄苦的心境我领会得最深最深。可如今又有谁能理解我的心？空自对着昏暗不明的一盏残灯，长夜漫漫，无法入睡，似睡似醒，外面又传来社鼓的咚咚之音。

评析　　　本词作于临安沦陷后，南宋灭亡前夕。作者曾读李清照《永遇乐》（落日熔金）词，为之感动泣下。李清照之词是怀念北宋汴京之旧的，而作者创作本词则在于怀念南宋临安之旧，故悲苦更甚。上片写故国之思，下片抒亡国之痛和自伤飘零无依。

　　上片写南宋京师临安失陷前后元宵节的凄清及作者心境的暗淡。开头三句用景语点明时间和气氛，而重点在于"春事谁主"一句，抒写山河无主的精神苦痛。"禁苑"三句用移情手法写今日临安之萧条。"香尘"三句宕开，用往昔元夕之繁盛反衬现境之冷清。歇拍三句再度抒写今日之凄苦。下片则结合李清照原作下片之意境抒写自己的愁苦。李清照之日，虽南渡，但尚有半壁江山。而作者当时眼看宋王朝彻底覆灭，取而代之的却是异族。在汉人知识分子看来，不仅仅是亡国，而是亡天下。所以悲苦过之，其感情是可以理解的。全词以柔婉凄切之词笔，描绘临安今昔盛衰之不同，抒写其种种复杂的内心感受，唱出亡国哀音。今日读来，仍令人回肠荡气，感叹不已。

摸鱼儿

酒边留同年徐云屋

刘辰翁

怎知他、春归何处，相逢且尽尊酒。少年袅袅天涯恨，长结西湖烟柳。休回首，但细雨断桥①，憔悴人归后。东风似旧，问前度桃花，刘郎②能记，花复认郎否？　　君且住，草草③留君剪韭④，前宵正恁时候。深杯欲共歌声滑，翻湿春衫半袖。空眉皱。看白发尊前，已似人人有。临分把手，叹一笑论文，清狂顾曲⑤，此会几时又？

注释　　①断桥：在杭州西湖白堤上，原名宝祐桥，唐时称断桥。又名段家桥。"断桥残雪"为"西湖十景"之一。②刘郎：活用刘禹锡《再游玄都观》诗意。③草草：随随便便，简单。④剪韭：杜甫《赠卫八处士》诗："夜雨剪春韭，新炊间黄粱。"⑤顾曲：三国时，周瑜精通音乐。虽饮酒三爵，乐音有误也必知之而顾。时谚曰："曲有误，周郎顾。"此处指在宴会上欣赏音乐。

译文　　怎能知道他春天归向何处，我们相逢只管尽情喝酒。少年时到处飘荡，经常来结识西湖烟柳。往事休回首，憔悴的我故地重游，只见断桥上细雨迷蒙，春风依然如旧。我痴情地问着桃花，以前你的倩影仍在我的心头，而你是否还能认出我来，是否还记得我往日的风流？　　你姑且在我这里稍住，我为你准备了家常饭菜，割来鲜嫩的新韭。前天晚上也是这个时候，你我尽情地狂歌饮酒，多少次弄洒酒杯，把春衫湿了半袖。今日相见双眉紧皱，只见宴会上，星星白发几乎每人都有。我真不忍心与你分离，再三拉住你的手。可叹一起笑着评文论赋，共同欣赏美妙的乐章，这样清雅的聚首，真不知道何时再有？

评析　　这是一首饯别词，送别对象是同榜进士友人徐云屋。在抒写离情别绪的同时，融进了忧时伤世的感慨及年华虚度的幽怨，有深广的生活内容和社会意义。上片写故地重游，抚今追昔，充满身世之忧。下片写感时伤老，不忍知音离去。感情真挚凄婉，颇为动人。

理宗景定三年（1262），刘辰翁进士及第，结识同年徐云屋。时值春季，多年后，二人又在春季重逢于临安。友人又要分手而去，客中送客，又值国运艰危之日，自然感伤凄怆。起笔三句中便包含无限凄楚，有无力回天，只能饮酒遣愁的意蕴。既点明饯别之时在暮春，又渲染出芳菲都尽的惜春怅惘之情。"少年"两句关合双方前后情事，用一个"长"字表示大的时间跨度，由昔日又回到眼前，或由眼前之景而思昔日之情。即二人初次相识在"西湖烟柳"，今日重逢又值"西湖烟柳"，故曰"长结"。西湖点地、烟柳点时令，可见这两句词言简意赅，很妙。"休回首"四句文情顿挫，字字唏嘘，抒发了半生来漂泊天涯怀才不遇的愤慨和忧伤。"问前度桃花"三句活用刘禹锡《再游玄都观》的诗意，情似痴而意味尤浓。下片写依依送客之情，兼及自己之孤独。"前宵"三句是追叙昨晚送别宴上狂放不羁、慷慨任气的情景，表现出二人之间毫无隔阂的深情厚谊。"空皱眉"三句转折到目前之感伤。"临分把手"惜再逢之难料。全词在抒写友情的同时，融注着作者深沉的人生感慨，有漂泊异乡的"天涯恨"，有功业无成，年华虚度的"少年白发"之愁，也有国运衰危不可逆转的忧国情怀，对题材的开掘比较深广。

周密／1232—约1298

字公谨，号草窗，蘋州、四水潜夫、弁阳老人等，原籍济南（今属山东），后居吴兴（今浙江省湖州市）。宋末曾任义乌令。宋亡不仕。能诗词，善书画，词讲究格律。著有笔记《武林旧事》《齐东野语》《癸辛杂识》等。词有《草窗词》《蘋洲渔笛谱》，编纂《绝妙好词》。

高阳台

送陈君衡①被召

周 密

照野旌旗，朝天车马，平沙万里天低。宝带金章，尊前茸帽风欹②。秦关汴水经行地，想登临都付新诗。纵英游、叠鼓清笳，骏马名姬。　　酒酣应对燕山雪，正冰河月冻，晓陇云飞。投老残年，江南谁念方回③？东风渐绿西湖岸，④雁已还人未南归。最关情、折尽梅花，⑤难寄相思。

注释　　①陈君衡：名允甲，号西麓，四明（今浙江宁波）人。宋亡后，曾应召至元大都，不仕而归。②茸帽风欹：《北史·周书·独孤信传》："信在秦州，尝田猎，日暮，驰马入城，其帽微侧。诘旦，而吏民有戴帽者，咸慕信而侧帽焉。"③方回：即北宋著名词人贺铸，字方回。此处是作者自指。④"东风"句：王安石《泊船瓜洲》："春风又绿江南岸。"此处化用其意。⑤"最关情"二句：用陆凯驿寄梅花给范晔事，见舒亶《虞美人》注。

译文　　原野中旌旗耀眼飞扬，朝觐天子的车马浩浩荡荡。平沙万里广袤，云天低旷。你腰系宝带身佩金章，饯别的宴席上，风吹茸帽倾斜而神采飞扬。故国的秦关汴水，都是你此行要经过的地方。料想你登山临水的时候，一定会吟咏新的诗章。你将在北国尽情游历，听叠鼓胡笳的乐曲高亢雄壮。你骑着骏马威风凛凛，还有著名的美姬陪伴在身旁。　　当你酒酣耳热的时候，面对着燕山的白雪茫茫，一轮凝冻的月亮，照在结满层冰的河面上，拂晓时只见陇头处白云飞翔。如今我已是人老年荒，像当年的贺方回一样，困顿在江南而无限感伤。又有谁来关心惦念思量？春风渐渐染绿西湖的岸上，大雁已经回到这里，但你却依旧未能回到故乡。最令人动情的是，即便折尽了梅花，也无法寄托我对你的无限思量。

评析　　这是一首特殊背景下的送别之作。宋亡之后，词人义不仕新朝，抱遗民之痛。对朋友陈君衡应召入元当然不满意。但人各有志，又不能相强。且二人毕竟是朋友，于是在送别之际写下此词。感情比较复杂。上片描写朋友上路时的排场，微有讽意。下片设想朋友走后的思念，暗含早日盼归的意味。思想倾向上与韩愈《送董邵南游河北序》相近似。

　　上片开头写友人进京队伍的雄壮和佩戴金章宝带的荣光及"茸帽风敧"的得意神态，有赞美的意蕴，也微微含有一定的讽刺意味，感情很复杂。"秦关汴水经行地"一句提醒友人所经过的都是宋朝的故土，希望他勿忘故国，含有劝谏之意。"纵英游"三句想象友人到新朝后所享受的荣华富贵。下片开头三句想象友人在北国的生活图景，意境清空旷远，风致绝佳。"投老残年"以下几句内涵极为丰富复杂，于自伤衰老孤独中也有盼望友人早归的意味，深沉宛转地表达了复杂难言的思想感情。

瑶　华①

周　密

后土之花②，天下无二本，方其初开，帅臣以金瓶飞骑进之天上，间亦分致贵邸。余客辇下，有以一枝（后缺。按他本题，改作琼花）。

朱钿宝玦③，天上飞琼④，比人间春别。江南江北，曾未见、漫拟梨云梅雪。淮山春晚，问谁识、芳心高洁？消几番、花落花开，老了玉关⑤豪杰。

金壶剪送琼枝，看一骑红尘⑥，香度瑶阙⑦。韶华正好，应自喜、初识长安蜂蝶。杜郎⑧老矣，想旧事、花须能说。记少年、一梦扬州⑨，二十四桥明月。

注释　　①瑶华：词牌名。又名瑶华慢，双调一百零二字。②后土之花：周密《齐东野语》："扬州后土祠琼花，天下无二本，绝类聚八仙，色微黄而有香……今后土之花已薪，而人间所有者，特当时接本，仿佛似之耳！"③朱钿宝玦：赤金钿花和珍贵玉玦，都是稀有宝物，比喻琼花的珍贵美丽。④飞琼：传说中女仙西王母的侍女许飞琼，此处借仙女喻琼花，为天上奇葩。⑤玉关：玉门关的简称，为汉唐时期著名边关。此处泛指边塞地区。⑥一骑红尘：杜牧《过华清宫》："一骑红尘妃子笑，无人知是荔枝来。"此处化用其意。⑦瑶阙：宫殿的美称。阙，同"阙"。⑧杜郎：唐诗人杜牧，诗中多咏扬州之繁华者，此处是诗人自指。⑨一梦扬州：杜牧《遣愁》诗："十年一觉扬州梦，赢得青楼薄幸名。"

译文　　扬州后土祠的琼花，世间没有第二株。当它初开的时候，地方官把剪下的琼花插入金瓶，派人骑快马飞送朝廷。有时也分送给达官贵人，我客居京师，有人把一枝……

　　琼花珍贵无比，仿佛朱钿和玉玦。又宛如天上的仙葩，与人间的凡花俗卉迥然有别。从江南到江北，人们从未见过第二株。空自把她想象成云似的梨花，雪一般的寒梅花朵。淮山一带春光将尽，试问谁能理解她的高洁？经过了几番花开花落，守卫边疆的英雄将士们，也都渐渐衰老了！　　看剪下的琼枝装入金瓶，随着快马扬起的红尘进入宫阙。她正是含苞初放的美好时节，应该暗自欣喜初遇京师里的香蜂艳蝶。杜郎如今已经老去，料想往昔的风流韵事，花儿也能述说。记得少年时节，扬州风光繁盛奇绝。那美丽多姿的二十四桥，辉映着一轮清清的明月。

评析　　本词原有一百五十余字的长序，今缺大半，使我们难以确知其创作背景与意图。但其讽喻之意尚可体会出来，似与苏轼《荔枝叹》寓意相近，而深婉尤过之。时蒙古大军不断南侵，国势危如累卵，但君昏臣奸。大政治骗子贾似道专权，欺上瞒下，荒淫奢侈。作者将进黄琼花这一小事与唐朝进贡荔枝事相提并论，其意旨是很明显的。上片写琼花的天姿国色，并婉抒戍边志士报国无门的幽怨，下片写琼花被飞送京师受宠的情景，暗示出当时表面的繁荣。"杜郎老矣"以下陡转，对往昔的繁荣昌盛极度眷恋，同时又借琼花为历史见证，抒无限痛切之慨。

上片前三句说琼花之奇缺名贵。"江南江北"三句写常人之难见，只能凭想象而已。"淮山春晚"以下六句写琼花之风神逸韵为常人所难理解，隐约地含有对国事日非的局面及正直有才之士报国无门的现实深表忧虑。下片开头三句写飞马送琼花的情景，将其和唐开元天宝年间玄宗宠杨贵妃而千里飞骑送荔枝的典型的荒奢行为联系起来，其讽刺意义是极明显的。飞骑送荔枝是晚唐及两宋人所最痛恨的史事，而此处专门提起，作者的愤慨不难想象。"韶华正好"三句以拟人手法想象琼花进京师后的大开眼界与受宠。"初识长安蜂蝶"讽意很深沉，暗示京师中尽是些狂蜂浪蝶似的公子哥、老流氓，国事还有什么指望呢？"杜郎老矣"以下抒自己已老，而扬州的繁华即将逝去。全词寄托深远，言婉而意挚，外柔而内刚，极有情味。陈廷焯评得好："不是咏琼花，只是一片感叹，无可说处，借题一发泄耳。"（《白雨斋词选》）

玉京秋 ①

周　密

长安 ② 独客，又见西风，素月、丹枫，凄然其为秋也，因调夹钟羽一解。

烟水阔，高林弄残照，晚蜩 ③ 凄切。碧砧度韵，银床 ④ 飘叶。衣湿桐阴露冷，采凉花 ⑤、时赋秋雪。叹轻别，一襟幽事，砌虫能说。　　客思吟商 ⑥ 还怯，怨歌长、琼壶暗缺 ⑦。翠扇恩疏，红衣 ⑧ 香褪，翻成消歇。玉骨西风，恨最恨、闲却新凉时节。楚箫咽，谁倚西楼淡月。

注释　　① 玉京秋：词牌名。双调九十五字。② 长安：此处借指南宋京城临安。③ 晚蜩：即晚蝉。④ 银床：精美的井栏。庾肩吾《九日侍宴》诗："玉醴吹岩菊，银床落井桐。"⑤ 凉花：指菊花、芦花等秋日开放的花。此处指芦花。⑥ 吟商：吟咏秋天。商，五音之一，配属秋天。《礼记·月令》："孟秋之月其音商。"⑦琼壶暗缺：东晋初大将军王敦每当酒后便用铁如意敲击唾壶为节拍，唱曹操的"老骥伏枥，志在千里，烈士暮年，壮心不已。"四句诗。把唾壶敲出许多缺口。后世遂以此典表现感情激越。⑧红衣：指红色莲花。

译文　　我独自客居京师，又见西风，淡月，红色的枫叶，一片萧飒凄清的秋色，心中感到很凄凉，于是创作夹钟羽一曲。

　　轻烟笼罩，湖天寥廓，一缕夕阳的余光，在林梢处暂歇，宛如在玩弄暮色。晚蝉的叫声悲凉呜咽。画角声中吹来阵阵寒意，捣衣砧上敲出闺妇的相思之切。井边处飘下梧桐的枯叶。我站在梧桐树下，任凭凉露沾湿衣鞋，采来一枝芦苇，不时吟咏这白茫茫的芦花似雪。我感叹与她轻易离别，满腔的幽怨和哀痛，台阶下的蟋蟀仿佛在替我低声诉说。　　客居中吟咏着秋天，只觉得心情寒怯。我长歌当哭，暗中竟把玉壶敲缺。如同夏日的团扇已被捐弃抛撇，如同鲜艳的荷花枯萎凋谢，一切芳景都已消歇。我在萧瑟的秋风中傲然独立，心中无比怨恨，白白虚度这清凉的时节。远处传来箫声悲咽，是谁在凭倚西楼侧耳倾听，身上披着一层银色的淡月。

评析　　本词抒写客中秋思，当是宋亡前客居临安时所作。上片从秋容、秋声、秋色几方面描绘秋天的萧瑟冷清，烘托客子的思亲情怀；下片感慨情人疏隔，前事消歇，年华虚度而一事无成。全篇语言清丽精工，风格高雅秀婉。

　　上片由景入情，写景则由远而近。烟水阔，从大处落墨，视野开阔，展现出寥廓苍茫的湖天景色。"高林"以下四句，视点越来越近，先仰视后平视，有色有声。"碧砧""银床"字面很锦丽，境界很美妙，所传达的却是秋思之情。于耳闻目见中表现一种复杂的思想感受。"衣湿"句以下，才出现主人公的形象，久立树下，悔恨轻别，细听蟋蟀的悲鸣，人物形象如画。下片首句写悲秋。"怨歌长、琼壶暗缺"抒发壮志难酬的怨愤和极为强烈的灵魂深处的隐痛，用典熨帖。"翠扇"三句写大好年华空逝，或将其理解成恋人把自己抛弃了，并一一对应，似太穿凿。且"翠扇恩疏"为男弃女之典，非女抛男之事，故此解不确。其实，中国古代文人都希望出现明君贤相的清明政治，故所思念的对方往往是虚化的理想，此处的"琼壶暗缺"所表达的幽愤便有这种性质。"玉骨"三句恨韶光空度，意脉上暗应开头几句的景物描写。结尾两句明写作者自己，暗合所思念的对方。亦此亦彼，余兴悠然。陈廷焯评云："此词精金百炼，既雄秀，又婉雅，几欲空绝古今。一'暗'字，其恨在骨。"（《白雨斋词话》）

曲游春①
周 密

禁烟湖上薄游②，施中山③赋词甚佳，余因次其韵。盖平时游舫，至午后则尽入里湖，抵暮始出断桥，小驻而归，非习于游者不知也。故中山极击节余"闲却半湖春色"之句，谓能道人之所未云。

禁苑④东风外，飏暖丝晴絮，春思如织。燕约莺期，恼芳情偏在，翠深红隙。漠漠香尘隔，沸十里、乱丝丛笛。看画船、尽入西泠⑤，闲却半湖春色。

柳陌，新烟凝碧，映帘底宫眉，堤上游勒。轻暝笼寒，怕梨云梦冷，杏香愁幂⑥。歌管酬寒食，奈蝶怨、良宵岑寂。正满湖、碎月摇花，怎生去得？

注释　　①曲游春：词牌名。双调一百零三字。②薄游：即游历。薄为句首语气词，无意义。③施中山：施岳，名仲山，吴人，精于音律。④禁苑：皇家园林。⑤西泠：西湖一桥名。⑥幂：覆盖，罩。

译文　　寒食节在西湖上泛舟游玩，施中山写下一首妙词。于是我和了一首。平时的游船，到午后便全都进入里湖。黄昏时始出断轿，稍微停留一会儿就各自返回。不是熟悉游湖的人不知道这种情形。所以，施中山屡次击节盛赞我

"闲却半湖春色"的词句，说是能道出他人所未说到的景色。

　　皇宫外的西湖上东风和煦，暖日下飘扬着游丝飞絮，旖旎的春光引诱得人春思万缕。可恼那些莺莺燕燕的甜约密期，那些呢喃的温情软语，都在那些翠叶林间或红花丛底，更能撩拨起游春的情绪。少男少女往来如云，烟尘漠漠香雾迷离。急管繁弦此伏彼起。到处都是欢歌笑语，沸沸扬扬的声音足有十里。再看那一艘艘画船，全都划进了西泠桥底。外湖的湖面冷清静寂，半湖的美景被白白闲置浪费。　　大堤上柳色如烟，凝成了一片新绿。掩映着游春的男男女女。车帘里的佳人是多么俏丽，骑马的男士风度翩翩多么俊逸。薄薄的暮霭笼罩着微微的寒意。梨花仿佛怕在夜梦中凄冷，红杏也忧愁被暮色所遮蔽，寒食节的弦歌渐渐停息，就连蝴蝶都怨恨这良宵过于岑寂。清澈的月光照得湖面波光涟漪，满湖的碎月花影滉漾迷离，这样的美景又怎能舍弃，我流连陶醉着而不愿离去。

评析　　本词描写南宋亡国前夕朝野上下都沉溺在西湖歌舞之中的腐败透顶的局面。上片描写泛舟游湖的见闻，下片转写堤上的情景。笔触细腻，生动如画，对了解南宋后期的社会风情有一定的参考价值。

　　本篇如小序所言，是寒食节游西湖的次韵之作。作者在《武林旧事》中有更详细的记述，对理解本词颇有帮助，故节录之："西湖天下景，朝昏晴雨，四序总宜。杭人亦无时而不游，而春游特盛焉。……大贾豪民，买笑千金，呼卢百万。以致痴儿呆女，密约幽期，无不在焉。日糜金钱，靡有纪极。故杭谚有'销金锅儿'之号，此语不为过也。都城自过收灯，贵游巨室，皆争先出郊，谓之'探春'，至禁烟为最盛。……都人士女，两堤骈集，几于无置足地。水面画楫，栉比如鱼鳞，亦无行舟之路，歌欢箫鼓之声，振动远近，其盛可以想见。若游之次第，则先南而后北，至午则尽入西泠桥里湖，其外几无一舸矣。"参照这段文字，我们简析一下本词的内容。上片开头三句总写，描画出风和日丽、祥和景明的整体气氛。丝和思、絮和绪都是谐音双关，即明媚的春景惹起人们游春的思绪。"燕约"三句即写青年男女们暗中约会。"漠漠"两句总写带有软香红尘的气氛笼罩着西湖的湖面。"看画船"三句则是游到中午,船皆进里湖了。下片转写堤上之景,时间上则由午后到黄昏,直到夜幕降临,而游兴未艾。全词描绘出整个社会醉生梦死的生活图景,而这恰恰是在国运衰危之际,不更令人痛心吗?哀莫大于心死,整个民族堕落了、麻木了,能不亡国乎?故可以这样说,亡宋者,宋也,非蒙古也。

花 犯

水仙花

周 密

　　楚江湄①,湘娥②再见,无言洒清泪,淡然春意。空独倚东风,芳思谁寄?凌波路冷秋无际。香云随步起,漫记得、汉宫仙掌③,亭亭明月底。　　冰丝写怨④更多情,骚人恨,枉赋芳兰幽芷。⑤春思远,谁叹赏、国香风味?相将共、岁寒伴侣⑥,小窗静,沉烟熏翠被。幽梦觉、涓涓清露,一枝灯影里。

注释　　①湄:水滨,水和草交接的地方。②湘娥:湘妃,湘水之神。传说帝舜南巡而死于苍梧之野,其二妃娥皇、女英追踪而至,在洞庭湖边听说舜已死,南望痛哭,自投湘水而死,后成为湘水之神。此处喻指水仙花。③汉宫仙掌:汉武帝时所建造之金铜仙人。详见晏几道《阮郎归》注。④冰丝写怨:《楚辞·远游》:"使湘灵鼓瑟兮,令海若舞冯夷。"钱起《省试湘灵鼓瑟》诗及刘禹锡《潇湘神》词均写到湘灵鼓瑟悲凄动人之情景。⑤"骚人恨"二句:屈原《离骚》:"扈江离与辟芷兮,纫秋兰以为佩。"⑥岁寒伴侣:古人以松、竹、梅为岁寒三友,水仙开在冬末春初,流品高洁,故云。

译文　　那清秀的水仙花高洁无比,仿佛是楚江江畔满含幽怨的湘妃,流洒清泪默默无语,给人间带来淡淡的春意。她独自空倚春风,满怀芳情向谁寄托?踏着水波盈盈走来,凄冷的秋色无边无际。随着她那轻盈的步履,升腾起香云香气。我还依稀记得，她正像捧着承露盘的金铜仙女，在明月下亭亭玉立。

湘妃曾弹琴鼓瑟，发泄其满腔的忧悒。屈原抒发牢骚怨恨，只把香兰幽芷写进诗里，却把多情高洁的水仙忘记。她含着悠远的春情芳意，谁来欣赏叹惜这天姿国香的风味？我和她相依在一起，与岁寒三友结为伴侣。她在小窗前文静地伫立，沉香烟的烟雾缭绕着她娇美的身躯。我从幽迷的梦境中醒来，只见一枝水仙花沾着点点清露，独自袅袅婷婷立在灯影里。那情味，更令人意远神迷。

评析　　晚唐和南宋末诗词作品中咏物者较多，这种情况是在难以干预政治衰亡的情势下，把咏物诗词作为排遣愁思、净化心灵之工具的结果。本词便是借咏水仙花表现自己高洁的情操。上片融神话传说写水仙不同凡艳的清姿与高洁的流品。下片抒写对水仙的悼惜之情及赞美水仙耐寒的品性，寄寓着词人自己的主体人格。

本词之妙，在于咏物而不滞于物，舍貌取神。将水仙比拟成湘妃，也很贴切。湘妃正是水中仙子，扣合水仙花名，也符合水仙花的习性。上片用如梦似幻的笔法，描写水仙花的神韵。那芳心难寄的幽怨，"香云随步起"的丰神和月下亭亭玉立的逸韵，笔意轻灵。下片借湘妃鼓瑟抒写水仙之幽怨，并感叹世人不赏识、不理解水仙花的价值，就连屈原也没有给她以应有的重视。实质也寄寓着作者怀才不遇、不为世所重用的憾恨。"相将共、岁寒伴侣"赞美水仙清高孤傲、不畏寒冷的品格，也有作者的自许之意。结尾几句写灯下爱赏水仙的真情，神清意远，隐约表现出作者高蹈尘俗、绝世独立的精神气质。

蒋 捷 / 约1245—1305后

字胜欲，号竹山，阳羡（今江苏宜兴）人。咸淳十年（1274）进士。宋亡不仕。有《竹山词》。

瑞鹤仙

乡城见月

蒋 捷

绀①烟迷雁迹，渐碎鼓零钟，街喧初息。风檠②背寒壁，放冰蟾③，飞到蛛丝帘隙。琼瑰④暗泣，念乡关、霜华似织。漫将身化鹤归来⑤，忘却旧游端的。　　欢极蓬壶蕖⑥浸，花院梨溶，醉连春夕。柯云罢弈⑦，樱桃在，梦难觅。⑧劝清光、乍可幽窗相照，休照红楼夜笛。怕人间换谱伊凉⑨，素娥未识。

注释　　①绀：深青带红的颜色。②檠：灯架，也代指灯。③冰蟾：月亮的别称，传说月中有蟾蜍，月光洁白若冰，故云。④琼瑰：指美玉，此处喻指泪珠。《左传·成公十七年》："声伯梦涉洹，或与己琼瑰食之，泣而为琼瑰，盈其怀。"⑤化鹤归来：用丁令威化鹤归辽东事。见王安石《千秋岁引》注。⑥蕖：美蕖，荷花。此处指荷花灯。⑦柯云罢弈：用烂柯典故。《述异记》：信安郡石室中，晋时樵者王质，逢二童于弈棋。与质一物，如枣核食之，不饥。置斧于坐而观。童子曰：'汝斧柯烂矣。'质归乡间，无复时人。"此处指时移世改。⑧"樱桃"二句：段成式《酉阳杂俎》："姑婿裴元裕言群从中有悦邻女者，梦女遗二樱桃，食之，及觉，核堕枕边。"此处指往事如梦。⑨伊凉：

唐调名，即伊州、凉州二曲。此处借指元人的北方曲调。

译文　　青红色的烟云，遮挡隐藏了飞雁的踪迹。钟鼓的声音也渐渐零落稀疏，大街上喧阗的声音也刚刚止息。风中摇曳的孤灯，背对着寒冷的空壁。任凭那清泠泠的月光，透过结有蛛网的帘隙。我独自伤心悲泣，思念故乡如霜的月色布满大地。我即使化鹤归去，早已忘却往昔游玩的意趣。　　人们欢乐已极，整个城市沉浸在蓬壶红莲的彩灯里，月色溶溶的梨花院落，纵情醉饮从晨到夕。斧柄腐烂才收拾起残局，樱桃核儿尚落在枕边，美好的梦境却难以寻觅。我劝那明月的清光，只应照我的小窗幽寂，千万不要照红楼上的清歌夜笛。恐怕凡间换成了伊凉的曲谱，就连嫦娥也会感到陌生诧异。

评析　　本词作于宋亡之后。作者回到故里，面对寒月抚今追昔，写下此篇。上片极言现境之萧条冷落，用丁令威化鹤之典抒山河依旧、人事全非之深慨。下片前几句用绚丽之笔描绘故国上元夜之欢乐繁盛，以昔衬今。"柯云罢弈"以下连用两个传说抒发往事如梦、恍若隔世的怅惘之情。"劝清光"几句充满江山易主之悲，也隐含着对那些亡国后依旧寻欢作乐之人的指责。全词格调沉郁悲凉，辞情深微含蓄。

　　蒋捷是位爱国志士，宋亡后隐居不仕，颇有气节。为时人所称道。了解这一点，便容易把握本词的思想感情。词题为"乡城见月"，上片歇拍两句也是写还乡的感受，故解释为"对月思乡"不妥。其主要感情是故国之思与亡国之痛。下片开头回忆京师上元夜之繁华，便是这一感情的突出表现。结尾几句的语意也很明显，劝月光"休照红楼夜笛"，是因为那里所歌唱的是新朝的乐舞，恐怕嫦娥也不熟悉这些音乐。其故国之思及对趋奉新朝而求欢乐之人的怨怼之情不难体会。词意警拔，有一股幽怨勃郁之气。先著评曰："句意警拔，多由于拗峭，然须炼之精纯，殆不失于生硬。"（《词话》）

贺新郎

蒋 捷

梦冷黄金屋①，叹秦筝、斜鸿阵②里，素弦尘扑，化作娇莺飞归去，犹识纱窗旧绿。正过雨、荆桃如菽③。此恨难平君知否？似琼台涌起弹棋局④，消瘦影，嫌明烛。　　鸳楼⑤碎泻东西玉⑥，问芳踪、何时再展？翠钗难卜。待把宫眉横云样，描上生绡画幅。怕不是、新来装束。彩扇红牙⑦今都在，恨无人、解听开元曲⑧。空掩袖⑨，倚寒竹。

注释　　① 黄金屋：本汉武帝为陈阿娇所建。此处代指南宋故宫。② 斜鸿阵：古筝弦柱斜行排列如雁行。③ 荆桃如菽：樱桃结实如豆粒大。荆桃，樱桃。④ 弹棋局：其形状中间突起，周围低平。精制的由玉制成。弹棋，古博戏。⑤ 鸳楼：即鸳鸯楼。此处代指精美的楼殿。⑥ 东西玉：酒器名。黄庭坚《次韵吉老》诗："佳人斗南北，美酒玉东西。"此处以宫中杯碎酒泻暗喻亡国。⑦ 红牙：红牙拍板。⑧ 开元曲：唐开元盛世的歌曲，此处借指宋朝盛时的乐曲。⑨ 空掩袖：杜甫《佳人》诗："天寒翠袖薄，日暮倚修竹。"

译文　　黄金屋中的梦境刚刚结束，深深感叹往时弹弄的秦筝，斜列如雁的弦柱间落满了尘土。我的梦魂化作娇小的黄莺飞了回去，还认识旧日的纱窗依然碧绿。刚刚下过一场小雨，院中的樱桃结成的果实已如豆菽。春光就这样匆匆过去，我心中的怨恨君能知否？就像中间隆起的玉棋局，起伏难平而极端愁苦。我的身体瘦得可怜，简直害怕面对明亮的蜡烛。　　鸳鸯楼中东西玉的酒杯已经破碎，杯中的酒全都泻出。不知伊人何时能够再返故土，即使用翠玉的钗头也难以预先占卜。我要把她纤云般的美丽宫眉，描上生绡的画幅。恐怕她已不是新近时髦的装束。昔日的彩扇和红牙板依然存在，只恨已无人再欣赏往日的乐曲。世无知音，空掩罗袖而斜倚寒竹。

评析　　本词用隐喻的手法抒写深沉的亡国之恨。上片借一位宋国宫人梦魂回归故宫所见到的情景抒写今昔之慨。下片则变换角度，从作者思恋同情这位美人落笔，深情地抒写对她的无限眷恋和后会无期的无比怅恨。

"梦冷黄金屋"五句描绘一个恍惚迷离的境界，一位宫女在梦境中化作黄莺飞回自己生活过的黄金屋，但见那里非常冷清寂寥，自己经常弹拨的古筝已经落满灰尘。用典型场景表现故国宫殿的荒凉，表现亡国的哀痛。"正过雨、荆桃如菽"两句点出季节为清明前后，当是寒食节时，也正是当年宫女们游玩的最好时机，故引起下面的怨恨。"此恨难平君知否"四句抒写极度的幽怨，心中不平，身体消瘦，尽由此产生。下片笔断意连，在意念上承前。"鸳楼碎泻东西玉"四句追思这一凄惨结果的出现是因为亡国，而何时能够恢复，宫人们何时能够回来则没有指望，隐痛很深。"待把宫眉横云样"四句表面说梦魂中归来的宫人依然还是旧时装束，实际委婉写时代巨变，原来宫中装束已经不再时髦，因此画出这些宫女图画便很珍贵了。"彩扇红牙今都在"以下五句写物是人非，曲高和寡的怅恨，是词人孤独清高胸怀的曲折表现。作者想象美人依然穿旧时装束，用旧时器物，透露其爱国孤臣的拳拳之心。末尾两句以幽独佳人自况，表现不同流俗的高洁情怀。这位宫人便是故国的化身，这是可以体会出来的。全词内容比较隐晦，影响了艺术价值。谭献评语较精当："瑰丽处鲜妍自在，然辞藻太密。"（《谭评词辨》）

女冠子①

元 夕

蒋 捷

蕙花香也，雪晴池馆如画。春风飞到，宝钗楼②上，一片笙箫，琉璃③光射。而今灯漫挂，不是暗尘明月④，那时元夜。况年来、心懒意怯，羞与蛾儿⑤争耍。　　江城人悄初更打，问繁华谁解，更向天公借？剔残红焰⑥，但梦里隐隐，钿车⑦罗帕。吴笺银粉砑⑧，待把旧家风景，写成闲话。笑绿羡邻女，倚窗犹唱，夕阳西下^⑨。

注释　　①女冠子：唐教坊曲名，后用作词牌，分小令、长调两种。本词属长调，双调一百一十二字。②宝钗楼：宋时著名酒楼，此处泛指精美的楼阁。③琉璃：指灯。宋时元宵节极繁华，有五色琉璃灯，大者直径三四尺。④暗尘明月：苏味道《上元》诗："暗尘随马去，明月逐人来。"⑤蛾儿：女子上元所戴首饰的一种，见辛弃疾《青玉案》注。⑥炧：蜡烛的余烬。⑦钿车：镶嵌金饰的车。此处形容车之精美。⑧银粉砑：有光泽的银粉纸。砑，光洁貌。⑨夕阳西下：指南宋康与之（一说为范周）《宝鼎现》咏元夕词，首三句为："夕阳西下，暮霭红隘，香风罗绮。"

译文　　蕙兰花散发出阵阵的幽香，明月映照着池馆楼台，春雪初晴的美景如同生动的图画栩栩如生。春风吹到精美的歌楼舞榭之中，笙管笛箫演奏的乐曲十分动听。琉璃灯彩光四射，满城都是笑语欢声。而今只是随随便便挂上几盏小灯，再也不像以前的元夜，车水马龙，万众欢腾。何况近年来我已心灰意懒，再也没有心思去寻求欢乐而到处逛灯。　　江城冷落人声寂静，听一听鼓点知道才到初更，却已是如此的冷清。请问谁有本事能向天公，再度讨回以前的繁荣升平？我剔除红烛的残烬，只能在梦境中重见往年的情景。人来人往，车声隆隆，手持罗帕的美女如云。我正想用吴地的银粉纸，闲记故国元夕的繁盛风景，以便他日吊凭。笑叹邻家的年轻姑娘，独自倚凭着小小窗棂，正在唱着"夕阳西下"这旧日元夕的声音。

评析　　本词用今昔对比手法抒元夕感怀，表现故国之思和亡国之痛。上片前半写往日元夕之盛况，后半写今日之清冷及自己心情之郁闷。下片写往昔之繁华不再重来的无奈，包含着复国无望的巨大隐痛。词情顿宕婉曲，字字句句都使人领会到作者对故国深深的眷恋之情。

　　两宋时期，以元宵节最热闹，也最为人所重视。故在国破家亡之时，这一节日也最易牵动人们的故国之思。南宋初和宋亡后许多词人借咏元夕抒感旧之情，有许多名篇。李清照的《永遇乐》（落日熔金）即属这种情况。

刘辰翁的《永遇乐》(璧月初晴)明确说是受李清照影响而创作的怀念故国元夕之作。本篇则是为悼念亡宋而作。开头六句用浓墨重彩描绘出一个花香四溢、月光皎洁、灯光耀眼、乐声鼎沸的闹元宵的生活图景，声色光影俱全。"而今"二字陡转，点明前面所写乃昔日故国节日风光。以下几句直抒时世是非，繁华已成过去，作者早已心灰意懒的情态。下片描写当今之冷落索寞，"问繁华"二句，希望故国的繁华还能恢复，但毕竟是一去无迹。于是只在梦境中重见，并打算将其写成"闲话"，表示对故国的眷念、凭吊，这当是唯一的方式。末二句却听到邻女唱南宋盛时著名的游元宵词。令他在辛酸中也略有欣慰之意。感情十分复杂，词情也极婉曲隽永。

张 炎／1248—约1320

字叔夏，号玉田、乐笑翁，先世成纪（今甘肃天水）人，寓居临安（今浙江杭州）。张俊后裔。宋亡，其家亦破。元初曾北游元都，失意南归，晚年在浙江、苏州一带漫游，与周密、王沂孙为词友。其词用字工巧，追求典雅。曾从事词学研究。著有《词源》《山中白云词》（又名《玉田词》）。

高阳台

西湖春感

张 炎

接叶巢莺①，平波卷絮②，断桥③斜日归船。能几番游？看花又是明年。

东风且伴蔷薇住，到蔷薇、春已堪怜。更凄然，万绿西泠④，一抹荒烟。　　当年燕子知何处？但苔深韦曲⑤，草暗斜川⑥。见说新愁，如今也到鸥边。无心再续笙歌梦，掩重门、浅醉闲眠。莫开帘，怕见飞花，怕听啼鹃。

注释　　①接叶巢莺：树叶茂密，叶片相接，莺筑巢于枝上。杜甫《陪郑广文游何将军山林》十首之二："卑枝低结子，接叶暗巢莺。"②平波卷絮：柳絮飘落在湖面，被水波卷入水中。③断桥：又名段家桥，在杭州西湖白沙堤东，里湖和外湖之间。④西泠：桥名，又名西陵桥、西林桥，将里湖外湖分开，为游冶繁盛去处。⑤韦曲：古地名，在唐代长安城南，唐代韦氏贵族世居于此。此处代指贵族居住区。⑥斜川：古地名，在江西星子、都昌两县之间，风景秀美。陶渊明归隐后常来此游息。此处代指幽雅名胜之所。

译文　　黄莺巢居在密叶之间，柳絮轻轻地飘落在湖面。斜阳的光线非常暗淡，断桥那里缓缓地行驶着归船。还能有几番春游，观赏春花美景又要等到明年。春风且陪伴着蔷薇花留下吧，因为等到蔷薇开花的时候，春光已经少得非常可怜。更令人凄楚不堪，在那万绿丛中的西泠桥畔，昔日是何等的热闹喧阗，如今却只是一抹荒寒凄凉的暮烟。　　当年栖息在朱门大宅里的旧燕，如今不知都飞向了哪一边？往日风景幽胜的去处，只见处处都长满苔藓，荒草掩隐了亭台曲栏。就连那些清闲的白鸥，也因为新愁白了发颜。我再也没有心思去重温纵情欢乐的旧梦，只把自家的层层大门紧掩，喝点闷酒独自闲眠。请千万不要拉开窗帘，我怕看见那片片飞花，更怕听见那悲切的声声啼鹃。

评析　　本词是宋亡后之作。通过题咏西湖，抒发伤春感时的悲怆之情。上片侧重描绘西湖暮春的景色，色彩暗淡，结拍三句尤为沉痛。下片移情入景，抒发兴亡之感，昔日的繁华不再回返，只有在醉中苦度余年。全词章法井然，情深意切。

　　上片先以景起，"接叶巢莺，平波卷絮"两句用舒缓笔调写出西湖春深时的良辰美景。但已有萧飒之情味。"能几番游"以问句振起，抒发春去难归的深慨。"东风"三句写留春不住之苦。"万绿西泠，一抹荒烟"两句最为沉痛。西泠桥边是往昔极为繁华之地，每年清明，这里的情况是"都人士女，两堤骈集，几于无置足地。水面画楫，栉比如鱼鳞，亦无行舟之路。歌欢箫鼓之声，振动远近，其盛可以想见"（周密《武林旧事》）。如今却只剩下"一抹荒烟"。这一鲜明的对比，极为生动地揭示了亡国的主题。作者的感伤也就可想而知了。下片开头再用问句振起，也含有刘禹锡《乌衣巷》诗："旧时王谢堂前燕，飞入寻常百姓家"的含义。"但苔深"两句用典熨帖，极写往日繁华之所今昔荒凉之状，补足上片"万绿西泠，一抹荒烟"的意蕴，大有"国破山河在，城春草木深"之慨。"见说新愁，如今也到鸥边"，化用辛弃疾词句之意，意谓白色的鸥鸟似乎也因忧愁才白了头。结尾几句抒写落寞绝望的心境。词清情切，韵味深厚。陈廷焯在《白雨斋词话》中曰："玉田《高阳台》，凄凉幽怨，郁之至，厚之至，与碧山如出一手，乐笑翁集中亦不多觏。"

渡江云

张　炎

久客山阴，王菊存问予近作，书以寄之。

山空天入海，倚楼望极，风急暮潮初。一帘鸠外雨，几处闲田，隔木动春锄。新烟禁柳，想如今、绿到西湖。犹记得、当年深隐，门掩两三株。　　愁余，荒洲古溆①，断梗②疏萍③，更飘流何处？空自觉围羞带减④，影怯烟孤。长疑即见桃花面⑤，甚近来翻致无书。书纵远，如何梦也都无？

注释　　①溆：浦，水边。②断梗：用桃梗故事。《战国策·齐策》载，苏代对孟尝君说，他听到土偶说，你是西岸土做的，淄水一来就要被冲坏。土偶回答说，我虽被冲坏，但土还在西岸上。你是东国桃梗刻成的，淄水一来，你将被水冲走，不知漂到何处去。后世遂以断梗或桃梗比喻漂流不定的旅人。③疏萍：犹言飘萍、流萍、浮萍。萍浮水面，随风飘荡而无定所，因以比喻漂泊的生活。④围羞带减：用沈约典故。见李之仪《谢池春》注。⑤桃花面：代指美人，用崔护诗句："人面不知何处去，桃花依旧笑春风。"

译文　我客居山阴很久，王菊存问我近来有何作品，抄写本词来回答他。

　　山色清空湛绿，大海远接天际。我倚楼极目远望，只见晚风骤急，暮潮初起。帘外一阵疏雨，斑鸠正在鸣啼。几处漠漠的水田，农夫开始了锄犁。水波的烟霭笼罩着新柳，柳丝飘拂一片嫩绿。这情景，不禁使我想起西湖的美景，如今也一定是春光旖旎。我还清楚地记得，当年在深巷中隐居，门前有两三棵垂柳，绿荫掩映令人心醉神迷。　　如今我满怀愁绪，在这荒洲旧浦苦挨着时日。就像断梗浮萍，不知还要漂泊到哪里。枉自觉得腰带渐宽瘦了身躯，怕对孤灯看到瘦影可怜的自己。总觉得很快即可见到桃花般的美人，为什么近来竟见不到片言只语？情书纵然太远难以到达，却又为何不肯来到我的梦境里？

评析　本词抒写久客绍兴的伤别念远之情。上片以景出情，由此及彼，点出思念杭州西湖美景之意。下片自伤羁旅漂泊，抒怀人之情。"长疑"至结拍层层递进，情至极深婉。

　　张炎本是贵公子，世代生活在杭州，家中有园林声伎。宋亡之后家资丧尽，四处漂泊，杨缵曾称他为"佳公子，穷诗客"。故其对杭州有特殊的感情。开头三句描绘倚楼眺望所见之景，视野开阔，高远壮伟。"一帘"三句写雨中春耕的农村风光，精丽生动，生活气息很浓。并由此景而联想到西湖的春景，过渡颇自然。下片前半化用桃梗与沈约两个典故写自己的漂泊与瘦弱。"长疑"以下揭示主旨，点明怀人之意。先写认为很快可见到恋人，结果没见到。不但不见人，反而连信也没有；既然没有信便退一步，想做梦见一见，可是连梦也做不成。层层转折，越转越深，且又是人常历之生活情境，故极有艺术感染力。全词由眼前之景联想到西湖之景，再由自己之愁思而想到西湖之恋情，娓娓道来，意脉清晰，层次井然。

八声甘州

张 炎

辛卯岁①，沈尧道②同余北归，各处杭、越。逾岁，尧道来问寂寞，语笑数日，又复别去，赋此曲，并寄赵学舟③。

记玉关④、踏雪事清游，寒气脆貂裘。傍枯林古道，长河饮马，此意悠悠。短梦依然江表，老泪洒西州⑤。一字无题处，落叶都愁。　载取白云归去，问谁留楚佩，弄影中洲？折芦花赠远，零落一身秋。向寻常、野桥流水，待招来、不是旧沙鸥⑥。空怀感，有斜阳处，却怕登楼。

注释　①辛卯岁：指元世祖至元二十八年（1291）。②沈尧道：沈钦，字尧道，张炎的词友。③赵学舟：赵与仁，字元父，号学舟。张炎词友。别本作"曾心传"。曾名遇，字子敬。④玉关：玉门关之简称，为唐代著名边关，此处泛指边塞地区。⑤西州：古城名，在今南京市西。《晋书·谢安传》载，羊昙为谢安所重，安死后，行不由西州路，后因醉酒，不觉至西州门，恸哭而去。⑥旧沙鸥：指旧日友人。

译文　辛卯这一年，我和沈尧道一同从北地南归，分别居住在杭州和越州。过了一年，尧道来看望我，慰问我的寂寞，谈笑欢娱几日，又再次分别而去。我特地创作此词，并寄给赵学舟。

记得当年同在北国，我们踏雪同游，寒冷的天气，冻脆了貂皮裘。依傍着枯林古道，饮马到那荒寒长河的水流。这种情景令我神思悠悠。一觉短梦醒来，依然在江东滞留，老泪点点洒在曾是故都的杭州。满腔的幽怨无处题写，就连片片枯叶上都是忧愁。　你忙忙碌碌而来，又匆匆地载着白云回走，有谁为我留下佩玉，你又为何在他乡逗留？我折一枝芦花赠给远方的故友，这芦花就像我只身飘零在残秋。这种寻常的野桥流水，能够招来的绝不是寻常的旧日沙鸥。空自怀着百样的感慨，想要排遣却又害怕登楼。因为斜阳的余晖那么暗淡，故国的山河依旧，却早已江山易主，怎不令人伤心悲愁。

评析　　元世祖至元二十七年（1290），张炎与沈钦、曾遇同时被召北上缮写金字《藏经》，次年即未仕而归，作者寓居绍兴，友人沈尧道居杭州，一年后，沈来看望词人，作者写此词为别并兼赠另一友人赵学舟。写于1292年秋冬之交。上片回忆同在北国时思乡的情怀，下片抒写友情的可贵，暗寓着亡国之恸与身世之感。

　　张炎六世祖为南宋名将张俊，本人也是爱国者。宋亡前他的祖父张濡镇守独松关时，曾杀死元使者廉希贤，可见其是位大义凛然、有胆有识的爱国志士，值得永远赞佩。1276年元兵入杭，斩杀张濡并籍没其家产。所以张炎与元政权有深仇大恨。但宋亡，元朝已立，他一个文人也无可奈何。故在被迫抄家后，未仕而退。然家资已被抄没，他生活很潦倒，友情对他显得尤为重要。本词所抒写的正是与友人离别的愁情及亡国的悲痛，开头五句回忆在严寒荒远的北地饮马黄河的情景，气象苍莽，意境高远雄浑。"此意悠悠"包含许多无以名状的复杂感受。"短梦"以下怀念故国，感情极为沉痛，对沦亡的大好山河表示凭吊之情。"一字无题处"用夸张笔法写心中悲愁之深之广，又无处倾诉。人之最苦恼处，往往在于内心的痛苦无处诉说。下片用湘君、湘夫人故事比喻友人离去后自己的苦闷彷徨。结尾处暗用王粲《登楼赋》之意抒发极为痛切的故国之思。陈廷焯评云："苍凉怨壮，盛唐人悲歌之诗不足过也。'折芦花'十字警绝。"（《词则·大雅集》）

解连环

孤 雁

张 炎

　　楚江空晚，恨离群万里，怳然①惊散。自顾影、却下寒塘②，正沙净草枯，水平天远。写不成书③，只寄得相思一点。料因循④误了，残毡拥雪⑤，故人心眼。　　谁怜旅愁荏苒⑥，谩长门⑦夜悄，锦筝弹怨。想伴侣、犹宿芦花，也曾念春前，去程应转。暮雨相呼，怕蓦地⑧、玉关⑨重见。未羞他、双燕归来，画帘半卷。

注释　　①怳然：失意貌。怳，同"恍"。②却下寒塘：唐崔涂《孤雁》诗："暮雨相呼失，寒塘欲下迟。"③写不成书：雁飞行时行列整齐如字，孤雁而不成字，只像笔画中的"点"，故云。④因循：迟延。⑤残毡拥雪：用苏武事。《汉书·苏武传》载，匈奴"幽武置大窖中，绝不饮食。天雨雪，武卧啮雪与毡毛并咽之，数日不死"。此处喻指南宋被迫北行守节不屈者的状况。⑥荏苒：时光流逝。⑦长门：汉宫名，汉武帝陈皇后被废幽居于此。见辛弃疾《摸鱼儿》注。又暗用杜牧《早雁》诗："仙掌月明孤影过，长门灯暗数声来。"⑧蓦地：忽然。⑨玉关：玉门关的简称，唐著名边关，此泛指边塞地区。

译文　　空阔的楚江日色已晚，我怨恨自己离群万里，怅然与同伴失群离散。我顾影自怜，想要飞下寒塘栖息，又心惊胆战而迟疑流连。只见草枯沙净，水平天远。我孤单一身无法排成字形，只能寄去相思一点。我生怕这样徘徊迁延，会耽误北地吞毡嚼雪的故人，托付我传达他的丹心一片。　　谁能可怜羁旅孤独的哀怨，长门宫中深夜寂静悄然，有锦瑟弹奏出清愁无限。料想那些离散的伴侣，依然栖宿厮守在芦花丛底，也一定会把我思想惦念。我想他们在春天到来之前，也应该飞往楚天，来这里与我为伴，我仿佛听到他们在暮雨中相互呼唤，怕在关河处突然与他们相见，我将会怎样悲乐交集而喜笑开颜。想到这里，看到盟燕归来，画帘半卷，双燕在屋梁上双栖双眠，我一点儿也不艳美，心中更没有丝毫的羞惭。

评析　　　本词以失群的孤雁比喻自己国破家亡后的漂泊孤凄的生活处境。上片写孤雁凄苦艰危的生活环境及惶恐忧惧的精神状态。下片写其孤独之感及对伴侣的苦苦思念，全词委婉缠绵，刻画新警深微，是咏物词的名篇，时人曾因此词而称张炎为"张孤雁"，可见影响之大。

　　　张炎的咏物词比较有名，其最突出的特点是托物言志，这也是末世咏物诗词的共性。本词对孤雁的刻画穷形尽相，把家国之痛和身世之感尽寓其中。上片先把孤雁置于寥廓凄冷的环境中，渲染其孤寂凄苦的生活环境。亦雁亦人，也正是作者国破家亡、孤苦无依生活的写照。"写不成书，只寄得相思一点"两句含蓄空灵，构思极妙，能道前人之所未道。"料因循"三句点明孤雁的故国之思和高风亮节。下片开头三句承前，化用典故写孤怨。"想伴侣"下是自我安慰之词，想象着北去的许多志士仁人也会回南方来的，故不必去羡慕双归的春燕。使全词在哀飒之气中尚有一些希望和光明。关于最后几句，本文所译所释与前此诸文均不同。前文多释为北方之伴侣呼唤此雁在春前也应转程北归，但意脉不清，且与最后两句语意相抵牾，与情意也未合。一是春前即冬季雁应南翔而不该北归；二是如此孤雁北上，与"双燕归来"无关。只有北雁南来与此孤雁为伴，才可"未羞他、双燕归来"。且如从词人本身来讲，只有盼北去的友人不仕新朝南归之理，断无北人盼他同去之情。此是细微之处，也涉及全词意脉之大节，不可不细察之也。

疏　影

咏荷叶

张　炎

碧圆自洁。向浅洲远浦，亭亭清绝。犹有遗簪[①]，不展秋心，能卷几多炎热。鸳鸯密语同倾盖②，且莫与、浣纱人③说。恐怨歌、忽断花风，碎却翠云千叠。　　回首当年汉舞，怕飞去谩皱，留仙裙折④。恋恋青衫，犹染枯香，还叹鬓丝飘雪。盘心清露如铅水，又一夜西风吹折。喜净看、匹练飞光，倒泻半湖明月。

注释　　① 遗簪：指刚出水面尚未展开的嫩荷叶。② 倾盖：车盖相碰，表示一见如故。《史记·邹阳传》："有白头如新，倾盖如故。"③ 浣纱人：指怨女。唐郑谷《莲叶》诗："多谢浣纱人未折，雨中留得鸳鸯盖。"此处化用其意。④ 留仙裙折：《飞燕外传》"帝于太液池作千人舟，号合宫之舟。后（赵飞燕）歌舞《归风送远》之曲。侍郎冯无方吹笙以倚后歌。中流歌酣，风大起，后扬袖曰：'仙乎仙乎，去故而就新，宁忘怀乎？'帝令无方持后裙，风止，裙为之皱。他日，宫姝或襞裙为皱，号'留仙裙'。"此指荷叶多皱褶，类多褶裙。

译文　　碧绿的圆叶自然高洁，向着浅浅的汀洲，远远的水滨延伸着，亭亭玉立的姿态幽芳清绝。还有卷曲而没有展开的嫩叶，如美人遗下的碧玉头簪，不肯敞开她的芳心，又能卷走多少炎热？宽大的荷叶伸展开来如同伞盖，下面有一对鸳鸯正甜言蜜语何其亲热。这种情景，且不要对浣纱人诉说。恐怕花风会吹断她的怨歌，她会撕碎翠云般的荷叶。　　回忆当年在汉宫中歌舞，天子怕赵飞燕随风飞去。大风吹后，绿裙上留下许多皱褶，那仿佛就是布满皱褶的荷叶。我眷恋自己的一领青衫，似乎还沾有荷叶的清香和芳洁，又叹息如今鬓丝已经白白如雪。荷叶式的铜盘承接着露水，又被一夜秋风吹折。喜看月光如练从天空中倾泻，半个湖面都是澄澈的明月。那种妙境实在难以诉说。

评析　　本词咏叹荷叶的高洁自持，取其出淤泥而不染的品性，隐喻着词人洁身自好的情志。上片写荷叶的高洁幽绝，下片写其荣枯变化及清净自守的节操。

上片重点写荷叶之形，开头三句写开放的荷叶亭亭玉立向远处铺展的情景。"犹有遗簪"三句写刚出水面之嫩叶卷曲未伸展的情景，隐约暗喻自己以及诸多志士仁人心情郁结不开的情形。并隐喻即使尚有一些遗民不肯接受新朝，而又能起什么作用的意思。仔细体会方可悟出。"鸳鸯密语"以下写荷叶给自然界带来的欢欣及对荷叶的怜惜之情。下片用赵飞燕之典，形容荷叶之皱褶形态，增加了情趣，同时也暗寓往昔盛事，表现对故国繁华的眷恋之情。"恋恋青衫"五句抒发年岁已老而一事无成之慨叹。末几句写荷叶虽然被秋风所摧残折断，却依旧生活在清净圣洁的环境之中，暗寓自己高洁自守，表白终老林泉的心迹。

月下笛①

张　炎

孤游万竹山②中，闲门落叶，愁思黯然，因动黍离之感。时寓甬东③积翠山舍。

万里孤云，清游渐远，故人何处？寒窗梦里，犹记经行旧时路。连昌④约略无多柳，第一是、难听夜雨。谩惊回凄悄，相看烛影，拥衾谁语。　　张绪⑤归何暮？半零落，依依断桥鸥鹭。天涯倦旅，此时心事良苦，只愁重洒西州泪⑥，问杜曲⑦，人家在否？恐翠袖⑧，天寒，犹倚梅花那树。

注释　　①月下笛：词牌名。双调一百字。②万竹山：《山中白云词》江昱注引《赤城志》："万竹山在（天台）县西南四十五里。绝顶曰新罗，九峰回环，道极险隘。岭丛薄敷秀，平旷幽窈，自成一村。"③甬东：古地名，一作甬句东，在舟山岛上，今属浙江省定海县。④连昌：唐行宫名。此处借指南宋故宫。⑤张绪：南齐时吴郡人，字思曼。官至国子祭酒。风姿清雅。武帝置蜀柳于灵和殿前，曾叹曰："此柳风流可爱，似张绪当年。"此处是作者自比。⑥西州泪：晋羊昙与谢安友善。谢安死后不过西州路。因酒醉过此，伤心落泪。此处借用字面意。⑦杜曲：古地名。在唐代长安城南，杜氏为当时望族，世居于此，故称。此处代指贵族住宅区，即指自家住宅。⑧翠袖：美人，借指隐者。杜甫《佳人》诗："天寒翠袖薄，日暮倚修竹。"

译文　　我独自在万竹山间漫游，寂寞的门前落满败叶，不由得黯然神伤，愁思忧苦，因而牵动黍离之悲。当时我寓居在甬东积翠山舍。

　　我像一片孤云万里飘荡，独自游历在遥远的僻壤穷乡，故人如今又在什么地方？在寒窗下幽邈的梦境里，还记得旧时经行的地方。故国宫苑中恐怕已没有多少柳树，第一难以忍受的便是夜雨空响。梦醒后清冷寂寞凄凉，空对着烛前的孤影，独抱半床空被默默无语，有谁陪伴我说短论长？　　我如风流儒雅的张绪，暮年为何还不归乡？遥思断桥畔的鸥鹭大半已经零落，见到我一定会依依感伤。我浪迹天涯实在厌倦行旅，此时的心情无比凄惶。只能满怀愁苦重流思乡的眼泪，问一问当年的故园是否已经废弃摞荒。料想故人在如此寒冷的天气里，依旧穿着绿色的衣衫而亭亭玉立，依傍在梅花树旁。

评析　　南宋亡后，张炎怀着国亡家破的巨大悲痛到处飘零。元成宗大德二年（1298）流寓甬东（今浙江定海）。一次独游天台万竹山，触景生情，创作这首寄托"黍离之悲"的词章。词中以孤云自比，抒写故交零落、故宫荒凉、故家残破的无限悲慨，以及对故国、故家、故友的深切怀念之情。

　　起笔突兀，凌空而起。以孤云自况，"故人何处"点出怀人之思。"寒窗"以下四句借梦境写故国之思。"连昌"二句极空灵，理解为梦境亦可，理解为想象也可。"漫惊回"又折回到现境。下片开头"张绪，归何暮？"写故家难归之苦。"半零落"两句暗示故人已过世大半。"天涯倦旅"二句照应上片的开头和歇拍两处。"只愁"二句怀故家兼怀故人。结尾三句则以赞扬隐居的故人以自明心志，全篇以漂泊孤独之思为抒情主线，以怀故国、故家、故人为抒情对象，虚实互映，时空不断变换，意脉却很清晰。用典浑化无迹，凄婉动人。陈廷焯赞曰："骨韵俱高，词意兼胜，白石老仙之后劲也。"（《词则·大雅集》）

王沂孙 / ?—约1289

字圣与，号碧山、中仙、玉笥山人，会稽（今浙江绍兴）人。入元，任庆元路学正。有《花外集》（一名《碧山乐府》）。

天 香

龙涎香①

王沂孙

孤峤②蟠③烟，层涛蜕月，骊宫④夜采铅水⑤。汛远槎⑥风，梦深薇露⑦，化作断魂心字⑧。红瓷⑨候火，还乍识、冰环玉指⑩。一缕萦帘翠影，依稀海天云气。　　几回殢娇半醉，剪春灯、夜寒花碎。更好故溪飞雪，小窗深闭。荀令⑪如今顿老，总忘却、尊前旧风味。漫惜余熏，空篝素被。

注释　　①龙涎香：一种名贵香料。《宋史·礼志》："绍兴七年，三佛齐国进贡南珠、象齿、龙涎、珊瑚、琉璃、香药。"《岭南杂记》："龙涎香于香品中最贵重，出大食国西海之中，上有云气罩护，则下有龙蟠洋中，卧而吐涎，漂浮水面，为太阳所烁，凝结而坚，轻者浮石，用以和众香，能聚香烟，缕缕不散。"龙涎香实际上是抹香鲸肠内的分泌物。抹香鲸是鲸的一种，有的长达五六丈，鼻孔位于头上，常露出水时喷水，因而被想象为龙，并传说："上有云气罩护。"②峤：尖而高的山，此处指海中礁石。③蟠：盘曲而伏。④骊宫：骊龙的宫殿。骊，骊（黑）龙的省称。⑤铅水：此处代指龙涎香。⑥槎：木筏。此处指采龙涎香人所乘的舟筏。⑦薇露：蔷薇花制成的香水，是制龙涎香所用的一种香料。⑧心字：即形如心字的一种篆香。《词品》："所谓心字香者，以香末萦成心字也。"⑨红瓷：红色瓷盒。指盛龙涎香之器皿。⑩冰环玉指：指龙涎香制成后的形状。⑪荀令：三国魏荀彧，曾任尚书令。传说他爱熏香，衣带常有香气，经久不散。此处是作者自指。

译文　　孤独耸立的海中礁石上缭绕着浓烟，层层云涛蜕尽而淡月渐渐出现，鲛人趁着这样的夜晚，到骊宫去采集清泪般的龙涎。风送竹筏随着海潮去远，夜深时将龙涎和着蔷薇花的清露研炼，化作心字形的篆香而令人凄然魂断。龙涎装入红瓷盒后用文火烘焙，又巧妙地制成晶莹的指环。点燃时一缕翠烟萦绕在幕帘，那情景仿佛是海气云天。　　暗想从前，她不知有多少次撒娇耍蛮，故意喝得半醉不醉，轻轻地把灯火往碎里剪。更兼故乡的溪山，飘扬着轻雪漫漫，我们把小窗一关，那情味真是令人感到陶醉香甜。而今我如同荀令一般老去，早已忘却昔年酒宴间那种温馨与缠绵。但依旧爱惜当年留下的余香，依然把素被放在空空的熏笼上，以此来熨帖一下伤透的心田。

评析　　本词为著名咏物词。同时以此调咏龙涎香者尚有周密、张炎、陈恕可、仇远等十四人，均为南宋遗民词人。上片从采香、制香到焚香逐层展开，扣紧题意。下片回忆当年与恋人同熏龙涎香的雅兴，感慨今日之衰老，叹惜美好事物及大好时光的一去不返。全篇风神摇曳，辞采锦丽，意境朦胧，寄托遥深，颇耐品味。

　　关于本词是否有寄托，所寄托为何，前人说法不一。多数认为与当时胡僧杨琏真珈盗发会稽南宋诸帝后之陵，将理宗之尸倒悬树上三天，从其口中沥取水银，其头竟丢失之事有关。或以为为谢太后所作。就全词讲，似都有些讲不通。如果说本词受此二事（或他事）触发而作则可，解为专咏其事，再句句比附则不可。笔者认为，本词借龙涎香之燃尽而不可复得象征美好事物的得之难而失之易。其中包含着故国之思、故人之思、美好年华之思。而这一切都化为云烟不可复得矣。正如龙涎香一样，从生成到采摘再到提炼甚难，而其物亦最香最美。一旦失去则无法再得。故其所传达的只是一种人生感受，并非专为那一具体事件而发。结尾处表现出的哀思怅惘，正是亡国遗民的叹息呻吟。装有龙涎香的"篝"已空空，国家、往事，一切美好的事物也如同被焚尽的香烟一样飘逝而永不再返了。全词从其生成采摘开篇，到以空篝熏被终篇，状物抒情均扣紧龙涎香来说，章法极为严谨。

眉 妩①

新 月

王沂孙

　　渐新痕②悬柳，淡彩穿花，依约破初暝③。便有团圆意，深深拜④，相逢谁在香径？画眉未稳⑤，料素娥⑥、犹带离恨。最堪爱、一曲银钩⑦小，宝帘挂秋冷。　　千古盈亏休问，叹谩⑧磨玉斧⑨，难补金镜⑩。太液池⑪犹在，凄凉处、何人重赋清景？故山⑫夜永⑬，试待他、窥户端正⑭。看云外山河⑮，还老尽、桂花旧影。

注释　　①眉妩：词牌名。又名百宜娇。双调一百零三字。②新痕：形容新月。③初暝：夜幕刚刚降临。④深深拜：古代妇女有拜新月之风俗，以祈求团圆。⑤未稳：未完，未妥。⑥素娥：即嫦娥。⑦银钩：银色之帘钩，形容新月。⑧谩：同"漫"，徒然、枉然之意。⑨玉斧：段成式《酉阳杂俎·天咫》："太和中郑仁本表弟，不记姓名……方眠熟。即呼之……问其所自。其人笑曰：'君知月乃七宝合成乎？月势如丸，其影日烁其凸处也。常用八万二千户修之，予即一数。'因开襆，有斤凿数事。"斤即斧也。又有吴刚被罚砍桂树的传说。此处合二典而用之。⑩金镜：托喻月亮。⑪太液池：汉唐时宫中的池沼。宋初宰相卢多逊有《咏月》诗："太液池头月上时，晚风吹动百年枝。何人玉匣开金镜，露出清光些子儿。"⑫故山：此处指故国山河，也含有故乡意。⑬夜永：夜长。永，水流漫长貌。⑭端正：形容月圆无缺。⑮云外山河：指月中阴影。《酉阳杂俎》："佛氏谓月中所有，乃大地山河影。"

译文　　一痕新月渐渐爬上柳梢，淡淡的月光穿过斑驳陆离的树影，给刚刚黑暗的夜幕送来一些光明。新月已经出现升起，便已含有渐渐团圆的意态，人们都虔诚地向她拜礼揖敬，祝愿能与心上人相逢在那花香弥漫的小径。新月宛如没有画好的眉痕，一定是嫦娥还带着离恨别情。最令人喜爱的是，寥廓明净的天穹上，那一弯新月恰似宝帘上的帘钩，非常小巧玲珑。　　月亮圆亏缺盈，千古以来就是如此，不必仔细询问究竟。我叹息吴刚陡然磨快玉斧，也难补全刚缺的金镜。太液池苑依然存在，只是一片萧条冷清，更会有何人来吟咏新月的美景？故乡的深夜漫长悠永，我期待月亮快些圆满澄明，端端正正地照耀我的门庭。可惜月影中的山河无限，我却徒自老去，只能在月影中看到故国山河的象征。

评析　　本词约作于南宋亡国前后。上片刻画初升新月的妩媚动人，借嫦娥之恨宛抒人间的离愁。下片望月兴叹，抒发山河破碎，金镜难补，回天无力的悲慨。流露出深沉的亡国之痛。全词意象朦胧，空灵蕴藉，寄慨遥深。

　　唐宋人均有拜新月的习俗，本词即以此为发端。但国家残破，新月依旧，习俗相仍，词人为此而生兴亡之感。首三句以"渐"字领起，精细入微地刻画初升的新月，着意烘托一种清新优美的氛围。"渐"字精当至极，一写出新月徐徐升起之景，二是含有新月渐渐扩展之态。"便有团圆意"三句扣合拜月习俗，表现人们企盼人事团圆之意，写出新月带给人们新的希望。"最堪爱"三句以高远冥漠的秋空，衬出新月的纤小，使词人生出无限爱怜之意，表现出纤弱个体间的亲切认同。即对整个社会来说，个人是渺小的，作者自己更感到渺小和微不足道，对浩瀚无垠的苍穹来说，新月也小得可怜，对新月的怜爱中具有一种幽邈的意蕴，寄寓着渺小纤弱的人生与冷漠无情的宇宙相对时所产生的充满悲悯虚无意味的怅触之情，具有悲剧意识，为下片的慨叹做好铺垫。下片将笔放纵开来，"千古盈亏休问"一句括尽月亮与人世亘古以来盈亏往复的变化规律，这种超越一切具象而领悟到时间之永恒的宇宙感，带有一定的虚无色彩，也有很深的哲理意味。"叹谩磨玉斧"，二句惜复国无望。"太液池"二句伤盛世难再。据陈师道《后山诗话》和周密的《武林旧事》载，宋太祖夜幸后池，对新月载酒，召学士卢多逊作诗咏新月。南宋淳熙九年中秋，宋高宗和孝宗在后苑太池赏月，侍宴官曾觌献《壶中天慢》词，有"云海尘情，山河影满，桂冷吹香雪。何劳玉斧，金瓯千古无缺"之句。本词中"叹谩磨玉斧，难补金镜。太液池犹在，凄凉处、何人重赋清景"，似由此而生发。亡国之叹，其意尤明。"故山夜永"以下写即使盼到月圆，也只能在月影中依稀看到故国山河的影像而已。意象幽邈，感慨殊深。全词把咏月与感怀巧妙结合起来，多层次、多侧面、多角度地抒发了国亡家破的深深悲痛和无可奈何的叹息。"寓意微而多讽。后半忽用纵笔，却又是虚笔，寄概无端，别有天地。极龙跳虎卧之奇，海涵地负之观。"（陈廷焯《词则·大雅集》）

齐天乐
蝉
王沂孙

一襟余恨宫魂断[1]，年年翠阴庭树。乍咽凉柯，还移暗叶，重把离愁深诉。西窗过雨，怪瑶佩流空，玉筝调柱。[2]镜暗妆残[3]，为谁娇鬓[4]尚如许？ 铜仙铅泪[5]似洗，叹携盘去远，难贮零露。病翼惊秋，枯形[6]阅世，消得斜阳几度？余音更苦，甚独抱清商，顿成凄楚。谩想熏风[7]，柳丝千万缕。

注释 ①宫魂断：马缟《中华古今注》："昔齐后忿而死，尸变为蝉，登庭树嘒唳而鸣。王悔恨。故世名蝉为齐女焉。"此处因称蝉为宫魂。②"怪瑶佩"二句：比喻蝉声如佩玉响声和弹筝之声。③镜暗妆残：不梳洗打扮。④娇鬓：借喻蝉翼娇美。崔豹《古今注》载魏文帝宫人莫琼树"制蝉鬓，缥缈如蝉"。⑤铜仙铅泪：李贺《金铜仙人辞汉歌》序谓，魏明帝时派人拆迁汉武帝时所制捧露盘仙人，临行时金铜仙人潸然泪下。传说蝉餐风饮露，而承露仙人已走，蝉将无以为饮。⑥枯形：枯槁的形骸。⑦熏风：南风。古《南风歌》:"南风之熏兮。"苏轼《阮郎归》词:"绿槐高树咽新蝉,熏风初入弦。"

译文　　宫人愤然魂断伤心,满腔的余恨实在没有消遣之处。于是化作哀苦的鸣蝉,年年栖息在布满绿荫的庭树。她刚刚在乍凉的秋枝上幽幽咽咽,一会儿又移到了密叶深处,再把那离愁别恨向人们倾诉。西窗外过去一阵疏雨,我很奇怪,为何你的叫声不再凄苦,反而如玉佩在空中流响,又像佳人在深情抚弄着筝柱。明镜已变得暗淡无光,你也无心打扮装束,而今又是为了谁,鬓发尚娇美如许?　　金铜仙人已经去国辞乡,流下的铅泪如洗,可叹她携着金盘远行,再也不能为你贮存清露。你那病弱的双翼害怕秋天,枯槁的形骸阅尽了人间荣枯,还能经受得几次黄昏日暮?凄咽的残鸣尤为凄楚,为何独自把哀怨的曲调反复悲吟,一时间变得如此清苦。你徒自追忆那逝去的春风,吹拂着柔弱的嫩柳千丝万缕。

评析　　本词托物喻意,音调凄怆,形象幽渺,是一首乱世悲歌,词中数用宫廷遗事,显然寄托着黍离之悲和家国之恨。全词围着蝉的特性特征展开叙写,运用比喻、象征等各种修辞手法,舍貌取神,空灵缥缈,韵味隽永。

　　本词并见于《花外集》和《乐府补题》。《乐府补题》是宋朝遗民感愤于元僧杨琏真伽盗发宋代帝后陵墓而作的咏物词集。故此集中之咏物词多有寄托,词调均哀婉凄绝。又据载,一位村翁曾在孟后陵处得到一绺发髻,头发六尺多长,并有三枚宝钗。故集中咏蝉之作有可能是托意后妃的,本词也是如此。

　　还应指出一点,这里的孟后即南北宋之交的孟献太后。此人是哲宗皇帝的废后,因北宋后期激烈的党争而成为牺牲品,被废逐出皇宫,避过靖康之难。南宋初年被许多老臣所拥戴,成为一个政治中心。在高宗被废,局势极严峻的关键时刻,她深明大义,大智大勇,转危为安,因其辈分是高宗的伯母,又深得臣心。故南宋初在稳定大局方面起到了他人难以取代的作用。她的陵墓被盗,她的发髻被发现。自然会引起遗民文人们的无限悲慨。本词所写肯定与此有关,只不过是不局限于此而已。开篇便用蝉为齐女所化的传说比拟南宋的后妃，写她化蝉之后向人诉说离愁的凄楚动人的情景。"镜暗妆残，为谁娇鬓尚如许"二句，暗指村翁发现孟后发髻一事。下片由蝉餐风饮露，运用金铜仙人辞汉之典，一典双用，既有亡国之意，又有承露盘迁走，没有清露，蝉更无以为生之意，构思妙极。"病翼"以下几句寄寓身世艰危，朝不虑夕的感慨。结尾二句忽作转折，追想当年盛时的欢乐，反衬目前景况的凄苦。盛时难再，寒蝉为之魂断，而词人也只有抱恨而终了。情致极为凄婉。

长亭怨慢
重过中庵故园
王沂孙

泛孤艇东皋^①过遍，尚记当日，绿阴门掩。屐齿^②莓苔，酒痕罗袖事何限？欲寻前迹，空惆怅成秋苑。自约赏花人，别后总、风流云散^③。　　水远，怎知流水外，却是乱山尤远。天涯梦短，想忘了绮疏^④雕槛。望不尽冉冉斜阳，抚乔木年华将晚。但数点红英，犹识西园凄婉。

注释　　①东皋：东面的高地，也泛指田野或高地。②屐齿：木底前后带齿的鞋。一般指旅游时穿的鞋。③风流云散：王粲《赠蔡子笃》诗："风流云散，一别如雨。"④绮疏：镂花的窗格。

译文　　我独泛一叶轻舟，驶遍东皋去寻访他的故园。还记得当年，绿荫深深，门户紧掩。我们一同寻芳游览，屐齿印上了满地的苔藓。常常纵情豪饮，任凭酒痕把衣袖湿遍，当时只觉得赏心乐事无限。如今欲寻觅以往的踪迹，只能感到惆怅和幽怨。昔日的百花园，如今已变成一片凄凉的秋苑。从前共同赏花的友人，自从分别以后，如同风流云散。　　流水迢迢，多么悠远。怎知流水之外，是纷乱的群山，友人比那乱山更远。料想他独处天涯，归梦何其短暂，想是早已忘掉故乡的绮窗雕栏。抬望眼，所见到的只是斜阳冉冉。我轻抚着高大的树木，叹息自己的年华将晚。只有那数点落红，还在眷恋着凄婉的庭院。

评析　本词写重游友人故园的怀旧之作。上片写当年相聚的欢乐开心及别后的忧伤。下片设想友人忘记故园，隐含责备之意。结尾几句抒写年华已晚往事难再的怅惘。

本词题为"重过中庵故园"，旧注以为中庵系元曲家刘敏中。刘敏中，号中庵，有《中庵乐府》。但刘敏中乃由金入元者，据其作品和其他史料看，似与王沂孙无关。故此中庵究属何人，有待详考。但有一点似应肯定，即此人与作者是故友，关系相当不错，很可能入元朝为官而未归故乡，故词有如此感慨。上片直叙其事，描写独自泛舟到友人故园，追寻以往的赏心乐事，并由眼前的人去庭空，故友星散而引发昔盛今衰之慨叹。下片"水远"三句设想友人遥隔千里，含有想念之意。"天涯梦短"三句隐隐责备友人忘记故国，责备中也有体恤之情，感情复杂而微妙。"望不尽"几句抒自己年华空老之叹。结尾几句借"数点红英"写出花落园空、时移事去、故人不归的极度怅惋。再度流露对友人忘记故园的轻微的不满。全词虚实交错，忽今忽昔，但线索分明，感情沉郁而笔调空灵。

高阳台

和周草窗①寄越中诸友韵

王沂孙

残雪庭阴，轻寒帘影，霏霏玉管春葭②。小帖金泥③，不知春是谁家？相思一夜窗前梦，④奈个人水隔天遮。但凄然、满树幽香，满地横斜。⑤　　江南自是离愁苦，况游骢古道，归雁平沙。怎得银笺⑥，殷勤说与年华。如今处处生芳草，纵凭高、不见天涯。更消他，几度东风，几度飞花。

注释　　①周草窗：周密，字公谨，号草窗。②玉管春葭：古人为预测节气，将芦苇灰放入律管内，节气一到，相应律管内的灰就会自行飞出。见《后汉书·律历志》。③小帖金泥：古代风俗，立春日贴"宜春帖子"。帖子上或写"宜春"一字，或写诗句。金泥即泥金，用金粉粘着于物体。④"相思"句：卢仝《有所思》诗："相思一夜梅花发，忽到窗前疑是君。"此处化用其意。⑤"满树幽香"二句：林逋《山园小梅》诗："疏影横斜水清浅，暗香浮动月黄昏。"此化用其意。⑥银笺：洁白的信纸。

译文　　庭院背阴处尚有残雪，寒气透过了帘幕，屋里尚有轻寒的感觉。玉管中葭灰飞扬，已到了立春时节。门前虽然也有金泥帖，却不知春光都到了谁家的亭阁？我对你相思若渴，夜梦中迷离隐约，无奈终究被天水阻遮。待醒来时，更加凄然伤心，只见满树幽香轻散，满地是疏影横斜婆娑。　　江南离别自是愁苦，何况在古道上策马奔波，都是在羁旅天涯，只见飞雁归落平坦的沙窝。又怎能在信笺之上，尽情把如何空度年华的凄苦诉说？如今处处都长满芳草，纵然登上高楼眺望，也只能见萋萋芳草遍布原野山坡。更何况，还能经受住几度春风，又见几番红花纷纷飘落。

评析　　本篇如题，是和韵之作，词以残冬初春为背景，意象幽隐，曲折含蓄，既表达对友人的深深思念，也寄托了时移世换的兴亡之感。上片切合时令，写相思无奈，在梦境中都难以相见，深情绵邈。下片写同是羁旅，尚不如飞雁可归平沙。暗寓国亡家破的隐痛。末尾处以惜花伤春结，种种愁怀索回纠结，更令人感伤不已。"结笔低回掩抑，荡气回肠。"（况周颐《蕙风词话》）

　　宋亡后周密湖州故家毁于兵火，终身寄寓杭州。作《高阳台》词寄越中诸友，抒发家国破亡，怀乡念友之情怀。王沂孙此词即为和作，以哀婉含蓄的笔调写出亡国后春天来临却毫无知觉的极端的精神痛苦。开篇以景入情，点明时令。"小帖金泥"二句幽怨颇深。自然之春可回，社会之春难返，不知春在谁家，反正我家中无有。状心中之苦。"相思"二句极写念友之情。"但凄然"三句，以极凄美的景象衬托梦后不见故人的怅惘情怀。化用前人诗句却浑化无迹。下片明言离愁之苦，何况自己也是背井离乡之人，流浪之苦不堪忍受，再加上思友之情、惜时惜春之情，层层加码，将哀伤之情推向极致。而这一切，正是国破家亡所造成的。"无限哀怨，一片热肠，反复低回，不能自已。以视白石之《暗香》《疏影》，亦有过之而无不及。词至是乃蔑以加矣。"（陈廷焯《词则·大雅集》）因本词为和作，录周密原作于下以备欣赏之参考。周密《高阳台》（寄越中诸友）："小雨分江，残寒迷浦，春容浅入蒹葭。雪霁空城，燕归何处人家。梦魂欲渡苍茫去，怕梦轻、还被愁遮。感流年，夜汐东还，冷照西斜。　　萋萋望极王孙草，认云中烟树，鸥外春沙。白发青山，可怜相对苍华。归鸿自趁潮回去，笑倦游、犹是天涯。问东风，先到垂杨，后到梅花。"

法曲献仙音 ①
聚景亭 ② 梅次草窗韵
王沂孙

　　层绿 ③ 峨峨，纤琼 ④ 皎皎，倒压波痕清浅。过眼年华，动人幽意，相逢几番春换。记唤酒寻芳处，盈盈褪妆晚。　　已消黯，况凄凉、近来离思，应忘却、明月夜深归辇 ⑤。荏苒一枝春，恨东风、人似天远。纵有残花，洒征衣，铅泪都满。但殷勤折取，自遣一襟幽怨。

注释　　①法曲献仙音：原为唐教坊曲名，后用作词牌。又名越女镜心、献仙音。双调九十二字。②聚景亭：聚景园中之亭。董嗣杲云："聚景园在清波园外，阜陵致养北宫，拓圃西湖之东，斥浮屠之庐九，曾经四朝临幸。"（《西湖百咏注》）③层绿：指苔梅。④纤琼：细玉、碎玉，形容白梅。⑤夜深归辇：指孝宗屡次去聚景园探望高宗，深夜方归。暗指南宋盛时。

译文　　长满绿苔的梅枝重重叠叠，白梅如洁白的琼玉点缀树间。千树梅花映照湖面，碧波更觉清浅。年华匆匆如过眼云烟，同样牵动人的惜春芳情，相逢时却已过了几个春天。记得从前，与酒朋诗侣共同寻芳的去处，梅花总是多情地开放，宛若美人褪妆最晚。　　近来凄凉黯淡，何况又把离情增添。应该忘却昔日的欢乐，夜深才归车辇。可惜辜负这一枝春色，恨东风之时，友人却在遥远的天边。纵然还有残花点点，飘落在我的衣襟上，正如点点粉泪落在胸前。我深情地折取一枝梅花欣赏把玩，聊以排遣满腔的幽怨。

评析　　本词是次韵咏梅之作。上片描写梅开的盛状，下片抒怀友之情。其中隐喻着家国之思，情味悠远醇厚。

　　开头三句化用姜夔《暗香》"千树压，西湖寒碧"句意，描绘聚景园梅花盛开之美景。一状苔梅，一状白梅，精彩艳丽，再用一句总写。"过眼"三句宕开，感叹物是人非，景物如旧，而心情迥然不同，并由此接入对往日乐事的追忆，仍以梅花绾合。"盈盈褪妆晚"情景兼到，是生花妙笔。既有对梅花钟爱之情，亦含有对往事无限眷恋之意。下片抒发今昔盛衰之感，昔时盛况只以"夜深归辇"四字轻轻点出。笔调空灵疏隽，词意却极深厚，当年的繁盛自在想象之中。"荏苒"以下意转，江山易主，自身漂泊不定的凄怆与友人远隔天涯的离愁，均借梅花无主含蓄写出，亦梅亦人，韵味极深厚。本词是和作，将周密原作附录于下，以供并参。周密《法曲献仙音》(吊雪香亭梅)："松雪飘寒，岭云吹冻，红破数枝春浅。衬舞台荒，浣妆池冷，凄凉市朝轻换。叹花与人凋谢，依依岁华晚。　　共凄黯。问东风、几番吹梦，应惯识当年，翠屏金辇。一片古今愁，但废绿、平烟空远。无语销魂，对斜阳、衰草泪满。又西泠残笛，低送数声春怨。"

彭元逊／生卒年不详

字巽吾，庐陵（今江西吉安）人。与刘辰翁友善，宋亡不仕。《全宋词》录其词二十首。

疏 影

寻梅不见

彭元逊

　　江空不渡，恨蘼芜杜若[①]，零落无数。远道荒寒，婉娩[②]流年，望望美人迟暮。风烟雨雪阴晴晚，更何须，春风千树。尽孤城、落木萧萧[③]，日夜江声流去。　　　日晏山深闻笛[④]，恐他年流落，与子同赋。事阔心违，交淡媒劳[⑤]，蔓草[⑥]沾衣多露。汀洲窈窕[⑦]余醒寐，遗佩浮沉澧浦。[⑧]有白鸥淡月，微波寄语，逍遥容与[⑨]。

注释　　①蘼芜杜若：均是香草名。②婉娩：指仪容柔顺，也指天气温和。③落木萧萧：杜甫《登高》诗："无边落木萧萧下，不尽长江滚滚来。"此处化用其意。④笛：指《梅花落》笛曲。⑤交淡媒劳：屈原《九歌·湘君》："心不同兮媒劳，恩不甚兮轻绝。"此处化用其意。⑥蔓草：蔓生的杂草。《诗·郑风·野有蔓草》："野有蔓草，零露抟兮。"⑦窈窕：体态美好貌。⑧"遗佩"句：屈原《九歌·湘君》："捐余玦兮江中，遗余佩兮澧浦。"⑨逍遥容与：从容不迫貌。《九歌·湘君》："时不可兮再得，聊逍遥兮容与。"

译文　　江天空阔，看不见梅花的清影。又恨蘼芜杜若般的芳草，也在不断地枯萎凋零。我不惜路远天冷，苦苦追寻她那美好柔婉的芳容。可是在不断的渴望之中，她却已如美人一样不再年轻。经过多少风烟雨雪，经过多少昏暮阴晴，却无法找到梅花的倩影，更不要说千树盛开的红梅沐浴着春风。整个孤城中只见落叶萧萧，只听见江水奔流之声日夜不停。　　暮色中听到深山中传出笛声，是人们害怕梅花零落，把她谱进乐曲传唱抒情。我想与梅花见面却又不能，她和我的交情太淡太轻。再殷勤也枉费徒劳，徒自让蔓草的浓露沾湿我的衣襟。美丽的梅花或在江边小洲睡醒，遗下的环佩漂浮在水滨。汀上的白鸥，天边的淡月，连同江中的微波都在殷勤劝我，姑且自己自在逍遥，不必为梅花劳神伤心。

评析　　本词别本调名又作《解佩环》。词中借追寻梅花伤时感世，寄托怀旧之情。上片写寻梅不见的怅惘，下片写梅之精魂。意境凄迷朦胧。

　　作者把梅花描写成一位远远离去的迟暮美人，抒发寻访无着的怅恨之情，并以梅花凋零以后的萧条清冷景象衬托心中的愁情。开头三句写春天不肯渡江而至，所以众香草均已凋零。"远道"以下至上片结束，写苦苦寻梅不到，连一树开放的梅花也见不到，所见到的只是"无边落木萧萧下"的凄凉萧条空旷而已。下片"日晏山深闻笛"，以《梅花落》笛曲照应眼前梅花落的实景，加深了感伤情味。以下化用屈原《九歌·湘君》中的诗意，渲染作者对梅花的无限思慕之情。全词情致深婉幽邈，但稍显晦涩。

六　丑

杨　花

彭元逊

　　似东风老大，那复有、当时风气。有情①不收，江山身是寄。浩荡何世。但忆临官道，暂来不住，便出门千里。痴心指望回风坠，扇底相逢，钗头微缀。他家万条千缕，解遮亭障驿，不隔江水。　　瓜洲②曾叙③，等行人岁岁，日下长秋④，城乌夜起。帐庐好在春睡，共飞归湖上，草青无地。愔愔⑤雨、春心如腻，欲待化、丰乐楼⑥前，帐饮青门⑦都废。何人念、流落无几，点点抟作，雪绵松润，为君浥⑧泪。

译文　　暮春时东风渐老，哪里还有当初的芬芳情意？多情的杨花无人收留。在空阔的江山中到处漂泊，身世如寄，不知要飘落到何时何世？追忆她曾在官道暂时依傍，却未能长久地留居，又悠悠地出门千里，痴心指望着被旋风吹坠，能飞落到佳人的扇底。或是轻轻地落在渡头上作为点缀。别人家的柳条千丝万缕，只知道遮蔽长亭短驿，却隔不断滚滚东流的江水。　　她曾经在瓜洲靠岸，岁岁等着行人返归。夕阳已落下故宫，城头的栖乌被月光惊起。又曾在帐幕中沉沉春睡，也曾和友伴共同飞到湖上，四处都是青草而无落足之地。空中落着绵绵丝雨，沾湿杨花，使她春心如腻。想飞也飞不起。她想要飞到丰乐楼前饯别的宴席，想要飞到青门外去，都因力气不足而枉费心机。有谁来可怜她，到处流落所剩无几，点点滴滴，滚作松软雪白的绵团，可以为君擦去伤心的眼泪。

评析　　本词咏杨花，构思立意均模仿苏轼《水龙咏》咏杨花一词，但笔力稍逊，词意也较晦涩。上片抒写杨花漂泊无定所，下片写柳花为雨所湿，欲飞不能，化作愁人眼泪。字里行间隐约寄寓着作者在宋亡后无所依归的身世之感。

起笔两句写春暮，杨花已老。"有情不收，江山身是寄，浩荡何世"三句借杨花无处归依，不知漂泊到何世抒写自己身无定所，尤其是精神无所依托的痛苦。这是典型的遗民情怀。"但忆"以下写杨花无处安身的苦况，官道不留，指望到美人的扇底钗头去做点缀也是痴情，最后随江水而去。下片开头意脉承前，有岭断云连之妙。既已说"不隔江水"，暗示其随江水漂流。下片接着说，她如同美人，在瓜洲停泊靠岸，等着被送别的人返回，直等到日落月升，何等痴情。"帐庐"三句再写杨花只能飞到湖上落在水面，而地面无处容身。此有两点含义：一是柳絮太轻飘，最易被吹起刮起，见水沾湿则不能再飞；二是传说水中浮萍为柳絮所化，故落水化萍才是她的最终归宿。"愔愔雨"，以下补充这一点，写柳絮沾雨之后再不能飞的苦况。最后以"为君浥泪"收束，增加了悲凉色彩。

姚云文／生卒年不详

字圣瑞，高安（今属江西）人。咸淳四年（1268）进士。曾任兴县（今属山西）县尉。入元，授承直郎，抚、建两路儒学提举。《全宋词》录其词九首。

紫萸香慢①

姚云文

近重阳、偏多风雨，绝怜此日暄明。问秋香浓未，待携客、出西城。正自羁怀多感，怕荒台②高处，更不胜情。向尊前、又忆漉酒③插花人，只座上、已无老兵④。　　凄清，浅醉还醒，愁不肯、与诗平。记长楸⑤走马，雕弓笮柳^⑥，前事休评。紫萸一枝传赐，梦谁到、汉家陵。尽乌纱^⑦便随风去，要天知道，华发如此星星。歌罢涕零。

注释　　①紫萸香慢：词牌名，姚云文自度曲。双调一百四十字。②荒台：指戏马台，项羽曾在此训练骑兵。南朝宋武帝刘裕北伐曾于重阳日在此大宴官员。③漉酒：过滤酒。萧统《陶渊明传》载，陶渊明尝取头上葛巾漉酒。此处代指志趣高雅的友人。④老兵：用谢奕事。《晋书》载：谢奕尝逼桓温饮，温走避之。奕遂引温一兵帅共饮曰："失一老兵，得一老兵。"此处当借指共同当兵的战友。⑤长楸：曹植《名都篇》："斗鸡东郊道，走马长楸间。"此处化用其意，谓在长楸路上跑弓。长楸，古时道旁植楸树，绵延很长，故称长楸。⑥笮柳：即百步穿杨之意。笮，射箭。⑦乌纱：帽子，用孟嘉事，见刘克庄《贺新郎》注。

译文　　临近重阳节以来风雨偏多，因此我特别珍惜今日的温暖晴明。探询一下秋天的菊花香气是浅还是浓，等我和朋友们共同去游览西城。正满怀羁愁的时候容易触发，真怕登上荒台后更加伤情。想要安排酒宴，又忆念从前滤酒插花的朋友。只见眼前的席位上，已没有当年的老兵。　　我感到无比寂寞凄清，借酒浇愁虽然浅醉还很清醒。心中的忧愁太深太浓，用诗词也无法宣泄而使心境得到平衡。记得当年在长满长楸的大道上跑马，用雕弓表演百步穿杨的高妙本领，以往的功业也不必再论说品评。只记得每当重阳佳节，朝廷便传赐紫色茱萸的光荣情景。如今，梦魂也难以到达故国园陵。我任凭那秋风把帽子吹跑，老天也要知道我的白发如此星星，我放声长歌一曲，不由得涕泣飘零。

评析　　本词是重阳节感怀之作。上片写尊前怀友之情，下片抒忆昔伤今之慨。从"荒台""老兵"。"长楸走马""雕弓笮柳"等词句看，作者曾是位力主抗元并曾有过戎马生涯的爱国志士。词中流露出壮志未酬的悲慨，也寓有强烈的故国之思。

　　开篇三句写连日阴雨，只重阳节晴明，故与友人出城。"正自"三句用刘裕重阳节宴饷官兵之典，婉抒对南宋朝廷不思振作北伐终至亡国的不满与激愤。"向尊前"几句借重阳而思念故友。故友也有两种人：一是陶渊明式的潇洒高雅的文人，二是桓温、刘裕式的能征惯战的斗士。于此可见词人当是位文武兼长之人。南宋时代，由于国势衰微，因此许多文人都习武而有军事才能。辛弃疾、陆游都是这种类型的爱国志士。下片开头"凄清"四句写忧愁之深。"记长楸"三句写出当年跑马神射的勇武精神。"前事休评"，于凄怆中寓愤激之情。"紫萸"三句暗示故国已亡。结拍几句活用孟嘉之典，抒发深沉的哀痛。全词紧扣重阳节之习俗来写，用典贴切而意蕴丰厚。从结构看，从出游始，以游览结束而"歌罢涕零"终，感情转宕变化自然，意脉清晰，章法浑成。

僧 挥 / 生卒年不详

又称僧仲殊。俗姓张氏，字师利，安州（今湖北安陆）人。曾举进士。后出家为僧，居苏州承天寺，杭州吴山宝月寺，与苏轼交游唱酬。崇宁中，自缢而死。有《宝月集》，不传。有近人辑本。

金明池 ①

僧 挥

天阔云高，溪横水远，晚日寒生轻晕②。闲阶静、杨花渐少，朱门掩、莺声犹嫩。悔匆匆、过却清明，旋③占得、余芳已成幽恨。却几日阴沉，连宵慵困，起来韶华④都尽。　　怨入双眉闲斗损⑤，乍⑥品得情怀，看承⑦

全近⑧。深深态，无非自许，厌厌⑨意，终羞人问。争知道、梦里蓬莱⑩，待⑪忘了余香，时传音信。纵留得莺花，东风不住，也则⑫眼前愁闷。

注释　①金明池：词牌名。又名昆明池、夏云峰。双调一百二十字。②轻晕：淡淡的光圈。③旋：很快、不久。④韶华：美好的时光，春光。⑤闲斗损：空对煞。损，甚的意思。意谓终日双眉紧锁。⑥乍：恰、正。⑦看承：特别看待。⑧全近：非常亲近。全，副词，甚或很的意思。⑨厌厌：通"恹恹"，精神不振貌。⑩蓬莱：古传说中海上仙山名，此代指春天永驻的理想境界。⑪待：打算。⑫也则：依然是。

译文　天空寥廓，云彩高闲，春溪横流，溪长水远。黄昏的时候，气温轻寒，太阳暗淡，周围显示出晕染似的光环。庭院台阶上非常清闲，杨花渐渐稀少，红色的大门轻轻遮掩，小黄鹂刚刚学会鸣叫，声音特别娇嫩而婉转。后悔在匆匆忙忙中就过了清明，刚刚领略点春天的余芳，便已经成为幽怨。几天来昏昏沉沉，连夜来困顿慵懒。等起来时，一切良辰美景都已匆匆逝去，仿佛是烟消云散。　　终日里双眉紧锁，徒自怨恨伤感。正因为我们具有同样的品德情怀，相互才特别亲密无间。深深忧愁的神态，郁郁寡欢的意念，无非都是自许自怜，终羞怕人问见。怎么能知道，如花似锦的美景只能在梦里出现。打算忘却余香，但香味却时时浮现。即使留得住莺语花红，也留不住春风，留不住春天，只落得个眼前的愁闷心烦。

评析　本词抒写惜春恋春的深情。上片写无奈春尽的愁苦，下片写留春无计的怨恨。

上片前三句写春日暮景，视野很开阔。晚日生晕，色彩暗淡凄迷，充满感伤色彩，为全篇奠定基调。"闲阶静"四句点明季节是春暮夏初，环境清幽，衬人之孤寂。"莺声犹嫩"描写很生动有趣，令人联想黄莺雏崽那尖而细的可爱的鸣叫声，最能表现节令。"悔匆匆"四句写游春之兴未尽而春已归去的惆怅。"却几日阴沉"呼应开头的晚日生晕，进一步表现天气不好，故心情也郁郁寡欢。意谓连续几天天气阴沉，心情阴沉慵懒困乏，等有点兴趣时春天已经过去了。下片开头三句写得很晦涩，用意尖巧，只是说"枉凝眉"而已，费力而太隔。"深深态"四句状自怜自爱之态，也有美人迟暮之憾。"争知道"四句写春光如梦般逝去，欲息不能。结尾三句，再推进一层，言即使有莺语花开，但风雨不住，也令人愁苦。情致益发深沉婉曲。

李清照／约1081—约1151

号易安居士，济南（今属山东）人。李格非之女，赵明诚妻。建炎三年（1129）赵明诚卒，从此李清照生活孤苦无依，辗转流离，晚年在杭州和金华度过。词以南渡为界分前后两期，词风婉约，偶有豪放之致。著有《词论》《易安居士文集》《易安词》，不传。后人辑有《漱玉词》。

凤凰台上忆吹箫

李清照

香冷金猊①，被翻红浪②，起来慵自梳头。任宝奁③尘满，日上帘钩。生怕离怀别苦，多少事、欲说还休。新来瘦，非干病酒，不是悲秋。　　休休，者④回去也，千万遍《阳关》⑤，也则难留。念武陵人远⑥，烟锁秦楼⑦。惟有楼前流水，应念我、终日凝眸。凝眸处，从今又添，一段新愁。

注释　　①金猊：狮形铜香炉。②红浪：红被乱摊床上如波浪貌。③宝奁：华贵的梳妆镜匣。④者：这。⑤《阳关》：即《阳关三叠》，王维的《送元二使安西》诗，为唐宋时送别曲，又称《渭城曲》。⑥ 武陵人远：陶渊明《桃花源记》中载，武陵渔人误入桃花源，离开后再去便找不到路径了。此处借指丈夫赵明诚要去很远的地方，自己难以寻觅。⑦ 秦楼：相传秦穆公女弄玉所居之所。此代指自己居所。

译文　　狮形铜炉里的香已经冷透，红色的锦被乱堆床头，如同红色的波浪，我也无心去收。早晨起来，懒洋洋地不想梳头。任凭梳妆匣落满灰尘，任凭朝阳的日光照上帘钩。我生怕离别痛苦，有多少话要向他倾诉，可刚要说又不忍开口。新近来渐渐消瘦，不是因为喝多了酒，也不是因为悲秋。　　算了罢，算了罢，这次他必须要走，即使唱上一万遍《阳关》曲，也无法将他挽留。想到心上的人就要远去，剩下我独守空楼。只有那楼前的流水，应顾念着我，映照着我整天注目凝眸。就在凝眸远眺的时候，从今而后，又增添一段日日盼归的新愁。

评析　　本词抒写惜别的深情和别后刻骨铭心的怀念。上片写不忍丈夫离去，着意刻画慵懒的情态，下片着重写怀念和痴情。笔触细腻生动，抒情极凄婉。

　　上片开头五句只写一个"慵"字。香冷而不再去换新香点燃，一慵也；被也不叠，任凭胡乱摊堆床上，二慵也；起床后连头也不愿梳，何谈化妆，三慵也；梳妆匣上落满灰尘，懒得擦，懒得动，四慵也；日上帘钩，人才起床，五慵也。词人为何如此慵懒而没心情？原来是"生怕离怀别苦"。这句为全词之眼，在上片的中间位置，括上而启下。"多少事，欲说还休"，体现出主人公心地的善良和对丈夫的深挚的爱。杨慎评此句说："'欲说还休'与'怕伤郎，又还休道'同意。"（杨慎批点本《草堂诗余》卷四）可谓深得其心。因为告诉丈夫，也只能增添丈夫的烦恼而已，故宁可把痛苦埋藏心底，这又是一种什么样的深情啊！歇拍三句为上片之警策，本来因怕分别才容颜瘦损，但作者偏不直接说出。"新来瘦，非干病酒，不是悲秋。"那是为了什么，答案不言自明，而情味弥足矣。

　　下片设想别后的情景。"休休"是大幅度的跳跃，省略了如何分别、如何饯行的过程，直接写别后的情景。"念武陵人远，烟锁秦楼"两句写自己的孤独。"楼前流水"句暗承上片的秦楼。以下三句近乎痴话。流水本是无情物，怎能"念"呢？但正因这样写，才突出词人的孤独与痴情。一是写出终日在楼前凝眸远眺，或盼信或望归。二是楼前的流水可以映出她凝眸的神情，也只有流水方可证明体验她的痴情。抒情何其深婉，入木三分。结拍三句将词意再度深化，"一段新愁"指什么？含蓄而又明确，与上片结拍的写法属同一机杼。沈际飞评云："清风朗月，陡化为楚云巫雨，阿阁洞房，立变为离亭别墅。"（《草堂诗余正集卷三》）全词心理刻画十分细腻精致，在封建女性文学中实属难能可贵。

醉花阴^①

李清照

薄雾浓云愁永昼，瑞脑^②消金兽^③。佳节又重阳，玉枕纱厨，半夜凉初透。东篱^④把酒黄昏后，有暗香^⑤盈袖。莫道不消魂，帘卷西风^⑥，人比黄花瘦。

注释　　①醉花阴：词牌名，双调五十二字。②瑞脑：即龙脑，香料名。③金兽：兽形铜香炉。④东篱：语出陶渊明《饮酒》（其五）："采菊东篱下，悠然见南山。"⑤暗香：指菊花的香气。⑥帘卷西风：西风卷帘的倒装。西风，秋风。

译文　　终日里阴阴沉沉，弥漫着薄雾浓云，我的心情愁苦烦闷。兽形的铜炉，瑞脑香已渐渐燃尽。又一度的重阳佳节来临。到了夜半时分，纱窗玉枕，感觉到一阵阵的清凉侵身。　　黄昏后在东篱下的菊花旁自饮自斟，轻淡的菊花香气充满衣襟。不要说此情此景不令人伤心，当秋风吹卷门帘的时候，就会发现屋里的人比外面的黄色菊花还要瘦损。

评析　　本词抒写重阳佳节独守空闺的苦况。上片由白天写到夜晚，愁苦孤独之情充满其中。下片倒叙黄昏时独自饮酒的凄苦，末尾三句设想奇妙，比喻精彩，是古今盛传的佳句。

开头两句渲染寂寥无聊的环境氛围，天气阴沉，香已燃尽。词人不再续香，衬托出心境之不佳。"佳节又重阳"点明时令，也暗示心绪不好的原因。每逢佳节倍思亲。佳节时本应该夫妻团圆、共同饮酒赏菊，而如今只有自己，所以才会"玉枕纱厨，半夜凉初透"的。这种凉，既是身体之凉，更是心里之凄凉。下片前两句倒叙黄昏独自饮酒赏菊的凄凉，扣住"重阳"。末三句以菊花之瘦比喻人之瘦，本来已很新颖，再用人比黄花还瘦的夸张笔法，更出人意表，据伊世珍《嫏嬛记》载，李清照将此词寄给赵明诚，"明诚叹觉、自愧弗逮，务欲胜之。一切谢客，忘食忘寝者三日夜，得五十阙。杂易安作，以示友人陆德夫，德夫玩之再三，曰：'只三句绝佳。'明诚诘之。答曰'莫道不消魂，帘卷西风，人比黄花瘦。'正易安作也"。

声声慢[①]

李清照

寻寻觅觅，冷冷清清，凄凄惨惨戚戚。乍暖还寒[②]时候，最难将息。三杯两盏淡酒，怎敌他、晚来风急。雁过也，正伤心，却是旧时相识。　　满地黄花堆积，憔悴损、如今有谁堪摘。守着窗儿，独自怎生[③]得黑？梧桐更兼细雨，到黄昏、点点滴滴。这次第[④]，怎一个愁字了得。

注释　　①声声慢：词牌名。双调九十七字。②乍暖还寒：乍暖乍寒，忽冷忽热。③怎生：怎样。生，语助词。④次第：光景、情景。

译文　　如同是丢了什么，我在苦苦寻觅。只见一切景物都冷冷清清，使我的心情更加愁苦悲戚。忽冷忽热的天气，最难保养身体。虽然喝了几杯淡酒，也无法抵挡傍晚时秋风的寒气。正在伤心的时候，又有一群群大雁，向南飞去。

那身影，那叫声，却是旧时的相识。　　满地上落花堆积，菊花已经枯黄陨落，如今还有谁忍心去摘？守着窗户独坐，孤苦伶仃，怎样才能挨到入夜？在这黄昏时节，又下起了蒙蒙细雨，梧桐叶片落下的水滴，声声入耳，令人心碎。此情此景，又怎是一个愁字概括了得？

评析　　本词是李清照晚年所作，抒写其孤苦无依的生活境况和极度的精神痛苦。开头连用七组叠字，且在感情上层层递进，有统摄全篇之效。全词以暮秋景色为衬托，通过一些生活细节来表现孤独痛苦的心境，如泣如诉，非常感人。

　　词之开头连用七对叠字，分为三组，"寻寻觅觅"表现一种空虚失落感，仿佛在寻觅什么，实质是想在现实生活中寻找点慰藉，以排遣内心的痛苦，但所看到的环境却是"冷冷清清"，这更加重了痛苦的程度，故云"凄凄惨惨戚戚"。十四个字表现了感情流动的过程，且统摄全篇。以下的饮酒、听雁、观花、守窗听雨均属生活细节，由"寻寻觅觅"引发而来，其景物描写则由"冷冷清清"引发而来，贯穿全词的感情则是"凄凄惨惨戚戚"。"乍暖"两句写气候之多变。"三杯"三句写饮酒愁浓，是天寒更是心冷。"雁过也"之含义尤丰，雁可北去南归，而作者却无法回到自己的故乡；鸿雁似可传书，但丈夫已死，书信何传。故这一意象中包含着故国之思和亡夫之痛。下片承前，写地面落花狼藉之残象，俯仰皆是衰飒之景。"守窗独坐"两句，看似简单，内涵却极为丰富。当年赵明诚之父赵挺之死，受到奸贼蔡京陷害，赵明诚落职回青州老家隐居十余年，夫妻每日黄昏在书房读书品茶，十分幸福温馨，因此每日之黄昏是最幸福、最快乐的时光。当日的幸福和快乐加深如今的痛苦。因此"独自怎生得黑"的感情意蕴极其丰富深沉。最后几句完全口语化。却表现出极丰富的感情，尾句更是直截了当，仿佛是灵魂的呼喊，震颤人心。陈廷焯说："后幅一片神行，愈唱愈妙。"（《白雨斋词评》）全词情景相生，巧用"黑""得"等险韵，工妙自然，笔力矫健。九组叠字的运用也增强了音韵效果，使全词顿挫凄绝，如泣如咽。

念奴娇 ①

李清照

萧条庭院，有斜风细雨，重门须闭。宠柳娇花寒食近，种种恼人天气。险韵②诗成，扶头酒③醒，别是闲滋味。征鸿过尽，万千心事难寄。　　楼上几日春寒，帘垂四面，玉阑干慵倚。被冷香消新梦觉，不许愁人不起。清露晨流，新桐初引，④多少游春意。日高烟敛，更看今日晴未。

注释　　① 念奴娇：词牌名。又名大江东去、酹江月等。双调一百字。② 险韵：也称窄韵，用生疏冷僻、难押的字做韵脚，而且属于同一韵部的字较少。③ 扶头酒：容易醉人的酒。俗称上头、缠头。④ "清露"二句：语出刘义庆《世说新语·赏誉》："于是清露晨流，新桐初引。"

译文　　庭院里萧条冷寂，斜风吹着细雨，一层层的院门紧紧关闭。娇花开放，嫩柳渐渐染绿。寒食节即将临近，又到了令人烦恼的时日，再加上忽冷忽热忽阴忽晴的天气，令人烦恼郁悒。押险韵的诗已经做成，缠头的酒也已经清醒，别是一番闲愁的滋味。空中的大雁尽行飞过，可心中的千言万语却难以托寄。　　连日来楼上春寒，四面的帘幕垂得低低。玉栏杆我也懒得凭倚。锦被清冷，香火已消，我刚从短梦中醒来，精神还有些恍惚迷离。这情景，使本来已经忧愁的我不能不起。清晨的新露涓涓，新发出的桐叶一片湛绿，不知增添了多少游春的意绪。太阳已经很高，晨烟刚刚收敛，再看一看今天是不是晴好的天气。

评析　　这是一首闺怨词，从词中的感情和表现体会，当是词人早期作品。词中塑造了一个刻意伤春而又伤别的女主人公形象。李攀龙《草堂诗余隽》云："上是心事，难以言传；下是新梦，可以意会。"对我们理解本词之意蕴有启迪作用。

　　本篇或题为"春日闺情"，仅从内容来看，无法准确判断其写作时间，或者是未婚时所作，或者是婚后赵明诚不在家时，适逢清明所作。上片开头几句描绘斜风细雨的萧条景象，以景抒情。"险韵诗成，扶头酒醒"两句属生活细节。作诗饮酒都是为了遣愁，为下文蓄势。究竟为什么愁，没有明确说。歇拍两句点明主旨，原来是自己的心事无法通过书信的方式传递出去。这当然也有两种可能：一是无法把春心传递给自己钟爱之人；二是丈夫不在身边，信中又"万千心事难寄"。下片开头说春寒料峭，无心凭栏，终日垂帘，烦闷心绪难以消遣。末尾几句陡转，因天气转晴，忽然又产生游春之意。结构上开合动宕，深得吞吐腾挪之妙。黄蓼园评曰："至前阕云'重门须闭'，次阕云'不许'，'不起'，一开一合，情各夏夏生新。起处雨，结句晴，局法深成。"（《蓼园诗选》）

永遇乐

李清照

落日熔金①，暮云合璧②，人在何处？染柳烟浓，吹梅笛怨③，春意知几许？元宵佳节，融和天气，次第岂无风雨。来相召、香车宝马，谢他酒朋诗侣。

中州④盛日，闺门多暇，记得偏重三五⑤。铺翠冠儿⑥，捻金雪柳⑦，簇带⑧争济楚⑨。如今憔悴，风鬟雾鬓⑩，怕见夜间出去。不如向帘儿底下，听人笑语。

注释　①熔金：形容日将落时金黄的颜色。②暮云合璧：形容日落后，红霞消散，暮云像碧玉般合成一片。江淹《拟惠休怨别》："日暮碧云合，佳人殊未来。"③吹梅笛怨：笛曲中有《梅花落》，声调凄楚哀怨。④中州：今河南省，此处指北宋都城汴京。⑤三五：古人常称阴历十五为"三五"，此处指元宵节。⑥铺翠冠儿：装饰着翡翠羽毛的帽子。⑦捻金雪柳：当时妇女时兴的一种装饰物。雪柳用绢或纸制成。捻金，用金纸捻丝。加上金丝的雪柳更为名贵。⑧簇带：宋时方言，插戴满头之意。⑨济楚：宋时方言，整齐美丽。⑩风鬟雾鬓：形容头发蓬松散乱。

译文　　落日金光灿灿，像熔化的金水一般，暮云色彩淡蓝，仿佛碧玉一样晶莹鲜艳。景致如此美好，可我如今又在何地哪边？新生的柳叶如绿烟点染，《梅花落》的笛曲中传出声声幽怨。春天的气息已露出端倪。但在这元宵佳节融和的天气，又怎能知道不会有风雨出现？那些酒朋诗友驾着华丽的车马前来相召，我只能报以婉言，因为我心中愁闷焦烦。　　记得汴京繁盛的岁月，闺中有许多闲暇，特别看重这正月十五。帽子上镶嵌着翡翠宝珠，身上带着金纸捻成的雪柳，个个打扮得俊丽翘楚。如今容颜憔悴，头发蓬松也无心梳理，更怕在夜间出去。不如从帘儿的底下，听一听别人的欢声笑语。

评析　　本词是李清照后期所作。通过今昔对比，抒写今昔苦乐不同的情景，表达忧时伤世怀念故国的情思。上片描绘元宵节傍晚时分的景物和自己的感受。下片写闭门幽居，抚今追昔，悲不自胜的感受。结尾两句抒情极为凄楚，令人酸鼻。

　　上片写今年元宵节的情景。开头两句对仗工整，辞采鲜丽。如此气候，预示当晚的灯节将有一番热闹场面。但下面一句陡转，"人在何处"，是一声充满迷惘与痛苦的叹息。包含着词人抚今追昔的意念活动，也是全词情感的基调。"元宵佳节"三句又一波折，前两句美景中也有哀怨，"次第岂无风雨"仿佛是无端忧虑，但这正表现出作者多年来颠沛流离饱经折磨的特殊心境，也为下文不应邀出去做铺垫。谢绝同游正表现出她的心绪落寞。下片转写当年汴京元宵节的繁盛，以及自己无忧无虑的幸福情景。"铺翠冠儿"三句集中写当年着意穿着打扮，既切合青春少女的特点，又体现出当时青春的活力，也可通过这个侧面想象当时汴京热闹繁荣的景象。以下再次陡转，写现在蓬头垢面无心打扮的情形，与往昔形成鲜明的对比。两种迥然不同的心境，反映出南渡前后词人两种不同的生活境况和精神面貌，在那个时代里有典型意义。

　　全词在艺术上运用今昔对照与丽景哀情相映的手法，并有意地将当时的口语与精致的文学语言交错融合，形成一种文白相济、雅俗共赏的风格。

图书在版编目(CIP)数据

宋词三百首译注评／毕宝魁著. —北京：现代出
版社，2022.1

ISBN 978-7-5143-9132-9

Ⅰ.①宋…　Ⅱ.①毕…　Ⅲ.①宋词－诗歌欣赏　Ⅳ.
①I207.23

中国版本图书馆CIP数据核字(2021)第131977号

宋词三百首译注评

著　　者	毕宝魁
责任编辑	赵海燕　王　羽
出版发行	现代出版社
通信地址	北京市安定门外安华里504号
邮政编码	100011
电　　话	010-64267325　64245264（传真）
网　　址	www.1980xd.com
电子邮箱	xiandai@vip.sina.com
印　　刷	三河市宏盛印务有限公司
开　　本	710mm×1000mm　1/16
印　　张	30
版　　次	2022年1月第1版　2022年1月第1次印刷
书　　号	ISBN 978-7-5143-9132-9
定　　价	68.00元